バルザック「人間喜劇」セレクション

Balzac: Les Chefs-d'œuvre de La Comédie humaine

■責任編集＝鹿島 茂／山田登世子／大矢タカヤス

第6巻

La Rabouilleuse

ラブイユーズ

――無頼一代記

吉村和明 訳・解説

藤原書店

もくじ

対談　いま読んでも「新しい」バルザック　…………………　町田　康／鹿島　茂　447

『ラブイユーズ』のスピード感

読みはじめたら止められなくなって……／クサッとも思うけど、やっぱりおもしろい／ひとつの人格のような町、イスーダン／独特な都市、パリ／俗なものも含んだ文学／「頭蓋骨から金を取り……という、その一節は実にリアルでした」

バルザックの描く人物の実在感

徹底的な悪漢小説／「おまえ、動物か？」みたいな欲望の生々しさ／感動というよりおもしろいという感じ／どんどん吸い込まれていくような快楽／類型的な人物も「端倪すべからず」／現実に存在してそうな人物たち／「小説に対する視野が広がった」

装幀　毛利一枝

ラブイユーズ——無頼一代記

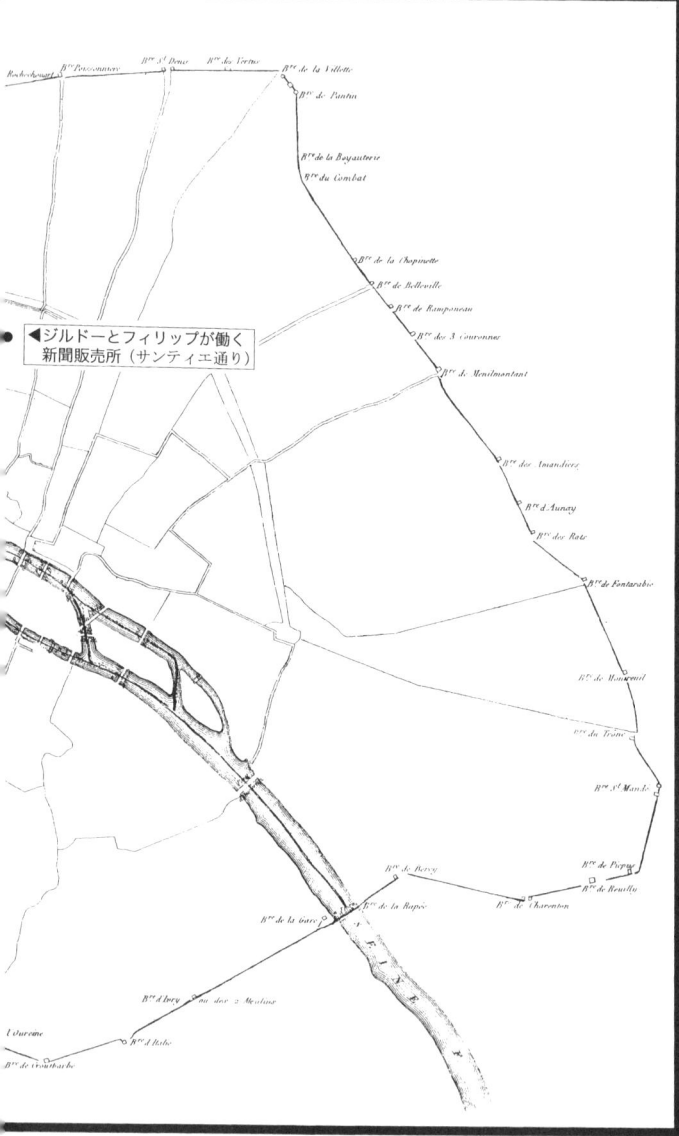

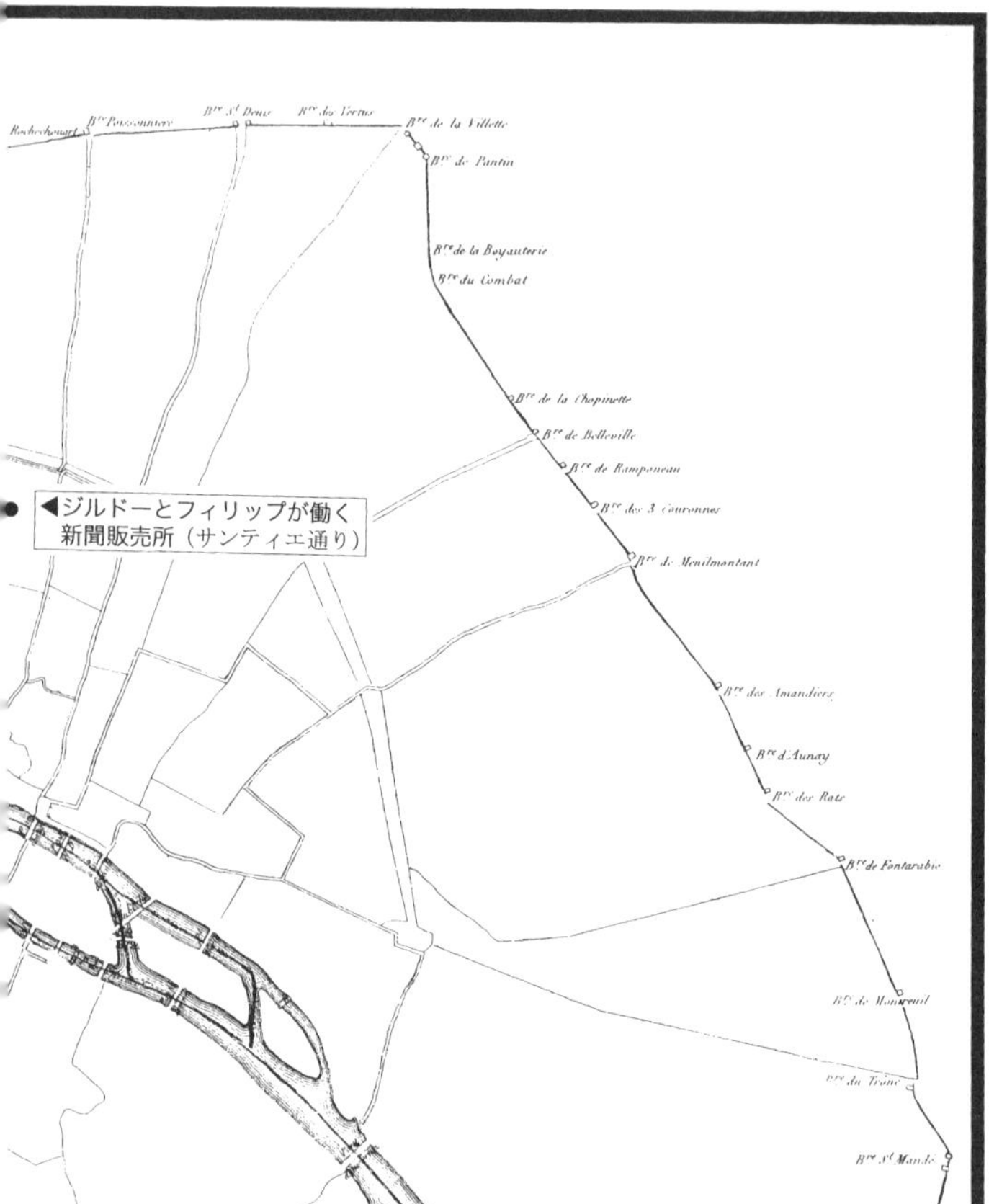

◀ジルドーとフィリップが働く
新聞販売所（サンティエ通り）
Rochechouart
Bre Poissonniere
Bre St Denis
Bre des Vertus
Bre de la Villette
Bre de Pantin
Bre de la Boyauterie
Bre du Combat
Bre de la Chopinette
Bre de Belleville
Bre de Ramponeau
Bre des 3 Couronnes
Bre de Menilmontant
Bre des Amandiers
Bre d'Aunay
Bre des Rats
Bre de Fontarabie
Bre de Montreuil
Bre du Trône
Bre St Mandé
Bre de Picpus
Bre de Reuilly
Bre de Charenton
Bre de Bercy
Bre de la Rapée
Bre de la Gare
Bre d'Ivry ou des 2 Moulins
Bre d'Italie
l'Oursine
Bre de Croulebarbe

1830年頃のパリ

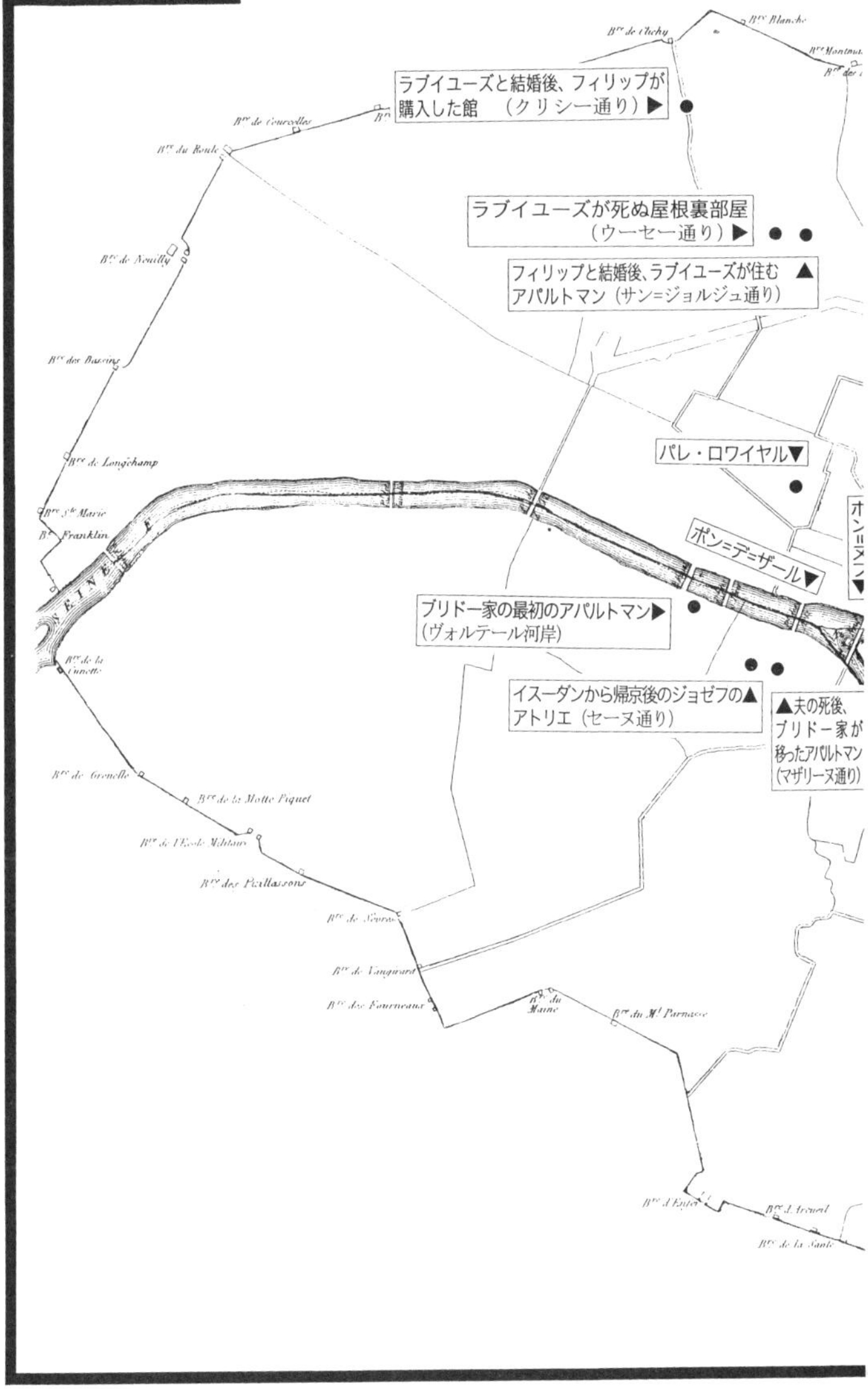
ラブイユーズと結婚後、フィリップが購入した館　（クリシー通り）▶
ラブイユーズが死ぬ屋根裏部屋（ウーセー通り）▶
フィリップと結婚後、ラブイユーズが住むアパルトマン（サン=ジョルジュ通り）▲
パレ・ロワイヤル▼
ポン=デ=ザール▼
ブリドー家の最初のアパルトマン▶（ヴォルテール河岸）
イスーダンから帰京後のジョゼフのアトリエ（セーヌ通り）▲
▲夫の死後、ブリドー家が移ったアパルトマン（マザリーヌ通り）

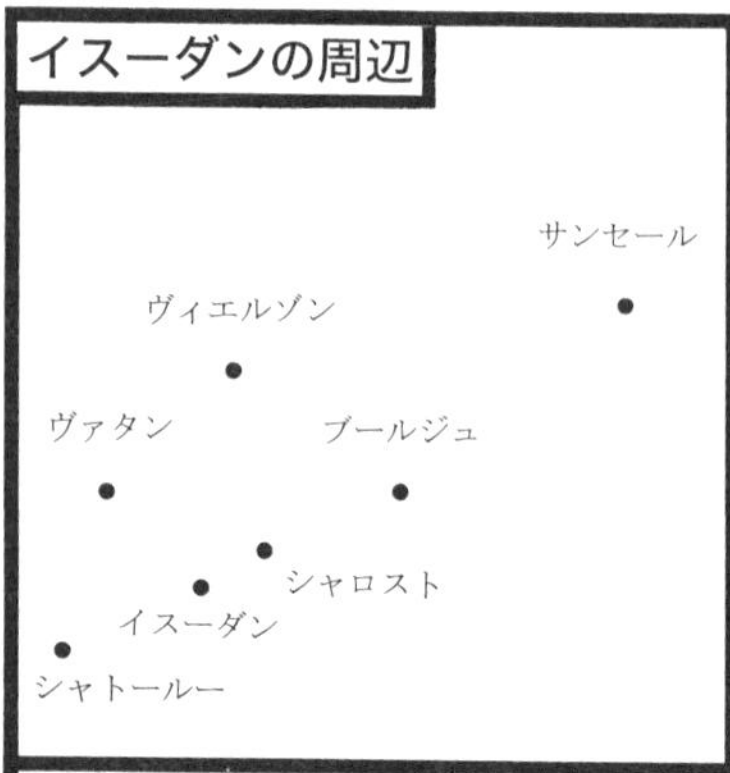

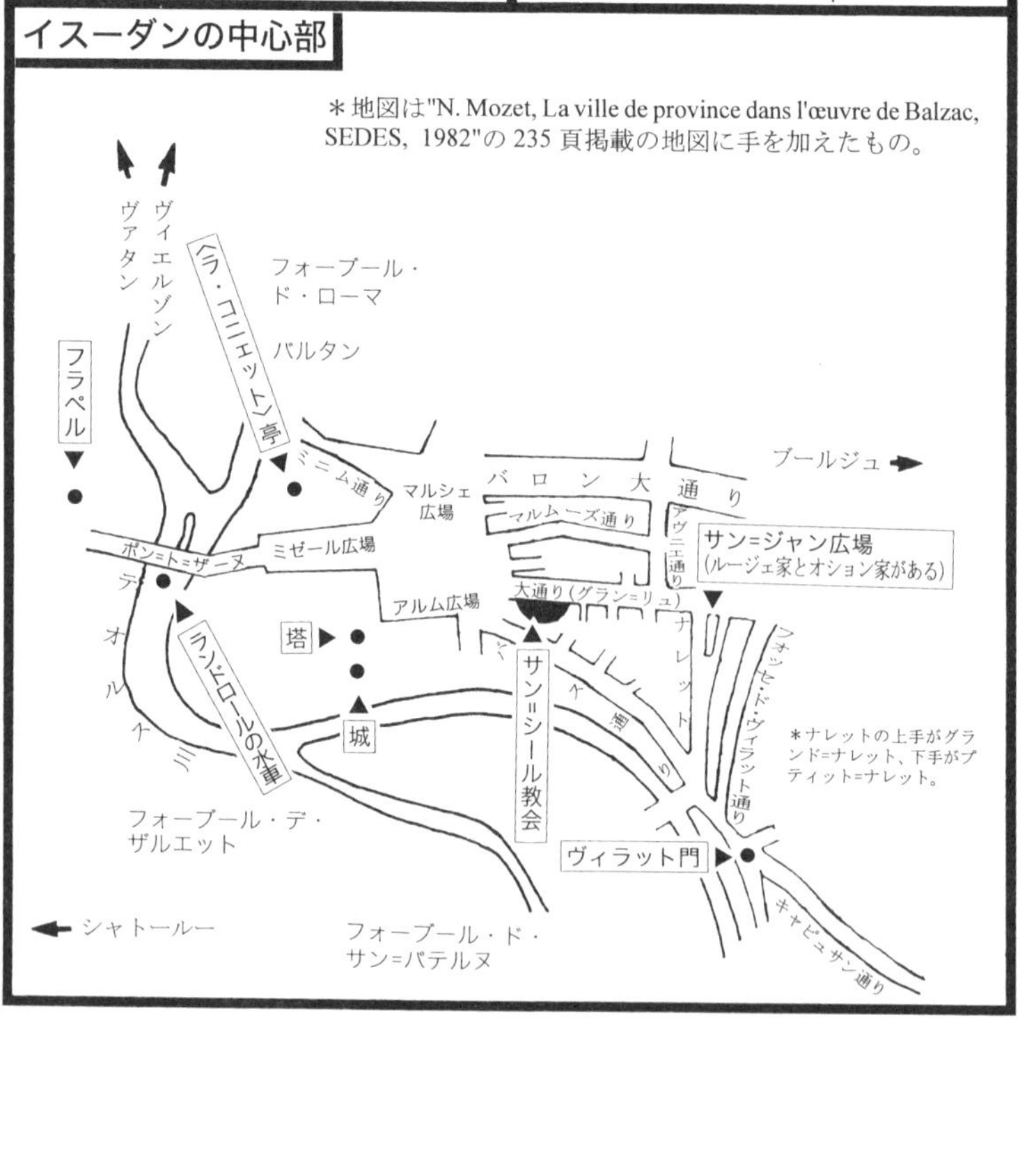

＊地図は"N. Mozet, La ville de province dans l'œuvre de Balzac, SEDES, 1982"の 235 頁掲載の地図に手を加えたもの。

アカデミー・フランセーズ会員、アルスナル図書館司書シャルル・ノディエ氏に。

わが親愛なるノディエ殿、ここにお目にかけますのは、家庭という閉域ゆえに法の作用のおよぶことがないさまざまな事実に満ちた著作であります。もっともそうした事実においては、しばしば偶然と呼ばれもする神の指が、人間的正義の補いをつけていますし、ある嘲笑的な人物によって口にされるとはいえ、道徳はやはり教化に役立ち、人の胸を打たないではいません。私見では、ここから「家族」にとっても、また「母性」にとっても、大いなる教えが導きだされてくるのです。われわれは、父の権力の減少がもたらす結果に気づくのに、たぶん遅きに失しました。この権力はかつては、父の死によってのみ中断され、家庭で起こる犯罪を裁きうる唯一の人間の法廷であって、重大な局面にあっては、「王政」が乗りだしてその裁定を実行に移していました。「母」がいかに優しく善良であっても、この父たる王政の代わりをつとめることはできず、また「女性」が玉座の上の「王」にとって代わることもできません。もしこうした例外が起こるとしたら、それは奇形的存在となるほかない。別れえぬ結婚がヨーロッパ社会にどれほど必要不可欠であるか、女性の弱さゆえに起こる不幸とは何か、とめどない個人的利益の追求がどのような危険をはらんでいるか、本書ほど端的に示す絵図を描いたことは、小生としては、おそらくいまだかつてありません。願わくはもっぱら金銭の力にのみその基礎をおく社会が、あらゆる手段を許容しつつ成功を神のごとくあがめる思考法の策略に対して正義が無力であることに気づいて、慄然としますように！　またそうした社会が、すみやかにカトリシズムの力を借り、宗教的感情によって、また世俗の「大学」とはちがった別の教育によって、大衆の純化に努められますように。数々の立派な人物たち、偉大で高貴な献身の数々が「軍隊生活情景」において輝かしい光を放つはずでありますので、本書では戦争への欲求がある種の精神の持ち主たちにどれほどの堕落をもたらすか、ここでお示しすることをご寛恕ください。こうした者たちは図々しいことに、私生活においても戦場と同じようにふるまっているのです。貴兄は洞察に富んだ一瞥をわれわれの時代に投げかけられ、その根本的な哲学は、優美なページのそこここにあらわれる幾多の苦々しい考察のなかに見てとれます。さらに貴兄は、四つの異なった政治組織が我が国の精神にもたらした被害の甚大さを、誰よりもよく理解されました。それゆえ小生にとって、この物語をこれ以上適切な権威の保護のもとにおくことは不可能だったのです。おそらく貴兄の名は、たぶんまちがいなく浴びせられるだろう非難の声に対して、この著作を守ってくださることでしょう。実際、外科医がこのうえなく激しく痛む傷から包帯を取り去るとき、うめき声一つあげぬ患者などどこにいるでしょうか？　貴兄にこの「情景」を捧げるという喜びに加えて、貴兄の小生に対するご厚意を公にあらわすという不遜を、平にお許しお願い申しあげる、

貴兄の真摯なる崇拝者の一人

ド・バルザック

第一部　兄と弟

一　デコワン家とルージェ家

一七九二年、イスーダンの町民たちは、ルージェという名のひとりの医者にかかりつけていたが、この男は度しがたく性格が悪いというもっぱらの噂だった。幾人かの大胆な人々のいうところによれば、彼の妻が、町一番の美女であったにもかかわらず不幸になったのは、この男のせいなのだそうだ。もっともそれは、たぶん、この女の愚かさゆえだったのかもしれない。友人たちは探りを入れ、かかわりのない人々は陰口をきき、嫉妬深い者たちは悪口をいいつのったが、この夫婦の内実は、ほとんど知られていないに等しかった。ルージェ医師は、俗に「あれは、始末に困るやつだ」といわれる男のひとりだった。それで、彼の存命中はみなだんまりを決めこみ、目の前では愛想よくふるまっていた。妻はデコワン嬢といい、娘時代からすでに身体が弱かったが（噂では、それが医師が彼女と結婚した理由の一つなのだという）、まず男の子を一人、ついで女の子を一人もうけた。この女の子が生まれたのは、たまたま兄の誕生からちょうど十年後のことだったが、これも噂では、医師だったにもかかわらず、その子の誕生はルージェにとって、予想外のことであったという。遅れて生まれてきたこの娘は、アガトと名づけられた。これらの些事は、なんとも単純でありきたりだから、語り手が物語の冒頭でそれらに触れるべき理由は何もないようにみえる。しかし、もしこうしたことが知られぬままだったら、ルージェのようなタイプの男は、一個の怪物、もしくは極悪非道の父親ととられかねないのだ。だが彼自身は生まれつきの悪い気質にごく単純に従っているにすぎず、多くの人々が、「男たるもの気骨をもつべし！」というおそるべき公理の下にそうした気質を覆い隠そうとする。あまたの女たちの不幸は、この男くさい格言ゆえにもたらされたのである。

医師の義理の父母、デコワン夫妻は羊糸の取次業を営み、同時にベリー地方の金の羊毛を持ち主に代わって売りさばき、商人に代わって買いあげることもそのなりわいとしていた。この商売のおかげで彼らは財をなしたが、またけちにもなった。多くの人生にとって、教訓とすべきことがらである。デコワンの息子、というのはルージェ夫人の弟にあたるが、この男はイスーダンを居心地よく思っていなかった。彼は、一旗揚げようとパリに上り、サン＝トノレ通りで乾物屋《エピスリー》を構えることになった。それがこの男の運の尽きだった。だが、ほかにどうすることができただろう？　彼は魅入られたようにこの乾物屋の商売のほうに引きずられてゆくのだが、その力たるや、芸術家たちをそれから遠ざける嫌悪の力と同じくらい大きいのである。さまざまな天職を作りあげる社会の力は、充分に研究されているとはいいがたい。エジプト人のように息子が必ずしも父親の跡を継ぐとはかぎらぬ以上、ある男がなにゆえパン屋ではなく紙屋になる決意を固めるのか調べてみるのも一興だろう。デコワンの場合、その天職を定める助けとなったのは、愛の力であった。彼は心に誓った、いつかは一人前の乾物屋の主人になってみせるぞ！　そう思いながら、女主人のすがたを前にして、彼の心には別の思いもあった。とびきり美人のこの女主人に、気も狂わんばかりに入れあげていたのだ。もっぱら忍耐と、両親が送ってくれるいくらかの金だけを頼りに、彼は先代の主人ビジウ氏の未亡人と結婚した。一七九二年には、デコワンの商売は順風満帆とみえた。老デコワン夫妻も当時はまだ存命だった。彼らは羊毛の商売はやめ、その資金を亡命貴族の国家没収財産の買いあげにつぎ込んでいた。もう一つの金の羊毛というわけである！　老デコワン夫妻の婿、つまりルージェ医師は、遠からず妻がみまかるであろうことを見越して、娘のアガトをパリの義理の弟のもとにやったのだが、それは娘にパリを見せてやるためであるとともに、ある狡猾な計算も働いていた。パリのデコワン家には、子供がなかった。デコワン夫人は夫より十二歳年上で、いたって健康だった。しかし彼女は葡萄収穫期のあとのツグミのように太っていて、ずるがしこいルージェは充分な医学的知識にもとづいて、こう予見していた。デコワン夫妻は、おとぎ話の教訓とは違って、いつまでも幸せに暮らすだろうが、子供をもうけることはついぞあるまい、だからこの夫婦は、アガトを目に入れても痛くないほどかわいがるだろう。ところでルージェ医師は娘の廃嫡を望んでおり、娘を遠くにやればその目的が達せられるのではないかと期待していたのである。このうら若き乙女は当時イスーダン一の美少女だったが、父にも母にも似ていなかった。彼女の出生をめぐって、ルージェ医師とその親しい友人ルストー氏は、いつ果てるともしれぬ諍《いさか》いをくりかえした。ルストー氏というのはかつての郡長で、つい先頃イスーダンを去っていったのである。ある家族が土地を離れるとして、それがイスーダン地方のような魅力にあふれた土地の場合、住人は、かくも常軌を逸した行為の理由を当然問うてよい。口さがない連中の主張するところでは、ルージェ氏というのはねたみ深い人間で、ルストーの命は絶対この手にかけて奪ってやると、息まいていたという。医師の言葉であることを考えれば、この発言は大砲の弾にも等しい威力を持っている。国民議会が郡長の職を廃止するとすぐルストーは出発し、イスーダンには二度と戻ってこなかった。この一家が出発してからというもの、ルージェ夫人は、元郡長の実の妹オションン夫人の家でもっぱら時を過ごすようになった。オション夫人は彼女の娘の名づけ親でもあって、彼女がその苦しい胸中をうち明ける唯一の人間だったのだ。したがって、イスーダンの町の人々が美しいルージェ夫人について知っているごくわずかのことは、すべてこの好人物の婦人の言によるのであり、それも医師が死んだあとでの話であった。

夫がアガトをパリにやるという話を彼女にしたとき、最初にルージェ夫人の口をついて出たのは、「あの子には、もう二度と会えないでしょうね！」という言葉だった。

「そうして悲しいことに、それは本当のことになったのです」と、尊敬すべきオション夫人はいうのだった。

あわれな母親は、その話を聞かされて、顔色がカリンのように黄色くなり、そのようすから察すれば、ルージェが彼女をなぶり殺しにしていると主張する意見も、あながち的外れとも思われなかった。愚かそのものといえる息子の人を人とも思わぬふるまいも、不当な咎を着せられた母親を不幸にするのに与っていただろう。およそ遠慮というものがなく、おそらく父親にけしかけられてもいたこの青年は、あらゆる点で思慮が足りず、息子が母親に対して示すべき気配りも敬意も欠いていていた。ジャン＝ジャック・ルージェは父親似だったが、それも悪いところが似ていたのであり、ルージェ医師はそのころすでに素行も乱れ、体調もまたすぐれなかった。

かわいらしいアガト・ルージェがやってきたことは、叔父のデコワンに幸福をもたらしはしなかった。その週のうちに、というかむしろその旬のうちに（共和制がすでに宣言され、共和暦が施行されていた）、彼は、ロベスピエールから検事フーキエ＝タンヴィルへの耳打ちによって、投獄の憂き目にあったのである。デコワンはうかつにも飢餓の話をでっち上げだと信じ、愚かなことに自分の意見を男女を問わず店の何人かの客のたちに口にしていた（彼は、言論の自由を信じこんでいた）。女性市民デュプレは、ロベスピエールが寄宿していた指し物師の妻で、この偉大なる市民の身のまわりの世話をしていたが、デコワンにとって不幸なことに、おそれ多くもこのベリー出身者の店をひいきにしてくださっていたのだった。この女性市民は、乾物屋の主人の信念を、ロベスピエールことマクシミリアン一世殿下への冒瀆ととった。前々から、この高名なジャコバン・クラブの編み物女は、デコワン夫妻のもったいぶりを快く思っておらず、女性市民デコワンの美貌を一種の貴族性とみなしていた。彼女は、デコワン夫妻の言辞にたっぷり尾ひれをつけ、その善良で心やさしい主人の前でくりかえした。乾物屋の主人は独占というありふれた罪を着せられて逮捕された。デコワンが下獄すると、妻は釈放を求めて八方手をつくした。しかしやり方がいかにもまずくて、彼女がこの悲劇的な事態について判事に話すのをはたで聞いていたら、夫をやっかい払いしたいというのがその本音だと思えたかもしれない。デコワン夫人はブリドーと面識があった。内務大臣ロラン・ド・ラ・プラティエールの書記官の一人で、内務省歴代の大臣たちの右腕としてならしたあのお方だ。彼女は、乾物屋の主人を救うべくブリドーに頼んで手をうってもらった。いとも清廉潔白なるこの課長殿は、いついかなるときにも感嘆すべき無私無欲の心を忘れることのない、あれらの徳高きお人好したちの一人で、デコワンの運命の鍵をにぎる人々に袖の下を使おうなどとはつゆ思わない。そのかわりに、彼らの蒙を啓こうとしたのである！　このころ、人々の蒙を啓こうなどということは、ほとんどブルボン家の復興を懇願するのに等しいふるまいといってもよいだろう。大臣はジロンド党員で、当時ロベスピエールに敵対しており、ブリドーにこういった。「きみが首をつっこんでいるのは、いったいなんなのだね？」誠実な書記課長が助けを頼むと、くりかえしこの容赦のない言葉が戻ってくるのだった。「きみが首をつっこんでいるのは、いったいなんなのだね？」ブリドーは、おとなしくしているのが身のためだと、慎重にデコワン夫人に忠告した。ところが彼女のほうは、ロベスピエールの世話係の敬意を勝ちえるどころか、この密告者に対して激しい怒りを爆発させたのである。彼女は、ある国民公会議員に面会に行ったが、議員はみずからの身の危険を感じて内心ぞっとしながら、彼女にこう答えた。「話は、ロベスピエールに通しておきますから」乾物屋の美人のおかみは、この言葉にすっかり安心しきってしまい、そうしてくだんの庇護者は、むろんだんまりを決めこんだのだった。女性市民デュプレに、多少なりとも砂糖入りのパンやらリキュールやらをつけ届けしておきさえすれば、デコワンは救われたにちがいないのだ。この小さな事件が証明しているのは、革命において、自分の身を救うために誠実な人間の手を借りることは、悪人の手を借りるのと同じくらい危険だということである。当てになるのは自分だけだ。デコワンは命を落としたが、少なくとも、詩人アンドレ・ド・シェニエとともに断頭台に上るという栄誉には浴したのだった。たしかにここにおいて、史上初めて「商売《エピスリー》」と「詩」が、生身の姿で、おたがいに抱擁しあったのだ。というのもそのときこの二つのあいだには密かなつながりができていたのだし、それ以後もそのつながりがなくなることは、絶えてなかったからである。デコワンの死は、アンドレ・ド・シェニエの死よりずっと大きな衝撃をもたらした。デコワンの死よりアンドレ・ド・シェニエの死のほうがフランスにとってより大きな損失であることを理解するためには、三十年の年月が必要だった。ロベスピエールの執った措置には、次のような利点がある。すなわち、一八三〇年の七月革命まで、怖じ気をふるった乾物屋連中は、もはや政治に首を突っ込むことなどなくなったということだ。デコワンの店はロベスピエールの住まいと目と鼻の先にあった。乾物屋のあとに始められた商売も、惨憺たる結果に終わった。名高い香水商セザール・ビロトーがこの場所に店を構えたのだ。だが、まるで断頭台が不幸をその場所に伝染させたかのように、〈後宮美女強力クリーム〉と〈駆風美顔水〉の発明者は、ここで破産したのである。こうした問題の謎解きは、「オカルト学」の領域に属している。

薄幸の人デコワンの妻を二度、三度と訪ねるうち、書記課長ブリドーは、アガト・ルージェの、落ちついた、冷静な、邪気のない美しさに打たれた。彼は未亡人を慰めにきたが、未亡人は悲嘆に暮れるばかりで亡くなった二人目の夫の商売を続けることなどとてもできず、結局十日もたたぬうちに、さっそくやってきた父親の到着を待って、彼はこのかわいらしい娘と結婚した。ルージェ医師は、妻がデコワン家のただ一人の相続人となり、事態が自分の望みをはるかに超えて順調に運ぶのをみて、大喜びでパリに駆けつけたが、それはアガトの結婚式に出席するためというよりは、自分に都合のよいように契約書を書かせるためにほかならなかった。市民ブリドーは、その無私無欲と度を超した愛情ゆえに、医師が歯止めなく不実な行為に走るのを許し、医師は婿の無知をよいことに勝手放題やりまくったのだが、そうしたことはこの物語の続きを読めば、はっきりおわかりになるはずだ。ルージェ夫人、というかより正確にはルージェ医師は、そんなわけで、デコワン夫妻の動産、不動産の財産のすべてを相続した。老夫妻は、二年の時をおいて相次いで亡くなった。さらに妻にかんしても彼のもくろみどおりにことは運び、彼女は一七九九年のはじめにこの世を去った。そして彼は葡萄畑を所有し、農場を買い、鍛治場を手にいれ、そのうえ羊毛を売りに出す余裕すらあったのである！　お気に入りの息子は、万事につけてまるで無能だった。しかし彼は息子が地主の身分に収まるようにとどこおりなく準備をととのえ、やりたいようにやらせておけば、いつかはこの子供も知恵をつけてこのうえなく賢明になるにちがいないと信じて、ひたすらその富と愚かさが肥え太るにまかせた。一七九九年以来、イスーダンの計算高い連中は、ルージェ父の年収をすでに三万リーヴルと値踏みしていた。妻の死後も、医師はあいかわらず乱れた生活を続けた。だが彼はいってみればその乱れを整理して、お楽しみはもっぱら自宅のなかだけに限ることにしたのだった。ひと癖もふた癖もあるこの医者が世を去ったのは、一八〇五年のことだった。そのとき、イスーダンの町民たちがこの男についてどれほどたくさんの噂話に花を咲かせたか、そのおぞましい私生活についてどれほど多くの逸話が人々のあいだに流布されたか、まさに知るのは神のみである。息子のジャン＝ジャック・ルージェの愚かさにようやく父も気がついて、終いには厳しくあつかうようになった。この息子はいくつかの重大な理由によっていつまでも独り身のままだったが、それらの理由の説明こそが、まさにこの物語の重要な部分をなす。彼が独身のままとどまっていた原因の一端は、のちに見るように医師の過ちにあった。

ここで、この父親が、実の子とみなしていなかった一人の娘に対しておこなった復讐の結末を調べておく必要がある。信じていただきたいのだが、彼女はどうみても立派に彼の娘なのである。これは、世代という問題をひとつの深淵に変え、科学を途方に暮れさせてしまう、あれらの奇妙なできごとの一つであったが、そうしたことに注意を向けた人はイスーダンには一人もいなかった。アガトは、ルージェ医師の母、ということはつまり彼女の祖母に顔立ちが似ていた。痛風が一つの世代を飛びこえて祖父から孫息子へと伝わるとは、俗によく言われることだが、それと同様に、容貌の類似にも痛風と同じ作用が見られるのは珍しくない。

そんなわけで、アガトの上の子は、母親似でありながら祖父のルージェ医師の性格をことごとく受け継いでいた。このもう一つの問題の解決は、微細動物の浩瀚《こうかん》なリストとともに、二十世紀に遺贈することにしよう。これはじつに晦渋きわまる問題で、これについては、我らが学者先生諸氏が馬鹿げたご託をすでにずいぶん並べているが、我々の子孫もたぶん、同じようなご託をさらに並べたてることになるのだろう。

二　ブリドー一家

アガト・ルージェは、我らが主の御母、聖母マリアのように、結婚後もその容貌の清らかさが少しも損なわれぬままでいることを運命づけられている人間の一人として、人々の賛嘆を受けていた。彼女の肖像画はいまも下の息子ジョゼフのアトリエにあるが、完璧なうりざね顔で肌はあくまで白く、輝くような金髪なのにそばかすひとつない。今日一人ならずの画家が、この清純な額、つつましい口元、ほっそりした鼻、かわいらしい耳、目にかかる長いまつげ、かぎりないやさしさを示す藍色の目、さらには落ちついた穏やかな表情をつぶさに眺め、いまや押しも押されぬ大画家となったジョゼフ・ブリドーにこう訊ねるのである。「これは、ラファエロの描いた頭部の模写か何かで？」この乙女と結ばれた書記課長ほど、熱意に燃えた男はついぞなかった。アガトは、田舎育ちで、母親の元を離れたことのない、理想の主婦像を体現していた。信心深くはあったがゆきすぎることはなく、教会でほどこされた教育が彼女の受けた教育のすべてだった。それゆえ、彼女は俗にいう申し分のない妻というわけだったが、一つならずの災厄がその世間知らずゆえに引き起こされたのもまた事実なのだ。ある名高いローマ人女性の墓碑銘、「この女綴れ織りを織りて、家を守りぬ」が、この純粋で、簡素で、平穏な人生を、みごとにいいあらわしている。

執政時代以来、ブリドーは狂信的なまでにナポレオンに献身し、一八〇四年、ルージェの死の前年に局長に任命された。一万二千フランの年収に加えて特別手当も潤沢に受けとり、ブリドーは、イスーダンでおこなわれた遺産の清算の恥知らずなやり口には、ほとんどといっていいほど注意を払わなかった。その結果として、アガトは、ただの一銭ももらえないことになってしまったのだ。父のルージェは死の半年前に財産の一部を息子に売却し、残りも、優先的贈与の名目および相続人の肩書きによって、ジャン＝ジャックのものとされたのである。結婚契約のさいアガトに与えられた相続財産の前渡し分十万フランが、母と父から贈られた財産のうち彼女の取り分とされた。ブリドーは皇帝を偶像崇拝し、この現代の半神の強力な着想の数々に盲目的献身をもって仕えた。皇帝はフランスにおいてすべてが破壊しつくされているのを目の当たりにして、すべてを組織だてようと望んだのである。局長の口から、「もうたくさんだ」という言葉が洩れることはけっしてなかった。計画書、梗概、報告書、研究調査など、どんな重い負担にもいやな顔一つ見せなかった。彼は皇帝を人間として敬愛し、君主としてあがめ、その行為についても計画についても、いっさいの批判を認めなかった。一八〇四年から一八〇八年まで、局長は役所からもチュイルリー宮殿からもごく近い、ヴォルテール河岸の広々とした立派なアパルトマンに住んでいた。料理女が一人と従僕が一人おり、それが、ブリドー夫人の輝かしき栄光の時代にこの家で使われていた召使いのすべてだった。いつも最初に起きるのはブリドー夫人アガトで、料理女と一緒に中央市場に買い出しに行く。従僕が部屋をととのえるあいだ、彼女が朝食の準備をした。ブリドーは、十一時より前に役所に行くことはけっしてなかった。二人が共に生きているあいだはずっと、妻は彼のためにおいしい朝食をこしらえることに常変わらぬ喜びを覚えたのだし、この朝食だけがブリドーが喜んでとる唯一の食事であった。季節のいかんにかかわらず、どんな天気であろうと、夫が家を出るとき、アガトは彼が役所に行くのを窓から見守り、夫がバック通りに曲がってゆくまでは、窓から首をひっこめることはなかった。それから自分で食卓を片づけ、アパルトマンを点検した。さらに着替えをして子供たちと遊び、彼らに散歩をさせ、訪問客を迎えて、ブリドーの帰りを待った。局長が急ぎの仕事を持ち帰るようなときには、書斎の彼の机のそばに腰を下ろし、彫像のように黙りこくったまま編み物をして彼が仕事をするのを眺め、夫が眠らずにいるあいだは彼女も起きていて、彼が寝るほんの少し前に床についた。ときどきは、役所が押さえておいた桟敷席で、夫婦で芝居見物に興ずることもあった。そのような日には、彼らはレストランで食事をとった。そしてレストランで目に映る光景を、ブリドー夫人はまだ一度もパリを見たことがない人間のようにいつも心の底から楽しむのだった。内務省の一部を取りしきる局長という地位ゆえに、形式ばった大がかりな晩餐会への招待を受けることもしばしばあり、そうした招待にブリドーは丁重に応えた。アガトはその手の晩餐会に出席を余儀なくされると、当時の習慣にしたがって豪華に着飾って出かけたが、帰宅するやいなや派手な装いは喜んで脱ぎすて、家庭では田舎の主婦らしい簡素な服装を取りもどすのであった。週に一度、木

アガトは夫が役所に行くのを窓から見守った。

曜日にブリドーは友人たちを家に招いた。さらに、謝肉の火曜日《マルディ・グラ》には大規模な舞踏会を催した。二人の夫婦生活のすべてはこのわずかな言葉でつきており、大きな事件といえば、たった三つが数えられるにすぎない。三年のあいだをおいて続いた二人の子供の誕生、そしてブリドーの死である。

彼は一八〇八年、徹夜続きの過労がもとで亡くなったが、それは皇帝が、彼を、事務局長、子爵、国家参事官に任命しようとしていた、まさにその矢先のことだった。そのころナポレオンはとりわけ内政に熱意を示し、ブリドーを仕事漬けにして、それでこの勇猛果敢な官吏の健康は決定的に損なわれたのである。ブリドーはナポレオンに何一つ要求することはなかったので、ナポレオンは彼の生活や財産について調査をさせた。ナポレオンはこの献身的な男が自分の地位以外にはなんの財産ももっていないことを知り、この男こそ自分の行政府の質を高め、そのモラルをただす、清廉潔白な魂のひとりと認めた。そして仰天するような褒賞を与えて、ブリドーを驚かせようと考えたのだった。皇帝がスペインに出発する前に膨大な量の仕事を片づけてしまおうと望んだことが、ブリドー局長にとって命とりになった。彼は炎症性の熱病で亡くなった。皇帝は一八〇九年の遠征準備のために数日間パリに戻っていたが、そのさい、この男の死を告げられて次のようにいった。「余人をもって代えがたい人物であった！」皇帝は、彼に仕える兵士ならではの輝かしい忠誠とはまったくちがった献身ぶりもあるのだということに心をうたれ、軍人のためにレジオン・ドヌール勲章を創設したように、充分な報酬のついた「勲章」を文官のために創設することを決意した。ブリドーの死に強い印象を受けて、ナポレオンは「レユニオン勲章」という勲章を考案したのだ。だが彼にはこの貴族的精神あふれた勲章創設の仕事を最後までやり遂げる時間は残されていなかったし、これにかんする記憶も一般にはきれいさっぱり失われているようなありさまだから、大部分の読者諸氏は、この短命な勲章の受勲者がどのようなしるしを身につけていたか、首をひねられることだろう。青の略綬がこの勲章のしるしであった。皇帝がこの勲章を「統合《レユニオン》」と名づけたのは、スペイン宮廷の「金の羊毛」勲章とオーストリア宮廷の「金の羊毛」勲章を一緒にまとめてしまおうと考えたがゆえのことだった。あるプロシアの外交官にいわせれば、このような冒瀆は、神の摂理によって、阻止されるべくして阻止されたのである。皇帝はブリドー夫人の近況を報告させた。二人の子供は帝立高等中学の授業料を全額給付され、皇帝は二人の教育費をすべて皇室費扱いとした。さらにブリドー夫人に四千フランの年金受給の権利を与えたが、そうすることで皇帝みずから二人の息子の行く末にまで気を配ろうとしたのは、疑うべくもないことだ。

結婚から夫の死まで、ブリドー夫人がイスーダンとかかわりをもつことは一度としてなかった。彼女の母が亡くなったのは、ちょうど二人目の息子を出産しようというときだった。父のほうは皇帝の聖別式がとりおこなわれようという時期に亡くなったが、自分に対する父の愛がきわめて薄いことは承知していたし、戴冠式の準備でブリドーは仕事に追われていたから、彼女は夫のもとを離れることを望まなかった。兄のジャン＝ジャック・ルージェは、彼女がイスーダンを去って以来、一通の手紙もよこしたことはなかった。家族が暗に示す縁切りのほのめかしに心を痛めながらも、アガトはしまいには、自分のことを少しも思いやってくれぬ人々のことを、ごくまれにしか頭に思い浮かべないようになった。毎年一通の手紙を代母のオション夫人から受けとったが、返事にはらちもないことばかり記し、この善良このうえない、信心深い女性がそれとなく彼女に与える助言について、深く考えることもなかった。ルージェ医師の死の少し前、オション夫人は名づけ子に、もしオション氏に委任状を送っておかなければ、父から何ももらえなくなってしまうだろうと書いた。兄をいたずらに悩ませることがいやで、アガトは二の足を踏んだ。ブリドーの公証人ロガンは彼に、自分の地位を利用して、父親が法律の認める娘の取り分をまんまと奪いおおせたその根拠となる証書に、異議を唱えたらどうかと忠告した。しかし彼は、この横領まがいのやり口がベリー地方の法と慣習にかなっていると合点したのか、あるいはこの純朴かつ公正な男は利益ということにかんして妻の鷹揚さと無関心を共有していたのか、いずれにせよロガンのいうことに耳を傾けようとしなかった。夫婦はイスーダンでおこなわれたことを容認してしまったわけである。そのいっぽうでロガンは、こうした事態にかんがみ、妻の利益が危険にさらされていることについて局長に一考をうながしもした。この卓越した人物は、もしも自分が死んでしまったらアガトにはなんの財産も残るまいと考えた。そこで彼は、ことの次第を検討してみようと思いたち、一七九三年から一八〇五年までのあいだに、妻と自分が、老ルージェが娘に与えた実質五万フランのうち、ほぼ三万フランにやむなく手をつけてしまっていることに気づいた。そして残りの二万フランを、アガト名義の国債として登録台帳《グラン＝リーヴル》に記載したのである。当時、国債の実質価値は額面の四十パーセントの計算だったので、アガトは二千リーヴル（正確な計算では、二千五百リーヴル）の年金を国から受けとることになった。ブリドー夫人はそれゆえ、未亡人となっても、六千フランの年金によってほどほどの生活を送ることが可能であった。彼女はあいかわらず田舎出の主婦らしく、料理女一人だけを残して、ブリドーの従僕には暇を出し、アパルトマンを移りたいと思った。けれども気心の知れた友達であるデコワン夫人が、いまも自分が叔母であることにかわりはないといい張って、家具を売り、自分のアパルトマンを引きはらってやってきた。亡くなったブリドーの書斎を寝室にして、アガトと一緒に暮らそうというのである。二人の未亡人の収入を合わせると、一万二千フランの年金が自由に使えることになった。この行為はいかにも単純で自然にみえる。だが一見素朴に思えることほど人生において注意を要することはないのであり、逆に尋常でないことに対しては、人はつねに充分な警戒心を抱くものだ。代訴人、判事、医者、神父といった経験豊かな人々が、単純そのものの事件にとてつもない重要性を与えることがしばしば見られるのはこのためである。彼らは小うるさい人ということにされてしまう。花陰の蛇の話は、われわれがことをうまく運んでゆくために、古代人が残してくれたもっともみごとな神話の一つである。自分自身の目や他人の目にみずからの過ちを弁解するために、何度、愚か者たちは叫ぶことだろう。「あんまり単純だから、誰だって引っかかったにちがいない！」

デコワン夫人は、すすんで自分の歳を明かすことはなかったが、一八〇九年には六十五歳になっていた。往時には乾物屋の美人おかみ《ラ・ベル・エピシエール》と呼ばれた彼女は、時が敬意を払ってくれる数少ない女性の一人で、すばらしい体質に恵まれていたおかげでいまなお美しさを保つという特権を享受していた、仔細に眺めれば、あらを隠しおおせるものではなかったけれども。中背で肉づきがよく、若さにあふれ、美しい肩をもち、肌はほんのりバラ色を帯びている。髪の毛は金髪だが栗色がかっていて、デコワンの悲惨な最期にもかかわらず、その色には少しの変化も見られなかった。美食にまるで目がなくて、ちょっとしたおいしい料理をつくって食べるのが好きだった。しかし一見料理のことばかり考えているようでも、その実、芝居見物もおおいに楽しんだし、ある悪癖をみずからひた隠しに隠しながらはぐくんでもいた。宝くじ《ロトリー》に夢中だったのだ！　これこそが、神話の世界でダナイデス（アルゴスの王ダナオスの五十人の娘。婚礼の夜に自分の夫を殺したために、地獄で永遠に底の抜けた樽に水を汲みつづける刑に処せられた。）の底の抜けた樽によって示されていることなのではないだろうか？　宝くじに手を出すような女性は、ラ・デコワン、つまりデコワンおばさんとでも呼ぶのが適当なのかもしれないが、いずれにせよその彼女は、幸運にも長いこと若さを失わずにいられる女性が皆そうであるように、少しばかりおしゃれに金を使いすぎるきらいがあった。だがこうしたちょっとした欠点をのぞけば、彼女は一緒に暮らしていてまことに感じのよい女性だった。いつもみんなの意見にしたがい、誰にも不快感を与えることもなく、穏やかで気さくな陽気さで好感をもたれていた。とりわけ退職した事務員や年のいった卸商人にはたまらぬ魅力であるパリならではの美質が、彼女にはそなわっていた。洒落がわかったのだ！……三度目の結婚をする機会が彼女に訪れなかったのは、まちがいなく時代のせいである。帝政時代、戦争が続くあいだ、適齢期にある者たちが裕福で美しい娘を見つけるのはいともたやすいことで、六十がらみの女などまるで相手にされなかったのだ。

デコワン夫人はブリドー夫人の気を晴らそうとしてしばしば芝居見物や馬車での散歩に連れだし、ちょっとしたおいしい晩餐をつくってやることもあり、あろうことか、息子のビジウと結婚させようとまでした。気の毒なことに彼女は、自分以外には亡くなった夫のデコワンとその公証人にしか洩らしていなかった大変な秘密まで、彼女に打ち明けてしまったのである！　若々しく優雅なデコワン夫人は三十六歳といっても立派に通るほどだったが、じつはビジウという三十五にもなる息子が一人いたのだ。この男はすでに妻を亡くしており、第二十一戦列歩兵部隊で指揮をとっていたが、大佐となって、一人息子を残してドレスデンで死んだ。デコワンおばさんはこの孫のビジウに人目を忍んでこっそりと会いに行っていたが、この子のことは世間には夫の先妻の息子でとおしていた。この打ち明け話は、慎重な配慮にもとづく行為だった。大佐の息子はブリドーの二人の息子ともども帝立高等中学で教育を受けており、授業料の半額給付を受けていたのである。この青年は高等中学在学中からすでに利にさとく、抜け目がなかったが、のちに素描家として、そして才気に富んだ男として、大いに名をなすことになる。アガトがこの世で愛するのはもっぱらわが子たちのみで、もはや子供たちのためだけに生きることを彼女は望み、分別から、また貞節から、がんとして再婚話に応じようとしなかった。だが一人の女にとって、よき母であることは、よき妻であることほどたやすくはない。未亡人には二つのつとめがあるが、果たすべき義務はそれぞれ矛盾している。彼女は母であり、同時に父の権力をも行使しなければならないのだ。それゆえアガトは気の毒にも、その数々の美徳にもかかわらず、それと知らずに多くの不幸を引き起こすことになった。機転がきくとはいえなかったし、美しい魂は通常他人を疑うということに慣れていないから、アガトはデコワン夫人の犠牲になり、彼女のためにおそるべき不幸のどん底に沈むことになったのだ。デコワンおばさんは、当たり番号が五つ出るうち、いつも決まった三つ組《テルヌ》の数字に賭けつづけたが、宝くじを買う者が信用貸しを受けることはなかった。彼女は家の切り盛りをしながら、家計に使われるべき金をくじに注ぎこんだのであり、孫のビジウ、愛するアガト、ブリドー兄弟を金持ちにしてやりたいと望めばこそであったとはいえ、徐々に借金はかさんでいった。借金が一万フランになったとき、彼女は賭金をさらに増やし、九年来出たことのないお気に入りの三つ組の数字がなんとか出て、欠損額の深い淵を埋めてくれはしないかという希望を抱いた。このときから借金の額はうなぎ登りになった。それが二万フランに達すると、デコワンおばさんはもうどうしてよいかわからず、三つ組の数字もはずれつづけた。それで自分の財産を抵当に入れて、姪に金を返そうとした。だが彼女の公証人のロガンは、この殊勝な企てが不可能であることを証明してみせた。亡くなったルージェは、義理の弟デコワンの死にさいして、その相続財産をそっくりわがものとし、そのかわりデコワン夫人に対しては、ジャン＝ジャック・ルージェの財産を元手にいくらかの年金を用益権として設定することで、いっさいの債務を免れていたのだ。一割の利率を生みだす投資が盛んにおこなわれているご時世に、たかだか四千フランほどの用益権を抵当に、六十七歳の女性に二万フランもの金を貸してやろうという金貸しなど、一人としているはずがない。ある朝デコワンおばさんは姪の足下に身を投げ、涙ながらにことの次第を告白した。ブリドー夫人は非難がましいことはいっさい口にせず、従僕と料理女に暇を出し、余分な家具を処分し、登録台帳に登記された国債の四分の三、すなわち実質一万五千フランを売り、借金をすべて返済して、アパルトマンをあとにしたのであった。

三　幸薄き未亡人たち

マザリーヌ通りの一部、この通りの、ゲネゴー通りとの曲がり角からセーヌ通りと交わるところまでのちょうど学士院の裏に当たる部分は、パリでもっとも醜悪な街角の一つといってまちがいない。マザラン枢機卿がパリ市に寄贈した学寮と図書館があり、そしてここにいつの日かアカデミー・フランセーズが本拠を構えることになるわけだが、その灰色の壁が、この通りの一角に凍りつくような影を落としている。太陽はめったに顔をのぞかせず、北風が吹きぬけてゆく。破産したあわれな未亡人は、このじめじめした暗く冷たい界隈に立つ、ある館の四階に移り住んできたのだった。この館の前には学士院の建物が立ちならび、そこには当時、ブルジョワたちには芸術家という名前で知られ、アトリエでは画学生《ラパン》という名で通っている猛りたった獣どもの寄宿する部屋べやがあった。そこに画学生として入ってきた者には、ローマ賞を取り、政府の給費を得てローマに留学するチャンスがあった。こうした事情のために、一年のうちで、賞の応募者がこれらの部屋べやに閉じこめられている時期には、上へ下への大騒ぎが持ちあがるのが常だった。受賞者となるためには、定められた期間のうちに、彫刻家ならば彫像の粘土模型を一つ、画家ならば国立美術学校に飾ってあるあれらのタブローの一つ、音楽家ならばカンタータを一曲、建築家ならば記念建造物の企画を一つ、仕立てあげることが必要であった。この文章がつづられているいま現在、この動物小屋は、陰気で冷たいこれらの建物から、それとほんの数歩のところにある国立美術学校の瀟洒な美しい建物に移されている。ブリドー夫人の家の窓からは、格子のはまったこれらの部屋べやを見おろすことができた。おそろしく陰気な眺めである。北は学士院の丸屋根が眺望をさえぎっている。逆の方向に通りを上ってゆくと、唯一目の楽しみとなるのは、マザリーヌ通りのはずれに止まる辻馬車の列ぐらいしかない。それゆえ未亡人は、土をつめた箱を三つ窓辺に置き、いわば一種の空中庭園をつくりあげたのだが、これは警察の条令によってやかましく撤去が命じられていたし、植えられた植物が日をさえぎって、空気も薄くなった。この館はセーヌ通りに面したもう一つの館と背中合わせになっていて、そのために当然奥行きがひどく狭く、階段は同じところをぐるぐる回って上っているような具合だった。四階は最上階である。窓が三つ、部屋も三つで、それを食堂、小さな客間、寝室として使っている。同じ階の別の側には、上にあがったところに小さな台所、そして二つの独身者用の部屋、使いみちのない巨大な屋根裏部屋がある。ブリドー夫人がこの住まいを選んだのは、次の三つの理由からだった。まず家賃の安さ。年に四百フランだったので、彼女は九年分を前払いした。次に学校が近いこと。帝立高等中学は目と鼻の先だ。そして結局彼女は、住み慣れた街にとどまったということである。アパルトマンの内装も館全体に見合うものだった。食堂には緑色の花模様のついた小さな黄色の壁紙が貼られ、赤いタイル張りの床は磨かれておらず、必要最小限のものしかそこには置かれてなかった。すなわちテーブルが一つ、食器棚が二つ、椅子が六脚で、これらはすべて前のアパルトマンからもちこまれたものばかりである。客間にはオービュッソン（リムーザン地方の都市、絨毯の名産地）産の絨毯が敷いてあったが、これは役所の調度品の模様替えのとき、ブリドーが譲り受けてきたものだった。未亡人はそこに、エジプト人の頭が装飾についたマホガニー製の家具を置いた。一八〇六年当時、高名な家具師のジャコブ・デマルテールのところで何百という単位で製造されていた一般向けの家具の一つで、白い花模様のある緑色の絹の布地がついていた。長椅子の上方に、友人の手になるブリドーのパステルの肖像画が飾られてあるのが、やがて目にはいる。芸術的観点からすれば難点は多々あるだろうが、額にこの知られざる大市民の堅忍不抜さをたしかに認めることができる。やさしくもあり同時に誇らかでもあるその目の穏やかな感じが、よくあらわれている。慎重そうな口元が明敏さをあらわし、気さくな笑みを浮かべ、皇帝が「正義と硬骨《ユストゥム・エットゥ・テナケム》」とその性格を称した男のようすが、才筆とはいえぬまでも正確な筆致で捉えられている。この肖像画を眺めると、この男がなすべきことは常にきちんとやったことが見てとれた。共和制下に仕えていた何人かの人々に認められるあの清廉潔白さが、顔だちにあらわれていた。部屋の正面、トランプ用のテーブルの上のほうには、カルル・ヴェルネ（十八世紀末から十九世紀にかけて活躍した画家、石版画家）の筆になる皇帝の肖像画の色刷り複製が掛けられていた。その絵でナポレオンは、馬に乗ってすばやく通り過ぎてゆくところで、あとにお付きの者がしたがっている。アガトは自分の楽しみのために二つの大きな鳥かごを手にいれ、一つはカナリヤでいっぱいにし、もう一つにはインドの小鳥をいれた。彼女がこの子供っぽい趣味に没頭するようになったのは、彼女自身にとっても、またほかの多くの人々にとっても、かけがえのないものを失ったとき以来である。

この未亡人の部屋のようすはというと、三カ月後にはなるべき状態になり、それは彼女がそこを去ることを余儀なくされる不吉な日がくるまで続いたのだった。つまり、どう工夫してみても秩序だった描写ができぬほど、乱雑をきわめたのである。安楽椅子は猫たちがねぐらにしていた。カナリヤたちはときどきかごから放たれて、家具という家具のうえに句読点をつけるかのように糞を落とした。気のいい未亡人は、鳥たちがついばめるように何カ所かにキビやはこべを置いてやっていたのだ。猫たちは、縁の欠けた受け皿のなかにおいしい食べ物を見いだした。洋服も散らかしっぱなしだった。この部屋は田舎と貞節のにおいがした。亡くなったブリドーの持ち物だったものはすべて注意深くとっておかれた。彼の使った事務用品に対してなされる気配りを見ると、かつて遍歴の騎士の未亡人が夫の武器に対してはらったであろう気配りもかくやと思われるほどである。ほんの小さな具体例さえあれば、誰もがこの女性のひたむきな崇拝の気持ちを理解するだろう。彼女は一本のペンを包み、封をし、包み紙のうえに次のように書きこむのである。「わたしの大切な夫が最後に使ったペン」。彼が最後に一口飲んだカップは、ガラスのケースに入れられて、暖炉のうえに飾って置かれた。さらにそののち縁なし帽とつけ毛が、これらの貴重な聖遺物を収めるガラス器の上にうやうやしく置かれることになった。ブリドーの死以来、三十五歳のこの若き未亡人は、もはや男に媚びるそぶりも見せず、これといって女らしい装いをすることもなかった。ブリドーは、彼女が知り、敬い、愛したただ一人の男で、彼女を悲しませるようなことはこれっぽっちもなかった。その男と死別して、彼女は自分を女とは感じなくなり、すべてがどうでもよくなったのだ。もはや着飾ることもなくなった。結婚の幸福やおしゃれへの関心をこれほどきれいさっぱり放棄してしまうことは、ほかにまったく例を見ない。みずからの自我を他者のなかに移しかえる力を、愛から受けとる人々がいる。そういう人々は、ひとたび愛を奪われると、もはや生きることができなくなってしまう。アガトは、いまや子供たちのためだけに生き、自分の破産が子供たちにどれほどの窮乏を強いるかと思うと、際限もなく悲しい気持ちがつのるのであった。マザリーヌ通りに引っ越して以来、彼女の顔立ちにはどことなく愁いがただよって、痛々しいほどだった。もちろん多少は皇帝の好意を当てにしていたが、いま以上の援助を期待するのはできない相談だった。皇室費から子供たちのために、給費を別にして年に六百フランずつ賜っていたのである。

いっぽうデコワンおばさんのほうは健康で輝かんばかりで、三階に姪と同じようなアパルトマンを借りていた。彼女はブリドー夫人に権利の譲渡をおこない、自分の年収のなかからブリドー夫人が優先的に千エキュ受けとれるようにした。公証人のロガンは、ブリドー夫人のために法的な手続きをととのえたが、このゆっくりした返済によって損害を償いおわるまでには、ほぼ七年という歳月が必要であった。ロガンはふたたび千五百フランの年金を受けとれるようにするために、順次こうして天引きされた金額を貯めておいた。デコワンおばさんの収入は千二百フランにまで切りつめられ、姪とともに細々暮らしてゆくほかなかった。この二人は心はきれいだったけれども、弱き者にすぎず、女中に来てもらうのも朝だけにかぎっていた。デコワンおばさんは料理好きだったから、夕食は彼女がつくった。晩には友人が何人か、二人の未亡人とトランプのゲームをやりにきた。いずれもブリドーによって役所に職を得た人々である。デコワンおばさんはあいかわらず三つ組の数字に賭けつづけていたが、彼女にいわせると、それらの数字はがんとして出ることを拒んでいるのであった。彼女はやむなく姪から借りざるを得なかった金を、大当たりをとっていっぺんに返せはしないものかと願っていた。そして自分の孫のビジウよりもブリドー兄弟に多く愛情を注いでいたが、それというのも彼らにすまないことをしているという気持ちがよほど強く、また姪の性格のよさにつくづく感心していたからにちがいなかった。事実この姪は、どれほど苦しいときであろうと、彼女に非難めいた言葉を浴びせることは一度としてなかった。そんなわけだから、デコワンおばさんのジョゼフとフィリップの二人の兄弟へのかわいがりようは、ひととおりのものではなかったと思っていただきたい。大目に見てもらう必要のある悪癖をもった人のつねで、フランス帝立宝くじ愛好家の老婦人は、二人のために、お菓子のいっぱい付いたちょっとした夕食をこしらえてやったりした。のちには、ジョゼフとフィリップは、いとも簡単に彼女のポケットから小遣い銭を引きだすことができたが、弟のジョゼフの場合、それはデッサン用木炭、クレヨン、画用紙、擦筆などの購入のためだったし、兄のフィリップは、アップルパイ、おはじき、細綱とナイフといったものを買うためだった。道楽に熱中するあまり彼女は月々わずか五十フランですべてをまかない、残りはすべて賭につぎこんでいた。

いっぽうブリドー夫人のほうは、母親としての愛情から、これ以上出費がかさまないようにしていた。みだりに人を信じてしまったことをみずからに罰するために、彼女は自分の小さな楽しみをきっぱりと断った。消極的な精神、狭隘な知性にまま見られることだが、ただ一つの感情を踏みにじられて不信感が目覚め、そのために彼女はある一つの欠点を大いに発展させ、ついにそれを一つの確固たる美徳に仕立て上げるにいたったのである。皇帝閣下は、と彼女は考えるのであった、ひょっとしてわたしたちのことをお忘れになるかもしれないし、戦いでお亡くなりになるかもしれない。そうなったら恩給はわたしの代かぎりで終わってしまうだろう……彼女は、子供たちが一文なしでこの世に残されるかもしれぬ可能性のことを考えて、身の毛のよだつ思いがした。デコワン夫人の年収から三千フランずつ天引きすることで、売り払った国債は七年たてばもと通りになることを、公証人のロガンがやっきになって証明しようとしても、その計算を理解することができなかった。公証人も、叔母も、国も信用せず、もはや当てになるのは自分自身だけで、みずから倹約につとめる以外にない。毎年恩給から千エキュ貯蓄すれば、十年後には三万フラン貯まるから、それだけですでに、どちらかの子供のために千五百フランの年金を確保することができるだろう。彼女はまだ三十六で、あと二十年は生きられると思っていいから、こうしたやり方に従えば、両方の子供にかつかつながら生活費を残すことができるはずだ。こうして二人の未亡人はうわべだけの贅沢から自発的な貧窮に移ったわけだが、一人はある悪癖に導かれてそうしたのであり、もう一人はこのうえもなく純粋な美徳の旗印に従っていたわけであった。これらはすべて些末なことがらではあるが、この物語から導きだされるであろう深遠なる教えを理解するために役立たぬものは何一つない。この物語にからんでいるのは人生においてもっとももありきたりな利害といってよいが、だからこそそのおよぶ範囲はもっとずっと広いともいえる。画学生たちの住む部屋べやの眺め、通りで彼らがたてる喧噪、わずかに空を見あげて、いつもじめついているこの界隈を区切るぞっとするような眺望から心を慰めるしかないこと、素人画家の手になるものとはいえ、いまもなおお魂と偉大さにみちたあの肖像画のようす、穏やかで落ちついたこの室内の、豊かだが古びて調和のとれた色彩がつくりだす光景、空中庭園の植物、この家庭の貧しさ、母の兄に対するひいき、そして弟の趣味への反感――つまりこの物語にとって導入の役割をはたす事実と成りゆきのすべてに、ジョゼフ・ブリドーを現在のフランス画壇を代表する大画家の一人にまで育てあげた原因の数々が、おそらく含まれているのである。

四　天職

ブリドーの二人の子供のうち年上のほう、つまりフィリップは、驚くほど母親に似ていた。金髪碧眼の外見に似合わず騒々しい少年だったが、その騒々しさを活発さ、勇気ととってしまうのはいともたやすいことであった。ブリドーと同期に入省した老クラパロンは、夜、二人の未亡人とトランプのゲームをやりにくる忠実な友人の一人で、月に二、三度はフィリップに向かって、頬を軽くたたきながらこういうのだった。「このやんちゃ坊主は、いまにおそれを知らぬ男になるぞ！」少年は刺激され、虚勢をはってある種の決意を固めた。こうして生来の性格にはずみがつき、あらゆる身体運動に秀でるようになったのである。高等中学で喧嘩をくりかえしたおかげで、軍人としての価値の源となるあの大胆さと、苦痛をものともせぬ態度も身につけた。しかし当然のごとく彼は、勉強がいやでいやでたまらないのだった。公教育は、身体と知性を同時に発達させるという困難な問題をけっして解決できないだろう。単に外見が似ているだけだったのに、アガトは二人は精神的にも似通っているにちがいないと思いこみ、いつの日か彼のなかに、男らしい強さによってしっかり支えられた感情の繊細さを見いだすときがくることを、信じて疑わなかった。母がマザリーヌ通りの惨めなアパルトマンに移り住んだとき、フィリップは十五歳で、この年頃の子供特有のやさしさゆえに、こうした母親らしい思いこみは根拠のあることのように思われた。ジョゼフは三歳年下で父親似だったが、もっぱら悪いところばかり受け継いでいた。まず、そのふさふさした黒い髪の毛はいつもくしゃくしゃで、手のほどこしようがなかった。いっぽう兄のほうは、その活発さにもかかわらずいつも身ぎれいにしていたのだ。そしてさらに、いかなる運命のなせるわざか――そしてあまりにも恒常的である場合、運命は習慣と変わるところがなくなるのだが――ジョゼフは、どんな洋服も汚さずにはいないのだった。新しい洋服を着ていても、それはあっという間に古着同然になった。兄のほうは、自尊心から身だしなみには気をつかった。それと気づかぬ間に母は、ジョゼフをしかり、模範として兄を持ち出すことが習慣になった。そんなわけでアガトは、いつも同じ顔を二人の子供に見せるとはかぎらなかったし、二人を呼びにゆくとき、ジョゼフについては「またあの子、ひどく服を汚しているんじゃないかしら?」というのが常だった。こうしたさまざまな細かい事柄がかさなって、彼女の心は次第に子供へのえこひいきの淵にはまっていったのである。二人の未亡人とつきあいのあったおそろしくありきたりな人々のうち、デュ・ブリュエル父も、老クラパロンも、デロッシュ父も、そしてアガトの聴罪司祭ロロー神父でさえも、もって生まれたジョゼフの観察力に気づかなかった。未来の色彩画家はみずからの嗜好に支配され、自分にかんするいっさいのことにかまわなかったし、幼年時代、こうした傾向はまるで痴呆とちがわないように見えたので、父親は彼のことで大いに気をもんだものだった。度はずれた頭の大きさ、額の広がりゆえに、最初この子供は水頭症ではないかとすら思われた。ひどく苦しそうな顔をしており、その顔の一風変わった特徴は、容貌のもつ精神的価値を理解せぬ人の目には醜悪としかうつらず、若いうちはかなり不機嫌そうな印象を与えた。目鼻だちは後にはっきりしてくるのだが、当時はひきつったように見え、夢中になって事物を注視するために、その顔のひきつりはいっそうひどくなった。そんなわけでフィリップは母親の虚栄心を大いにくすぐり、いっぽう、多少なりともジョゼフのことを彼女に向かって褒めてくれる人は、一人としていなかったのである。フィリップの口からは、自分の子供がやがて卓越した人物になるだろうと両親に思わせる、あれらの巧みな言葉や返答の数々が飛びだしてきたが、ジョゼフはあまり口もきかず、夢想にふけるばかりだった。母はフィリップの揚々たる未来に希望を託し、ジョゼフには少しの期待も抱かなかった。ジョゼフのもって生まれた「芸術」志向は、なんとも平凡なできごとによって発展させられることになった。一八一二年のこと、復活祭の休暇のころ、兄とデコワン夫人と一緒にチュイルリー公園を散歩したその帰り、一人の学生が壁にある教師のカリカチュアを描いているのが目に入り、からかい心あふれるその白墨の線描の前で、彼は感嘆のあまり舗道にくぎ付けになってしまったのである。翌日、子供は窓辺で学生たちがマザリーヌ通りの入口から入ってゆくのにじっと目を凝らし、こっそり階段を下りて学士院の細長い中庭に入りこむと、彫像、胸像、作りかけの大理石像、あるいは陶器、石膏像などがそこにあることに気づいて、我を忘れてそれらに見入った。彼のなかの生来の傾向がはっきり姿をあらわし、天職の自覚に心が沸きたっていたのであった。彼は扉が開きっぱなしになっていた天井の低い部屋に入り、そこに十人ほどの若者がいて、彫像のデッサンをしているのを見た。彼はたちまち、次から次へとからかいの言葉を浴びせられた。

「ちび、おい、ちび！」、彼に気づいた最初の人間が、パンのかけらをとり、それをちぎって投げつけながらいった。

「いったいどこの子だ？」

「ひゃあ、なんて醜いんだろう！」

さらに十五分ほどのあいだ、ジョゼフは偉大な彫刻家ショーデ（ドゥニ＝アントワーヌ・ショーデ。十八世紀後期から十九世紀初めにかけての、新古典主義を代表する彫刻家）のアトリエの冷やかしに耐えねばならなかったが、思う存分冷やかしたあと、学生たちは、彼がどうしてもそこを動こうとせず、またなんとも特異な容貌をしていることに驚きを覚え、何をしたいのか訊ねてみた。ジョゼフの答えは、ぜひデッサンの腕をみがきたいというものだった。この返答を耳にして、みなが口々に励ましの言葉をかけた。この好意的な調子にすっかりほだされて、子供は、自分がブリドー夫人の息子であるといったような話をした。

「ほう！　ブリドー夫人の息子か！」、アトリエじゅうから叫び声があがった。「だったらおまえ、大人物になれるぞ！　ブリドー夫人の息子、バンザイ！　ママは美人かい？　おまえの顔から判断すると、多少ぞんざいなつくりだろうな！」

「画家になりたいんだって？」、もっとも年かさの学生が、ジョゼフをからかってやろうと、自分の場所を離れ、そばにやってきていった。「だがそのためには勇敢でなければならないし、大変な貧乏に耐えなければならないぞ、わかるか？　身体がぼろぼろになるような試練が待っているんだ。ごらん、あの連中だって、一人残らず試練をくぐり抜けてきたのさ。ほら、あそこにいるやつ、あいつなんか、もう七日間も飯抜きだ！　おまえが画家になれるかどうか、ひとつみてみよう」

彼はジョゼフの腕をとり、空中に突きあげるような具合に、まっすぐ上に伸ばさせた。それからもう片方の腕を、拳固を突きだすような位置に置いた。

「われわれはこれを電信柱の試練と呼んでいる」、彼は続けていった、「このまま十五分間、腕を下げないで、位置を変えずにいられたら、おまえが誇り高い勇敢な男である証拠だ」

「さあちび、がんばれ」、ほかの者たちがいった。「まったく、画家になるには大変な苦しみが必要なのさ」

ジョゼフは、十三歳の子供らしくいわれたことをすっかり真に受け、ほぼ五分間、みじんも動かずにいて、学生の全員が彼を真剣に見守った。

「おい、腕が下がったぞ」、一人がいった。

「ほらほら、しっかりしろ！」、もう一人がいった。「ナポレオン皇帝なんか、あそこに見えるああいう格好を、一カ月もお続けになったんだ」、ある学生が、ショーデのみごとな彫像を指さしながらいった。

それは皇帝杖を手にした皇帝の立像だったが、この彫像は、ヴァンドーム広場の円柱のてっぺんをじつにすばらしく飾っていたもので、一八一四年に、そこから引きずりおろされたのであった。十分後には、ジョゼフの額に大粒の汗がきらきらと光っていた。そのとき、病人のように青白い顔の、禿げた小柄な男が入ってきた。アトリエをこのうえなく敬意に満ちた沈黙が支配した。

「おいきみ、いったい何をしているのかね？」、アトリエじゅうの笑いものになっていた子供に目をやりながら、彼はいった。

「この坊やに、モデルになってもらってるんですよ」、ジョゼフを立たせた年かさの画学生がいった。

「かわいそうに、こんな子供をいじめて恥ずかしくないのか？」、ジョゼフの両腕を下げながら、ショーデはいった。「いつからここにいるんだい？」、ジョゼフの頬を親しげに軽くたたきながら、彼は訊ねた。

「十五分前からです」

「誰に連れられてきた？」

「画家になりたいと思って」

「きみ、どこの子？　どこからきたの？」

「ママのところから」

「ほう！　ママのところか！」、学生たちは叫んだ。

「黙ってデッサンを続けろ！」、ショーデは叫んだ。「きみのママはどんな仕事をしている？」

「ママはマダム・ブリドーです。パパはもう死んだけれど、皇帝の友達だった。だから、あなたがもしデッサンを教えてくれるなら、必要な月謝は皇帝が払ってくださるのです」

「この子の父親は、内務省の局長だった人だな」、ショーデは、突然記憶が甦って叫んだ。「で、きみはすでに芸術家志望というわけか？」

「はい、そうです」

「来たいときいつでもここにおいで。みんなで相手してやるよ！　この子に紙挟みと画用紙とクレヨンをあげて、やりたいようにやらせてやれ。諸君、わかってほしいのだが、この子の父親のことを思えば、そうするのも当然なのだ」、彫刻家はいった。そして、ジョゼフを笑いものにした学生に小銭を渡して、「おい、『井戸綱《コルド・ア・ピュイ》』、これで何か、ケーキとかお菓子とか飴とか買ってこい」ショーデは、ジョゼフの顎をなでながら、さらに続けた。「ほしいだけお菓子をお食べ。どんな食べ方をするかで、画家になれるかどうか、見てやろう」

それから彼は学生たちの仕事を見てまわり、子供はそのあとについて、眺め、聞き、理解しようとつとめた。お菓子が運ばれてきた。アトリエじゅうが、彫刻家自身も子供も含めて、お菓子にかぶりついた。ジョゼフは、まんまといっぱいかつがれたそのあとで、同じくらいやさしくされたわけだった。この場面には画家ならではのふざけ心と心意気がはっきり示されており、子供は本能的にそれを理解して、途方も

それからショーデは学生たちの仕事を見てまわり、子供はそのあとについて……

なく強烈な印象がその心に刻みこまれた。ジョゼフにとって、ショーデという、皇帝の庇護を受けて栄光を一身に集め、早すぎる死によってこの世から奪いさられたこの彫刻家の出現は、ほとんど幻にも等しかった。子供はこの秘かな外出のことは母には一言も口にしなかったが、しかし日曜日と木曜日にはいつも、ショーデのアトリエで三時間ほどを過ごすようになった。デコワンおばさんはかわいい二人の孫のいうことならどんな気まぐれでも聞いてやったから、このとき以来ジョゼフに、クレヨン、紅殻《サンギーヌ》、擦筆、デッサン用の画用紙などを買ってやるようになった。帝立高等中学で、未来の画家は、先生をクロッキーに描き、クラスの仲間を素描し、共同寝室に木炭で落書きし、デッサンの授業に驚くべき熱心さで出席した。帝立高等中学教授ルミールは、ジョゼフが素質に恵まれていることはもちろん、長足の進歩をとげたことに驚きを覚えて、息子の天職を知らせるべくブリドー夫人に会いにやってきた。アガトは田舎出の女らしく、家事に精通しているのと同じくらい芸術には疎かったから、すっかり怖じ気づいてしまった。ルミールが帰ると、未亡人は泣きだした。

「ああ」、デコワンおばさんの顔を見るなり、彼女はいった。「わたし、もうおしまいです。ジョゼフは事務職に就かせようと思っていました。内務省に入ればなんの苦労もいらない。亡くなった父親の影に守られて、二十五歳で課長になれるでしょう。それなのに画家なんていう浮浪者同然の身分になりたいだなんて。ほんとうにあの子には苦労ばかりかけさせられるだろうって、前からわかっていましたわ！」

デコワン夫人は数カ月前からジョゼフの情熱を後押ししていて、日曜と木曜にこっそり学士院に出かけるのをかばってやっていることを告白した。官展にも連れていったのだが、そこで彼が一心不乱に絵に見入るときの注意の集中たるや、まさに驚異的といってもよいほどだった。

「お聞き、十三歳で絵が理解できるのだとしたら」彼女はいった、「ジョゼフは天才だよ」

「そうね、でもなまじ天賦の才があったためにあの子の父親がどうなったか、考えてみてくださいな！仕事でぼろぼろになって、四十歳で死んでしまったのですよ」

秋も終わりに近づいたある日、ジョゼフがちょうど十四歳になろうとしていたころ、アガトは、デコワンおばさんの懇願にもかかわらずショーデのところに出向いて、息子を堕落させるのはやめてほしいと強く申し入れた。彼女が来たとき、ショーデは青いスモックをはおり、彼の遺作となった彫刻のかたちをととのえているところで、かつて危うい状況にあったとき手をさしのべてくれた男の未亡人を、ほとんどつっけんどんに出迎えてしまったのだった。だが、彼はすでに死の病に犯され、それで猛然たる勢いで仕事にかかっていたのだが、まさしくこうした勢いあるがゆえに、人は数カ月かけても完成しがたいことを、ほんの少しのあいだにやり遂げてしまうのである。彼は、長いあいだ探し求めていたものに出会ったところで、ぎくしゃくした動作でへらを扱い、粘土をこねていた。そうした動作は、無知なアガトには狂人のそれのように見えた。まったく違う気分でいたなら、ショーデも笑いだしていたことであろう。しかしこの母親が芸術を呪い、他人が息子に強いようとしている運命を嘆き、以後彼のアトリエにこの子を入れないでほしいと頼むのを聞いて、彼は聖なる憤激に身を任せたのであった。

「亡くなったあなたのご主人には恩義があります。息子さんを勇気づけ、あらゆる職業のなかでもっとも偉大なものの一つといえる職業の第一歩を、あなたのジョゼフ坊やが踏みだしてゆくのを見守ることで、そのご恩に報いたい。わたしはそう思っていたんだ！」、彼は叫んだ。「奥さん、もしご存じないならお教えしますが、偉大な芸術家とは一人の王、いや王以上のものです。まず彼は幸福だし、孤高を保ち、自分の思うがままに生きている。それに彼は空想の世界の支配者でもある。ところで、お宅の息子さんの前途は、まさに洋々たるものです！　これほどの素質にはめったなことではお目にかかれません。こんな年齢で才能があらわれるなんて、ジオットー、ラファエロ、ティツィアーノ、ルーベンス、ムリーリョといった画家でなければないことです。というのも、つまり、彼は彫刻家よりもむしろ画家になるべきでしょうからね。無念だなあ！　わたしにこんな息子がいれば、二世がお生まれになったときの皇帝と同じくらい幸福になれるだろうに！　もっとも、お子さんの運命を決めるのは、あなたなのですから。お子さんをただのうすのろにしようと、頭を使うこともなくぼんやり歩くだけの男にしようと、あわれな小役人にしようと、どうぞご勝手に！　あなたは一個の殺人を犯したことになるでしょうがね。あなたがどんなに抵抗しても、負けずに彼には芸術家になってほしいと思いますね。天職というのは、その力に抗していくら妨害を試みても、それに勝るものだ！　天職というのはつまり、神の呼び声だ、神によって選ばれたということです！　ただ、お子さんは不幸になることでしょう、あなたのおかげでね！」彼はバケツのなかにもういらなくなった粘土を乱暴に投げいれ、それからモデルにいった、「きょうはこのくらいにしておこう」

アガトが顔を上げると、アトリエの片隅に、腰掛けの上に裸の女が座っているのが見えた。そちらのほうには目がいっていなかったのだ。それでこの光景を目にするや、彼女はぞっとして出てゆこうとした。

「諸君、ブリドーの子供はもうここに入れてはいけないよ」、ショーデは学生たちにいった。「母上がお困りのようだから」

「しっ、しっ！」、学生たちは叫び、アガトは扉を閉めた。

「あんなところにジョゼフが行ってたなんて！」、あわれな母親は、わが目で見、わが耳で聞いたことに怖じ気をふるって、つぶやいた。

息子が芸術家になることをブリドー夫人が望んでいないことを知るやいなや、彫刻や絵画を学ぶ学生たちは、ジョゼフを自分たちのところに誘いいれることにひたすら喜びを見いだすようになった。母にもう学士院には行かないと約束させられたにもかかわらず、子供はしばしば、ルニョー（ジャン＝バティスト・ルニョー。十八世紀から十九世紀にかけての歴史画家）がそこにもっていたアトリエにこっそり紛れこみ、皆は彼が画用紙につたない絵を描くのを励ましてやった。未亡人が苦情をいおうとすると、ショーデの学生たちは、ルニョー先生はショーデじゃないし、それに何もわれわれは、お坊ちゃんのお守りを仰せつかったわけじゃない、などと次々にでまかせをいうのだった。情け容赦ない画学生連中は、ブリドー夫人について、百三十七節からなる戯れ歌をつくり、それを放吟した。

この惨めな日の晩、アガトはトランプゲームをことわり、安楽椅子に腰掛けたまま深い悲しみに沈みこんで、その美しい目にときおり涙さえ浮かべることがあった。

「いったいどうされたんです、ブリドーの奥さん？」、老クラパロンがいった。

「息子がなまじ絵の才能があるばっかりに、物乞いをして歩くようになるだろうって、思ってるのよ」、デコワンおばさんがいった。「でもわたしは義理の息子のビジウの将来を、これっぽっちも心配していませんよ。あの子も、デッサンに夢中なんだけどね。男というのは、自分で道を開いてゆくものよ」

「おっしゃるとおりですな」、冷徹で歯に衣着せぬデロッシュがいった。彼は能力がありながら、いまだに課長補佐にもなれずにいたのだった。「さいわい、わたしのところは一人息子でしてな。というのも、わたしの収入は千八百フランぽっちだし、妻は印紙販売店の商売でせいぜい千二百フランしか稼いでこない。

これ以上子供がいたら、どうなっていたことか？　子供は代訴人のところで使い走りをやらせていて、月二十五フランもらってきます、昼食付きでね。同じだけわたしも小遣いをやっている。夕食を家で食べて、あとは寝るだけ。そんなもんですよ。あとは本人次第、自分でなんとかするでしょう！　子供には、学校に行くよりもきつい仕事をやらせているわけですが、いつか代訴人になれるでしょうから。芝居の金でも払ってやろうものなら、もう大喜びで、首っ玉にかじりついてきますよ。いや、きびしくやってますとも、金の使い道はすべて報告させてね。お宅は子供に甘すぎますな。お子さんが狂った牛を食べたいというなら、そのとおりさせればいい！　なんとかなるものですよ」

「わたしの場合」、退職したばかりの老局長、デュ・ブリュエルがいった。「息子はまだ十六で、母親が大変なかわいがりようでね。しかしわたしは、こんなに早い時期にあらわれる天命など、聞く耳をもちませんな。きっとただの気まぐれで、そんな嗜好などすぐに忘れてしまいますよ！　わたしにいわせれば、男の子というものは、うまく導いてやらねば……」

「でもお宅は裕福だし、あなたは男性でいらっしゃいます。それに息子さんはおひとりだけでしょう」、アガトはいった。

「いやはや」、クラパロンがふたたび口を開いた。「子供というのは、手前勝手なものだ（場札はハート）。わたしのところでも、きりきり舞いさせられておりましてな。とうとう金を使い果たして、もういっさい面倒は見てやらぬことにしたんです（札は全部いただきだ）。ところが、あいつにとってはそのほうが好都合だし、わたしもまたそうなのでね。あれのかわいそうな母親が死んだ原因の一端は、息子自身にあるのです。行商人などになったのも、運命のしからしむるところでしょう。家にいるよりは、しきりに外に出たがって、少しもじっとしておらず、何一つ身につけようとしなかった。やつがわたしの名を汚すのを見ずに死ぬのを、神に願うばかりです！　子供を持たぬ人々は、多くの喜びを知らずにいるが、多くの苦しみも味わわずにすんでいるわけさ」

「父親なんて、こんなものなのかしら」、アガトは、また泣きはじめながら心のなかでつぶやいた。

「いいですか、わたしがいいたいのはですね、ブリドーの奥さん、お子さんが画家になるのを許すべきだということです。でなければ、時間を無駄にすることになりますよ……」

「もしもあなたにお子さんを叱りとばすことができるのなら」、辛辣なデロッシュはいった。「あの子の趣味に反対するようにご忠告しますがね。しかしお子さんがたに対してそのように弱腰では、彼が下手な絵を描きなぐるのを許してやるしかありませんな」

「万事休す！」、クラパロンがいった。

「『万事休す』って、どういうことなんです？」、あわれな母親がいった。

「いやね、切札のハートで切られたってことですよ！　あのデロッシュのやせっぽちにいつもやられるんだ」

「くよくよすることはないわよ、アガト」、デコワンおばさんはいった。「ジョゼフは立派な人間になりますよ」

人間のする議論はどれも似たり寄ったりのもので、こうした議論ののち未亡人の友人諸氏の意見は一致を見たのだが、彼らのその意見も未亡人の困惑に終止符を打つことはできなかった。ジョゼフが天職につくことを許してやるように、彼らは忠告したのであった。

「お子さんが天才でなかったとしても」、アガトに気があるデュ・ブリュエルはいった。「いつだって役所に入ることはできますよ」

デコワンおばさんは、階段のうえのところで、三人の老官吏に別れの挨拶をし、彼らをギリシャの三賢人と呼んだ。

「あの方はくだくだと悩みすぎですな」とデュ・ブリュエル。

「子供が何かやりたいと思っているなんて、しあわせとしかいいようがない」とさらにクラパロン。

「それに、神のご加護によって皇帝陛下がご存命中は」とデロッシュ。「ジョゼフは庇護を受けるんでしょう！　とすればいったい何が心配だというんです？」

「子供のこととなると、なんでも心配なのよ」、デコワンおばさんは答えた。部屋に戻るとさらに続けて、「ほら、わかったでしょう、みんな意見は同じなんですよ。なんでまだ泣くんです？」

「ああ、これがフィリップのことだったら、心配なんてこれっぽっちもしません。あのアトリエで何をやってるか、ご存じないんです。画家の人たちったら、裸の女なんかあそこに連れこんで」

「あら、せめて部屋は暖かくしているんでしょうね？」、デコワンおばさんはいった。

五　一家の大人物

その数日後、モスクワからの潰走《かいそう》という不運な事件が勃発した。ナポレオンは帰国して新しい軍を組織し、新たな犠牲をフランスに求めた。あわれな母はこのとき別の心配事を抱えることになった。フィリップは高等中学が性に合わず、なんとしても皇帝陛下にお仕えするといい張ったのだ。チュイルリーで閲兵があり、この閲兵はナポレオンがそこでおこなった最後のものだったが、フィリップはこれに参列してすっかりのぼせ上がってしまった。当時、軍隊の壮麗さ、軍服の見栄え、肩飾りの威厳は、ある種の若者に抗しがたい魅惑をおよぼしていたのである。フィリップは、弟が芸術の分野で優れた能力を示したように、自分も軍務にかんして素質があると信じこんだ。そして母に黙って次のような請願の文案を練り、皇帝に書き送った。

「陛下、わたくしは陛下の部下だったブリドーの息子であります。年は十八歳で、身長は五ピエ六プースあり、足も速く、身体も丈夫で、兵士として陛下にお仕えしたく存じます。入隊につき、ご配慮のほどをよろしくお願い申しあげます」云々。

皇帝はフィリップをその日のうちに帝立高等中学からサン・シールの士官学校に転校させ、六カ月後、一八一三年十一月、騎兵連隊付き少尉として任官を命じた。フィリップは冬の途中まで留守部隊にとどまっていたが、馬に乗れるようになるとすぐに、熱い思いを胸に出立した。フランス戦線中、前衛にあって、血気盛んな行動によって大佐の命を救い、おかげで彼は中尉に昇進した。皇帝は、シャンパーニュ地方、ラ・フェール・シャンプノワーズでの戦闘のさい、フィリップを大尉に任命し、副官にとりたてた。フィリップはこうした昇進にますます気持ちを駆られ、パリにほど近いモントゥローでは勲章も授かった。フィリップ大尉はフォンテーヌブローでナポレオンの別れを見送り、この光景に感激するあまり、ブルボン家への仕官を拒否した。一八一四年七月、彼は母のもとに戻り、その破産を知った。休暇中にジョゼフへの給費が打ち切られたし、ブリドー夫人の恩給は皇室費から出ていたから、彼女はこれを内務省扱いにしてもらうべく嘆願したが、それも無駄に終わってしまったのだ。画家になりたいというジョゼフの気持ちは前にも増して強く、彼はこうしたできごとをもっけの幸いと、母にルニョー氏のところに行かせてほしいと頼み、自分の食いぶちぐらい稼いでみせると約束した。自分は高等中学の第二学年での成績もきわめて優良だから、最終学年の修辞級をやるにはおよばぬというのである。十九歳にして大尉となり、勲章も拝受したフィリップは、二つの戦場で皇帝に副官として仕え、母親の自尊心をたっぷり満足させた。そんなわけでこの男は不作法で騒々しいだけで、じつのところただ剛胆なサーベルさばきだけが、ありふれた唯一の取り柄だったにもかかわらず、彼女の目には天才的な人間にうつったのだった。いっぽう小柄でやせ細ったジョゼフは病気がちで風貌も近寄りがたく、平和と静けさを愛し、芸術家の栄光を夢見ていたが、彼女にいわせれば、気苦労と心配の種ばかりまいていた。一八一四年から一八一五年にかけての冬は、ジョゼフに幸運をもたらした。彼は秘かにデコワンおばさんとビジウの援助を受けていたが、このビジウはグロ（帝政、王政復古期の代表的歴史画家。ドラクロワなど多くの才能を育てた。）の弟子で、ジョゼフもこの名高いアトリエに行って勉強するようになったのである。ここからはじつにさまざまの才能が巣だってゆき、彼はそこでシネールと肝胆相照らす仲になった。三月二十日、政変が勃発し、ブリドー大尉はエルバ島を脱出した皇帝とリヨンで合流して、チュイルリーまでつき従ってきた。そして近衛龍騎連隊中佐を拝命した。ワーテルローの戦いで彼は傷を負うが、軽傷にすぎず、レジオン・ドヌール四等勲章をえて、その後はサン・ドゥニのダヴー元帥のもとにあり、ナポレオン軍の残党によって組織されたロワール軍には加わらなかった。したがって、ダヴー元帥の庇護のもと、四等勲章と階級は失わずにすんだものの、俸給は半分に減らされてしまった。ジョゼフは今後の成りゆきを気に病みながら、この時期がむしゃらに勉強に励んだので、さまざまな事件が嵐のように吹き荒れるなか、何度も病に倒れる始末だった。

「絵のにおいがいけないんです」、アガトはデコワン夫人にいった。「こんなに身体に悪いことは、一日も早くやめればいいんです」

このころ、アガトの心労はすべて長男の中佐ゆえのものだった。一八一六年に再会したとき、近衛龍騎兵の指揮官として彼が受けとっていたほぼ九千フランほどの年俸は半減して月三百フランになっており、アガトは彼のために台所の上の屋根裏部屋を改修して、そのために蓄えをいくらか使った。フィリップは、まさに立憲派の「たまり場《ボイオティア》」ともいうべき〈カフェ・ランブラン〉のもっとも熱心な常連ボナパルティストの一人となり、半給士官ならではの習慣、流儀、スタイル、生活をそこで身につけた。そして、二十一歳の青年なら誰しも同じだったかもしれないが、そうした傾向をおそろしく誇張し、ブルボン家に対して大まじめで命がけの憎悪を抱いていささかも恭順の意を示さず、中佐の階級のまま戦列に復帰できる機会があったときでさえ、それを拒否したのだった。母の目から見れば、フィリップは毅然たる性格を発揮しているようにみえた。

「あの子の父親でも、あそこまではできなかったでしょう」、彼女はいった。

半給があればフィリップが暮らしてゆくには充分で、家からは一銭も持ちだすことはなかったが、いっぽうジョゼフのほうは、まったく二人の未亡人の掛かりになっていた。このとき以来、アガトのフィリッ

フィリップは、〈カフェ・ランブラン〉のもっとも熱心な常連ボナパルティストの一人となり、彼は半給士官ならではの流儀を身につけた。

プに対するひいきが露骨なものになった。それまでこのひいきは表面にはあらわれていなかったのだ。だが、皇帝の忠実な兵士に対してなされた迫害、愛する息子が受けた傷の思い出、逆境——みずから好きこのんで招いたものでも、彼女にとってはそれは、高貴な逆境なのであった——にあって示された勇気、こうしたことがらによって、アガトの愛情は一挙に高まった。「あの子は不幸せなんです」という言葉ですべてが許された。ジョゼフの性格には、人生の始まりのころ、芸術家の魂にあふれているあの単純素朴さがあったし、彼は兄に対するある種の崇拝のなかで育てられてきてもいたから、母のひいきに傷つくどころか、二つの戦場でナポレオンの命令を伝えた勇者、ワーテルローの負傷者への畏敬の念を抱き、彼自身こうしたひいきをもっともなことと信じて疑わなかったのだ。近衛龍騎兵の緑と金の美しい軍服に身を包み、シャン・ド・メの祭典（帝国憲法の追加条項の公布を記念してシャン・ド・マルスでおこなわれた。）で騎兵大隊を指揮する姿を目の当たりにして、この兄の優位をどうして疑うことができよう！　それに、ひいきはしていたものの、アガトはやはりすばらしい母親だった。彼女はジョゼフを愛していたが、その愛はめくらめっぽうのものではなく、ただ彼女にはジョゼフが理解できなかったのである。ジョゼフは母が大好きだったが、いっぽうフィリップは母に好かれるがままになっていたわけである。だがこの龍騎兵は、母に対しては兵隊らしい粗暴さを和らげていたけれども、いかにも親しげな表現の仕方をするとはいえ、ジョゼフに対するさげすみを隠すことはほとんどなかった。弟がもっぱら強力な頭脳に支配され、たゆまぬ仕事でやせ細り、十七歳にしてはあまりに虚弱で発育が悪いのを見て、彼はジョゼフを「出来損ない！」と呼んだ。いつも恩着せがましいそうした態度は、芸術家ならではの無頓着さがなければ、さぞ不愉快に思われたことだろう。それに彼は、兵士の粗暴な外面の裏には善良さが隠されていると信じこんでもいた。気の毒なことにジョゼフはまだ幼くて、真に能力のある軍人は、ほかの優れた人々同様、やさしくて礼儀正しいということを知らなかったのだ。天才は、どんなものであれ、たがいに似かよっているものだ。

「どうせろくなものにはならない！」、フィリップは母にいった。「うるさくいうことはない、好きにやらせておけばいいよ」

このさげすみは、母の目からすれば、兄らしい思いやりの徴しにうつるのだった。

「フィリップはいつまでも弟思いだろうし、弟をかばってくれるだろう」、そう彼女は思った。

一八一六年にジョゼフは母から、彼が寝起きする屋根裏部屋の隣の物置をアトリエに改装する許しをもらい、デコワンおばさんは彼にいくらかの金を与えたが、それは画家のなりわいになくてはならぬものを買うためだった。というのも、この二人の未亡人の家では、画家も一つのなりわいにすぎなかったのである。天職を知る者の機転と熱意をもって、ジョゼフは彼の貧しいアトリエに手ずからすべてのものを配置した。デコワン夫人のたっての願いで、家主は屋根に穴をあけさせてそこに窓枠を据えつけた。物置は広々とした部屋に姿を変え、ジョゼフはそこをチョコレート色に塗った。壁には何枚かの下絵《エスキス》がかけられた。アガトはそこに、心ならずもではあったが、小さな鋳鉄製のストーブをおき、ジョゼフは部屋で仕事ができるようになった。もっともそれでグロのアトリエやシネールのアトリエをなおざりにするというわけではなかった。立憲派は半給士官やボナパルティスト一派の支持をえて、誰一人望んでもいない「憲章《シャルト》」をもちだし、その名のもとに当時議会の周辺でさかんに騒ぎを起こして、いくつかの陰謀をたくらんだ。フィリップはそれに首をつっこんで逮捕されたが、証拠がなく、釈放された。しかし戦争大臣は彼から半給をとりあげ、いわゆる「懲罰予定者リスト」に加えたのだった。フランスは彼にとってもはや八方ふさがりで、このままいけば、フィリップは結局、警察の秘密工作員が仕掛けるなんらかの罠にはまりかねなかった。当時秘密工作員のことは、さかんに話題になっていた。フィリップは怪しげなカフェでビリヤードにうつつを抜かし、無駄に時をすごして、さまざまな種類のリキュールを小さなグラスでちびちびやる習慣がそこですっかり身についてしまっていたが、その間アガトは一家の大人物の身を案じて、やきもきのしどおしだった。例のギリシャの三賢人は、あいかわらず毎晩同じ道をたどってきて二人の未亡人の部屋まで階段をのぼり、二人が彼らの到着を待ちかねたようにその日のようすを訊ねるのに相対するという習慣がすっかり身についていたから、この家を訪れるのをやめるなどということはとうていできかねた。それでいまだに、あの小さな緑色の客間にトランプのゲームをやりに来つづけていたのだった。内務省では一八一六年に人員整理がおこなわれたが、クラパロンはかろうじて馘首をまぬがれた。彼は官報の〈モニトゥール〉紙の記事を伝えるときですら声をひそめ、「かかわり合いはごめんこうむりますがね！」とつけ加える、あれらの小心翼々たる人物の一人であった。デロッシュは老デュ・ブリュエルのあとしばらくして退職したが、いまだに恩給のことでごたごたが続いていた。アガトの絶望を目の当たりにしたこの三人の友人は、中佐（原文では、この箇所以下、フィリップ・ブリドーの階級がしばしば「大佐」となっているが、混同を避けるため、すべて「中佐」に統一する。「訳者解説」参照。）を旅に出したらどうかと彼女に勧めた。

「陰謀の噂が流れているし、お子さんはああいう性格だから、何かの事件の巻きぞえにならぬともかぎらない。裏切り者はどこにでもいますからな」

「まったくね！　皇帝陛下のとりたてで元帥にもなろうというほどの才覚はあるのだから」とデュ・ブリュエルが周囲に気を配りながら、小声でいった。「いまの地位を捨ててはいけませんよ。オリエントとかインドで軍務に服したらいいんじゃないかな……」

「でも身体のことが心配で」、アガトがいった。

「なんで事務職を探そうとしないんです？」、老デロッシュがいった。「これだけ多く民間に事務管理機関がつくられているご時世だってのに！　わたしも、退職年金の問題の片がつきしだい、保険会社に部長待遇で迎えられることになっておりましてな」

「フィリップは軍人です。あの子が好きなのは戦争だけなんです」、突っかかるような調子でアガトがいった。

「だったらおとなしくして、仕官をお願いしなければ……」

「あの方たちにですか？」、未亡人は叫んだ。「そんなこと、わたしからは口が裂けてもいえませんわ」

「それはちがう」、デュ・ブリュエルがふたたび口をはさんだ。「息子がナヴァラン公爵のおかげで職を得ましてね。ブルボン派の人々は、心から彼らの側につく人間にはずいぶん骨を折ってくれます。あなたのお子さんだったら、どこかの連隊で中佐か大佐ぐらいにはとりたてられるでしょう」

「騎兵隊で出世するのは貴族ばかりよ、あの子は大佐になんぞなれないわ」、デコワンおばさんが叫んだ。

アガトはおそろしくなり、フィリップに、お願いだから外国にでも行って、いまでもナポレオンの副官を好意的に迎えてくれるかもしれぬ、どこかの強国に仕えてほしいと懇願した。

「外人に仕えるのかい？……」、フィリップはさもいやそうに叫んだ。

アガトはあふれる気持ちを抑えかね、息子を抱きしめていった。「それでこそおとうさんの息子だわ」

「兄さんのいうとおりだよ」、ジョゼフはいった。「フランス人は、ヴァンドーム広場のナポレオン像の円柱をたいそう誇りにしているから、外国で軍務につくなんてできっこないさ。それにナポレオン皇帝だって、もう一度戻っていらっしゃるかもしれないじゃないか！」

フィリップはそのとき、母を喜ばそうと、アメリカのラルマン将軍のもとにおもむいてテキサスの「亡命農園」の設立に力を貸すというたいそうなアイデアを思いついた。「全国募集」という名で知られた、例のひどいまやかしの一つである。アガトは貯金のなかから一万フランをとって与え、さらにル・アーヴルまで息子を送って船に乗せるために千フラン使った。一八一七年の終わりには、アガトは登録台帳に記載された年金国債のうち残った金額から得られる六百フランで、なんとかやりくりしていた。それから幸運なひらめきによってすぐに貯金の残りの一万フランを投資して、そこから別に七百フランの年金をえた。ジョゼフもこの献身的おこないに協力したいと思った。執達吏の補佐のようなかっこうで日を送り、ぶかぶかの靴と青い靴下をはき、手袋をはめることを拒んで、泥炭で暖をとった。食事はパンと牛乳とブリ・チーズだけで我慢した。青年はあわれにも老デコワンおばさんとビジウから励ましを受けるのみだった。ビジウは中学が同級で、アトリエでも一緒だったが、当時役所の一隅に位置を占めるかたわら、すばらしい諷刺画を描いていたのだ。

「一八一八年の夏が来たとき、どんなにうれしかったことか！」、功なり名遂げたあとでブリドー画伯は、当時の悲惨さを物語りながらしばしばこう口にした。「日の光のおかげで、石炭を買わずにすむようになったのでね」

彼は色彩にかんしてはすでにグロにひけをとらぬ力をもっており、もはや師に会うのも、その意見を参考にしたいときに限られていた。彼は当時、古典派と決定的にたもとを分かち、ギリシャ的因習を脱して、自然がその創造性と気まぐれを思うさま発揮しつつ、あるがままの姿であらわれている、そんなたぐいの芸術を閉じこめている境界を打ち破ろうと案を練っていた。ジョゼフは闘争の準備に余念がなく、その闘争は、彼が一八二三年の官展に登場して以来、ひとときもやむことはなかった。惨憺たる年だった。デコワン夫人とブリドー夫人の公証人であるロガンが、七年のあいだに用益権から生じた利子を持ち逃げして、姿をくらましたのだ（『セザール・ビロトー』参照）。この利子があれば、すでに二千フランの年金がおりているはずだった。この災厄の三日後、フィリップ中佐から母あてに振りだされた千フランの小切手が、ニューヨークから届いた。あわれな青年は、ほかの多くの人々同様にまんまとだまされて、「亡命農園」で有り金すべてをなくしてしまっていた。この手紙によると、ニューヨークで彼は借金をこしらえ、同じような境遇にある友人たちが彼の保証人をかって出てくれたということで、手紙を受けとって、アガト、デコワンおばさん、そしてジョゼフは、涙にくれた。

「でも、あの子を無理やり船に乗せたのは、このわたしなのよ」、あわれな母は、フィリップの過ちを巧みにかばいつつ、叫んだ。

「この手の旅は」と老デコワンおばさんは姪にいった。「そうひんぱんにはさせないことだね」

デコワン夫人はくじけなかった。あいかわらず千エキュをブリドー夫人に渡しながら、一七九九年以来出ていない三つ組の数字にいまだに賭けつづけていた。このころ彼女には、政府の誠実さを疑う気持ちが芽ばえつつあった。彼女は政府への非難を口にし、宝くじを買う者が自暴自棄になって賭ける気持ちをあおるために、数字を入れた壺からその三つの数字が取り除かれた可能性もおおいにあると信じこんだ。ざっと収入の道を検討してみると、国債の一部を売らなければ千フランをつくることはむずかしいように思われた。二人の夫人は銀器、布類の一部、余分な家具を質入れするしかないと話しあった。ジョゼフはこの提案におぞけをふるい、ジェラール（大革命から王政復古期にかけて活躍した歴史画家、肖像画家）に会いにいって状況を説明した。するとこの大画家は王室担当省にかけあって、ルイ十八世の肖像画の模写を、それぞれ五百フランの値段で二枚制作するという話をまとめてくれた。あまり気前がよいとはいえぬグロも、弟子を連れて画材店にゆき、ジョゼフが必要とする画材は彼のつけにするようにいった。だが千フランは模写が完成してからでないと支払われないのである。そこでジョゼフは、小さめの絵を十日のうちに四枚描いて画商に売り、千フランを手にして母のもとに急ぎ、母は手形の清算をすますことができたのだった。一週間後もう一通の手紙が届き、そこには、中佐が郵便客船で向こうを発つこと、船長は彼の言葉を信用して乗船を許可してくれたことが記されていた。フィリップは、ル・アーヴルで下船するさい、少なくともあと千フラン必要である旨を知らせてきた。

「大丈夫」、ジョゼフは母にいった。「それまでに模写を終えるから、千フランをもっていけばいいさ」

「ああジョゼフ！」、アガトは涙ながらに彼を抱きしめていった。「なんてありがたいんだろう。おまえも残酷な目にあったあのかわいそうな子を愛しているのだね。あの子こそ、私たちの誇り、私たちみんなの希望なんだものね。あんなに若いのに、あんなに勇敢で、あんなにふしあわせで！　あの子のまわりはみな敵ばかりよ。せめて私たち三人だけは、味方にならなくてはね」

「絵画だって何かの役に立つことが、これでわかったでしょう?」、ようやく大画家になる許可を母から得て、しあわせのあまりジョゼフは叫んだ。

ブリドー夫人は愛する息子フィリップ中佐を迎えに急いだ。ル・アーヴルに着いてからは、フランソワ一世によって建てられた丸い塔の先まで毎日出向いて、アメリカの郵便客船を待ち、日増しに激しく不安を募らせていた。こうした苦しみがどれほど母性をかきたてるかは、母のみの知ることである。郵便客船は一八一九年十月のある晴れた朝、いささかの損傷もうけず、小さな嵐に遭うことすらなく到着した。どれほど粗暴な男であろうと、祖国の空気を吸い、母の姿を目の当たりにすれば、とりわけさんざんな目に遭うことの多かった旅のあとでは、それなりの効果がおよぶものである。フィリップはそれゆえ感情がほとばしるのに身をまかせ、そのためにアガトはこう考えた。「ああ！　この子は心底からわたしを愛している！」とんでもない！　士官はもはや世界じゅうでたった一人の人間しか愛していなかったのであり、その一人とはまさにフィリップ中佐自身にほかならなかったのだ。

テキサスでの不運なできごとに加えて、ニューヨークでの滞在がフィリップ生来の粗暴な兵隊気質を助長させたのだが、ニューヨークとはつまり、投機と個人主義がもっとも高い段階にまで達し、乱暴な利潤の追求が破廉恥さにまでいたり、人々は救いがたく孤立して自分の力だけを頼みにして生きる以外になく、瞬間ごとにみずからの主張を裁く判事とならざるをえず、礼儀などというものは存在しない、そんな場所なのであった。結局、この旅のあいだに起こったありとあらゆる些細なできごとが、彼を、粗暴で、酒と煙草にだらしがない、身勝手で無礼な男にするのに一役買い、貧困と肉体的苦痛が彼を堕落させたのである。そのうえ中佐は、自分を受難者だと思いこんでいた。こうした考え方をする場合、その人間が知性を欠いていれば、彼はみずから他人を迫害する不寛容な人間になってしまう。フィリップにとって、世界は自分の頭に始まり、自分の足で終わるのであり、太陽はもっぱら自分一人のために輝いているのだった。さらにニューヨークで目にした光景は、この行動の人ならではの解釈をほどこされて、いかなる道義上の疑いをも彼から奪い去った。この種の人間には二つのありようしかない。すなわち、信念を持つか、あるいは持たないか、誠実な人間の持つあらゆる美徳を備えているか、あるいは必要とあらばどんなことにでも身をまかせるか。そうした人間は、みずからのほんの些細な利益も、情熱のおもむくままに刻々と変わる気まぐれな意思も、すべては必要ということで押し通すことが習慣になる。こうしたやり方で、かなりのところまでしのいでゆける。中佐は見かけだけは軍人らしい、気さくで飾らぬ無頓着なようすを保っていた。つまり彼はおそろしく危険な男だったのである。一見子供のように無邪気に見えるが、考えるのは自分のことばかりで、あらかじめやるべきことを思いめぐらせてからでないとけっして何一つやろうとせず、それはちょうど、狡猾な検事が、何かゴナン師匠（有名な手品師）の技めいたやり口を考えだすのと同じだった。しゃべるだけならなんの苦労もいらないから、信用を得るまでいくらでもしゃべりまくった。もし誰かが、自分の行動と言葉の矛盾を正当化しようとしておこなう彼の弁明を受け入れるのを不幸にも拒もうものなら、ちょっとでも手厳しい言葉を口にするだけで相手にたちまちくってかかるのだった。中佐はピストルの腕前もみごとで、このうえなく巧みな武器の使い手の挑戦も受けることができ、人生などどうでもいいと思っている連中なら誰でもそうであるように、落ちつきはらっていた。いずれにせよ彼は、ことを進めるために腕力にものをいわせるのも辞さぬ人間であるように見え、ひとたび暴力沙汰を起こせば、どのようにしても収拾をつけることは不可能だった。堂々たる体格は肉づきがよくなり、テキサス滞在中に顔もすっかり日に焼けていた。しゃべり方はあいかわらずぶっきらぼうな命令口調のままだったが、これはニューヨークの人々のあいだで一目置かれるために身につけざるをえなかったしゃべり方である。このように外見も変わり、服装も簡素で、最近の窮乏生活によって身体も見ちがえるほど鍛えられたフィリップは、あわれな母には英雄のように見えた。だが彼のような男は、民衆の目から見れば、はぐれ者という強烈な言葉で呼ばれるごろつきにすぎなかったのだ。

愛する息子の窮乏状態におそれをなして、ブリドー夫人はル・アーヴルで、彼に一通りの洋服をそろえてやった。彼が「亡命農園」から帰ってきた男にふさわしく飲み食いし、はめをはずすのをやめさせることは、こうむった不運の数々を聞いてしまったあとでは、とうてい彼女の力のおよぶところではなかった。帝国軍隊の生き残りによってテキサスを征服するという着想自体はたしかに悪くはなかったのだが、その失敗の原因はことのなりゆきというよりはむしろ人間にあったといえる。その証拠に、今日テキサスは前途洋々たる共和国となっているのである（テキサスは当時は独立国）。王政復古期におけるこの自由主義の実験が証明しているのは、自由派の関心とはまったく自己中心的なもので、少しも国益に即してはおらず、ただ権力を手にすることだけが目当てで、ほかのことは少しも考えていないということだ。人間も、土地も、アイデアも、献身も、何一つ欠けていなかった。ただこの偽善的な党派が金と助力を出し渋ったということであり、巨額の金を自由にできたのに、いざ帝国の再建が問題になっても、なんの貢献もしなかったのである。アガトのようなタイプの主婦は、こうしたことが政治的まやかしにすぎぬことを見抜くだけの正しい感覚を持っていた。それでこのあわれな母は、息子の話を聞いてぼんやりとながら真実を理解したのだ。というのも彼女は、追放された者の利益を考えて、彼が不在のあいだ、立憲派の新聞諸紙がおこなった盛大な宣伝に耳を傾け、「亡命農園」の参加募集の運動のなりゆきに注意を払っていたのだが、五、六百万フラン必要なところに、実際に集まったのは、たかだか十五万フランほどにすぎなかったのである。自由派の領袖たちは、わがフランス軍の栄光ある生き残りを国外に移すことで、結局ルイ十八世の益に供していることを即座に見てとり、もっとも献身的で、熱意にあふれ、全身全霊を打ちこんでいた人々、先頭に立ってすすんでいった人々を見殺しにしたのであった。アガトには、おまえは迫害されているというよりは騙されているといったほうがずっと真実に近いのだ、などと息子に説いて聞かせることなどけっしてできなかった。みずからの偶像を信じきっている彼女は自分の無知を責め、フィリップに襲いかかる時代の不幸を嘆いた。じじつそのころまでは、彼は貧窮のなかで、過ちを犯したというよりは、みずからの性格のきつさや精力の強さ、皇帝の失墜、自由派の二枚舌、ボナパルト派に対するブルボン派の執拗な圧迫の犠牲者にほかならなかったのだ。ル・アーヴルですごした一週間はおそろしく物入りだったが、アガトにはそのあいだに、彼に王の政府とよりを戻して戦争大臣のもとに出頭するように勧める勇気など、とうてい持てなかった。ル・アーヴルは物価がひどく高く、なんとか彼に腰を上げさせてパリに連れて帰るだけで精いっぱいだった。そしてようやくその段にまでこぎつけたときには、彼女の手元にはもはや旅費が残るだけになっていたのである。

六　マリエット

デコワンおばさんとジョゼフは、追放者フィリップが降りたつのを王営駅馬車発着所の中庭で待ちかまえていて、アガトの顔の変わりように思わず息をのんだ。

「おまえのお母さんは、この二カ月で十は歳をとったね」、それぞれが抱擁しあい、二つの旅行鞄が降ろされるあいだに、デコワンおばさんはジョゼフにいった。

「ごきげんよう、デコワンおばあさん」というのが、乾物屋の老おかみに対して精いっぱいやさしく口にされた中佐の言葉だったが、ジョゼフのほうは、彼女のことをいつも愛情をこめて「ママン・デコワン」と呼んでいたのだった。

「辻馬車に乗るお金もないわ」、辛そうな声でアガトがいった。

「ぼくが持ってるよ」、若き画家がいった。「兄さんはいい色に焼けたね」、彼はフィリップを見て叫んだ。

「うん、まるで使いこんだパイプみたいに真っ黒さ。しかし、おまえは変わってないな、え、チビ」

ジョゼフは、このときは歳も二十一になっていたし、試練の日々に彼を支えた数人の友達にその才能を評価されてもいたから、みずから自分の力を感じ、自分の才能を意識してもいた。彼は、もっぱらその生を科学、文学、政治、哲学に捧げている幾人かの若者によって形成された「セナークル」において、絵画を代表していた(『幻滅』参照)。それゆえ彼は、兄が口だけではなく身ぶりによってことさらに示した軽蔑の表現に傷つけられた。フィリップは、子供にするように彼の耳をひねったのだ。アガトは、デコワンおばさんとジョゼフが、ひとしきり愛情を吐露したそのあとで、一種冷ややかな態度に変わったことに気がついた。しかし彼女は、追放のあいだにフィリップがなめた辛酸を二人に語り、二人の気持ちをすっかり元に戻したのだった。デコワンおばさんはこの子供をひそかに放蕩息子と呼んでいたが、その帰還の日を祝いたいと考え、できるかぎりの晩餐を用意して、老クラパロンやデロッシュ父を招待した。家族の友人はすべて呼ばれてやってきた。ジョゼフは、レオン・ジロー、ダルテス、ミシェル・クレティアン、フュルジャンス・リダルといった「セナークル」の友人たちに声をかけた。デコワンおばさんは、彼女のいわゆる「義理の息子」ビジウを誘って、集まった若い人たちがエカルテをやるだろうからといった。父の固い決意のもとで法学の学士号をとった息子のデロッシュも、パーティーに顔を見せた。デュ・ブリュエル、クラパロン、デロッシュ、そしてロロー神父は追放者のようすを仔細に観察し、そのがさつな物腰や態度、強い酒の常飲でしわがれた声、品のない言いまわしや鋭い目つきにぞっとする思いがした。それで、ジョゼフがトランプのテーブルを用意するあいだ、もっとも忠実な友人たちはアガトをとりかこんで口々に訊ねるのだった。「フィリップをどうなさるおつもりです？」

「さて、どうしたものでしょうか。でもあの子はあいかわらず、ブルボン家に仕えるのはいやだと申しております」

「フランス国内でお子さんにふさわしい職を見つけるのはむずかしいでしょう。軍隊に戻らないのはよいとしても、すぐさま役所に収まるというわけにもいかない」、老デュ・ブリュエルはいった。「それに、話すのを聞いただけで、わたしの息子のように芝居の脚本で財をなす才のないことぐらいは、すぐに見当がつきますしな」

アガトはただ目をふせるだけでこれに答えたが、それを見れば、フィリップの将来が彼女にとってどれほど気がかりであるか、理解しない者はなかった。そして友人たちのなかによい方策を紹介できるものも一人としていなかったので、全員が黙りこんでしまった。追放者フィリップ、息子のデロッシュ、ビジウはエカルテをやった。当時このトランプゲームは大流行していたのだ。

「デコワンのおばあさん、兄は賭けのお金を持っていないんですよ」、ジョゼフがやってきて、この寛大で気のいい女性に耳打ちした。

宝くじ愛好家の夫人は二十フランもってきて芸術家に渡し、彼はこっそりとそれを兄の手に握らせた。

一同が集まった。ボストンのテーブルが二つ用意され、パーティーはにぎわいを見せた。フィリップがまずい賭け手であることはすぐにわかった。彼は最初大きく勝ち、その後負けてしまい、それで十一時ごろには、息子のデロッシュとビジウにそれぞれ五十フランの借金を申しこまねばならぬ始末だった。エカルテのテーブルの喧騒と口論は、穏やかにボストンをしている人々の耳に何度となく響いてきて、彼らはフィリップのほうにひそかに視線を走らせた。この追放者はひどく性格が悪いことをあからさまに見せつけたので、彼が最後に争いを引き起こしたとき、そこには彼より性格がいいともいえない息子のデロッシュもからんでいたのだが、父のデロッシュは、息子のほうが正しかったにもかかわらず、その非を責め、ゲームの続行を禁じた。デコワン夫人も孫のビジウに対して同じようにしたが、彼は機知に富んだ言葉を次々と連発し始めていて、そうした言葉をフィリップが理解できずにいたからよいものの、刺を含んだ言葉の矢のたった一本でも中佐の狭い知性の及ぶところに突き刺されば、情け容赦のないあざけりを浴びせていた彼は、身の危険にさらされることになったかもしれない。

「疲れただろう」、アガトはフィリップの耳にささやいた。「行ってもうおやすみ」

「かわいい子には旅をさせろってね」、中佐とブリドー夫人が出てゆくやいなや、ビジウはにやりとしていった。

日の出とともに起き、床につくのも早いジョゼフは、パーティーの終わりを目にしなかった。翌朝、アガトとデコワンおばさんは、玄関を入ってすぐの部屋で食事の支度をしながら、こう考えないではいられなかった。もしかりにフィリップが、デコワンおばさんのいい草ではないが、あんな賭けをやり続けるとしたら、夜の集まりはものすごく高くつくにちがいない。この老婦人は当時七十六歳になっていたが、家具を売り払って三階のアパルトマンを大家に返すことを申しでた。大家は喜んでアパルトマンを引きとるはずで、アガトのところの客間を彼女の寝室にし、玄関に一番近い部屋を客間にして、食事はそこでとればよいというのである。そうすれば年に七百フランの節約になるはずだ。この支出の削減によって、職が見つかるまで、月に五十フラン、フィリップに与えることができるだろう。アガトはこの犠牲的行為を受け入れた。中佐が降りてくると、母は寝室の居心地はどうか訊ね、そのあとすぐ二人の未亡人は、彼に家族の状況を説明した。二人の収入をあわせると、デコワン夫人とアガトには五千三百フランの年金があり、そのうちデコワンおばさんの四千フランは終身年金である。デコワンおばさんは半年前からビジウがじつは孫であることを告白しており、彼に六百フランの寄宿代《パンシオン》を与え、またジョゼフにも同額を与えている。彼女の収入の残り、そしてアガトの分は、家計のやりくりと二人のやむをえぬ支出に使われている。貯蓄のすべては使いつくされていたのだった。

「心配ご無用」、中佐はいった。「すぐに職は見つけるよ。迷惑はかけない。少しのあいだだけ、メシとねぐらがありゃいいいんだ」

アガトは息子を抱きしめ、デコワンおばさんは、前の晩にできた賭けの借金の清算のために、フィリップの手に百フランを握らせた。家具の売却、アパルトマンの明け渡し、アガトのアパルトマンの内装の模様がえは、パリならではの迅速さをもって、十日もしないうちに行われた。その十日のあいだ、フィリップは毎日朝食もそこそこに家を飛びだし、夕食に戻ってきて、晩にまた出かけ、夜もふけたころようやく寝に帰るといった生活をくりかえしていた。この退役軍人がほとんど機械的に身につけ、すっかり根づかせてしまった習慣とは、以下のようなものである。まずパレ・ロワイヤルに行くためにわざわざポン＝ヌフをまわって行き、そこで二スー払ってブーツを磨かせる。この二スーは、ポン＝デ＝ザールを渡ったとすれば、通行税として支払うはずだった金である。パレ・ロワイヤルでは、新聞を読みながら蒸留酒《オー・ド・ヴィー》を小さなグラスで二杯ほどやり、そうこうするうちに正午がくる。だいたいそのぐらいの時間にはヴィヴィエンヌ通りをぶらつきながら〈ミネルヴァ〉というカフェに立ち寄るが、そこは当時自由派の政治方針がさかんに議論されていたところで、ここでフィリップはかつての士官たちとビリヤードをやる。勝つときも負けるときもあるが、いずれにせよ小さなグラスでリキュールをあれやこれや三、四杯はやり、通りから通りへとあてもなくうろついて、官製葉巻きを十本ほど吸う。夜はパレ・ロワイヤルのオランダ風居酒屋でパイプを少々、そのあと十時ごろ賭場に顔を出し、部屋係のボーイから記録のためのカードとピンを受けとる。幾人かの老練の賭け手にルーレットの赤と黒の出具合を訊ね、もっとも適当な頃合いを見はからって十フラン賭けるが、勝とうが負けようが三回以上は勝負しない。勝ったときは、そして彼はほとんどいつも勝つのであるが、パンチを一杯飲み、屋根裏部屋に帰ってくる。だがそんなとき彼は、過激王統派《ユルトラ》、王室親衛隊などぶちのめしてやるとわめき、階段を上りながら「皇帝陛下の救出に意を注がん」などと歌声を張りあげた。あわれな母はそれを聞いて、「今夜はごきげんね、フィリップは」といい、部屋まであがっていって、パンチや強い酒やたばこのいやな臭いに文句をこぼすでもなく、彼を抱擁するのだった。

「どうです、母さん、非の打ちどころもないんじゃない？」、一月の終わりごろ彼はアガトにいった。「なにしろ、ぼくの生活は規則的そのものだから」

　フィリップはかつての戦友たちとレストランで五回ほど夕食をともにした。退役兵たちはおたがいの状況を伝えあい、皇帝救出のために潜水船を建造するというような話題で希望を掻きたてていた。再会したこれらの戦友のなかでも、フィリップはとりわけ、ジルドーという名前のある古参近衛龍騎兵の大尉に好意を抱いた。フィリップは彼の部隊で初めての戦闘を経験したのである。この龍騎兵上がりの男が原因となって、フィリップは酒のグラス、葉巻、賭け事に、女という四番目の輪を加えて、ラブレーならば悪魔の道具一式と呼ぶであろうものをそろえることになる。二月初めのある晩、ジルドーは夕食のあと、フィリップをゲテ座の、ある小さな演劇業界新聞に割り当てられた桟敷席に連れていった。この新聞の所有者は彼の甥でフィノといい、ジルドーはそこで会計と帳簿づけを受けもち、みずから新聞を帯封して、その点検もしていた。二人の古参軍人は、立憲派野党に与するボナパルト派士官のあいだの流行にしたがって、角張った襟の、かかとまで垂れたゆったりしたフロックコートを着こみ、顎まできっちりボタンをとめ、略綬を飾って、鉛をかぶせた握りのついた藤製のステッキを、編んだ革の紐でつるしてもち歩いていた。そして彼らの言い方でいえば、したたか聞こし召したあとで、おたがいにすっかり胸襟を開いて桟敷席に入ってきたのだった。葡萄酒を何本か空け、さらに各種のリキュールを小さいグラスでやったあとの霧がかかったようなもうろうたる頭で、ジルドーはフィリップに舞台を指差して、小柄でむっちりした、きびきびとよく動く端役の一人を示した。彼女はフロランティーヌという名で、その好意も情愛も、この桟敷席同様、新聞の絶大な力があればこそ、わがものになったというのである。

「それにしても」、フィリップはいった。「おまえさんみたいな冴えない兵隊上がりのおっさんに、彼女、いつまで情をつくしてくれるかね？」

「幸いにだな」、ジルドーは答えた。「われらが栄えある軍服の古いしきたりを、我が輩は忘れちゃおらんのさ！　おれは女には、びた一文金は使わん」

「ほんとかよ？」、フィリップはいかにも眉つばだとでもいいたげに、左目のうえに指を当てて、叫んだ。

「ほんとうさ」、ジルドーは答えた。「だが、ここだけの話、新聞の恩恵にかなりあずかってはいる。明日、二行ばかり使って、フロランティーヌ嬢に踊りをおどらせるように、劇場幹部にご忠告申しあげるという次第。いや、実際、おれは大変に満足しているよ」、ジルドーはいった。

「なんと！」、フィリップは考えた。「あのジルドーのやろう、ご立派なことだぜ、おれの膝小僧みたいに頭はつるつるで、歳も四十八だ。腹は出ているし、顔は葡萄づくりのおやじみたいだし、鼻なんてまるでじゃがいもだ。そんなやつでも端役女優の愛人になれるんなら、おれなんか、パリ一番の女優の愛人じゃないか」「どこにいけばいいんだ？」、彼は声に出して、ジルドーにいった。

「今夜、フロランティーヌの住まいを見せてやるよ。わが愛しのドゥルシネーア（ドン・キホーテが思いを捧げる百姓娘）は劇場からは月に五十フランもらってるだけなんだが、むかし絹織物の商売をやっていたカルドというやつがいて、そいつから月に五百フラン巻きあげてるんだ。こいつのおかげで、贅沢な身なりもそこそこできるってわけさ！」

「そうはいったって、でも……」、嫉妬に駆られてフィリップはいった。

「よくいうだろ」、ジルドーはいった。「恋は盲目ってな」

芝居が終わったあと、ジルドーはフィリップをフロランティーヌ嬢の家に連れていった。彼女は劇場からは目と鼻の先のクリュソル通りに住んでいた。

「ほどほどにやろうぜ」、ジルドーは彼にいった。「フロランティーヌは母親と一緒に住んでいる。わかってるだろうが、おれにはこの母親のために家を借りてやる甲斐性はない。もちろん、実の母親だ。この女は門番女だったんだが、頭は切れる。カビロールという名前だ。奥さんと呼んでくれ。そうしないとうるさいんでね」

その夜、フロランティーヌの自宅には、一人の女友達がきていた。マリー・ゴドシャルという名のその女は天使のように美しく、踊り子らしくとりすました感じだったが、彼女はそもそもヴェストリスの弟子で、この偉大な舞踏家の予言によれば、踊り手として頂点に立つべき逸材であるとのことだった。ちょうどゴドシャル嬢は、マリエットという芸名で、パノラマ・ドラマチック座でのデビュをもくろんでいたところで、彼女はある大物議員の庇護を当てにしており、ヴェストリスが彼女をその人物に紹介するという話をしてから、もうだいぶ時が経っていた。ヴェストリスは当時まだその精力は衰えを知らず、彼の判断ではこの弟子は、まだまだ世に出るためにじゅうぶん熟しているとはいえなかったのだ。マリー・ゴドシャルは野心家だったから、マリエットという芸名はその後広く世に知られるところとなった。もっとも、彼女の野心はきわめて称賛に値するものである。彼女には兄が一人あり、代訴人デルヴィルのところで書記をつとめていた。兄と妹は親もなく、金もなかったが、おたがいに愛しあっていて、パリ生活がどのようなものか、みずからつぶさに知ったのだった。兄は代訴人になって妹が一人前になるのを助けたいと願い、一日十スーで暮らし、いっぽう妹は冷静に頭を働かせて、踊り子になって足だけでなくその美貌も活用し、兄のために代訴人の事務所株を買う資金を稼いでやる決意を固めていた。おたがい同士の感情、おたがいに共通の利害と生活以外はすべて、かつてローマ人やヘブライ人にとってそうだったように、二人にとっては異国であり、他人であり、敵であった。かくもうるわしき兄妹愛は何によっても変わりようはなく、この兄妹愛こそが、マリエットを親しく知る者にとっては、彼女の人となりを説明する事柄にほかならなかった。兄と妹はそのころ、旧タンプル通りのある家の九階に住んでいた。マリエットは十歳のときから踊りの勉強をはじめ、当時は十六になっていた。残念ながら、ほんの少し身づくろいが足りないばっかりに、彼女のいたって庶民的な美しさは、ウサギの毛で編んだカシミヤまがいのショールに隠されてしまい、その美しさは、彼女が鉄底の短靴を履き、インド更紗の服を着てろくに身なりもかまわないうちは、お針子《グリゼット》の尻を追いかけまわし、不幸な境遇の美女を探し求めることをもっぱらにするパリ人でなければ、とうてい見抜けるものではなかった。フィリップはマリエットに一目で惚れこんだ。マリエットがフィリップのなかに見たのは、近衛龍騎隊の指揮官、皇帝の副官、二十代なかばの青年といったことであり、そしてさらに、フィリップはジルドーよりも明らかに格が上だったから、自分をフロランティーヌよりも優位に見せることができるという喜びもあった。ジルドーとフロランティーヌは、ジルドーは仲間を幸福にしてやるために、フロランティーヌは友達に庇護者をつくってやるために、マリエットとフィリップに内輪の結婚をしたらどうかと勧めた。パリでよく耳にするこの表現は、王や王妃について用いられる貴賤相婚という表現に対応するものだ。フィリップは帰りぎわ、自分の困窮をジルドーに打ち明けたが、老練の古狸は心配無用とばかり、おおいに彼を安心させたのである。

「フィノにおまえのことを話してやるよ」、ジルドーはいった。「なあフィリップ、いまじゃ世の中、口ばかり達者な素人連中の思いどおりだ。おれたちも従うしかない。ペンがあればなんだってできる。インクが火薬にとって代わり、弾丸の代わりに言葉が巾を利かせるようになったんだ。あの編集者連中だって、箸にも棒にもかからないように見えるが、結局のところ、けっこう頭は働くし、根はいいやつらだぜ。明日、編集部に訪ねてこい。フィノにはおまえさんがどんな立場にいるか、いっといてやる。しばらくすれば、どこかの新聞にもぐりこめるだろう。マリエットはいまのところ、契約もないし、デビュの可能性もない、まるで裸一貫だ。それでおまえを受け入れてるってだけの話だ（勘ちがいするなよ）。彼女には、おまえがおれと同じように新聞に入るだろうといっておいた。マリエットはなんの打算もなくおまえを愛していることを見せつけて、おまえはそれを信じちまうだろう！　おれを見習って、できるかぎり彼女を端役のままにしておくことだ！　おれはフロランティーヌにぞっこんでな、彼女が踊りのステップを踏みたいといったときすぐに、フィノに彼女をデビュさせてくれるように頼んだ。だが甥がいうには、『あの子には才能があるよね？　だったら、踊りなんかはじめようものなら、叔父貴なんてたちまち門前払いさ』いや、フィノというのは万事こんな調子でね。じつに抜け目のない野郎だよ」

翌日四時ごろ、フィリップはサンティエ通りにおもむき、ある狭い中二階で、ジルドーが小さな出入口のついた鶏小屋のようなもののなかに、まるで檻に閉じこめられた猛獣よろしく座っているのが目に入った。なかには、小型のストーブと小さなテーブルが一つずつ、椅子が二脚、小さな薪が少々あった。こうした部屋のようすは、「定期購読申込所」という魔術的な言葉が黒い文字で扉のうえに印刷され、また「料金窓口」という言葉が手で書かれて格子窓のうえに貼られているために、いっそう目を惹くものになっていた。大尉が腰を落ちつけている小屋の正面には、壁にそって腰掛けがおかれ、ちょうどそのときは片腕のない一人の廃兵が食事をしている最中で、ジルドーはこの男のことを「カボチャ《コロヤント》」と呼んでいたが、それは彼の顔がエジプト人を思わせるような色に焼けていたからにちがいなかった。

「こりゃひどい！」、部屋を眺めまわしてフィリップがいった。「いったいそこで何しているんだ、おまえ、プロシアのアイラウではあのお気の毒なシャベール大佐の配下でロシア軍相手に戦ったじゃないか。

情けない！　じつに情けないぞ！　上級士官ともあろうものが！……」

「ところが、まさにそうなのさ！――ゲホ！　ゲホ！――上級士官ともあろうものが、新聞の経理担当ってわけよ」、ジルドーはいい、黒い絹の縁なし帽をしっかりかぶりなおした。「おまけに、このろくでもないものの編集責任者でもある」、彼は新聞を見せながらいった。

「で、エジプトまで長駆したこのおれさまは、いまからお役所に判をもらいにゆくのさ」廃兵がいった。

「黙れ、『カボチャ』」ジルドーはいった、「このお方は、モンミライユの戦場で皇帝陛下の命令を伝えた勇士だぞ」

「自分もそこにおりましたです」、「カボチャ」はいった。「そこで片腕をなくしたんであります」

『カボチャ』、店番を頼む。上の階の甥に会いに行ってくる」

二人の退役軍人は五階まで上り、廊下のつきあたりの屋根裏部屋に入った。すると薄い冷たい目つきの一人の青年が、粗悪な長椅子に寝そべっているのが見えた。軍人に敬意を表すでもなく、わざわざ出迎えに立ちもしなかったが、叔父とその友人に葉巻を勧めはした。

「邪魔するよ」、ジルドーは穏やかで控えめな調子で切りだした。「いつかおまえに話したことのある、例の勇敢な近衛騎兵隊長を連れてきた」

「それで?」、フィノがフィリップをじろじろ見ながらいうと、彼もジルドーも、新聞代表の外交官を前にして、もてるエネルギーをすべてなくしてしまったようだった。

「じつはな」、なんとか叔父らしい面子を保とうとしながらジルドーはいった。「中佐はテキサス帰りなんだ」

「自分もそこにおりましたです。そこで片腕をなくしたんであります。」

「ああ、テキサスというと、例の『亡命農園』で一杯食ったわけか。それにしても、『農民兵士』になるにしては、ずいぶん歳が若かったんじゃないの」

こうした冷やかしに含まれた辛辣さは、「農民兵士」というアイデアから生みだされた、おびただしい数の版画、衝立て、振り子時計、ブロンズ像、石膏像の氾濫を記憶にとどめている者でなければ、理解できまい。「農民兵士」はナポレオンとその勇士たちの運命を立派に描きだすはずだったが、結局いくつかのヴォードヴィルを生んだだけに終わった。このアイデアは少なくとも百万の利益をつくりだした。いまでも田舎の片隅に行けば、壁紙に「農民兵士」が描かれているのが見つかるだろう。もし件の青年がジルドーの甥でなければ、フィリップはその両頬にびんたを食らわしていたはずだ。

「そう、それに巻きこまれて、一万二千フランと貴重な時間を失った」、フィリップは、無理に笑みをつくろうとしながら答えた。

「それで、いまでも皇帝のことを敬愛している？」とフィノ。

「わたしにとっては、神も同然だ」フィリップ・ブリドーは答えた。

「自由派なのですね？」

「何があろうと、わたしは立憲派野党に与する。おお、フォワよ、マニュエルよ、ラフィットよ！　彼らこそ、真の男だ！　外国人の尻にくっついて帰ってきた下賎なやつらなど、連中がやっかい払いしてくれるだろう！」

「それなら」、冷ややかにフィノはいった。「自分の不幸をおおいに利用しなくては。というのも、あんたは自由派の犠牲者なんだから。もしご自分の意見に執着があるのなら、自由派のままでいてもけっこう。

それで、テキサスでのへまをばらしてやるといって、自由派の連中を脅すんですな。全国に寄付を募るのはいいが、結局ほとんど金は戻らなかったんだろう？　それなら、あんたは絶好の位置にいることになる。寄付金がどうなったか問いつめるんだ。そうすれば、起こるのはこういうことだ。『左派』の議員たちが後ろ盾になって、反対派の新しい新聞が創設される。あんたをその会計係にしてやろう。給料は千エキュ、終身雇用だ。二万フランの補償金をそろえさえすればいい。どこかで都合してきてくれ。そうすれば一週間後にはすっかり落ちついているという寸法さ。あんたに仕事をやって早くやっかい払いしたほうがいいと、進言してやろう。だが大声でわめき立ててくれ、できるかぎりね！」

ジルドーはフィリップを少し先に行かせ、彼が感謝の言葉をさかんに口にしながら数歩階段を降りてゆくと、甥に向かっていった。「おい、おまえさんはまったく食えないやつだな！……わしにはたった千二百フランでこの仕事をあてがったくせに」

「新聞なんて一年も持ちやしない」、フィノは答えた。「あんたにはもっといい口がある」

「たまげたぜ！」、フィリップはジルドーにいった。「あんたの甥はまんざら馬鹿でもないな！　やつのいうように、自分の立場を利用するなんて、考えもしなかった」

その夜、〈カフェ・ランブラン〉や〈カフェ・ミネルヴァ〉で、フィリップ中佐は自由派をさんざんにこきおろした。金を集めてテキサスくんだりまで人を送り、何食わぬ顔で「農民兵士」を褒めそやした。そして勇士たちから巻きあげた二万フランを食いつぶし、彼らを二年間さんざん引きずりまわした後で、貧窮のなかに見殺しにしたというのである。

「『亡命農場』の落とし前は、きっちりつけてもらうよ」、フィリップは〈カフェ・ミネルヴァ〉の常連の一人にいい、その言葉は幾人かの「左派」の新聞記者たちに伝えられた。

フィリップはマザリーヌ通りには戻らず、マリエットのところに行って、新聞の仕事を手伝うつもりだと伝えた。その新聞の読者は一万人を数え、彼女の踊り子としての野望は、熱烈に支持されるはずだ。アガトとデコワンおばさんは、恐怖で生きた心地もせず、フィリップを待ちわびたが、それというのも、ベリー公（ブルボン家の王位継承者）がその夜暗殺されたばかりだったからだ。翌日、中佐は朝食の時間に少し遅れてあらわれた。姿が見えずにどれほど心配したかを母が口にすると、彼は突然かっとして、子供扱いはやめてくれと怒鳴った。

「ああ、ばかばかしい！　せっかくいい知らせを持ってきたっていうのに、まるでお通夜みたいな顔してるんだから。ベリー公が死んだって？　そいつはよかった、馬鹿が一人減ったってわけさ。ぼくは、給料千エキュの新聞の会計係になります。これであんたがたは、ぼくのことでは肩の荷をおろせるよ」

「そんなことができるの？」、アガトがいった。

「もし二万フランの保証金をそろえてくれればね。利子千三百フランの国債があるでしょう。それを預けるだけでいいんだ。半年ごとの年金は今までどおりもらえますよ」

二カ月近く前から、二人の未亡人は、フィリップが何をしているのか見当もつかず、どこに、どうやって彼の職を見つけたらいいのか考えあぐねていたから、こういう将来の展望はまさに渡りに船で、さまざまな災厄がこれから起こるかもしれないことなど、もはや二人の眼中にはなかった。その夜、老デュ・ブリュエル、気息奄々《えんえん》のクラパロン、不屈のデロッシュ父、すなわち「ギリシャの三賢人」は、全員意見を同じくしていた。彼らは未亡人に、息子の保証金を払うように勧めたのだ。問題の新聞がつくられたのは幸いなことにベリー公暗殺の前だったので、ときの首相ドゥカーズ氏（実際はリシュリュー）によって新聞界に加えられた一撃をまぬがれた。国債登録台帳に記載された年金千三百フランは、会計係に任命されたフィリップの保証金に充当された。このよき息子はまもなく、家賃および食費として月二百フランを二人の未亡人に払うことを約束し、見あげた息子だと、口をきわめて褒めそやされたのだった。彼の前途を悲観視していた人々は、アガトを祝福した。

「お子さんのことを見誤っていました」、彼らはいった。

あわれなジョゼフは、兄に後れをとらぬために、自分の食いぶちを稼ぎだそうと試み、なんとかそれに成功した。三カ月後、中佐は馬のように飲みかつ食い、わがままをいい、生活費を入れているのだからという口実のもとに、食事にかんして二人の未亡人によけいな出費を強いていたが、あいかわらず一銭も渡してはいなかった。母もデコワンおばさんも気を遣って、彼に約束を思い出させようとはしなかった。レオン・ゴズラン（バルザックの友人の作家）によって五本の鉤爪をもった虎という力強い名前を与えられた金貨のただの一枚もフィリップのポケットから家計に入ることのないまま、その年は暮れた。もっともこの点については、彼はさほど良心のとがめを感じずにはすんだ。夕食を家でとることはほとんどなかったのだ。

「ようやくあの子もしあわせになったわ」、母はいった。「すっかり落ちついたし、仕事があるのですからね！」

ビジウ、フィノ、ジルドーの友人の一人ヴェルヌーが書いている連載記事の影響で、マリエットはパノラマ＝ドラマティック劇場ではなく、ポルト＝サン＝マルタン劇場でデビュし、そこで花形のベグランと並ぶ人気を得た。当時この劇場の経営者のなかに、裕福で贅沢好きの一人の将官がおり、彼はある女優に惚れてそのマネージャーとなっていた。パリでは、女優や踊り子や歌手に心を奪われ、愛ゆえに劇場の経営者となるやからが常にいるものだ。この将官は、ジルドーとフィリップの知りあいだった。フィノの小新聞とフィリップのそれとの後押しで、マリエットのデビュの問題は、三人の士官のあいだであっという間に片がついた。こと色事にかんしては、情熱というものはすべてたがいに助けあうものであるらしく、それだけに話はいっそう早かったのである。人の悪いビジウはほどなくして、祖母と敬虔なアガトに、会計係フィリップ、この勇者のなかの勇者が、ポルト＝サン＝マルタン劇場の有名な踊り子マリエットにぞっこんであることを告げた。それはもはや旧聞に属することであったけれども、二人の未亡人にとっては、寝耳に水の知らせであった。まずアガトの宗教的感情からすれば、劇場に出入りする女性など、地獄の業火にも値すべき存在だった。それにこの二人にいわせれば、そうした女性は金を食らい、真珠を飲んで生きているのであって、どれほど莫大な財産であろうと食いつぶしてしまうように思えた。

「でもね」、ジョゼフは母にいった。「兄さんが金をマリエットに貢いでしまうほど愚かだなんて、まさか思わないでしょう？　ああした女が食いつぶすのは、金持ちと相場が決まっている」

「マリエットはオペラ座に入れるという話がすでにあってね」、ビジウはいった。「でも、おそれるにはおよびませんよ、マダム・ブリドー。外交官の一団がポルト＝サン＝マルタン劇場に姿を見せています。あれほどの美貌ですから、あなたのお子さんと一緒になっているのも、そう長いあいだではないでしょう。どうやら外交官の一人が、マリエットに熱をあげているらしい。そうだ、もう一つ知らせがある！　クラパロン老人が死んで、明日埋葬されます。彼の息子は銀行屋になって金や銀がうなるほどあるというのに、最低クラスの葬式しか頼まなかった。じつに礼儀にもとるやつだ。中国あたりじゃ、考えられない話ですよ！」

フィリップは、欲の皮の突っ張った考えから、踊り子に結婚の話をもちかけた。しかし明日にでもオペラ座に入ろうというゴドシャル嬢は、中佐の意図を見抜いたせいか、あるいは財産を築くためには独立がいかに大事かを理解したせいか、いずれにせよそれを断った。その年それ以降、フィリップはせいぜい月に二度ほどしか母に会いに来なかった。彼はどこにいたのか？　会計の窓口、劇場、あるいはマリエットの家である。彼がいったい何をしているのか、マザリーヌ通りの家では知るよしもなかった。ジルドー、フィノ、ビジウ、ヴェルヌー、ルストーたちは、フィリップが歓楽にひたって暮らしているのを目にしていた。オペラ座の花形ダンサーの一人チュリアの催すどんなパーティーにもフィリップは顔を出したし、マリエットと入れ替わってポルト=サン=マルタン劇場に出ているフロランティーヌ、あるいはフロリーヌとマティフア、コラリーヌとカミュゾといった連中とよろしくやっていたのだ。彼は四時には会計の窓口を離れ、そのあとは深夜まで浮かれ騒ぐという暮らしだったが、それというのも、前の晩にできた知りあいが必ずといってよいほどいたし、いつも誰かが立派な夕食をおごってくれ、賭場が開き、夜食にありつくことができたからである。フィリップはこのころ、まさに水を得た魚といってよかった。こんな放蕩生活が十八カ月続いたが、心配事がなかったわけではない。美しいマリエットは、一八二一年一月、オペラ座でのデビュのさい、ルイ十八世の宮廷でもっとも輝かしい公爵の一人をその虜にしていたのだ。フィリップはこの公爵と張りあおうとしたが、賭けで多少勝つことはあったものの、四月、新聞の予約更新の時期になると、その止むにやまれぬ愛欲ゆえに、新聞の金庫から金を持ちださざるをえなくなった。五月には借金は一万一千フランになっていた。運命の定まったこの月、ル・ペルティエ通りのショワズール館跡地にオペラ座の仮小屋が建設されているあいだに、マリエットはイギリス貴族どもから金を搾りとるべくロンドンにおもむいた。不幸なフィリップは、珍しくもないことだが、明らかに浮気されていることがわかっていながら、マリエットを本気で愛するようになっていた。だがもうだいぶ前から、彼女はこの青年を粗暴で血のめぐりの悪い軍人としか見ていなかったし、彼女にとってフィリップは単なる足がかりにすぎず、この男のもとに長くとどまる気持ちもさらさらなかった。それゆえ踊り子は、フィリップが一文なしになるときを見越してジャーナリズムのなかに後ろ盾を見つけだすことに成功し、フィリップを手放さないでいる必要は、彼女にはもはやなくなった。とはいえ、この種の女たち特有のことといってよいが、彼女は、演劇界でのし上がっていくときに目の前に立ちはだかるおそろしいほどの困難を最初にいわば平らにならしてくれた男への感謝の念を、なおざりにはしなかったのだった。

七　フィリップ、金を使いこむ

したたかな愛人マリエットのロンドン行きを許さざるをえず、かといって自分がついて行くわけにもゆかず、フィリップは、彼自身の言い方でいえば冬期用宿舎に帰ってきた、つまりマザリーヌ通りの屋根裏部屋にまい戻ってきたわけである。彼はそこで寝起きしながら陰鬱な思いにふけった。どう考えても、一年来続けているこの暮らし以外の生き方はできそうもない。マリエットの家に満ちあふれる贅沢、晩餐や夜食、舞台裏でのパーティー、才気に富んだ人々やジャーナリストたちの自由闊達さ、まわりで引き起こされているけたたましい騒ぎ、そうしたことから、官能や虚栄心をやさしくくすぐるような感覚が生じてくる。そもそもこうした生活はパリ以外にはありようもなく、毎日何かしら新しいものがもたらされるのだが、いまやこれはフィリップにとって単なる習慣以上のものであり、たばこやリキュールの小さなグラスと同じく必要欠くべからざるものになっていた。そんなわけで彼は、こうした絶え間のない悦楽なくしては、生きてゆけぬことを覚ったのである。自殺という考えが彼の頭をかすめたが、それは金庫の金が減っていることが遠からず発覚するだろうからではなく、一年前からそのなかでぬくぬくと暮らしている快楽に満ちた雰囲気のなかで、マリエットとともに生きることができなくなるからであった。こういう暗い考えで頭をいっぱいにしながら彼は初めて弟のアトリエを訪れ、そこで青い上っ張りを着た弟が、画商の依頼で一心にある絵の模写をしているのを見いだした。

「絵っていうのは、こういうふうにできるものなのかい?」、本題を切りだす前にフィリップはまずいった。

「ううん」、ジョゼフは答えた。「こういうふうにできるのは、絵じゃなくて模写だよ」

「これで、いくらもらえるんだ？」

「いやあ、ほんのちょっとさ。二百五十フラン。でも巨匠の描き方を研究できるからね。勉強になるぶん、得になる。技の秘密をかぎあてられるってわけ。これが、ぼくが描いた絵の一つだ」、まだ絵の具が乾いていない一枚のエスキスを絵筆の先で指しながら、彼はいった。

「いま、年にどのくらい稼いでるんだ？」

「残念ながら、ぼくの名前はまだ画家仲間にしか知られていない。先輩のシネールが力を貸してくれて、プレール(パリの北、イル＝ド＝フランス地方の町)の城の仕事を世話してもらえることになっている。十月ごろ向こうに行って、アラベスク模様を描き、絵を額入れし、飾りつけをする。セリジー伯爵は、礼はたっぷりはずんでくれるだろう。

この手の賃仕事、つまり画商からの請負仕事で、これからは、諸費用を差し引いても年に千八百から二千フランは稼げる。そう、今度の官展には、この絵を出すつもりだ。もし認められれば、万々歳さ。友人たちも喜んでくれるだろう」

「おれは、こういうことに通じていないが」、フィリップはやさしい口調でいい、そのためジョゼフは思わず彼のほうを見た。

「どうかしたの？」、兄の顔色が青ざめているのを見て、画家はいった。

「おれの肖像画を描くのにどのくらいかかるか知りたいんだ」

「天気さえよければ、かかりきりでやって、三日か四日で終わるけど」

「時間がかかりすぎだな。一日しか猶予はないんだ。母さんはおれをとても愛してくださっているから、何か本人の身代わりになるものを残してあげようと思ったんだが。この話はなかったことにしよう」

「それじゃ、また行っちゃうの？」

「おさらばして、もう二度と戻ってこない」、フィリップはわざとらしく陽気をよそおっていった。

「えっ！　何があったんだい、フィリップ？　もし一大事だというんなら、ぼくだって一人前の男だ、もうガキじゃない。きびしい闘いにだって耐えられる。秘密を守れというんなら、守ってみせる」

「それはたしかか？」

「名誉にかけて」

「ぜったい誰にもいわないな？」

「いわない」

「じつは、頭に弾を撃ちこむ覚悟だ」

「なんだって！　じゃあ、決闘するんだね？」

「いや、自殺する」

「いったいなぜ？」

「金庫から一万一千フラン使いこんでしまった。明日会計の報告を出さねばならない。おれの保証金は半分に減るだろう。申しわけないが、母さんの年金は六百フランになっちまう。だがまあそれはいい。金なんてあとで何倍にもして返せる。問題は、おれの名誉が汚されるってことだ！　名誉を汚されたまま、生きていたくなどない」

「金さえちゃんと返せば、名誉は汚されなんかしない。でも職は失うことになるから、兄さんの収入は、勲章の恩給の五百フランだけになってしまう。だけど、五百フランあればなんとかやっていけるじゃないか」

「あばよ！」、フィリップはいって階段を駆けおり、耳を貸そうとしなかった。

ジョゼフはアトリエを出て、母のところに食事をしに行った。だがフィリップの打ち明け話のために、食欲はまるでなくなっていた。彼はデコワンおばさんを脇に呼び、このぞっとしない知らせを伝えた。老婦人はおそろしい叫び声をあげ、手に持っていた牛乳の鍋をとり落として、椅子に倒れこんだ。アガトが駆けよった。何度もあがる叫び声のなか、致命的な事実が母に伝えられた。

「あの子が名誉を汚すなんて！　ブリドーの息子が預かった金庫の金に手をつけるなんて！」

未亡人は全身をふるわせ、目を大きく見開き、腰をおろしてわっと泣きだした。

「あの子はどこ？」、涙ながらに彼女は叫んだ。「もしかしたら、セーヌに身を投げたのではないかしら！」

「希望をなくしてはいけないよ」、デコワンおばさんはいった。「かわいそうに、あの子は悪い女に引っかかって、そのために馬鹿をやったんだ。でもねえ、世間ではよくあることですよ！　フィリップは帰ってくるまで不運の連続だったし、しあわせでいることや、愛される機会があまりに少なかったからね。ああした女に夢中になっても驚くには当たりません。情熱というものは、いつでも行きすぎてしまうものよ！　ああわたし自身、人生のなかで、そういう意味で自分を咎めねばならないことが一つだけあるけれど、でもやはり自分が正直な女であると信じています！　たった一度過ちを犯しただけで、悪癖とはいえないでしょう！　それに結局、まちがいを犯さないのは、何もしない人間だけじゃないかね！」

アガトの絶望があまりにはなはだしかったので、デコワンおばさんとジョゼフはフィリップの罪を多少なりとも軽減せねばならず、どんな家庭にも似たような問題は起こりがちだと、彼女にいった。

「でも息子は二十八よ」、アガトは叫んだ。「もう子供じゃないんです」

このおそるべき言葉は、このあわれな女性が息子のふるまいにどれほど気を揉んでいるかをはっきり示している。

「母さん、保証してもいいけど、兄さんの頭にあるのは、母さんが苦しんでいること、母さんにすまないことをしてしまったということ、それだけだよ」、ジョゼフはいった。

「ああどうしよう！　戻っておいで！　生きていておくれ！　すべて許してあげるから」、あわれな母は叫んだ。脳裏には、フィリップが死んで水から引きあげられるおそろしい光景が浮かんでいた。

しばらくのあいだ、陰鬱な沈黙が支配した。その日一日は、このうえなく残酷な、希望と絶望の交錯のなかですぎていった。ほんのちょっとでも物音がすると、三人はあわてて客間の窓に飛んでゆき、あれこれと想像をふくらませるのだった。家族が悲嘆にくれているあいだ、フィリップは涼しい顔で金庫に金がないわけを説明におよんでいた。会計を報告するさい、大胆にも何か事故でもあると大変だから一万一千フランは家に置いてあると言いはなったのだ。どら息子は四時に金庫から新たに五百フラン取りだして出てゆき、落ちつきはらって賭博場にあらわれた。いまの職を得てからはさすがに賭場に行くことはなくなっていたが、それというのも、会計係が賭博場にしょっちゅう出入りしてはまずいことぐらいは承知していたからである。この若者には策略を練る頭はそなわっているのだ。その後の彼のふるまいは、そもそも彼が、高潔な父よりも祖父のルージェの血を多く引いていることをはっきり示すだろう。たぶん彼は、うまくゆけば立派な将軍になれたかもしれない。だが私生活においては、彼は合法性という衝い立ての後ろ、あるいは家族の慎ましい屋根の下に、自分のたくらみや悪いおこないを隠しておく根っからの悪人の一人であった。フィリップはきわめて冷静に、この究極のたくらみを実行に移した。まずは勝って、もうけは六千フランにまで膨れあがった。しかし、いまの不安定な状態を一息に終わらせたいという欲望に、つい目が眩んでしまった。ルーレットでたったいま、続けて十六回目の黒が出たことを知り、トランテ・キャラント（カードを使ったカジノ賭博の一種）を切りあげた。五千フランを赤に賭けたが、出たのはまたしても黒、十七回目の黒だった。中佐はそこで、なけなしの千フラン札を黒に賭けて、勝った。これほどまで偶然が味方してくれるのは驚くべきことだったが、頭は疲労のきわみにあった。そしてそのことを感じとっていたにもかかわらず、彼は続けることを望んだのだ。けれども、賭博者が耳を傾けるとひらめきによって答えてくれる予知の感覚は、すでに損なわれていた。賭博者にとっては破滅にほかならぬ休止のときがきた。明晰さは、陽光と同じく、揺らぐことのないまっすぐな線にしたがってのみ、その効果をもたらすものだ。視線を遮られぬかぎりにおいてその類推の力を発揮するのであって、チャンスが飛びとびにしか来ないなかでは、その力は乱される。フィリップはすべてを失った。これほど過酷な試練のあとでは、どれほど気楽な魂であろうと、またどれほど大胆不敵な魂であろうと、意気阻喪しないではいない。それでフィリップは、もともと本気で自殺しようなどとは少しも考えていなかったことでもあり、家路をたどりながら、そんな約束を口走ったことを考える気もあまりなくなっていた。もはや母のことも、破滅の原因であるマリエットのことも、脳裏にない。ただ機械的に足を運んでいるだけだった。彼が入ってゆくと、泣きぬれた母、デコワンおばさん、弟が首っ玉にかじりつき、接吻を浴びせ、大喜びで火のそばに連れていった。

「ほほう、いってみるだけのことはあったな」、彼は思った。

冷酷無比なこの男はそのとき、いかにもその場にふさわしい顔つきをしてみせたが、その顔は、賭博場での一波乱でひどく参っていただけに、なおさらもっともらしいものになった。あわれな母は、このおそるべきお気に入りのわが子が、顔色青ざめ、やつれ果てているのを見て、その膝にすがりつき、両手に接吻して自分の胸に当て、目にいっぱい涙をためながら、長いこと彼を眺めた。

「フィリップ」、声を詰まらせながら彼女はいった。「自殺なんかしないと約束してちょうだい。すべて忘れましょう」

フィリップは弟がしんみりとし、デコワンおばさんが目に涙をためているのを見て、心のなかでいった。「なんて気のいい連中なんだ！」、そして母を抱いて起こしてやり、接吻しながら耳元でいった。「母さんがぼくに命をくださるのは、これで二度目だ！」

デコワンおばさんは、なんとか算段してすばらしい晩餐を用意し、年代物の葡萄酒を二本、そして少々のアンティル産のリキュールを出した。彼女の実家に古くから財産としてとってあった宝物である。「アガト、この子が葉巻を吸うのを許してやりましょうね！」、デザートのとき彼女はいった。そして何本かをフィリップにやった。

二人の女性は気の毒にも、この若者にやりたいようにやらせてやれば家が気に入って家のことを大切に思うようになると考え、大嫌いなたばこの煙にも慣れようとつとめたのである。これほど大きな犠牲を払ったにもかかわらず、フィリップは気にとめさえしなかった。翌日までに、アガトは十は歳をとっていた。心配が鎮まると考え事が始まり、あわれな婦人はそのおそろしい夜、ひとときも目を閉じることができなかったのだ。彼女の収入はとうとう六百フランの年金だけにまで切りつめられることになった。デコワンおばさんは、太っていておいしいものに目がない女性の常で、カタル性のしつこい咳がとれず、ますます身体の負担が大きくなっている。階段を上るとき、その足音は、薪の束が庭におろされるときのように響く。彼女はだからいつ死んでもおかしくはないし、そうなれば終身年金の四千フランも一緒に消えてなくなる。そのような収入を頼りにするのは馬鹿げているのではないか？　どうすればよいのだろう？　どうなってしまうのだろう？　子供の負担になるくらいなら、病人の世話でも始めよう、アガトはそう心に決め、自分のことは少しも頭になかった。それにしてもフィリップは、収入がレジオン・ドヌール四等勲章の恩給五百フランだけに切りつめられて、これからどうなるのだろう？　デコワンおばさんは十一年のあいだ毎年千エキュ出しつづけ、払った額は作った借金のほとんど二倍に達していたが、あいかわらずブリドー一家のために自分の孫の利益を犠牲にしつづけていた。このおそろしい災厄のなかで、アガトのまっすぐで厳格な感情はことごとく踏みにじられ、それでも彼女は考えるのだった。「かわいそうに、あの子に罪を着せられるだろうか？　あの子は、誓いに忠実なだけではないか。結婚させなかったのがまちがいだった。もし相手を見つけてやっていれば、踊り子と関係したりしなかっただろう。なにしろあんなに立派な身体をしているのだから！」

乾物屋の老おかみもまた一晩じゅう、一家の名誉を救う手だてについて考えていた。翌日ベッドを離れると、彼女はさっそく親友の部屋を訪れた。

「この事件はむずかしすぎて、あなたにもフィリップにも手に負えるもんじゃない」、彼女はいった。「わたしたちの古い友人のクラパロンとデュ・ブリュエルは死んでしまったけれど、デロッシュさんは健在です。あの人の判断はたしかだよ。朝のうちにあの人の家にいってみます。デロッシュにこういってもらいましょう。フィリップはある友人を信じたために犠牲になったのだ。そのように情にほだされやすいという性格からして、経理の仕事をするにはまったく不向きだろうってね。今度起こったことは、また繰り返されるかもしれない。フィリップも自分から辞表を出すほうがいいと思うでしょう。そうすれば懲戒免職は免れますから」

アガトは、この方便の嘘のおかげで、息子の名誉が、少なくとも事情を知らぬ人の目には汚されずにすむことを知って、デコワンを抱きしめた。デコワンおばさんはこのおぞましい事件の尻拭いに出かけていった。フィリップは義人のように枕を高くして眠っていた。

「ばあさんも、けっこうしたたかじゃないの！」、なぜ朝食が遅くなったかをアガトが息子に説明すると、彼は笑いを浮かべながらいった。

老デロッシュは、この二人のあわれな女性に残った最後の友人で、情にもろい性格とはいいかねたが、ブリドーのおかげで地位を得たことをいまでも忘れずにいて、手だれの交渉役として、デコワンおばさんから託されたむずかしい任務を遂行した。彼は一家と夕食をともにしにやってきて、アガトに、翌日かならずヴィヴィエンヌ通りの財務局へゆき、売った国債の一部を譲渡する手続きをして、残った六百フランの利子の配当券をもらってくるようにいった。老官吏は、フィリップが戦争大臣への請願書に署名するのを見届けてからでなければ、この悲しみに沈む家を去ろうとしなかった。フィリップがふたたび士官として軍に復帰するための請願書である。デロッシュは二人の婦人に、戦争省の事務局で請願書がたしかに受理されるように気をつけること、踊り子にかんする公爵のフィリップへの勝利をうまく利用して、この大貴族の庇護を得ることを約束した。

「三カ月もしないうちに、お子さんはモーフリニューズ公爵の連隊で、中佐になっているでしょう。これで一件落着です」

デロッシュは、二人の婦人とジョゼフに祝福の言葉を浴びせられながら、帰っていった。新聞のほうは、フィノの予言通り、二カ月後発行をやめた。こうしてフィリップの過ちは、世間になんの反響を及ぼすこともなくおわった。だがアガトの母性は、これ以上はないほど深く傷ついていたのである。ひとたび息子への信頼が揺らいでからというもの、彼女は絶え間のない不安のなかで生き、そんな不安のなかでときおり自分の不吉な予感が裏切られたときだけ、満足を感じるのだった。

フィリップのように、身体的な勇気はあっても精神は怯懦《きょうだ》で卑劣な男たちが、ある破局的状況のなかで自分の品位がほぼ完全に失われ、そののちまた身のまわりで事態が旧に復するのを見るとき、彼らは、家族あるいは友情の示すこうした情け心によってますますいい気になる。うまくやれば処罰を免れることもできると考えてしまう。精神はゆがみ、みずからの情熱には満足が与えられて、いかにしてうまく社会の法の裏をかくにいたったか研究してみる気持ちが起こり、こうして彼らはおそろしくずる賢い人間になるのだ。二週間後、フィリップはふたたびぶらぶらと暇をもてあます男に戻り、それゆえカフェを渡り歩く生活がいやおうなく再開された。あちこち立ち寄っては酒のグラスを傾け、パンチをあおりながら長時間ビリヤードに精をだし、夜は賭博場で適切にもほんのささやかな勝負をするにとどめて、乱脈な生活を維持するに足りるちょっとしたもうけを得た。母とデコワンおばさんの目をうまくごまかすために、彼は一見質素な身なりをした。帽子はてっぺんと周囲の毛が抜けてまるで垢じみ、ブーツには継ぎが当たっていた。着古したフロックコートに飾られた赤い略綬はほとんど輝きを失い、ボタンの穴に長いこと差しっぱなしだったために茶色がかって、おまけにリキュールやコーヒーの滴で汚れていた。緑の鹿皮の手袋はずいぶん長いあいだ使われつづけたままだった。そしてサテンのカラーは、ひどくけばだって毛屑のようになってようやく身につけるのをやめたのである。この若者にとってマリエットは唯一無二の愛の対象であった。したがってこの踊り子の裏切りは、彼の心をいちじるしく非情なものにした。偶然思いがけぬ実入りがあったとき、あるいは旧友のジルドーと夜食を共にするようなとき、フィリップは、女性全体への一種粗暴な軽蔑をあらわにしながら、街角のヴィーナスたちに声をかけるのだった。もっとも生活は規則的で、朝食と夕食は家でとり、帰宅は毎晩一時ごろになる。三カ月のあいだこうしたおぞましい生活を判で押したように続けたおかげで、あわれなアガトの信頼もいくらかとり戻された。ジョゼフはといえば、まさにそのおかげで名声を確立することになる、壮大なタブローの制作に専念してもっぱらアトリエで生活していた。デコワンおばさんは、孫の言葉を根拠に、ジョゼフの栄光を信じて、画家に対して母親のように何くれとなく世話を焼いていた。朝は食事を運んでやり、代わりに買い物をし、ブーツを磨いてやった。画家が姿を見せるのはほとんど夕食のときに限られており、夜はもっぱら「セナークル」の友達とつきあって過ごした。そのうえ彼は多くの本を読んだ。彼は自分の意志で維持するほかないあの深くかつ真摯な教育をみずからに課していたのであって、才能に恵まれた人間はすべて、二十歳から三十歳までのうちに、こうした教育に身を任せるものなのだ。アガトがジョゼフと顔を合わせる機会はまれで、彼のことは心配もしていなかったから、彼女はもっぱらフィリップによってのみ生き、彼だけがアガトに次々に不安を与えては安心させ、恐怖を憶えさせてはほっとさせていた。そうしたことはある意味でさまざまな感情にとって欠くことのできない命ともいうべきもので、愛にとっても母性にとっても同じように必要なのである。

デロッシュはだいたい週に一度は、友人でもあったかつての上司の未亡人に会いに訪れ、次のようなことを伝えて彼女に希望を与えた。モーフリニューズ公爵が彼の連隊にフィリップを望み、戦争大臣は報告書を提出させた。そして、いかなる警察のリストにも、またいかなる宮廷の書類にもブリドーの名前は見いだされなかったので、来年早々にでもフィリップは、復職して軍務に服すべき旨を記した書簡を受けとるだろう。ことをうまく運ぶために、デロッシュはありとあらゆる知己を動かし、警視庁でつかんだ情報によって、フィリップが毎晩賭博場に出入りしていることを知った。そしてこの秘密をデコワンおばさんにだけ打ち明けて、未来の中佐の監視を促すことが必要と判断した。というのも騒ぎが持ちあがれば、すべてはご破算になってしまうからだ。戦争省は当面、フィリップが賭博者であるかどうか探りを入れるようなことはあるまい。ところで、ひとたび軍旗の元にはせ参じれば、中佐は無為が原因でのめり込んだ情熱など捨てて省みないだろう。アガトは夜、もはや迎える人もいなかったので、暖炉のそばで祈禱書を読み、いっぽうデコワンおばさんのほうは、カードを引いて夢を読みとき、カバラの規則を賭けに当てはめるのだった。この執拗な賭博者は、宝くじの抽選を一度として逃したことはなかった。彼女は例の三つ組の数字にこだわり続けたが、その数字はいまだ出ていない。この三つ組の数字が出なくなって二十一年が経ちつつあり、いわばそれは成年に達しようとしているわけであった（当時のフランスの成年は二十一歳）。宝くじ愛好家の老婦人は、この子供じみた偶然に大きな期待をかけていた。数字の一つは一七九九年の宝くじ再開以来、箱の底深く埋もれたままだった。それゆえデコワンおばさんは、その数字および三つの数字のあらゆる組み合わせに大きな期待を寄せていたのである。ベッドの一番下のマットレスが、あわれな老婦人がへそくりを隠しておく場所だった。彼女はその縫い目をほどき、そこに生活費を倹約してためた金貨をしっかり毛糸で包んで入れ、ふたたび縫い目を閉じておいた。彼女は、パリで行われる今年最後の抽選のさい、執着している三つ組の数字の組み合わせにへそくりをすべて投じる覚悟でいた。こうした情熱は、あれほど広い範囲で批判を受けているのに、きちんと研究されたことは一度もない。ここに貧者の阿片を見た者は一人としていない。宝くじとは世界一強力な妖精であり、魔術的な希望をはぐくむものではないだろうか？　ルーレットの回転は賭博者に黄金と悦楽の山をかいま見させるが、それは稲妻が光るだけの時間しか続かない。いっぽう宝くじは、このすばらしい稲妻に五日間の命を与えるのだ（宝くじの抽選は五日に一度行われる。）。今日、たった四十スーで五日間も人を幸せにし、文明のあらゆる幸福を理想的なかたちでもたらすことができる社会的権力など、どこにあるだろうか？　たばこにかかる税は賭けよりも千倍も不道徳な税金であって、たばこは身体を破壊し、知性を傷め、国民を惚けさせる。ところが宝くじがこうした不幸を引き起こすことは、これっぽっちもない。それにこの情熱は、抽選と抽選のあいだの時間的間隔と、それぞれの愛好家がひいきにしている抽選場所（パリをはじめとする五カ所）にしたがって、折りあいをつけることを強いられる。デコワンおばさんはパリでの抽選にしか金を賭けなかった。二十年来こだわっている三つ組の数字がついに出ることを期待しながら、この年最後の抽選に思うさま賭け金をつぎ込めるように、彼女ははなはだしく生活を切りつめていた。カバラ的な夢を見たときは――というのも、あらゆる夢が宝くじの数字に適合するとは限らないわけだから――ジョゼフにその話をしにゆくのだったが、それというのも、彼は叱ったりせずに話を聞いてくれるただ一人の人間だったからで、芸術家が精神の狂おしい情熱に慰めを与えるときに用いるあれらのやさしい言葉を、ジョゼフは彼女に惜しまなかったのである。あらゆる偉大な才能は真の情熱に敬意を払い、理解を示す。そうした情熱のよって来たるゆえんを納得し、その根拠を心や頭のなかに見いだすのだ。ジョゼフにいわせれば、兄はたばことリキュールを愛し、ママン・デコワンは三つ組の数字を愛し、母は神を愛している。息子のデロッシュは裁判を愛し、父のデロッシュは釣りを愛している。誰もが何かを愛している、と彼はいうのだった。そして彼自身はといえば、すべてにおいて理想美を愛している。バイロンの詩を愛し、ジェリコーの絵を愛し、ロッシーニの音楽を愛し、ウォルター・スコットの小説を愛しているのであった。「蓼食う虫も好きずきというけれど」、彼は叫んだ。「おばあさんの三つ組の数字はずいぶんとぐずぐずしてますよねえ」

「そのうちきっと出るよ。そうすりゃおまえも金持ちになるし、孫のビジウだって！」

「お孫さんに全部あげてくださいよ」、ジョゼフは叫んだ。「そのうえで、好きなようにすればいい」

「なに、出れば充分みんなにあげるだけあるさ。おまえは立派なアトリエをもてるだろうし、モデル代や絵の具代がないばっかりにイタリア座に行くのを我慢する必要もなくなる。だいいちわたしも、この絵でごたいそうな役を演じなくてもよくなるわけさ」、彼女はいった。

老婆に連れられてヴェネツィアの元老院議員のもとにやってきたうら若い高級娼婦を描いたすばらしいタブローのために、ジョゼフはモデル代を倹約して、デコワンおばさんにポーズを取らせていたのである。この絵は現代絵画の傑作の一つに数えられ、ほかならぬグロでさえティツィアーノばりと認めたほどで、まさにこの絵のおかげで、一八二三年の官展において、若き芸術家たちはジョゼフの卓越性を認め、それを声高に叫びはじめたのだった。

「おばあさんを知っている人は、おばあさんの人柄がわかっているわけだし」、彼は朗らかな調子で答えた。「おばあさんを知らない人のことは、気にするにはおよばないでしょう？」

十年ほど前から、デコワンおばさんはこれ以上はないというほど熟しきり、まるで復活祭のころのレネット種のリンゴのようになっていた。皺が、冷えた柔らかな肉深く刻まれていた。目は生きいきと輝き、なお若々しい活発な考えであふれているように見えたが、賭博者というのは常にどこかしら強欲なところがあるだけに、そうした考えは、強欲さととられかねなかった。ぽってりとした顔には、深い隠しごと、胸の奥底にしまいこまれた秘かな思いの跡が見られた。彼女の情熱はどうしても秘密にしておく必要があったのだ。唇の動きには、いくらか食い道楽らしい徴しもあらわれていた。それゆえ、読者もご承知のとおりいかに誠実ですばらしい人間だったとはいえ、見た目だけで誤解されることがなくはなかった。だからこそ彼女は、ブリドーが描こうとした老婆のモデルに充分なりえたのである。彼にこのタブローのアイデアを与えたのは、コラリーという崇高なまでに美しい若い女優で、この女優は美しい盛りに亡くなってしまったが、ブリドーの友人の一人、リュシアン・ド・リュバンプレという若き詩人の愛人だった。三つの

十年ほど前から、デコワンおばさんはこれ以上ないというほど熟しきり、まるで復活祭のころのレネット種のリンゴのようになっていた。

肖像を壮麗に配置したみごとな絵だったにもかかわらず、この絵には盗作だという非難が浴びせられた。「セナークル」の若者の一人ミシェル・クレティアンが、元老院議員のために、いかにも共和派らしいその顔を貸し与えた。ジョゼフはそこに少し成熟した感じをつけ加え、同様に、デコワンおばさんの顔の表情にも誇張を加えた。たいへんな評判を呼ぶとともに、ジョゼフに対して多くの憎悪、多くの嫉妬、多くの賛嘆を引き起こしたこの偉大なタブローは、いまはまだ下絵が描かれているだけだった。注文の仕事をこなして食いぶちを稼がねばならず、そのために制作を中断することを強いられたためだったが、しかし彼は、かつての大画家たちの絵を何枚も模写して、そうした画家たちの技法をわがものとしたのであった。こうして彼の筆遣いはもっとも巧みな技法を示すものの一つとなった。

彼は芸術家ならではの良識をもって、少しずつ得はじめていた利益を、デコワンおばさんにも、また母親にも隠したほうがよいと判断した。その双方のうちに、かたやフィリップ、かたや宝くじという破滅の種を見ていたからである。かのナポレオン軍兵士は、みずから招いた破滅的状況のなかである種の沈着冷静さを示し、自殺と称しながら裏に計算が隠されていたことには、ジョゼフも気がついた。また放棄してはならなかったはずの仕事で彼が犯した過ちは忘れることのできるものではなかった。こうしたことに加えて、兄のごく些細な行動の数々がジョゼフの目を開かせたのであった。このような洞察の鋭さが芸術家に欠けていることはめったにない。アトリエの静けさのなかで、一日じゅう、ある程度まで思考の自由な活動が許される仕事に没頭しているという点で、芸術家には多少女性に似ているところがある。その精神は生活の些細なことがらのまわりを巡り、そこに隠された意味を探りだすのだ。ジョゼフは、当時はまだ流行るきざしもなかった長櫃のみごとな逸品を買い、それでアトリエの一角を飾った。光がそこに当たって浅浮き彫りのなかできらめき、十六世紀の職人の手になるこの傑作に輝きを与えていた。彼はその長櫃に秘密の隠し場所があることに気づいて、急場の備えにそこに金を貯めておくようにした。月々の出費にとってある金は、真の芸術家ならではの自然な信頼心から、長櫃の仕切られた部分の一つに置かれた頭蓋骨のなかに入れてあった。兄が家に帰ってきてからというもの、入れておいた金額と実際の出費がいつも食いちがうことに、彼は気づいていた。月々の百フランが、信じがたい早さでなくなってゆく。四、五十フランほど使ったのち、見てみると一銭も残っておらず、それで彼は初めてこう考えた。「どうもぼくの金は、駅馬車にでも乗っていってしまったようだ！」次には、気をつけるようにした。だが何度計算しなおしてみても、ロベール・マケール（人気俳優フレデリック・ルメートルが演じて大当りをとった芝居の登場人物）がするいんちきな計算そのままに、十六足す五は二十三といった具合で、勘定が合わなかった。三度目にもっと大きな金額の食い違いに気づいたとき、彼はこの悩みごとをデコワンおばさんに相談した。彼はこの年老いた女性から、母のような、優しい、疑いを知らぬ、信頼に満ちた、情熱的な愛情を注がれているのを感じていた。実の母親はたしかに善良な人間であったかもしれないが、そうした愛情には欠けていたし、それはまた、雌鶏が、羽が生えるまで雛たちに注いでやる心配りと同じように、デビュしたての芸術家にはなくてはならぬものだったのである。そのおそろしい疑いをうち明けられる相手は、デコワンおばさんしかいなかった。友人たちは、自分自身と同じくらい信頼がおける。デコワンおばさんが宝くじを買うために彼から一銭でも金を失敬するようなことは、もちろんない。そうなると、家庭内でこの小さな盗みを犯すことができるのは、フィリップ以外にはいない。彼が口にしたそのような考えに、あわれな女性は思わず両手をよじった。

「お金が必要ならそういってくれればいいんだ」、ジョゼフは叫び、それと気づかぬまま、パレットのうえの絵の具を筆につけて、あらゆる色をまぜこぜにしてしまった。「ぼくが断るとでもいうんだろうか」

「でもそれじゃあまるで、子供から何もかもむしり取るようじゃないか」、デコワンおばさんは、心底ぞっとしたような表情を顔に浮かべて叫んだ。

「いいや」とふたたびジョゼフ、「それでいいんです。だって兄さんなんだから。ぼくの財布は兄さんのものだ。でも一言断ってくれなくては」

「今朝これから、貨幣を決まった額だけ置いて、自分は手をつけないでいてごらん」、デコワンおばさんが彼にいった。「誰がアトリエに来るか、わたしが見ててやるから。で、入ってきたのが兄さんだけだったら、疑いの余地はなくなるってことだ」

翌日さっそく、ジョゼフは、兄が彼のところからこっそり金を持ちだしていた証拠を手に入れることになった。ジョゼフが不在のときフィリップがアトリエに入り、当座足りない小金を取りだしていったのだ。芸術家は彼のささやかな蓄えについて不安を覚えた。

「冗談じゃない、いまに現場を押さえてやるぞ、ねえ兄さん」、彼は冗談めかしながら、デコワンおばさんにいった。

「そうだよ、兄さんをどやしてやらなくちゃ。というのも、わたしもね、ときどき財布の中身が減っていることがあるんだよ。もっとも、かわいそうなあの子にはたばこだっている、すっかり病みつきになっているのだから」

「かわいそうなあの子、かわいそうなあの子」、芸術家は繰り返していった。「ぼくはフュルジャンスや、ビジウの意見にちょっと賛成なんです。フィリップはいつもぼくたちの足を引っぱっている。あるときは陰謀に片足突っ込んで、アメリカに行かせなくちゃならなくなり、それで母さんは一万二千フランも出費した。『新世界』の森で何を得るでもなく、すごすご戻ってくるときも出発と同じくらい金がかかった。ナポレオンが口にした二言、三言をどこかの将軍に伝言したというただそれだけのことなのに、フィリップは自分を大軍人と勘違いし、ブルボン家にしかめ面をしてみせる義務があると思いこむ。とりあえずは生活を楽しんで、旅をし、見聞を広めている。兄さんがかわいそうだなんていう言い訳に、ぼくはだまされない。あの顔を見れば、どう見たって、うまくやっているとしかいいようがないじゃないですか！　元気いっぱいの兄さんにすばらしい職を見つけてやれば、オペラ座の踊り子と王侯気取りの贅沢三昧、新聞の金に手をつけて、母さんはまたしても一万二千フランの出費だ。ぼくのことはどうだっていいけど、このままじゃ、母さんが身ぐるみはがされてしまう。兄さんにとってみれば、ぼくなんかものの数にも入らない、近衛龍騎兵じゃなかったからね！　ところが、あのやさしい母さんが歳をとったとき面倒を見るのはたぶんこのぼくで、兄さんのほうはこのまま兵隊上がりの乱暴者のままでいれば、ろくな死に方はしないだろう。ビジウがいっていましたっけ、『なんともいい加減な野郎だな、きみの兄貴は！』って。ねえおばあさん、実際ビジウのいうとおりじゃないですか。フィリップはなにか困ったことをしでかして、一家の名誉が損なわれるかもしれない。また一万フラン以上の金を工面しなくてはならなくなるかも！　兄さんは毎晩賭けをやっている。ひどく酔って帰ってくるときなど、階段にカードをばらばら落としてゆく。ピンで穴を開けて、赤と黒の出の印をつけるあのカードです。フィリップをふたたび軍隊に入れるためにデロッシュのおやじさんが骨を折ってくれたけれど、賭けてもいい、兄さんは軍隊に戻るのがいやでいやでしょうがないんだと思いますよ！　あんなに美しい、澄んだ青い目をした、理想の騎士そのもののような姿の青年だったのに、ただ空威張りするだけの男になっちまうなんて、おばあさんでも、思いもよらなかったですよねえ」

　フィリップが夜、いかに節度と冷静さをもってみずからの資金を賭けに投じるといっても、ときには賭博者がからっけつと呼ぶ試練の時をさけて通ることはできない。夜ごとの賭金、つまり十フランをどうしても手に入れたいという欲望には抗しがたく、彼はそんなとき家で、弟の金、デコワンおばさんが出しっぱなしにしている金、あるいはアガトの金に手をつけてしまう。このあわれな未亡人はすでに一度、うとうとしかけていたときに、おそろしい光景を目にしたことがあった。フィリップが部屋に入ってきて、彼女の洋服のポケットから、そこにある金を洗いざらい持ちだしていったのだ。アガトは眠ったふりをしていたが、その夜はそれからあと、ずっと泣きどおしだった。彼女の目にもすべてが明らかになった。たった一度過ちを犯しただけでそれを悪癖と呼ぶことはできないと、デコワンおばさんはいっていた。だが同じ過ちが恒常的に繰り返されれば、それはまちがいなく悪癖というほかない。アガトにはもう疑う余地はなかった。最愛の息子には細やかな気遣いも誇りもないのだ。このぞっとするような光景を見た翌日、朝食のあと、フィリップが出かける前に、アガトは彼を部屋に引っぱってゆき、なりふりかまわぬ調子で、もしお金が必要になったらわたしにいってほしいと懇願した。するとフィリップがあまりひんぱんに金をせびったので、もう二週間も前から、アガトの蓄えは底をついたままになった。手元には一銭も残っておらず、なにか仕事をしなくてはと彼女は考えた。彼女は数夜にわたってデコワンおばさんと、どうやったら仕事で金を稼げるかについて話しあった。あわれな母はすでに〈一家の父《ペール・ド・ファミーユ》〉商店に行って、なにかタピスリーの下請け仕事はないか訊ねてみたのだった。一日およそ二十スーにしかならぬ仕事であった。デコワンおばさんは、姪が堅く口を閉ざして語らないにもかかわらず、どんな動機から女の手仕事で金を稼ごうという気持ちになったのか、すっかり見抜いていた。もっとも、アガトの容貌の変化を見れば、それはほとんど一目瞭然といってよかった。みずみずしかった顔はひからびて皮膚がこめかみや頬に張りつき、額には皺が刻みこまれている。目もいくぶんかその澄んだ輝きを失っている。彼女がなにか内なる火によって焼き尽くされ、泣きながら夜を明かしているのは疑う余地がない。だが彼女のやつれの一番の原因は、自分の悲しみ、苦痛、おそれを人にいえないということにあった。彼女はフィリップが帰ってくるまでけっして寝入ることはなく、通りを歩いてくる彼の足音に耳を傾ける。声や歩き方の変化、舗石のうえを引きずるステッキがたてる音を注意深く聞きとっているのだ。彼女の知らぬことは何一つなく、フィリップがどれくらい酔っているか察しがつくほどだった。彼が階段でよろける音を聞きつけて身をふるわせ、ある夜などは、彼がこぼれ落ちるにまかせた金貨を、その場所まで拾いに行ったこともある。酒を飲み、賭けに勝ったとき、彼の声はしわがれ、ステッキを引きずって歩いている。だが負けたときは、彼の足音にはどこか乾いた、はっきりした、憤然たる調子があった。彼は朗とした声で歌を歌い、武器を持つようにステッキを掲げていた。勝ったときは、朝食の席で彼の立ち居ふるまいは、陽気で人なつっこいといっていいほどだ。下品な冗談をとばし、それはいかにも下品だったけれども、ともかくデコワンおばさんや、ジョゼフや、母親と冗談をいい合うのだ。逆に負けたときは陰気で、口数も少なく、つっけんどんで、目つきも険しく、その落ちこみかたはぞっとするほどだった。この自堕落な生活とリキュールの習慣によって、かつてあれほど美しかった容貌は、日に日に変わっていった。顔の血管は血走って浮きあがり、顔立ちが粗暴になり、まつげが抜けて、目がかさついたようになった。さらにフィリップはほとんど身なりに気を遣わなかったので、その身体からは、安酒場のすえた空気や泥だらけのブーツの臭いが立ちのぼり、他人から見れば、そうしたことは飲んだくれの動かぬ証拠とうつったにちがいない。

「あなたは、頭のてっぺんからつま先まで」、十二月の初めごろデコワンおばさんはフィリップにいった。「全部新調しないといけないわね」

「費用はいったい誰が出してくれるんです？」、彼はわめくように答えた。「かわいそうに母さんにはもう金がないし、おれは年収五百フランの身だ。服を買うには恩給まるまる一年分は必要だが、三年分抵当に入れてしまったし……」

「え、なんでさ？」、ジョゼフがいった。

「ちょっとした賭けの借金でね。ジルドーがフロランティーヌから千フランもらって、それをおれが借りているのさ……たしかにしゃれた格好とはいえない。しかしナポレオン陛下がセント・ヘレナ島でご自分の銀器を売って生活しておられることを思えば、陛下に忠実な兵士は、がたのきたブーツだって喜んで履くさ」、こういいながら彼は、踵のもげたブーツを見せた。そして出ていった。

「悪い子じゃないのよ」、アガトがいった。「根はいい子なんです」

「皇帝陛下を敬愛するからといって、身だしなみに気を遣えなくなるってわけでもないでしょう」、ジョゼフがいった。「自分自身のことや服装に気をつけていれば、あんなふうに乞食みたいにはならないよ」

「ジョゼフ、兄さんを大目に見てやらなくちゃいけないよ」、アガトがいった。「おまえは自分のやりたいことをやっているでしょう！　でも兄さんは自分にふさわしい場所にいるわけではないのですからね」

「そのふさわしい場所を、なぜ捨ててしまったのです？」、ジョゼフは食いさがった。「国旗の上にいるのがルイ十八世の南京虫だろうと、ナポレオンのカッコウだろうと、どうだっていいじゃないですか、もしそれがフランスの旗なら。フランスはフランスだ！　ぼくは、悪魔のためにだって絵を描きますよ！もし兵士だというのなら、彼は戦うべきだ、それが兵士の本領なんだから。それにもし彼がおとなしく軍隊に残っていたら、いまごろはもう将軍になっていたかもしれない……」

「あなたもおばさまも、あの子にきびしすぎます」、アガトはいった。「亡くなったお父様は皇帝陛下を崇拝していらしたから、ご存命ならあの子のやり方に同意なさったでしょう。いずれにせよ、あの子はまた軍隊に戻ることを承知しているんですから！　自分が裏切りと見なすことをやらねばならぬために、兄さんの身にどれほどの悲しみが引き起こされているか、神様はご存じですよ」

ジョゼフは席を立ち、アトリエにあがってゆこうとした。だがアガトが彼の手を取っていった。「兄さんに優しくしてやっておくれ。ひどく不幸せなのだからね！」

画家はアトリエに戻ってゆき、デコワンおばさんが一緒についてきて、お母さんは神経が高ぶっているのだからあまりずけずけものをいってはいけない、お母さんがどんなに変わってしまったか、どれほどの心の苦しみがその変化にあらわれているか、注意してみてごらん、そんなことを彼にいっていたのだが、アトリエで二人はフィリップに出くわして、ぎょっとしたのだった。

「なあおい、ジョゼフ」、彼は屈託のない調子でいった。「じつは金がいる。まずいことに、行きつけのたばこ屋に、葉巻の代金が三十フランたまってててな。これを払わなくちゃ、おちおち店の前も通れやしない。いつもこの次払うからってごまかしてんだよ」

「ああ、こういうやりかたのほうがずっといい」、ジョゼフが答えた。「頭蓋骨のなかからとりなよ」

「きのうの晩な、夕飯のあとで、もう全部いただいたんだ」

「四十五フランあったはずだけど……」

「そのとおり！　おれがそっくりもらいました」、フィリップは答えた。「そこにあったんだから。なんか不都合でもあるか？」、つづけて彼はいった。

「いいや、もちろんないさ」、画家は答えた。「もし兄さんが金持ちだったら、ぼくも同じようにするよ。ただ、お金を持っていってもらう前に、これで充分かどうか、ちょっと訊ねた方がいいと思ってね」

「いちいち頼むのは、うっとおしいぜ」、フィリップは答えた。「おまえだって、必要があれば、おれみたいに何も断らずにとっていけばいい。信頼のあかしってわけさ。軍隊じゃな、戦友が死ぬだろ、で、そのブーツが新品同様で、自分のが傷んでるとする。そうしたら、ブーツをとり換えるんだ」

「うん、でも、生きてるあいだは、人からブーツを取りあげたりしないでしょう！」

「そりゃあ、屁理屈ってもんだぜ！」、フィリップは答え、肩をすくめた。「てことは、金はないんだな？」

「ない」ジョゼフはいった。秘密の隠し場所を知られたくなかったのだ。

「数日経てば、わたしたちは金持ちになるよ」、デコワンおばさんはいった。

「そうか、おばあさんはあいかわらず信じてるんだ、例の三つ組の数字が、二十五日のパリの抽選で出るって。もしおれたちみんなを金持ちにしてくれるつもりなら、その賭けは絶対やってもらわなくちゃね」

「二百フラン、三つ組だけに賭ければ、当たりは三百万フランになる。それに二つ数字の単式、複式だって当たるかもしれない」

「倍率は一万五千倍ってわけか。そう、二百フランあればいいんですよね」

八　母親の気持ちはいかにして変わるか

デコワンおばさんは、唇をかんだ。不用意な言葉を口にしてしまったからである。実際、フィリップは階段で考えていた。「あのばばあ、どこに宝くじの金を隠してやがるんだ？　どうせ当たりっこない金だ。おれがもっていれば、ずっとうまく使ってやるものを！　五十フランずつのまとまりが四つ、当たりゃぁ二十万フランだ。三つ組の数字なんかよりは、多少はたしかな話だぜ！」彼は頭のなかで、デコワンおばさんが金を隠しそうな場所を思い浮かべた。祝祭の前の日、アガトは教会にゆき、そこに長いこといる。告解をし、聖体拝領の準備をしているにちがいない。今日はクリスマス・イヴだから、デコワンおばさんはきっとイヴの夜のお祝いのためにごちそうを買いにゆくだろう。だがたぶんそのとき同時に、宝くじの数字の登録もするはずだ。宝くじの抽選は五日ごとにおこなわれ、ボルドー、リヨン、リール、ストラスブール、パリと場所を移ってゆく。パリでの抽選は、毎月二十五日にあって、申し込みは二十四日深夜に締め切られる。元兵士はこうした事情を逐一調べあげ、観察を始めたのである。昼ごろフィリップが家に戻ると、デコワンおばさんはもう出かけた後だった。彼女は鍵をもって出ていたが、そんなことはたいした問題ではなかった。フィリップは忘れ物をしたふりをよそおい、門番女に頼んでそこからほど近いゲネゴー通りに店を出している錠前屋を呼んできてもらって鍵を開けたのだ。この兵隊あがりの考えはまずベッドに向かった。毛布をはいでから、木の部分を調べる前にマットレスをまさぐった。そして一番下のマットレスのなかの、紙に包んだ金貨に触れたのである。すぐさま被いの布に切れ目を入れ、二十枚のナポレオン金貨を拾い集めた。それから、切れ目を閉じもせず、デコワンおばさんに覚られぬように巧みにベッドを作りなおしておいた。

　博打打ちはすばやい足どりで逃げだした。彼は三時間ごとに、毎回十分だけ、三度にわたって繰り返し賭けるつもりでいた。一七八六年に公営賭博が創設されて以来、真の賭博打ち、管理機関におそれられ、賭場ふうの表現でいえば、胴元の金を食いつぶしてきた大物賭博師は、必ずこういうやり方をしたものだ。だがこうした経験をわがものにする前に費やされる金は莫大な額にのぼる。政府から賭博場を任された請け負い業者たちの哲学のすべては、そして彼らの儲けもまた、以下のようなことに根拠をもっていた。まず彼らの金庫は感情に動かされることがない。そして、親と子で出目が同じだったときは勝負なしと呼ばれるのだが、この場合賭け金の半分は「親」のものになる。さらには、これは政府公認のはなはだしい欺瞞といえようが、賭博者の賭け金は、場合によってはきちんと払いもどさなくてもよいのである。一言でいえば、金のある冷静な賭博者との勝負は避けられ、愚かにも賭けに固執するためにこうした仕組みのすばやい動きに目がくらんでしまう賭博者の財産が食らいつくされるのであった。トランテ・キャラントの胴元は、ほぼルーレット並みのすばやさで札を切ってゆく。フイリップはしまいには、事態がめまぐるしく変わるなかで、曇りのないまなざしと明晰な知性を保つことを可能にする総司令官の冷静さを獲得するにいたった。彼は賭けにかんして、かの高度な駆けひき《ポリティーク》を自家薬籠中のものとするまでになっていたのであり、ついでにいっておけば、パリにおいて、目もくらむことなく夜ごと深淵をのぞきこむにたる強さをもった何千という人々が生きながらえているのは、まさにこうした駆けひき《ポリティーク》の力によっているのである。

フィリップは、手にした四百フランで、その日のうちに一財産築いてやろうと決意した。いざというときの蓄えに二百フランはブーツのなかにしまっておき、残りの二百フランをポケットに入れた。三時に、いまは劇場になっているパレ・ロワイヤルの賭場にやってきた。ここは胴元連中がもっとも大きな額の金を握っているのである。半時間後、金を七千フランに増やしてそこを出た。フロランティーヌに会いに行った。彼女には五百フランの借りがあり、それを返して、出し物のあとでレストラン〈ロッシェ・ド・カンカル〉で夜食でもどうだいと誘った。戻ってゆく途中でサンティエ通りの新聞の事務所に寄り、友人のジルドーに今夜は派手にやるからそのつもりでいろといった。六時、フィリップは二万五千フラン稼ぎ、自分で決めたとおり十分後にはそこを出た。夜十時、もうけは七万五千フランになっていた。夜食は盛大なものだったが、そのあとフィリップは酔って気が大きくなり、十二時ごろふたたび賭場に戻った。みずからに課した戒律を破り、一時間にわたって賭けをつづけて、儲けは二倍になった。自分流の賭けの方法で胴元連中から十五万フランもぎ取ったわけだが、彼らのほうはフィリップを興味津々で眺めていた。

「出てゆくか、残るか？」、互いに見かわす彼らの目がそういっていた。「もし残ったら、やつは一巻の終わりだ」

フィリップは運よく自分につきがまわってきていると信じて残った。午前三時ごろ、十五万フランは胴元の金庫に納まっていた。元士官は賭けをしながらラムのお湯割り《グロッグ》をしたたかあおっており、泥酔状態で外に出、寒さのせいで一挙に酔いがまわって前後不覚におちいった。だが賭博場のボーイがあとからついてきて彼を助け起こし、入口のところにある灯りに「簡易宿泊所」と書かれた文字が見える例のおぞましい施設の一つに彼を連れていった。勘定は破産した博打打ちに代わってボーイがすませ、彼は服を着たままベッドに寝かされてクリスマスの夜までそこにいた。賭博場の管理機構は常連や大きな勝負をする賭博者には敬意を払うのである。フィリップが夜の七時にようやく目を覚ますと、口は粘つき、顔は腫れ、神経性の熱にうなされていた。生まれつき体力に恵まれていたおかげで母の家まで歩いて帰ってこられたのだが、そこに彼は、そうと知らずに、喪、悲嘆、貧窮そして死をもたらしていたのだった。

その前日、夕食の用意がととのったあと、デコワンおばさんとアガトは延々二時間のあいだフィリップを待った。一同がようやくテーブルについたのは、七時になってからだった。アガトが寝るのはほとんどいつも十時と決まっていたが、彼女は真夜中のミサに参列するつもりでいたので、夕食後すぐに床についた。デコワンおばさんとジョゼフはあらゆる役目をはたすその小さな客間に残り、二人きりで暖炉のそばにいた。老婦人は彼に、問題の三つ組の数字について、例の賭け、のるかそるかの大勝負の計算を頼んだ。彼女は、二つ数字の複式と出目の列を指定した単一数字にも賭けるつもりだった。つまりあらゆるチャンスを試したいと思ったのだ。デコワンおばさんはこの勝負の詩情をたっぷりと味わい、勝利のおまじないに、わが子のようにかわいがっているジョゼフの足もとに二個の「豊饒の角」を撒いた。そして絶対にはずれるはずがないことを力説しながら自分の夢を語り、気がかりなことといえば、これほどの幸福に耐えねばならず、真夜中から翌日の十時まで待つのが難儀なことぐらいだといった。ジョゼフはくじを買うための四百フランをどうやって捻出するのかわからず、そのことを訊ねてみる気になった。老婦人はほほえみ、いまでは彼女の寝室となっているかつての客間に彼を連れていった。

「見ればわかるよ」彼女はいった。

デコワンおばさんは急いでベッドの敷布をはがして、マットレスの被いに切れ目を入れようとしてはさみを探した。彼女はめがねをかけて布を調べ、それがすでに切られているのを見て思わずマットレスを手からとり落とした。老婦人が、胸の奥底からわき上がってくる、心臓に流れこむ血で締めつけられたような嘆息を漏らすのを聞いて、ジョゼフは本能的に宝くじ愛好家の老婦人のほうへ腕を伸ばし、気を失った彼女を肘掛け椅子に座らせて、母に来てくれと叫んだ。アガトは起きあがって部屋着を着て駆けつけ、ろうそくの火のもとで、気を失った叔母にひどくありふれた治療をほどこした。こめかみに化粧水、額には冷たい水をかける。そして鼻の下で羽根を燃やすのだ。するとようやく彼女は息を吹きかえした。

「今朝はあそこにあったんだよ。きっとあいつが盗んだんだ、あの極道者が！」

「なんですって？」、ジョゼフがいった。

「マットレスのなかに二十ルイ入れておいたのよ。二年間こつこつ貯めたお金だよ。あのお金を取っていけたのは、フィリップ以外にない……」

「でも、いつ？」、あわれな母は悲嘆にくれて叫んだ。「朝食のあと、あの子は戻ってきていないでしょう」

「まちがいならいいと思うよ」、老婦人は叫んだ。「でも今朝、ジョゼフのアトリエでくじを買う話をしたとき、悪い予感がしたんだ。あのとき降りていってありったけのお金をもってすぐにくじを買えばよかった。そうしようと思っていたのよ。なんでそうしなかったのか、自分でもわからない。ああ、ばかばかしい！　あの子の葉巻を買いに行っていたなんて！」

「でも」、ジョゼフはいった。「アパルトマンは鍵がかかっていたでしょう。だいたい、あんまりひどい話で、とても信じられないよ。フィリップがおばあさんをつけまわして、マットレスの被いを切り裂くなんて、はじめから計画的にやるなんて……嘘に決まってる！」

「今朝ベッドをつくったときには手応えがあったんだよ、食事のあとでね」、デコワンおばさんは繰り返した。

恐怖に駆られて、アガトが下に降りてフィリップが昼間戻ってきたかどうか訊ねると、門番の女はフィリップのした作り話を彼女に話した。母は打ちのめされ、まったく別人のようになって戻ってきた。自分が着ているシャツの布地と同じくらい顔色は白く、人が思い描く幽霊の歩き方そのままに、音もなく、ゆっくりと、何か超自然の力に操られているように、まるで機械的に歩いていた。手に持ったろうそく立てがその顔を正面から照らしだし、恐怖ですわった目をあらわにしていた。自分では知らずに何度も額に手をやったために髪がほつれていた。そして、そんな状態ゆえに彼女はぞっとするほど美しく見え、ジョゼフは、悔恨が亡霊となり、「恐怖」と「絶望」の彫像がまぼろしとなってあらわれたかに思われて、そこに釘づけになったのだった。

「おばさま」、彼女はいった。「わたしの揃いの食器を持っていってください。六人分あります。売ればちょうどなくなったお金の分ぐらいになります。お金はわたしがフィリップのためにとったのです。お気づきになる前にお返しできると思っていました。ほんとうに苦しい気持ちでした」

彼女は腰をおろした。乾いてすわったままの彼女の目の光が、そのとき少し揺らいだ。

「やったのはあの男だよ」、デコワンおばさんは小声でジョゼフにいった。

「いいえ、ちがうんです」とふたたびアガト。「どうぞ、わたしの揃いの食器を持っていってください。もう要りませんから。おばさまの食器を使わせていただくことにしましょう」

彼女が寝室に行って揃いの食器の箱を手にとるとそれは軽々と持ちあがり、開くとそこには公設質屋の受けとりが認められた。あわれな母はおそろしい叫び声をあげた。ジョゼフとデコワンおばさんが駆けつけて箱を見、それで命がけの母の嘘は水泡に帰したのである。三人は黙りこくり、お互いの視線が出会うのを避けた。そのときアガトは、ほとんど気違いじみたしぐさで指を唇にやり、他言は無用であることを示したが、この秘密を漏らそうとする者などいるはずもなかった。三人は客間の暖炉の前に戻った。

「よくお聞き」、デコワンおばさんはいった。「私の心はひどい打ちのめされようです。あの三つ組の数字は出るでしょう、まちがいなくね。わたしのことはどうでもいいけれど、あなたたち二人のことが心配よ！」さらに姪に向かって、「フィリップは極道者です。あなたがこれほど尽くしているのに、あの子はあなたをこれっぽっちも愛していない。用心しないとあの子に身ぐるみはがされてしまう。約束しておくれ、国債を売ってそれを元手にして終身年金を買うのよ。ジョゼフはきちんとした仕事を持っていて、それで食べてゆけるでしょう。こういうやり方を選べば、ジョゼフに負担をかけることはけっしてありません。デロッシュさんは息子を一人前にしたいと思っている。息子のデロッシュは（彼は当時二十六歳だった）、もう事務所を持っています。あなたの一万二千フランを引き取って、そこから終身年金を払ってくれるでしょう」

ジョゼフは母の手の燭台をつかんで急いでアトリエに駆けあがり、三百フラン持って戻ってきた。「ほら、ママン・デコワン」、こつこつ貯めた金を差しだしながら彼はいった。「これはご自分のお金なのですから、どう使おうとおばあちゃんの勝手だ。足りなくなった分は、ぼくたちでなんとかしなくちゃいけないんだ。これでだいぶ埋め合わせになりますね！」

「おまえのへそくりを取りあげるなんて！　これはおまえがほしいものも買わずに貯めたお金じゃない

か。わたしは、ほんとうに見るに忍びなかったんだよ。気でも狂ったのかい、ジョゼフ?」フランス王宮宝くじ愛好家の老婦人はこう叫んだが、彼女が、例の三つ組の数字を何がなんでも信じこむ気持ちと、一種の冒瀆のように思われる行為とのあいだで引き裂かれているのは、見るも明らかだった。

「お願いです! お金はお好きなように使ってください」、真の息子のおこないに心を動かされて涙を浮かべ、アガトはいった。

デコワンおばさんはジョゼフの頭を抱え、額に接吻した。「どうか、わたしを誘惑しないでおくれ。どうせまたはずれるにきまってる。宝くじなんて、馬鹿もいいところだ!」

私生活の知られざるドラマにおいて、これほど勇気ある発言がなされたことは一度としてない。そして事実、これは、愛情が根深い悪癖に勝利をおさめたということではないだろうか? そのとき深夜のミサの鐘が鳴りひびいた。

「それにもう手遅れだよ」、デコワンおばさんがふたたび口を開いた。

「まだ大丈夫!」、ジョゼフがいった。「これがおばあさんのカバラの計算ですね」

寛大な画家は数字を記した紙に飛びつき、階段を駆けおりて、くじを買いに走った。ジョゼフの姿が見えなくなると、アガトとデコワンおばさんは涙にくれた。

「いっちまった、なんてやさしい子なんだろう」、デコワンおばさんは嬉しくなって叫んだ。「でも、当たったらみんなあの子のものだ、だってあの子のお金なんだもの!」

不幸なことに、ジョゼフは宝くじ売り場の場所をまったく知らなかったが、当時パリのどこに売り場があるか、愛好家なら訊ねるまでもないことで、それはちょうど今日、喫煙家がたばこ屋のあり場所に通じているのと同じことである。画家は角灯を見ながら狂ったように走りまわった。通りすがりの人間にどこかに宝くじの売り場はないか教えてほしいと頼むと、たいがいはもう閉まっているが、パレ・ロワイヤルのパサージュ・デュ・ペロンにある売り場は少し遅くまで開いているということだった。すぐさま画家はパレ・ロワイヤルに急いだ。しかし、売り場はもう閉まっていた。

「もう二分早ければ、お賭けになることができたんですがねえ」、パサージュ・デュ・ペロンのはずれにたむろしているくじの呼び売りの一人がそういった。「たった四スーで千二百フランいただきだよ！」というあの奇妙な言葉をがなりたて、あらかじめ数字が書きこまれたくじ札を売る連中の一人である。

ジョゼフは街灯と〈カフェ・ロトンド〉の明かりに照らして、それらのくじ札にたまたまデコワンおばさんの数字の幾つかが記されていはしないか、確かめてみた。だが一つも数字はなかった。老婦人を満足させてやるために力を尽くさねばならなかったのにうまくゆかず、彼は心も重く家に戻り、そして運がなかったことを彼女に話した。アガトと叔母は、連れだってサン＝ジェルマン＝デ＝プレ教会の深夜のミサに出かけた。ジョゼフは床についた。お祝い《レヴェイヨン》の晩餐はお流れになった。デコワンおばさんは気が動転していたし、アガトの心は永遠の喪に服していたのだ。二人の婦人は遅く起きた。十時が鳴り、デコワンおばさんは気持ちを奮いたたせて朝食の準備に動きはじめた。十一時半、ようやく食事の準備がととのった。ほぼ同じころ、宝くじ売り場の入口の上に吊りさげられた細長い枠のなかに、当たり番号が掲げられた。もしデコワンおばさんが自分のくじ札をもっていたら、九時半にはヌーヴ＝デ＝プチ＝シャン通りに行って、運命の行く末を自分の目で確かめていたところである。運命が決まるのは財務省に隣接するある館だったが、この館のある場所は、いまはヴァンタドゥール劇場とその広場になっている。くじの抽選のある日にはいつも、物見高い連中は、老婆たち、料理女たち、老人たちが、入口のところに群をなしているのを眺めることができた。これらの人群は、財務局で年金の支払日にできる年金生活者たちの行列と同じくらい、かっこうの見物《みもの》になっていたのだ。

「とうとう大金持ちにおなりですな！」、デコワンおばさんがコーヒーの最後の一杯を味わおうとしたちょうどそのとき、老デロッシュが入ってきて叫んだ。

「なんですって？」アガトが叫んだ。

「例の三つ組が出たじゃないですか」、こういって彼は小さな紙に書かれた数字のリストを見せたが、このリストは売り場の係が受付台の上に置いた椀のなかに何百枚となく入れておくものであった。

ジョゼフはリストを読んだ。アガトもリストを読んだ。デコワンおばさんは何も読まず、雷に撃たれたようにひっくり返った。彼女の顔色が変わり、叫び声をあげたのに気づいて、老デロッシュとジョゼフは彼女をベッドに運んだ。アガトは医者を呼びに行った。あわれな婦人は卒中の発作に見舞われたのだ。そして夕方四時ごろようやく意識が戻った。かかりつけの医者、老オードリは、このように病状は好転したものの、デコワンは身辺を整理し、死出の準備をすることを考えねばならないだろうと告げた。彼女はたった一言、「三百万フラン！……」とつぶやいただけだった。

父のデロッシュはジョゼフの口からことの顚末を聞き――もちろんいわずにすまされたことは別として――、幾人かの宝くじ買いの例を挙げて、運の悪いことに彼らがくじを買うのを忘れたまさにその日、一財産ほどの金が彼らの手をすり抜けていってしまったというような話をした。だが彼には、二十年間の辛抱の末にこのような打撃を受けることがどれほど致命的であるかよくわかった。五時ごろ、このうえもなく深い沈黙が小さなアパルトマンを支配し、ジョゼフと彼の母は、いっぽうはベッドの足元に、もういっぽうは枕元にすわって病人を看病していた。その病人が、老デロッシュが迎えに行った孫の到来を待ちわびていたちょうどそのとき、フィリップの足音と杖の音が階段に響いた。

「あいつだ！　あいつだ！」、デコワンおばさんが叫んだ。ベッドのうえに起きあがって、麻痺した舌を動かすことができたのである。

アガトとジョゼフは、病人が嫌悪もあらわにこれほど激しく身体をふるわすのに度肝を抜かれた。フィリップの青ざめて歪んだ顔、よろめくような足どり、黒々と隈ができてどんよりと濁った、凶暴な目つきのおぞましさは、まったく彼らのつらい予想と寸分たがわぬものだった。彼は熱のために身体がひどくふるえ、歯ががちがちと鳴った。

「まったくついてねえったらありゃしねえ！」、彼は叫んだ。「喉がひりついて焼けるようだってのに、パンも麺もないとはな。ねえ、どうしたんです？　おれたちのやることなすこと、いつも悪魔がとりついてるとみえる。デコワンのおばあさんは寝込んじまって、まるで受け皿みたいにでかい目でこっちをにらんでるし……」

「お黙りなさい、ムッシュー」、アガトが立ちあがりざまいった。「少なくとも、自分が引き起こした不幸を恥ずかしいとお思いなさい」

「ほう、ムッシューときましたか……」、彼は母を見ながらいった。「ぼくの大切な母さん、ずいぶんだなあ。ご自分の息子をもう愛していないのですか？」

「あなたに愛される資格があるの？　きのう何をしたか、もう忘れてしまったの？　だったら、どこかに住まいをお探しなさい。もうわたしたちと一緒にいてもらいたくありません」さらに言葉を継いで、「明日になったらということです。いまのその状態では、むずかしいでしょうから……」

「おれを追い払うのは、ということですね？」、彼は続けていった。「まるでお涙ちょうだいの三文芝居──『追放された息子』（当時の《ヴォードビル》）の愁嘆場だな。なんとなんと！ そんなふうにとられてたとはね。いやはや、あんたたちみんな、どこかおかしいんじゃない？ おれがどんな悪事を働いたっていうんです？ ばあさんのマットレスをちょっときれいにしたってだけですよ。綿のなかに金が戻っていなかったからって、だからなんなんです？ 悪いことなんて一つもしてない！ ばあさんなんて、あなたから二万フランくすねたんだぜ！ おれたちは債権者じゃないの。貸した金を返してもらった、そういうことですよ！ ……」

「神さま！ 神さま！」、瀕死の病人は手を合わせて祈りながら、叫んだ。

「黙れ！」、ジョゼフは叫び、兄につかみかかって手で口をふさいだ。

「斜め四十五度、左向け左、へぼ絵描き！」、こうフィリップは答えて、ジョゼフの肩を強くつかみ、向きを変えて、大型の肘掛椅子《ベルジェール》に突きとばした。「近衛龍騎隊大隊長の口髭に、むやみに触るんじゃない」

「おばさまには、借金などとっくの昔に全部返していただきました」、アガトは立ちあがり、怒りをあらわした顔を息子に向けて、叫んだ。「それに、これはわたしだけの問題です。あなたはおばさまの命を奪おうとしているのよ。出ていってちょうだい」、彼女はこういい、もてる力のすべてをふりしぼって一つの仕草をした。「そしてもう二度とわたしの前にあらわれないでほしいのです、あなたみたいな人非人には」

「おれがばあさんの命を奪うって？」

「だって、おばあさんの三つ組の数字が出たんだよ」、ジョゼフが叫んだ。「それなのに、兄さんがくじを買う金を盗んだんじゃないか」

「三つ組の数字が出てくたばるんなら、おれのせいじゃないぜ」、酔いどれは答えた。

「出てゆけといっているんです」、アガトがいった。「ほんとうにぞっとする。あなたは悪の権化だわ。神さま、これがわたしのほんとうの息子なのですか？」

デコワンおばさんの喉から出る鈍いあえぎ声を聞いて、アガトの怒りはさらにつのった。

「母さん、おれはまだ母さんを愛しているよ。おれの不幸はすべてあなたのせいなのにね」、フィリップはいった。「おれを追い出そうっていうんですか、クリスマスの日に、誕生日だっていうのに、ええと、誰だっけ…… そうイエスのね！ ルージェのおじいさんに、ご自分の父親に、どんなへまをしでかしたんです、追い出されて財産も相続できなくなるなんて？ 母さんがおじいさんのご機嫌を損ねさえしなければ、たんまり金もあって、おれだってこんな悲惨のきわみにまで落ちこむことはなかったんだ。自分の父親にいったい何をしたんです、あなたみたいな立派なご婦人が？ おわかりでしょう、おれだって、いい息子でいようと思えばいられるんだ、それなのにやっかい払いされようとしているのさ。一家の名誉たるこのおれがね」

「一家の恥だよ！」、デコワンおばさんが叫んだ。

「そっちが出てゆくか、さもなければ、ぼくを殺せ！」、ジョゼフが叫び、ライオンのような激しさで兄に飛びかかった。

「神さま！ 神さま！」、アガトはいい、立ちあがって二人の兄弟を分けようとした。

そのときビジウと医師のオードリが入ってきた。ジョゼフは兄を打ち倒して床にねじ伏せていた。

「まるで獣そのものだ！」、彼はいった。「口を開いてみろ！　さもなければおまえなんか……」

「畜生、覚えてやがれ」、フィリップがわめいた。

「内輪もめかい？」、ビジウがいった。

「その男を立たせてやれ」、医師がいった。「あの立派なご婦人と同じくらい、この男も重病だ。服を脱がせて横にならせて、ブーツをとってやりなさい」

「というは易しさ」、ビジウが叫んだ。「ブーツは切らなければだめだ。足がひどくむくんでいる……」

アガトははさみをとった。当時ブーツは、ぴったりしたズボンのうえから履かれたものだったが、彼女がブーツを切り裂くやいなや、十枚の金貨が床にこぼれ落ちた。

「ほらよ、これがばあさんの金だ」、フィリップがうめくようにいった。「なんてまぬけなんだ、おれは、予備の金のことを忘れるなんて。一財産のがしたのは、おれも同じだ！」

おそろしい熱病の錯乱がフィリップをとらえ、彼はうわごとをいいはじめた。ジョゼフは、そのとき姿をあらわしたデロッシュ、そしてビジウの手を借り、ようやくこの不幸な男を寝室に運ぶことができた。オードリ医師は〈慈愛《シャリテ》〉病院に一筆書いて、拘束衣を一着頼まなければならなかった。というのも、錯乱がますますひどくなり、フィリップがみずから命を絶つおそれすら出てきたからだ。彼は狂乱した。九時、静けさが家に戻った。ロロー神父とデロッシュがアガトを慰めようと手を尽くしていた。彼女は叔母の枕元で泣きやまず、首を振りながら二人の話を聞き、言葉はあいかわらずひとことも発しなかった。ジョゼフとデコワンおばさんだけが、彼女の胸に刻まれた傷の深さと広がりを知っていた。

「兄さんも心を入れ替えるよ」、デロッシュとビジウが去ってから、ようやくジョゼフがいった。

「ああ！」、未亡人は叫んだ。「フィリップのいうのももっともだわ。わたしは父の恨みを買ったんです。わたしには権利がない……ほら、お金はここにありますよ」、彼女はジョゼフの三百フランと、フィリップがもっていた二百フランをあわせて、デコワンおばさんにいった。「兄さんが水をほしがっていないかどうか、見てきてちょうだい」、彼女はジョゼフにいった。

「いまわの際の約束は、守ってくれるだろうね？」、デコワンおばさんはいった。彼女はまもなく考える力が消えてゆこうとしているのを感じていた。

「はい、おばさま」

「ではね、持ち金をデロッシュの息子に渡して、終身年金を設定してもらいなさい。わたしの年金はもうなくなってしまうし、あなたのいうことを聞いているかぎりでは、あなたはあの人でなしに一銭残らずむしり取られかねないからね……」

「必ずそうします、おばさま」

乾物屋の老おかみは、十二月三十一日、老デロッシュがそれと知らずに彼女にもたらした打撃を受けてから五日後に、息を引き取った。例の五百フランが家にある現金のすべてで、故デコワン夫人の埋葬の費用をなんとかまかなうだけで精いっぱいだった。彼女が残していったのは少々の銀器と家具だけだったが、それらを売却した代価は、ブリドー夫人から孫のビジウに渡された。息子のデロッシュは最終的に、みずからは使用する権利をもたない、いわゆる「丸裸の」証券購入の手続きをとった、すなわち顧客なしの売買契約をおこない、こうして一万二千フランの資本を手にしたのである。アガトの財産はそれを元に彼が設定した八百フランの終身年金だけになった。アガトは四階の部屋を大家に返し、不必要な家具をすべて売り払った。一カ月後、病人が回復期に入ったとき、アガトは冷やかに、病気の治療に現金をすべて使い果たしてしまったので、今後は生きるために働きに出なければならなくなったことをいって聞かせた。それで、つとめてやさしい口調で、ふたたび軍隊に戻って自活してはどうかと彼に勧めてみた。

「そんなお説教、したってなんにもなりゃしませんよ」、フィリップは、まったく関心のない冷ややかな目で母親を見ながらいった。「母さんも弟も、もうおれを愛していないことがよくわかった。いまや天涯孤独の身だ。それに、そのほうがよっぽどいい！」

「愛されるにふさわしくなればいいのよ」、心の奥底まで傷ついたあわれな母は言い返した。「そうしたらわたしたちもそれに応えてあげましょう」

「ばかばかしい！」、彼は母をさえぎって叫んだ。

彼はへりの毛がすり減った帽子と杖をとり、耳のうえまで帽子をかぶって、口笛を吹きながら階段を降りていった。

「フィリップ！　お金もないのにどこにゆくつもり？」、母は涙を抑えられぬまま、呼びとめた。「ほら……」

彼女は、紙に包んだ金貨百フランをフィリップのほうに差しだした。フィリップは降りかけた階段をまたのぼり、金を受けとった。

「挨拶もなしに行ってしまおうっていうの？」、彼女はいって、泣き崩れた。

彼は母を胸に抱いたが、抱擁に唯一価値を与えるものである感情の発露が、そこにはかけらもなかった。

「どこにゆくの？」、アガトは彼にいった。

「フロランティーヌのところですよ、ジルドーの愛人のね。連中こそ、真の友人だ！」、彼はぶっきらぼうに答えた。

彼は降りていった。アガトは足がふらつき、目がくらみ、胸を締めつけられて、戻った。膝をついて神に祈りをささげ、どうかあの性根のねじ曲がった子をお守りくださいと懇願した。そしてもはや重荷でしかない母親らしい気持ちを捨て去ろうと決意を固めた。

九　フィリップ最後の悪だくみ

一八二二年二月、アガトはフィリップが以前使っていた部屋に移り住んだ。彼女のかつてのアパルトマンで台所だったところの上にあたる。ジョゼフのアトリエと寝室は、その真向かい、階段の向こう側にあった。母親がこのような状態にまで追いつめられたのを見て、ジョゼフはせめてその苦労をできるかぎり少なくしてやりたいと思った。兄が出ていったあと、彼は屋根裏の改装に手をつけ、芸術家ならではの特徴をそこに刻みこんだ。床には絨毯を敷いた。ベッドを簡素な、だが趣味の洗練を感じさせるやりかたで置き、僧院ふうの質素な雰囲気を醸しだした。壁には、値段は安いけれども念入りに選んだペルカリーヌ（裏地として使われる光沢のある綿の布地）を張り、その色合いは補修のほどこされた家具とも調和して、部屋の内部が優美でさっぱりした感じになった。踊り場に出る戸口の扉を二重にして、内側にドアカーテンをさげた。窓を日除けで覆い、それでやわらかな光が入るようになった。アガトの生活は、パリで女性が送る生活としてはこれ以上はないほど簡素な姿にまで切りつめられていたが、あわれな母は息子のおかげで、少なくとも、同じような境遇にあるどんな人間よりも恵まれていたのである。パリの家庭がかかえる身を切るようにつらいさまざまな悩みを母親に避けさせるために、ジョゼフは毎日彼女をボーヌ通りの定食レストラン《ターブル・ドット》に夕食に連れていった。そこは、しかるべき身分のご婦人方、議員たち、爵位をもつ人々などが集まるところで、一人当たり月に九十フランかかった。アガトは朝食の支度だけすればよいことになり、彼女は息子のために、かつてはもっぱら夫のためにしていた習慣を取り戻した。ジョゼフが母親を思っていろいろいつくろったにもかかわらず、アガトは結局自分の夕食が月に百フラン近くかかることを知った。彼女はこの出費の膨大さにおそれをなし、息子が裸の女を描いているだけで大金を稼げるなどとはとても思われず、聴罪司祭のロロー神父の口ぞえで、ボーヴァン男爵夫人、というのはふくろう党のある首領の未亡人だったが、その夫人がもっている宝くじ売り場に、年収七百フランの仕事を得ることになったのだった。宝くじ売り場はいわば当局の保護を受けた未亡人たちが手にする当たりくじであって、その経営にたずさわる家庭は、このおかげでそれなりの生活を送ることができた。だが王政復古時代、立憲政府には、なされた貢献のすべてに報いる力はなかったから、その結果爵位をもちながら恵まれぬ境遇にある婦人たちは一つでなく二つ宝くじ売り場をまかされ、六千から一万フランの売り上げを得ることになったのである。その場合、当局の保護を受けた将軍なり貴族なりの未亡人は自分の手で売り場の切り盛りをすべておこなうことはなく、金を払って管理人を雇うことになる。管理人が独り者なら、使用人を使わぬわけにはゆかない。というのは売り場は朝から深夜まで開けておかなくてはならなかったからで、それに財務省に提出すべき書類もかなりの量にのぼった。ロロー神父はボーヴァン男爵夫人にブリドーの未亡人の境遇を説明し、彼女は、管理人が辞めたのち、アガトにその後を引き継いでもらうことにすると請けあった。だがとりあえずは、未亡人が六百フランの給料を受けとるという契約が結ばれた。気の毒にアガトは朝十時から売り場に詰めなくてはならず、ゆっくり夕食をとる暇などほとんどなかった。夕方七時に売り場に戻り、深夜十二時にならないとそこを出ることができなかった。二年のあいだジョゼフは、一日も欠かさず夕方母を迎えに来てマザリーヌ通りに連れて戻り、しばしば彼女をともなって夕食に行った。友人たちの前で、彼はオペラ座や、イタリア座や、このうえなく華やいだサロンにいとまを告げ、深夜十二時にはヴィヴィエンヌ通りに母を迎えに来るのだった。

アガトはまもなくこうした生活の単調な規則正しさに慣れた。悲しみに打ちひしがれた人々は、そうしたもののうちにこそ心の支えを見いだすのだ。朝、もはや猫も鳥もいなくなった部屋を掃除したあと、暖炉の片隅で朝食を準備してアトリエに運び、そこで息子と一緒に食事をする。ジョゼフの寝室を片づけ、自分の部屋の火を消し、小さな鋳鉄製のストーブのそばに来て仕事をする。そしてジョゼフの友人やモデルが来るとすぐに出てゆく。芸術やその技法については何一つ理解できなかったが、アトリエの深い静けさは彼女の性にあった。この点で彼女には少しも進歩がなく、知ったかぶりなどまったくせずに、「色彩」や「構成」や「デッサン」に大きな価値が与えられるのを見て、素朴に驚くのだった。「セナークル」の友人の誰か、あるいはシネール、ピエール・グラスー、レオン・ド・ローラ、というのは当時「ミスティグリ」と呼ばれていたごく若い画学生だが、そうしたジョゼフの友人の画家仲間が議論をはじめると、彼女はやってきて注意深く彼らに目を向けてみるが、なにゆえそうした大げさな言葉が口にされ、熱い議論が戦わされているのか、まったくわけがわからなかった。彼女は息子の衣類を洗濯し、長靴下や短靴下をつくろった。パレットを洗い、絵筆を拭く端切れを拾ってくることまでやり、アトリエ全体をきちんと整頓した。母親がこうした細々したことによく気を配ってくれるので、ジョゼフのほうもなにくれとなく彼女の世話を焼いた。「芸術」にかんして母と息子が意見を同じくしなかったにしても、二人はやさしい気持でしっかり結ばれていた。母にはひそかなもくろみがあった。ある朝彼が、その後完成してからも理解を得られずに終わる、ある巨大なタブローのエスキスを描いているあいだ、アガトは彼のご機嫌をいろいろととり結んでから、思いきって大きな声でこういってみた。「ああ、どうしているかしらねえ？」

「誰のこと？」

「フィリップよ！」

「ああ、あの男ですか！　かつかつの生活をしていますよ。このさいしっかり立ちなおってもらわなくちゃ」

「でも、いままでだってもう貧乏は味わいつくしたのだから。あの子がああなってしまったのは、ひょっとしたら貧乏のせいではないかしら。しあわせでいられたら、いい子でいたかもしれない……」

「母さんは、兄さんが旅先で苦しい目にあったと思っているんでしょう。でもそれはちがいます。ニューヨークではやりたい放題にやったんだし、いまここでもそれは同じことです……」

「でも、もしわたしたちの近くにいて苦しんでいるのだとしたら、おそろしいことだわ……」

「それはそうかもしれない」、ジョゼフは答えた。「ぼくだって金をやるのがいやだとはいわない。でも会うのはまっぴらごめんだ。お気の毒なデコワンおばさんの命を奪ったのは、あの男なのだから」

「それじゃやっぱりおまえは」とアガトはふたたび言葉を継いで、「あの子の肖像を描くつもりはないんだね」

「母さんのためなら、どんな苦痛でも我慢するよ。彼がぼくの兄だということだけを心に留めて、描いてみます」

「龍騎隊長として馬に乗るすがたをね？」

「ええ。グロの絵を模写した馬の絵があそこにあるけれど、何に使ったらいいか考えあぐねていたところなんだ」

「それでは、あの子のお友達のところに行って、どんなようすか聞いてきておくれ」

「いいよ、行ってきましょう」

アガトは立ちあがった。はさみも何もすべて床に落ちた。彼女はジョゼフに近寄ってその頭を抱えて接吻し、彼の髪のなかにこっそり涙をこぼした。

「母さんは、あの男のこととなると、ほんとうに夢中なんだから！」、彼はいった。「不幸なことに、誰にでも夢中になることがあるものだけれど」

夕方ジョゼフはサンティエ通りにゆき、四時ごろ、そこでジルドーの代わりをしている兄を見つけた。かつての龍騎隊長は、ジルドーの甥が作ったある週刊新聞の会計係に身をやつしていたのだった。フィノはこの小新聞を株式組織にしてその株券のすべてを手中に収め、依然所有者であることに変わりはなかったが、表面上の所有者兼編集主幹は、友人の一人でルストーという男にまかせていた。このルストーとはまさしく、ブリドー兄弟の祖父が復讐を望んだあのイスーダンの郡長の息子であって、ということはつまりオション夫人の甥に当たる人間であった。叔父の機嫌をとるために、フィノはフィリップを雇って彼の代わりとしたが、給料は半分に減らしてしまった。それで毎日ジルドーは五時に金庫の中身をあらため、その日の売上金を持ってゆくことになった。事務所の走り使いで、買い物などを引き受けている傷病兵「カボチャ《コロカント》」が、それとなくフィリップ大尉を監視した。フィリップのほうも、ぼろを出さぬように気をつけていた。彼は日中はぬくぬくとしていられたし、夜は顔をきかせて劇場にただで入ってそこで過ごしていたから、もっぱら食べることと寝る場所のことを考えさえすればよかった。それだけに、六百フランの給料と勲章の恩給五百フランで、充分いい暮らしができたのである。ちょうど「カボチャ」が郵便物を頭にのせて出てゆこうとし、フィリップが緑の布地のまがい物の袖にブラシを当てていたとき、ジョゼフが入ってきた。

「これはこれは、へぼ絵描き殿のお出ましだ」、フィリップはいった。「一緒に晩飯でも食おうぜ。オペラ座に来いよ、フロリーヌとフロランティーヌの桟敷があるんだ。おれはジルドーと一緒に行く。おまえも来い。ナタンに紹介してやる」

彼は鉛の握りのついた杖をとり、葉巻を口にくわえた。

「せっかくの招待だが、受けるわけにはゆかない。母さんの面倒を見なくちゃならないのだから。ぼくらは定食レストラン《ターブル・ドット》で食事をする」

「そうだ、その母さんだが、どうしてる？　お人好しでお気の毒なあのご婦人は？」

「つつがなくやっているさ」、画家は答えた。「ぼくは、お父さんの肖像画とデコワンおばさんの肖像画を描きなおした。自画像も描き終わった。それで、兄さんの肖像画を描いて母さんにあげようと思う。近衛龍騎兵の服装のやつだ」

「けっこうだね！」

「でも、ポーズをとりに来てもらうよ」

「おれは毎日この鳥かごに、九時から五時までいなくてはならない」

「日曜日二回でなんとかなるだろう」

「承知したぜ、ちびすけ」、ナポレオンの元副官はいい、門番のもつランプで葉巻に火をつけた。

ボーム通りに食事にゆく途中、ジョゼフがフィリップのようすを母に説明すると、腕のうえで母の腕がふるえるのが感じられ、その容色衰えた顔が歓喜で輝いた。あわれな婦人は、まるでたいへんな重荷をおろした人のようにほっと息をついた。翌日彼女は幸福と感謝の気持ちで満たされ、細ごまとジョゼフに気を配って、彼のためにアトリエに花を飾り、花を置く台も二つ買った。ジョゼフがポーズをとりにくる最初の日曜日、アガトはアトリエに心づくしの昼食を用意しておいた。テーブルのうえに何もかも並べ、半分だけ入った蒸留酒《オー・ド・ヴィー》の小瓶も置いた。彼女は、穴をあけた衝立の後ろに残っていた。元龍騎兵が前日に送っておいた軍服を、彼女は抱きしめずにはいられなかったのだった。馬具屋にある剥製の馬をフィリップは借りうけ、そのうえでジョゼフは軍服を着込んでポーズをとっていたのだが、アガトは自分がいることを悟られぬために、小さな嗚咽の音を兄弟の会話にまぎらせなければならなかった。フィリップは昼食の前に二時間、あとに二時間ポーズをとった。午後三時、龍騎兵はいつもの服装に戻り、葉巻をふかしながら、一緒にパレ・ロワイヤルに飯でも食いに行こうと再度誘った。彼は巾着の金貨を鳴らしてみせた。

「やめておくよ」、ジョゼフは答えた。「兄さんが金を持っていると、ろくなことがないからな」

「ああ、それじゃあ、いまでもおれのことを悪く思っているんだ」、中佐は割れ鐘のような声で叫んだ。

「倹約して金をためることもできないってわけかい」

「もちろんちがいますよ」、アガトが隠れ場所から姿をあらわして、息子に接吻しながら答えた。「兄さんと一緒に食事に行くでしょう？　ね、ジョゼフ？」

ジョゼフは母に不平を鳴らすこともできず、服を着替えた。フィリップは彼らをモントルグーユ通りの〈ロシェ・ド・カンカル〉に連れていって豪華な食事をおごった。代金は百フランにものぼった。

「へーえ！」、ジョゼフは不安そうにいった。「たった千百フランの給料で、兄さんも、ポンシャール（オペラ歌手）がやった『白い貴婦人』のブラウン少尉みたいに、土地を買うほどの貯金ができたのか」

「なに、ちょっとつきがまわってきているだけさ」、したたか飲んだ龍騎兵は答えた。

フィリップは母親をシルク＝オランピック座、すなわち聴罪司祭が彼女に行ってもいいといった唯一の劇場に連れて行こうとしたのだが、ジョゼフは店を出がけにいわれたこの言葉を聞いて、馬車に乗りこんで観劇に行こうというその前に母の腕をぎゅっとつかみ、彼女はすぐさま体調が思わしくないことを口実に観劇を断った。フィリップはそれで、母と弟をマザリーヌ通りまで送っていった。家に帰って屋根裏部屋でジョゼフと二人きりになると、彼女はじっと押し黙っていた。次の日曜日、フィリップがポーズをとりにやってきた。今度は母は姿をあらわして二人の仕事を見守った。彼女は昼食の世話をしながら、龍騎兵にいろいろ聞きただすことができた。そして、母親の親友だった老オション夫人の甥のルストーが、文学の世界でそこそこ羽振りを利かせていることを知った。フィリップとその友人のジルドーのつきあう仲間は新聞記者、女優、書籍商といった連中で、二人は会計係という役目がら、そこで一目置かれているという。フィリップは昼食のあと、ポーズをとりながら必ずキルシュ（サクランボの蒸留酒）をやり、それで舌が軽くなった。彼は、自分がまたたく間にひとかどの人物になったことを自慢げに話した。しかし、どうやって金を稼いでいるのかジョゼフが訊ねてみても、それには口をつぐんだままだった。たまたま次の日は祝日で新聞が出なかったから、フィリップは、絵を完成させるために翌日来てポーズをとってもいいともちかけた。ジョゼフは官展の時期がせまっていることを彼に説明した。タブローを飾るために必要な二つの額縁を買う金がなく、その金を得るには、マギュスという名の画商がほしがっているルーベンスの絵の模写をどうしても完成させねばならない。その絵のオリジナルはある裕福なスイス人銀行家がもっているのだが、絵は銀行家から十日という約束で借りてきており、明日がその十日目にあたる。だからポーズをとってもらうのはどうしても次の日曜日になる。

「これかい？」、画架のうえにかけられたルーベンスのタブローを見てフィリップがいった。

「うん」、ジョゼフが答えた。「二万フランする。天才であればこその値打ちだ。十万フランする絵だってある」

「おれは、おまえの模写のほうが好きだがな」、龍騎兵がいった。

「こっちのほうが新しいからね」、笑いながらジョゼフがいった。「明日、オリジナルの色調をうまく出して、絵を古びさせ、それとわからないようにしなくちゃいけない」

「母さん、さよなら」、フィリップがアガトに接吻していった。「また今度の日曜日にね」

翌日、エリー・マギュスが模写を受けとりにくることになっていた。ジョゼフの友達の一人で、この画商のために働いているピエール・グラスーが仕上がったその模写を見たいといった。ジョゼフ・ブリドーは友達に一杯食わせてやろうと思い、ノックの音が聞こえると、オリジナルの代わりに特別のニスを塗ってつやを出した模写を置き、オリジナルは自分の画架のうえに立てかけておいた。ブルターニュ地方のフジェール出身のこのピエール・グラスーはまんまといっぱい食わされ、グラスーはこの離れ業にびっくり仰天した。

「あの古狸のエリー・マギュスの目をごまかせるかな？」、ピエール・グラスーはいった。

「ともかく、やってみよう」とジョゼフ。

画商は来ず、そのまま日が暮れた。アガトは、夫をなくしたばかりのデロッシュ夫人のところに食事しにいっていた。そこでジョゼフはピエール・グラスーに、一緒に定食レストランに来ないかと誘った。下に降りるとき、彼はいつもどおりアトリエの鍵を門番の女に預けた。

「今晩ポーズをとることになっている」、弟が出かけた一時間後、フィリップは門番の女にいった。「ジョゼフはまもなく戻るだろう。アトリエで待たせてもらうよ」

門番の女が鍵を渡すと、フィリップは階段をのぼり、本物と信じこんで模写のほうをとり、また降りてきて何か忘れ物をしたふりをよそおい、門番の女に鍵を返し、出ていって三千フランでルーベンスを売り払った。彼は手回しのいいことにエリー・マギュスに弟の名をかたり、来るのは翌日にしてほしい旨を連絡しておいたのだった。その晩、ジョゼフがデロッシュの未亡人宅から母を連れて帰ってくると、門番が彼に兄の気まぐれな行動の話をし、入ってまたすぐに出ていかれました、といった。

「もしも兄が気をまわして、模写のほうだけにしておこうなんて思ったとしたら、ぼくは身の破滅だ」、絵が盗まれたことを察して、画家は叫んだ。彼は急いで三階をかけのぼり、アトリエに飛び込んだ、そしていった。「神様、感謝します！　やっぱりあの男は変わっちゃいなかった。これからも変わることはあるまい。下司な悪党のままだ！」

アガトはジョゼフのあとについていきたが、この言葉を聞いても事情がさっぱりのみこめないでいた。しかし息子に説明してもらうと、目に涙も浮かべず、そこに立ちつくした。

「わたしにはもう、息子は一人だけしかいないということね」、彼女は弱々しい声でいった。

「これまであの男の不名誉が、よその人の目に触れないようにしてきました」とジョゼフが言葉を継ぎ、「しかしいまとなっては、門番にいって出入りを差し止めてもらわざるをえない。これからは鍵は自分で持ち歩くことにしましょう。いまいましいあの男の顔は、記憶で描きます。あとほんのちょっとでできあがるのですから」

「そのままにしておいてちょうだい。つらくてとても見られないから」、心に深い傷を受け、あまりに卑劣なふるまいに茫然となって、母は答えた。

フィリップはこの模写の代金が何に使われるはずだったか知っていたし、自分のせいで弟がどれほど困った状態に追い込まれるかもわかっていた。にもかかわらず、なんの気遣いもしなかったわけである。この最後の罪深いおこない以来、アガトはフィリップのことはもう一言も口にせず、その顔には、苦く冷たい絶望の凝り固まった表情が刻まれた。ある一つのことを考えて、生きた心地もしなかったのだ。

「いつか」と彼女は心に思った。「ブリドー家の人間が法の裁きを受けることになる日が来るのでしょうね！」

二カ月後、アガトの宝くじ売り場での仕事もそろそろ始まろうというある朝、彼女がジョゼフと朝食をとっていると、フィリップの友人で、緊急の用事でやってきたという一人の古参軍人が、ブリドー夫人に会いたいといって、姿をあらわした。

男はジルドーと名乗り、この旧龍騎兵はまるで荒くれた船乗りみたいに剣呑な顔つきをしていたので、母と息子は思わずぞっとして震えあがった。よどんだ灰色の目、まだらな口髭、新しいバターのような色の頭のまわりにくしゃくしゃとへばりついたわずかな髪の毛などから、色事に血道を上げて身をもち崩したありさまが見てとれた。鉄灰色の古びたフロックコートをまとい、レジオン・ドヌール四等勲章の略綬で飾られたそのコートは、料理人のようにでっぷり太った腹のうえでようやく前が合わさっているにすぎなかった。耳まで裂けた口、がっしりした肩はその太鼓腹にふさわしく、そしてその上半身が、ひょろ長い小さな足のうえに乗っていた。さらには赤くてらてらと光った頰に、歓楽的な生活のしるしが隠しようもなくあらわれてもいた。頰の下部はひどく皺が寄り、すり切れた黒のビロードのカラーからはみ出している。さまざまな飾りものを身につけたなかで、耳の巨大な金の輪がひときわ目を引いた。

「とんだ遊び人だな！」、ジョゼフは、画家仲間でよく使われるようになっていた俗っぽい言い方をまねて、つぶやいた。

「奥さん」とフィノの叔父で会計係の男はいった。「あなたの息子さんはひどく苦しい状態でね、友人たちに相当重い負担をかけている。それで、奥さんにもこの負担を分けもってもらうよう、お願いせざるをえない。息子さんは新聞の仕事がちゃんとできないんで、ポルト゠サン゠マルタン劇場のフロランティーヌ嬢が、ヴァンドーム通りの自宅のみすぼらしい屋根裏部屋に住まわせている。このままではフィリップは死んでしまう。もし弟さんと奥さんが治療費、薬代を払ってくださらないのなら、われわれとしてはただひたすら治ってほしい一心で、元カプチン会修道院だったあのミディ施療院（主として性病の治療がおこなわれた。）にやつを入れなけりゃならなくなる。しかし三百フラン出してくれるっていうなら、こっちで面倒は見てもいい。やつには絶対看護婦が必要だ。夜、フロランティーヌ嬢が劇場に出るあいだに抜けだして、病気にもさわり、治療の妨げにもなる刺激物をとってしまうんでね。われわれはやつが好きだから、ほんとうに悲しい気持ちでいる。やつは年金三年分を抵当に入れちまって、当面は新聞も代わりが入っている。もうまるで一文なしだ。デュボワ先生の病院（本書四二六頁参照）にでも入れなけりゃ、自殺しかねない。あそこはちゃんとした治療をするところだから、一日十フランかかる。フロランティーヌとわたしが月額の半分は持つ。もう半分出してもらえませんかね？……このままじゃたぶん二カ月も持ちませんぜ！」

「あなたが息子のためにしてくださったことに心からの感謝の気持ちを持たない母親は、どこを探してもまずいないでしょう」、アガトは答えた。「しかしその息子のことは、もうわたしの心から追い払ってしまったのです。お金について申しあげますが、わたしには少しも持ち合わせがありません。ここにいるこの子は身を粉にして夜も昼も働きづめで、母の愛のすべてが注がれるにふさわしい息子です。この子の世話にならないために、わたくしもあさってから宝くじ売り場で副管理人として勤めはじめます。この歳でですよ！」

「じゃ、あんた、お若いの」と老龍騎兵はジョゼフにいった。「ポルト＝サン＝マルタン劇場のしがない踊り子と古参軍人があんたの兄貴にしてやっていることを、あんたもしてくれないかね？……」

「なんなら、あんたが訪ねてきた目的を」とジョゼフはむっとしながらいった。「画家仲間の言い方でいってやろうか。あんたは、ぼくらから金をくすねとりに来たんだろう？」

「それでは明日、兄貴はミディ施療院行きってことだな」

「かまうものか」とジョゼフは言葉を継いだ。「自分がそういう状況にいたら、ぼくは喜んでそうするよ！」

ジルドーはたいそうがっかりして引き下がったが、同時に、モントゥローの戦いで皇帝陛下の命令を伝えた男を、元カプチン修道会のミディ施療院に入れなければならないということに、ひどく傷ついてもいた。三カ月後、七月の終わりごろのある朝、アガトは、ポン＝デ＝ザールの通行料一スーを払わずにすませるためにポン＝ヌフをまわって自分が勤める宝くじ売り場に行き、エコール河岸の欄干に沿って歩きながら、「第二級」の貧窮をあらわす服装を身にまとった一人の男を見かけ、頭がくらくらするような気がした。どこかフィリップに似たところがあるようにみえたのだ。実際の話パリには三つの「等級」の貧窮が存在するのである。まず、外見は保っていて、未来のある男の貧窮。若者、芸術家、一時的に落ちぶれている上流人士の貧窮だ。この種の貧窮のしるしはもっとも熟達した観察家の顕微鏡のような目によってしか見つけられない。これらの人々は貧窮の「騎士階級」を構成しており、彼らは外出のためになお幌つき二輪馬車《キャブリオレ》を使う。「第二級」には、すべてに関心を失って、六月だというのにレジオン・ドヌール勲章をつけたアルパカのコートを着るような老人が入る。サント＝ペリーヌ養老院（エトワール広場近くにあった、料金も手頃で比較的待遇のよい養老院）で暮らし、もはや服装の見栄えなどほとんど気にかけない老年金生活者や、老職員たちの貧窮である。そして最後にぼろをまとった貧窮、民衆の貧窮がくる。とはいえもっとも詩的なのはこれであって、こうした貧窮は、カロが、ホガースが、ムリーリョ、シャルレ、ラフェ、ガヴァルニ、メソニエが、つまり「芸術」が、とりわけカーニヴァルのとき崇め、育成するのである！　アガトが息子にちがいないと信じたその男は、最後の二つの「等級」にまたがっていた。見る影もなくすり切れたカラー、毛のはげた帽子、踵のすり減った継ぎはぎだらけのブーツ、あちこち糸のほつれたフロックコートが彼女の目に入った。コートには芯のないボタンがついており、そのボタンの覆いはぽっかり穴があいたり縮んだりしていて、すり切れたポケット、垢じみた襟元とみごとに釣りあっていた。柔らかい毛の跡だけが残ったフロックコートのどこをひっくり返しても、出てくるのは埃だけにちがいないことがはっきり見てとれた。男はほころびた鉄灰色のズボンから職人と見まがうばかりの真っ黒な手を出した。さらに胸には着古して黄ばんだ手編みの毛のチョッキがあったが、そのチョッキはコートの袖からはみ出し、ズボンの上にたれさがって、どこでも目につき、下着代わりに着ていることは一目瞭然だった。フィリップは真鍮の筋の入ったタフタ織りの目庇《めびさし》をかぶっていた。ほとんど禿げあがった頭、やつれて色つやの悪い顔から、彼があのおそろしいミディ施療院にいたことがはっきり見てとれた。青いフロックコートはへりが白っぽくはげ、あいかわらずレジオン・ドヌール勲章の略綬が挿しっぱなしになっている。それで通りがかった者たちは、憐憫のまじった好奇心をもって、この勇者は政府の犠牲者のひとりにちがいないと考えるのだった。というのも、その略綬がどうにも気にかかり、筋金入りの過激王党派ですら、レジオン・ドヌール勲章についてしかるべき疑問の念がわき起こるのをとどめようもなかったからである。当時、見境のない授与を理由に、この「勲章」の価値は貶められようとしていたのだが、それでも受勲者はフランス全体で五万三千人に満たなかった。

アガトは胸の奥が震えるのを感じた。この息子を愛することはできなくても、彼によって多くの苦しみをなめることはなお可能だったのだ。輝かしい皇帝陛下の副官が葉巻を買うためにたばこ屋に入ろうとするそぶりをし、敷居のところで立ち止まるのを見て、彼女は母親らしい気持ちの最後の光にさし貫かれ、落涙した。彼はポケットをまさぐったが、何も見つけられなかった。アガトはすばやく河岸の道を渡り、財布をとってフィリップの手に押しこみ、いま罪を犯したばかりのようにその場を去った。彼女は二日間、食事も喉を通らなかった。パリのなかで飢え死にする息子のおそろしい姿が、目に焼きついて離れなかったのだ。

「わたしの財布のお金を使い果たしてしまったら、誰がお金を恵んでやるだろう?」彼女は考えた。「ジルドーのいったことは嘘ではなかった。フィリップは施療院に入っていたのだわ」

アガトの目に映っていたのはもはや気の毒な叔母を殺した男、家族の疫病神、家の金をくすねる泥棒、博打打ち、飲んべえ、下等な放蕩者ではなかった。その目に映っていたのは、死にそうに腹をすかせた病みあがりの男、たばこを切らした愛煙家だったのだ。彼女は四十七歳だったが、まるで七十歳の老婆のように見えた。涙と祈りで彼女の目は曇った。だがこの息子が彼女に打撃を与えるのは、これが最後ではなかった。もっともおそろしい予測が現実のものとなったのである。そのころ軍内部での士官たちの陰謀が発覚し、逮捕の詳細を報じる〈モニトゥール〉紙の抜粋を売る声が町じゅうで聞かれた。

アガトはヴィヴィエンヌ通りにある宝くじ売り場の窓口の奥にいて、フィリップ・ブリドーの名前を耳にした。彼女は気を失い、管理人は彼女の苦痛に理解を示して、いろいろ働きかけをする必要もあるだろうからと、二週間の休暇をくれた。

「ああ、なんということかしら!　あの子があんなことまでするなんて、わたしたちのせいよ、わたしたちが厳しくしすぎたのだわ」、彼女はベッドに横になりながら、ジョゼフにいった。

「デロッシュに会いに行ってきましょう」、ジョゼフは彼女に答えた。

画家はデロッシュに、兄に有利にことが運ぶにはどうしたらよいかこっそり相談を持ちかけた。デロッシュはパリでもっとも抜け目がなく、腕のたつ代訴人という評判で、何人かの人々の窮地を救い、とりわけ当時ある省の事務長をしていたデ・リュポーの家人がその恩恵をこうむっていた。いっぽうその間、ジルドーが未亡人宅に姿をあらわし、彼女は今度はこの男のいうことを鵜呑みにしたのだった。

「奥さん」と彼はアガトにいった。「一万二千フラン用意してくれませんかね。そうすりゃあなたの息子さんは証拠不充分で釈放されます。金で二人ばかり証人の口をふさがなくちゃならないんでね」

「わかりました。なんとかしましょう」、どこでどうやって金を工面したらよいかわからぬまま、あわれな母は答えた。

せまり来る危険に止むにやまれず、彼女は代母の老オション夫人に手紙を書き、フィリップを救うためにジャン＝ジャック・ルージェに金を貸すよう頼んでもらえないかと聞き合わせた。もしルージェが断った場合は、二年のうちに返すという約束で、オション夫人にどうか切に肩代わりをお願いしますというのだった。折り返し彼女が受けとった返事には、次のように書かれていた。

「アガト様、たしかにあなたのお兄さんには四万フランの年金があり、十七年前から貯めたお金は、オションさんの計算では六十万フラン以上にもなります。けれども、あの人は、会ったこともない甥のためなどに、たとえはした金でも出しはしないでしょう。わたしはといえば、あなたはご存じないかもしれないけれど、夫が生きているかぎり、六リーヴルすら自由にならないのですよ。オションはイスーダン一のけちん坊で、貯めたお金をどうしているのかわたしにはわかりませんけれど、孫たちにすら、年に二十フランほども小遣いをやらないような人です。金を借りるには夫の許可が必要でしょうが、許可などしてくれないでしょう。あなたのお兄さんには問い合わせすらしていません。お兄さんには同棲中の女がいて、その女のいうことに唯々諾々としたがっています。あの男が自宅でどんな扱いを受けているか、妹や甥もいるというのに、まったく見るもあわれというほかありません。もしあなたがイスーダンにきてくれたら、あなたのお兄さんも救われるだろうし、あの毒婦の鉤爪からあなたのお子さんたちのために四万、いやたぶん六万フランの年金国債をもぎ取ることができるだろう。わたしは何度かあなたにそのようにほのめかしました。でもあなたはお返事をくれなかった、というか、わたしのいうことを一度もわかってくれなかったようですね。それで今日は、手紙らしい配慮はいっさい抜きにして、はっきり書かねばなりません。あなたの身に起こった不幸は、ほんとうにお気の毒に思います。でもわたしには同情してさしあげることしかできないのです。なぜわたしがなんの力にもなってあげられないか、次に書きます。

オションは八十五になりますが、食事は日に四度とり、晩にはゆで卵とサラダを食べますし、走る姿といったらまるでウサギのようです。わたしは、二十リーヴル入れた財布を持つことなど一度もなく生涯を終えるでしょう。というのも彼のほうが生き残ってわたしの墓碑銘を刻むに決まっていますから。もしもあなたがイスーダンに来て、同居している女がお兄さんにおよぼしている支配力と一戦交える気になってくださるとしても、どう見たってルージェはあなたを家に迎えるつもりはないでしょうから、あなたをわたしの家にお泊めする許可を夫から得るために、まずたいへんな苦労をせねばなりますまい。でもいらっしゃってくれればいいのです。このことについては、夫はわたしのいうとおりにするでしょう。夫にいうとおりにさせるやり方が一つだけあることを、わたしは知っています。遺言の話をするのです。これはあまりにおぞましいことのように思えて、いままで一度もこの手段に訴えたことはありません。しかしあなたのためなら、どんな辛いことでもやってみましょう。あなたがなんとかいい弁護士を見つけて、フィリップが無事に窮地を切り抜けられればよいと願っています。でも、できるだけ早くイスーダンに来てください。考えてもみてください、あなたの愚かな兄上は、五十七歳だというのに、オションさんよりもよぼよぼして年寄りじみているのです。そんなわけで、事態は急を要します。あなたに遺産を残さないようにする遺言状の話もすでに出ています。けれども、オションさんがいうには、いまでもまだそれを無効にすることはできるそうです。さようなら、わたしのかわいいアガト、神のご加護がありますように！　そしてあなたを愛する代母がついていることを忘れないで、

かしこ

マクシミリエンヌ・オション、旧姓ルストー」

「追伸。わたしの甥のエチエンヌ（エチエンヌ・ルストー）は新聞に記事を書いていて、聞くところによると、あなたの息子のフィリップと知りあいのようです。あなたのところにご挨拶にうかがいましたかしら？　ともかくこちらにおいでなさい。エチエンヌの話もできるでしょう」

アガトはこの手紙がひどく気にかかり、これをジョゼフに見せぬわけにもゆかず、それでやむなくジルドーからもちかけられた提案にも触れた。画家は兄のこととなると用心深くなっていたから、デロッシュにすべてをうち明けるべきだと母に意見した。

これはもっともな指摘というほかはなかったので、息子と母は翌朝六時には、ビュシー通りのデロッシュ

に会いに行った。代訴人は亡くなった父親同様痩せぎすで、声はかん高く、顔色はよどみ、目つきは情け容赦がなかった。おまけに顔つきときたら、雌鶏の血を舌なめずりするイタチそっくりだったが、その代訴人が、ジルドーの訪問と提案のことを耳にするや、虎のように飛びあがったのだった。

「ちょっと待って、ブリドーのおばさん」、彼は響きの悪いしゃがれ声で叫んだ。「いったいいつまであのごうつく息子の餌食になったら気が済むんです？　びた一文出しちゃいけませんよ！　フィリップのことはわたしに任せてください。彼の将来を救うためにこそ、どうしても貴族院法廷で裁いてもらわなくてはならんのです。あなたは彼が罪を負うのをおそれておいででしょうけれど、ここはなんとしても、弁護士の働きで、彼に対する有罪の判決が出るようにしてもらいたい。イスーダンにお行きなさい、そしてお子さんの財産をお救いなさい。もしそうできなかったら、もしあなたの兄さんが例の女に有利な遺言状をもう作ってしまっていたら、そしてもしあなたがそれを無効にすることができなかったら……そのときは少なくとも財産横領の訴訟の材料を集めていただきたいのです、そうしたらわたしが訴訟を進めてあげましょう。もっとも、あなたのように正直一途なご婦人には、この種の訴訟手続きの基礎になるようなことがらを見つけだすのは無理かもしれない！　休暇になったら、そう、わたしが行くしかないな、イスーダンに！……もしできればの話ですがね」

この「そう、わたしが行くしかないな」という言葉を聞いて、画家は思わず身の内が震えた。デロッシュはジョゼフに目配せして母親を少し先に行かせ、しばらくのあいだ彼が一人になるようにした。

「きみの兄さんは救いがたいろくでなしだ。陰謀発覚の発端をつくったのは、みずから望んでか、望まずにかはわからないが、ともかくやつなんだ。というのも、じつに抜け目ないやり口なので、ほんとうのところがどうなのかは、知るよしもないのでね。間抜けな男でも、裏切り者でも、お好きな役回りをやつに振ってやればいい。いずれにせよ、公安警察の監視下に置かれることになるだろうというだけだ。心配はご無用、この秘密を知っているのはわたし以外にはいない。急いで母上と一緒にイスーダンに行くんだ。きみは機転がきく。なんとか相続がうまくいくようにやってみてくれ」

「ねえ母さん、デロッシュのいうとおりですよ」、彼は階段でアガトに追いついていった。「ぼくはあの二枚の絵を売ったんです。母さんも二週間休みがあるんだし、イスーダンに行きましょうよ」

アガトとジョゼフは翌日の晩、代母に出発を知らせる手紙を書いてから、フィリップのことは運命の手にゆだね、イスーダンへと旅だった。長距離馬車はアンフェール通りを通ってオルレアン街道に出た。アガトは、フィリップが移送されたリュクサンブール宮を見て、こういわずにはいられなかった。「連合軍が勝ってさえいなければ、あの子もこんなところにいなくてすんだのにねえ！」

たいていの子供なら、いらいらしたそぶりをし、憐憫の笑みを浮かべたかもしれない。だが画家は、母と二人きりでいた馬車の客室のなかでその身体をしっかりつかみ、胸に抱きよせていったのだった。「ああ母さん！　母さんは、まるでラファエロが画家だったように、どこまでも母さんなのですね！　そしていつまでたっても愚かな母のままなのでしょうね！」

第二部　田舎で男が独り身でいること

一　イスーダン

しばらくすると、ブリドー夫人は道中のいろいろなできごとで気がまぎれて悲しみを忘れ、旅の目的に考えを向けざるを得なくなった。代訴人デロッシュの心をあれほど強く動かしたオション夫人の手紙は、もちろん読み返してみた。そうして、この七十になる敬虔で立派な女性が、ジャン＝ジャック・ルージェの財産をむさぼりつくそうとしている女を指して使った、内縁の女とか毒婦といった言葉に衝撃を受けた。ジャン＝ジャック・ルージェ自身もうすのろ呼ばわりされている。自分がイスーダンに行っても、ほんとうに無事に相続がおこなわれるようになるのだろうかと、彼女は疑心暗鬼になるのだった。ジョゼフはおよそ無私無欲な芸術家で「法典」にはほとんど通じておらず、母のあげた叫び声を聞いて不安に駆られた。

「無事に相続をすませるためにぼくらを現地に行かせるのはいいけれど、その前にデロッシュは、友人として、打つ手を教えてくれればよかったんだ」、彼は大声でいった。

「わたし、牢獄のフィリップがたぶんたばこもろくに吸えないまま、もうすぐ貴族院の法廷に出廷するところだと思うと、もうそれだけで頭がいっぱいになって何がなんだかわからなくなる。それでどれほど記憶がたしかかわからないのだけれど」とアガトがふたたび言葉を継いで、「たしかデロッシュの息子さんは、兄があの……あの……女に有利な遺言状をすでに作ってしまっている場合のために、財産横領の訴訟の材料を集めるようにと、わたしたちにいったのではなかったかしら」

「なるほど、デロッシュのいうことはもっともだな！……」、画家は叫んだ。「大丈夫！　もしぼくらの手に負えなければ、やつに行ってもらうように頼んでみますよ」

「無駄に頭を悩ませるのはやめにしようね」、アガトはいった。「イスーダンに着いたら、わたしの代母がとるべき道を教えてくれるでしょうから」

このような会話がかわされたのは、オルレアンで馬車を変えたあと、ブリドー夫人とジョゼフがまさにソローニュ地方（パリ盆地南部の地方）に入ろうとするときだったが、この会話は、おそるべき師デロッシュが二人に割り当てた役割を演ずる能力が、画家とその母にはそなわっていないことを示してあまりある。いずれにせよアガトは三十年の歳月を経てイスーダンに戻ってきて、そこに生活習慣のはなはだしい変化を見いだすことになるのであり、それゆえ、ごくかいつまんでこの町のありさまを素描することが必要となる。この説明がなければ、オション夫人が自分の名づけ子を救うためにふるった英雄的勇気も、ジャン＝ジャック・

ルージェがおかれた異常な状態も、理解することはむずかしいだろう。たとえルージェ医師が息子にアガトを赤の他人と思いこませたとしても、実の兄が三十年ものあいだ妹に連絡一つとらないのは、いささか常軌を逸しすぎている。この沈黙はもちろんいくつかの特殊な事情にもとづいているのだが、ジョゼフやアガトのような人間でないふつうの親類だったなら、それがどんな事情なのかとうの昔に知ろうとしただろう。さらには、イスーダンの町そのものの状況とブリドー家の利害にはつながりがあり、そのつながりはこの物語の流れそのもののなかで明らかにされるはずだ。

パリはさておくとして、イスーダンはフランスでもっとも古い町の一つである。プロブス帝（紀元三世紀後期のローマ皇帝）こそガリアの葡萄栽培を再開した救世主であるという歴史的偏見にもかかわらず、カエサルにすでにシャン=フォール（カンポ・フォルティ）の美酒についての言及があり、このシャン=フォールとはイスーダンの最良の葡萄畑の一つであった。さらにフィリップ=オーギュスト時代の年代記作者リゴールがこの町について語る語り口からは、疑いもなくこれが多大な人口を抱え、大規模に商業を営む町であったことがうかがい知れる。しかしこの二つの証言は、この町には古代の繁栄に比べればかなり落ちぶれた時代もあったことを示してもいるわけである。実際、この町の学識ある考古学者アルマン・ペレメ氏（バルザックの知人。彼はこの人物からイスーダンの歴史について多くの情報を得ている。）によって近年おこなわれた発掘で、有名なイスーダンの塔の下に五世紀の教会堂《パリジカ》が発見されたが、これは五世紀の教会堂《パリジカ》として、おそらくフランスに唯一存在するものである。この教会は、材料そのもののなかに、古い文明の徴しをとどめている。というのも、使われた石は教会が建つ前にあったローマの寺院から来ているからだ。こうして、この古代学者の研究によれば、末尾が「ダンDUN」（「ドゥヌムdunum」）で終わる名前を、現在もっているかあるいはかつてもっていたフランスのあらゆる都市がそうであるように、イスーダンという名前からは、土着の民が存在していたことがたしかに見てとれる。「ダン」とは、もっぱらドルイド教信仰によって聖別された小高い土地を指す特別の言葉で、ケルトの軍事的かつ宗教的施設の存在をあらわすらしい。ローマ人は、ガリア人の「ダン」の下に、イシスをまつる寺院を建立した。十六世紀のブールジュの弁護士ショモーによれば、これが町の名の起源である。ダンの＝下の＝イシス、すなわちイス＝スー＝ダンだ！　イスはイシスの略称ということのようだ。獅子心王リチャード一世が、この古い町にとって三つ目の宗教の三つ目のモニュメント、五世紀の教会堂《バジリカ》の上にあの名高い塔を建立し、そこで貨幣を鋳造したことは、疑うべからざる事実である。彼は、自分が作った城壁の高さを増すために必要な支えとしてこの教会を利用し、まるで外套をかぶせるように中世風の城塞でまわりを覆ってそれを保存した。イスーダンはそのころ「私兵」や「野武士」がつかのま握っていた権力の中枢だったが、ヘンリー二世はこうした連中を傭兵《コンドティエーリ》として、当時はまだポワトゥー伯だった息子のリチャードが反逆におよんださいに、彼に差し向けたのだった。かのベネディクト会修道士たち（歴史研究で名高い）もアキタニア（ローマ時代のガリア南部の属州）の歴史をついに書かずに終わり、これからもそれはまちがいなく書かれることはないだろう。というのも、もはやベネディクト会修道士なるものは存在していないのだから。したがって機会が訪れるたびに、われらが風俗の歴史におけるこうした考古学的闇は、できるかぎり明らかにしなければなるまい。イスーダンの古代の権勢を示すもう一つの証拠は、トゥルヌミーヌ川の運河化に見いだされる。トゥルヌミーヌという小さな川を、この地方全体にわたって、町をとりまくテオルスという川よりも数メートル上まで底上げしたものである。この建設工事が可能だったのは、まちがいなくローマの工学技術のおかげである。さらに、城の北に広がる郭外町《フォーブール》を一本の通りが横切っているが、この通りは二千年前からローマ通りと名づけられている。この郭外町《フォーブール》自体、フォーブール・ド・ローマと呼ばれているのだ。ここの住民の人種、血統、容貌にはそもそもある独特の特徴があり、みずからローマ人の末裔と称している。ほとんどが葡萄農家を営み、その風習には著しくかたくなところがあって、それはたしかに彼らの出自によるものだが、たぶん「野武士」や「私兵」に打ち勝ったことも影響しているかもしれない。そうした連中を彼らは十二世紀に、シャロスト平原（イスーダンの東の平原）で皆殺しにしたのであった。一八三〇年の反乱のあと、フランスの動揺はあまりにひどく、イスーダンの葡萄作りたちの暴動に注意が払われる余裕などとてもなかった。しかしその暴動たるやすさまじいもので、その詳細が公にされることがなかったのももっともな話である。まずイスーダンの町民《ブルジョワ》は軍隊が町に入ることを許さなかった。中世の町民《ブルジョワ》の習わしにしたがって自分たちで町を守ることを欲したのだ。当局は六、七千人の葡萄農家の後押しを受けた連中には譲歩せざるをえず、彼らは間接税の保管記録と税務所を焼き払い、入市税関の官吏を通りから通りへと引きまわして、街灯があるたびにこういったのだった。「こいつをここで吊るせ！」このあわれな男は国民衛兵によって猛り狂った人々から引きはなされ、国民衛兵はこの男を裁判にかけるという口実で牢屋に連れていって、その命を救った。司令官プチ将軍は、葡萄作りたちと降伏の条約を結ぶという名目で初めて市に入ることができたが、ぎっしりと集まった群衆のなかに入ってゆくには蛮勇をふるわなければならなかった。というのも、彼が町役場に姿をあらわすと、フォーブール・ド・ローマに住むある男が彼の首に鉈鎌《ヴォラン》を（棒の先に付けて木の剪定に使うあの大きな鉈鎌を）当てて、こう叫んだのだ。「役人などいらん、殺《や》るしかねえぜ！」もし反乱の首謀者の一人がすばやく介入しなかったら、この葡萄作りは十六年にわたって戦乱を生きぬいてきたこの将軍の頭を切り落としていただろう。件の首謀者は、議会に徴税《ラ・ド・カーウ》役人の廃絶を陳情するとの約束を取りつけたのであった。

十四世紀、イスーダンにはまだ一万六千から七千の住民がいたが、これはリゴールの時代その二倍の人口があったなごりである。シャルル七世はここに館をもち、それはいまも残っていて、一八世紀までは「王の館」という名で知られていた。この町は当時羊毛取り引きの中心地で、ヨーロッパの一部に品物を供給し、ラシャ、帽子、さらには上質のヤギ革の手袋の生産を大規模におこなっていた。ルイ十四世の時代にもなおイスーダンは、モリエール劇団の名優バロン、雄弁で名を馳せた名僧ブルダルーを生み（この記述は正確ではない。イスーダンで生まれたのはモリエール劇団の名優の父親であるし、ブルダルーはブールジュの生まれ。）、上品さ、美しい言葉遣い、上流社会の町として知られていた。プパール司祭は彼のものしたサンセール史の本で（サンセールはロワール川上流の町でイスーダンの北東に位置する。）、イスーダンの住民が、その抜け目のなさと生来の機知によってベリー地方全体のなかでも際立っていると主張している。今日この栄耀もこの機知も完全に消えてなくなった。イスーダンの広がりはかつての重要性を証明するものだが、人口は一万二千人を数えるにすぎず、それも四つの巨大なフォーブールの葡萄農家を勘定に入れての話であって、そのサン＝パテルヌ、ヴィラット、ローマ、アルエットのフォーブールは、それぞれが小さな町といってよい。町民たちはヴェルサイユでそうであるように、広々とした通りをゆったりと歩いている。イスーダンはいまなおベリー地方の羊毛市場を握っているが、この取り引きは羊の品種改良によって危機に瀕している。いたるところで導入されているこの品種改良も、ベリー地方ではいっこうに適用されようとしないのだ。イスーダンの葡萄畑が産する酒は二つの県で飲まれているにすぎないけれども、もしもこの酒がブルゴーニュやガスコーニュでなされているようなやり方で造られていたら、フランス最高の名酒の一つになるはずである。残念ながら、先祖代々のやり方に従う、何一つ革新しない、というのがこの地方の鉄則なのだ。それゆえ葡萄農家は、発酵のあいだも葡萄の搾りかすを入れたままにしておき、酒の味を台なしにしてしまう。そうでなければ、それはこの地方にとって新たな富の源泉となり、活動の対象となりうるかもしれないのである。搾りかすによって酒に生ずる、そして人のいうところによれば時とともにこなれてくるえぐい味のおかげで、この酒は一世紀の保存に耐えられる。「酒どころ」が持ちだすこうした理屈は、醸造学において公表に値する重要性をもっている。そもそもギヨーム・ル・ブルトンはフィリップ・オーギュストを讃える詩『フィリッピード』において、数行を費やしてイスーダンの酒ならではのこうした特質を言祝いだのだった。

イスーダンの衰退はそれゆえ、愚鈍さにまで押し進められた事なかれ主義の精神によって説明されるし、そうした精神を理解するにはたった一つの事例をあげれば充分である。パリからトゥールーズまで街道を通す話が持ちあがったとき、イスーダン経由でヴィエルゾンからシャトールーまでゆくのが当然の成りゆきだった。現にそうであるようにヴァタン経由にするよりも、距離は短くなったはずなのだ。だが地元の名士たちやイスーダンの町議会は――人の話では、議会での討議はいまでもおこなわれているそうだが――、ヴァタン経由で道を通すように要請したのである。もしも大きな街道が彼らの町を通れば、生活必需品の値段が上がり、鶏一羽に三十スー払うような羽目に陥りかねないというのが、反対の理由だった。こんな類いの行為はほかにには、サルデーニャのもっとも未開な地方にしか見いだされないが、この国はかつてあれほど人が集まり、豊かだったのに、今は荒れ果ててしまっているのである。シャルル＝アルベール王が、文明化という称讃すべき考えのもとに、島の第二の首都ササーリから第一の首都カリアリまで美しく壮麗な街道を通そうとした。これはサルデーニャと呼ばれる荒野に存在する唯一の街道なのだが、この街道は、まっすぐに道筋をつけようとすれば、どうしてもボノルヴァを通らざるをえなかった。この地域に住むのは素直にいうことをきかぬ連中で、ムーア人の末裔というだけあって、われらがアラブの部族に比べられるべき連中である。文明が自分たちを圧倒しようとしているのをみて、ボノルヴァの未開人たちは、わざわざ討議をおこなうまでもなく、街道を通すことへの反対を表明した。政府はこの反対にまったく取り合わなかった。最初の技師がやってきて最初の杭を打ちこんだが、彼は頭に弾丸を食らって自分が打ちこんだ杭の上で死んだ。この件にかんしてはいかなる調査もおこなわれず、街道は大回りすることになって、八里ほど距離が延びたのである。

イスーダンでは葡萄酒がその土地で消費され、値段の下落が加速して、安上がりに生活したいという町民の欲望を満足させるが、葡萄作りたちは耕作にかかる費用や税金にますます苦しむことになり、彼らは徐々に破産に向かっている。同様に、羊毛取り引きの破産、ひいてはこの地方全体の破産が、羊の改良をおこなうことができないために徐々に進行しつつある。田舎の人間はあらゆる変化に対して嫌悪を抱くもので、自分たちの利益になるように見える変化に対してさえそうなのだ。パリの人間が田舎である働き手に出会うとする。彼は夕食におびただしい量のパン、チーズ、野菜を食べていた。そこでこの働き手に、そういう食べ物に換えて一定量の肉を食べれば、栄養もよく費用も安く上がる、仕事もはかどり、かくも急速に身体という生活の元手をすり減らさなくてすむことを、証明してみせる。ベリー人はこの計算が理にかなっていることは認める。しかし彼は答えて、「でも旦那、人の口ってものがある！」「なに、人の口？……」「そう、それだよ、いったい人になんていわれるかだね」そこでこの会話がおこなわれている土地の地主が口を差しはさんで、「この土地じゅうがやつの話でもちきりになりますよ。やつは町の衆みたいに金持ちってことになる。結局世間の意見が怖い、後ろ指さされるのが怖い、身体が弱いとか病人とかいわれるのもね……ここらへんじゃ、みんなこうなんですよ」この最後の文句を、多くの町民はひそかに誇らしげな感情をこめて口にする。百姓たちが好き勝手にやっている田舎において無知と頑迷が度しがたいとすれば、イスーダンの町は完全な社会的停滞にまで達している。あさましいまでに金を出し渋ることによる資産の衰退を抑止するべく、それぞれの家族が自分の家だけで暮らしをたてている。そのうえそこでは、人々の暮らしを精彩あるものとする社会的な対立関係が永久に失われたままだ。中世においてイタリアの都市国家に生命を与えたあの二つの力の対立は、もうこの町には見られない。イスーダンにはもはや貴族がいないのだ。貴族は、「私兵」、「野武士」、「農民一揆《ジャックリー》」、宗教戦争、そして大革命によって完全に根こぎにされてしまった。町はこの勝利がおおいに自慢である。イスーダンは生活物資の安さを保つために、つねに軍の駐留を拒否してきた。イスーダンはこうして世紀とかかわりをもつ手だてを失い、軍隊がいることで生じる利益をもまた失った。一七五六年までは、イスーダンは軍の駐屯地のなかでもっとも快適な町の一つだった。フランスじゅうが耳をそばだてたある裁判沙汰のために、このとき以来町に軍が駐留することはなくなったのだが、その裁判沙汰というのはシャプト侯爵と管区の法官が争った事件のことで、侯爵の息子は男女関係のもつれから、たぶんしかるべき理由で、しかし卑劣なやり方で命を奪われたのだった。大革命後のふくろう党の内戦のとき、第四十四連隊の逗留を余儀なくされたが、それも住民と軍の連中とが和解するきっかけになるような性格のものではなかった。人口が十年ごとに減っているブールジュを冒しているのも、同じ社会的病いである。生気がこれらの巨大な身体から逃げ出している。たしかにこうした不幸の責任は行政にある。政府の義務とは、「政治的身体」のうえにこうした染みを見つけだし、病いに冒された場所に精力的な人間を送りこむことによって治療をほどこし、様相を変化させることだ。ところがそれどころか、人はこの有害で陰鬱な静けさにすっかり満足してしまうのだ。それに、どうしたら有能な行政官や司法官を派遣することなどできようか？ 今日、誰が好きこのんで、たいした財を築くこともできぬ田舎の郡に身を埋めに行くだろうか？ もし万一、土地の人間でない野心家をここにうまく落ちつかせることができたとしても、時を経ずして惰性の力に支配され、この救いがたい地方生活になじんでしまうのが落ちだ。ナポレオンでさえ、イスーダンにいたら力が鈍っていただろう。

　こうした特殊な状況のせいで、一八二二年、イスーダン郡の行政をつかさどっていたのはすべてベリー地方出身者ばかりだった。当局の権威はそういうわけでここでは例外的な場合を除けばまったく失墜しているかあるいは無力だったのだが、その例外的な場合というのももちろんきわめてまれで、そうした場合には、「司法」はことの明らかな重要性ゆえに、活動を余儀なくされるのであった。王室検事ムイユロン氏はあらゆる人間と縁続きだったし、検事代理は町のある家系の出身だった。裁判所長は、この顕職に就く前、ある言葉を吐いたことで名を馳せたのだが、その言葉とは、地方においては、それを口にしたばっかりに一人の男が生涯汚名を着なければならなくなる、そんな言葉の一つであった。死刑の判決が下されることになりそうなある犯罪裁判の予審を終えて、彼は被告にいったのである。「ピエール、気の毒だがきみの事件には疑いの余地がない。きみは首を切り落とされるだろう。これをもって今後の教訓としたまえ」警察署長は王政復古が始まるときから署長の職にあり、郡のいたるところに親戚がいた。そしてさらに宗教がいかなる影響もおよぼしていないだけでなく、司祭にはまったく敬意が払われていなかった。町民《ブルジョワ》どもときたら自由主義気取りで、意地が悪く、ものを知らず、この気の毒な男と女中との関係について、大なり小なりおもしろおかしく噂しあっていた。子供たちはそれでも公教要理を聞きに行き、初聖体を受けた。中学校も一つあるにはあったし、ミサがあげられ、祝祭日も祝われた。税金もきちんと納められていたが、パリが地方に望むことといったら、唯一このことだけなのである。さらに町長はいくつも法令を定めた。だがこのような社会生活上の行為は単なる習慣でおこなわれていたにすぎない。そんなわけで、行政の無気力は、この地方の知的、精神的状態にみごとなまでに合致していた。もっともこうしたことがらがもたらすさまざまな結果は、この物語の一連のできごとによって描きだされることになるだろう。じつはこのようなことは人が思うほど風変わりというわけではない。フランスの多くの町、とりわけ南の町は、イスーダンに似ている。ブルジョワジーの勝利によってこの郡庁所在地がおちこんだ状態は、もしブルジョワジーが我が国の内政、外交を牛耳ったままであるならば、フランス全土が、そしてパリすらもが覚悟しなければならぬものである。

ここで、地勢についてひとこと記しておく。イスーダンは、シャトールー街道に向かって丸いふくらみをつくる丘の上に、南北に広がっている。この丘陵の麓にかつて町が栄えていたころ、もっぱら何かを造りたいという欲求のゆえか、あるいは城壁の堀を満たすためか、いまでは「人造川」と呼ばれている運河が造られた。水はテオルス川から引いてくるのである。「人造川」は一本の人工的な支流を形成することになり、この支流は、フォーブール・ド・ローマのさらに先、トゥルヌミーヌ川やその他の流れが合流する地点で、自然の川に注ぎこんでいる。これらの小さな水の流れと二本の川がかなり広々とした平原を潤し、その四方を、ところどころ黒い点が散らばる、黄色がかったあるいは白っぽい丘がとり囲んでいる。以上が一年のうち七カ月イスーダンの葡萄畑が見せる相貌である。葡萄農家は毎年葡萄を株元で切ってしまい、漏斗状になった土地の真ん中に醜悪な切り株を残すだけで、添え木もつけない。それゆえ、ヴィエルゾン、ヴァタン、もしくはシャトールーのほうからやってくると、単調な平原に倦み疲れた目はイスーダンの草原に快い驚きを覚えるのだ。ベリー地方のこのあたり一帯でここはオアシスともいうべき場所で、半径十里のところまで、まわりじゅうに野菜を供給している。フォーブール・ド・ローマから下ったところに巨大な沼沢地帯が広がっているが、その全体を耕して野菜を作っており、上バルタン、下バルタンという名前のついた二つの区域に分けられている。ポプラを植えた小道が両側を走る幅広の長い道が、町から草原を横切ってフラペル（フラペルには、バルザックの友人ズュルマ・カローとその夫カロー少佐の館があり、バルザックも何度か滞在している。）という名の古い僧院まで続き、そこには郡でただ一つの英国式庭園があって、ティヴォリというたいそうな名前をちょうだいしている。日曜日には、恋人同士がそこでこっそり秘密をうち明けあう。

イスーダンの昔日の栄華の跡は、否応なく注意深い観察者の目にとまるが、もっとも著しいのは町の区分である。城はかつて、城壁と堀に囲まれてそれだけで一つの町を形づくり、いまでもほかと区別された地区を構成する。そこに入るには昔からの門を通る以外になく、そこから出るには二つの川の支流に渡された三つの橋を通る以外にない。古い町の面影を残す唯一の地区である。城壁にはいまでもところどころすばらしく堅固な土台が残り、その上に何軒かの家が建てられている。城の上には塔がそびえ立っているが、これは城にとって要塞の役目を果たしていた。町は要塞化された二つの場所のまわりに広がっており、ここを支配する者は、塔と城の両方を奪取しなければならなかった。城を陥れても、塔はまだ手中にないのである。フォーブール・ド・サン＝パテルヌは平原に食いこんで、塔の先のほうにへらのようなかたちを描きだし、その大きさを考慮すれば、ずっと大昔にはこれが町そのものであったにちがいない。イスーダンはパリと同様、中世以来、丘をよじ登ってゆき、塔と城の先のほうに町を形成したのであるらしい。こうした見方にある程度確証を与えるのが、一八二二年においては、サン＝パテルヌの美しい教会の存在だったのだが、国からこれを買い受けた人間の相続者によって、つい先ごろとり壊されてしまった。この教会はフランスの所有するロマネスク教会のもっとも美しい見本の一つだったが、完璧な保存状態であったにもかかわらず誰一人教会正面の見取り図をとっておかぬまま、破壊されてしまった。この歴史的建造物を救わんとしてあげられた唯一の声は、町にせよ県にせよ、どこにも反響を見いださなかったのだ。イスーダンの城は、その狭い通りといい、古い住居といい、古い町としての特徴を保っているが、町そのものは異なった時代に数度にわたって簒奪され、焼き払われ、とりわけフロンドの乱のときには町全体が焼きつくされたこともあって、現代的な外観を呈している。ほかの町の状態と比べれば広々とした通りが走り、堅牢に建てられた家も多く、それらは城の外観とかなり顕著な対照をかたちづくっていて、そのためいくつかの地理の本では、イスーダンは「うるわしの」と呼びならわされているのである。

二　悠々騎士団

このような成りたちの町で、芸術への興味も学問への関心もなく、商業的な活動すらなく、それぞれが家に閉じこもって暮らすなかにあっては、つぎのような事態は起こるべくして起こったことであった。王政復古時代、一八一六年、戦争が終わって、町の若者のうち何人かは、いかなる職につく当てもないまま、結婚もしくは両親からの相続を待つあいだ、なすべきことをまったく失ってしまったのだ。これらの若者は家では退屈を持てあまし、さりとて町にどんな気晴らしの種も見つけることができなかった。そしてこの地方で好まれる言い方でいえば、若いころには羽目をはずすべし、ということで、町そのものを犠牲にした悪ふざけに身を投じたのである。昼日中にやるのは犯人が発覚してしまう危険があるゆえ論外であり、またひとたび罪の味をしめればいつかは少しばかりやりすぎるときがあり、そうすればたちまち軽罪警察にしょっ引かれることになっただろう。それゆえ彼らは、賢明にも夜を選んで数々の悪事をおこなった。こうして、消え去った諸文明の古い残骸のなかに、昔の生活を特徴づけていた精神の痕跡が最後の炎のように輝いた。これらの若者は、かつてシャルル九世と彼の宮廷人たちが、英国のヘンリー五世と彼の仲間が浮かれ騒いだように、そしてかつて地方の多くの町で誰もがそうしたように、浮かれ騒いだのだ。たがいに助けあい、身を守らねばならなかったし、そして愉快ないたずらを考えだす必要もあったから、彼らは同盟を結び、そうなると彼らのなかで、青春というものが抱えもっている——そして動物のなかにさえ観察される——悪意の嵩が、さまざまな考えのぶつかり合いによって増してゆくことになった。同盟を結ぶことで、さらに、絶え間のない陰謀という神秘がもたらすちょっとした快楽の数々を彼らは味わった。彼らはみずから「悠々騎士団」と名乗った。昼間はこれらの若猿どもはいたって品行方正で、虫も殺さぬふうをよそおっている。それに、夜のあいだになんらかの悪辣な行為をやり終えたあとは、かなり遅くまで床を離れなかった。最初「悠々騎士団」がやったのはありきたりな悪ふざけにすぎず、看板をはずしたり、掛けかえたり、扉の呼び鈴を鳴らしたり、誰かが入口に置き忘れた樽を大音響とともに隣の地下室にころげ落とし、鉱山が爆発したような物音にびっくりしてこの隣の人が目を覚ましてしまうといったことにすぎなかった。イスーダンでは、多くの町同様、地下室に降りるために揚げ戸を使い、その口は家の出入り鼻のところにあって、蝶番のついた強い板でふたをされ、大きな南京錠が掛けられていたのだ。この新種の「悪ガキ」連の悪業は、一八一六年の終わりにはまだ、小僧っ子や若者たちがどんな地方でもやっているようないたずらの域を超えていなかった。だが一八一七年一月、「悠々団」は一人の「大ボス」を迎え、数々の悪事をおこなって悪名を馳せ、一八二三年までイスーダンに一種の恐怖をまき散らした、というか少なくとも職人や町民たちをたえず不安におとしいれたのだった。

この親玉はマクサンス・ジレという名で、略してマックスと呼ばれており、その力や若さだけではなく、経歴からいっても、親玉という役回りにふさわしかった。マクサンス・ジレはイスーダンでは例の郡長ルストー氏の落とし種といわれていた。彼はオション夫人の兄に当たり、その色好みゆえにさまざま浮き名を流し、ご存じのとおり、アガトの出生については、老ルージェ医師の憎しみをかったわけである。だが仲たがいする前、二人の男を結びつけていた友情の絆はきわめて堅く、この地方の、そしてこの時代の言い方でいえば、彼らは好んで同じ道を行っていたのだ。そんなわけで、マックスは郡長の子供かもしれないし、医師の息子かもしれない、どちらの息子であってもおかしくないというのが、もっぱらの噂であった。しかし実際はそのどちらでもなかった。彼の父親は、ブールジュに駐留している龍騎部隊のある男前の士官だったのである。にもかかわらず、子供にとって幸いなことだったが、医師と郡長は反目しあったために、互いに自分が父親だと主張してしょっちゅういい争っていた。マックスの母親はフォーブール・ド・ローマの貧しい靴屋の妻で、目が覚めるほど美しく、そのために彼女の魂に破滅がもたらされることになったのだが、このローマの下町女を思わせる美貌だけが、彼女が息子に伝えた唯一の財産であった。

ジレ夫人は一七八八年にマックスを身ごもった。彼女はもうずっと以前からこの天の祝福を待ち望んでいた。ところが人々はそれを意地悪くルージェとルストーの二人の友人の色好みのせいにしたのであって、それが彼らを互いに争いあうようにし向けるためであることは明らかだった。ジレは年季の入ったべらぼうな大酒飲みで、妻とぐるになり、また妻へのへつらいもあって、そのふしだらさに手を貸していた。こうしたことは下層階級では例のないことではない。ジレの女房は、息子に後ろ盾をつけてやろうという魂胆から、偽の父親たちに真相を明かすことはけっしてなかった。パリにいたら、彼女は大金持ちになっていただろう。イスーダンでは彼女は、あるときは裕福に暮らし、またあるときは貧困にあえぎ、結局人にさげすまれて終わった。ルストー氏の妹のオション夫人は、マックスを学校に通わせるために、年に十エキュほどを与えた。夫の吝嗇《けち》ぶりからして、オション夫人がこうした施しができる状態にいるとは思われなかったので、当然これは当時サンセールにいた彼女の兄の仕業ということになった。ルージェ医師は、実の息子の出来が悪かったので、マックスの美貌を目にとめ、一八〇五年まで、彼がやんちゃ坊主と呼んでいたその子のために中学の授業料を払ってやった。郡長は一八〇〇年に死んでしまったし、医師はもっぱら見栄だけで五年のあいだ授業料を払ってやっているようにも見えたので、父が誰かという問題はあいかわらずはっきりしないままだった。それにマクサンス・ジレは、さんざんからかいの的にされたあげく、まもなく忘れられてしまった。それは以下のような事情による。

この青年は行き当たりばったりの生活をするべく生まれてきたようではあったが、傑出した力と機敏さを持ちあわせてもいた。彼は一八〇六年、ルージェ医師の死の一年後、大なり小なり危険を冒して次々に悪行を重ねていた。すでにオション氏の孫たちと意気投合して町の乾物屋たちをかんかんに怒らせていたし、壁をよじ登ることなどなんの抵抗もなくやってのけて、持ち主に先んじて果物を失敬したりしていたのだ。このいたずら者は激しい運動にかけては右に出るものがなかった。陣取り遊びも抜群にうまく、やろうと思えば走っている野ウサギを捕まえることさえできただろう。「革脚絆」（フィニモア・クーパーの小説に出てくるインディアンの綽名）にもふさわしい目の鋭さをもち、すでに狩りに熱狂的に打ちこんでいた。勉強もせず、的を撃つことに時間を費やした。老医師から巻きあげた金をつぎ込んで、靴屋のジレおやじからもらった粗悪なピストル用に火薬と弾丸を買った。ところが一八〇六年の秋、当時十七歳だったマックスは、意図せざる殺人を犯してしまった。日暮れ時、果物を盗みに入った庭でそこにいた妊娠中の若い女と出くわし、彼女を恐怖で打ちのめしたのだ。父の靴屋は明らかに彼をやっかい払いする意図で、ギロチンは逃れられないぞと脅し、マックスは一息にブールジュまで逃げ、そこでスペインに向かう軍隊に出会ってその場で入隊した。この若い女の死の事件は、そのまま握りつぶされた。

マックスのような性格の青年ならいつかかならず頭角をあらわすにちがいなかったのだが、事実その通りになり、彼は三度の戦役で大尉に昇進した。ろくに教育を受けていなかったことがおおいに幸いしたのである。一八〇九年、ポルトガルで、彼の部隊はイギリスのある砲兵中隊に攻め入ったものの、持ちこたえることができず、彼はそのまま残されて戦死が伝えられた。マックスはイギリス軍に捕らえられ、スペインのカブレラ島（スペインのバレアレス諸島の小島）にある、廃船利用の収容所に送られたのだった。この種のものでもっともおそろしいといわれるところだ。彼のためにレジオン・ドヌール勲章と少佐の位が申請された。皇帝は当時オーストリアにおり、もっぱら目の前でなされる輝かしい武勲にのみ特別の計らいを認めていた。皇帝は捕虜となるに甘んじる人間を好まず、そもそもポルトガルの戦闘に不満を示した。マックスは廃船の収容所に一八一〇年から一八一四年までいた。この四年のあいだに彼には道徳心のかけらもなくなった。というのもこの収容所は、犯罪や名誉にもとる行為を犯した人間を収容しているわけではなかったにせよ、「徒刑場」以外の何ものでもなかったからだ。最初、若く凛々しい大尉はみずからの自由意思を保ち、文明化した民にふさわしくないこの恥ずべき牢獄を食い荒らす腐敗から身を守るため、決闘で（六ピエ四方の広さの場所で闘いはおこなわれた）七人のならず者もしくは横暴な連中の命を奪った。彼が廃船からこうしたやからをやっかい払いしてくれたおかげで、犠牲者たちは大喜びした。マックスは、武器の扱いについて身につけた信じがたい巧みさ、体力、如才なさにものをいわせて、廃船を支配下においた。だが今度は彼自身が身勝手な行動に走るという過ちを犯した。手先となって働くおべっか使いができ、これが取り巻きとなったのだ。そこは苦悩の学校というべきところで、性格はとげとげしくなってもっぱら復讐だけを望み、狭いところに詰めこまれて脳髄に詭弁が生まれ、悪い考えを当然と考えるようになる。マックスは骨の髄まで堕落した。手段など問わず一山当てることを夢見、証拠を残しさえしなければ、犯罪行為のもたらす結果を前にしても尻込みすることもない、そんな手合いの意見に彼は耳を傾けた。ようやく平和が訪れ、彼はみずから手は汚していないものの、すっかり悪に染まってそこを出たのであるが、立身出世して大政治家になるか、かつまた私生活において一人の下劣な男にとどまるか、すべては運命がどう転ぶかにかかっていたのである。

彼はイスーダンに戻り、父と母の悲惨な最期を知った。みずからの情熱に身を任せる、俗にいう太く短く生きるあらゆる人の例にもれず、ジレ夫妻はおそろしい貧窮のうちに施療院で息を引き取った。ほとんど時をおかず、ナポレオンがエルバ島からカンヌに上陸したとの知らせがフランス全土を駆けめぐった。

マックスはさっそくこれ幸いとパリに出て少佐の位階と勲章を請求した。当時戦争大臣の地位にあったダヴー元帥は、ポルトガルにおけるジレ大尉の果敢なふるまいを思いだした。元帥は彼を近衛隊の大尉にとりたて、それで彼は戦列部隊では少佐の位を得ることができた。だが勲章をとらせてやることはできなかった。「そんなものは最初の戦闘でとれるだろうとの皇帝陛下の仰せだ」、元帥は彼にいった。実際ジレはフルリュスの戦いで傑出した働きを示し、皇帝はその夜叙勲されるべき人間として、勇猛な大尉の名前を記録した。ワーテルローの戦闘のあと、マックスはロワール川まで退却し、ロワール軍に加わった。軍が解散してしまうと、戦争大臣フェルトル元帥は彼に位階も勲章も認めなかった。ナポレオンの兵士は、容易に想像しうるような憤懣やるかたない状態でイスーダンに戻り、勲章と少佐の位階なしでは仕官を望まなかった。事務当局は、二十五歳の名もない青年が三十歳で大佐にもなりうるような、こうした条件をとほうもない逸脱と見なした。マックスはそれゆえ辞表を書き送った。少佐は――というのはボナパルティスト同士のあいだでは、一八一五年以降に獲得した位階をお互いに認めあっていたからだが――、こうしていわゆる半給と呼ばれる乏しい棒給を失った。ロワール軍の士官にはこれが支給されていたのである。この若き美青年の財産といえば二十枚のナポレオン金貨がすべてで、イスーダンではこんな彼の姿を見て人々が騒ぎ、町長は彼のために、月給六百フランの地位を町役場に用意した。マックスはほぼ六カ月間この地位にあったが、みずからこれを去り、彼同様ナポレオンに忠義をつくしていたカルパンティエという名の大尉にあとを譲った。ジレはすでに「悠々騎士団」の「大ボス」として君臨し、町のもっともよい家柄の人々の敬意を失うような生活のしかたをしていた。とはいえそのことを面と向かって彼にいう者はなかった。彼は凶暴で誰からもおそれられていたし、それは彼同様仕官を拒否して故郷のベリー地方に骨を埋めに帰ってきた旧ナポレオン軍の士官たちも同じだったからだ。イスーダンに生まれた人間がブルボン家にほとんど親愛の情をもたないのは、先の概略的説明からして、なんら驚くべきことではない。したがって、ブルボン家がほとんど重きをなしていないのに比して、この小さな町にはほかのどんなところよりも多くのボナパルティストがいた。ボナパルティストは、知られているように、ほとんどが自由派になった。イスーダンには、マクサンスのような立場の士官がおよそ十二人ほどおり、彼を頭と仰いでいた。それほど人望を集めたわけである。しかしながら例外もあって、それが彼の後釜にすわったカルパンティエであり、また近衛隊の元砲兵大尉ミニョネという男だった。カルパンティエは兵隊上がりの騎兵士官で、まず初めに結婚して身を固め、町でもっとも重きをなす家柄の一つ、ボルニッシュ＝エロー家の一員となった。ミニョネは理工科学校を卒業し、ほかの部隊に対するある種の優越を自認する隊で軍務についていた。

帝政時代の軍においては、軍人に二つの異なる色合いがあった。大部分は、ブルジョワ、つまり彼らがいうところの素人衆に軽蔑を抱いていて、それは貴族の平民に対する、征服者の被征服者に対する軽蔑と同種のものである。こういった手合いは民間人との関係において必ずしも礼節をまっとうしなかった、あるいはブルジョワに斬りつける人間がいても、非難がましいことをあまりいわなかった。ほかの軍人たち、とりわけ砲兵隊がそうだが、たぶんその共和主義的信条ゆえに、こうした教義を採用しなかった。これにしたがえば結局二つのフランスができてしまわざるをえないというわけだ、すなわち軍人のフランスと民間人のフランスと。それゆえフォーブール・ド・ローマの二人の士官、ポテル少佐とルナール大尉は、素人衆に対する意見を同じくするがゆえに、なにはともあれマクサンス・ジレの友人になったのだし、いっぽうミニョネ少佐とカルパンティエ大尉は、ブルジョワジーの側につき、マックスのふるまいを名誉を尊ぶ人間にあるまじきものと考えた。ミニョネ少佐は小柄なやせぎすの男だったが、威厳があったし、蒸気機関がつくり出すさまざまな問題の解決に心を砕き、つましい暮らしを送ってカルパンティエ夫妻と親しくつき合っていた。彼はその穏やかな暮らしぶりと科学への専心ゆえに、町じゅうから一目置かれた。それで人はこういうのだった、ミニョネ氏やカルパンティエ氏は、ポテル少佐、ルナール大尉、マクサンスといった〈軍人カフェ〉の常連たちとはできがちがう、この連中ときたら、あいかわらず兵隊風を吹かして、帝政時代の習慣を変えようとしないのだから。

　そういうわけで、ブリドー夫人がイスーダンに帰ってこようとしていたとき、マックスはブルジョワの世界からは締めだされていた。それにこの若者は自分に非があるとはこれっぽっちも思っておらず、「サークル」と呼ばれる「上流の集まり《ソシエテ》」に顔も出さなかったし、彼に向けられた仮借ない非難をものともしていなかった。だが彼はイスーダンでもっともおしゃれな、着こなしのうまい青年で、そのためにずいぶん金も使い、またまれなことに馬を一頭もっていたが、ヴェネツィアでバイロンがそうだったのと同じくらい、これはイスーダンでは珍しいことだった。マクサンスが、貧しく稼ぎもないのに、どうしてイスーダン一のしゃれ者になれたのか、まもなく判明するはずだ。というのも、小心なもしくは信心深い人々の軽蔑をかった彼の恥ずべきやり口はまさに、アガトとジョゼフをイスーダンに呼び寄せた利害問題そのものにその発端があったからである。その大胆不敵な態度、顔つき、表情からみると、マックスは世間の意見などほとんど歯牙にかけていないようだった。彼はたしかにいつの日か仕返しをして、彼を軽蔑した連中を支配下においてやろうと考えていたのだ。それにブルジョワがマックスを軽蔑していたとしたら、彼の性格が民衆のあいだに引き起こした賛嘆の念は、そのような意見に拮抗するものだった。彼の勇気、貫禄、決断力はまちがいなく大衆受けしたが、もっとも大衆は彼の堕落を知らなかったし、ブルジョワにしても、それがどれほどの範囲におよぶものか想像だにしていなかった。マックスはイスーダンで、ウォルター・スコットの『パースの美少女』における「鍛冶屋」のスミスとほぼ同じような役を演じていた。つまり彼はそこでボナパルティストおよび反対派にとって英雄的存在であった。パースの町民たちがここぞというときスミスを当てにしたように、彼は頼りにされたのである。ある事件が「百日天下」の勝者と犠牲者の姿をとりわけくっきりと浮かびあがらせることになった。

一八一九年、王党派の士官たち、というのは近衛騎兵隊「メゾン・ルージュ」出の家柄のよい青年たちだったが、その彼らの率いる一大隊が、ブールジュに駐屯におもむく途中、イスーダンに立ち寄った。イスーダンのような立憲派色の強い町で何をする当てもないまま、彼らは暇つぶしに〈軍人カフェ〉を覗きにいった。地方の町ならどこでもかならず一軒、〈軍人カフェ〉があるものだ。イスーダンのそれは城壁の一角を占め、アルム広場に面しており、元士官の未亡人が切り盛りしていたが、もちろんそこは町のボナパルティストや半給の士官、あるいはマックスの意見に賛同し、町の風潮ゆえに皇帝への崇拝を口にしてはばからぬ者たちのたまり場になっていた。一八一六年以来、イスーダンでは毎年、ナポレオンの戴冠を祝賀する会食までおこなわれていたのだ。最初にやってきた三人の王党派青年たちは新聞を持ってこいといい、なかんずく超王党派の〈コティディエンヌ〉紙と〈ドラポー・ブラン〉紙を所望した。イスーダンの意見、とりわけ〈軍人カフェ〉の意見は、王党派の新聞を許容するものではなかった。〈軍人カフェ〉には〈コメルス〉紙しか置いていなかったが、これは〈コンスティテュショネル〉紙が法令で発行禁止になったために、数年間名乗ることを強いられた名前だった。だが、新聞がこの名前で最初に発行されたとき、一面冒頭の「パリ最新情報」の記事は次のような言葉で始まっていた、商売《コメルス》とは根本的に立憲《コンスティテュショネル》的なものである。それで新聞はあいかわらず〈コンスティテュショネル〉の名で呼ばれつづけたのだった。予約購読者の誰もが、この抵抗と揶揄に満ちた言葉遊びを理解した。この言葉遊びによって、看板が変わっても気にしないでほしい、内実はもとのままなのだから、そのように請われているわけであった。太ったおかみはカウンターのうえから王党派の連中に、お申しつけの新聞はございませんと答えた。「それではどんな新聞をとっているのだね？」と士官の一人、大尉がいった。ギャルソンは青いラシャの上着を着て、粗い布の前掛けをした小柄な青年だったが、このギャルソンが〈コメルス〉をもってくると、「ああ、これか、きみのところの新聞というのは。ほかにはないのか？」ギャルソンは、「いいえ、これだけです」大尉は「反対党」の新聞を破いて細かく引きちぎり、そのうえに唾を吐いていった。「ドミノをもってこい！」立憲派の「反対党」および自由主義を体現する神聖このうえない新聞——ご存じのような考え方にのっとり、果敢に司祭たちを攻撃している——に対する侮辱は、十分もたたぬうちに通りから通りへと駆けめぐり、光のように家々に広まった。広場という広場はこの話でもちきりだった。誰もが同じ言葉を口にした。「マックスに知らせなくては！」マックスはすぐに事件のことを知った。士官たちがドミノのゲームを終わらぬうちに、マックスがカフェに入ってきた。ポテル少佐とルナール大尉があとにしたがい、ことの顛末をこの目で見ようとついてきた三十人ほどの若者が一緒にいて、彼らのほとんどはアルム広場にたむろしたまま残っていた。

「ギャルソン、おれの新聞を頼む」マックスが穏やかな声でいった。ちょっとした芝居が演じられた。太ったおかみが、おそるおそる、取りなすような調子でいった。「大尉さん、新聞は貸してしまったんですよ」「探してこい」マックスの友人の一人が叫んだ。「どうしても新聞がお要りようですか？」とギャルソンがいった。「ここにはもうないんですよ」若い士官たちは笑い声をあげ、そこにいたブルジョワ連中を横目でちらりと見た。「破いてしまったんだ！」、ある町の青年が叫び、王党派の若い大尉の足元に視線を投げた。「いったい誰の許しを得て新聞を破いた？」、マックスが立ちあがって腕を組み、目をぎらつかせながら、割れるような声で訊ねた。「そのうえ唾を吐いてやったぜ」、三人の若い士官が立ちあがり、マックスをにらんで答えた。「これは町全体に対する侮辱だ」、マックスは青ざめていった。「だからどうだっていうんだ？……」、一番若い士官が答えた。マックスは、これらの若者が予想もしなかった巧みさ、大胆さ、すばやさで、一列に並んだうちの最初の士官に往復びんたを食わせ、さらにいった。「フランス語がわからないのかよ？」フラペル小路に行き、そこで三対三で決着をつけることになった。ポテルとルナールが、マクサンス一人だけで士官を懲らしめることを、どうしても許そうとしなかったのだ。マックスは相手の男の命を奪った。ポテル少佐は相手に深い傷をあたえ、その相手は良家の子息だったが、不幸にも病院にかつぎ込まれて翌日死んだ。三人目は一太刀まじえただけで終わった、これはルナール大尉のほうが傷を負ったのだった。大隊はその夜ブールジュに向けて出発した。この事件はベリーじゅうで評判になり、マクサンス・ジレはまごうことなき英雄に祭りあげられた。

「悠々騎士団」はみな若者ばかりで、一番年かさでも二十五にならず、マクサンスを崇拝していた。そのうちの何人かは、彼らの家がマックスに対して示す高飛車で厳格な態度に同意しないばかりか、マックスのような立場をうらやみ、運がいい男だと思っていた。このような頭のもとで、「団」はめざましい成果をあげた。一八一七年の一月以来、町は毎週のように新しいいたずらのために不安におとしいれられた。マックスは名誉にかかわることとして、団員にあれこれの条件を守るよう要求した。さまざまな規約が定められた。これらのいたずら者たちは、アモロスの体育学校（スペインの元士官ドン・フランシスコ・アモロス・イ・オンデアノがフランスに亡命して開いた体育学校で、たいへん評判がよかった。）の生徒のように敏捷で、鷹のようにおそれを知らず、あらゆる運動が巧みで、犯罪者のように強く、抜け目なかった。彼らは腕をみがいて、屋根をよじ登り、家から家へ飛び移り、音を立てずに飛び降り、歩き、石膏を練って扉をふさぐすべを身につけた。綱、梯子、工具、変装用の衣服をそろえた。「悠々騎士団」はこうして悪ふざけの理想美に達したのであり、それも実行においてだけではなく、いたずらの考案においてもそうだったのだ。彼らはしまいには、パニュルジュ（ラブレー『パンタグリュエル物語』の登場人物）をあれほど喜ばせた悪の精髄をわがものにした。笑いを引き起こし、犠牲者を徹底的にこけにするので、犠牲者は文句をいう勇気さえなくなってしまうという、あの悪の精髄である。そのうえこれらの良家の子息たちはそれぞれの家に秘かな協力者をもっていて、そこから犯罪行為の遂行に役立つ情報を得ていたのだった。

　寒さの厳しいころ、これらの悪魔の化身どもは、ある部屋のストーブをまんまと中庭に運びだし、朝になってもまだ火が燃えているほど木を詰めこんでおいた。するとけちん坊の某氏が中庭を暖房しようとしたというニュースが、町じゅうに知れ渡っていた。

　彼らはときどき全員で、大通り《グラン＝リュ》あるいはバス通りで待ち伏せをすることがあった。これらは町の二つの動脈ともいうべき目抜き通りで、たくさんの小さな横丁がそこから分かれている。彼らはそれぞれその横丁の隅に、壁に張りつくようにして頭だけ突きだして身を潜め、各家庭が眠りについたころを見計らい、町じゅういたるところで、戸口から戸口へとおびえきった叫び声をあげた。「いったいなんなんだ？……どうしたというんだ？」口々にそう問う声で町民たちは目を覚まし、寝巻にナイトキャップといういでたちで、手にランプをさげて表に出てきた。そして互いにようすを訊ねあい、なんともとんちんかんな会話をかわして、珍妙このうえない顔をつきあわせるのだった。

あるたいそう年老いた製本職人がいて、悪魔の存在を信じきっていた。田舎のほとんどすべての職人がそうだが、この男も天井の低い小さな店で仕事をしていた。騎士たちは悪魔に変装し、夜、店に乱入して、裁ちくずを入れる大箱に職人を閉じこめ、彼が大声でわめき散らすままにしておいた。近所の人々も目を覚ましてきたが、あわれな男は悪の天使《リュシフェール》があらわれたと繰り返すばかりで、人々も彼の迷いを解いてやることはほとんどできなかった。この製本職人はあやうく発狂するところだった。

ある厳しい冬の最中、騎士たちは収税吏の事務所の暖炉を解体し、一晩のうちに、音も立てず、仕事の跡を少しも残さずに、まったく見た目を変えることなく組みたてなおした。この暖炉は室内に煙が出るように内側に仕掛けがしてあった。収税吏は二カ月間被害を被りつづけてからようやく、それまではいたって調子もよく、彼もたいへん満足していた暖炉が、なぜ彼に対してこんなひどい仕打ちをするのかわかって、暖炉をもう一度作りなおさねばならなかった。

彼らはある日、オション夫人の友人で、ある信心深い老婦人の暖炉に、硫黄を塗ったわら靴と油紙を入れておいた。この婦人は穏やかで優しい人柄だったが、朝、火をつけようとして、気の毒にも火山が爆発したと思いこんでしまった。消防夫が到着し、町じゅうの人が駆けつけたが、消防夫のなかに「悠々騎士団」の団員が何人かいて、彼らは老婦人の家を水浸しにし、火の恐怖を与えたあとで、今度は溺死のおそろしさを彼女に味わわせたのである。彼女は恐怖のあまり、病気になった。

誰それに、不安に怯えながら武器をかかえて一夜を過ごさせてやろう、彼らがそう考えるとする。そんな場合、彼らは匿名で手紙を書き、盗みに入る者がいると警告する。そして一人一人、彼の家の壁に沿って、あるいは窓に沿って進んでゆきながら、呼子笛でたがいに呼びあうのだ。

彼らのもっともみごとないたずらの一つは、長いあいだ町民の腹の皮をよじりつづけ、いまでも語りぐさになっている。あるひどく欲深な老婦人がおり、たいそうな相続財産を残しそうだったのだが、そのすべての相続者に宛てて彼女の死を通報し、遺品に封印が貼られる時間に遅れずに来るように書き送ったのである。約八十人ほどの人が、ヴァタンから、サン=フロランから、ヴィエルゾンから、そして近郊から、皆がみな正式の喪服に身をつつみ、しかしかなり嬉しそうに、幾人かは妻をともない、未亡人たちは息子をともない、子供たちは父親と一緒に、ある者は田舎風の二輪馬車《キャリオール》で、ある者は柳の幌つき二輪馬車《キャブリオレ》で、またある者は貧相な荷馬車でやってきた。老婦人の女中と最初に着いた者たちのあいだで一悶着持ちあがったようすを思い浮かべていただけるだろうか？　そして公証人宅での鑑定……まるでイスーダンに騒乱が起こったような騒ぎだったのだ。

とうとうある日、郡長もようやくこうした事態を許しがたいものと考えるにいたったが、それもこうしたでたらめないたずらがいったい誰の仕業かわからぬだけに、なおさらのことだった。若い連中に重大な嫌疑がかかったが、イスーダンにおいて国民衛兵とはまったく名ばかりのものだったし、軍隊の駐留もなく、憲兵隊長にしても部下の憲兵はたった八人しかおらず、パトロールもろくにおこなわれていなかった。それで証拠を集めることすらままならなかった。郡長は「闇のリスト」に名前が載り、蛇蝎《だかつ》のごとき嫌われ者となった。この官吏は朝食に新鮮な卵を二つ食べる習慣だった。彼は自分の家の中庭で雌鶏を飼い、新鮮な卵を食べるというこだわりに加えて、みずからの手で卵をかえすことに固執した。彼の妻にせよ、女中にせよ、またほかの誰にせよ、彼にいわせれば正しいやり方で卵をかえすことができないというのだった。時計片手に充分注意をはらい、この点にかんして彼にかなうものは誰もいないと自負していた。彼は二年前から卵をゆでるのに巧みな腕前を見せ、それがあれこれ冗談の種になっていた。一カ月にわたって、毎晩、彼の雌鶏が生んだ卵がもち去られ、代わりにゆで卵がおかれた。郡長はさっぱりわけがわからず、卵自慢の郡長という評判も失ってしまった。彼はしまいには朝食の仕方を変えた。だが「悠々騎士団」のやり口はあまりにも巧みで、郡長が彼らに嫌疑をかけることはまったくなかった。マックスは、郡長の家のストーブの管に、毎晩ひどい臭いのする油を塗ることを思いつき、それで悪臭のためにとても家にいられないようになった。だがそれだけではまだすまなかった。ある日彼の妻は、ミサにゆこうとして、あるきわめて粘着力の強い物質で肩掛けが内側から張りつけられているのを見つけ、肩掛けなしで出てゆかざるをえなかったのである。郡長は配置換えを要望した。この官吏が臆病風を吹かせて屈服してしまったことで、「悠々騎士団」の滑稽かつ隠微な権威は決定的に確立されたのだった。

三 〈ラ・コニエット〉亭にて

当時ミニム通りとミゼール広場のあいだに、下のほうは「人造川」の形成する支流にさえぎられ、上のほうはアルム広場から陶器市場まで続く城壁にさえぎられた、一握りの区画があった。この不格好な四角い土地には、みすぼらしい外観の家々が一軒一軒押しあうようにごたごたと建てこみ、あいだを隔てる通りもひどく幅が狭いので、二人並んで通ることができないほどだ。町のこの場所は、パリでいえば「奇跡の庭」と呼ばれる貧民窟であり、貧しい人々、あるいはほとんど金にならぬ生業をいとなむ人々が集まっていて、彼らはそうしたあばら屋、俗に「おんぼろ長屋」というなんとも精彩に富む言い方で呼ばれている住まいで暮らしていた。いつの時代でも、ここはまちがいなく呪われた区域、あくどい生活を送る人間の巣窟で、そうしたことは、通りの一つにブーリオー通り、つまり死刑執行人《ブーロー》の通りという名前がついていることからもうかがえる。五世紀にわたって、町の死刑執行人は決まってここに赤い扉の家を構えた。いまもシャトールーの死刑執行人の助手がここに住んでいるというのが、人々のもっぱらの噂である。というのも、町民がその姿を目にすることはけっしてないのである。葡萄作りたちだけが、前任者から骨折や傷を治す力を引き継いだこの謎めいた人物とかかわりを持っている。その昔、町が中心都市の風格をそなえていたとき、春をひさぐ女たちがここに本拠地を構えていた。とても買い手のつきそうにない卸業者たちがおり、いやな臭いの古着を売る商人がおり、そのうえさらに、ほとんどすべての町にあって一人か二人のユダヤ人が支配するこういう場所で目にする、あの素性の知れぬ住民たちがいた。これらの薄暗い通りの角、この界隈では一番にぎやかな一角に、一八一五年から一八二三年、たぶんそのもっと後まで、コニエットのおかみと呼ばれる女が切り盛りする居酒屋があった。この居酒屋は、白い石を連ねたかなりしっかりした造りの、隙間を切石やモルタルで埋めた一戸建ての家で、二階と屋根裏があった。扉の上にはフィレンツェの青銅を思わせるあの巨大な松の枝（居酒屋独特の看板）が輝いていた。そしてまるでこの徴しだけでは不充分だとでもいうように、窓枠に貼られた張り紙の青が目をひいたが、その張り紙には「軍神《マルス》ご愛飲のビール」と書かれ、その下で一人の兵士が胸を大きくはだけた女にビールを注いで、吹きこぼれる泡がジョッキから女の差しだすグラスに移ってアーチ型の橋をなしていた。全体の色調はといえば、ドラクロワが見たら卒倒しかねないような色合いだった。一階はおそろしく広い一つの部屋からなり、調理場兼食堂として使われ、この商売をやってゆくのに欠かせぬ道具一式が根太に釘で引っかけてあった。この部屋の裏に上の階に通じる狭い急な階段があり、いっぽうその階段の上がりぎわにはひとつの扉が開かれて細長い小部屋に通じていた。部屋は裏庭に面し、そこから明かりが採られていたが、この庭は暖炉の煙突に似たあの例の田舎ふうのもので、それほど狭く、暗く、周囲が高かった。小部屋は差しかけ庇の陰に隠れ、どんな視線も壁でさえぎられるので、イスーダンの「悪ガキ」どもが談合をするのに打ってつけだった。表向きコニェおやじは市の日に田舎の人々を泊めてやるということになっていた。しかし彼はこっそり「悠々騎士団」の面々をかくまっていたのである。このコニェおやじはかつてどこかの裕福な家の馬丁をつとめていたが、しまいにある身分の高い家の給仕女だったラ・コニェットと結婚した。ラ・コニェットというのは、フォーブール・ド・ローマでは、イタリアやポーランドでのように、ラテンふうに夫の名前を女性形にして妻を呼ぶならわしだったからである。コニェおやじとその女房は二人の貯金をあわせてこの家を買い、そこに居酒屋を開いた。ラ・コニェットは歳は四十がらみ、大柄でぽっちゃりとして、いかにも生意気そうに鼻がそっくり返り、黒ずんだ肌、漆黒の髪、茶色い、丸い、生き生きした目をもち、いかにも呑みこみの早い、陽気なようすをしていた。マクサンス・ジレが彼女を「団」のお抱え料理人に選んだのは、その性格と料理の才ゆえだった。コニェおやじは五十五、六にもなろうかという歳まわり、ずんぐりとした体格で、妻の尻に敷かれていた。彼女はしょっちゅう冗談めかして、この人は片目だから、かたよった見方でしか物事が見られないんだよと繰り返すのだった。一八一六年から一八二三年まで七年のあいだ、夫も妻も彼らの家で真夜中、何がおこなわれているか、何がたくらまれているか、ただの一言も洩らすことはなかったし、二人はどんなときでも騎士たち全員に惜しみない情愛を注いだ。彼らの献身ぶりは無条件のものだった。もっとも、彼らの口の堅さも情愛も我が身かわいさゆえでこそだということに気がつけば、こうした献身のみごとさも割り引いて考えざるをえないだろう。騎士たちが〈ラ・コニェット〉亭に来るのが夜何時になろうと、あるやり方で戸をたたくと、この合図を了解したコニェおやじが起きだして火とろうそくをともし、わざわざ「団」のために買いおいた葡萄酒をとりに地下室に降りて、ラ・コニエットは、前の晩かその日の昼間に実行が決められた遠征の前あるいはその後に、彼らのためにおいしい夜食をこしらえてやるのだった。

ブリドー夫人がオルレアンからイスーダンに向かっている最中、「悠々騎士団」は彼らのいたずらのなかでも最高の一つを実行に移した。かつて戦争で捕虜になったあるスペイン人の老人がおり、彼は平和になってもフランスに残って、ささやかな穀物の商いをしていたのだが、この老人が早々と市に来て、空の荷車をイスーダンの塔の丘のふもとに置きっぱなしにしていた。マクサンスは誰よりも早くその晩そうと決められたとおり塔の丘の下に来た、すると次のような問いが声をひそめて投げかけられた、「今晩は、何をするんだ？」

「ファリオおやじの荷車があそこにあるが」と彼は答えた。「ぶつかってあやうく鼻を折るところだったぜ。あれをまず塔の丘の上に運びあげて、ようすを見よう」

リチャードがイスーダンの塔を建立したとき、すでに述べたように、彼が塔をうち立てるのに選んだ場所は、ローマの寺院とケルトの「ダン」があったところに立った教会堂の廃墟の上だった。これらの廃墟はそれぞれが何世紀もの長い期間を代表し、三つの時代の記念建造物が埋まった一つの山を形づくったわけである。獅子心王リチャードの塔は、それゆえ円錐の頂点にあり、この円錐の傾斜はどの部分も同じように急で、そこをよじ登らなければ、上までたどり着くことができない。てっとり早くこの塔の土台がどんなようすかわかってもらうためには、台座の上にのったルクソール（エジプトの遺跡）のオベリスクと比較するのがよいだろう。イスーダンの塔の台座は、当時あれほどの知られざる考古学的財宝を内に隠し、町に向いたほうは八十ピエの高さがあった。一時間の内に荷車は解体され、部品ごとに丘の上の塔の下まで運びあげられたが、その仕事ぶりは、大砲を持ち運んでアルプスのサン＝ベルナール山を越えたナポレオン軍兵士たちのそれを彷彿とさせるものだった。荷車は元通りの状態に戻され、仕事の跡がきれいさっぱり消えてなくなるように細心の注意が払われて、そのためにまるで悪魔の仕業か妖精の杖のひと振りでそこに運ばれてきたように見えた。このめざましい働きの後で騎士団員は腹も減り、のども渇いて、全員が〈ラ・コニエット〉に戻って、まもなく例の天井の低い小部屋でテーブルについていた。彼らは、ファリオのおやじが十時ごろ荷車を取りに来たらいったいどんな顔をすることかと、すでにいまから笑いころげていたのであった。

　もちろん騎士たちとて、毎晩欠かさずこんないたずらをしたわけではない。スガナレル、マスカリーユ、スカパンといったモリエールの名うてのいたずら者の天才をもってしても、年に三百六十もの悪ふざけを考えだすには充分ではなかっただろう。まず状況が常にそれを許すとはかぎらなかった。月明かりが皎々《こうこう》としていすぎたり、その前の悪ふざけが温厚な人々のあまりの怒りを買っていたりした。また親戚の者がねらわれる場合、団員の誰それが協力を拒むこともあった。しかしならず者たちは、毎晩〈ラ・コニエット〉

で顔を合わせはしないまでも、昼間に会って、秋ならば狩りや葡萄の収穫、冬ならばスケートといったふつうに許された楽しみにともにうち興じた。このように二十人ほど町の若者が集まって町の社会的無気力に抵抗するなかで、幾人か、ほかの者たちよりも緊密にマックスと結びつき、彼のことを崇めたてまつる者があった。マックスのような性格はしばしば若者を極端に走らせるのだ。ところでオション夫人の二人の孫、フランソワ・オションとバリュック・ボルニッシュは、マックスに盲目的に追随していた。この二人の若者は、マックスのルストー家とのあやしげな姻戚関係についてのこの地方の風説を認め、彼をほとんど従兄弟と見なしていた。それにマックスはこの二人の若者に、彼らの祖父のオションが出し渋る楽しみのための金を気前よく貸してやった。彼は二人を狩りに連れだして鍛えあげた。そのうえさらに、家族にはるかに勝る影響を二人におよぼしてもいた。この二人の若者はともに親をなくし、成年に達していたにもかかわらず、いまだに祖父のオション氏の後見下にあったが、その原因となった事情は、問題のオション氏が登場するとき、明らかになるであろう。

その夜、フランソワとバリュックは（物語をわかりよくするために、二人を名字抜きで呼ぶことにしよう）、一方はマックスの右、他方はその左に陣どり、テーブルの真ん中へんにすわっていた。八本一リーヴルのろうそく四本の煤けた明かりがテーブルを薄暗く照らしていた。一同が飲んだのはさまざまな種類の葡萄酒十数本というところだったが、それというのもせいぜい十一人ほどの騎士が集まっていたにすぎなかったからである。葡萄酒がまわって舌がほぐれてきたころ、バリュック、というこの名前はイスーダンに残るカルヴィニスムの影響をかなりはっきり示すものだが、その彼がマックスにいった。「うかうかしていると、本拠地で足元をすくわれかねないぜ……」

「それはいったいどういうことさ？」、マックスが訊ねた。

「じつは、祖母が名づけ子のマダム・ブリドーから手紙を受けとってね、それによると夫人が息子と一緒にやってくるというんだ。祖母は彼らを迎えるために昨日寝室を二つ用意させたよ」

「で、それがおれとなんの関係があるんだ？」、マックスはいって自分のグラスをとり、一気に飲みほして、おどけたしぐさでそれをテーブルに置いた。

マックスは当時三十四歳になっていた。ろうそくのうちの一本は彼のそばに置かれて、それが彼の軍人らしい顔に光を投げかけて額を照らしだし、顔の色の白さ、火のように燃える目、多少縮れ気味の輝くような漆黒の髪を、くっきり浮きたたせていた。その髪の毛は額とこめかみのうえで自然に勢いよく反りかえり、それでわれわれの先祖たちが五本の切っ先と呼ぶ黒い五つの舌のようなかたちを鮮やかに作りだしていた。この白と黒のいかにも際立った対比にもかかわらず、マックスの顔だちはいかにも柔和であった。その輪郭はラファエロが聖母マリアの顔に与えるかたちを思わせ、口元もかっこうよくととのい、唇に優美な微笑みがただよっていたので、そうしたところからこぼれるような魅力が感じられた（マックスははいつのまにか、しじゅう微笑みを浮かべるような、こうした物腰を身につけていたのだ）。ベリー人の顔にさまざまなニュアンスをつくり出す色つやのよさによって、上機嫌そうなようすがいっそう増してみえた。彼が腹を抱えて笑うときは、おしゃれな娘の口を飾っていてもおかしくない三十二本の歯がむき出しになった。マックスは身長五ピエ四プースほどで、みごとなまでに均整がとれ、太っても痩せてもいなかった。手入れの行き届いた手は白くてかなり美しかったが、足のほうは、いかにもフォーブール・ド・ローマや帝国軍歩兵ならではと思われた。彼はもしそうなっていたなら、まちがいなくみごとな少将ぶりを発揮し

彼はもしそうなっていたなら、まちがいなくみごとな少将ぶりを発揮したことだろう。

たことだろう。元帥の運命を担うにたる肩をもち、ヨーロッパじゅうのありとあらゆる勲章を飾るにふさわしい胸の厚さがあった。立ち居ふるまいには知性が満ちあふれていた。そのうえさらに、正式の結婚によらない子供がほとんどすべてそうであるように、マックスは生まれついての優美さに恵まれ、生みの父の高貴さが彼のなかに輝きでていた。

「マックス、それじゃきみは知らないのか」と、ゴデという名の、元軍外科医で町一番の医師の息子がテーブルの端から叫んだ。「オション夫人の名づけ子っていうのはルージェの妹だぜ。この女が息子の画家と一緒にやってきたのは、おっさんの残す相続財産をとり戻すためで、そうなれば、きみのもくろみもおじゃんってわけさ……」

マックスは眉をしかめた。それからテーブルのまわりの顔から顔へ視線を走らせ、この乱暴な呼びかけが彼らの精神のうえにおよぼした効果を推しはかった。そしてまたしてもこう答えた。「それがおれとなんの関係があるんだ？」

「でもな」とフランソワがふたたび口を開いて、「おれが思うに、もし老ルージェが遺言を撤回したら、――というのは、やつが『ラブイユーズ』のために遺言を書いていたとしたらの話だが……」

するとマックスはこういって、追随者の言葉をさえぎった。「ここに戻ってきたとき、おれはきみが『オション家の五人、サン・コション、五匹の豚の一人』なんてからかわれるのを聞いた。三十年このかたきみたちの名前についていわれつづけている駄洒落をもとにな。それで、きみに向かってそんなふうに呼びかけたやつのくちばしをへし折ってやった、そうだな、フランソワ。それもあんまりこっぴどくやっつけたので、それ以来、イスーダンでは誰一人そんな馬鹿なことは口にしなくなった、少なくともおれの目の前では！　それなのに、おれが惚れてることは誰もがご存じの女を指して、侮蔑的なあだ名を使うとは、ずいぶんな恩の返しようじゃないか」

フランソワはたったいま、イスーダンでもっぱら通用している、そのあだ名で女のことを呼んだわけだが、この女との関係について、マックスがこれほどはっきりした物言いをしたことはかつて一度もなかった。彼は船牢の元捕虜として充分に経験をつみ、近衛選抜歩兵の指揮官として名誉のなんたるかをよく心得ていたから、町の人々の軽蔑がどこに起因するか見抜くことができた。それゆえ彼は、誰であろうと、あのジャン＝ジャック・ルージェの女中兼愛人、尊敬すべきオション夫人から毒婦というなんとも強烈な呼び名をちょうだいしたフロール・ブラジエ嬢についての話を、ただの一言でも彼に向かってすることをけっして許さなかったのである。もっとも、マックスがあまりに神経をとがらせていて、彼がみずから口を開かぬかぎりこのことについて話などできないことは、誰もが承知していた。そして彼みずからこの話を始めることは、けっしてなかったのだ。さらに、たとえ親友であっても、「ラブイユーズ」について冗談をいって彼の機嫌をそこね、彼の怒りに身をさらすことは、あまりに危険が大きかった。ポテル少佐とルナール大佐、つまり彼がまったく対等のつきあいをしていた二人の士官の前で、マックスとこの娘との関係が話題になったおり、ポテルはこう答えた。「やつがジャン＝ジャック・ルージェと同じ種から生まれた弟だというなら、ひとつ屋根の下で暮らしても別に不都合はあるまい？」「それに、結局」とルナール大佐が続けて、「あの娘はたいへんな上玉だぜ。やつが惚れてどこが悪い？……ゴデの息子だって、マダム・フィッシェのお相手をせっせとつとめているのも、ご褒美に娘をいただきたい一心でだろう？」

こんなふうに当然の叱責を受けて、フランソワは自分の考えの筋道がわからなくなったが、マックスがやさしい口調で「続けてみな……」といったので、なおのこと混乱した。

「とんでもない、やだよ！」、フランソワは叫んだ。

「怒るのはまちがってるぜ、マックス」、ゴデの息子が叫んだ。「〈ラ・コニェット〉では、おたがいになにをいってもいいっていう約束だろう？　われわれのうち誰か、ここでいったり、考えたり、やったりすることを、ここ以外で洩らすやつがあったら、われわれ全員、そいつの不倶戴天の敵になるってことだろう？　町じゅうの人間がフロール・ブラジエのことを『ラブイユーズ』というあだ名で呼んでいる。このあだ名がうっかりフランソワの口から洩れたからといって、それが『悠々騎士団』への罪になりはしないだろう？」

「そうだな」とマックスはいった、「だが、われわれの個人的な友情への罪にはなる。あらためて考えなおしてみた。ともかくいまは『悠々騎士団』として活動中だ、そう思った。それで『続けろ』といったのだ」

深い沈黙がおおった。誰もがこの空白を気づまりに感じ、それでマックスが叫んだ。「おれ自身が続けてやろう、やつに代わって（動揺）、きみたち全員に代わって（驚き）！……きみたちが考えていることをいってやるよ（大きな動揺）！　それはこういうことだ、フロール、ラブイユーズ、ブラジエの阿魔《あま》、ルージェおやじの家政婦——ルージェおやじというのは、子供なんぞ絶対できっこないあの老いぼれの独り者のことを、みなそう呼んでいるから、おれもそういったまでだが——、どう呼ぼうと勝手だが、ともかくその女が、おれがイスーダンに帰って以来、おれの必要とするありとあらゆるものを用立てている、そうじゃないか？　毎月三百フランほど湯水のように使い、しょっちゅう今夜みたいにきみたちにおごってやったり、金を貸してやったりできるのも、マドモワゼル・ブラジエの財布から金を巻きあげているからだ、そうだろ？　実際そのとおりだ（大きな動揺）！　まさに然り！　嘘偽りはない！　そう、マドモワゼル・ブラジエはあの老いぼれの相続財産をねらっている……」

「あの女は、おやじも息子も手玉に取ったんだ」、ゴデの息子が隅のほうでいった。

「きみたちが思っているのは」、マックスはゴデの息子の言葉ににやりとしていった。「おれが、ルージエおやじが死んだあと、フロールと結婚するという計画を練っていて、で、おやじの妹とその息子のことはいま初めて聞いたんだが、そいつらがおれの未来をあやうくしてしまう、そういうことだな？」

「そのとおりだ」フランソワが叫んだ。

「このテーブルのまわりにいる者は、みなそう考えているよ」、バリュックがいった。

「なら、安心したまえ、諸君」マックスが答えた。「あらかじめ事情に通じていれば、二人分の力だって発揮できる！　ここで、『悠々騎士団』の面々にぜひお願いしたい。あのパリの連中を追い返すために『団』の助けが必要になったとき、手を貸してくれるか？……もちろん」と彼は全体の反応を見て、大急ぎでつけ加えた。「いたずらをするにさいして、われわれがみずからに課した制限の範囲内で、ということだ。おれが毒でも盛って彼らの命を奪うなんて思っているんじゃないだろうな？……さいわい、おれはそんな間抜けじゃない。それに結局、ブリドー親子が首尾よくやり、フロールの財産がいまのままでも、おれはそれで充分満ち足りている、わかるか？　おれはあいつに心底惚れていて、だからマドモワゼル・フィッシエなんかよりも、あいつのほうがいいのさ、もっともマドモワゼル・フィッシエがおれを望むかどうか、保証のかぎりではないが！……」

マドモワゼル・フィッシエはイスーダンでもっとも裕福な遺産相続者で、ゴデの息子がその母に熱心に言いよっていたが、そこには娘との結婚のもくろみがたぶんにからんでいた。率直さには大いなる価値が認められていたから、十一人の騎士たちは、まるで一人の人間のようにいっせいに立ちあがった。

「きみは、話のわかるやつだ、マックス！」

「よくいったぞ、マックス、おれたちは『悠々騎士団』ならぬ『厄介払い騎士団』になろうじゃないか！」

「ブリドー親子など、くそ食らえ！」

「あんなやつらは、ぎゅうぎゅう締めあげてやる！」

「だいたい、王が羊飼いの娘と結婚することなど、珍しくもない！」

「そうだ！　ルストーおやじだって、マダム・ルージェとねんごろになったんだ。ましてや家政婦には拘束もないし、縛りもない、なんの悪いことがあるか！」

「それに、死んだルージェはマックスの父親みたいなものだぜ、これは家族の問題ってわけさ」

「言論は自由だ！」

「マックス万歳！」

「偽善者どもをうち倒せ！」

「美人のフロールの健康を祈って、乾杯しよう！」

以上が、「悠々騎士団」の面々が口にした返答であり、喝采であり、乾杯の音頭であって、断っておかねばならぬが、これらの言葉は彼らのあまりにもだらけた道徳心にしたがって発せられたのである。マックスが、「悠々団」の親玉におさまることによっていかなる利益を得ていたかがこれでわかる。いたずらを考えだし、主だった家柄の若者たちに恩恵をほどこすことで、マックスは彼らを、いつの日かみずからの名誉を回復するための支えとしたのである。彼は優雅な物腰で立ちあがってグラスにボルドーの葡萄酒をなみなみと注ぎ、一同は彼が口を開くのを待った。

「諸君にご苦労をおかけ願うわけであるから、全員が、うるわしきフロールに勝るとも劣らぬいい女を手に入れられることを、おれとしては願ってやまない！　パリからやってくるという親類どもの闖入にかんしては、とりあえずなんの心配もない。今後のことは、なりゆきを見よう！……」

「ファリオの荷車のことを、忘れちゃいけないぜ！……」

「なあに、荷車は安全なところに置いてある」、ゴデの息子がいった。

「大丈夫、このいたずらのけじめは、おれに任せろ」、マックスが叫んだ。「朝早く市に来てくれ、そしておっさんが荷車を探しはじめたら、知らせてほしい……」

午前三時半の鐘の音が聞こえ、騎士団員たちはこっそりと外に出て、粗い布地の履き物のおかげで音ひとつ立てることなく、壁をつたって家まで帰った。マックスはぶらぶらとサン＝ジャン広場まで戻ってきた。サン＝ジャン門とヴィラット門のあいだのこのあたりは、町の山の手の一角で、裕福なブルジョワの住む地区だった。ジレ少佐は不安を押し隠していただけで、例の知らせは胸にぐさりと突き刺さっていたのだった。廃船の上というかその下で暮らして以来、彼はその堕落の深さにちょうど見あう程度に、本心をごまかすすべを身につけていた。はっきりさせておかねばならないが、ジレのフロール・ブラジエに対する情熱の中身とは、まず何にもまして、ルージェおやじの所有していた、土地を元手にした四万フランの年収にほかならなかったのである。彼の言動からすれば、ラブイユーズが将来の金銭的保証にかんしてどれほどの安心感を彼にもたらしたか見てとるのはたやすいことで、彼女はこの将来の保証を、老いぼれ男の甘い気持ちにつけ込んでわがものにしたのであった。しかしながら、法律の認める相続人が到着したという知らせは、フロールのふるう力に対するマックスの信頼を揺るがすていのものだった。十七年前から貯めこまれている金が、いまなおルージェ名義で投資されている。ところで、フロールがいうにはずっと以前から彼女に有利なように遺言状は作られているという話だが、よしんばこの遺言状が破棄されても、貯めこまれたこの金をブラジエ嬢の名義にしておけば、少なくともそれだけは手に入れることができるわけだ。

「あの馬鹿女、七年にもなるっていうのに、甥とか妹とかの話なんて一言もしたことがねえじゃねえか！」マルムーズ通りからアヴニエ通りに曲がりながら、マックスは大声でいった。「七十五万フランの金が、ブールジュやヴィエルゾンやシャトールーの十か十二のいろいろな事務所の株に投資されているが、これを一週間のうちに現金化したり、国債を買ったりなんて、とてもできっこない、こう耳ざとい連中の多い国じゃあ、すぐに知られてしまう。まずあの親類連中を片づけることが先決だ。だがやつらを厄介払いしたらすぐ、大急ぎで財産を現金に換えなくちゃな。まあ、じっくり策を練るとするか……」

マックスはくたくたに疲れていた。彼はルージェおやじの家に戻ると合い鍵を使ってなかに入り、音を立てぬまま横になってつぶやいた。「明日になれば、頭もはっきりするだろうよ」

四　ラブイユーズ

「ラブイユーズ」というあだ名がいかなる由来からサン＝ジャン広場の姫君《シュルターヌ》に付けられたのか、彼女がどうやってルージェ家にもぐり込んで女主人然としてふるまうようになったのか、述べておくのも無駄ではないだろう。

老医師、つまりジャン＝ジャックとブリドー夫人の父は、歳をとってようやく息子の無能さに気がついた。そこで彼は息子をかなり手荒くあつかい、多少でも知恵がつくようにと型どおりの仕事をやらせてみたのだが、それは結局そうと知らずに、首枷をはめてぎゅうぎゅう締めあげるていのどんなひどい強制でも息子が甘んじて受けるようになる、その準備をととのえたようなものだった。ある日、この狡猾であくどい老人は、いつもの見回りから戻る途中、ティヴォリ大通りで、草原の片隅にうっとりするような少女の姿を目にした。少女は馬の足音を聞きつけて、流れの底から身を起こした。この流れとは、イスーダンの高みから見ると緑色のドレスにつけられた銀色のリボンのように幾筋かの流れが分かれているのが見える、そのうちの一本で、娘はまるで川の妖精《ナイアス》さながら、およそ画家が夢見ることのできたなかでもっとも美しい処女の顔だちの一つを、突然、医師に示したのだった。ルージェ医師はあたり一帯のあらゆることに通じていたが、この奇跡のごとき美しさは予期せぬものだった。少女はほとんど裸同然で、暗褐色と白の縞模様の粗悪なウール地の、穴だらけでぼろぼろのみすぼらしい短いスカートを身につけていた。柳の

少女はほとんど裸同然で、暗褐色と白の縞模様の粗悪なウール地の、穴だらけでぼろぼろのみすぼらしい短いスカートを身につけていた。

若枝で結んだ一枚の大きな紙が、帽子の代わりをつとめていた。この紙には文字の練習のための線や丸がいっぱい書きこまれて、学童用紙という呼び名がいかにもふさわしかったのだが、その紙の下に、馬の尻尾を梳くための櫛でとかれた、イヴの娘が望みうるもっとも美しい金髪がくしゃくしゃにまとめられていたのであった。日焼けしたかたちのよい胸、かつてはマドラス布地のスカーフだったがいまはぼろ切れ同然になった肩掛けでわずかにおおわれた首筋のそこかしこに、日焼けしていない白い部分が見てとれた。スカートを足のあいだに挟みこんで腰のあたりまでたくし上げ、それをピンで留めて、それが何か泳者のパンツのように見えた。透きとおった水のおかげで見透かすことができる足の先からさらに上の部分まではじつに申し分のない優美さで、中世の彫像にも似つかわしいものだった。愛らしい身体が太陽にさらされて赤みをおび、それがまたいっそうの魅力をつけ加えてもいた。首筋や胸はカシミヤや絹でよそおわれるにふさわしかった。さらにこのニンフのような少女は青い目をもち、まつげがそこにおおいかぶさって、そのまなざしに出会うだけで画家や詩人なら思わず跪かずにいられなかっただろう。医師は解剖学に通じていたから、娘の悩ましい体つきをすばやく見てとって、この魅惑的なモデルが畑仕事で自分の魅力を台なしにしてしまったら、「芸術」がいかに多くのものを失うかを理解したのだった。

「おまえ、どこから来た？　見かけん顔だが」、当時七十歳になっていた老医師はいった。

このできごとが起こったのは、一七九九年の秋のことである。

「ヴァタンから」、娘は答えた。

町の人間の声を耳にして、そこから二百ピエほど流れをのぼったところにいる顔色の悪い男が顔をあげた。

「おうい、フロール、何してる？」、男は叫んだ。「川揉みせずにぺちゃくちゃお喋りか。売り物が逃げちまうぞ！」

「で、ヴァタンからここに何しにやってきたんだ？」、医師は乱暴な呼びかけを意に介さず、訊ねた。

「あそこにいるブラジエおじさんのために、川揉みしてんの。」

川揉《ラブイエ》みとはベリー地方の方言で、いわんとするところを鮮やかに描きだす言葉である。一本の太い木の枝についた小枝をラケットのかたちに広げ、それを使って流れの水を掻きまわして濁らせることをいう。この操作に驚かされたザリガニは方向感覚を失い、あわてて水の流れをさかのぼり、前後の見境なく、漁師がしかるべき位置に置いた罠のなかに自分から飛びこんでしまう。フロール・ブラジエは、汚れのないいかにも自然で優美なしぐさで、川揉み用の枝《ラブイヨワール》を手に持っていた。

「だが、おまえのおじさん、ザリガニを捕る許可をとったのか？」

「おいおい、わしらは一にして不可分の共和国にいるんじゃないんか?」、ブラジエ叔父がその居場所から叫んだ。

「もう総統政府の時代だぞ」と医師はいい返し、「ヴァタンの者がイスーダン町の領分に来て漁をすることを許す法律など、わしは知らぬ」と答えた。「おまえ、母親はいるのかい？」

「いいえ、いないわ。父はブールジュの気違い病院にいる。畑に出て日射病になって、それからおかしくなっちゃったの……」

「稼ぎはどれほどだ？」

「川揉みをするあいだは日に五スーぐらい。十五里ぐらい先のラ・ブレンヌの沼地まで川揉みしに行くの。採り入れのころは落ち穂を拾う。冬は機織りね」

「歳は十二ってとこか……」

「ええ、そうよ……」

「わしのところに来んかね？　腹一杯食えるし、いい洋服を着て、きれいな靴をはけるよ……」

「冗談じゃないぜ、姪にはおれと一緒にいてもらう。神とニンゲンたちの前で、面倒をみると誓ったのだ」、ブラジエ叔父は、医師と姪に近寄ってきていった。「わしは姪の後見人ってわけなのさ！」

医師は笑いをこらえて重々しいようすを保ったが、実際ブラジエ叔父を見て笑いださずにすむ者など、一人としていなかっただろう。この後見人は雨と太陽でぼろぼろになった百姓の帽子を頭にのせていたが、白い糸でかがったその帽子ときたらまるでキャベツの葉のような格好で、その上に毛虫の数匹ほどは住んでいてもおかしくはなかった。帽子の下にはどす黒く落ちくぼんだ顔が見え、そこで口、鼻、両目が四つの黒点を形づくっていた。みすぼらしい上着は敷物の一部のようだったし、ズボンは雑巾用の布きれでできていた。

「わしは医者のルージェという者だ」、医師はいった。「おまえさん、この娘っ子の後見人だというのだから、サン＝ジャン広場のわしの家までこの子を連れておいで。おまえさんに損はさせんよ、それからこの子にもな……」

そしてルージェ医師は返事の言葉も待たず、ブラジエ叔父が美しいラブイユーズを連れて彼の家を訪れてくることを確信して、イスーダンまで馬をとばした。実際医師がテーブルにつくと、料理女が市民および女市民ブラジエの来訪を告げた。

「坐りなさい」、医師は叔父と姪にいった。

フロールと後見人はあいかわらず裸足のまま、医師の広間を眺めて目を白黒させていた。そのわけは以下のとおりである。

ルージェがデコワン夫妻から相続した家は、貧相な菩提樹が何本か植わった、ひどく細長い四角形のサン＝ジャン広場の真ん中を占めている。このあたりの家々はほかのどんなところよりも立派な造りで、デコワン夫妻の家はなかでももっともみごとなものの一つだ。この家はオション氏の家のまん前に位置し、二階の正面に三つの窓があって、一階の正門から中庭に入ることができ、その先には庭が広がっている。正門の丸天井の下には大広間に通じる扉があり、大広間へは通りに面した二つの窓から光が射しこんでくる。厨房はその後ろがわにあるが、二階とその上の屋根裏部屋に通ずる階段によって大広間からは隔てられている。厨房の角に、薪置き場、洗濯小屋、物置が並び、その上は燕麦、干し草、藁をしまう納屋になっていて、そこで当時は医師の使用人が寝起きしていた。百姓娘とその叔父があれほど感嘆した広間は、ルイ十五世時代のような彫刻がほどこされ、灰色に塗られた羽目板によって飾られていた。さらに大理石のみごとな暖炉もあったが、その暖炉の上には、縁に彫刻がほどこされて金箔が張られた、天井までとどく大きな鏡がしつらえてあって、フロールはそこに姿を映してみたりした。羽目板の上に数枚の絵があいだをおいて掛けられていたが、これらはみなデオルス、イスーダン、サン＝ジルダス、ラ・プレ、シェザル＝ブノワ、サン＝シュルピスの僧院、ブールジュやイスーダンの修道院の遺物だった。これらの僧院や修道院は、歴代のわが国の王たち、信者たちが気前よく寄贈した高価な施し物やルネサンス期のすばらしい作品の数々のおかげで富を貯えていたのだ。

そんなわけで、デコワン夫妻が持ちつづけてきて、ルージェの手に渡った絵のなかには、次のような逸品が含まれていた。アルバーニの『聖家族』、ドメニッキーノの『聖ジェローム』、ジョバンニ・ベリーニのキリストの頭部、レオナルド・ダ・ヴィンチの『聖母像』、ティツィアーノの『十字架を背負うキリスト』（これは、ルイ十三世時代、攻囲を受けてそれを持ちこたえたあげく首をはねられた、あのブラーブルの侯爵が所有していた）、パオロ・ヴェロネーゼの『ラザロ像』、『ジェノバの司祭』ベルナルド・ストロッツィの『聖母の結婚』、ルーベンスの教会絵画が二枚、ペルジーノ自身かあるいはラファエロによるペルジーノのある絵の模写、そしてコレッジオが二枚とアンドレア・デル・サルトが一枚。デコワン夫妻は三百枚ほどの教会絵画のなかから、その値打ちがわからぬまま、もっぱら保存状態だけを見てこれらの宝物を選びとったのだった。立派な額で飾られたものもあったし、それだけでなくガラスの覆いのついた絵も幾枚かあった。デコワン夫妻がこれらの絵を自分のものにしたのは、まさに額のみごとさゆえであり、またガラスの覆いがいかにも値打ちの高さを示しているように思われたためであった。この広間の家具は、今日ならきわめて高く値踏みされるにちがいないが、当時のイスーダンでは二束三文の値打ちしかなかった。暖炉の上に壮麗な六枝の銀の燭台が二つ並び、そのあいだに置かれた大時計は僧院らしい荘厳さが売り物で、ブール（一七世紀の有名な象嵌職人）の作風が感じとれた。彫刻のほどこされた数脚の樫の肘掛け椅子は、いずれも、幾人かの身分の高い婦人たちが丹精こめて織りあげたタピスリーが張られ、今日なら高い値がついただろう。それらの肘掛け椅子の上部にはいずれも冠や紋章の装飾がほどこされてあったからだ。二つの窓のあいだにはある城からきた豪華なコンソールテーブルがあり、その大理石の上には中国の大壺が置かれて、医師はそこに煙草を入れていた。医者もその息子も料理女も召使いも、これらの貴重品を大事に扱っていなかった。暖炉の刳《く》り型には金箔が張られ、緑青色の縞模様が入っていたが、この洗練をきわめた優美な造りの暖炉にも、平気で唾が吐きかけられた。なかば水晶、なかば花型の磁器でできた美しいシャンデリアは、それがつり下がっている天井同様、黒い点々で覆われ、蠅たちがしたい放題やっていることが歴然と示されていた。デコワン夫妻は、一時的に聖職禄を受けているどこかの修道院長のベッドからはぎ取ってきた金糸、銀糸の模様の入った絹のカーテンを窓に掛けていた。扉の左手には数千フランはくだらぬ値打ち物の古い簞笥があって、食器棚として使われていた。

「なあファンシェット」、医師が料理女にいった。「グラスを二つ頼む……それと酒のいいやつだ」

ファンシェットはベリー地方在のでっぷり太った女中で、ラ・コニエットが来る前は、イスーダン一の料理女として通っていた。彼女は大急ぎで駆けつけてきたが、そのすばやさからは医者の専横ぶりが見てとれ、それとともに、彼女自身いくらか好奇心を抱いたらしいことがうかがわれた。

「おまえさんのところでは、葡萄畑一アルパン（アルパンは旧面積単位で、ところによって異なるが、地方では約五十アールに相当する。）はいくらするね？」、医者はブラジエ叔父のグラスに酒をつぎながらいった。

「銀貨で百エキュだな……」

「それなら、姪を女中としてわしのところにおいて行かんか。給料として百エキュ出すし、後見人のおまえさんにも百エキュ払おう……」

「毎年ですかい？……」、ブラジエは目を受け皿のようにまんまるく見開きながら、いった。

「すべてはおまえさんの心がけしだいだが」、医師は答えた。「この子はみなし子だ。十八になるまでは、自分ではびた一文受けとれない」

「こいつ、いま十二だで、そうすっと六アルパンの葡萄畑ってことになるな」、叔父がいった。「こいつは気だてもええ、羊ッ子みてえに心もやさしい。身体はえれえ丈夫で、すばしっこいし、いうこともよく聞く……かわいそうに、死んだ兄貴にゃ、目ん玉に入れても痛くねえかわいい子だったがなあ！」

「それに一年分は、前払いしてやろう」、医者はいった。

「そういうこったら」、叔父はそこでいった。「二年分払ってくれりゃあ、こいつを置いて行きますよ。わしんちにいるより、こいつもここのほうがよかろうぜ。なんせうちじゃ、かかあがこいつを殴りやがるんで、こいつもたまんねえんだよ……こいつの面倒見るのは、わしっきゃいねえです。まるで生まれたばっかりの赤ん坊みたいに罪がねえし、純真無垢そのものなんだがなあ」

医者はこの最後の文句を聞いていて、罪がないという言葉に心打たれ、ブラジエ叔父に合図をして連れだって中庭におりて、そこから庭に出た。ラブイユーズは料理が並んだテーブルを前にほうっておかれたが、ファンシェットとジャン＝ジャックのあいだに挟まって、二人から根ほり葉ほり訊ねられるがままに、どのようにして医師と出会ったのか無邪気に話してきかせた。

「さあ、おまえ、これでお別れだ」、ブラジエ叔父が戻ってきて、フロールの額に接吻しながらいった。「貧乏人にとってありがてえ父上様のような、この親切でご立派なお方の家に置いてやるのだから、おまえはわしによっぽど恩義を感じにゃいかんぞ。わしのときと同じようによくいうことをきけ……おとなしくいい子でいて、なんでもお望みのとおりにするんだ……」

「わしの上の部屋を支度しろ」、医者はファンシェットにいった。「今夜からこのフロールはそこに寝かせる。フロール、花の女神《フローラ》とはよく名づけたものだよ。明日、この子のために靴屋と仕立て屋を来させよう。すぐにこの子にも食事を出してやれ、一緒に飯を食うんだから」

その夜、ルージェ医師の家にラブイユーズが住みこんだという話題で、イスーダンじゅうがもちきりになった。このラブイユーズというあだ名は、何かと人を物笑いの種にするこの地方で、ブラジエ嬢が幸運を得る以前も、得たときも、また得たのちも、かわらず彼女に残ったのだった。

医者が望んでいたのはまちがいなく、ルイ十五世がド・ロマン嬢のために大がかりにしたことを、フロール・ブラジエのために小さい規模ですることだったが、しかし始めたのがあまりに遅かった。ルイ十五世はまだ若かったけれども、医師は老年真っ盛りだったのだ。十二歳から十五歳まで、かわいらしいラブイユーズは混じりけのない幸福を味わった。身ぎれいにしてイスーダン一の金持ちの娘よりもずっといい服を着、さらに医師が勉学に励ませようと買いあたえた金時計や宝石を身につけていた。彼女には、読み書き計算を教えるために雇われた先生が一人ついていたのである。しかしほとんど動物のような百姓の生活がフロールのなかに知の苦き壺へのあまりに大きな嫌悪を植えつけてしまったので、こうした教育にかんしては、医師はほどほどに切りあげるほかなかった。この女の子について、彼女をあか抜けさせ、知識をあたえ、訓練する、それも医師にそのようなやさしい心根などあるはずがないと思われていただけにいっそう心を打つ気遣いをもってそのようにする、という医師のもくろみは、口さがない町のブルジョワ連中によってあれこれ解釈されて、そして彼らのそうした陰口こそが、マックスやアガトの出生についてと同様、致命的な過ちをまことしやかに真実として流布させたのであった。小さな町の公衆にとって、たった一つの事実からさまざまな揣摩憶測《しまおくそく》が生まれ、相矛盾した解釈が横行し、ありとあらゆる仮定がなされるなかで、真実を見抜くのは並大抵のことではない。「地方」というものは、かつてチュイルリの広場「プティット・プロヴァンス」に集まる政治家たちがそうだったように、すべてを説明することを望んだすえに、すべてを知ってしまうものだ。だが人はそれぞれ、事件において自分が気に入った一面に固執する。人はそこに真実を見、それを誇示し、自分の解釈を唯一正しいものとみなす。それゆえ真実は、小さな町のすべてお見通しの生活、スパイ行為にもかかわらず、しばしば覆い隠されてしまうのであり、それが真実として認められるためには、もはや真実などどうでもよくなるまで待つための時間か、あるいは歴史家や卓越した人物がみずからを一段と高い視点に置きつつわがものとする公平無私な見方が、必要とされるのである。

「あんな老いぼれ猿が、あの歳で、十五歳の女の子に、いったい何ができるというんです？」、ラブイユーズの到着から二年後、そんなことがいわれた。

「なるほどそうですね」、もう一人が答えて、「もうとうの昔に、やつの盛りの年は過ぎていますものな」

「いやね、医師は息子の馬鹿さ加減にいらだっているし、娘のアガトにはあいかわらず憎しみを抱いたままなんですよ。そういう困った状態にあって、この二年間、やつがあんなに品行方正に暮らしてきたのは、たぶん、マックスのように敏捷で丈夫で元気のいい立派な男の子をあの子に産ませて、あの子と結婚するためなんでしょう、それ以外にないやね」、うがった見方をするある人物はそう評した。

「いい加減なでまかせはやめてほしいね。ルストーやルージェが一七七〇年から一七八七年までしていたような、あんな暮らしを送ったあとで、七十二歳にもなって子供をつくったりできるものだろうか？　まあ、あの食えない爺さんのことだ、旧約聖書でも読んだんじゃないか、医者の見地からにすぎないかもしれないが。ダヴィデ王が老年の血をふたたび沸きたたせようとする、あの『列王記』のくだりなんかをね……せいぜいそんなところじゃないですか」

「噂じゃブラジエは、ヴァタンで酔いにまかせて、あの爺さんをうまく丸めこんでやったって自慢しているそうじゃないか！」、もっぱら物事の悪い面ばかり見たがる人間の一人が叫んだ。

「それにしてもあなた、イスーダンで口端にのぼらぬことなど、ひとつもないね」

医師は一八〇〇年から一八〇五年まで五年にわたって、ド・ロマン嬢の野心と思いあがりが「最愛の王」ルイ十五世に引き起こしたといわれる悩みを知ることなく、よろこんでフロールの教育にいそしむことができた。幼いラブイユーズは、医者の家に自分がいる状態を、ブラジエ叔父と一緒だったならば送っていたはずの生活にひき比べて、満足このうえない気持ちでいたので、主人のさまざまな要求に、オリエントの女奴隷がそうしただろうように唯々諾々と従ったことはまちがいない。田園詩の作者や博愛家には申し訳ないけれども、田舎者たちはある種の徳にかんして、ほとんどなんの理解もない。そして彼らの場合、細かな気配りは利害の絡んだ考えから来るのであって、善や美の感情からではないのである。彼らは貧困、絶えざる労働、困窮を目的として育てられ、こうした未来しかないゆえに、とりわけ法がそれに反対しない場合は、飢えや永遠の労苦から自分を引き出してくれるものならすべてが許されると考えるようになる。例外はあるにせよ、ごくわずかにすぎぬ。社会的にいえば、徳は安楽の伴侶であり、教育とともに始まるのだ。したがってラブイユーズは、その品行は宗教の目から見れば、疑問の余地なく責められてしかるべきだったにもかかわらず、十里四方のあらゆる娘たちの羨望の的になっていた。フロールは一七八七年に生まれ、一七九三年から一七九八年まで、革命の乱痴気騒ぎのなかで育ってきたが、この騒ぎの反響は、司祭もおらず、礼拝も祭壇も宗教的儀式もないあれらの田舎にもおよんだのであり、そこでは結婚は合法的な交合にすぎず、革命時代の価値基準が深く刻みこまれたままになっていた。「反抗」が習い性になっているイスーダンのような地方ではなおさらのことだ。一八〇二年、カトリック的な礼拝はまだほとんど復興されていないに等しかった。ナポレオン皇帝にとって、司祭を見つけることは、困難な事業であった。一八〇六年、フランスの多くの教区には司祭がいなかったが、断頭台で刑に処された聖職者の再結集は、あれほど急激な分散のあとでは、遅々として進まなかったのだ。それゆえ一八〇二年にフロールを咎めることができたのは、彼女の良心以外には何もなかった。だがブラジエ叔父が後見人をつとめていたこの孤児において、良心は欲得よりも力が弱かったのではあるまいか？　さまざまな事情から想定されるように、破廉恥な医師が十五歳の娘に手を出さずにいたのは、年齢のせいというだけの話にちがいないが、ラブイユーズはそれでも、この地方の言い方でいえば、食えない女として通っていた。とはいえ、医師が何かと気を配ったり面倒をみたりするのをやめたということで、彼女の無垢が証明されると思いたがる人も何人かはいた。医師が死ぬ二年ほど前から、二人の間柄はたんに疎遠になるという以上の冷えきり方だったのである。

老ルージェはいままで相当な数の人間の命をわが手にかけて奪ってきたから、自分の最期が近いことはちゃんと見通していた。ところで、彼が百科全書派の哲学者然としたマントに身をつつんで死の床についているのを見て、公証人は、当時十七歳だったこの娘のために何かしてやるように彼をせかした。

「では、自由の身にしてやろう」、彼はいった。

この言葉は、返事を返すその相手の職業そのものをどんなときでも皮肉に当てこすらないではいない、この老人の性格を如実にあらわしている。いつでも――時宜にかなった個人的な利害にもとづいているときはとりわけ――機知に理があるとされる、そんな土地柄にあって、彼はみずからの悪行の数々を機知にまぎらすことで大目に見てもらっていた。公証人はこの言葉のなかに、放蕩のたくらみが自然によってまんまと裏をかかれた一人の男の鬱屈した憎悪の叫び、不能な愛が無垢な思い人に対してする復讐を見てとった。こうした見方は医師のかたくなな態度によっていわば裏づけを得たのだが、彼はラブイユーズに何一つ残さず、公証人がそのことについてふたたび念を押すと、苦々しい笑みを浮かべてこういったのだった。

「あいつは美人だというだけで、充分な財産をもっておるよ！」

ジャン＝ジャック・ルージェは、フロールが泣いたにもかかわらず、父の死に涙一つこぼさなかった。老医師は息子を、とりわけ彼が成年に達して以来ずいぶん不幸せにしたのであって、ジャン＝ジャックが成年に達したのは一七九一年のことだった。いっぽう彼は幼い百姓娘に物質的な幸福を与えてやったわけだが、それは田舎の人間にしてみれば、幸福の理想にほかならなかった。故人の埋葬のあとで、ファンシェットがフロールに訊ねた。「さて、旦那様もお亡くなりになったし、あんたこれからどうするね？」するとジャン＝ジャックの目がきらりと光り、生まれてはじめてその動きを欠いた顔が生気づいてある考えに照らしだされたように見え、そしてある感情がそこにきざしたのだった。

「ちょっとはずしてくれ」、彼はちょうどテーブルを片づけようとしていたファンシェットにいった。

十七歳という年齢で、フロールはまだほっそりした体躯と顔だちを保っており、それこそが医師を魅了した抜きんでた美貌なのだったが、社交界の婦人たちが保つすべを心得ているこうした美貌も、百姓女にあっては野の花と同じように早々と色褪せてしまう。いっぽう、野に出て太陽のもとで不自由に耐えながら仕事にいそしむ生活を送らずにすむ美しい田舎の婦人たちがみな襲われるあの肥満の傾向が、すでに彼女には認められた。胴回りが厚みを増していた。むっちりした色白の肩はいくつもの豊かな面となり、すでにくびれのできた首筋になめらかにつながっていた。だが顔の輪郭は清らかなままだったし、顎もまだほっそりしていた。

「フロール」、ジャン=ジャックはうわずった声でいった。「あなたはこの家にすっかり馴染んでいるよね？」

「はい、ジャン様……」

思いの丈をうち明けようとするその段になって、遺産相続者はついいましがた葬られた死者の思い出のために舌がこわばるのを感じ、父はいったいどの程度まで礼節を守っていたのだろうかと、考えずにいられなかった。フロールはその愚鈍ぶりに気づくことができぬまま新しい主人を見つめ、ジャン=ジャックの口がふたたび開くのをしばらく待った。しかし彼が執拗に守りつづける沈黙をどうとっていいかわからず、そのまま彼のもとを辞してしまった。ラブイユーズが医師からどのような教育を受けていようと、彼女がジャン=ジャックの性格を理解するには、何日かの時間の経過が必要であった。以下、手短にその話をしておこう。

父が死んだときジャン=ジャックは三十七歳だったが、まるで十二歳の子供のように臆病で、父親のしつけに従順だった。たとえこうした性格や、この物語で語られるさまざまな事実を認めようとしない人々がいても、これほどまで臆病だったということから、彼の幼年期、青春、生涯をおわかりいただけるのではあるまいか。悲しいかな、このようなことはじつにありふれていて、王族のあいだにすら見いだされる。というのも、イギリスの元女優ソフィー・ドーズが、コンデ家（ブルボン家の傍系の一族）の最後の末裔ブルボン公によって引きずりこまれたのは、ラブイユーズよりもっとやっかいな状況だったからだ。臆病さには二種類ある。精神の臆病さと神経の臆病さ、身体的な臆病さと心的な臆病さである。これらはおたがいにまったく関係

父が死んだときジャン=ジャックは三十七歳だったが、まるで十二歳の子供のように臆病で……

がない。身体が恐怖におののいているのに、精神は落ちついて勇気に満ちているということもありうるし、その反対もありうる。このことは心にまつわる多くの不可解な事実の謎を解く鍵となる。この二種類の臆病さがある男のなかで一つに結びついている場合、彼は生涯にわたってくず同然のままだろう。このような完璧な臆病さは、われわれが「あれはとるに足らぬやつだ」といったりする連中の臆病さである。こんなとるに足らぬ無能な人間のなかに、たいへんな美質が押さえつけられたまま隠れていることがよくある。恍惚のなかに生きた何人かの僧が生まれたのは、もしかしたらこうした二重の弱さのおかげかもしれない。この不幸な身体的かつ心的性向は、身体諸器官や魂の完全さによって産みだされることもあるし、いまだ気づかれていない欠陥による場合もある。ジャン=ジャックの臆病は、彼の諸能力が惰眠をむさぼったまま放っておかれたためのもので、偉大な教師かあるいはデプラン（人間喜劇きっての名医の一人）のような名外科医だったら、その能力を目覚めさせてくれたかもしれない。彼のなかでは、痴呆病者《クレチン》と同様、知性には欠けている力強さと機敏さがもっぱら官能的な感覚にのみそなわっていた、もっとも、普通に生活を送ってゆくほどの常識は残っていたが。若者なら誰しも情熱がほとばしり出るときには理想の導きがあるものだが、彼の情熱の激しさにはそうしたことはみじんもなく、それだけにいっそう臆病がひどくなった。イスーダンのどんな女性に対してであれ、彼は、くだけた表現でいえば、言い寄る決意を固めることができなかった。ところで、若い娘にせよ、町の女にせよ、さして上背もなく、態度もおずおずとぎこちなく、器量も十人並の若者に自分のほうから近寄ってゆくはずもなく、それに器量は十人並といっても、その顔はひしゃげたような目鼻だちや青白い顔色のために早々と老けこんでいて、そうでなくても、薄緑色の大きな飛びでた目のためにかなり醜い顔といってもよかった。実際このあわれな青年は女性が一緒だとまるで能がなくなってしまい、情熱に激しく駆りたてられるのを感じるいっぽうで、ろくな教育を受けなかったせいでほとんどなんの考えも浮かばぬまま、遠慮がちになってしまうのだった。二つの等しい力のあいだで動きがとれず、なんといったらよいかもわかぬまま、問いを投げかけられるのではないかとびくびくしていた。それほどまでに返答するのが怖かったのである！ 欲望というものはあれほどすばやく舌をなめらかにするものだが、彼にあってはただ舌をこわばらせるだけだった。それゆえジャン＝ジャックは一人ぼっちでいて、みずから孤独を求め、それでいっこうに気づまりになることもなかった。

医師はこうした気質や性格によって人間がすっかり荒みきってしまったのを見てとったが、処置をほどこすにはもはや手遅れだった。できれば息子を結婚させたいとも思った。しかしそうすれば彼を、たぶん絶対的といってもいいある女の支配にゆだねることになるわけで、二の足を踏まざるをえなかった。それは彼の財産の管理を、見知らぬ女、見ず知らずの娘の手にむざむざまかせてしまうことではないだろうか？ ところで医師は、「若い娘」のころにいくらつぶさに調べあげても、「女」になってからの人柄について正確な予測を得るのがどれほど困難か、心得ていた。したがって彼は、受けた教育やものの見方が彼に保証を与えてくれそうな相手を探すいっぽうで、息子を吝嗇の道に突き進めようと意を砕いたのである。そうすることで彼は、この世間知らずに一種の本能のようなものを与えられはせぬかと願っていた。彼はまず息子を機械的な生活に慣れさせ、毎年の収入をどう投資したらよいかについてあらかじめ決まった考えを伝授した。そのうえ彼に、状態もよく長期の賃貸契約が結ばれている土地をまかせて、土地財産の管理にまつわる主要な困難に出会わずにすむようにしてやった。しかしながらこのあわれな男の生涯を支配することになる真実は、これほどそつのない医師の鋭い眼力をもってしてもとらえることができなかったのだった。臆病さは感情を押し隠すことに似ていて、それと同じほどの深みをもっている。ジャン＝ジャックはラブイユーズを狂おしいまでに愛していたのだ。もっともそれは至極当然のことではあった。フロールは、この青年のそばにいて気兼ねなく目をやることができる唯一の女性であり、こっそり見つめようが、四六時中眺めまわそうが、思うがままだったのである。彼にしてみれば、フロールは父の家を明るく照らしてくれ、また自分ではそれと知らず、彼の青春を輝かせる唯一の楽しみを与えてくれた。彼は父を嫉妬するどころか、父がフロールに与える教育に心底満足していた。彼に必要だったのは、まさにこちらから言いよったりする面倒のない、お手軽な女性ではなかっただろうか？　ご注意願いたいが、情熱というものはそれにふさわしい頭をそなえているもので、世間知らずだろうが、愚か者だろうが、とるに足らぬ人間だろうが、とりわけ若いころには、一種の知性をもたらすものだ。どれほど粗暴な人間のなかにもつねに動物的本能が見いだされ、それは、持ちつづけられれば思考に似てくるのである。

フロールは主人の沈黙ゆえにあれこれ思い悩まざるをえなかったが、翌日、何か重大な通知があるものと思って待ちかまえていた。ところがジャン＝ジャックは彼女にまとわりつき、いやらしい表情を浮かべてこっそり彼女を見つめるだけで、何一ついいだせないのだった。ようやくデザートのときになって、主人はまたしても昨夜と同じ場面を繰り返しはじめた。

「ここは居心地がいいだろう？」、彼はフロールにいった。

「はい、ジャン様」

「それなら、ずっといていいいんだよ」

「ありがとうございます、ジャン様」

この奇妙な事態は三週間続いた。物音一つしない静まり返ったある夜、フロールは偶然目を覚まし、規則正しい人間の息遣いを扉のところに聞きつけ、そして踊り場にジャン＝ジャックが犬のように寝ころがっているのを見つけてぞっとした。寝室を覗くために自分で下の方に穴をあけたにちがいなかった。

「この人、わたしが好きなんだ」、彼女は思った。「でも、こんなことやってたら、リューマチにかかっちゃう」

翌日フロールは、主人を意味ありげにじっと見つめた。ものいわぬ、ほとんど本能だけのこの愛は彼女の心を動かし、彼女はこのあわれな世間知らずを前ほど醜いと思わなくなった。だが彼のこめかみと額は潰瘍のような吹き出物に覆われ、環状の発疹もあらわれていて、それは汚れた血の徴しなのであった。

「どうだ、畑仕事には戻りたくないだろう？」、二人きりになると、ジャン＝ジャックが彼女にいった。

「なぜそんなことをお訊ねになるのです？」、彼女はジャン＝ジャックを見つめていった。

「ただ聞きたいからさ」、ルージェはゆでたオマールエビのように真っ赤になっていった。

「わたしを戻したいとお思いなの？」、彼女が訊ねた。

「いや、ちがうよ」

「それなら何をお聞きになりたいの？　何か理由がおありなのね……」

「そうだ、わたしが知りたいのは……」

「なんなの？」、フロールがいった。

「きっといっちゃくれないよ！」、ルージェがいった。

「いいえ、いいますわ、汚れなき乙女の名誉にかけて……」

「え、そうか！」、びくっとしてルージェはつづけた、「あなたは『汚れなき乙女』というんだね……」

「当たり前じゃないの！」

「ほ、ほんとうなのか、それ？……」

「そういってるじゃありませんか……」

「そうかい？　おじさんに連れられてきて、裸足でそこにいたときと同じ身体のままか？」

「まあ、なんて質問なさるの！」、フロールは顔を赤らめながらいった。

遺産相続者は衝撃を受けてうなだれたまま、首をあげようともしなかった。フロールはこれほど男冥利につきる返事をしてやったのに、相手がその返事を受けとってこのように落ちこむのを見て呆気にとられ、そのまま引きさがった。三日後、同じぐらいの時刻に——というのも、両者ともデザートの場を互いに戦場と決めているようだったのだ——、フロールのほうからまず口火を切って主人にいった。「何かわたしにご不満でもおありなの？……」

「い、いやちがう」、彼は答えた。「そうじゃない……（間）その逆だ」

「このあいだ、わたしが汚れのない身とお知りになって、困ったようなごようすでしたけれど……」

「ちがうんだ。ただちょっと知りたいと思っただけなんだよ……（ふたたび間）だがいってはくれまいなあ……」

「誓って」、彼女はつづけた。「洗いざらいほんとうのことをいいますから……」

「洗いざらいほんとうのことって……父についてもかい……」、彼はかすれ声でいった。

「お父様は」、彼女は主人の目をのぞき込むようにしていった。「ご親切な方でした……冗談がお好きで……そうね……ほんのちょっとだけ……いえ、たいしたことじゃないんですけど……何くれとなく面倒をみてくださって……まあたしかに、ジャン様に対してはどこかしら、含むところがおありだった……ええ、よくないもくろみをもっていらした。よくわたしを笑わせてくださったわ！……それだけです……ほかに何か？……」

「そういうことなら、フロール」、遺産相続者はラブイユーズの手をとっていった。「父はあなたにとってなんでもなかったというのだから……」

「なんでもなかったって、ずいぶんなおっしゃりようですこと！」、乙女が不当な勘ぐりを受けてさも傷つけられたといった調子で、彼女は叫んだ。

「だから、聞いておくれ」

「あの方はわたしの恩人、ただそれだけです。ええ、そりゃあわたしのことを妻にしたいとお思いになったかもしれません……でも……」

「でも」、ルージェは、フロールがいったん引っこめた手をふたたびとっていった。「父はあなたにとってなんでもなかったのだから、あなたはここでわたしと一緒になってもかまわないよね？……」

「もしそうお望みでしたら」、彼女は目を伏せて答えた。

「いやそうじゃない、あなた次第だ」、ルージェがふたたびいった。「あなたさえよければ……ここの女主人になってもらってもいいんだ。ここにあるものはすべてあなたのものになるし、わたしの財産の管理をしてほしい。ほとんどあなた自身の財産も同然なのだからね……なぜって、あなたを愛している、あなたがはじめて、ほらそこに、裸足で入ってきたときからずっと、愛していた」

フロールは口をつぐんだままだった。沈黙が気づまりになると、ジャン＝ジャックは次のようなおぞましい理屈を持ちだしてきた。「なあ、なんといったって、畑に戻るよりはましだろう？」、彼は興奮もあらわに訊ねた。

「ほんとうに、ジャン様、お気に召すようになさって」、彼女は答えた。

しかしながら「お気に召すようになさって」といわれたにもかかわらず、状況ははかばかしい進展を見せなかった。こういう性格の男たちには確証が必要なのだ。愛を告白するさいに彼らはたいへんな努力を払わねばならず、その苦労たるや並大抵のものではないので、また同じことを始めるなんてとうていできるはずがないのが彼らにはわかっている。彼らが自分を受け入れてくれた最初の女にしがみつくのはそのためだ。できごとは、結果からさかのぼって初めて理解することができる。父の死から十カ月たって喪が明け、ジャン＝ジャックはすべてが変わった。青白く、色つやが悪く、おまけにこめかみや額の吹き出物でなおいっそう醜さを増していた彼の顔が輝き、すっきりして、ばら色に染まった。つまり彼の表情にはしあわせが溢れていたのだ。フロールは彼女の主人が身なりに細心の注意を払うことを要求し、自尊心から彼がきちんとした格好をするように気をつけた。彼が散歩に出かけるのを戸口に立って見守り、姿が見えなくなるまでそこを離れなかった。町じゅうがこの変化に気づいた。ジャン＝ジャックはまるで別人のようになった。

「例の話、お聞きになったかな？」、イスーダンで人々は噂しあった。

「はて、なんのことです？」

「ジャン＝ジャックは父親からあらゆるものを相続したっていうじゃないですか、ラブイユーズも含めてね……」

「息子のために家政婦を残してやるなんて、死んだ医師もなかなか抜け目がない、そう思いませんか？」

「ルージェにとっては、まさに棚からぼた餅だな」、人々は口々にいいつのった。

「まったく悪知恵の働く女ですよ！　美人だし、嫁の座におさまるだろうよ」

「あの娘はじつに運がよかった！」

「ああいう運は美人にしか転がりこんではこないものさ」

「いやいや、そうとも限りませんぞ。ボルニッシュ＝エローという叔父がおりましてね。マドモワゼル・ガニヴェのことはご存じだと思いますが、吐きそうなくらい醜かったのに、それでも叔父から千エキュの年金をせしめたのですよ……」

「だって、それは一七七八年の昔話でしょう！」

「今も昔もありませんやね。ルージェは愚かですな。父親はやつに四万リーヴルもの年金を残している。マドモワゼル・エローとだって結婚できただろうに……」

「医師はそうさせようとしたんだが、先方が望まなかったんだ。ルージェがあまりに馬鹿なのでね……」

「あまりに馬鹿ですと！　そういう手合いと一緒になってこそ、女性はしあわせになれるんだがな」

「なるほど、じゃお宅の奥さんもさぞかししあわせなのでしょうね？」

このような会話がイスーダンじゅうを駆けめぐったのであった。地方の習わしにしたがって、人々は最初この疑似＝結婚をあざ笑ったが、しまいにはこのあわれな青年に献身的につくしたフロールを褒めたたえるようになった。息子のゴデのいいぐさではないけれども、フロール・ブラジエがおやじも息子も手玉にとって、ルージェ家の家政を牛耳るにいたった経緯は、以上のようなものである。ここで彼女がその家政を牛耳ったありさまを素描するのも、独身者諸氏の教育のために無駄ではないだろう。

五　ありきたりでおそろしい話

老ファンシェットは、フロール・ブラジエがジャン＝ジャック・ルージェの家で女王然としてふるまうようになったのをけしからぬことと見なしたイスーダンでただ一人の人間で、彼女は二人の結びつきのふしだらさに抗議の声をあげ、踏みにじられた道徳の立場を擁護した。もっとも彼女はその歳で、家に裸足でやってきた小娘のラブイユーズを女主人としていただかねばならぬことに屈辱を感じていたことも事実であった。ファンシェットは、貯めた金を投資するように医師に勧められて三百フランの国債を買っていたし、さらに亡くなった医師から百エキュの終身年金を遺贈されたばかりでもあった。彼女はしたがって生活には困っておらず、老主人の葬式の九カ月後、一八〇六年四月十五日に家を出た。この日付は鋭い眼力の持ち主に、フロールが汚れを知らぬ乙女とはいえなくなった時期を示してはいないだろうか？

およそ権力を行使することほどよく政治を学べることはないから、ラブイユーズはファンシェットの暇乞いを察知するぐらいの目端はきき、それで召使いはおかないことに決めた。半年前から彼女は、ファンシェットを医者の家で腕をふるうに値するほどの名料理人にした料理法の数々を、それとなく研究していた。こと美食にかんしては、医者を司教と同列におくことができる。ファンシェットの腕前に磨きをかけたのはルージェ医師である。地方ではとりたててやるべきこともなく、生活も単調なため、精神の活動はもっぱら料理に向かう。地方における晩餐はパリほど豪華ではないが、もっと良質のものが食されている。料理は考え抜かれ、周到に準備される。田舎の片隅には女ながらあのカレム（マリー＝アントワーヌ・カレム。十九世紀初期を代表する名料理人）にも匹敵するような知られざる天才料理人が隠れていて、なんの変哲もないインゲン料理を、完璧に成功したものを迎えるさいにロッシーニが見せるあのうなずきに値する逸品に仕立てあげるのである。ルージェ医師はパリで学位をとり、そのさい国立自然誌博物館でルエル（ギョーム＝フランソワ・ルエル。十八世紀の化学者）の化学の講義を聴講したが、そこで教わったいくつかの概念を忘れずに覚えていて、そうした化学の概念を料理の質の向上のために役立たせた。ベリー地方以外にはほとんど伝わらなかったものの、彼は料理にほどこしたいくつかの工夫によってイスーダンでは名声を馳せている。彼はオムレツというものは、ふつう料理女がそうしているように卵の白身と黄身を一緒くたにして乱暴にかき混ぜたりしないほうが、味がずっと細やかになることを発見した。彼にいわせれば、白身をまずムース状になるまで泡立て、そこに少しずつ黄身を加えねばならないし、またフライパンではなくカニャールを使わねばならない。カニャールとは四本の足のついた磁器製またはファイアンス陶器製の厚い皿の一種で、炉の上に置いたとき空気があいだを通って皿が火で粉々に砕けないようになっている。トゥーレーヌ地方ではカニャールはコクマールと呼ばれる。ラブレーはたしか、このコクマールという鍋で怪鳥コクシグリュを煮る話を書いていて（この記述は正確ではない。バルザックのいう caquemarre はラブレーでは「夢魔」あるいは「怪獣」あるいは「有毒の獣」を指す。「鍋」は同音異綴語の coquemar。また「コクマール」で「コクシグリュ」を煮る話はラブレーにはない。）、そのことはこの道具がはるかな昔から使われていたことを証明するものである。医師はまたソースをつくるのに使うルーの苦みを抑える方法を発見したが、この秘密が適用されるのは不幸なことにもっぱら彼個人の料理にかぎられていたので、世に知られぬままに終わった。

フロールは生まれながらにして揚げ物や焼き物の才に恵まれ――この二つの能力は観察や鍛錬によって身につくものではない――、ほどなく腕前はファンシェットをしのぐほどになった。料理の腕があがると、彼女はジャン=ジャックを幸福にしてやりたいと思った。しかしありていにいえば、彼女自身かなり食い意地が張ってもいたのだ。ろくに教育を受けていないために頭を使う仕事はとうてい手に負えず、彼女はもっぱら家事に力を注いだ。家具をみがいて艶をだし、家中のあらゆるものをオランダはだしの清潔さに保った。人が洗濯と呼ぶあの大洪水、あの汚れた布類の雪崩もきちんととり仕切ったが、これは地方の習慣にしたがって年に三度だけしかおこなわれなかった。彼女は主婦らしい目で布類を点検し、繕い物をした。さらに、財産の秘密を少しずつ習い知ることに執着を覚えて、ルージェが事業についてもっているわずかな知識を自分も吸収し、亡くなった医師の公証人エロン氏と会話をかわすことによってさらにその知識を増やした。それゆえ彼女は絶妙の助言を子供のようなジャン=ジャックに与えることができたのである。彼女は自分がいつまでも女主人でありつづけることを確信し、この男の利害について、まるで自分自身のことであるかのような思いやりと貪欲さを示した。彼女の叔父の要求は、なんら怖れる必要はなかった。医師の死の二カ月前、ブラジエは、金づるをつかんで以来そこで人生を送っていたキャバレーを出るときに転倒し、それがもとで死んでいたのだ。フロールの父も亡くなっていた。彼女はそれゆえ、家族ができ、人生に興味を見いだしてしあわせになった孤児が抱くにちがいない愛情のありったけをそそいで、主人に仕えたのだった。この時期はあわれなジャン=ジャックにとって天国のような日々で、一種の僧院的な規則正しさによって美化された動物的生活が、彼にとって心地よい習慣となった。朝は遅くまで寝ていた。フロールは朝早くから買い物に行ったり家の用事を片づけたりして、主人を起こし、彼が身づくろいを終えたころには朝食の準備がととのっているようにした。朝食のあと、十一時ごろ、ジャン＝ジャックはぶらぶらと散歩に出かけ、出会った人とおしゃべりをし、三時に戻ってきて新聞を読む。発行日から三日遅れで受けとる地方紙とパリの新聞だったが、それらの新聞は三十人もの手から手へとわたって脂染み、煙草を嗅いだ鼻を思わずあいだに突っこんだために汚れ、いたるところのテーブルの上に置きっぱなしにされて茶色く色が変わっているという代物だった。そうこうするうちに独身者は夕食の時間を迎え、彼はそれにできるかぎりの時間を費やした。フロールは町のできごとや、そこらじゅうにひろまっているおしゃべりを小耳に挟んできて、それを彼に話してきかせた。八時ごろになると明かりが消える。早い時間にベッドに入るのはろうそくと火の節約のためで、地方ではたいへん広くおこなわれていることだが、ベッドに長居しすぎることによって人々の痴呆化が昂進してしまう。過度の睡眠は知性を鈍らせ、その円滑な働きを妨げるのだ。

九年のあいだ二人が送った生活とは、以上のようなものであった。この生活は充実していると同時に空しくもあり、大きなできごとといえば、ブールジュ、ヴィエルゾン、シャトールーへの遠出があるぐらいで、それらの町の公証人やエロン氏がなんらかの抵当つき投資物件を紹介できないときは、さらに遠くまで足を延ばすこともあった。ルージェは第一抵当権をつけて五パーセントの利子で金を貸し、貸し手が既婚ならば、妻の権利も代行しうることを認めさせた。資産の実質価格の三分の一以上は決して貸さず、貸与期間中に段階的に、割り増しの利子二・五パーセント分に相当する約束手形を自分宛に振りださせた。彼の父がつねに守るように彼に命じた原則とはそのようなものだった。高利の貸付は、まさに農民たちの野望に立ちふさがる障害物として、田舎をむさぼり尽くしている。この七・五パーセントという利率はそれゆえきわめて妥当であるように見えたので、ジャン＝ジャック・ルージェは望むままに取り引きを選ぶことができた。というのも公証人たちは、これほどの好条件で金を借りられるようにしてやったということで人々から手数料をたんまり受けとるかわりに、なにかとルージェに便宜を図ってやっていたのである。この九年のあいだにフロールは、結局、自分では気づかぬままに、少しずつ自分の主人に絶対的な支配力を振るうようになった。彼女はまずジャン＝ジャックに対して馴れなれしく接するようになり、さらには、彼に対して敬意を欠くまでにはいたらなかったものの、優秀さ、知性、力においてはるかに彼を凌駕するようになった。こうして彼は自分の従僕《しもべ》の従僕となったのである。この大きな子供はみずから進んでこの支配を受け入れ、なにくれとなく世話を焼かれるがままになっていたから、フロールは彼に対して、母が息子に接するような態度をとった。それゆえジャン＝ジャックはとうとうフロールに、母親の保護を必要とする子供のような感情を持つにいたった。だが二人のあいだには、そうしたものよりもずっと緊密な結びつきがあった！　まず取り引きを推し進め、家の切り盛りをするのはフロールのほうだった。あらゆる種類の管理運営についてジャン＝ジャックはすっかり彼女に頼りきっていて、彼女なしの生活など、彼には困難どころか不可能にさえ思えた。それにこの女は彼の生活に必要欠くべからざるものになっていた。彼女はジャン＝ジャックのありとあらゆる気まぐれにいやな顔一つせず応えてくれたし、またそうした気まぐれにたいへんよく通じていたのだ！　彼は、自分に向かっていつも微笑みかけてくれるこの幸せそうな顔を見るのが好きだった。彼に微笑んでくれた顔などほかにはなかったし、これからも彼が微笑みを見ることができるのは、この顔以外にはないはずだ！　こうした彼女のしあわせは純然たる物質的性格のもので、ベリー地方の家庭にふつう見られる言葉遣いの基礎をなすごく卑近な言葉でいいあらわすことができる。それがこのすばらしい顔だちの上に描きだされていたわけで、これはいわばジャン＝ジャック自身のしあわせの反映といってもよかった。フロールがなにかの悩みごとでふさぎ込んでいるのを目にしたときジャン＝ジャックがおちいる状態を見れば、自分の力がどこまで及んでいるかがこの娘には手にとるようにわかり、それで彼女はそれを確かめるためにわざと自分の力を使ってみようとした。この種の女の場合、使うということは常に濫用を意味する。ラブイユーズがジャン＝ジャックに、個人生活の底知れぬ謎に埋もれたあれらの場面のいくつかを演じさせたことはまちがいない。オトウェイが悲劇『救われたヴェネツィア』のなかほどで、元老院議員と高級娼婦アキリナのあいだのやりとりとして示したのはそうしたものの範例ということができるが（「訳者解説」参照）、この場面はまさにおぞましきものの壮大さを表現しているのだ！　フロールはこうして自分の支配力にたいそうな自信を持つようになり、彼女自身にとってもこの独身者にとっても不幸なことに、結婚して籍を入れようなどとはつゆ思わなかった。

　一八一五年の末、フロールは二十七歳を迎え、その美貌はあますところなく花開くにいたった。ふくよかでしかもみずみずしく、ノルマンディー、ベッサン地方の農婦のように色白で、彼女はわれらが先祖たちがうるわしき姉御と呼んだものの理想をみごとに示していた。彼女の美しさは旅館の看板娘のような趣もあったが、肉づきもよく栄養も行き届いて、皇后然とした堂々たる物腰はなかったものの、最盛期のマドモワゼル・ジョルジュを思わせるものがあった。フロールもまたあの丸々としてまばゆいばかりに美しい腕をもち、体つきは豊満で艶やかな果肉を思わせ、体の線も悩ましかった。とはいえかの高名な悲劇女優のようにいかめしい感じではなかった。フロールの表情は優しく穏やかだった。彼女のまなざしは、ラシーヌの時代以来フランス座の舞台を踏んだもっとも美しいアグリピーナ（ネロ皇帝の母、ラシーヌ『ブリタニキュス』の登場人物）、マドモワゼル・ジョルジュのそれのように、見る者に畏敬の念を強いるていのものではなく、心からの喜びを引き起こしたのだ。一八一六年、ラブイユーズはマクサンス・ジレを見て、一目でその虜になった。つまり彼女は、ある自然な効果のみごとな表現を用いていえば、心臓をあの神話の矢で射抜かれたわけで、ギリシャ人たちは愛をそのようなものとして思い描いたにちがいなく、キリスト教によって生みだされた騎士道的な愛、理想的で憂愁に満ちた愛のことは、彼らの頭にはなかったといってよい。フロールは当時あまりに美しかったので、彼女が自分に惚れているのを無視することは、さすがのマックスにもできかねた。そんなわけでラブイユーズは、二十八歳で、真の愛、偶像をあがめるような無限の愛を知ったのだったが、そうした愛はありとあらゆる愛し方、バイロンが『海賊』で描いたガルネアの愛し方からメドラの愛し方まで含んでいるのである。一文なしの士官は、フロールとジャン＝ジャックそれぞれの状況を知るや、ラブイユーズとの関係に単なる浮気以上のものを見た。したがって彼は、ルージェの虚弱な性質を見てとって、この男の家に転がりこむにこしたことはないと考えた。フロールの熱愛ぶりはジャン＝ジャックの生活およびその心に否応なく影響をおよぼした。ひと月のあいだに独身者は際限なくびくつくようになり、あんなに愛想がよく、微笑みの絶えなかったフロールの顔が、おそろしく、また陰気で無愛想に見えるようになった。彼は、女房持ちの男が妻に不貞をたくらまれているときのように、計算ずくの不機嫌の炸裂を身にこうむった。これ以上はないほど残酷な冷たい仕打ちを受けながら、あわれな男が蛮勇をふるってフロールに心変わりの原因を訊ねてみると、彼女のまなざしには憎悪の炎が燃えさかり、その声には、あわれなジャン＝ジャックがいままで一度として耳にしたことも身に受けたこともない、攻撃的でさげすんだ調子がみなぎるのだった。

「ひどい」と彼女はいった。「あなたってほんとに血も涙もない。わたし、ここで自分の青春を捧げてもう十六年になるのに、あなたのここにあるのが……」と彼女は自分の胸をたたいて、「ただの石だってことに、気がつかなかった。二カ月来、あなたはここにあの勇敢な少佐さんがやってくるのを見ている。あの人はブルボン家の犠牲になって、将軍にだってなれるはずだったのに、落ちぶれて、ろくな金儲けの手段もない片田舎に追いつめられている。一日中役場の椅子に釘づけになって、いくらもらえるかっていえば……たったの六百フランぽっち！　たいした報酬ですこと！　ところがあなたは六五万九千リーヴルものお金をあちこちに投資して、年利六万フランの収入がある。しかもわたしのおかげで一年の出費なんてせいぜい千エキュでしょ、わたしのスカート代やなにや、全部込みでね。それなのにあの人に住まいを提供してあげないんだわ、三階はすっかりがら空きだっていうのに！　家ネズミやらドブネズミやらが駆けまわっているほうが、人がいるよりもいいってわけね、しかもあなたのお父様が息子同然に思っていた人なのに！……あなた、自分がどんな人間だかお知りになりたい？　いってあげましょうか、弟殺しよ！　なぜそうなのかもわかっているわ！　わたしがあの人に惹かれているのを見て、こころよく思っていないんでしょう！　あなたは馬鹿のように見えるけど、そう見えて、ずる賢いことにかけては誰にも負けない……そうよ、わたしあの人に惹かれている、好きで好きでたまらないのよ……」

「待ってくれ、フロール……」

「いいえ、だめよ、『待ってくれ、フロール』なんていったって！　別のフロールをお探しになればいいじゃないですか（もしも見つかればの話ですけど）！　ああ、あなたのこんな汚らしい家、出て行けないんだったら、いっそこの葡萄酒に毒が入っていたらいいのに。十二年ここにいたあいだ、幸いなことに、あなたには一銭だってお金の迷惑はかけませんでしたし、あなたは安上がりのお楽しみができた。ほかのどんな場所だって、ここでやっているのと同じようにやれば、充分お金を稼ぐことができたでしょう。石鹸で洗い物をし、アイロンをかけ、洗濯を監視し、市場に行き、料理をつくり、どんなことでもあなたのためを思って、朝から晩までへとへとになるまで働いて……あげくの果ての報いがこれなのね……」

「だがな、フロール……」

「ええ、そうよ、わたしにはわかっている、フロールなんて代わりは誰にだってつとまる、五十一歳というあなたのお歳ならばね。あなたは身体がとても悪いし、ひどく衰えておそろしいくらいだわ！　それに、あなたといても、ちっともおもしろくない……」

「なあ、フロール……」

「もうほっといてちょうだい！」

彼女は出てゆきざま乱暴に扉を閉め、その音が家中に響きわたって、家の土台まで揺るがすかに思われた。ジャン＝ジャック・ルージェはそっと扉を開け、さらに抜き足差し足、厨房に行ってみると、そこでフロールはまだぶつぶつ文句をいっていた。

「なあ、フロール」、羊のように柔弱な男はいった。「何がおまえの望みなのか、いま初めてわしは知ったんだよ。わしがおまえの意に添うようにしないともかぎらんだろう……」

「だいいち」と彼女はまた始めた。「家には男の人が必要よ。あなたが一万フラン、一万五千フラン、いやひょっとしたら二万フランぐらい家においていることはみんなが知っている。もし盗みに入られたら、わたしたちは殺されてしまうでしょう。前に、主人を守ろうなんて馬鹿な考えをおこして八つ裂きにされたあわれな女中がいたけれど、わたしにはそんな気はこれっぽっちもありませんからね！　でも、もし家に、カエサルのように勇敢でしかも威張りちらさない男の人がいるってことが、みんなに知れわたっていたら……マックスだったら、こういっている間にも、泥棒の二人や三人、とっくの昔に片づけているんじゃないかしら……だから、わたしも枕を高くして眠れるわ。たぶんあなたにあることないこと吹きこむ人がいるかも知れないけど……わたしがあの人に惚れてるだとか、あの人に夢中だとか……そしたら、こういってやればいい……そんなことは百も承知だが、父に、死の床で、マックスのことをよろしく頼むといわれたのだってお答えになればいいのよ。みんな返す言葉がなくなるでしょう。なぜって、お父様があの人に中学の学費を出してやったことは、誰もが知っているはずでしょ、ねえ！　わたし、九年ここでごやっかいになっていますけれど……」

「フロール、フロールや……」

「わたしに言いよってきた人間は、町には何人もいたわよ！　金の鎖をくれたり、時計をくれたり……かわいいフロールちゃん、出てしまわないかい、あのうすのろのルージェおやじのところなんか（あなたのことを、みんなそういうのよ）？　わたしがあの人のところを出る？　そんな、とんでもない、あんな罪のない人なのに！　いったいどうなるか、わかったもんじゃない。いつもそう答えてやったわ。牝山羊は、つながれたところで草を食べるものですってね……」

「そのとおりだよ、フロール、わしにはおまえしかいないんだ、そしてわしはあんまり幸せだ……よろしい、おまえがそうしたいっていうんだから、マクサンス・ジレをここにおいてやろう。食事も一緒にすればいい」

「まあうれしい、ぜひそうしていただきたいわ……」

「だからもう、機嫌を悪くせんでくれ……」

「二人養うも、二人養うも、おんなじでしょう」、彼女は笑いながら答えた。「ただ、もしできれば、あのね、こうしてくれたらうれしいんですけど……町役場のあたりを四時ごろぶらぶらしながらうまくジレ少佐さんに会うようにして、それで夕食にお誘いしてほしいの。あの人がいろいろもったいをつけるようだったら、わたしがとても喜ぶでしょうっていえばいい。あの人は女性にそうまでいわれて断るような野暮じゃないですから。そしたら、食事も一段落っていうころに、あの人が廃船の牢屋だとかなんとか、不幸な身の上を話すように、あなたから水を向けてほしいんです。それでそういう話になったときに、じゃあここにいたらどうかねっていってくれないかしら……あの人がなんやかんやいっても大丈夫、わたしがその気にさせます……」

バロン大通りをゆっくり歩きながら、独身者は、彼にできる範囲でではあったが、このできごとについて思いをめぐらした。もしフロールと別れるようなことになったら……(そう考えただけで、彼は何もわからなくなってしまった)、ほかにどんな女が見つけられようか?……結婚して妻を迎える? この歳であってみれば、どうせ財産目当てだろうし、おまけにフロールよりももっと情け容赦なくその正妻に食いものにされるのが落ちだろう。それに、たとえ嘘八百にすぎなかったにしても、あんなに優しくされることがもうなくなるのかと思うと、彼はおそろしい不安に襲われるのだった。そんなわけで彼はジレ少佐に対して、できるだけ愛想よくつとめた。フロールの望みどおり、マクサンスの面子をつぶすことのないように、他の人々の前で招待はなされたのである。

フロールと彼女の主人のあいだに和解が成立した。しかしこの日以来ジャン＝ジャックは、言葉や態度の微妙な違いから、ラブイユーズの情愛に完璧ともいえる変化がきざしていることを感じとらないではいなかった。二週間ばかりのあいだフロール・ブラジエは、行きつけの商人の店や市場で、あるいはおしゃべりの相手のおかみさん連中に向かって、ルージェさんは、腹違いの弟と彼が称する男を無理やり家に置こうとするなんて、あんまり横暴すぎると不平を鳴らしてみせた。しかしこの猿芝居にだまされるものは一人としておらず、フロールはおそろしくこすからい、狡猾な女と見なされたのだった。ルージェおやじはマックスを家の主人の座にすえてすっかり満足していた。というのも、細々と世話を焼いてくれてしかも卑屈にならない人物ができたからである。ジレはルージェおやじと言葉をかわし、政治を論じ、ときには一緒に散歩をすることもあった。士官が腰を落ちつけるとまもなく、フロールは料理を作りたがらなくなった。料理をすると手が荒れるというのだ。団の「大ボス」の要望にしたがって、ラ・コニェットは縁続きのある老女を紹介した。老女の主人であった司祭は彼女に何一つ残さずにこのあいだ亡くなったが、この女は料理の腕前が抜群で、フロールとマックスに身も心もすべて捧げるだろうということであった。それにラ・コニェットはこの縁続きの女に、十年間心をこめて忠実に、口を慎んでしっかりお勤めすれば三百フランの年金国債がもらえると、二人の権力者の名において約言したのだった。ヴェディおばさんは、天然痘であばただらけの、いかにもそれらしい醜い顔だちが目につく、六十がらみの女だった。ヴェディおばさんが厨房をあずかるようになると、ラブイユーズは「ブラジエの奥様」になった。コルセットをつけ、季節にしたがって、絹のドレスや、みごとな毛織物や綿の服を着るようになったのだ！　彼女の身につける飾り襟やスカーフはとても値のはるものだったし、刺繍のついた縁なしの帽子をかぶり、レースの襟飾りをつけ、編み上げ靴をはいた彼女は、そのぜいたくで優美な装いゆえに若返って見えた。彼女はいわばダイヤモンドの原石であって、それがもつすべての価値にふさわしく細工人によってカットされ、台にはめ込まれたわけである。マックスの誉れとなることが、彼女の望みだった。最初の年、つまり一八一七年の末に、彼女は、徒歩で散歩に出なければならぬ不便をかこつあわれな少佐のために、英国産だという一頭の馬をブールジュからとり寄せた。マックスは近郊のどこかから、旧帝国近衛隊の槍騎兵でクースキという名のポーランド人を拾ってきたが、この男はひどく落ちぶれていて、少佐の下僕という資格でルージェ氏の家に入れれば願ったりかなったりという状態にいた。クースキは、とりわけ三人の王党派との決闘のあと、マックスを偶像のように崇めていた。そんなわけで一八一七年以来、ルージェおやじの家は五人の人間によって構成されることになったわけだが、そのうちの三人が主人顔でふるまったので、支出も年に八千フランに跳ねあがった。

ブリドー夫人が、代訴人デロッシュ先生の表現を借りれば、かくもはなはだしく危険にさらされた相続を無事にやり遂げるためにイスーダンに戻ろうとしていたとき、ルージェおやじは徐々に衰えてほとんど植物のような状態になっていた。まずマックスを主人に祭りあげるとすぐ、ブラジエ嬢は食事を司祭並みの豪華さにした。ルージェは美食の道に引きずりこまれ、ヴェディおばさんが作るおいしい料理に気をそそられて、ますますがつがつと食べるようになった。このように味もすばらしく、量もたっぷりある食事をとっていても、彼はほとんど太らなかった。ひょっとすると消化不良が原因だったかもしれないが、彼は、疲労にむしばまれた人間のように日一日と衰弱し、目には黒々とした隈ができた。だが散歩のあいだに幾人かの町民が彼に身体の具合はどうかと訊ねても、こんなに調子がよかったことはいままで一度もないと、彼は答えるのだった。ルージェはいつでもひどく知恵のめぐりの悪い人間ということで通っていたから、彼の頭や身体の機能がますます低下しつづけていることに、人はあまり注意を払わなかった。フロールへの愛が彼を生きながらえさせている唯一の感情であり、もっぱら彼女のおかげで彼は死なずにすんでいたのだ。ルージェのフロールに対する意気地のなさはそのころ歯止めがなくなっており、彼女が目を向けるだけでそれに従い、飼い犬が主人のほんのちょっとした仕草を待ちかまえるように、この女の動作に気を配るのだった。ようするに、オション夫人の表現を借りれば、ルージェおやじは五十七歳で、当時八十を超えていたオション氏よりも年寄りじみて見えたのである。

六　ファリオのおやじの荷車

マックスの住まいがこの魅力あふれる青年にふさわしいものであることは、誰もが想像するとおりだといってまちがいない。実際六年のあいだに少佐は、年ごとに、自分のためにもまたフロールのためにも部屋をいっそう快適にし、ほんのこまかな部分にも改良を加えていった。といってもそれはイスーダン的な快適さでしかなかった、つまり、彩色された床、まあまあ優美といえる壁紙、マホガニーの家具、金縁の鏡、赤い縞模様で飾られたモスリンのカーテン、いかにも地方の室内装飾業者が金持ちのお嫁さんのためにしつらえたという趣で天蓋とカーテンを取りつけたベッドなどで、このベッドは一見豪奢のきわみのように見えるけれども、通俗的なモード版画によく出てくるありきたりなもので、パリの小売業者であれば、自分が世話をする婚礼のために手に入れたいとはもはや思わなくなっているのである。およそありそうもないことで、イスーダンじゅうの話題にもなったのは、階段にいぐさで編んだござが敷いてあったことだが、これは明らかに足音を消すためであって、それゆえ明け方に帰ってきても、マックスは誰も起こさずにすんだのだった。ルージェは自分の客人が「悠々騎士団」がおこなう夜の仕事に加わっていようなどとは、これっぽっちも考えはしなかった。

八時ごろ、フロールはたくさんの縞模様の入ったばら色のきれいな綿の部屋着を着て、レース編みの縁なし帽をかぶり、足には裏地付きの室内履きをつっかけて、そっとマックスの部屋の扉をあけた。だが彼が寝入っているのを見て、ベッドのそばにしばらく立ったままでいた。

「この人、とても帰りが遅かった」彼女はつぶやいた。「三時半ごろだったかしら。ああいう楽しみに耐えるためには、よっぽど豪胆な気質でなくちゃ。ほんとにたくましい、男のなかの男だわ。きのうの夜はみんな、何をしたんだろう？」

「なんだ、フロール、おまえいたのか」、マックスは目を覚ましていったが、彼は軍人らしく、戦争のさまざまなできごとを経験していたから、どんなに急であっても、目覚めるとすぐにしっかり頭を働かせて沈着冷静さを保つことには、慣れっこになっていた。

「まだ寝ているのね。わたし、行きます……」

「いや、いてくれ。大事な話がある……」

「きのうの夜も何か馬鹿なまねをしたのね？……」

「ああ、もちろんさ！……話というのは、おれたち二人とあの老いぼれとのことだ。おまえ、あいつの家族のことなんか、一度も話をしなかったじゃないか……それで、まさにその家族ってのがここにやって来るんだよ、まちがいなくおれたちを困らせようって腹だ……」

「ほんとうなの！　あいつ、絞りあげてやる」、フロールがいった。

「マドモワゼル・ブラジエ」、マックスがおごそかにいった。「軽はずみな行動をとるには、ことはあまりにも重大すぎる。コーヒーをここにもって来るようにいってくれ。ベッドのなかでそいつを飲みながら、われわれがとるべき行動について考えてみることにする……九時にまた来てくれ、そのときに話をしよう。とりあえず、何も聞かなかったふりをしろ」

フロールはこの知らせにあわてふためき、マックスを部屋に残して、彼のためにコーヒーを淹れにいった。ところがその十五分後、バリュックがあわてて飛びこんできて、「大ボス」にいった。「ファリオのやつ、自分の馬車を探しまわってるぜ！……」

マックスは、五分で服を着て下に降りてゆき、ぶらぶら歩きをよそおいながら塔の下まで来ると、そこにかなりの人だかりができているのが見えた。

「どうしたんだ？」、マックスはそういって人混みをかきわけ、スペイン人のところまで来た。

ファリオは痩せぎすの小男で、その醜さはスペインの高官のそれを思わせた。爛々と光る目はまるで錐で穴をあけたかのようで、ひどく鼻に近寄っており、ナポリであったならば、人に呪いをかける邪眼の持ち主と思われかねなかっただろう。この小男は一見おとなしそうに見えたが、それというのも、その動作が重々しく、ゆっくりと落ち着いていたからだ。それで彼はファリオのおやじと呼ばれていた。けれどもこの男は、何が起ころうといまだその沈着で緩慢な態度を変えたことのない、いかにもグラナダの百姓らしいなかばモール人的な性格の持ち主であって、その香料入りパンのような顔色とおとなしそうなようすに、無知な人間ならまんまと目をくらまされてしまったのだし、また慧眼の士ならばそうしたことを見抜くことができたのである。

「馬車をここに持ってきたというのは」とマックスは、穀物商人の繰り言を聞いたあとでいった。「まちがいないのかね？　というのは、イスーダンには、幸いなことに、泥棒なんぞおらんのだよ……」

「たしかにここにあったんだ……」

「もし馬がつないであったのなら、馬が馬車を引いていってしまったのでは？」

「ほら、馬はあそこだよ」、ファリオは、三十歩ほどのところにいる、装備をつけた馬を指さしていった。

マックスは、目を上げれば塔の裾の部分を見上げることができるように、重々しい足どりで馬のいる場所に行った。というのも人だかりが丘の下にできていたからだ。全員がマックスについてきたが、それこそがこの悪党の望むところだった。

「うっかり馬車をポケットに入れちゃったやつはいるか？」、フランソワがいった。

「さあ、ポケットを探ってみてくれ！」、バリュックがいった。

あちこちから笑い声がどっと起こった。ファリオはののしりの言葉を吐いた。スペイン人にあって、ののしりの言葉は怒りの最終段階を示している。

「おまえさんの馬車は軽いのか？」、マックスがいった。

「軽いだと？……」、ファリオは答えて、「もしわしをあざ笑う者が足に乗せていたら、魚の目の痛みもなくなるだろうよ」

ずだがな」

「だがものすごく軽くなくちゃ」、とマックスが塔を指さしながら答えた。「丘の上まで飛んで行けないは

この言葉に人々はいっせいに目を上げ、一瞬にして市場じゅうが蜂の巣をつついたような騒ぎになった。みなおたがいに、魔法の馬車を指さしあっていた。誰もが口々にしゃべっていた。

「悪魔が宿屋の主人どもを守っていて、連中は全員地獄行きと決まっている」、息子のゴデがあっけにとられている商人にいった。「悪魔はおまえさんに教えたかったんだよ、荷馬車を宿屋の車置き場に入れずに通りに置きっぱなしにするなんて、もってのほかだってね」

このぶしつけな言葉に、群衆のあちこちから揶揄するような歓声があがった。というのもファリオはけちで知られていたからだ。

「なあ、おやじさんよ」、マックスはいった。「気を落としてはいけないぜ。どんなふうにしておまえさんの車があんなところまで行っちまったのか、塔に登って確かめてみようじゃないか。軍人の名誉にかけて、われわれが手を貸すと約束しよう。バリュック、おまえも来てくれるか？」「おまえは」と彼はフランソワに耳元でささやいた、「人をどかせて、おれたちの姿が上に見えたときに、丘の下には誰もいなくなっているようにしてくれ」

ファリオ、マックス、バリュックとほかに三人の騎士たちが塔に登った。登りはかなり危険をともなったが、その間マックスはファリオともども、荷車が通ったことを示すいかなる損傷も痕跡も残っていないことを確かめた。それでファリオは、これが何か呪いのせいだと信じこんですっかりうろたえてしまった。全員がてっぺんに着き、事態を検討してみたが、どう考えてもこんなことが起こりうるとは思えなかった。

「どうやったらあれを降ろせるんか？……」、スペイン人はいったが、その黒い小さな目は初めて恐怖をあらわにし、およそ顔色が変わることなどなさそうに見えた黄色っぽい落ちくぼんだ顔が、青くなった。

「うむ、そうだな」、マックスはいった。「だがさしてむずかしいこととも思えんがな……」

そして穀物商人が茫然自失しているのをいいことに、彼はそのたくましい腕で二本の梶棒をつかんで、荷車を放り投げられるように動かした。それから、荷車が彼の手から離れようとする瞬間、雷のような声でどなった、「下の方、気をつけろ！……」

しかしなんの支障もあるはずはなかった。人の群はフランソワにあらかじめ注意を受けて、好奇心に駆られ、丘の上で起こることを見るのに必要な近さは保ちながら、広場に戻っていたのである。荷車はこれ以上はないくらい派手に、無数の破片に砕け散った。

「ほら、降ろしてやったよ」、バリュックはいった。

「くそ！　悪党！　ごろつき！」、ファリオは叫んだ。「荷車をここまで運びあげたのも、おおかた貴様たちの仕業だろう……」

マックス、バリュックおよび三人の仲間たちはスペイン人ののしりの言葉をあざ笑いはじめた。

「あんたのためによかれと思ってしたんじゃないか」、マックスは冷ややかにいった。「あんたのぼろ荷車を動かそうとして、もう少しでおれ自身が一緒に引きずり落とされるところだったぜ。それで、そういう礼の仕方はないだろう……あんた、いったいどこの国から来たんだ？……」

「みだりに許しなど与えん国だ」、ファリオは激しい怒りに身を震わせながら答えた。「わしの荷車は、悪魔のところにあんたらを運んでゆく二輪馬車の役を果たすだろうぜ！……もっとも」と彼は急に羊のように従順になっていった。「新しいやつを代わりにくれるというのなら、話は別だがね」

「その話をしようじゃないか」、降りてゆきながら、マックスがいった。

彼らが塔の下に着き、一番近くでげらげら笑っていた連中と合流すると、マックスはファリオの上着のボタンをつかんでいった。「いいだろう、ファリオのとっつぁん、すばらしい荷車をプレゼントしてやるよ、ただしおれに二百五十フラン払ってくれたらな。もっとも新しいやつが前のように塔に登れるほどいい出来かどうかは、保証のかぎりではないぜ」

この最後の冗談を聞いて、ファリオは商談をまとめに入るときのようにそっけなくなった。

「まったく！」、彼は言い返した。「どうせほかにろくなルージェおやじの金の使い道はないのだから、わしに荷車の代わりをくれったってよかろうに」

マックスは顔色が青ざめ、ファリオにそのおそるべき拳を振りあげた。だがバリュックはこんなふうに殴りはじめたら、ことはスペイン人だけではすまないことを知っていたから、羽根のようにファリオを運び去って、小声でマックスにいった。「馬鹿なまねはやめておけよ！」

少佐は我に返って笑いだし、ファリオに答えた。「おれはたしかに誤ってあんたの荷車を粉々にしたが、あんただっておれを中傷しようとしている。これであいこだぜ」

「いや、まだじゃない！」、ファリオはうめくようにいった。「だがともかく、わしの荷車の値段がどれほどか知ることができて満足したよ！」

「おいマックス、手強い相手があらわれたな」、この場面に居合わせた「悠々騎士団」に属していない一人の男がいった。

「じゃあな、ジレさん。手を貸してくれた礼はまだいっていないが」、馬にまたがりながら穀物商人はいい、やんやの喝采のなか、姿を消した。

「輪金の鉄をとっといてやるよ」、この墜落の結果を見にきた一人の車大工が彼に向かって叫んだ。轅《ながえ》の一本がまっすぐ木に突き刺さっていた。マックスはスペイン人の言葉に痛いところを突かれて、青い顔をしたままじっと考えこんでいた。イスーダンでは五日にわたって、ファリオの荷車の話でもちきりだった。あの荷車は、息子のゴデの言い草ではないが、旅に出る運命にあったのであって、それというのも、この話はベリーじゅうを駆けめぐり、人々はマックスとバリュックのあの冗談を口の端にのぼらせたからである。スペイン人にとってもっとも辛かったのは、事件から一週間たってもまだ、三つの県で彼のことが話題にされ、しきりと陰口の種になっていたことであった。マックスとラブイユーズもまた、復讐心に燃えたスペイン人がこっぴどくやり返したという話とともに、いたるところで話題になっていたが、イスーダンではこっそり耳元でささやかれるにすぎなかったこの話題も、ブールジュ、ヴァタン、ヴィエルゾン、シャトールーではおおっぴらに口にされていた。マクサンス・ジレはこの地方のことは知りぬいていたから、そのようにして話されるなかにどれほどの毒が含まれているかは容易に推しはかることができた。

「まさか話すのを止めろともいえないし」と彼は考えた。「ああ！　おれとしたことが、まったくどじを踏んだものだ」

「あのな、マックス」、フランソワが彼の腕をとっていった。「連中、今夜着くよ……」

「誰のことだ？……」

「ブリドー親子さ！　おばあさんが名づけ子からの手紙をついさっき受けとったんだ」

「いいかい」、マックスが耳元でいった。「このことについてじっくり考えてみた。フロールやおれが、ブリドー親子に敵意を持っていると思われてはまずい。遺産相続者たちがイスーダンを出てゆくとしたら、きみたちオションの人間が連中を追い出さなくちゃいけない。パリのやつらをよく観察するんだ。それでおれも、連中がどれくらいの玉か値踏みしてみて、明日、〈ラ・コニェット〉でやつらにどんなことができるか、やつらときみのじいさんを仲たがいさせるにはどうしたらいいか、案を練ろう……」

「あのスペイン人の野郎、マックスの鎧の破れ目を見つけたな」、オション氏の家に帰る道々、友が自分の住まいに戻ってゆくのを見ながら、バリュックがいとこのフランソワにいった。

マックスが騒ぎを起こしているそのあいだ、フロールは一つ屋根の下に住む男の忠告にもかかわらず、怒りを抑えることができなかった。そして彼の企てに役立とうが、その邪魔になろうがおかまいなしに、あわれな独身者にさんざん毒づきまくったのである。ジャン＝ジャックは女中の怒りを買い、彼にとって何よりの喜びであった彼女の世話や俗な甘えの言葉を突然奪われてしまった。つまりフロールは、主人に懲罰を与えたわけであった。たとえば彼女は、ときによって程度の差はあったものの、まなざしに優しさをこめながら、情愛をあらわすちょっとした言葉をいろいろな調子で口にして会話を彩っていたものだったが、そうした言葉の数々はもはや聞かれなくなってしまった——わたしの猫ちゃん、——わたしの坊や、——いとしい方、——かわいい人、——わたしのネズミちゃん、などなど……皮肉を含んだ敬意をあらわにして、そっけなく冷ややかに口にされる「あなた様」が、このときからナイフの刃のように不幸な男の心を突き通したのだった。この「あなた様」は、宣戦布告の代わりだった。それにフロールは以前なら、この男が起床するそばについて着るものを渡し、ほしがるものは気を利かせてあらかじめ察してやった。

また、どんな女でも言葉にあらわすことができ、素朴であればあるほど魅力を増す、そんな感嘆の念をもって彼を眺めて、こんな言葉をかけてやりもした。「若々しくて、まるで薔薇の花のようだわ！——ほんとうにお元気そうですこと。——なんてすてきなのかしら、ジャン様ったら！」——さらには、起床のさいに彼を面白がらせるひょうきんな言葉やきわどい冗談を口にして、心ゆくまで満足させてやったものだった。ところが、そういうことを一切しなくなって、彼が自分一人で着替えをするにまかせたのである。彼がラブイユーズを呼ぶと、階段の下から彼女はこう答えた。「まったく、朝食の準備もして、部屋であなたのお世話もしてなんて、一人でいっぺんに全部はできやしませんよ。もういいお歳なんだから、着替えぐらいご自分でできるでしょ」

「なんたることだ！　わしが彼女にいったい何をしたというのだ？」、老人は、髭を剃るためのお湯を頼んだだけなのに、そんなにひどくすげなくされてこうつぶやいた。

「ヴェディ、だんな様にお湯を持っていっておあげ」、フロールは叫んだ。

「ヴェディ……」、老人は、自分にのしかかる怒りのすさまじさにすっかりおそれをなしていった。「なあヴェディ、奥様は今朝いったいどうしたのかね？」

フロール・ブラジエは自分の主人にも、ヴェディおばさんにも、クースキにも、そしてマックスにも、自分を「奥様」と呼ばせていたのだ。

「あなた様のことで、何かよくないことをお知りになったようでございますよ」、いかにもわざとらしくようすを取りつくろいながら、ヴェディおばさんは答えた。「だんな様はまちがっておいでです。そりゃあ、わたしはあわれな召使にすぎませんし、あなた様の問題に首を突っこむ筋合いはないといわれればそれまでです。でも、奥様のようなお方は、あの聖書の王様のように、地上のありとあらゆる女性のなかから探したって、そうそう探しだせるもんじゃありません。奥様がお通りになったあとに残った足跡に接吻なさったってていいくらいのものです……まったく、あのお方を悲しませるということは、だんな様ご自身の心臓に刃をつきたてるのとおんなじことなのですよ！　奥様、目に涙を浮かべていらっしゃいました」

ヴェディおばさんは打ちのめされたあわれな男を放って出てゆき、彼は肱掛椅子に倒れこんで憂鬱症の狂人のように視線を宙にさまよわせ、髭の手入れのことなどすっかり忘れてしまった。このように優しさと冷淡さが交互に繰り返されることで、もっぱら愛を感じとることによってのみ生きながらえているこの弱々しい存在は、熱帯の灼熱から極地の厳寒に突然移るときに身体が受けるような病的な効果をこうむった。それはすべての病と同じように彼を衰弱させる、精神の肋膜炎であった。世界じゅうでただ一人フロールだけが、彼にこのような影響を及ぼすことができた。なぜなら、彼女に対してのみ、彼はお人好しであるとともにうぶであったからだ。

「あら、お髭の手入れはなさらなかったの？」、扉のところに姿をあらわして、彼女はいった。

彼女の姿を目にしてルージェおやじはぎょっとして飛びあがり、青白くぐったりした状態から、一瞬にして真っ赤になったが、突然の来訪に文句をいう勇気もなかった。

「朝食の仕度はもうできていますよ！　でも、部屋着と室内履きのまま降りていらっしゃってけっこうですから、食事はお一人でなさってね」

そして返事を待たず彼女は姿を消した。一人で食事をとらせられることもルージェが受けた懲罰のひとつで、それは彼に手ひどい苦しみをもたらした。彼は食べながらおしゃべりをすることが大好きだったのだ。階段の下まで降りてくると、ルージェは咳の発作を起こした。ショックでカタルが再発したのである。

「好きなだけ咳きこみゃいいのよ！」、主人の耳に入ろうが入るまいがおかまいなしに、フロールは台所でいった。「あの老いぼれなら死にゃしない、大丈夫、心配ご無用よ。あいつが咳こんで魂まで吐きだすのは、どうせわたしたちが死んだ後に決まってる……」

このような悪口雑言を、ラブイユーズは怒りのさなかにルージェにぶつけたのだった。あわれな男はひどく悲しい気持ちになって、部屋の真ん中、テーブルの隅に腰を下ろし、打ちひしがれたようすで古い家具や古い絵に目をやった。

「ネクタイぐらいつけたってよかったでしょうに」とラブイユーズが入ってきていった。「あなたの首、七面鳥よりも赤くて皺だらけで、そんなもの見せられてうれしいと思ってんの？」

「いったいわしがおまえに何をしたっていうんだ？」、淡い緑色の大きな目に涙をいっぱいためて、彼女の冷ややかな表情を懸命に見上げながら、彼はいった。

「あなたがしたこと？……」、彼女はいった。「身に覚えがないっていうのね！　なんてしらじらしいのかしら……あなたの妹のアガトが――その人があなたの妹なら、わたしなんかイスーダンの塔の妹になれるって、あなたのお父様はいっていらしたけど――あなたにとって妹でもなんでもないその人が、うだつのあがらぬへぼ絵描きの息子と一緒にパリから出向いて、あなたに会いに来るっていうじゃないの……」

「妹と甥たちがイスーダンに来るだって？……」、びっくり仰天して彼はいった。

「まあ、驚いたふりなんかして、イスーダンに来るように手紙なんか書かなかったって、わたしに思わせようっていうのね。そんな魂胆はお見通しよ！　安心なさい、パリのご親戚のお邪魔はしませんから。その人たちがここに足を踏みいれる前に、わたしたちはとっとと失礼します。マックスと私はここを出て、もう二度と戻ってきません。いいこと、あなたの遺言状なんてあなたの鼻先でひっちゃぶいてやるわ……財産はあなたのご家族にお残しになればいいのよ、わたしたち、あなたの家族じゃないんだから。あとになれば、三十年間あなたに会いにこなかった、いえ、あなたに会ったことなんてもともと一度もなかった、そんな人たちにほんとうに愛してもらえるかどうかわかるでしょう！　わたしの後釜にすわるのは、あなたの妹なんかじゃない、百パーセント保証付のこちこちの信心家よ！」

「なんだ、それだけのことかい、フロールや」、老人はいった。「妹にも甥にも会いはせん……誓っていうが、彼らが着いたなんてまったく初耳だし、これはあの信心ぶったばあさんのオション夫人が仕組んだことなんだよ……」

マックスはルージェおやじの返答を耳にはさみ、突然姿をあらわして一家の主らしい口調でいった。「どうかしたのかね？……」

「マックス、いいところに来てくれた」、老人は、元兵士の保護を当てにできることがうれしくて言葉を継いでいった。マックスはフロールと示しあわせて、つねにルージェの肩を持つことにしていたのである。「天地神明にかけて誓う、たったいま知らせを聞いたばかりだ。断じて妹に手紙など書いておらん。あいつには財産はびた一文残さない。それくらいならいっそ教会にやってしまう、父にそう約束させられたんだ……いずれにせよ、妹のアガトもその息子も、家には入れんよ」

「ジャン＝ジャックさん、父上のいわれたことはまちがっているし、奥様はなおよくない」、マックスは答えた。「父上にも言い分はあったろうが、もう亡くなったことでもあるし、憎しみもいっしょに葬らなけれぱね……あなたにとって妹はやっぱり妹、甥は甥。あなたのためにも、またわれわれのためにも、彼らをきちんと迎えてやらなくちゃいけない。イスーダンじゅうでなんといわれることか？……冗談じゃありませんぞ！　後ろ指さされるのはもうまっぴらごめんだし、われわれがあなたを閉じ込めていて自由を奪っているだの、あなたをけしかけて遺産相続者に刃向かわせて、遺産を横取りしようとしているだのといわれるんじゃたまったもんじゃない……このうえまた四の五のいわれて、この場所に居残っているわたしではない。いま受けている中傷だけで、もううんざりなんだ！　さあ、食事、食事」

フロールはふたたび白テンのようにやさしくなり、ヴェディおばさんが食卓の用意をする手助けをした。ルージェはマックスに対する賛嘆の念でいっぱいになり、彼の手をとって窓の脇に連れてゆき、そこで小声でいった。「なあマックス、もしわしに息子があったとしても、きみほど愛すことはあるまいよ。それにフロールのいったとおりだ。きみたち二人こそ、わしの家族だ……マックス、きみはまったく名誉ということを心得ている、いや、じつにいいことをいってくれた」

「妹さんと甥御さんはおおいに歓迎してやらなくちゃいけませんがね、だからといって自分が決めたことを変える道理もない」、マックスがそのとき言葉をさえぎっていった。「そうしてこそ父上もほかの人々も満足してくれるはずだ……」

「ねえ、そこのお二人さん」、フロールが陽気な調子で叫んだ。「せっかくの野鳥肉のロースト《サルミ》がさめちゃうわよ。さあ、かわいいネズミちゃんには、手羽のところがいいかしら」、彼女はにっこり微笑みながら、ジャン＝ジャック・ルージェにいった。

この言葉を聞いて、老いぼれ男の馬づらから死人のような顔色が消えうせ、垂れさがった唇に麻薬中毒者のような笑みが浮かんだ。しかしまたしても咳が始まった、なぜならふたたび寵愛を取り戻して有頂天になったために、彼は懲罰を受けたときと同じくらい激しいショックをこうむったからである。フロールは立ちあがって、肩からカシミアの小さなショールを剥ぎとり、それを老人の首にネクタイ代わりに巻いてやりながらいった。「つまらないことでいちいち、こんなにやきもきしても始まりませんことよ。ほんとに、お馬鹿さんね！　これで気分がよくなるでしょ、これ、わたしの胸の上にあったんだから……」

「なんて心根のいい娘なんだろう！」、フロールが、独身者のほとんど禿げあがった頭にかぶせるために黒いビロードの縁なし帽を探しに行っているあいだに、ルージェはマックスにいった。

「心根がいいうえに、美人ときている」、マックスは答えた。「だが激しやすいところもある、親切気のある人間はみなそうだが」

このような描写はおそらくそのあまりのどぎつさを咎められるかもしれないし、ラブイユーズの性格の激しさにはあまりに赤裸々な真実が刻印されていて、描き手たるもの、そうしたことを露骨に出しすぎるべきではないと思われるかもしれない。ところがこうした場面は、ときとしてぞっとするようなあらわれかたをしながら何度となく繰り返されるもので、ここでは野卑なかたちをとっておそろしいほどの迫真性を示しているが、これは、社会的階梯のどこに位置していようとおよそ女であれば誰でも、なんらかの利害によって本来の従属的態度から横道にそらされたり、権力を手中にしたりしたときには演じないではいない場面の典型なのである。偉大な政治家同様、女たちの目から見れば、あらゆる方法が目的によって正当化される。フロール・ブラジエと公爵夫人のあいだに、公爵夫人とこのうえなく裕福なブルジョワ女のあいだに、ブルジョワ女と贅をつくした囲われ女のあいだに違いがあるとすれば、それは彼女たちが受けた教育、および彼女たちが生きる環境に起因するものでしかない。上流の婦人のふくれ面は、ラブイユーズの粗暴な言動となんら変わるところはない。どんな階層にあっても、とげのある冗談、機知に富んだからかい、冷ややかな軽蔑、わざとらしい嘆き、うわべだけの口論といったものは、イスーダンのエヴラール夫人（喜劇『老いた独身者』に登場する野心家の家政婦）ともいうべきこの女の下卑た言い草と同じように、功を奏するのである。

マックスが面白おかしくファリオの話をしてみせたので、ルージェは笑いころげた。ヴェディおばさんとクースキもこの話を聞きにやってきて、廊下で腹をかかえて笑った。フロールも馬鹿笑いが止まらなかった。食事のあと、ジャン＝ジャックが新聞を読むあいだ――〈コンスティテュショネル〉紙とやはり立憲派の諷刺新聞〈パンドール〉紙を定期購読していたのだ――マックスはフロールを自分の部屋に連れてきた。

「あいつまさか、おまえを遺産相続人に指定してから、別の遺言状を作っちゃいないだろうな？」

「だって、書きようがないもの」、彼女は答えた。

「どこかの公証人に口述筆記したかもしれんし」、マックスはいった。「もし作ってないとしても、このことはあらかじめ気をつけておく必要がある。だから、ブリドー親子はできるだけいい顔をして出迎えてやるが、抵当付きの投資物件は全部現金化しておこう、それもなるだけ急いでだ。公証人どもは抵当権を譲渡したいといえば、二つ返事で引き受けるだろう。やつら、それで食いぶちを稼いでいるんだから。国債の値は毎日うなぎ上りだ、なにしろスペインを征服して議会からフェルディナンド七世を解放しようっていう勢いだからな。この調子だと来年には額面価格を突破するだろう。だからあの老いぼれの七十四万フランで国債を買っていまは八割九分の値打ちの登録台帳に記載しておけば、ぼろい儲けになるぜ！……ただ名義はおまえにしておかなくちゃいけない。そうすりゃどうなったってこの分だけは、確保できるってわけさ！」

「それは名案だわ」、フロールはいった。

「で、八十九万フランあれば、国債が額面価格まで値上がりすれば五万フランの年金が転がりこむわけだから、あいつに二年の期限、半額ずつ返済という条件で十四万フラン借りさせよう。二年のあいだにおれたちの手に入る額は、パリから十万フラン、ここで九万になる、しかもなんの危険も犯さずにだ」

「ああマックス、もしあなたがいなかったら、わたしたちどうなっていたかわからない」、彼女はいった。

「まあ明日の晩、パリの連中のようすを見て、それから〈ラ・コニエット〉で、オション家の人間が自分から連中を厄介払いすることになるうまいやり方を考えるよ」

「ほんとになんて冴えてるのかしら！　あなたこそ、男のなかの男ね」

七　オション家の五人

サン＝ジャン広場は、上手をグランド＝ナレット、下手をプティット＝ナレットと呼ぶ通りの真ん中へんにある。ベリー地方において「ナレット」という言葉は、ジェノヴァ方言で「サリータ」というのと同じ土地の形状をあらわし、急な勾配がある通りのことをいう。サン＝ジャン広場からヴィラット門まで、「ナレット」つまり勾配はきわめて急である。老オション氏の家は、ジャン＝ジャック・ルージェの住む家の真向かいにある。オション夫人がいる広間の窓から、カーテンが引かれているか扉が開いたままになっていれば、ルージェおやじの家で起こっていることがしばしば手にとるように見えたし、同じことが逆にもいえた。オション氏の家はルージェの家とそっくりで、この二つの建物は同じ建築家によって建てられたのにちがいない。オションはかつてベリー地方のセルで所得税の徴税官をしていたが、もともとイスーダンの生まれで、伊達男ルストーの妹と結婚するために故郷に戻り、セルでの地位とイスーダンの徴税官の地位を交換した。一七八六年にはすでに仕事から手を引いており、革命の嵐から身を避けたが、勝者たちとともに雄叫びをあげたあらゆる立派な方々同様、その諸原則に完全に賛同していた。オション氏がたいへんなしまり屋であるという評判は、だてに立てられているわけではなかった。だがここで彼の人となりをこと細かに描写したりすれば、冗長な繰り返しにおちいりかねない。彼の名を一躍高めたそのけちぶりの一例を挙げるだけで、オション氏の人柄を理解していただくのに充分なはずだ。

　彼の娘がボルニッシュ家に嫁ぎ——この娘はその後亡くなったが——、結婚式を挙げるさい、ボルニッシュ家を晩餐に招待しなければならなくなった。花婿は莫大な財産を相続することになっていたが、商売をしくじってすっかりふさぎこみ、そのうえ父と母が援助を拒否して救いの手を差し伸べてくれなかったために、そのまま死んでしまった。老ボルニッシュ夫妻はいまも存命で、オション氏が嫁資、つまり娘の名義になっている財産を守ってみせると自負して、後見人の役を引き受けてくれたことを喜んでいた。夫婦財産契約の署名が行われた日、両家の祖父母が広間に集まり、片側にオション家、反対側にボルニッシュ家がいずれも着飾ってならんだ。若き公証人エロンが重々しく契約を読みあげている最中、料理女が入ってきて、食事の目玉である七面鳥を結わえる紐が要るとオション氏にいった。かつての所得税徴税官は、フロックコートのポケットから、すでに何かの包みに使ったらしい紐の切れ端を取りだして、それを与えた。だが下女が扉から出て行こうとすると、こう叫んだのである。「グリット、あとで返すんだぞ！」グリットとは、ベリー地方で使われるマルグリットの略称である。いまや、オション氏の人となりがいかなるものかおわかりになったことであろうし、また父、母、三人の子供からなるこの家族が、町の人々のからかいの種にされるようになったこともご理解いただけるだろう。彼らはオション家の五人、五匹の豚《サン・コション》と呼ばれたのである！

年ごとに老オションはますます気むずかしく、偏屈になり、いまやもう八十五歳という年齢に達している。彼は、通りの真ん中で会話に熱が入っている最中にも、身をかがめて一本のピンを拾い、「これで、女の稼ぎ一日分だ！」などといって、それを袖の折り返しに刺しておく、そんなたぐいの男の一人である。フロックコートがたった十年しか持たなかったといって、当節の服地の粗雑な作りに本気で不満をこぼすような人間だった。背が高く、ひからびたようにやせ、顔色が黄色っぽく、ほとんど口もきかず、ものも読まず、ひたすら労力を惜しみ、オリエント人のように礼儀作法にうるさく、家ではきわめて質素な生活習慣を守って、家人の飲み食いにも制限を加えていたが、この家族というのがなかなかの大所帯で、ルストー家から嫁にきた妻、老ボルニッシュ夫妻の遺産相続者である孫のバリュックとその妹アドルフィーヌ、もう一人の孫のフランソワ・オションからなっていた。

長男のオションは一八一三年に、それまで徴兵を免れていた家の子供が集められて儀仗衛兵と呼ばれるようになったさいに召集され、プロシアのハーナウの戦役で命を落とした。この推定相続人は、何かの機会に徴兵されることのないようにと、きわめて早い時期にある裕福な女性と結婚していたのだが、召集を受けたとき自分の最期を予期して、その財産をすべて使い尽くしてしまった。彼の妻は遠くからフランス軍のあとにつき従い、一八一四年にストラスブールで死に、あとに借金が残されたが、老オションは、女は成人と認めずという古い法制度の原則を盾にとって債権者たちと対立し、これを支払わなかった。

この家はいまも三人の孫と祖父母からなっているから、あいかわらずオション家の五人ということができる。したがって例のからかいはいまでも通用しつづけているわけだが、それというのも、田舎ではいかなるからかいも古びるということはないのである。グリットはこのとき六十歳ほどの年齢で、家の仕事は彼女一人で充分まかなえた。

家はだだっ広いわりには、家具はきわめて少なかった。とはいえ、三階の二部屋にジョゼフとブリドー夫人を泊めてやることは充分可能であった。老オションはそれで、ベッドを二つとっておいたことを悔やんだのだが、そのベッドのそれぞれには、綴れ織りを張った古い白木づくりの肱掛椅子と、青く縁取られた洗面器のなかに「炉口」型と呼ばれる水差しが置かれたウォールナットのテーブルが一つずつついていた。老人は収穫したりんご、冬梨、セイヨウカリン、カリンを、家ネズミやらドブネズミやらが縦横に駆けまわるこの二つの部屋に藁を敷いて置いていた。それで部屋には、果物とネズミの匂いが立ちこめていたのだった。オション夫人は部屋をすっかり片づけさせた。ところどころはがれていた壁紙は、封緘用の糊を使って貼りなおし、自分がむかし着た古いモスリンの子供服を裁断して小さなカーテンを作り、それで窓を飾った。さらに、夫が粗い布地の敷物を買ってもいいといわなかったので、自分のベッドマットを、四十七を越した母親だというのに「かわいそうな子ねえ！」などといいながら、かわいいアガトに譲ってやったのだった。オション夫人はボルニッシュ家からナイトテーブルを二つ借りうけ、さらに大胆なことに、〈ラ・コニェット〉の隣の古道具屋から、銅の取っ手のついた古い整理ダンスを二つ借りてきた。彼女は二組の高価な木彫りの燭台をもっていたが、これらは旋盤を偏愛していた彼女自身の父親がその旋盤をまわして作ったものだった。一七七〇年から一七八〇年にかけて、手に職をつけることが裕福な人々のあいだではやったことがあり、ルイ十六世が錠前屋だったように、かつて租税法院の第一書記を務めたルストー氏も旋盤工だったというわけである。これらの燭台は、バラや桃やアンズの木の根で作った輪で飾られていた。オション夫人はそんなかけがえのない形見の品をあえて持ち出してきたのだ！……こうした準備や犠牲ゆえに、まだブリドー親子がやってくることが信じられないでいたオション氏は、いっそう気むずかしい態度をとるようになった。

　ファリオへのいたずらによって忘れえぬ日となったその日の朝、オション夫人は朝食のあとで夫にいった。「あなた、わたしの名づけ子のマダム・ブリドーをちゃんともてなしてくださるんでしょうね？」さらに、孫たちが出ていったのを確かめてからつけ加えて、「わたしの財産は自由に使わせていただきますよ。不愉快なおもてなしをして、遺言のなかでアガトにその償いをするなんて、まっぴらですからね」

「この年になって」、オションは静かな声で答えた。「礼儀作法のいろはをわしが知らんとでも思っているのか？……」

「わたしが何をいいたいか、よくご存じのくせに、ほんとにいけ好かない。お客さんには愛想よくしてくださいよ。それからわたしがどれほどアガトを愛しているか、どうぞお忘れなく……」

「マクサンス・ジレもあんたのごひいきだったが、そのごひいきが、あんたのだいじなアガトが継ぐべき相続財産にむしゃぶりつこうとしているんじゃないかね！……あんな男に親切にしてやって、恩をあだで返されたってことだろう。しかしいずれにせよ、ルージェ家の金を手に入れるのは、ルストーの人間にちがいなかったのだろうが」

　こんなふうにアガトとマックスの出生についての憶測をほのめかしたあとで、オションは出てゆこうとした。だが老オション夫人——この女性はいまなお背筋もしゃんとして、贅肉もついておらず、結んだリボンがついた丸い縁なし帽をかぶって髪粉を振り、鳩の胸のような光沢のあるタフタのスカートをまとって、ぴったり袖を留め、足にはサンダルをつっかけていた——は愛用の小さなテーブルの上に煙草入れを置いて、「実際オションさん、あなたのように知恵のある人がそんなばかばかしいことを、どうして繰り返し口にできるんでしょうか？　おかげでお気の毒に、わたしのお友達だったルージェの奥さんは安らぎを奪われ、わたしの名づけ子のアガトは父親の財産を奪われてしまったのですよ。マックス・ジレは兄の息子ではありませんし、かつてわたしは兄にお金を無駄に使うのはやめるように忠告もしたのです。それに、ルージェの奥さんが美徳そのものの人だったたっていうことは、あなただってわたし同様よくご存じじゃありませんか……」

「そして娘もいかにもあの母親に似つかわしい、というのはどうやらひどく愚からしいからな。ありったけの財産をなくしたあと、子供たちをなんとも立派に育てあげた。そのおかげで、一人はこのあいだ捕まったベルトン将軍ばりの陰謀に加担して、貴族院法廷での刑事裁判のために牢獄にぶちこまれている。もう一人のほうはなお悪い、画家になったというじゃないか！……あんたが目をかけているあの人らは、ルージェをラブイユーズとジレの鉤爪から救いだすまでここにいるつもりなのかもしれんが、何年かかることやら、知れたものではないぞ」

「もうたくさんよ、オションさん、ともかく二人に何かしら得るものがあることを願ってやっていただきたいわ……」
　オション氏は帽子と、象牙の握りのついた杖をとって、このにべもない言い方に言葉を失って出ていった。妻にこれほど断固たる決意があるとは思いもよらなかったのである。オション夫人のほうはミサでおこなわれる通常の祈りを読むために自分の祈禱書を手にとった。というのも彼女は高齢のために毎日教会に行くことができなかったからで、日曜日や祭日に教会に行くだけで、たいへんな苦労をしなければならなかったのだ。アガトの返事を受けとってからは、いつもの祈りのほかに、ジャン＝ジャック・ルージエの目を開き、アガトに祝福を与え、みずからぜひそうしろと勧めた企てが成功するように神に懇願するための祈りをつけ加えた。彼女はことの成就のために九日間のお参り《ノヴエナ》を思いたち、そのあいだにミサを挙げてくれるように司祭に頼みこんでいた。代理人として彼女の代わりに教会で祈りを挙げたのは孫娘のアドルフィーヌで、ほかの二人の孫にはこのことを隠していたが、彼女にいわせれば、この二人はとんでもない不信心者なのであった。

　アドルフィーヌは当時十八歳で、生活のすべてが計算どおり単調に進んでゆくこの寒々とした家で、七年前から祖母のかたわらで家の仕事をしていた。彼女はジョゼフ・ブリドーになんらかの感情を吹きこむことを願って、いっそう進んでこのノヴェナをやる気になったのだったが、オション氏がその真価を認めようとしないこの芸術家に彼女がこれほど激しい興味を抱いたのは、祖父の話では、このパリの若者はおそろしく乱れた生活を送っているということだったからである。

　老人たち、思慮深い人々、町の主だった人々、しかるべき家の長たちはもともと、オション夫人の行動を支持していた。そして彼女の名づけ子とその子供たちのためを思うこうした人々の祈願は、久しい以前からマクサンス・ジレが彼らに引き起こしていたひそかな軽蔑にちょうど見合うものであった。こうしてルージェおやじの妹と甥がやってきたことで、イスーダンに二つの党派ができた。一つは身分の高い、古い家柄の町民の一派で、彼らは幸運を祈願し、事件を眺めるだけでよしとして、実際に手を貸すことはない。もう一つは「悠々騎士団」とマックスの支持者の一派で、彼らは不幸なことに、パリからきた二人にさまざまな悪事を働きかねなかったのである。

そんなわけでその日、アガトとジョゼフは三時にミゼール広場の駅馬車発着所に着いた。ブリドー夫人は疲れきっていたが、生まれ故郷を目の当たりにして若返った気分になり、一足歩くごとに若き日の思い出や印象がよみがえってきた。当時イスーダンの町があった状態からして、パリ人の到着が町じゅうに知れわたるのにものの十分とかからなかった。オションン夫人は戸口のところまで出て名づけ子を迎え、まるで実の子のように抱擁した。彼女は七十二年にわたって空しい、単調な月日を送り、その間いずれも不幸なまま死んだ三人の子の柩を数えた。そしてそうした歳月のあとで、彼女自身の表現によれば、「十六年間ポケットに入れて」いつくしんできた若い女性に対して、いわば人造の母性愛を抱いたのだ。田舎の闇のなかで、オション夫人はこの古い友情を、アガトの子供時代とその思い出を、まるで彼女がそこにいるかのように大事にはぐくんできた。彼女がブリドー親子の利害に我を忘れて熱中したのは、そのためである。アガトは下へも置かぬ歓迎ぶりで広間に案内されたが、そこではオション氏がいかめしい態度で、まるでひび割れたかまどのように冷ややかに待ちかまえていた。

「ほら、オションさんですよ、どう見えるかしら？」、代母が名づけ子にいった。

「ほんとうにお別れしたときと、ちっとも変わりになっていませんわ」、パリの女性はいった。

「ああ、あなたがパリからお出でになったということがすぐわかる。お口がお上手ですな」、老人はいった。家族の紹介がなされた。孫のバリュック・ボルニッシュ、二十二になる大柄の青年、孫のフランソワ・オション、二十四歳、同じく孫のアドルフィーヌ、彼女は顔を赤らめ、どこに手を置いたらいいのかわからず、とりわけ目のやり場に困っていた。というのもジョゼフ・ブリドーのほうに目をやっているととられるのが嫌だったからで、そのジョゼフを二人の若者と老オションはともに物珍しげにじろじろ眺めていたが、それぞれの見方は異なっていた。しまり屋の老人は思った、「この男は病院に入っていたというじゃないか。恢復期の病人らしく、腹をすかしておるだろう」二人の若者は思った、「ひでえ顔だ！　まるで強盗そのものじゃないか！　こいつはちょっとばっかり手こずるかもしれんぞ」

「こちらが息子のジョゼフで画家をしております、やさしい子ですの！」、芸術家を指しながら最後にアガトがいった。

やさしいという口ぶりにはどこか無理をしている調子がうかがえ、リュクサンブールの牢屋に思いを馳せるアガトの心のすべてがあらわれていた。

「どこか悪いんじゃない？」、オション夫人が叫んだ。「あなたには似ていないね……」

「そうなんですよ」とジョゼフが芸術家らしいぶっきらぼうな単刀直入さでいった。「ぼくは父親似で、しかも醜いところばっかり似ている！」

オション夫人はアガトの手をとっていたが、その手を握りしめ、彼女にじっと目をやった。そのふるまい、そのまなざしはこういいたげだった。「ああ、あなたがこの子よりあのどら息子のフィリップのほうが好きなのが、よくわかるわ」

「お父様にお目にかかったことはありませんけれど」、オション夫人は大きな声でいった。「あなたがこのお母様の子供だというだけで、あなたを好きになるには充分なのですよ。それに、亡くなったデコワンさんのお手紙によれば、あなたには才能があるそうね。近ごろでは、あなた方のようすを知らせてくれる人はあの方ぐらいっきゃいなかったわ」

「才能ですか！」、芸術家はいった。「それはまだなんとも。でも時間をかけて辛抱すれば、たぶん栄光と財産を両方とも手に入れることができるんじゃないでしょうか」

「絵を描いてかね？……」、オション氏がきつい皮肉をこめていった。

「さあ、アドルフィーヌ」、オション夫人がいった。「夕食の支度を見てきておくれ」

「母さん」とジョゼフ、「トランクが着いたようですから、部屋に運ばせてきます」

「さあ、ブリドーさんに部屋を見せておあげ」、祖母がフランソワにいった。

夕食の準備がととのうのはいつも四時ごろで、まだ三時半だったから、バリュックは町に出てブリドー一家のようすを知らせ、アガトの身なりや、とりわけジョゼフについて触れてまわったのだが、やつれ果てた、病的で個性の強いこのジョゼフの顔だちは、まさしく人が強盗について思い浮かべる人相そのものだった。その日はどこの家でも、彼の話で持ちきりだった。

「人の話では、ルージェおやじの妹は、妊娠中にある種類の猿に見つめられたそうだ。息子はマカク（アジア・アフリカ産の猿の種類の）に似ている。――顔は強盗そのものだし、目はバジリスク（睨むだけで人を殺すという伝説上のトカゲ）みたいだ。――その男はなんとも珍妙な、ぞっとするような顔をしているという。――パリの芸術家なんて、みんなあんなものだ。――連中は赤いロバのように意地悪で、猿のようにずる賢い。――職業柄そうなのだ。――たったいまボー

郵便はがき

料金受取人払

牛込局承認

6680

差出有効期間
平成28年1月
9日まで

162-8790

東京都新宿区
早稲田鶴巻町五二三番地

株式会社 藤原書店 行

（受取人）

ご購入ありがとうございました。このカードは小社の今後の刊行計画および新刊等のご案内の資料といたします。ご記入のうえ、ご投函ください。

お名前	年齢
ご住所 〒 TEL　　E-mail	
ご職業（または学校・学年、できるだけくわしくお書き下さい）	
所属グループ・団体名	連絡先
本書をお買い求めの書店 市区郡町　　書店	■新刊案内のご希望 □ある □ない ■図書目録のご希望 □ある □ない ■小社主催の催し物案内のご希望 □ある □ない

読者カード

書のご感想および今後の出版へのご意見・ご希望など、お書きください。
ゝ社PR誌『機』に「読者の声」として掲載させて戴く場合もございます。)

■本書をお求めの動機。広告・書評には新聞・雑誌名もお書き添えください。
□店頭でみて　□広告　□書評・紹介記事　□その他
□小社の案内で　(　)　(　)　(　)

■ご購読の新聞・雑誌名

■小社の出版案内を送って欲しい友人・知人のお名前・ご住所

お名前

ご住所 〒

□購入申込書(小社刊行物のご注文にご利用ください。その際書店名を必ずご記入ください。)

書名　冊	書名　冊
書名　冊	書名　冊

ご指定書店名

住所

都道府県　市区郡町

シエさんに会ったが、あの男には、夜、森の片隅では会いたくないといった。駅馬車のなかであの男を見たのだ。——目の上が馬のようにくぼんでいて、身ぶりは狂人のようだ。——あの青年はなんだってやりかねない。兄は堂々たる美丈夫だが、その運命が狂ったのも、もしかしたらあの男のせいかもしれない。——気の毒に、ブリドー夫人は彼と一緒にいて、しあわせそうではない。せっかく彼がここにいるんだし、ひとつわれわれの肖像をひねり出させたらどうだろう？」

まるで風でまき散らされたように町じゅうにこうした意見が広まり、そこからどはずれた好奇心が生まれた。オション夫妻に会いにゆく権利を持つものはみな、その日の夜に彼らを訪ねてパリ人をじっくり見ようと思いたった。この二人の人物がイスーダンのような沈滞した町にやってきたことは、ちょうどラ・フォンテーヌのある寓話で、王を求める蛙たちの真ん中に粗朶《そだ》が落ちてきたことにも等しかったのだ。

ジョゼフは母と彼自身の荷物を二つの屋根裏部屋に入れ、部屋を眺めまわし、さらにひっそりと静まり返ったこの家を観察してみた。壁にも階段にも板張りにもなんの装飾もなく、冷えびえとして、すべてにわたって必要最小限のものしかなかった。彼はそのとき、詩的なパリから素っ気なく押し黙った田舎に突如移ってきたことに気づいて愕然となった。そのうえ下に降りてゆく途中で、オション氏みずから一人一人にパンを切り分けているのを目にして、生まれて初めてモリエールの芝居の吝嗇家アルパゴンがほんとうに理解できたのだった。

「旅館に行った方がまだましだったかもしれない」、彼は心のなかでつぶやいた。

夕食を見たとき、彼の懸念はいっそうはっきりしたものになった。最初に出たのは透明に澄んだブイヨンで、質より量がものをいうことが一目瞭然であり、そのあとで、パセリが勝ち誇ったようにまわりを取り囲んだゆで肉が出た。野菜は別皿にとりおかれ、献立のなかで重要な部分を占めていた。ゆで肉はテーブルの真ん中にでんと座って、三つの皿につき従われていた。野菜の皿のまん前に、スカンポの上に載った幾つかのゆで卵。さらにクルミ油をからめたサラダ、これはクリームの入った小さな壺の前にあったが、ヴァニラの代わりに焦がした燕麦を使ったこのクリームは、シコレで作ったコーヒーがモカに似ているというなら、ヴァニラに似ているといった代物だった。バターとラディッシュは二つの皿におかれてそれぞれテーブルの端にあり、クロダイコンとピクルスが足りない部分を補っていて、こんな献立にオション夫人も賛意を示したのだった。人のいい老婦人は、夫が少なくとも最初の日だけは気前よく客をもてなしてくれたのを見て、しあわせな妻らしくうなずいて見せた。老人は片目をつぶり、肩をすくめてこれに答えたが、こうしたふるまいが何をいわんとしているか、言葉にいいあらわすのはいともたやすい。「おかげで、とんだ散財をしちまったよ！」

ゆで肉がオション氏によっていってみればばらばらに解剖され、パンプスの靴底のような薄片に切り分けられたそのすぐあとに、ゆで肉に代わって三羽の鳩が出た。葡萄酒は粗悪な一八一一年ものの地酒だった。祖母の勧めで、アドルフィーヌはテーブルの両端を二つの花束で飾った。

「こりゃあ、贅沢をいっても始まらないな」、芸術家はテーブルを眺めながら考えた。

そして猛然と食べはじめた。なにせ、ヴィエルゾンで朝の六時にひどくまずいコーヒーを一杯飲んだだけだったのだ。ジョゼフが自分のパンを食べつくしてさらにお代わりを頼むと、オション氏が立ちあがり、フロックコートのポケットの底からゆっくりと鍵を取りだして後ろの棚を開け、十二リーヴル（リーヴルは旧重量単位で、地方ごとに異なり、三百八十グラム〜五百五十グラムに相当する。）のパンの塊を掲げもち、儀式張った仕草でそこから一切れ切りとってから、それを半分に割って皿に載せ、テーブルごしに若い画家に渡した。一言も口をきかず沈着冷静なそのようすは、戦闘の始まりに「さあ、きょうが最期の日になる覚悟をしておこう」とひそかにつぶやく古参兵を思わせた。ジョゼフはその半切れを受けとり、これ以上パンのお代わりをしてはならないことを理解した。家族の誰一人として、ジョゼフにとってはまったく常軌を逸したこの場面に驚く者はいなかった。しだいに会話がはずんできた。アガトは彼女の生家、つまりデコワンの家を相続するまでは彼女の父のものだった家がボルニッシュ家に買われたことを知って、その家をぜひもう一度見たいという希望を明らかにした。

「ボルニッシュさんご夫妻は」と彼女の代母がいった。「今夜まちがいなくやってきますよ。なぜって、町じゅうの人があなたを」と彼女はジョゼフに向かって、「じっくりこの目で見たいと思っているらしいから。それに彼らはあなた方をご自分の家に招待するでしょう」

女中がデザートにトゥーレーヌ産やベリー産の名高い柔らかいチーズを持ってきた。このチーズは山羊の乳で作られ、葡萄の葉に載せて出されるのだが、その葡萄の葉の模様をニエロ細工のようにきわめて精巧に写しだしているので、もしも版画がトゥーレーヌ地方で発明されたのだとしたら、それはこのためにちがいないと思われるほどである。これらの小さなチーズのそれぞれの側に、グリットは一種儀式めいた仕草で、まるでそこから取りのけることを禁ずるかのように、クルミとビスケットを置いた。

「ねえグリットや、果物があっただろう？」、オション夫人がいった。

「でも奥様、腐ったのはもうございませんよ」、グリットが答えた。

ジョゼフはアトリエに仲間といるときのように無遠慮にぷっと吹きだした。というのも彼は傷んだ果物から食べはじめるという用心が、単なる習慣に堕していることを理解したからである。

「なんでもいいさ！　ともかくいただこうじゃないですか」と彼は腹をくくった人間の陽気な快活さで答えた。

「オションさん、ねえ、よろしいわね？」、オション夫人が叫んだ。

オション氏は芸術家の言葉にひどく気分を害し、おくての桃、梨、サント＝カトリーヌ種のプラムを持ってきた。

「アドルフィーヌ、葡萄を摘んできておくれ」、オション夫人が孫娘にいった。

ジョゼフは二人の若者を、「こんな食事で、よくそんなしあわせそうな顔ができるな？」とでもいいたげな目で見た。バリュックはこの辛辣な目つきの意味を理解してにやりとしたが、それというのも、いとこのオションと彼は家ではことさらに控えめにふるまっていたからである。〈ラ・コニェット〉で週に三度夜食をとる者には、家での生活などどうでもよかった。それに夕食前にバリュックは、「大ボス」が頼みごとがあって、深夜に「団」の全員を集めてふんだんにご馳走をふるまうという知らせを受けとっていた。老オションによって客人に供されたこの歓迎の食事は、〈ラ・コニェット〉での深夜の饗宴が食欲旺盛なこの二人の青年の栄養補給にどれほど必要であったか物語っており、二人はそれを一度として欠かすことはなかったのだった。

「客間でリキュールをいただきましょう」、立ち上がりながらオション夫人がいい、ジョゼフに身ぶりで腕を貸してくれるように頼んだ。食堂を出たのは彼女が最初だったので、彼女は画家にこう耳打ちすることができた。「あなたにはお気の毒だけど、あんな食事じゃ食べきれないほど食べたとはとてもいえないわね。けど、あれでもたいへんな苦労をして用意したんだよ。どうぞここでは節制に努めて、かつかつの食事で我慢しておくれ。献立については目をつぶってね……」

まるでこうして自分で自分を裁くかのようなこの人のいい老婦人の正直さを、芸術家は好ましく思った。

「あの人と連れ添って五十年になろうが、何年になろうが、わたしの財布のなかに二十エキュものお金がうなっているなんてことは、おこりゃしないの！　これがあなた方の財産を救うためでなけりゃ、こんな牢獄みたいなところにあなたやお母さんを金輪際呼び寄せたりはしなかったよ」

「でも、よくいままで持ちこたえてこられましたね？」、フランスの芸術家なら誰にでも見られる快活さで、無邪気にも画家は訊ねた。

「ただただ」と彼女は言葉を継いで、「神様におすがりするだけですよ」

ジョゼフはこの言葉を聞いて軽い身震いを覚え、この老婦人がとても大きく見えて、数歩後ろに下がってその顔をまじまじと見つめた。その顔は輝きに満ち、なんとも優しい穏やかさが刻みこまれていたので、思わず彼はいった。「あなたの肖像を描かせてくれませんか！」

「お断りだね」彼女はいった。「この世にはもううんざり、絵のなかに残っていたくなんかないよ！」

こんな悲しい言葉を陽気な調子で口にしながら、彼女は棚からカシス酒の入った小瓶を取り出した。この自家製のリキュールは彼女が手ずから作ったものだが、それというのも彼女は、イスーダン名物のクッキーを考案したあれらの名高い修道女たちからその作り方を教わっていたのである。このクッキーはフランス菓子のもっとも偉大な創造品の一つで、いかなる料理長も、コックも、ケーキ屋も、菓子職人も、まねて作れたためしがない。コンスタンチノープル大使ド・リヴィエール氏は毎年おびただしい量を、マムド二世の後宮のために注文したものだった。アドルフィーヌが、表面に装飾をほどこし、縁を金に塗った時代物の小さなグラスをたくさん載せた漆器のお盆をもち抱えていた。そしてさらに彼女の祖母が一つずつ注いでゆくにつれて、それを配ってまわった。

「みんなに配ってくださいな。亡くなった父の分もお願いね！」、アガトは明るく叫んだが、彼女はこの少しも変わることがない儀式で、若いころを思い出したのである。

「もう少ししたらオションは『クラブ』に新聞を読みに行くから、ちょっとは話をする時間ができますよ」、老婦人が彼女にそっとささやいた。

実際十分後、三人の女性とジョゼフ以外客間には誰もいなくなった。客間の寄せ木張りの床はせいぜい掃くぐらいが関の山で、磨いたことなど一度もなかったし、壁布は、溝を掘り、刳り型をつけた樫の枠にはめられていた。そして簡素でほとんど陰気といってよい家具はすべて、最後に見たときとまったく同じ状態でブリドー夫人の目に映った。王政、大革命、帝政、復古王政が敬意を払ったものなどなきにひとしいが、この客間だけは例外で、そうした政体の栄光も災厄も、ほんの少しの跡すらそこにとどめていなかった。

「ああ、おばさま、おばさまの人生に比べれば、わたしの人生は乱れに乱れて、むごいくらいです」、ブリドー夫人は、生きていたときの姿を知っていたカナリアが剥製になり、暖炉の上の古い振り子時計、銅製の古い枝付き燭台、そして何本かの銀のろうそく立てのあいだに置かれているのを見つけて、驚嘆のあまりそう叫んだ。

「嵐は」と老婦人は答えて、「心のなかに吹き荒れるものよ。大きな諦めを余儀なくされればされるほど、自分自身との戦いは激しくなるのです。わたしのことはさておいて、あなた方の問題を考えなくちゃね。

まさに敵の真っ正面にいるんだよ、あなた方は」と彼女はルージェの家の客間を指さしながらさらにいった。

「お食事が始まったらしいわ」、アドルフィーヌがいった。

この少女は閉じこもりがちで、いつも窓の外を眺め、マクサンス・ジレ、ラブイユーズ、ジャン＝ジャックがしているともっぱらの評判の何かとてつもないことを目にできないかと思っていた。彼らの話をするので席をはずすようにいわれたときには、そうした評判の幾つかが彼女の耳にまで届いてくることもあったのだ。老婦人は彼女に、訪問客があるまでブリドー親子と自分だけにしておいてくれるようにいった。

「というのは」と彼女は二人のパリ人を見ながら、「イスーダンのことなら、手にとるようにわかるからね。物見高い人々が今夜、十人ほどはおいでだよ」

ラブイユーズとマクサンス・ジレがジャン＝ジャック・ルージェに驚くべき支配力をおよぼすに至った経緯にかかわる一連のできごとや細かい説明を、オション夫人は、先ほど本書で示されたような総合的方法にはよらず、善意によるものであれ、悪意によるものであれ、町じゅうでささやかれる噂話によって尾ひれのついたありとあらゆる解釈、説明、仮定をそこに加えつつ二人の客人にしていたが、それがちょうど終わろうというころ、アドルフィーヌが戻ってきて、ボルニッシュ夫妻、ボーシエ夫妻、ルストー＝プランジャン夫妻、フィッシエ夫妻、ゴデ＝エロー夫妻の総勢十四人がやってくるのが遠くに見えたと告げた。

「わかるね」と話を終えながら老婦人はいった。「狼の牙から財産を取り戻すのは、そうたやすいことではないよ……」

「たったいま説明してくださったようなあくどい男や、そんなにしたたかな女が相手では、たしかにそれはほんとうにむずかしそうで、ほとんど不可能といってもいいくらいだ」、ジョゼフは答えた。「少なくとも一年はイスーダンにいなければ、彼らの影響力をうち負かして、伯父に対する支配を転覆させることはできないでしょう……財産なんてものはそんな気苦労に値しないし、いろいろ下世話な行為に手を染めて、名誉を汚すことにもなりかねない。母は二週間の休暇しかもらっていません。安定した仕事ですし、この仕事を失う危険を冒すわけにはゆかない。ぼくのほうは、友人のシネールがまわしてくれた、ある貴族院議員のところでの重要な仕事が十月にある……それに、わかってください、ぼくの財産は絵筆のなかにこそあるのです！……」

この発言は深い驚きをもって受けとられた。オション夫人は、彼女の住む町のなかでは優れた人物ではあったが、やはり絵画など信用していなかったのだ。彼女は名づけ子のほうに目をやって、ふたたびその手を握りしめた。

「このマクサンスという男は、第二のフィリップってとこだね」とジョゼフは母にそっと耳打ちした。「ただフィリップより駆けひきがうまいし、しっかりしている」「まあそういうわけで」と彼は声を張り上げていった。「ここに長いこと腰を据えることにでもなれば、オションさんもご迷惑でしょうから！」

「いいえ、あなたはお若いから、世の中のことは何一つわかっていないの」、老婦人はいった。「二週間でもうまくやればそれなりの成果は得られますよ。わたしの忠告をしっかり聞いて、いうとおり動くことだね」

「もちろんですとも」とジョゼフは答えて、「ぼくは、こと家のごたごたにまつわる駆けひきにかんしては、思いっきり無能な人間だと思います。だから、もし明日伯父に会うことを拒絶されたら、デロッシュならぼくらにどうしろというだろうか、それすらもわからない」

ボルニッシュ、ゴデ＝エロー、ボーシエ、ルストー＝プランジャンそしてフィッシェの各夫人が、夫を飾りのように従えて入ってきた。型どおりの挨拶を交わしたあと、これら十四人の人々が腰を下ろすと、オション夫人は名づけ子のアガトとジョゼフを彼らに引き合わせないわけにはゆかなかった。ジョゼフは肘掛け椅子に腰掛けたまま、五時半から九時までのあいだに、彼が母にいった言葉によるとただで彼の前にポーズをとりに来た、六十人もの人々の顔をこっそり検討することに余念がなかった。この夜の集まりのあいだ、イスーダンの選良ともいうべき人々を前にジョゼフがとった態度は、彼に対するこの小さな町の意見を少しも変えることはなかった。それぞれがそのからかうような目つきにぎょっとなり、その笑みに不安を覚え、またその顔に震えあがったが、天才の風変わりさを理解しえぬ人々にとって、まさにそれは不吉な顔というしかなかったのだ。

十時になり、みなが寝室に引きとると、代母は名づけ子を寝室に招き入れて真夜中までそこに引き留めた。二人の女性は誰にも聞かれていないことを確かめて、たがいの人生の悲しみを吐露しあい、それぞれの苦しみを慰めあった。アガトは、人知れぬ美しい魂の力がいたずらに失われた寂寥の大きさを理解し、生きるべき運命が損なわれたこの精神の最後の響きに耳を傾け、もともと寛容で思いやりがあったにもかかわらず、その寛容も思いやりも一度として発揮されることなく終わったこの心の苦悩を知った。そして神の送りたもうた辛苦に、パリの生活によってどれほどの気晴らしやちょっとした幸せがもたらされてきたかを考えれば、自分の方が不幸せだとはもはやとても思えなくなった。

「おばさまは信心深くていらっしゃるから、どこにわたしの過ちがあったのか、どうか教えてください。そしておっしゃってください、わたしの何を、神様はお罰しになっているのでしょうか？……」

「わたしたちに、来世への心の準備をおさせになっているんだよ」、真夜中の鐘が鳴ったとき、老婦人は答えた。

八　マクサンス＝マキアヴェリ

深夜、「悠々騎士団」の団員はそれぞれバロン大通りの木々の影のように身を潜め、ひそひそとしゃべりながら歩いていた。

「これから何をするんだろう？」というのが、各人が出会いざま口にした最初の言葉だった。

「たぶん」とフランソワ、「マックスの腹は、ただ単におれたちに存分に飲み食いさせてやろうってことだよ」

「いいや、ラブイユーズにとってもやつにとっても事態はあまりに深刻だ。パリの連中へのいたずらを何か考えたにちがいない……」

「追っ払ってやった方が、連中には親切ってものさ」

「祖父は」とバリュック、「養わなくてはならない口が家に二つ増えただけでもうおそれおののいているのだから、どんな口実でもよろこんで飛びつくだろう」

「やあ団員諸君！」とマックスが姿をあらわして低い声でいった。「星見とはまた乙な趣向だな。しかし星はわれわれのためにキルシュを作ってはくれんよ。さあ、御輿を上げて、〈ラ・コニェット〉に行こうぜ！」

「そうだ、〈ラ・コニェット〉だ！」

いっせいに発せられたこの叫び声はおそろしい喧噪となり、まるで襲撃する軍隊の雄叫びのように町じゅうに響きわたった。それからこのうえなく深い沈黙が支配した。翌日、思わず隣人にこう訊ねた人は、何人となくいただろう。「昨日の晩、一時ごろ、おそろしい叫び声を聴きませんでした？　どこかで火事でも起こったんじゃないかって思いましたよ」

〈ラ・コニェット〉ならではの夜食のおかげで二十二人の目が陽気に輝いた。二十二人、つまり「団」の全員がそろっていたのだ。二時になり、一同がちびちびやり始めると――「ちびちびやる」というのは「悠々」好みのいい方で、葡萄酒を少しずつ味わって飲むという行為をかなりよくいいあらわしているが――、マックスが発言した。

「諸君、今朝われわれがファリオの荷車を使っておこなった記念すべきいたずらにかんして、「大ボス」たるわが輩はあの卑しい穀物商人、そのうえスペイン人でもあるあの男によって（ああ、船牢よ！……）、著しく名誉を傷つけられた。そこでわが輩は、あくまでわれわれの楽しみの条件内にとどまりつつ、あのろくでなし野郎にわが復讐の重みを思い知らせてやることを決意した。一日じゅうそれについて考えたすえ、やつの頭をおかしくしかねない、すばらしいいたずらを実行に移す手段を見つけた。われわれは、わが輩の身をとおして威信を傷つけられた「団」の復讐をするとともに、エジプト人によって敬われた動物――結局のところ神の創造物であり、人間が不当に迫害しているあの小さな獣に食い物を恵んでやるのだ。善は悪の息子であり、悪は善の息子である。それこそが至高の法だ！　したがって、全員に命ずる。いともへりくだりたるこの「大ボス」の機嫌を損ねたくなければ、それぞれ、二十匹のネズミ、あるいはもしできうるならば、二十匹の妊娠中の雌ネズミを、できるだけ人に知られぬように手に入れろ。自分の割り

二時になり、一同がちびちびやり始めると……マックスが発言した。

1989年11月創立　1990年4月創刊

月刊
機
2014
11
No. 272

発行所　株式会社 藤原書店©
〒一六二-〇〇四一　東京都新宿区早稲田鶴巻町五二三
電話　〇三・五二七二・〇三〇一（代）
FAX　〇三・五二七二・〇四五〇
◎本冊子表示の価格は消費税抜きの価格です。

編集兼発行人
藤原良雄
頒価 100円

旧宅の解体で新しい資料や作品が続々と発見された！

『苦海浄土』以前の小説第一作の発見

石牟礼道子の小説第一作とみられる未発表原稿「不知火をとめ」が渡辺京二氏により発見された。一九四七（昭22）年の作で、石牟礼道子二十歳。初の小説とされてきた「舟曳き唄」より一二年早い。自身を思わせる主人公「草村道子」が易者に出会い、自らの心のうちを切々と語る内容で、『苦海浄土』以降の作品にはみられない、結婚や男性中心の家族制度に対する疑問が綴られている。

「不知火をとめ」ほか、十六歳から二十歳のころに書いた未発表の短歌や日記、短篇小説やエッセーも収録する。

編集部

● 一一月号目次 ●

ここでは、「ひとりごと」（一九四六―四七年）と題されたもののなかから一篇と、「錬成所日記」（一九四五年）の中から一部を紹介する。

（編集部）

うたがい

「お父ちゃん、どうしてレイジョウって云うの？」

「なに？　レイジョウってなんだい。」

おとっちゃんは、今日も少し酒の匂いで曇ったようなまなこを、トロンと向けて、このこましゃくれた目付きをかしげているミッチャンを見た。今、やっと尋常二年に上ったばかりの娘である。

「シュフノトモに書いてあった。今村家の令嬢って――。それからおジョーサンとも――。いゝおウチの女の子ナノヨ、レイジョウって。ナゼレイジョウって云うの？」

ミッチャンは、お習字の墨で、大方は白生地を染め尽したエプロンの半ばほつれているポケットに両手を突込んで、仔細らしく頭をかしげている。

おとっちゃんは、酒の肴を咽喉に引っかけでもした時のように、ぐっとつまってしまった。

「あ、そうか――、ウン……レイジョウか……」

おとっちゃんはしどろもどろにこういったものゝ、すっかり面喰ってしまった。幼い眸は、やり場のないおとっちゃんの視線をまっすぐ追ってくる。

「ブゲンシャのウチの子はナゼ令嬢って云われるの？　ワタシも女の子なのに――。ウチはビンボウだからでしょ」

おとっちゃんは慌てゝ手を振った。

「バカ〳〵、ミッチャンも、そうだぞうだ、お父っちゃんのレイジョウだぞ。古山家の、うんにゃ木下家のレイジョウだ！　ブゲンシャだのビンボウだのって、べらぼうめ。

ウン、ミッチャンは、おとっちゃんの一番大事な子だから令嬢だとも。ワカッタか？　そうさ、金はなくったって、――いや金はあるぞ、ミッチャン達が届けないところに四斗樽一杯這入っているんだ、皆が悪口云うときには、そう云ってやりな。――だからナ、女の子はみんな令嬢なんだ。ウチのミッチャンはミチコ令嬢だ、な、わかったか、レイジョウ」

おとっちゃんは可愛くてたまらぬという風に、その酒の口臭をフーフー吐きながら釣合のとれぬよろ〳〵腰の上にミッチャンを抱き上げた。

ミッチャンは、そのひげのコワイ頬を

無造作に、小さな両手でかきのけ、冷然と上目使いに、疑わし気に、二度三度見上げたばかりで、おとうちゃんのあぐらの中にチョコンと這入ったきり身動きもしない。

「でも――

おとっちゃんがそう云ったって、誰もそう云わない、令嬢って――。やっぱりビンボウだからかしら？……　でもオカシイナ、ブゲンシャの、いゝ着物きたひとたちだけレイジョウかしら。オカシイナ？」

▲石牟礼道子氏
（1944 年　17 歳のころ）

「誰も云わなくったって、おとうちゃんが云うよ、ナ、令嬢って。だからミッチャンも令嬢だぞ。どこの娘よりもいゝ令嬢だ。大人の本は為にならぬから今からは読むんじゃないぞ」

「おとうちゃんが云ったってつまらない。ビンボウだからよ、ひとが云わなくちゃ嘘なのよ」

ちとばかり、ものが出来ると喜んでいるとこれだからとおとっちゃんは思った。ミッチャンは今でもずっと大人を疑うのよ。

（一九四七年六月三十日）

錬成所日記

一九四五（昭和二十）年六月二十三日

二日後れて入所、実照寺の御堂に一人座し今日よりの生活を祈る。

さみだれや御堂に汗をさめ居り

錬成亦楽し、第一日目予想外に嬉しく暮るゝ。ハサミバコの跡を気兼ねなく撫でつつ、鬼塚校長先生、森先生、もろもろの君達のおことばの節々を味う。

――「此の人手不足の折々、この差し迫った世の中に、今更何の講習ぞ」。

――

執念深く根差していた嫌な文句も、心の中を一めぐりして抜け出していきそうな。「差し迫った世」なればこその信念を一ときなりと疑いしは、未だ決戦一本に徹せざるが故ならん。云うは易し……云うは易し……。

「御苦労さん」。「どこへ行った？　あゝそうか、御苦労だったね」。森先生なり。通りすがら児どものひとり〳〵に、声を掛けられる。板切れ、畳なぞを持つ小さな手が、眸が、途端に変るように見えるのも、気のせいばかりでもあるまい。道の上で先生から声をかけられて嬉しかった幼い時分を思い出す。「教師のひとことが児どもを活かしもし、殺しもする」。どなたの御言葉だったか。

初対面、みんないゝ方、三ヶ月ともに苦楽を行ずるとは懐かしい。

ひょんなことになりそうな顔一渡り

同級生四人、鍬野、川口、吉野の諸嬢あとは皆お姉さん方ばかりなり。

六月二十五日

炊事当番、五時起床、終日馬耕《ばこう》訓練なれば、先生方の食事に一段の心づかいが必要なり。飯　稍《やや》満足、汁　今日もお定まりの玉葱なれども、先生方の箸の動きにほっと安心する。

始めての稈帽子　行進、流石《さすが》は乙女の集いなり。

稈帽子ガラス戸毎に気にかゝり

農林校到着。

岩村先生より犂（鋤の意なり）につき簡単に御説明あり。

教育はこゝにもあり。おっかなびっくりながら馬の前に立てば、決戦道を行きつゝあるとの喜びに身の引きしまるを覚ゆ。

二度、三度、顔の筋肉をくずすまじとおもいつゝ馬の鼻息に当るうち、不思議と怖さが薄らぎ顔のあたりを撫でゝみたい見たい気にもなってくる、順番が待ち遠くなってくる。（略）

午前中遂に我が番に当らず、早、昼食となる。玉葱の煮〆を食べつゝ「煩悶」と云う事について考えた。分散教育は時局が教育者に与えた一大課題だと。昨夜の森先生の御言葉を噛みしめて見る。「我々の生活は煩悶の生活であらねばならない……」。あらねばならない位どころの騒ぎではなく、実際どうすればよいのか、唯もう無暗に目の前が広過ぎてつかみ所がわからない。何か、しっかりした支柱を得たいと思うが、今だに其れがどこにあるのか……。

午後やっと犂を握る。思ったより〝難し〟。ぶら下る。引っぱられるが精一ぱい。これ位のこと！　決戦下の女性が！

情けないこと限りなし。田んぼにぶっ倒れたって、とよろめく足に力を入れるも、またそのまゝ引きずられる。炊事当番。あーあ、時間なし、泣きたいような気持で犂をはなす。夕食を見ても涙が出そうな今日であった。
沖縄玉砕の噂あり。まことなるや。

六月二十六日

馬耕第二日目——今日こそは！と道に足を踏みしむれど稍不安なり。農林校に着きて森先生より沖縄南部地区玉砕、殆ど確実との情報を得る。

〝沖縄〟〝玉砕〟〝兄〟
御魂はや、このうつしよを去りますか
主《ぬし》なき便り幾度書きし、
むなしくも吾がまごころの便りぞも。
いずこぞ！　果てし主を尋ねて
神去りましゝも知らでありしか、今日の日迄。

事実——飽くまで、それは事実に違いあるまい。兄はもういない……と云う事から祖国の直面しているのが何であるかを切実に感じた。此んなにもひし〳〵と感じた事は、かつてなかった。兄は沖縄につながり、沖縄即ち祖国につながっているのである。

ともすれば涙ぐまんとする心
友にはなれて馬を撫でおり
友の群に　そむけし顔を近々と
馬に寄せつゝ撫でつゝ泣かじ

犂《すき》取る手、何となく軽し、やゝ上達せしか？　気も晴れ〴〵と手綱を取り、記念撮影のカメラの前に立つ。
兄よ、いづこに我が手綱取る姿を見ませしや。

六月二十八日

朝、森先生より沖縄の報告あり。
〝長恨千載に尽きるなし〟
牛島最高指揮官の御言葉なり。
一億のはらから　そも　此の言葉を如何に聞きたる。
死にましゝ幾多　英魂の叫びにあらで、何の御声ぞ。

今ははや形見となりし箸箱の花を撫でつゝ泣かじとおもふ
遺されし箸箱撫でつゆくりなく赤き小花の浮きて流るゝ
日の本の唯をみなたれと云ひ送り沖縄島に果てし兄かも
私の悲しさ云はじ同胞《はらから》の恨《うらみ》を継ぎていざ起ち撃たむ

（後略　構成・編集部）

（いしむれ・みちこ／詩人・作家）

戦後まもなく来日。戦後日本の六十有余年の間に、なぜ「親日」から「嫌日」へ変貌したか？

幻滅——外国人社会学者が見た戦後日本70年

ロナルド・ドーア

「親日家」から「嫌日家」へ

ここで書こうと思っているのは、客観的な事実——この場所で、この日に、何々が起こったというような事実——というより、以下のようなことである。

1　なるべく客観的に、時代時代で、日本社会のメディアの常識、インテリにおける支配的なムードはどう変わってきたかという、思想史というより、日本のムード史というか。

2　全く主観的に、自分の「日本」という存在・国・イメージに対する感情の移り変わりの歴史。大変な日本びいきだった若い頃の私から、最近、日本政府ばかりでなく、体制派というような官僚、メディア、実業家、学者などのエリート層の人たちにも、ほとんど違和感しか感じないようになった経過をたどってみたいと思う。

若い頃は、「親日家ドーア」として通っていた。永井道雄が大臣だった時、「日本文化審議会」とかいう妙な審議会を作った時、ドナルド・キーンと私を「親日家の二羽ガラス」としてメンバーにしてくれた。最近「嫌日家ドーア」か「反日家ドーア」がもう定着したかどうか知らぬが、そうなるであろう。ご親切な人はまだ「知日家」と呼んでくれる。

「主観的」とはいっても、私のそういう思想の放物線は、私の価値体系の変化というより、日本の実態の変化に沿っていると確信している。若い頃日本のガール・フレンドに惚れていたという事情が、その日本観を支配していた、という人がいるかもしれないが、今でも、日本の女性の親しい友だちもかなりいるから、それは重要な要因ではないと思う。やはり、変わったのは私でなくて、日本である。

その日本の実態の変化の叙述、および私のそれに対する言動の対応を両方織り込んで書くのは難しいが、実態叙述の章・我が心の遍歴の章を、かわるがわるに置くことにした。

私の対日観を変えた「右傾化」

今でも、大変親しい日本人の友達がかなりいる。日本に行く機会があれば、年金生活者の手がなんとか届くようなエコノミー航空旅行が苦手でも、喜んで出かける。その友人達との再会ばかりではなく、毎日の生活で、地下鉄、デパートの従業員、道角で花を売っているお婆ちゃん、居酒屋やすし屋のマスター、タクシーの運ちゃんなどとの日常の人間的な接触など、日本は依然として住み心地がいい国である。財界・官界の人でも、私から言えば、全く間違った、愚かな日本政府の政策――特に日米関係や日中関係の政策――を是とする人たちの中にも、人間的に馬が合う人もかなりいる（知己が少ないから、政治家について、同じことは言えないが）。

▲ロナルド・ドーア氏
（1925- ）

しかし、総理大臣、内閣大臣一般の言動、哲学、人物に対して、私が好感を持ち、その政策目標を私もだいたい同情的に是としたのは、三木内閣が最後だろう。せいぜい、一九八二年に中曽根に譲った鈴木善幸まで。

私の対日観を変えたのは、その後の憂うべき右傾化である。その原因は、中曽根や小泉など、我の強い政治家個人の世界観の影響もあっただろうが、十二年前に書いた『日本型資本主義と市場主義の衝突』（東洋経済新報社）で述べたように、米国のビジネス・スクールや経済学大学院で教育された日本の「洗脳世代」が、官庁や企業や政党で少しずつ昇級して、影響を増して、新自由主義的アメリカのモデルに沿うべく、「構造改革」というインチキなスローガンの下で、日本を作りかえようとしてきたことが大きな原因だったと思う。それと、日本の自衛隊の成長、シビリアン・コントロールの希薄化、ペンタゴンとの親密さの深化という、軍国主義化の傾向と。

新自由主義の浸透、軍国主義的・好戦的な対外姿勢の通常化を憂える私の気持ちは決して、皮相的な誤謬に帰因するものではない――と信じる。

（Ronald Dore／社会学者）

日韓関係は、何が問題なのか？「右」「左」ではなく「真ん中」から問い直す。

日韓関係の争点

黒田勝弘＋若宮啓文＋小倉紀蔵＋金子秀敏＋小此木政夫＋小針進＋小倉和夫（発言順）

「NGO国家」になった韓国

黒田　韓国の賞味期限切れですよ、日本にとってのね。なぜ日本にとって賞味期限切れかというと、日韓というのはお互い、この間いろんな葛藤はありました。今、日韓関係は最悪といってますが、過去にはソウルの日本大使館にデモ隊が乱入し日本の国旗を引きずりおろすということまであったんですけど、それでもこれまではお互い日韓関係は重要だとか、最後は落としどころをみつけないといけないという、そういうことがいつもあったんです。けれど最近の状況は、落としどころが見つからんわけでしょう。日本サイドもそうだし、韓国サイドはそうです。僕は個人的にも、何だかんだ言ってもどこか韓国というのは通じ合うところはあったんですけど、最近どうもわからんなということを非常に感じるんです。それで韓国の一つの終わりを言ってるわけです。

　その韓国というのはやっぱり基本的には一九六五年以降、つまり僕の言葉で言うと「朴正熙がつくった韓国」ですね。それが韓国だと我々は思ってきたんだけど、それがそうじゃなくなったんですね。

　朴正熙の韓国ではなくなったというのは民主化のせいですね。民主化により韓国自体が非常に国家の権威がなくなって、僕に言わせると「NGO国家」になったということがある。韓国の新しい〝国のかたち〟ですが、これは我々からするとつき合い切れない。国家もそうですが、慰安婦問題なんか見ていると、外交もNGO的ですよね。

　とすると「朴正熙の韓国」を頭に置いた考え方、つき合い方を考えてもこれはもうせんないことである、全く新しい発想でないといかんのではないかと思いつつあるわけです。

トップが刺激しあう現状

若宮　「賞味期限が切れた」というの

は、かなり韓国に対しては失礼な話ですよね。「日本にとっての」とおっしゃったんだけど、別に向こうは日本の事情で動くわけじゃないんで。ただ、そういう言葉尻の問題じゃなくて、要するに朴正熙の韓国だったのが、いつの間にか変わっていたんだなというのは、今に始まったことではないと思うんですね。もちろんしばらくは朴正熙的要素がなかったわけじゃないんだけど、とっくに金泳三から金大中まで大統領になっていたわけですから。

　私は、民主化によって日本にとって、少なくとも一般の国民にとってみれば、むしろずっと賞味しやすい韓国になっていたと思うんですよ。朴正熙の時代あるいは全斗煥の時代というのは、やっぱり民主化勢力を弾圧しながら成り立っていて、そこが日本という国家にとってはある意味都合のいい面であったけど、国民同士の交流という意味では普通でない、暗くて怖い、そういう時代でもあったわけです。そういう国でなくなって、金大中さんによる大衆文化の開放も経て、特に文化交流が大きく開け、韓流ブームという現象まで起きたわけで、これはもう朴正熙時代では考えられなかったことだと思うんです。

　ただ、今日《こんにち》ちょっと深刻なのは、にもかかわらずこういうふうになっちゃったというところですね。日韓関係は戦後いろんな山あり谷ありで、朴正熙時代にはそれこそ金大中の拉致事件があったり、あるいは全斗煥の時代には歴史教科書事件があったりで、さんざん、ある意味で今よりもよっぽど双方の世論が沸騰した時代があったわけですね。当時は何とかしようという意思が両政府にあったと思うんですよ。だから政府が何とか危機管理しようということだったんだけど、今は政府というか、政治のトップ同士が先頭に立って刺激し合っている感じで。むしろ国民の方が、最近は嫌韓やら、向こうでも相変わらず反日っぽいところはあるけれども、しかし国民の交流という意味で言えば朴正熙、全斗煥の時代とは全く違う現実があるわけで、むしろ国民の方が危機管理をしている感じがあるんじゃないかと。

小倉(紀)　日本も韓国も方向性に関して迷っているわけだから、「一緒につくっていこう」という動きがあってもいいと思うんですけれども、その動きがほとんどなくなってしまっているのが問題ではないか。中国化の問題ですが、韓国は今までアメリカ一辺倒でやってきたわけですけれども、新しい普遍というものを中国が出してきたときに、そっちに寄り添ってしまう可能性があるのではないか。

まず米中両国の関係安定を

金子　中国が海権国として対外膨張を始め、新大陸の勢力圏と摩擦が起きている。そのなかで韓国が一種の、「フィンランド化」を目指しているように見えます。「フィンランド化」とは、安全保障を隣の超大国に委ねることによって自己の独立を保存するという外交政策ですから、完全な従属国にならないために従属的姿勢をとるという高度な外交政策であって、単なる従属政策という意味ではありません。これは、李朝朝鮮と清帝国の時代のシステムがそうでした。どうもその時

代に近づいたようです。歴史的に陸権国の側についてきた韓国ですが、戦後のサンフランシスコ・システムでは海権国の側にいた。玄界灘で大陸と離れた日本は、ずっと旧大陸の陸権国についてこなかった。日韓が同じ側にいるとばかり思っていた日本にとっては、とても苛立たしい気持ちになって、それが猜疑心とか嫉妬心とかいうメンタルな反発になっているのでしょうか。

日韓には多くの共通分母がある

小此木　中国がいかに多くの社会問題を抱える国であろうと、人権が無視されている国であろうと、やはり中国は大国化するでしょう。そういう趨勢を無視してはいけない。

最近の中韓接近には、我々が過剰に反応している部分もあるように思うんですね。既に一部の日本のメディアや識者の間には、韓国は中国の勢力圏に入るんだ、伝統的な東アジアが復活するんだという論調がありますよね。だけど、中国が世界の中心であって、東アジアが一つの同心円的世界であった時代に戻れるほど国際関係は単純ではないですよ。世界には米国という超大国があり、米韓は同盟関係にある。事実、米国との同盟なしに、韓国は北朝鮮の脅威に対抗できません。また、韓国人の価値観とかライフスタイルは完全に西洋化してしまっていますから、今さら中国的な価値観で生活しろといっても、それは無理だと思うんです。だから、日韓が新しい共通分母を探すことが国際関係にとっても重要になるんです。それは不可能ではありません。しかし、新し

い日韓関係をつくるというのは数十年間の課題ですから、そのサイクルが始まるという意味で、新しい覚悟が必要だと思います。しかし、開き直ってみれば、日韓はけっこう同じような立場に置かれています。だから、協力できないはずはありません。意外に、我々の間には多くの共通分母があるんだと思っています。

対話がないわけではない

小針　世論調査のデータで言うと、相手国の為政者に対しての印象がものすごく悪いですよね。特に「温かさ」という面で言うと、韓国人が安倍さんを見るときも、日本人が朴槿恵さんを見るときもやはりだめだと思うんですね。

小倉(和)　世論調査を見たり分析したりするときに考えなくてはいけないのは、実態とパーセプションの違いですね。日韓関係の実態と、日韓関係についてどう思うか、それをどう感じているかは別だということですね。日韓関係の実態は、決して悪くなってばかりではないと私は思うのです。政治外交関係は悪くなっているのですが、政治外交関係といってもリーダーが会う頻度とか、外交の対話の広がりとか、深さとか、相互の信頼関係とか、そういうことを全部含めて見ますと悪くなっていることは事実ですが、しかし、いろんな対話の広がりがないということでもない面も無視してはいけない。

　経済関係から見れば、ご承知のとおり貿易は十兆円の規模になっているし、韓国の対日投資などは大体この五―六年で四―五倍くらいになっていると思います。文化とかスポーツ、そして韓国のテレビドラマは相変わらず毎日やっていますし、J―POPも、ゴルフも野球も、韓国人が日本で活躍しているわけです。

　パーセプションが政治に影響する、世論に影響することは非常に大事なので、実態がいいからまあいいんだとばかり言ってられませんし、また政治外交関係は確かに非常に深刻な事態が起こっていることはわかりますが、政治外交関係が全てを動かしているわけではない。事実、経済面では、ガーナとか豪州、ミャンマーで、日韓の経済が共同でいろいろなことをやっていますから、そういう面は無視できないと思うのですね。（構成・編集部）

アナール派を代表する中世史の泰斗が描く、ヨーロッパ成立史の決定版！

ヨーロッパは中世に誕生したのか？

ジャック・ル＝ゴフ

欧州五か国協同企画の成果

たとえ過去の非常に遠い時代を扱っていようとも、あらゆる歴史書は現在とのあいだになんらかの関係をもっている。本書は第一に、ヨーロッパの現在の情勢のなかに位置している。私はこれを二〇〇二年から二〇〇三年にかけて、つまり、ヨーロッパの一部の国家による共通通貨の採用と中東欧の国々を加える欧州連合拡大とのあいだの時期に執筆している。本書はまた、言語の異なる五つの出版社（独・英・西・伊・仏）の協同によってひとつの共通文化領域を創りだす試みを掲げる**歴史叢書「ヨーロッパをつくる」**（監修・J・ル＝ゴフ）**のなかの一冊として**刊行される。そのタイトル「ヨーロッパをつくる」に明確に表されているように、編集者と著者たちがここで意図するのは、歴史的真実を尊重し歴史家の不偏の態度に重きをおきながらも、統一ヨーロッパ建設の条件の明確化に貢献するということである。

本書は専門書ではなく、中世の通史を書くことはその目的ではない。従って、この時代の主だった諸側面を網羅することも、ましてや詳述することもしていない。

ヨーロッパ出現の決定的な時期

本書は以下のような考えかたを示そうとしている。**中世とは、ヨーロッパが現実としても表象としても出現し形成された時代であり、ヨーロッパの誕生、幼少期、青年期という決定的な時期にあたっている。**もっとも、当時の人々には統一ヨーロッパをつくろうという発想も意志もなかったのだが。

ヨーロッパという明確な観念をもっていたのは、教皇ピウス二世（アエネアス・シルウィウス・ピッコローミニ、在位一四五八―六四）のみである。教皇は一四五八年に『エウロパ』を、つづく一四六一年には『アジア』を著している。ヨーロッパとアジアの相互関係の重要性を示す追加である。

中世をヨーロッパ誕生の時代とする考えかたは、第二次世界大戦の前夜から直後にかけてひろく見られた。ヨーロッパについての考察がさかんに行われ、ヨーロッパを舞台とする経済的・文化的・政治的計画が練られていた時期である。

ヨーロッパという「観念」についてもっとも示唆に富む著作を発表したのは、ふたりの十六世紀専門家である。『ヨーロッパ――ある観念の出現』（一九五七）のイギリス人デニス・ヘイと、一九四三―四四年および一九四七年から一九四八年の大学での講義を採録した『ヨーロッパという観念の歴史』（一九六一）のイタリア人フェデリコ・シャボーである。

▲J・ル=ゴフ
（1924–2014）

ブロックとフェーヴルの中世観

しかし、中世におけるヨーロッパの誕生というこの考えかたが提出されたのは、とりわけ第二次大戦前夜、歴史記述に革新をもたらす『アナール』誌を創刊したふたりの偉大なフランス人歴史家によってであった。「**ローマ帝国が崩壊したそのとき、ヨーロッパが現れた**」と書いた**マルク・ブロック**と、これを受け、つけ加えて、「**むしろ、ローマ帝国の崩壊以来、ヨーロッパはすでに可能性として存在したというべきであろう**」と言った**リュシアン・フェーヴル**である。

フェーヴルは、コレージュ・ド・フランスにおける一九四四年から一九四五年の講義の第一回のなかに、こう書いている。「中世（近代にまで大幅に引き伸ばさなければならないような中世のことだが）全体を通じて、キリスト教は力強い活動を行った。これが、土を離れたキリスト教文明の大潮流を、万華鏡のような諸王国の不安定な国境を越えて行き渡らせ、そうすることにより、国境を越えた共通意識を西洋人に与えることに貢献した。この意識が徐々に世俗化して、ヨーロッパ意識となったのである」（『ヨーロッパ――ある文明の成立』）。

とくにマルク・ブロックには、中世をヨーロッパという視点から見る見方があった。すでに一九二八年のオスロにおける国際歴史学会において、ブロックは「ヨーロッパ諸社会の比較史学のために」と題する発表を行い、これが同年十二月の『歴史総合雑誌』に掲載されている。

また、一九三四年のコレージュ・ド・フランスへの出願書類のなかでも、ブロックはこの「ヨーロッパ諸社会の比較史学教育の計画」に触れている。ブロックはそのなかで、とりわけ以下のように言っている。

「**ヨーロッパ世界がヨーロッパとして創られたのは、中世においてである。**そしてそれとほとんど同時に、すくなくとも他との比較のうえでは成立していた地中海文明の統一を破り、かつてローマ化された民族とローマの征服をいちども受けたことのなかった民族とを、いっしょにるつぼのなかに投げこんだのである。このとき、ヨーロッパが、その人間的な意味において生まれた……。そして、このようにして定められたヨーロッパ世界は、以後たえず共通の流れの影響を受けることをやめなかったのである」。

現在・未来を考えるための最重要の遺産

これから素描するヨーロッパ、十八世紀以降になってようやくヨーロッパへと変貌する（「ヨーロッパの européen」という形容詞がフランス語に現れるのは一七二一年、「ヨーロッパ風 à l'européenne」という表現は一八一六年である）ような過渡的社会機構を見てみると、そこに直線的な発展が見られるとはいいがたく、地理的・歴史的に厳密に位置づけられるようなひとつの実体を思い描くことも難しい。ヨーロッパは今日なおつくるべきものであり、また想像すべきものでさえあるのだ。過去はうながしはするが、それがすべてではない。現在をつくるのは、歴史の連続であると同時に、偶然、人間の自由意志でもあるのだ。

本書では、中世にヨーロッパのどのような下絵が描かれたのか、また何がある程度までそれに抗い、それを反故にしていったのかということを、進歩と後退の直線的な過程という図式に陥ることなく概観することができたらと思う。しかしまた、これらの世紀（四世紀から十五世紀）が欠かせないものであること、今日と未

▲大教皇グレゴリウスを描くマッレス・ヴェノスタの教会の壁画（9世紀）

来のヨーロッパに息づく過去からの遺産のなかでも、その重要性において中世からのそれに勝るものはないことを示すのもまた、本書のねらいとするところである。

　ヨーロッパの実際の特徴、あるいはそうであるとされているものが、中世のあいだに明るみに出るし、またしばしばこのとき形成される。潜在的な統一と根本的な多様性との混在、諸民族の混交、東西あるいは南北の分断と対立、東側の限界の不確かさ、文化がその統一のために果たしている主要な役割といったものである。

▲シャルトルのノートルダム大聖堂を遠望する（12 ～ 13 世紀）

　本書は、歴史的事実と呼ばれるものだけでなく、心性〔集団固有の精神構造〕に属する問題である表象にも、同じく重きをおくことになるだろう。こうした心性の形成、中世においてはとくに活発な想像世界が形づくられることは、ヨーロッパが現実としても観念としても成立していくうえでの欠くことのできない特徴なのである。

菅沼潤訳

（構成・編集部。本書「はじめに」より）

（Jacques Le Goff／中世史家）

（写真提供・池田健二氏）

ヨーロッパは中世に誕生したのか？

ジャック・ル＝ゴフ　菅沼潤訳

四六上製　五一二頁　四八〇〇円

口絵カラー16頁

戦後間もなくの激動期をいかに生きたか、半生を振り返る自伝的小説ほか

旧師故情——昭和青春私史

大音寺一雄

東京大学に入学して

大学でも二人のいい友人に恵まれた。一人は神山順一、もう一人は木下春雄、ともに社会教育を専攻に選んだ。

木下は新制東大の教養課程を了えて本郷で一緒になったが、川崎にあるセツルメントの活動家だった。

神山は「白線浪人」の救済組で、よく松本高校の話をしては懐かしんでいた。どこで身につけたか、ダンスがうまくて教えてくれると言ったが、乗らなかった。

女子大生と踊って見せてくれた姿は花があってよかったが、姉が自ら散らせた花を、自分が咲かせることはできない。「忍ぶ恋」ということすらなかったが、その代りに酒を呑むと、勝手なリクツは付けていた。

社会教育の恩師

専攻主任の宮原誠一教授は、戦後日本社会教育研究の基本的骨格を創った人であるが、長身瀟洒で、人をひきつける、独特の魅力があった。助教授に碓井正久さん、「さん」というのは主任教授が紹介する時、君たちのお兄さんのような人だと思ってください、と言ったからだが、以後研究室でも教室でもいつも「さん」付けで親しんだ。

一高の学生だった頃は斎藤茂吉について学んだすぐれた歌人であることは、ずっと後になって知ったが、そんなことはおくびにも出さぬ碓井さんも、宮原教授と同じく精神のスマートな人だった。

教育行政学科の主任教授は宗像誠也先生、助教授の五十嵐顕さんは講義の中で、主任教授からアメリカの「ボード・オブ・エデュケーション（教育委員会）」をよく調べて下さらんかと言われましてね……と言っていたが、国家に従属していた戦前の教育行政の思惟様式から仕組までの一切を、根本から改める取組みが始まっていた。

いくつかの学科に分かれていた学校教育関係の講義の中で、勝田守一《しゅいち》教授と

大田堯《たかし》助教授の教室は大勢の学生を集めていた。

勝田先生は京大・哲学科の出身だった。「皇道主義」の哲学や「ドイツ観念論」の枠組みの中に長く閉じ込められていた日本の教育学を根底から改めるという取組みは、先生あってその緒についたばかりであった。

大田先生はそれを、子どもに即し民俗に根ざしてというやり方で、方法を異にしつつも志は一つの努力を傾けておられたのだと思う。

「大きな問い」を育てる教育の実践

宮原さんのM、宗像さんのM、それに勝田さんの名前のMを合わせて、これを「スリーエム」と称して世にひろめたのは、後に他大学から東大に移ったO助教授ではないか。勝田先生の名の守一《しゅいち》を「もりかず」と呼びかえてのことだが、そんな小才《こさい》のききそうな人だった。

そういう呼ばれかたは、三先生の誰も迷惑だったと思うが、教育学部の世評には高いものがあった。

国の再建を担う大きな役割への期待が、新しい学部に寄せられていた。

「戦争の放棄」を定めた画期的な「日本国憲法」と結んで制定された「教育基本法」は、前文で、憲法の理想の実現は根本において教育のちからにまつべきものであると謳っていたが、その「ちから」が教育の理論と実践の統合のうえに成り立つものであることを世に示したのは、小・中の教師たちの「実践記録」である。

無着成恭さんの『山びこ学校』（一九五一年）はその典型であった。

自分の家がこの貧困から抜け出すためには、土地を買い足すしか道はない。しかし農地が限られているこの村で、自分のところが立ち直ることは誰かを貧しさに突き落すことにつながっているのではないか、それでいいのか……、一人の少年がおのれの内に抱いたこの問いは、経済再建への道を辿り始めていた日本の社会全体に通ずる問いでもあった。

大きな問いを育てる、教育の実践。そこに戦後社会の希望があった。

少年の作文は、戦前日本の東北地方の教師たちが寄りどころにしていた「生活綴方」の伝統に負うものであった。

（後略　構成・編集部）
（だいおんじ・かずお）

リレー連載 近代日本を作った100人 8

津田梅子――権威によらぬ自由な女性教育

三砂ちづる

精神形成上は「異郷の人」

十歳前後から十代後半まで、つまりティーンエイジャーの時代をどこで暮らし、どの言語で学ぶのか、ということは人生に決定的な影響を与える。深く考え、人との交わりの中で愛し、悩み、傷つく。本を読み、教師の教えに耳を傾け、その言語のもつ文化に育まれる。早熟な人であるほど、その影響ははかりしれまい。

一八七二年、七歳になったばかりでアメリカに到着し、十八歳になる直前に日本に帰国、さらに二十四歳から二十七歳にかけて再度アメリカに渡航し、名門ブリンマー・カレッジで生物学を修めた津田梅子。彼女は、日本語で学び、日本語を窓として世界をみるような人ではなかった。帰国後、政府留学生としての立場をよく理解し、速やかに日本語を学び、使うようになるが、読み書きに関しては生涯苦労し、常に英語のほうが楽であったらしい。

その精神形成上、彼女は「異郷の人」であり、日本文化や日本語は最後まで彼女にとって「学ぶ」ものであり続けたようだ。学ぶ対象である文化は、自らが浸りきり、そこから出なければならぬ、と思うような確執をもちうるものとはやや異なり、客観的によきものをみることができたり、愛おしいもの、であり得たりする。「日本初の女子留学生計画」は、「日本を外から見る目」をもった聡明な日本人女性による女子専門教育の先導を可能にしたということだ。津田梅子にとって、古き良きアメリカはいつも懐かしかっただろうし、日本の現実はどんなにか「遅れて」いただろう。それでも、外からの目をもってすれば、日本の女性のありように、よき面を見いだすこともできた。梅子は、「過去の日本女性が伝統として伝えてきたすぐれたものをすべて保つ努力」をせよ、と言う人になる。

「中庸」が動かした女性たち

津田塾大学の前身、女子英学塾開校の式辞において彼女は、専門の学問を学んだりひとつのことに熱中したりすると考えが狭くなることがあるから、勉強はしても、「円満な婦人、すなわち all-round women となるよう心掛けねば」ならない、と語る。女子に専門教育を与える最初の学校であるからこそ、世間の目には、つきやすい。学校で教えている本来の専門科目や教授方法とは関係のない、日常の言葉遣いや、他人との交際ぶりや、服装など、細かいことで批判を受けると、それが女子高等教育の進歩を妨げることになるから気をつけよ、と言う。「何ごとによらず、あまり目立たないように、出過ぎないように、いつもしとやかで謙遜で、慇懃であっていただきたい」。このように言った津田梅子であったから、学生に女性解放運動「青鞜」に関わらないように言ったりしたし、都心から遠い小平にひっそりと校舎を移転することに同意もした。

権威をきらい、校章も校旗も校歌も持たぬ。権威づけと形式主義、それらと女性の自由は、別のことだと考えていた。男性の権威を奪うことが目的ではない。権威からの自由をこそ、求めた。学生と教師の関係性のみに教育が存在する、と疑わず少人数教育を貫く。今も津田塾の入学式は、学長からの簡単な祝辞で終わる。逆に卒業式はひとりひとりに卒業証書が手渡されるから、延々と続く。教師との関係が生涯続くことも珍しくない。

女性よ、時代の礎になれ。それは直接男性と闘うことではなく、みずからの身を正し、学び続けることから始まり、そのようなことができる人には、ふさわしい場所が自ずから用意される、と考えていた津田梅子。女子英学塾、津田塾卒業生の切り開いてきた堅実な暮らしぶり、働きぶりは多くの人の知るところとなった。一見、時代に遅れているようにみえて、彼女の「中庸」は確かに女性たちを静かに動かし、その教育成果は日本近代のひとつの礎となっていったようにみえる。

（みさご・ちづる／疫学）

▲津田梅子（1864–1929）
1872年岩倉具視遣外使節一行とともに日本最初の女子留学生の1人として米国に到着。翌年キリスト教入信。米国で小中学校を終え82年帰国、伊藤博文、下田歌子と接し、華族女学校に奉職。89-92年再び渡米、ブリンマー・カレッジで生物学を修めオズウィゴー師範学校で教授法を研究。1898年万国婦人クラブ連合大会で日本女性の代表として挨拶。ヘレン・ケラーやナイチンゲールを訪問。1900年女子英学塾(現津田塾大学)を設立、女子高等専門教育の発展に尽くした。

Le Monde

■連載・『ル・モンド』紙から世界を読む　140

逃げ出すお金持ち

加藤晴久

イギリスの大手銀行バークレイズが二三カ国の一五〇万ドル（約一億六千万円）以上の資産家二千人を対象におこなった調査によると、五年以内に外国に移住したいと考えているイギリス人は二〇％。アメリカ人六％。インド人五％。中国人がダントツで四七％！

行き先はまず香港（三〇％）。ついでカナダ（二三％）など、比較的国籍を取得しやすい国々。

動機だが、複数回答で、七八％が子どもの教育と就職、七三％が経済環境と安全を挙げた。医療と公共サービスの質がそれに続く。経済協力開発機構（OECD）の調査によると数学・理科・読解能力では上海が一位、香港が二位なのだが、被調査者によると、中国の教育は暗記中心の詰め込み、点取り競争と評判がよくない。結局、子どもを外国、とくにアメリカの名門大学に留学させようと躍起になる。中国最大の不動産会社SOHO Chinaの女性経営者、張欣はそのため千五百万ドルをハーバード大学に寄付してネット上で批判されたが、それができるなら自分もそうするという反応も多かった。

今年夏、自分の娘にハーバード大学を卒業させた習近平国家主席は、国内の大学における党イデオロギー教育を強化すること、人文社会系の最高学術機構である社会科学院の研究員採用に際してマルクス主義教義への忠誠度を基準とすべきことを指示した。

思想的締め付けと汚職追放は、習近平政権の車の両輪である。お金持ちの中には汚職によって富をなした高級官僚が少なくない。しかも、少なくない者たちが妻と子どもたちをすでに外国に移住させ、資産も移転してしまっている。いざとなれば自分もすぐ逃げ出すつもり。「裸官」といわれている連中である。七月、広東州だけで二一九〇人の「裸官」が摘発され、八六六人が首になった（『ル・モンド』九月十七日付）。

共産党独裁体制は遅かれ早かれ崩壊するのが歴史の法則。中華人民共和国はいつまでもつだろうか。

（かとう・はるひさ／東京大学名誉教授）

リレー連載　今、世界は　8

歴史のないアメリカ文明

岡田英弘（歴史家）
宮脇淳子（東洋史家）

アメリカ人は、自分たちの文明が全人類に通用する普遍的な文明だと思い込んでいるが、アメリカ文明は、実は、世界中の他のどの地域にも適用の利かない、非常に特異な文明である。

アメリカ合衆国は、北アメリカの大西洋岸にあったイングランド王の十三の植民地の住民が、王にたてついて一七七六年に独立を宣言し、連邦を結成したのが起源である。アメリカ独立以前に土着のアメリカ王とかいうものがあって、それがアメリカをたばねていたわけではない。何のまとまりもなかったところにつくられた国である。

お互いが同じアメリカ人であるというアイデンティティの基礎は、一七八七年のアメリカ合衆国憲法の前文だけなのだ。

憲法だけによって作られた国家というものは、アメリカ合衆国が世界で最初であるし、それ以後も例がない。つまり、アメリカ合衆国は、純粋にイデオロギーに基づいて成り立った国家なのである。

だから、アメリカ文明では歴史はあってもなくてもいいもので、重要な文化要素になり得ない。

アメリカ人はつねに現在がどうあるかということにしか関心がない。「歴史」という言葉は、アメリカでは「だれでも知っている話」ぐらいの意味で軽く使われる。アメリカ人は「伝記」が非常に好きだが、偉人の伝記を成功の手引きとして読んでいるのである。

アメリカ人は、まず憲法ができて、それを中核にして国民国家ができるのが当たり前だ、と思っている。アメリカ合衆国の建国によって人類の長年の理想がはじめて実現した、と思っている。民主主義が全世界に広まるのが歴史の必然であり、それを実現するのが、アメリカの神聖な使命だ、と信じている。

こういう、世界各地の歴史の積み重なりを理解できない、イデオロギーだけでできた国家が、世界最強の軍事大国であるということは、人類にとってたいへん不幸なことではなかろうか。

（おかだ・ひでひろ／みやわき・じゅんこ）

連載　女性雑誌を読む　79

愛を貫いた歌人 柳原白蓮（二）

——『女の世界』33

尾形明子

柳原白蓮

伯爵夫人・芳川鎌子がお抱え運転手と駆け落ちし、心中を図り未遂に終わった事件については、すでに述べた。

凄まじい罵詈雑言に包まれるが、華族階級に対する庶民の憧憬は、一転して、「堕ちた偶像」への過剰なバッシングとなる。鎌子はその後、やはりお抱え運転手だった男と同棲。伯爵家からは完全に縁を切られ、窮乏の中で一九二一（大正十）年四月に病死した。享年二十九歳。

同年六月号『女の世界』は、出獄して間もない社長の野依秀一が「現代の男子は處女を望む資格無し」として鎌子の死に満腔の涙と同情を注ぐ。野依は、鎌子の父親も、養子に入った夫も妾を持ち、不品行は周知であったにもかかわらず、鎌子だけが排斥されたことに「男も女も同じ人間である」と憤る。

山川菊栄も「芳川鎌子と九条武子と伊藤白蓮」を書く。「同じ貴婦人でも、九条武子とか、伊藤白蓮とかいふ高慢チキな、そのくせ臆病な体裁屋、勿体ぶり屋、虚飾屋とちがつて、赤裸々で厭味がなく、遙かに人間らしく思はれます。鎌子が無能とは云へ、愚にもつかぬ腰折れを、恥しげもなく並べたてるより外に能のない武子や白蓮とても運転手の女房にしてみたら鎌子以上に役に立つ譯でもありませまい」「鎌子と彼等との相違は、前者は恋故に富を捨て、爵位を捨て、世間を捨てたに引きかへて、後者は金故に恋を葬り、肉を売つたといふ点であります」と手厳しい。

白蓮が宮崎龍介に出会うのは一九二〇（大正九）年一月。龍介は当時、東大新人会に所属し、吉野作造らを中心とした総合雑誌『解放』（大鐙閣）の編集にかかわっていた。同誌に白蓮が発表した仏教小説「指鬘外道《しまんげどう》」を舞台で上演することの許可を求めて、九州に白蓮を訪ねた。日常生活の不満を、歌を詠み、信奉者たちとの火遊びで紛らわしていた白蓮にとって、龍介は恰好の相手だった。激しく燃えるような文面の手紙が一日何通も交わされ、京都の宿で逢瀬を重ね、翌年一〇月、妊娠した白蓮は龍介のもとに走る。白蓮三十六歳、龍介二十八歳だった。山川菊栄の評論はそれ以前に書かれた。

（おがた・あきこ／近代日本文学研究家）

連載　ちょっとひと休み　20

朗読ミュージカルの生い立ち（1）

山崎陽子

「朗読ミュージカル」が生まれたのは一九九〇年、もとＮＨＫラジオの歌のお姉さん大野惠美さんのリサイタルの稽古中であった。『電話を切らないで』という一人語りのミュージカルで、ヒロインは若いバレリーナ。足を怪我して絶望したバレリーナは命を絶とうとしている。立て続けにかかってくる間違い電話に邪魔されるのだが、その中に自殺願望の女性の電話がある。我を忘れ、名も知らない相手を夢中で諭すうちに、いつしか命の大切さに気づく、という比較的判りやすい筋立てであった。

ところが稽古中、裏方さんの一人が、「話が分からない」と呟いたのである。電話の度に変わっていく物語についていけないらしい。たとえ一人でも理解できないなら工夫しなければと思い、急遽ナレーターの役を書き加えた。状況描写、心理描写をナレーターが読むことで、驚くほど判りやすくなり、舞台稽古の時、例の裏方さんが「何てイイ話なんだ」と涙をふくのを見て、このやり方に確信を得た。本番直前の変更を見事に演じきった大野さんの功績は大きい。

その後、後に朗読ミュージカルの申し子と言われるまでの人気を得た森田克子さんが、一メートル四方のスペースでやれる作品をと望まれたので、この方法でＯ・ヘンリーの『善女のパン』を書いた。小川寛興氏の作曲による初の朗読ミュージカルの誕生であった。これが大好評で、矢継ぎ早に、このトリオでのＯ・ヘンリーの朗読ミュージカル四部作が生まれた。

上演希望者が増え、まるでオーダーメイドのドレスのように演者に合わせて作品を書くのは大変ではあったが、装置も小道具もない小さな舞台は、観客の心に限りないイメージを広げ、一人一人の胸で完成されることに気づいた。「泣いて笑ってほのぼのと」というキャッチフレーズそのままに、そこには舞台と客席が一体になれる至福のひとときがあった。

それにしても、朗読ミュージカルというネーミングは奇妙だと言われ、もっと判りやすい名称をと思っているうちに「朗読ミュージカル・山崎陽子の世界Ⅳ」が平成十三年度文化庁芸術祭で大賞を受賞。改名の機会を失ってしまった。（次号に続く）

（やまざき・ようこ／童話作家）

■〈連載〉生命の不思議　8

自発と〝私〟という思い

生物物理学　大沢文夫

ゾウリムシは泳いでいるとき自発的に方向変換をする。この方向変換は細胞内のイオンの濃度のゆらぎがときどき突然大きくなったとき、細胞内の電位がびくっと動きそれを信号としておこる。同じ自発といっても、ヒトの自発には意志が入っているはずだから、ゾウリムシのようなゆらぎによっておこるのとは全くちがうというのが多くの人々の考えであろう。そこで〝自発〟ということばのもつ意味をあらためてしらべてみた。

英語の論文をかくとき自発には「スポンテニアス」ということばを使う。このことばを英英辞典でみると二つの意味が書いてある。一つは「突然あることをしたいと思い立ってする」であり、もう一つは「自然におこること」とあった。英和辞典でみても同じことが書いてある。国語辞典をみても全く同じ。ところでわれわれは〝自〟という字を二通りによむ。〝みずから〟と〝おのずから〟である。みずからの方には意志が入っているが、おのずからの方はひとりでに、自然に、である。

単に自発といったり書いたりしたときには、上述の二つの意味のどちらであるかは区別できない。二つの意味の両方を含んでいる。昔は二つの場合あるいは意味を区別しようとしなかった。どちらも含んでいた。

二つの場合を区別するのは〝私がやりたいからやった〟と「私」を強調することにある。「私が」「私が」といい出したのはいつからか。東洋も西洋もどちらも同じころからであるらしいことがおもしろい。

以上は、ヒトの場合の自発という概念の発展についてである。

生きもの全体をながめて、バクテリア、ゾウリムシ、そして多細胞生物へ、そしてネコ、サル、ヒトに至るまで、そして一方植物へ、〝自発性〟はすべての生きものにあり、進化に従って自発性に段階はあるが断絶はない。

〝意志〟は、自発性の発展の中でどこではっきり現れたのであろうか。突然何かをしたくなってやるということもあるだろうが、これを、もしゆっくりしたいことをきめてことをはじめたら、そこで意志の形成が始まるのではないか。

（おおさわ・ふみお／名古屋大学・大阪大学名誉教授）

一〇月新刊

江戸以来四百年の歴史から、東京の未来像を考える

環　学芸総合誌・季刊【歴史・環境・文明】Vol.59 '14 秋号

【特集】江戸・東京を問い直す

〈座談会〉青山佾＋片山善博＋中村桂子＋岩淵令治

宮脇昭／陣内秀信／青山佾／小沢信男／楠木賢道／スニトコ・タチアナ／尾形明子

〈ディベロッパーが見た東京〉三井不動産ほか

【小特集】都市は市民がつくるもの【後藤新平とCh・A・ビーアド】

ビーアド／春山明哲／中島純／鈴木一策／楠木賢道

【小特集】粕谷一希さんを偲ぶ

佐々淳行／澤地久枝／高田宏／三谷太一郎ほか

【小特集】トマ・ピケティ著『21世紀の資本論』を読む

R・ボワイエ（横田宏樹訳）／的場昭弘

〈インタビュー〉エマニュエル・トッドとは何者か

E・トッド（聞き手・訳・解説＝石崎晴己）

アベノミクス以後の日本経済　片岡剛士

歴史生態学から見た世界史の構図　三木亘

もはや、日本はオリエンタリズムの世界ではない　立花英裕

〈書物の時空〉上田正昭／芳賀徹／森崎和江／上田敏／朴才暎／丹野さきら

〈連載〉「〈対談〉文明の視点から」川勝平太＋伊東俊太郎／石牟礼道子／金子兜太／山田登世子／石井洋二郎／小倉紀蔵／三砂ちづる／河津聖恵／能澤壽彦

菊大判　四八〇頁　三六〇〇円

四〇年前に中国の真実を見抜く！

岡田英弘著作集（全8巻）5 現代中国の見方

領土問題、歴史認識をはじめ軋轢の高まる日中関係をどう理解すればいいか？　文化大革命、毛沢東・林彪・鄧小平ら権力者の実像をつぶさに描きながら、中華人民共和国の真実を鮮やかに看破した碩学の決定版！

口絵二頁

月報＝マーク・エリオット／岡田茂弘／古田博司／田中英道

四六上製布クロス装　［第5回配本］

五九二頁　四九〇〇円

世界を歩いてわかった「東京」の魅力、そして課題とは？

世界の街角から東京を考える

青山佾

巨大都市・東京の副知事を長年務め、ハードおよびソフトとしての都市を熟知する著者が、実際に訪れたニューヨーク、ロンドン、パリ、ベルリン、ローマ、バルセロナ、モスクワ、北京、ホーチミンなど世界の約五〇都市と比較しながら、自治・防災・観光資産・交通・建築など多角的視野から考える、「東京」の歴史・現在・未来。

四六判　四〇八頁　二五〇〇円

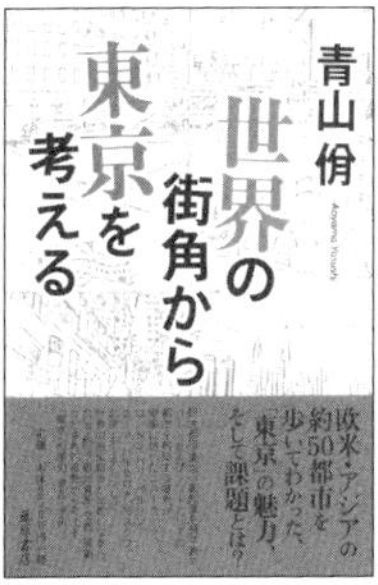

資料のない歴史を書くことができるのか？

知識欲の誕生　ある小さな村の講演会 1895-96

アラン・コルバン　築山和也訳

フランスの小村に暮らす農民や手工業者たちは、どのように地理・歴史・科学の知見を得、道徳や公共心を学んでいたか。一人の教師が行なった講演会を甦らせる画期的問題作。

四六変上製　二〇八頁　二〇〇〇円

68年「五月」のバイブル

〈新版〉学生よ　一八四八年革命前夜の講義録

ジュール・ミシュレ　大野一道訳

二月革命のパリ――ともに変革を熱望したふたりの人物、マルクスとミシュレ。ひとりは『共産党宣言』を、もうひとりは本書を著した。幻の名著、本邦初訳！

四六上製　三〇四頁　二五〇〇円

読者の声

岡田英弘著作集Ⅴ　現代中国の見方■

▼最近、日中関係の悪化に伴ない、毒々しいタイトルの中国関係の本が多いが、それらと本書は一線を画する。本質を丁寧な言葉で説明してくれる。従来の歴史観が一新される思いだ。

「おわりに」で岡田先生が書かれているように次の世代の誰かが、今の中国と将来の中国について分析し、私どもに教示して欲しいと思う。

（兵庫　高校教員　**岡本哲弥**　55歳）

▼不可解な隣国を理解するために最適な著作。中国を一つのまとまりある国家と見做すのではなく、それは様々な勢力が入り乱れた空間である、と捉えるのが適切なのだろう。全日本人必読の書。

藤原書店さんの出版物には、本当に良いものが多い。数年前はブローデルの『地中海』で読書の楽しみを味わった。今回もそうである。

（神奈川　英会話教室主宰　**新行内進太郎**　67歳）

古文書にみる榎本武揚■

▼三〇年も前に、箱館戦争以後の榎本武揚の生を、足尾鉱毒事件・田中正造との関係で知り、ずっと関心を持ってきました。没後一〇〇年の貴社の榎本についての一冊も購入して読み、ますます関心が強くなっていました。

やや、箱館戦争までの記述が多く、私は、ロシア大使時代や足尾事件とのかかわりの詳細が知りたく思いました。

何とも興味の尽きない歴史的人物!!

（埼玉　元教員　**山川貫司**　61歳）

粕谷一希随想集Ⅲ　編集者として■

▼「人」「歴史」「編集」、三冊の随想集に配された三つのキーワード。まさしく粕谷先生を簡潔に表していると思います。多くの文章から抽出する苦労は多々あったと思いますが、的確な選集をありがとうございました。

中央公論編集者先達の滝田樗陰氏の評伝（杉森久英、中公新書）を併読しました。置かれた時代と状況の差異が大きく比較はしがたいのですが、やはり人としての誠実性において粕谷先生に惹かれます。

編集者は人がよいだけではつとまりませんが、広範なテーマと著者への厳しくかつあたたかい目配り、そしてそれらを通しての自己思想の表現と商業性の確保、これらの実績を積み上げたうえでの人格を思いました。

粕谷先生の死という厳粛な事実を納得し切るにも、この三冊は過去の著作と合せて重要な宝と思います。もちろん他にも名伯楽はおられますが、出版史に煌めく存在を惜しみつつ、一つの時代の区切りを認識しながら、もう一度読み返したいと思いました。

（千葉　会社員　**金子克己**　61歳）

▼粕谷さんの戦後思想（家）論の大部分は、既刊本で読んでいるが、本巻の〝さまざまな回想〟などは、新聞、雑誌掲載の未購読のもの多く、粕谷さん本人の思想を知るためにも不可欠のものもあり、本巻は、まことに有益であった。名篇を精選された随想集三巻の完結を慶びたい。

（宮城　**佐藤宏**　84歳）

▼Ⅰ～Ⅲの完結、おめでとうございます。『戦後思潮』（日本経済新聞社、のち藤原書店刊）より、彼の文章を読んできた。彼の対談集、書評集は一部の対談・書評を集録しているが、何とか軽装版でいいので全てを刊行して欲しいものである。

（宮城　会社員　**鈴木孝**　62歳）

粕谷一希随想集Ⅰ・Ⅱ■

▼粕谷一希先生の随想集をⅠ巻Ⅱ巻と読んできて、日々の仕事に忙殺されている私に「しっかり勉強するよう」無言の教えをして下さっているように感じます。第Ⅲ巻「編集者として」を早く読みたいと思う一方で、これで完結させてはならず粕谷先生の問題提起を熟考していかねばと思案しています。（東京　**松本朗**）

粕谷一希随想集■

▼『粕谷一希随想集』につきましては、その内容が私の好みと一致し大変喜んでおります。九月刊行の第三巻が待たれます。

かねて貴社の出版態度につきましては、私は、ひそかに第二の岩波書店をめざしておられるのではないかと考えて居ります。

今後、出版事情は益々厳しくなるように思はれますが、然し質の良い出版物は永遠であります。何卒今後共精を出され一層の努力あらんことを、お祈り申上げます。（大阪　**李京現**）

世界精神マルクス■

▼よくぞマルクスを〝世界精神〟と言った。

マルクスになんのゆかりもなかったアタリがマルクスをめぐる世界＝哲学・政治・経済・数学・生物学・医学・物理学に加え、文学・芸術にまで目をとどかせているのにおどろく。

マルクスはプロレタリアート（労働者階級）を世界をおおう一枚岩としたところに思い違いがあった。（群馬　**中野泰**）

▼随分と長いマルクスの物語ですね。読みながらサイドライン引いたり、自分の最重要なところには蛍光ペンを引いたりしました。こうでもしないと、あとで忘れるからです。

彼は十九世紀の英雄ではないか、と思いました。『資本論』は存在しますが、まだ読んでません。この本のように『資本論』を読みたいです。どうもありがとうございました。（熊本　**永村幸義**　67歳）

吾輩は日本作家である■

▼エッセイなのかと思って読み始めたら小説なのですね。面白くて一気に読んでしまいましたが、日本と日本人を実体験でなく、作家の知識と想像力でとらえたのでしょうか。言い表しようのない不思議な読後感です。（埼玉　**松原亘**　68歳）

内田義彦の世界 1913-1989■

▼母校の新聞で紹介があり購入。大学時代、もっとも印象に残る先生で、これまで出された書籍がどれもすばらしいものでしたので。（沖縄　**新崎和治**　67歳）

竹山道雄と昭和の時代■

▼「あとがき」にある竹山道雄氏のコラムを（未出版のも）貴書店より発行するとのこと。出版されたら案内をお送り下さい。（静岡　**田子洋吉**　66歳）

▼竹山道雄といえば「昭和の精神史」「主役としての近代」「失われた青春」「妄想とその犠牲」などの論篇を若き日にむさぼるように読んだ。深く広い学識を持ち、時流におもねらず、自分の信念を貫いたリベラリスト竹山のそれはすぐれた評伝が書かれた。著者からすると竹山は岳父だが、これ以上の執筆者が他にあるだろうか。（兵庫　**山根良司**　73歳）

石牟礼道子全集・不知火■

▼『葭の渚』を読み、不知火の事を知りました。水俣は私の故郷の近くになり、水俣病は私の若い頃の出来事で、医師の原田正純氏は私達の演劇仲間でもあり、なつかしい人達が出て来て楽しく読ませて頂きました。今後とも益々貴社が発展され、良き本を出して下さい。（神奈川　**松内孝義**　77歳）

機■

▼『機』を毎号楽しみに読んでいます。そして啓発され、紹介されている著書を購入したくなりますが、最近読むのが遅くなり、一冊読むのに時間がかかります（これは読書時間を決めているのも原因ですが）。
　娘が月三日泊りに行く孫の住む下町を思いつつ、『環』59号〈特集・江戸・東京を問い直す〉を読みたいと申込みます。　（千葉　加瀬忠一）

※みなさまのご感想・お便りをお待ちしています。お気軽に小社「読者の声」係まで、お送り下さい。掲載の方には粗品を進呈いたします。

書評日誌（九・二〜一〇・一五）

㊖書評　㊕紹介　㊒関連記事
Ⓣⓥ紹介、インタビュー

九・二　㊕朝日新聞（夕刊）「セレクション・竹内敏晴の『からだと思想』トークイベント」（「文芸・批評」）

九・八　㊕暮らしのGreen「携帯電話亡国論」（「書籍」／「電磁波汚染から身を守るため、心を守るため。ケイタイ・スマホの便利さを今一度考え直してみよう！」）
　㊒共同配信「花の億土へ」（「環境と暮らし」／「祈りを捨てた現代社会」／「水俣と震災重なる」／飯尾歩）

九・一三　㊒朝日新聞（夕刊）（粕谷一希）（『幸運な』出会いの積み重ね」／高重治香）

九・二〇　㊖図書新聞「グリーンディール」（「現代社会の危機に対し、オルタナティブとなりうる経済成長モデルを提唱」／泉留維）

九・二六　㊖週刊読書人「世界精神マルクス」（「学術・思想」／「インフォーマティヴな伝記」／「マルクスを切り口とした近現代の歴史書」／沖公祐）

九・二七　㊒毎日新聞（夕刊）「不知火おとめ」（「石牟礼さん第一作発見」）

一〇・一　㊕朝鮮新報「闘争の詩学」（「悲観に立ち向かう『闘争の詩学』」／李芳世）

一〇・三　㊒朝日新聞（夕刊）「不知火おとめ」（「石牟礼道子さん小説第一作発見」／河原一郎、星賀亨弘）

一〇・七　㊒朝日新聞（夕刊）（津村節子）（「文芸・批評」／「岩橋邦枝さんお別れの会　作家ら悼む」／吉村千彰）
　㊒産経新聞九州（山口特別版）「不知火おとめ」（「石牟礼氏の初作品？「不知火をとめ」発見」）

一〇・一三　㊖熊本日日新聞『苦海浄土』論」（「読書」／「心に響く心で書かれた言葉」／若松英輔）

一〇・一五　㊖しんぶん赤旗「恋の華・白蓮事件」（「本と話題」／「家制度からの〝脱出〟」／西沢亨子）
　㊒デイアート「粕谷一希随想集Ⅲ　編集者として」（「逸冊！」／山本和之）

一〇月号　㊒文藝春秋「世界精神マルクス」（「今月買った本」／「最新マルクス事情」／池上彰）
　㊕ＰＯＰＥＹＥ「吾輩は日本作家である」（「TO DO LIST 九月のスケジュール」）
　㊕在「セレクション・竹内敏晴の『からだと思想』」（「随筆二題」）
　㊖文藝春秋「吾輩は日本作家である」（「私の読書日記」／「人種という制約は越えられるか」）
　㊒ふじのくに「環」58号（「生命科学の視点から考える、生きるとは、学ぶとは」）

『毎日新聞』二〇一四年九月二七日(土)付で、石牟礼道子さんの小説第一作発見の記事が掲載され、その後各紙で報じられた。昨秋、水俣市にある石牟礼道子さんの旧宅が取り壊された際、そこに残されていた文書類から発見されたもので、文書類は現在、渡辺京二氏らによって整理作業が進められている。

今月刊行する「不知火おとめ」に収められた未刊行の初期作品はすべて、渡辺氏によって見いだされた。若き日の石牟礼さんの日記や手紙は、その後の作品を生み出すに至る原石のようなもので、その筆力と表現力に驚かされる。本書の刊行により石牟礼作品の研究と再評価がより進むことを願う。（編集部）

石牟礼さん第一作発見

女性の苦悩描く小説

自身モデルか

水俣病の受難を描いた「苦海浄土《くがいじょうど》」（1969年）で知られる作家、石牟礼道子さん（87）＝熊本市在住＝が、戦後間もない47年に初めて書いたとみられる未発表の短編小説「不知火《しらぬい》をとめ」が見つかった。自身を思わせる女性が主人公で、封建的な家族関係における〝近代女性〟としての苦悩と葛藤を描く。水俣病を通して「近代とは何か」と問いかけてきた石牟礼さんの思考過程をうかがうことができる重要な作品と言えそうだ。【鶴谷真】

石牟礼さんの執筆を支えてきた日本近代史家の渡辺京二さん（84）＝同＝が、昨秋に解体された熊本県水俣市の石牟礼さん宅の仕事場で発見した。400字詰め原稿用紙で56枚あり、末尾に「昭、二二、七、三」とある。これまでは、59年に懸賞に応募した「舟曳《ひ》き唄」が最初の小説とされてきた。石牟礼さんは現在パーキンソン病を患い闘病中で、存在が知られていなかったことについて渡辺さんは「本人も忘れていたんでしょう」と話す。

石牟礼道子さん

天草の島をのぞむ水俣らしき町が舞台。21歳既婚の「道子」が易者を訪ね、＜運命又は生命そのものへの倦怠《けんたい》をどうすべきかといふんです。あたしは生きてゆかなければならないと云ふことに対して何等の確信もない＞と訴える。また恋愛や結婚を＜醜悪の極み＞とし、夫の「信之」の腕の中へ飛び込む幸せを拒否する自分について＜あたしの人生は、狂ったものであるのか＞と苦しむ。

石牟礼さんは執筆前の47年3月に20歳で結婚。本紙の99年の取材に「お嫁に行って家父長制、昔ながらの婚姻制度での女の歴史、人間とは何かに突き当たった」と語っていた。

渡辺さんは「自らの結婚への悩みを書いたものだろう。非常に面白い。彼女はこの煩悶《はんもん》を芸術家、表現者として突破しようとした。家庭を超えて、近代の人間のあり方を求めていく過程にある作品と言えると思う」と分析する。

「不知火をとめ」と同時に、小説の習作や詩を書き連ねた計15枚の「ひとりごと」（46年12月～47年7月）も見つかり、11月下旬に藤原書店（東京都）が刊行する単行本に併せて収められる。

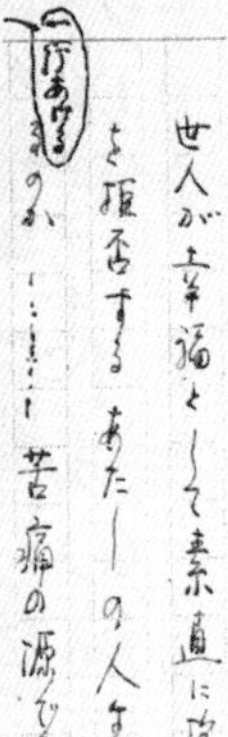

石牟礼道子さんの小説「不知火をとめ」の原稿から。主人公の「道子」が「あたしの人生は、狂ったものであるのか」と自問自答する＝藤原書店提供

十二月新刊　＊タイトルは仮題

戦後日米外交の生き字引が初証言

戦後日米外交の舞台裏 (上)(下)

ある異色外交官の回想 1962-1992

有馬龍夫　竹中治堅編

約三〇年間にわたって主要な対米外交の現場に携わった、外務省きっての知米派外交官のオーラルヒストリー。日韓国交正常化、沖縄返還、第一次石油危機、ＦＳＸ問題、日米構造協議、自衛隊ＰＫＯ派遣など主要局面の実像を、戦後日米外交の「生き字引」が初めて証言する。

歴史から拭えぬ苦悩を、親鸞で読み解く

旧満洲の真実

親鸞の視座から歴史を捉え直す

張　鑫鳳

美しき故郷、長春は、日本人が築いた旧満洲国の街、新京である。医師であった父、満映に勤めた母の、新京での若き日々は、「満洲国」の盛衰とともにあった。父母の足跡をたどりながら、決して避けることのできない歴史の悲劇を見つめる。奪った日本人も、奪われた中国人も、歴史の傷は深く苦しいが、苦悩に寄り添う親鸞の視座から、何が学べるか。

一九三二年～四五年の新京駅

戦後歌謡界を代表する作曲家の素顔

不滅の遠藤実

橋本五郎・いではく・長田暁二 編

「高校三年生」「星影のワルツ」「くちなしの花」「せんせい」「北国の春」など誰もが知る名曲を始め、生涯に五千曲以上を作曲、舟木一夫、千昌夫ら戦後日本を代表する歌手を育てた遠藤実。歌謡界初の文化功労者に選出され、二〇〇八年の没後には国民栄誉賞を受賞する等、圧倒的な評価を得る遠藤実の全貌を、生涯、人間像、業績、多くの関係者の証言から描く愛蔵決定版。　◎七回忌記念出版

あなたの愛する人へ!!

動物たちのおしゃべり

山崎陽子　絵・ミルコ・ハナアク

チェコを代表する画家ハナアクの動物たちが、口々にしゃべり出す。珠玉のハーモニー。

大著『身体の歴史』へのいざない

身体はどう変わってきたか

16世紀から現在まで

A・コルバン

小倉孝誠／鷲見洋一／岑村傑

図版多数

「身体は客観的に変わり、その構造と生理学の考え方も根底から変わった。科学的知識の推移がその変化に大きく寄与したのだ。」（コルバン）

11月の新刊

タイトルは仮題、定価は予価。

不知火おとめ ＊
若き日の作品集 1945-1947
石牟礼道子
A5上製 二一六頁 二四〇〇円 口絵四頁

幻 滅 ＊
外国人社会学者が見た戦後日本70年
R・ドーア
四六変上製 二七二頁 二八〇〇円

ヨーロッパは中世に誕生したのか？ ＊
J・ル＝ゴフ 菅沼潤訳
四六上製 五一二頁 カラー口絵一六頁 四八〇〇円

日韓関係の争点 ＊
小倉和夫／小倉紀蔵／小此木政夫／金子秀敏／黒田勝弘／小針進／若宮啓文
小倉紀蔵・小針進編 跋＝高銀
四六判 三四四頁 二八〇〇円

一塵四記 ＊
下天の内 第二部
大音寺一雄
四六上製 三二八頁 二八〇〇円

12月刊予定

戦後日本外交の舞台裏（上・下） ＊
ある異色外交官の回想 1962-1992
有馬龍夫 竹中治堅編

好評既刊書

旧満洲の真実 ＊
親鸞の視座から歴史を捉え直す
張鑫鳳

身体はどう変わってきたか ＊
16世紀から現在まで
A・コルバン／小倉孝誠／鷲見洋一／岑村傑

不滅の遠藤実 ＊
橋本五郎・いではく・長田暁二編

動物たちのおしゃべり ＊
山崎陽子 絵 ミルコ・ハナアク
オールカラー

『環』 歴史・環境・文明 59 14・秋号 ＊
〈特集 江戸・東京を問い直す〉
青山佾＋片山善博＋中村桂子＋岩淵令治／宮脇昭／小沢信男／陣内秀信／中島純 ほか
菊大判 四八〇頁 三六〇〇円

岡田英弘著作集（全8巻）
5 現代中国の見方 ＊
月報＝マーク・エリオット／岡田茂弘／古田博司／田中英道
四六上製布クロス装 五九二頁 四九〇〇円

知識欲の誕生 ＊
ある小さな村の講演会 1895-96
A・コルバン 築山和也訳
四六変上製 二〇八頁 二〇〇〇円

世界の街角から東京を考える ＊
青山佾
四六判 四〇八頁 二五〇〇円

〈新版〉**学生よ** ＊
一八四八年革命前夜の講義録
J・ミシュレ 大野一道訳
四六上製 三〇四頁 二五〇〇円

粕谷一希随想集（全3巻） 完結
3 編集者として 〔最終配本〕
解説＝川本三郎
四六変上製 四三二頁 三二〇〇円

古文書にみる榎本武揚
思想と生涯
合田一道
四六上製 三三六頁 三〇〇〇円

全体史の誕生
若き日の日記と書簡
J・ミシュレ 大野一道編訳
四六変上製 三二〇頁 三〇〇〇円

汝の食物を医薬とせよ
“世紀の干拓”大潟村で実現した理想のコメ作り
宮﨑隆典
四六判 二二四頁 一八〇〇円

社会思想史研究38号 社会思想史学会編
〈特集〉**社会思想としての科学**
A5判 三二二頁 二八〇〇円

吾輩は日本作家である
D・ラフェリエール 立花英裕訳
四六上製 二八八頁 二四〇〇円

＊の商品は今号に紹介記事を掲載しております。併せてご覧戴ければ幸いです。

書店様へ

▼89年11月に創立、90年4月より創業した小社は、来春で25周年を迎えました。総刊行点数も一〇八七点を超えました。この間の書店のみなさま方のご協力・ご支援に心より御礼申し上げます。これを機に、ぜひとも小社刊行物をさらに多くの方々に知っていただければと、25周年記念フェアのお願いを致したく何卒よろしくお願い申し上げます。▼ハイチ出身だが「カリブ海作家」ではなく、黒人だが「黒人作家」ではなく、政治的弾圧を逃れてカナダに移住したが「亡命作家」でもないという、国境や文学ジャンルを越え、しなやかでユーモアあふれる箴言に満ちた作品で世界の読者を魅了する**ダニー・ラフェリエール**、その存在そのものがまさに〈世界文学〉。▼8月刊**ラフェリエール『吾輩は日本作家である』**が、『週刊文春』10／30号で鹿島茂さんに、10／19『北海道新聞』で野崎歓さんに絶賛大書評！ 同時刊行の『甘い漂流』ともに今後のさらなるパブリシティにもご期待を！ ラフェリエールを主軸に「〈世界文学〉とは、俺のことだ！」フェアをぜひ。（営業部）

別冊『環』⑳刊行記念
なぜ今、移民問題か

労働、人口、そして日本の未来像の問題として、いま最も注目される「移民問題」を巡り、気鋭の論者によるシンポジウムを開催します。

〈パネリスト〉
中川正春（衆議院議員、元内閣府特命相）
藤巻秀樹（北海道教育大学教授）
石原　進（元毎日新聞論説副委員長）
宮島　喬（お茶の水女子大学名誉教授）
司会・**鈴木江理子**（国士舘大学准教授）

【日時】11月29日(土)午後2時～
【会場】早稲田奉仕園
【会費】一五〇〇円(先着50名)
※お申込み・問合せは藤原書店　係まで

出版随想

▼「平成の後藤新平出でよ！」という言葉がしばしばマスコミに登場したのが、東日本大震災の年である。十万余の生命が一瞬にして奪われた九十余年前の関東大震災。わずか数カ月で、焦土と化した東京を復興させた手腕に驚いて出た言葉だろう。しかし、この東京復興は、六年前に後藤新平を会長に「都市研究会」が開かれ、周到に準備されていた結果である。その二年後の一九一九年、国内で初めて「都市計画法」が作られ、四月五日公布された。後藤新平は〝都市計画の父〟なのである。

▼後藤新平は、それだけに止らない。目に余る政党政治の腐敗を前にして、不偏不党の立場から、党派的偏見の打破と旧弊の刷新を訴える行動に自ら立ち上がった。大正十五年、没する三年前である。全国行脚の途に上り、第一回普通総選挙を踏まえ、「政治の倫理化」を訴えた。今日の政界も、「政治とカネ」問題に揺さぶられ、深刻さを増す現在の世界情勢の対応への真剣な国会の審議は滞っている。「政治とカネ」をめぐる問題は今はじまったことではない。百年前から同じことが繰り返されているのである。又ここで、先述した「平成の後藤新平出でよ！」が再び登場するだろう。

▼先日、編集者の大先輩、粕谷一希氏を偲ぶ会が、生前ご本人も好きだったという神田の学士会館で催された。会場には、生前氏と縁の深かった多くの文化人が列席された。ローマ在住の塩野七生、佐々淳行、田中健五、三谷太一郎、清水徹、平川祐弘、山崎正和、藤原作弥、五百旗頭真、小倉和夫、大宅映子、加藤丈夫、北岡伸一、陣内秀信、袴田茂樹、石川九楊氏ら約一五〇人。

▼記念品の中に、『中央公論』編集長時代の「編集後記」が集められていた。一九七四年一一月号〈特集・教育をどう建てなおすか〉の後記に、「今月は清水幾太郎氏から久々に全力投球の長篇を頂けたことを感謝したいと思います。（略）現在来日中のヨーロッパの特異な思想家イヴァン・イリイッチ氏もまた自動車、学校、医療といった具体的問題に省察を集中されているようです」とある。ほんとうに驚いた。イリイチの思想の全体を、国内で初めて拙が本にしたのが七九年。初の邦訳書『脱学校の社会』が出版されたのが七七年。しかも、八〇年暮れから年始にかけての来日時にお会いしたのが初来日だと聴いていたので、拙にとって、粕谷氏の一文は、青天の霹靂であった。粕谷氏は、真に「名伯楽」であった。　合掌　（亮）

当て分は三日のうちに集めること。もし割り当て分以上集められれば、それにこしたことはない。この興味の尽きぬ齧り屋の動物たちには何もやらずにおけ。というのは、この親愛なる小さな獣どもが、腹ぺこでがっついていることが肝要なのだ。ネズミといったが、ハツカネズミでも、野ネズミでもけっこうだ。一人二十四匹を二十二倍すれば、われわれには四百匹以上の共犯者ができる。ファリオは買ったばかりの穀物を全部カプチン会の古い教会に貯蔵しているが、これらの共犯者たちをその教会のなかに放てば、かなりの量を食いつくすにちがいない。だが敏速に頼む！　ファリオは大部分の穀物を一週間後にひき渡すことになっているのだ。ところで、あのスペイン野郎は商売のためにあたりを歩きまわっているが、あいつがおそろしい被害を目の当たりにすることこそ、わが輩の望むところである。諸君、このアイデアを思いついた功績はおれのものではないんだ」一同があらわした感嘆の徴しを見て、彼はいった。「カエサルのものはカエサルに、神のものは神に返せという。これは聖書にある、狐の尾にたいまつをつけて麦畑を焼き払ったというサムソンの話からのいただきだ（『士師記』二十五章四―五節）。だがサムソンは放火者だった、したがって博愛的だったとはいえぬ。ところがわれわれはバラモン教徒のごとく、虐げられた種の擁護者なのだ。マドモワゼル・フロール・ブラジエはすでにありったけのネズミ取りを仕掛けたし、おれの右腕クースキは野ネズミ狩りのまっ最中である。以上」

「一匹で」と息子のゴデ、「ネズミ四十匹にも相当する動物を知っているぜ」

「なんだい？」

「リスさ」

「おれは小猿を提供しよう。小麦だらけで大喜びするだろう」、ある新入りがいった。

「だめだ！」とマックス。「リスだのサルだのは、すぐ足がつく」

「夜のあいだに」と息子のボーシエ、「近くの農家の鳩小屋から一羽ずつ鳩を持ってきてもいい。屋根に穴をあけてそこからなかに入れるのさ。あっという間に数千羽は集まる」

「そうなれば、ファリオの貯蔵庫は一週間ほど『夜の議事日程』にのぼることになるな」、息子のボーシエに向かって笑いかけながら、マックスが叫んだ。「諸君も承知のことと思うが、サン＝パテルヌの連中は朝が早い。粗い布地の靴底を裏返して行くことを忘れぬように。鳩の策略の考案者ボーシエ騎士が指揮をとる。おれは、積み上がった小麦におれの署名が刻まれるような、適当な処置を何か考えよう。君たちには、われらがネズミ諸氏の世話係を頼む。倉庫係の小僧がカプチン会の教会に寝泊まりしていたら、そいつの仲間を使って小僧をへべれけにさせて、齧り屋の動物どもに提供された大饗宴の舞台からうまいこと遠ざけておく必要があるだろう」

「パリの連中については、何もなしかい？」、息子のゴデが訊ねた。

「まず」とマックス、「じっくり調べてみなくちゃいかん。もっとも、あの連中とオション夫妻を仲違いさせて、老人二人に追い返されるか、あるいは自分で出てゆく気になるようないたずらを見つけた者がいたら、皇帝陛下からいただいたおれのすばらしい狩猟用小銃を進呈する。これはヴェルサイユで作られた逸品で、二千フランの値打ちものだ。ただし、わが友バリュックとフランソワの祖父母に、あまり迷惑がかからぬようにな」

「わかった！　考えてみるよ」とゴデの息子がいったが、彼は狩りが好きでたまらないのだった。

「いたずらの考案者が小銃を望まない場合は、おれの馬をやろう」、マクサンスがつけ加えた。

この夜食以来、二十あまりの頭脳が、アガトと彼女の息子に対する陰謀を練りあげるべく、さんざん知恵を絞りはじめた。だがあくまで予定された計画に適合していなければならなかったし、うまくゆくためには悪魔の手を借りるか、さもなくば偶然を味方につける以外になかった。それほどまでに、課された条件はことの成就をむずかしくしていたのだ。

翌朝、アガトとジョゼフは、十時ごろに出される「二回目の朝食」の少し前に下に降りてきた。ベッドのなかか、ベッドから出てすぐとる、ミルク一杯とバター付きパンの食事は、「一回目の朝食」と呼ばれていた。高齢にもかかわらずオションン夫人は、ルイ十五世時代の公爵夫人が身づくろいのさいにおこなう儀式のどれ一つとして欠かしたことがなかった。ジョゼフは支度が終わるのを待ちながら、正面の家の扉のところにジャン=ジャック・ルージェが立っているのに気がついた。むろん彼はそれを母に示したが、彼女はそこにいるのが自分の兄だと認めることがどうしてもできなかった。別れてきた当時の感じと、まるで似ても似つかなくなっていたのだ。

「おばさまのお兄さまですわ」、祖母に腕を貸しながらアドルフィーヌがいった。

「ひどい阿呆面だなあ！」、ジョゼフが叫んだ。

アガトは手を合わせて天を仰いだ。「兄はいったいどうなってしまったの？　ああ、あれで五十七だなんて！」

彼女がさらに注意を凝らして兄を見ようとすると、老人の後ろにいるフロール・ブラジエが目に入った。何も被っていない髪をきちんと結い、雪のような背中とまばゆいばかりの胸が、レースの付いた薄手のスカーフを通して透けて見えた。まさしく金持ちの高級娼婦といった身だしなみで、当時流行の生地を使った目の粗い絹織《グレナディン》りのコルセット付きのドレスを着、袖は袖付けの方がふくらんで袖口のすぼまった「ジゴ」という型で、手首にはみごとなブレスレットをはめていた。ラブイユーズのブラウスの上には金の鎖が輝いていたが、彼女はジャン＝ジャックに、風邪を引かないようにと黒い絹のボネを持ってきたところだった。むろん計算ずくの場面である。

「たいしたもんだ！」とジョゼフは叫んだ。「こんな美女、めったにいない！……いわゆる、描くにおあつらえ向きってやつ！　なんという肌の色！　おお！　なんと美しい色調！　なんという平面、丸み！　そして肩！……すばらしい女像柱《カリアティード》だ！　ティツィアーノのウェヌスのモデルだ」

アドルフィーヌとオション夫人にはまるでちんぷんかんぷんの言葉だったが、アガトは息子の後ろで、このへんてこな言葉遣いにはもう慣れっこになっているといわんばかりに、二人に合図を送った。

「あなた方から財産を奪おうとしている女を、『美女』なんていうのかね？」、オション夫人はいった。

「でもやっぱり、すばらしいモデルですよ！　肉づきも申し分ないし、腰や身体の線も崩れていない……」

「自分のアトリエにいるのではないのですからね」とアガト。「それにアドルフィーヌもいることですし……」

「そうだったね、どうもすいません。ただ、パリからここまで、道中ずっとひどい醜女ばかり見てきたものだから……」

「ねえ、おばさま」とアガト。「どうやったら兄に会えるかしら？……だってあんな女が一緒なのですから……」

「大丈夫！」とジョゼフ。「まずぼくが会いに行くよ！……ティツィアーノのウェヌス並みの美女で目を楽しませるくらいの頭は働くのだから、思ったほど阿呆でもないらしい」

「もしやつが愚かでなかったら」、オション氏が突然あらわれていった。「きちんとした結婚をして子供をつくっていただろう。そうしたら、あんた方には相続財産をものにする目はなかったわけだ。人間万事、塞翁が馬ということさ」

「息子さんはいいことをいったよ。ジョゼフにまず行ってきてもらうんだね」、オション夫人はいった。

「あなたたちが行くときは、一人でいてもらいたいということを、わからせるんだよ」

「で、ブラジエ嬢のご機嫌を損ねるというわけかね?」とオション氏。「それはいかん、つらい気持ちはわからんではないが……相続財産はだめとしても、まずちょっとした形見分けぐらい、もらうようにしたらよかろう……」

オション夫妻の力量では、とうていマクサンス・ジレに歯の立ちそうになかったのである。朝食の最中に、ポーランド人クースキが、主人のルージェから妹のブリドー夫人宛の手紙を言づかってきた。オション夫人が夫に頼んで読んでもらったその手紙とは、以下のようなものである。

「親愛なる妹、

他人の口から、あなたのイスーダン到着を知らされた。あなたがわたしの家よりもオション夫妻の家のほうを好んだ理由は推測がつく。だがもしわたしに会いにおいでになれば、我が家でしかるべき迎えを受けるだろう。最近健康を害して家に閉じこもりきりだが、そうでなければまずわたしのほうからおうかがいするところだ。どうかあしからずご容赦願いたい。甥に会うことを楽しみにしている。きょう、夕食にご招待したい。なにせ若者というものは、同伴者にかんして女性ほど気むずかしくないのでね。そんなわけで、バリュック・ボルニッシュ君とフランソワ・オション君にも一緒に来てもらえると、たいへん嬉しい。

愛する兄より

J・J・ルージェ」

「わしらはいま食事中だ、ブリドー夫人からは追ってご返事さしあげる、招待はお受けしたと伝えてくれ」、オション氏は召使いにいった。

それから老人は唇に指を当てて一同に口をふさぐように求めた。通りに面する扉が閉まると、オション氏は、二人の孫とマクサンスを結びつけている友情のことなど思いもよらず、妻とアガトになんとも意味深長な目配せをした。「あの男がこれを書いた気持ちは、さしずめ、わしが二十五ルイの金を出すときの気持ちといったところだろう……わしらの相手はあの兵隊あがりだな」

「いったい何がいいたんです？」、オション夫人が訊ねた。「まあいいわ。返事を出しましょう。あなたは」と画家を見ながらつけ加えて、「夕食にお行きなさい。ただもし……」

老婦人は夫ににらみつけられて言葉をとぎれさせた。老オションは妻がアガトに対して心からの好意を抱いていることがわかっているだけに、この名づけ子がルージェの相続財産のすべてを失ったときには、ひょっとしてなんらかの遺贈をしないものでもないと心配になった。妻より十五も年上だったのに、このけちん坊の老人は、妻の遺産を相続して、いつの日か自分がすべての財産を一手に握ることを願っていたのだ。この願望は彼の固定観念といってよかった。そこでオション夫人は、夫からなんらかの譲歩を勝ち得るためにはどうしたらいいかを見抜いて、遺言状をつくるといって彼を脅したのである。オション氏はそれゆえ客人の側についた。そもそも問題の相続財産は莫大なものだったし、彼は社会正義の精神から、その財産が敬意を払うに値せぬよそ者にくすね取られるよりは、正当な相続者のほうに行くことを望んではいたのだ。さらには、この問題が早く片づけば片づくほど、客人たちの出立も早くなるわけだった。相続財産をめぐる詐取者と相続人との戦いはこれまで妻の頭のなかの計画に過ぎなかったが、それが現実のものとなって以来、地方生活で眠っていたオション氏の精神の働きが目を覚ました。オション夫人はその朝さっそく、老オションが彼女の名づけ子にやさしい言葉をかけているのを耳にし、ブリドー親子にこれほど有能で鋭敏な補佐ができたことに、快い驚きを覚えたのだった。

お昼ごろ、オション夫妻およびアガトとジョゼフ——彼らは、二人の老人が言葉を選ぶさいの細心綿密ぶりに相当驚かされた——は知恵を集めて次のような返事をひねり出したが、これはもっぱらフロールとマクサンスに宛てて書かれたものだった。

「親愛なる兄さん

わたくしは三十年このかた一度としてこの土地に戻らず、誰ともつきあいを断ち、兄さんとさえも音信不通のままきてしまいましたけれども、その咎は、父がわたくしに対して抱いた奇妙な、誤った考えだけでなく、パリでのわたくしの生活の数々の不幸、そして幸福にも帰せられねばなりません。というのも神はわたくしに妻としての幸福はお与えくださいましたが、母としては大変厳しい仕打ちをなされたのですから。ご存じと思いますが、わたくしの息子、兄さんの甥のフィリップは、皇帝陛下への忠誠ゆえに、極刑の宣告を受けるかもしれません。ですから、食べてゆくために宝くじ売り場のささやかな仕事を受け入れざるをえなかった未亡人が、自分が生まれたのを見守ってくださった人々に慰めと救いを求めに来たことをお聞きになっても、驚かれたりなされませぬように。わたくしに付き添ってまいりました次男が選んだ職業は、結果が出るまでにこのうえなく多くの才能、犠牲、研鑽が必要とされるものの一つでございます。そこでは栄光が富に先立っております。おわかりでしょうけれども、ジョゼフは、家の名を高めるときがきても、貧しいままでございましょう。親愛なるジャン＝ジャック、兄さんの妹としてだけならば、父の不公平によってもたらされた結果を黙って堪え忍べばことは済みます。けれども母親として、二人の甥がいることを思いだしていただくように、兄さんにお願いすることは許されないでしょうか。一人はモントゥローの戦いで皇帝陛下の命令を伝え、ワーテルローでは近衛兵として仕え、いまは下獄の身です。もう一人は十三歳のときから、天命によって、困難なしかし栄えある道に導かれています。それゆえ兄さんのお手紙に対しては、わたくし自身のためにも、またジョゼフのためにも、衷心よりの感謝の気持ちでいっぱいでございます。もちろんジョゼフはご招待をお受けいたします。親愛なるジャン＝ジャック、ご病気とあらば致し方ございません。わたくしの方から出向いて兄さんにお会いいたしましょう。妹であれば、たとえどのような生活を送っている兄であっても、その家で居心地の悪かろうはずはございません。やさしい気持ちで接吻をお送りします。

アガト・ルージェ」

「いよいよ、ことは動き出したわけじゃな。これで、あの男に会いに行ったら」とオション氏はパリから来た女にいった。「ずばり甥の話をすることができる……」

手紙はグリットによって届けられ、彼女は十分後戻ってきて、地方の習わしどおり、主人一同に見聞きしたことを洗いざらい報告した。

「昨日の夜から家中の掃除をしておりますよ、『奥様』はうっちゃらかしだったんですがね……」

「誰だね、その『奥様』というのは？」、老オションが訊ねた。

「あの家ではラブイユーズをそう呼んでいるのです」、グリットが答えた。「ラブイユーズは客間やとくにルージェさんに関係するところはみんな、見るもあわれな汚れようのままほっぽっておいた。ところがきのうから、あの家はまたマクサンスさんが来る前の状態に戻ったのです。顔が映って見えそうなほどでございますよ。ヴェディの話じゃクースキは今朝五時に馬で出てって、九時ごろ食料を買いこんで戻ってきた。どうやら、まるでブールジュの司教様に出すような、最高の晩餐になるようで。小さい壺は大きい壺に重ねて入れてあるし、台所じゃ、なんでもかんでもきちんと整理してあります。『甥が来た祝賀をしたい』、旦那さんはそういって、あらゆることを報告させてます！　ルージェ一家は、お手紙にとても気をよくしたらしゅうございます。『奥様』がわたしにそういいに来ました……いやその身づくろいの念入りなことといったら！……すごいのなんのって！　こんなに美しく着飾ったのは、見たことありません！両耳にダイヤモンドをつけて、そのダイヤはヴェディの話じゃ一つ千エキュっていいますからね。それにレース編み！　指には指輪がはまっているし、腕輪なんかまるで聖遺物のお宝みたいだし、絹のドレスは祭壇の正面みたいに美しいんでございます！　それで『奥様』はこういいました。『旦那様は妹さんがとてもいい人と知っていたくお喜びです。妹さんにふさわしいやり方で、いらっしゃったお祝いをすることを、許していただけると嬉しいのです。息子さんをお迎えしたあと、わたしたちにいい印象を持っていただければいいのですが……旦那様は甥御さんにとても会いたがっていらっしゃいます』『奥様』は黒い繻子の小さな靴と、それからストッキングをはいて……ほんと、目が覚めるようで！　絹のドレスには花模様がついて、ところどころ穴もあいていて、レースのようなんですけれど、そこからバラ色の身体が見えるのでございます。つまりおしゃれのかぎりというわけで、小さな前掛けをして、それがまたとてもかわいらしくて、ヴェディの話じゃなんでもわたしどもの給料二年分の値打ちだそうで……」

「さてじゃあ、めかし込んでくるか」、笑いながら画家はいった。

「いったい何を考えているんです、オションさん？……」、グリットが出てゆくとすぐ、老婦人はいった。

オション夫人は名づけ子に、手で頭を抱え、肘掛け椅子の腕に肘をついて物思いに沈む夫を指さした。

「あんた方の相手は、手品師ゴナンなみの男じゃ！」、老人はいい、「あんたの考えていることぐらいでは」とジョゼフのほうを見てつけ加えて、「マクサンスのような筋金入りの悪《ワル》に、とてもかないっこない。わしが何をいっても、どうせあんたは馬鹿な失態をやらかすにきまっているが、少なくとも今夜、自分の耳で聞き、目で見、やったことを話してくれ。あとは……運を天に任すだけじゃ！　できるだけ伯父貴と二人だけになるようにしてな。もしどんなに機転を利かせてもうまくゆかぬときは、そのことがすでにやつらの計画を多少なりともあらわしているのだ。だがもし一瞬でもやつと二人きりになって、誰にも聞かれぬようだったら、いいかな、そのときは、幸せでないにきまっているが、やつがともかくどんな状態にいるのか、やつの口から話をさせるようにしむけて、母上の立場を訴えるのじゃ……」

四時にジョゼフはオションの家とルージェの家を隔てる海峡——というのは長さ二百ピエ、幅はほぼグランド=ナレットと同じほどの、病んだ菩提樹の植わった一種の並木道だったが、そこを渡っていった。甥が姿をあらわすと、靴墨で磨いたブーツを履き、黒いラシャのズボン、白いチョッキ、黒い服といったいでたちのクースキが出迎え、彼が前に立って、その来訪を告げた。客間にはすでに食卓が用意されてあり、ジョゼフはなんなく伯父を見分けて、まっすぐ彼のところに行って抱擁し、フロールとマクサンスに会釈した。

「おじさん、お会いするのは生まれて初めてですけれど」、画家は陽気な口調でいった。「遅くなっても会わないよりはましってわけです」

「よく来てくれた」、老人は甥を見てぼうっとしたままいった。

「奥さん」とジョゼフはフロールに芸術家らしい快活さでいった。「今朝がたはつくづく伯父がうらやましいと思いましたよ、毎日あなたの姿に見惚れることができるなんてね！」

「たいした美人だろう？」、老人がいうと、どんより曇ったその目がほとんど輝きださんばかりになった。

「充分画家のモデルがつとまるぐらい、美人ですよ」

「こちらはだな」、フロールに肘でつつかれてルージェおやじはいった。「マクサンス・ジレ君、おまえさんの兄さん同様、近衛隊で皇帝陛下にお仕えした方だ」

ジョゼフは立ち上がってお辞儀をした。

「兄上は龍騎隊におられたと思うが、自分はただの歩兵ふぜいに過ぎません」、マクサンスはいった。

「馬に乗ろうが、歩いていようが」とフロール、「命をかけたことに変わりありませんわ！」

ジョゼフはマックスを眺めまわし、同じようにマックスもジョゼフに視線を注いだ。マックスの身なりは、当時のエレガントな若者がするいでたちそのもので、というのも彼はパリで洋服を仕立てていたのである。大きなゆったりとした襞のある空色のラシャのズボンからは、拍車のついたブーツの先っぽだけがのぞき、それで足が引き立って見えた。細工をほどこした金ボタン付きの白いチョッキが胴体を締めつけ、ベルトのかわりに後ろを紐で結んでいた。首までボタンをしたこのチョッキが幅広の胸板をくっきりと浮き立たせ、黒いサテンのカラーをしているために、軍人らしく首筋を伸ばしていなくてはならなかった。彼はみごとな裁断の小さな黒い上着を着ていた。チョッキのポケットからはきれいな金鎖が垂れ、そこからほんの少しだけ平べったい懐中時計がのぞいていた。彼は時計職人ブレゲが考案したばかりのスパナという道具を手でもてあそんでいた。

「たいした男じゃないか」、マックスが貴族の父から受け継いだ生きいきとした顔、力にあふれたようす、灰色の才気走った目を、画家として感嘆の目で見ながら、ジョゼフは思った。「あんな伯父なんぞ、さぞかし邪魔っけだろう。あの美しい娘は報酬をほしがった、それで三角関係成立ってわけだ。明々白々だな！」

このときバリュックとフランソワが到着した。

「まだイスーダンの塔を見にいらっしゃてはいませんわね？」、フロールがジョゼフに訊ねた。夕食の準備ができるまでまだ小一時間はかかりますから、そのあいだにちょっとお散歩でもなさりたかったら、町自慢の名物をお見せしますけれど？……」

「いいですね！」、この申し出にはいかなる不都合もないと思われたので、芸術家はいった。

フロールは帽子と手袋とカシミヤのショールを取りにいったが、そのあいだにジョゼフは何枚かの絵が飾ってあるのを目にとめて、まるでどこかの魔法使いに杖で触られたかのように突然立ちあがった。

「ああ、おじさん、ずいぶん絵をお持ちなんですね？」、彼は、自分に衝撃をあたえた絵を食い入るように見つめながらいった。

「まあな」と男は答えた。「これはデコワン家から来たものでな。彼らは革命の最中、ベリー地方の僧院や教会の遺品を買い集めたのだ」

ジョゼフはもう話など聞いていなかった。彼は一枚一枚の絵に感嘆にまなざしを注いだ。

「すばらしい！」、彼は叫んだ。「たいへんだぞ、この絵なんか……あれだってほかの絵と見劣りしない！　ニコレ（十八世紀の俳優、興業主、ジャン＝バティスト・ニコレ。タンプル大通りに人気のある劇場をもっていた。）の芝居小屋の宣伝文句ではないが、すごさ、いや増すばかりだ……」

「屋根裏には七枚か八枚、すごく大きな絵がある。額が目当てでとってあるんだ」、ジレがいった。

「その絵を見せてもらいましょう！」、芸術家がいい、マクサンスが彼を屋根裏に案内した。

ジョゼフはすっかり感激して降りてきた。マックスがラブイユーズの耳に何ごとかささやくと、彼女はルージェおやじを窓際に引っぱっていった。そしてジョゼフは、小声で次のような言葉が口にされるのを耳にしたが、それはわざと彼の耳に入るようにいわれたのだった。

「甥御さんは画家でしょ、あなたがこの絵をもっていたってどうせ宝のもち腐れなのだから、いっそ差しあげてしまうのが親切ってものじゃない？」

「聞くところによると」、ルージェおやじはフロールの腕に捕まりながら、甥が恍惚として一枚のアルバーニ（十六―十七世紀のイタリア・ボローニャの画家）の絵の前にたたずむところまで来ていった。「聞くところによると、おまえさんは画家なんだってな？……」

「まだ画学生《ラパン》の身です」とジョゼフ。

「なんなの、それ」とフロール。

ジョゼフが答えて、「駆け出しってことですよ」

「それでは」とジャン=ジャック、「これらの絵はおまえさんの仕事で何かと役に立つようだから、ひとつ進呈するとしよう……ただし額はだめだぞ。なんせ金張りだし、それに滑稽味があるからな。そうだな、これに入れるとしたら……」

「やった！　おじさん」、ジョゼフは有頂天で叫んだ。「模写を送りますから、それを入れたらいいでしょう。大きさも同じにします……」

「でもそれには時間もかかるし、画布や絵の具も必要だわ」とフロール。「何かと物入りでしょう……ねえルージェのおじさま、絵一枚あたり百フラン甥御さんに差し上げたらどう？　絵は全部で二十七枚ね。屋根裏にはたしか十一枚あって、とても大きなものだから、これは二倍払うべきよね……全部で四千フランということにしましょう……そうよ、おじさまはあなたに模写の代金として四千フランお支払いできるわ。なぜって、額はとっておくんですもの！　結局あなたも額は必要なんだし、額のほうが絵そのものより高価だっていうでしょ。ずいぶんな散財よね！……ねえ旦那様」とフロールは男の腕を揺すりながら、「いいでしょう？……高くなんかないわ。甥御さんにいまの古い絵の代わりに新品の絵を描いてもらって、それで四千フラン払うのですもの……これは」と彼女は耳元に口を寄せて、「あの人に四千フラン恵んでやるやり方としてはまず妥当なものよ。あんまり金回りもよくなさそうだし……」

「よろしい！　おまえさんに模写代として四千フラン進呈しよう……」

「いえいえ、とんでもない」、正直なジョゼフはいった。「絵をいただいたうえさらに四千フランなんて多すぎます。だってそうでしょう、絵そのものに価値があるのですから」

「もらっちゃえばいいのよ、おばかさんねえ！　だってあなたのおじさんじゃないの……」

「わかりました、それじゃお言葉に甘えて……」、ジョゼフは今まとまったばかりの取り引きに頭がぼうっとなっていったが、それというのも彼はペルジーノ（十五―十六世紀のイタリア・ペルージャの画家）の絵が一枚あることに気づいていたからである。

　そんなわけで芸術家は浮きうきしたようすで外出し、フロールに腕を貸したが、これはマクサンスのもくろみには好都合このうえないことだった。フロールもルージェもマックスも、そしてイスーダンじゅうの誰一人として、あれらの絵にどれほどの価値があるのか知るよしもなく、さしもの狡猾なマックスもはした金でフロールの勝利を手に入れたと思いこんだ。フロールは旦那の甥と腕をくんで気の合うところを見せつけ、呆気にとられた町じゅうの人々の前を鼻高々で散歩したのだった。人々は戸口に出て、ルージェ一家に対するラブイユーズの勝利を眺めた。この厭うべき事実はセンセーションを引き起こしたが、それこそマックスの思うつぼだった。それゆえ伯父と甥が五時に帰宅したとき、どこの家でもマックスとフロールがルージェおやじの甥と意気投合しているという話題で持ちきりだったのである。そうして、絵と四千フランがプレゼントされたという話もすでに知れわたっていた。晩餐には裁判所の判事の一人でイスーダンの町長でもあるルストーが加わり、豪華絢爛たるものになった。五時間にわたって続く、例の田舎ならではの晩餐の一つである。美味このうえない葡萄酒が会話を盛りあげた。九時、デザートが出るころには、画家は伯父の真向かい、フロールとマックスのあいだに座をしめて、元士官とほとんど仲間どうしのように親しくなり、これ以上いいやつはこの地上にいないという気がしていた。ジョゼフは十一時にひどく酔って帰ってきた。ルージェ老人のほうは、泥酔して正体がなくなったままクースキにベッドにかつぎ込まれていた。なにしろ彼は旅役者のように食い、砂漠の砂のように飲んだのである。

「どうだい」、深夜、フロールと二人きりになって、マックスがいった。「やつらに仏頂面してみせるより、こっちのほうがよっぽどましだろう？　ブリドー親子は歓迎され、プレゼントをもらい、親切のかぎりを尽くされて、われわれを褒めちぎるにちがいない。われわれのことはこのままにして、自分たちも安心して出てゆくだろう。明日の朝クースキと二人で絵を全部額からはずして画家のところに送り、やつが目を覚ましたとき、枕元にあるようにする。額は屋根裏にしまって、客間の壁紙を新しく変える。ムイユロンさんのところで見たように、『テレマック』の場面が描かれた光沢のある紙を貼る」

「まあ、そうしたら今よりずっときれいになるわね」、フロールが叫んだ。

翌日、ジョゼフは正午になってようやく目を覚ました。彼はベッドのなかで、一枚一枚重ねておかれた絵があることに気づいたが、これらの絵が運び込まれたときどんな物音も耳にした覚えはなかったのだった。彼があらためて絵を点検して、画家の筆遣いを調べ、サインがないかどうか探しているあいだに、彼の母はお礼をいいに兄に会いに行っていた。そうし向けたのは老オションだったが、彼は前日画家のおかした愚行のすべてを知って、ブリドー親子がはたして係争に勝てるものかどうか、暗澹たる思いでいた。

「あんたの敵は、おそろしく抜け目のないやつらだ。あの兵隊あがりのようなやり口は、いままで見たこともない。どうやら戦争は若者を鍛えるとみえるな。ジョゼフはいいようにしてやられよった！　ラブイユーズに腕を貸して散歩などしおって！　酒とつまらん絵と四千フランでやつの口を封じたということじゃ。マクサンスのやつ、たいした金も使わずあんたの息子を丸めこみよったな！」

慧眼の老人は、妻の名づけ子にどのような行動をとったらよいか指針を示し、とりあえずマクサンスの考えどおりにことを進めて、フロールのご機嫌をとり、彼女と多少なりとも親しくなって、なんとかジャン＝ジャックと話をする機会をつくるようにいった。ブリドー夫人は、フロールから逐一指示を受けた彼女の兄から、すばらしいもてなしを受けた。老人は昨日の不摂生がたたってひどく体調が悪く、床についていた。アガトにしても、最初からいきなり深刻な問題に取りかかるわけにもゆかぬ以上、マックスは兄と妹を二人きりにしてやるのが適当だし、懐の広いやり方だと判断していた。あわれなアガトは兄の具合がひどく悪そうだったので、マダム・ブラジエを遠ざけて彼の面倒をみられないようにするに忍びなかった。

「それにわたし」と彼女は老いた男にいった。「兄を幸福にしてくださったという恩を負うお方に、ぜひお目にかかりたいと思いますから」

この言葉を聞いて男は明らかな喜びをあらわし、呼び鈴を鳴らしてブラジエの奥様を呼ぶようにいった。想像のつくことだが、フロールは遠くには行っていなかった。敵対する二人の女性は、たがいに挨拶をかわした。ラブイユーズはいかにも召使いらしい、細やかな情愛のこもった世話をこれ見よがしにしてみせ、旦那様は頭が下がりすぎているといって枕を置きなおしたりして、まるで昨日結婚したばかりの妻さながらであった。それで老いた男は、さかんに感激を吐露した。

「ずいぶん前からあなたが」とアガトはいった。「兄にいろいろ愛情のしるしを示してくださり、兄の幸福に細々と気を配っていただいて、わたくしどもはほんとうに感謝に堪えません」

「実際そのとおりなのだよ、アガトや」、男はいった。「これのおかげでわたしは幸福というものを知ったのだし、これはすばらしい長所をいっぱい持った女なのだ」

「だからこそ兄さん、この方にどれだけ感謝してもしすぎることはないのですし、この方を妻にめとるべきだったのです。そう、わたしは信心深いたちなものだから、お二人が宗教の教えに従ってくださるよう願ってやみません。法や道徳と一戦まじえるような状態に身を置かなければ、ずっと心安らかになれるのではないでしょうか。兄さん、わたしがやってきたのは、大きな悲しみに打ちひしがれるなかで、兄さんに手助けをお願いしたいと思ったかったからで、信じていただきたいのですけれど、兄さんがご自分の財産をどうお使いになろうと、そのことについてとやかくいう気は、わたしたちにはこれっぽっちもありません……」

「奥様」とフロールはいった。「奥様のお父様が奥様に対して公平を欠いていたことは存じております。お兄さんにお聞きになればわかりますけれど」、こういって彼女は自分が餌食にした男をじっと見すえ、「わたしたちがしたたった一度の口論は、奥様をめぐってのことだったのです。わたしの恩人でいらっしゃるお方――なぜって、お父様は実際わたしにとって恩人以外の何ものでもなかったのですから（彼女は涙声になった）、そのことはいつまでも忘れないでしょう――が奥様から不当に取りあげた財産は、奥様にお返ししなくちゃいけないって、旦那様に申しあげたのです……でも旦那様は話をわかってくださいました……」

「そのとおりだ」、ルージェ老人はいった。「遺言状をつくるときは、おまえのことは忘れないよ……」

「兄さん、そういう話はやめにしましょう。兄さんはまだわたしの性格をご存じないのです」

こうした始まりからして、この最初の訪問がどのようなものになったかは、容易に想像がつくだろう。

ルージェは妹を翌々日の夕食に招待した。

その三日のあいだ、「悠々騎士団」はおびただしい数のドブネズミ、ハツカネズミ、野ネズミを狩り集め、子をはらんだ母ネズミ数匹をふくむ総数四三六匹のネズミたちは、ある夜、腹ぺこのまま穀物の山に放たれた。騎士たちはこれらの寄宿人をファリオに世話してやるだけでは満足せず、カプチン会の教会の屋根に穴をあけ、十カ所のそれぞれ別の農場で捕まえてきた十羽ほどの鳩をそこからなかに入れた。これらの動物どもは少しも邪魔だてされず心ゆくまで酒池肉林の宴会に興じることができたが、それというのもファリオの店の小僧はある不良に誘惑され、この男と朝から晩まで酒をあおって、主人の穀物のことなどすっかり忘れ去っていたからである。

ブリドー夫人は、老オションの意見とは逆に、兄はまだ遺言状をつくっていないと信じこんだ。彼女はそのうち兄と二人だけで散歩ができるときが来たら、ブラジエ嬢のことはどうするつもりなのかさっそく兄に訊ねてみようと思っていた。というのも、フロールとマクサンスは彼女をだましてそのような希望を抱かせていたのだったが、この希望は常に裏切られることになるのである。

騎士たちは誰も彼もがパリから来た二人を追い払う方法を見つけようとしたが、実現しようもない馬鹿げたアイデアを思いつくのみであった。

九　短刀の一突き

一週間経ち、パリからきた二人がイスーダンにとどまるべき日数の半分がすぎたが、事態は最初の日からいっこうに進展を見せていなかった。

「あんたの代訴人は田舎というものをご存じないんじゃ」、老オションはブリドー夫人にいった。「あんたがここに来てやろうとしていることは、十五日あろうが、十五年あろうが、とてもできることではない。あんたの兄さんから片時も離れずにいて、やっに宗教的な考えを吹き込まねばならん。フロールとマクサンスの築いた城塞を突き崩すためには、神父という坑道が必要じゃ。わしはそう考える。さっそくにでも取りかからねばならん」

「神父様に対して」とオション夫人は夫にいった。「ずいぶんと奇妙なご意見をお持ちですこと」

「これだから」と老人は叫んだ。「信心に凝り固まった女は手に負えん！」

「神は冒瀆にもとづいた企てなど、祝福なさらないでしょう」とブリドー夫人、「宗教を利用して、こんな……いけません！　わたしたち、フロールよりも罪深い女になってしまいます」

この会話がかわされたのは朝食のときで、フランソワとバリュックは一言も聞き漏らすまいと耳をそばだてていた。

「冒瀆だと！」、老オションは叫んだ。「だが気の利いた坊さんがいないわけではないし、いい坊さんなら、あんたがどれほど困っているか知っていたら、冒瀆などとはつゆ思うまい、あんたの兄さんの血迷った魂を神の道に戻してやり、その罪に対する心からの悔恨を感じさせ、醜聞の元凶たる女に暇を出させる――ただし仕事は保証してやる――のだから。そしてやつに証明してやるのだ、大司教の小神学校に数千フランの年金を寄付し、自分の財産を正当な遺産相続者の手にゆだねれば、魂の平安を得られるだろうとな……」

しまり屋の老人は家のなかでは子供たちに有無をいわさず服従を強い、孫たちにもそうしたやり方を伝えていて、そのうえ孫たちは彼の後見のもとにおかれていたのだが、彼自身がいうには、その孫たちのためを思って、彼はまるでわがことのように刻苦勉励し、たいそうな蓄えをこしらえてやっていた。そんなわけでバリュックとフランソワにはほんのちょっとの驚きや不服を示すことさえ許されていなかったが、二人は意味ありげな目配せをかわすことで、この考えがマックスの利益にどれほど有害で致命的か、お互いの胸の内を語り合ったのだった。

「おばさん、実際の話」とバリュックがいった。「もしおばさんがお兄さんの遺産の相続をお望みなら、祖父のいうのが唯一正しい手だてでしょう。必要な時間イスーダンにとどまって、その時間を有効に使うことですね……」

「母さん」とジョゼフ、「起こったできごとすべてをデロッシュに手紙で知らせたほうがいい。ぼくについては、おじさんがぼくにくださったものだけでもう充分で、これ以上ふんだくろうという気は少しもありませんよ」

三十九枚の絵のたいへんな価値を確かめたのち、ジョゼフは注意深く絵から釘を抜き、上に紙をのせて、ごく普通のにかわで張りつけた。絵は一枚一枚重ねてしっかり固定し、それを巨大な箱に入れて貨物用馬車でデロッシュに送った。発送の通知状も書き送るつもりだった。この貴重な荷物は前日、発送されていた。

「なんとも安上がりな満足じゃな」、オション氏はいった。

「でももし売ったら、軽く十五万フランにはなります」

「画家のいうことなんて！」、オション氏はジョゼフを馬鹿にしたような目で見ていった。

「ともかく」とジョゼフは母に向かって、「ぼくはデロッシュに手紙を書いてここのようすを説明します。もしデロッシュが残ることを勧めるなら、残ればいい。働き口は、探せばまた同じ程度の仕事が見つかるよ」

「お聞き」とオション夫人はテーブルから離れながらジョゼフにいった。「あなたのおじさんの絵というのがどんなものなのかわたしにはわからないけれど、もともとあった場所から判断すれば、きっとよいものなのでしょう。たとえ絵の価値が全部でせいぜい四万フラン、つまり一枚あたり千フランだったとしても、誰にも他言は無用だよ。孫たちは口が堅いし、しつけもいいけれど、たとえ悪気はなくても、ついこのいわゆる『掘り出しもの』の話をしてしまうかもしれないし、そうすればイスーダンじゅうにこの話は知れわたってしまうだろう。わたしたちの敵がこれに気づかないようにすることが肝心だからね。おまえさんのふるまいときたら、まるで子供同然なんだから！……」

　実際正午には、イスーダンの多くの人々、とりわけマクサンス・ジレが、この値踏みのことを耳にし、そしてこの値踏みのおかげで、一顧だにされていなかったあらゆる古い絵が探し求められ、最低の駄作までが引っぱり出されてきたのだった。マックスは絵をやってしまうように老人に勧めたことで後悔のほぞを噛み、老オションの計画を知ると、みずから軽はずみと呼ぶこの失策のことをもあって、遺産相続者たちに対する怒りはますますつのった。実際気の弱い人間がこうむる宗教の影響は、唯一怖れるべきことがらであった。そんなわけで、二人の友人の忠告ゆえに、マクサンス・ジレは、ルージェのもっている契約書をすべて現金に換え、さらにその土地を担保に金を借りて、できるかぎり迅速に国債への投資をおこなう決意を、いよいよ強く固めた。だがそれより何より急を要するのは、パリの連中を追い返さねばならぬということであった。もっともモリエールのいたずら者マスカリーユやスカパンの才能をもってしても、この問題の解決は容易ではなかっただろう。フロールはマックスに入れ知恵されて、旦那様は歩いて散歩をなさるとお身体にさわる、もうお歳なのだから馬車でゆかねばならないと、触れまわった。こうした口実は、町の人々に知られずにブールジュ、ヴィエルゾン、シャトールー、ヴァタンといった町に行く必要から考えだされたのであって、つまりルージェ、フロール、マックスは、老人の投資物件を現金に換えるために、必要とあらばどんなところへでもおもむくことを余儀なくされたのである。したがってその週末、ルージェ老人がブールジュに馬車を買いに行っていたことを知って、イスーダンじゅうの人々がたいそう驚いたのだったが、この処置には、「悠々騎士団」によって、ラブイユーズに都合がいいようにもっともらしい理由づけがなされたのだった。フロールとルージェは「ベルランゴ」と呼ばれる小型四輪馬車を一台手に入れたが、窓ガラスはまがい物、革のカーテンはひび割れだらけ、作られてから二十二年もたち、九度の戦役を経験したというすさまじい代物のこのぼろ馬車は、ベルトラン大元帥の友人で、この皇帝の忠実な同伴者が不在のおりベリー地方の所有地の監視を任されていたというある大佐の死後おこなわれた売り立てに出てきたものだった。ベルランゴ馬車は新緑色に塗られ、ちょっと見ると幌つき四輪馬車《カレーシュ》にも似ていたが、一頭の馬だけをつなぐことができるように、梶棒に工夫が加えられていた。したがってこれは、財産の目減りゆえに非常な流行を見た例の種類の馬車の一つであって、当時の遠慮のない言い方で半＝財産と呼ばれていたものだった。というのも、もともとこの種の馬車を人は注射器などといい慣わしていたのである（梶棒が一本だけなのでこう呼ぶ）。この「半＝財産」の座席の張り布は幌つき四輪《カレーシュ》馬車用に売られていたものだったが、あちこち虫が食い、飾り紐は退役軍人の山型袖章のようで、がたがたとまるで屑鉄同然の音がした。だが値段はたった四百五十フランしかせず、マックスは当時ブールジュに駐屯中だった連隊から丸々太ったいい牝馬を一頭買い入れて、軍の仕事から退かせ、馬車につなぐことにした。彼は馬車を濃い茶色に塗り直させ、中古のかなりいい馬具をそろえた。そしてイスーダンじゅうの人が、ルージェおやじの馬車の装備を一目見ようと、上を下への大騒ぎになったのである！　老人が初めて馬車を使ったときは、あまりのやかましさに町じゅうの戸口に人が出、窓という窓に物見高い連中が顔をのぞかせた。二度目には、独身者はブールジュに行き、そこで、フロール・ブラジエに勧められた――あるいはもしお望みなら、「命じられた」といってもいい――わずらわしい商業的な操作を自分でやらずにすむように、ある公証人の事務所で、マクサンス・ジレへの委任状に署名した。この委任状はそこに記載のある契約すべての譲渡をその目的とするものであった。フロールのほうは、イスーダンや周辺の郡でなされた投資の現金化について、旦那様の手助けをするにとどめた。ブールジュの主たる公証人はルージェの訪問を受け、彼から、土地を担保に十四万フラン借りたいので、なんとか金を見つけてほしいと懇願された。手続きは人目をはばかってきわめて巧妙になされ、イスーダンでは何一つ知られずに終わった。名騎手マクサンスは彼の馬を駆って、朝五時に出てブールジュに行き、夕方五時に戻ってくることができたし、フロールはもはや老人のそばを片時も離れなかった。ルージェおやじは、フロールが彼に強いる商業的操作の実行には、なんなく同意した。

だが五万フランの年金国債は、用益権（使用したり利益を得たりする権利）としてはブラジエ嬢の名で、虚有権（使用したり利益を得たりすることのないただの所有権）としては彼自身、ルージェの名で、登記がおこなわれることを望んで譲らなかった。この問題が引き起こした内輪の対立において老人が示した頑固さに、マックスは懸念をいだいた。本来の遺産相続者に会ったことによって吹き込まれた考えの一端が、すでにそこにかいま見られる気がしたのである。

　こうした大きな動きの数々を、マクサンスは町の目から隠そうとしたわけだが、そんななか、彼は例の穀物商のことなどすっかり忘れ去っていた。ファリオは、穀物の値をつり上げようと策を弄し、あちこちをまわり、そしてまさに売り物の引き渡しに取りかかろうとするところだった。ところが帰ってきた翌日、ふと見るとカプチン会の教会の屋根を真っ黒に埋めつくす鳩の群が目に入ったのである。というのも彼の住まいは教会の真向かいにあったのだ。彼は屋根を調べさせることを怠った自分を呪い、すぐさま倉庫に行き、そこで穀物の半分ほどが食い散らかされているのを見いだした。あたり一面に散らばったドブネズミ、ハツカネズミ、野ネズミのおびただしい量の糞から、壊滅的被害の第二の原因が明らかになった。教会はいわばノアの箱船と化していたわけである。スペイン人は損失と被害の甚大さを量ろうとした。そしてあまりの憤激に、顔が薄地《バティスト》のリネンのように真っ白になった。下のほうの穀物が、マックスの思いつきでブリキの管をつっこんで麦の山の真ん中に送りこんだいくつかの水瓶のせいで、ほとんど芽吹かんばかりになっているのに気づいたのだ。鳩やネズミは動物の本能ということで説明がつく。しかしこの最後のあくどいやり口には、人の手が加わっていることが明らかだ。ファリオは礼拝堂の祭壇の階段に坐りこみ、頭を抱えたままじっとしていた。半時間ほどスペイン人ならではの沈思にふけった彼の目に、息子のゴデが寄宿人として送りこむことにこだわったリスが、真ん中辺で棟木を支えている横向きの梁にそって尻尾とじゃれているのが見えた。スペイン人は冷然と立ち上がり、倉庫番の少年にアラブ人のような落ちつきはらった横顔を見せた。ファリオは愚痴もこぼさず家に戻り、数人の働き手を雇って、救えるだけは救おうと、無事だった穀物を袋に入れ、濡れた麦を日に乾かした。それから、被害を五分の三と見積もったあとで、荷の引き渡しをおこなった。だが彼の弄した策によって値がつり上がっていたので、不足した五分の三を買い戻すとき、さらに損失がでた。こうして全体の半分以上が失われた。スペイン人にはこれといった敵はおらず、彼はあやまつことなく、こうした復讐をするのはジレ以外にはいないと結論をくだした。マックスとほかの何人かだけが夜のいたずらの犯人であり、この連中こそが彼の荷車を塔の上まで運びあげ、彼を破産させて悦に入っているにちがいない。それが彼にははっきりわかったのである。実際損害は千エキュにのぼり、それは平和が訪れて以来ファリオが苦労に苦労を重ねて稼いできた金のほとんどすべてであった。男は復讐心に燃え、莫大な報酬を約束されたスパイなみの執拗さと抜け目なさを発揮した。イスーダンのあちこちで待ち伏せをし、とうとう「悠々騎士団」の不行跡の証拠をつかんだ。その姿を見、人数を数え、〈ラ・コニエット〉での会合や宴会のようすを見張った。さらに身を隠して彼らのいたずらの一つに立ち会い、彼らの夜のおこないにすっかり通じるようになったのだった。

用足しのために遠出もしなければならなかったし、またいろいろ気がかりを抱えていたにもかかわらず、マクサンスは夜の活動をおろそかにしようとはしなかったが、それは第一には、ルージェおやじの財産にかんしてなされている大がかりな操作の秘密が漏れぬようにするためであり、さらにはつねに仲間の緊張を持続させるようにするためであった。ところで騎士たちはあるいたずらをやることで合意していたが、それは以後何年にもわたって語りぐさになったいたずらの一つだった。一晩のうちに、町とフォーブールの番犬に一匹残らず毒団子を食わせようというのである。ファリオは、彼らが〈ラ・コニェット〉の居酒屋から出てきながら、この悪ふざけはきっとたいへんな成功を収めるだろうし、この新たな「嬰児虐殺」（ヘロデ王がイエス降臨をおそれておこなった幼児の大量殺戮）ともいうべき事件によって町じゅうの人々が喪の悲しみに服するだろうなどと、いまから喜び勇んでいるのを耳にした。それにこのいたずらが実行にうつされれば、番犬のいなくなった家になんらかの腹黒い企てがなされるのではないかとの懸念が、どれほど大きくふくらむことだろうか？

「ファリオの荷車のことなんか、たぶん忘れられちまうだろうよ！」、息子のゴデがいった。

ファリオには、彼の疑惑に確証をあたえるこんな言葉などもはや聞くまでもなかったし、そもそも彼の決意はもうとっくに固まっていた。

アガトは三週間の滞在を経て、オション夫人ともども、しまり屋の老人の考察の正しさを認めざるをえなかった。たしかにラブイユーズとマックスが彼女の兄に対してふるっている影響力をうち砕くためには、数年の時が必要だろう。アガトはあいかわらずジャン＝ジャックの信頼を勝ちえるという点ではいっこうに進展がなく、彼と二人きりになる機会をつくることができないでいた。逆にブラジエ嬢は幌つき四輪馬車《カレーシュ》でアガトを散歩に連れだすなどして、相続者たちの気持ちを支配しつつあった。自分は奥の席でアガトのそばに座り、ルージェ氏とその甥は前の席に座るのである。母と息子は、デロッシュにこっそり書いた手紙への返事を待ちわびていた。ところで、犬たちが毒を盛られることになっていた日の前日、イスーダンで死にそうに退屈していたジョゼフは二通の手紙を受けとったのだが、そのうちの一通は大画家のシネールからで、その年齢からして、ジョゼフは彼らの師グロよりも、このシネールとより緊密で親しい関係をもちえていたのだった。もう一通はデロッシュからだった。

次に記すのが一通目の手紙で、これにはボーモン＝シュル＝オワーズ（パリ近郊、セーヌ＝エ＝オワーズ県の小村）の消印があった。

「親愛なるジョゼフ、ぼくはセリジー伯爵のためにプレールの城のおもな絵を仕上げた。あとは額縁をはめる作業と、装飾用の絵が残っている。それで、きみのことを伯爵にも、建築家のグランドにもおおいに推薦しておいたから、あとはただ絵筆を持ってやってくれればいいだけだ。報酬はきみも満足のゆく額のはずだ。ぼくは妻と一緒にイタリアに行くから、助手がわりにミスティグリを連れて行くといい。まだ年端もゆかぬやんちゃ者だが、才能はある。なんなりと使ってやってくれ。やつは、プレールの城でおもしろおかしくやることを思って、いまからもうピエロみたいに跳びはねている。ではさようなら、ジョゼフ。もしぼくが帰ってこず、次の官展に何も出さなかったら、きみに代わりを頼むよ！　そうだとも、親愛なるジョジョ、ぼくは確信しているが、きみの絵はまちがいなく傑作だ。だがきっと『ロマン派だ』などという囂々たる非難を浴びる、そんなたぐいの傑作であって、きみの生活たるや、いってみれば聖水盤のなかに入りこんだ悪魔みたいなことになるのかもしれない。だがいずれにせよ、あのおふざけ者のミスティグリがことわざを片っ端から混ぜっかえし、しゃれのめしていうように、人生は戦いならぬ叩かれの連続ではなかろうか？　イスーダンでいったい何をしているんだい？　じゃあまた。

きみの友人、シネールより」

デロッシュの手紙は、次のようなものだった。

「親愛なるジョゼフ、このオション氏はとても分別のある老人のように思えるし、きみの説明で、彼がどれほどの才をもっているか、はっきり合点がいった。この人のいうことは完全に正しい。したがって、お訊ねゆえぼくの意見をいえば、きみの母上はイスーダンのオション夫人宅にとどまり、少しばかり、まあ年四百フランほど、宿泊費を払って、あるじ夫妻に対して食費の償いとするのがいいだろう。ぼくにいわせれば、マダム・ブリドーは全面的にオション氏の忠告に従うべきだ。だがきみのすばらしい母上は、良心の咎めなどこれっぽっちもない連中を前にして、心労の尽きないことだろう。この連中の行動は、権術数の一傑作といってもいい。このマクサンスは危険な男だし、きみのいうことはもっともだ。こいつはフィリップより役者が一枚も二枚も上手だ。このろくでなしは自分の悪行を利用して私腹を肥やしているのであって、きみの兄貴のようにただ意味もなく遊びほうけているわけじゃない。フィリップの愚行はなんの役にも立たない。

きみが書いて寄こしたことは何から何までぞっとすることばかりだ。というのも、ぼくがイスーダンに行っても、大したことはできそうもないのだ。オション氏が母上の背後に控えていれば、ぼくより役に立つはずだ。きみのほうは、もう戻ってきてもかまわないだろう。たえず注意をはらい、細かな観察をし、卑屈なまでの心遣いをすることを必要とするこうした問題に首を突っこんでも、きみの出る幕はないし、言葉を慎んだり、身ぶり態度に表れないように気持ちを隠したりする必要もあるが、これは芸術家にはまったくそぐわない。遺言状はまだ実際には書いていないといわれたかもしれないが、連中はずっと前から遺言状を手に入れていると思ってまちがいない。だが遺言状は取り消しが可能で、たしかにきみの阿呆伯父が生きているかぎり、いつ後悔の念にさいなまれたり、宗教の影響を受けたりしないともかぎらない。きみたち親子の財産は、教会とラブイユーズの戦いの結果次第でいかようにもなるだろう。この女が老人に力をおよぼさなくなり、宗教がそのありったけの力をふるうときが、きっとやってくる。伯父貴が生前贈与をしたり、資産のかたちを変えたりしないかぎり、宗教の優位が確立するときがくれば、どうにでもすることはできる。だから、できるだけ伯父貴の財産を監視するようにオション氏に頼まなくちゃいけない。土地が抵当に入っていないかどうか、投資がどのようにして、誰の名でおこなわれているか、突きとめることが肝心だ。赤の他人のために財産を手放していた場合でも、老人に余命幾ばくもないという恐怖を吹きこむのはいともたやすいことだから、多少なりとも世慣れた遺産相続者なら、早い段階で横領をやめさせることができるんだ。しかしきみの母上のような世間知らずで、無私無欲で、信心深い人に、そのような策略を進めることなどできるだろうか？……いずれにせよ、ぼくにしてあげられるのは、きみたちの蒙を啓くことぐらいしかない。きみたちがいままでしてきたことは警戒心を呼び起こしているにちがいないし、敵さんはたぶんもう戦闘準備をととのえているかもしれないよ！……」

「これこそ、きちんとした判定と呼ぶにたるものじゃ」、パリの代訴人に認められて鼻高々のオション氏は叫んだ。

「ええ、デロッシュってたいしたやつですよ」、ジョゼフが答えた。

「この手紙を二人のご婦人方に読ませるのも、悪くはなかろう」とふたたびしまり屋の老人。

「じゃあこれを」と芸術家は手紙を老人に渡して、「ぼくのほうは、明日にでも発とうと思いますので、伯父に別れの挨拶をしてきます」

「ああ！」とオション氏、「デロッシュ氏は追伸で、手紙は燃やしてしまうようにいっておるぞ」

「母に見せたあと、ご自分で燃やしてください」、画家はいった。

ジョゼフ・ブリドーは服を着替え、小さな広場を横切って伯父の家に姿をあらわした。彼はまさに朝食を終えようとしているところで、マックスとフロールもテーブルについていた。

「わざわざ席をおはずしになるにはおよびません。おじさん、お別れの挨拶に来ました」

「もうお発ちですか？」、マックスがフロールと目配せをかわしながらいった。

「ええ、セリジー氏の城で描かなければならない絵があるものですから。この人は貴族院に顔が利いて、かわいそうな兄のために役立つかもしれないので、なおさら早く行きたいのです」

「まあ、がんばりなさい」、ルージェ老人が間の抜けた調子でいったが、ジョゼフには彼がおそろしいほどの変わりように見えた。「人間、がんばらにゃ……おまえさんたちが行ってしまうのは、残念だが……」

「あ、でも母はもうしばらく残ります」とふたたびジョゼフ。

マックスがそっと唇を動かしたのにフロールは気づいたが、それはこういっていた。「やつら、バリュックが話したとおりの計画でやるようだぜ」

「来てほんとうによかったです」とジョゼフ、「おじさんとお会いできたし、おかげさまでアトリエがとても充実したのですから……」

「そうね」とラブイユーズ、「人の話じゃ十万フランはくだらないっていうあの絵の値打ちについて、あなた、おじさんになんの説明もなしに、さっさとパリに送っちまって……かわいそうにこの人ったら、まるで子供なんだから！……このあいだブールジュでいわれたんだけど、鶏肉《プーレ》とかなんとかいう、なんだったっけ？　ああ、プーサンって画家の絵が一枚あるって話で、革命前はカテドラルの内陣にあったそうだけど、あれだけで三万フランはするっていうじゃないの……」

「そりゃいかんな、おまえ」、マックスに合図されて老人がいったが、ジョゼフはこの合図に気づかなかった。

「ほんとうのところ、どうなのだろう」と元兵士が笑いながら言葉を継いで、「正直な話、あの絵をどのくらいの値打ちと思っています？　それにしても、ずいぶんと伯父貴からくすね取ったものだ。まあ当然の話です、伯父貴なんてものはむしり取られるためにあるんでね！　自然はわたしに伯父貴を恵んじゃくれなかったが、もしかりに伯父なんてものがあれば、わたしだって容赦はしなかったろう」

「旦那様、ご自分の絵が」とフロールがルージェに、「どれほどの値打ちか、ご存じだったのかしら……いくらっておっしゃった、ジョゼフさん？」

「いや、たしかに」、赤カブのように真っ赤になって画家が答えた。「それなりの値打ちはあります」

「あなた、オションさんに十五万フランほどの値打ちはあるっていったそうだけど」とフロール、「ほんとうかしら？」

「ええ、まあ」、子供じみた正直さで画家はいった。

「それで、あなたは甥御さんに」とフロールは老人に、「十五万フランおあげになるつもりだったの？……」

「と、とんでもない！」、フロールにじっと見つめられて老人は答えた。

「万事解決する方法が一つあります」、画家はいった。「おじさんに絵をお返しすればいいんです！……」

「いやいや、とっておいてくれ」と老人。

「絵は送り返します」、ジョゼフは、マクサンス・ジレとフロール・ブラジエの侮蔑的な沈黙に傷つけられて答えた。「ぼくにとって絵筆にこそ財産を築く手だてがあるのだし、誰の世話にもなりたくないのです、たとえおじさんでも……失礼します、マドモワゼル、さようなら、ムッシュー」

そしてジョゼフは、芸術家なら誰もが思い描くことができるいらだちをあらわにしながら、広場を横切っていった。そのとき客間にオション家の全員が集まっていた。ジョゼフが身ぶり手ぶりで一人ぶつぶついっているのを見て、一同はどうしたのか訊ねた。バリュックとフランソワの前で、画家はあいかわらず柳のように真っ正直に、たったいま身にふりかかったできごとを語ったので、二時間後には町じゅうはその話でもちきりになり、一人一人がつけ加える多少なりとも滑稽な細部によって、さらに話に尾ひれがつけられたのだった。何人かは画家がマックスにこっぴどく扱われたと主張し、彼がブラジエ嬢に無礼なふるまいにおよんで、マックスに追いだされたのだという者もいた。

「お宅のお子さんの、子供なことといったら！」、オションがブリドー夫人にいった。「愚か者が、別れの日がきたら打つ手はずになっていた芝居にまんまと引っかかりおって。絵の値打ちなど、マックスとラブイユーズは二週間前からとっくに知っているわ。孫たちがいたのに、ジョゼフが愚かにもここで値段を口にし、それで連中、大喜びでたちまちそれをみなに触れまわったのだ。出発は不意打ちにすべきだったな」

「絵にそれほどの値打ちがあるのなら、息子がお返しするのは当然のことです」、アガトはいった。

「もし息子さんのいうとおり二十万フランの値打ちがあるのなら」と老オション、「わざわざ返さねばならぬ立場に自分を置いたなど、愚の骨頂もいいところじゃ。少なくともそれくらいのものは相続してもおかしくはなかったのに、ことの成りゆきを見ると、あなた方は何一つ手にできないかもしれんのだから！

……それにほとんどこれだけで、あんたの兄貴がもう会うつもりはないといってくる口実になる……」

深夜零時と一時のあいだに「悠々騎士団」の面々は町の犬たちへの無償の食物配給をはじめた。この記念すべき大事業は朝の三時にようやく片がつき、それからこれらのろくでなしどもは〈ラ・コニェット〉に夜食を食いに行った。四時半、夜が白みはじめるころ、一同は帰宅した。マックスがアヴニエ通りを曲がって大通り《グラン＝リュ》に入ろうとしたとき、物陰に隠れて待ち伏せていたファリオが短刀でまっすぐにその心臓めがけて突き、刃を引き抜いて、フォッセ・ド・ラヴィラット通りを通って逃げ去った。短刀はそのときハンカチでぬぐった。スペイン人は「人造川」まで行ってハンカチを洗い、あわてず騒がずサン＝パテルヌに戻り、あけたままにしておいた窓をよじ登って、ふたたび床についた。そして新入りの小僧に起こされたときには、これ以上はないというほどぐっすり寝入っていたのだった。

十　ある犯罪事件

倒れながらマックスはおそろしい叫び声をあげたので、誰にもとり違えようはなかった。元郡長の家の遠縁にあたる判事の息子ルストー＝プランジャンと、大通り《グラン＝リュ》の下手に住まいのある息子のゴデが、「マックスがやられた！……助けてくれ！」と叫びながら、おおあわてで通りを駆けのぼった。しかし吠える犬は一匹もおらず、夜更けに通りをひた走る人間が奸計を持たぬはずはないと決めこんで、起きてくる者もひとりもいなかった。二人の騎士が着いたとき、マックスは意識を失っていた。父のゴデを起こしに行か

物陰に隠れて待ち伏せていたフォリオが短刀でマックスを突いた。

なければならなかった。マックスは犯人がファリオであることがわかったが、朝の五時、意識を取り戻して、数人の人間が自分を取り巻いているのを見、傷が致命傷でないことを悟ると、とっさにこの殺人未遂を利用してやろうと思いつき、あわれっぽい声で叫んだ。「あの憎たらしい画家だと思う、あいつの目と顔がたしかに見えた！」

これを聞いてルストー＝プランジャンは予審判事の父の家に走った。マックスは、コニェおやじ、息子のゴデ、そしてたたき起こされた二人の人間によって彼の家に担ぎこまれた。ラ・コニェットと父のゴデは、二本の棒が支えるマットの上に寝かされたマックスのかたわらに付き添っていた。ゴデ氏は、マックスがベッドに落ちつかぬかぎり、何もしようとしなかった。けが人を運んでいた人々の目は、クースキが起きてくるあいだ、自然にオション家の戸のほうに向けられ、オション氏の召使女が掃きそうじをしているのを眺めた。この家でもそうだが、地方のだいたいの家は朝非常に早い時間から戸をあけるものである。マックスが口にしたたった一言が疑惑を呼び起こしていたので、父のゴデが叫んだ。「グリット、ジョゼフ・ブリドーさんはおやすみかい？」

「それがね」と彼女はいった。「朝の四時半からお出かけでね。一晩じゅう部屋のなかを歩きまわっておいでだったんですよ、いったいどうしちまったんだか」

この馬鹿正直な返答はたちまち恐怖のささやきや叫びを引き起こし、ルージェおやじの家にいったい何を運んでゆくのか興味津々だった召使女も、さっそく近寄ってきた。

「じゃあ、あんたとこの画家は、潔白そのものってわけだ！」、誰かが彼女にいった。

そして行列はなかに入り、茫然とする召使女だけがあとに残された。彼女は、マックスがマットレスの上に横たわり、シャツが血に染まり、息も絶えだえなのを見たのである。

ジョゼフの頭をいっぱいにし、一晩じゅう彼を動揺させていたのがなんなのか、芸術家なら推測できるだろう。彼はイスーダン町民の笑いものになり、盗っ人よわばりされ、彼自身がそうありたいと思っていたもの、つまり正直な青年、実直な芸術家とはまったく別の人間と見られていたのだ！　ああ！　ツバメのようにパリに飛んでゆき、マックスの鼻先に伯父の絵を投げつけるためなら、彼は自分自身の絵を与えることすらいとわなかっただろう。自分のほうがだまし取られているのに、だまし取ったと思われているのか？……なんとばかばかしい！　それゆえ彼は早朝から、テイヴォリに通ずるポプラの並木道に走り出て、心がゆれ騒ぐにまかせていたのだった。この無瑕な若者がせめてもの慰みに、もう二度とこの土地には戻るまいと決意を固めているあいだに、マックスは、繊細な魂にとって耐えがたい屈辱を、彼のために準備していたわけである。ゴデ氏は傷の深さを調べて、たいへんな傷を負っているものの、短刀がさいわい小さな札入れのためにそれていることを確認したのち、医者なら誰でもやりかねないが、とりわけ地方の外科医が好んでするとおりのことをした。マックスの命はいまのところ保証しかねるといって、もったいをつけたのである。そうして、悪辣な兵隊あがりの傷に包帯を巻いてから、外に出た。この科学の裁定は父のゴデによって、ラブイユーズ、ジャン＝ジャック・ルージェ、クースキ、ヴェディおばさんに伝えられた。ラブイユーズは涙にかきくれながらいとしいマックスの部屋に戻り、いっぽうクースキとヴェディおばさんは戸口に集まった人々に、少佐はまず助かる見込みはないそうですと告げた。この知らせが伝わった結果、二百人ほどの人がやってきて、サン＝ジャン広場や大小二つのナレットのあたりに人だかりができた。

「ベッドにはひと月もついていないだろうし、犯人が誰かはわかっている」、マックスはラブイユーズにいった。「だが、これを利用してパリの連中を厄介払いしてやろうじゃないか。すでに画家の顔が見えたように思うといってある。そこでだ、おれが死にそうだということにして、ジョゼフ・ブリドーが捕まるようにしてくれないか。二日ほど臭い飯を食わせてやろう。あの母親のことはよくわかっているつもりだ。画家を連れて一目散にパリに逃げ出すに決まっている。これで、あのうす馬鹿に連中がけしかけるつもりでいた司祭のことも、心配無用というわけだ」

フロール・ブラジエが下に降りると、そこに集まった人々が、彼女の望みのままに、どんな感化でもすすんで受ける状態になっているのがわかった。彼女は目に涙を浮かべて登場し、泣きじゃくりながら、だいたい画家はいかにもそれらしい顔つきだったけれど、昨日じつは、彼がルージェおやじからだまし取った絵について、マックスと激しくいい争ったのだと語った。

「あの強盗野郎――なぜって、あいつの顔を見れば、誰だってまちがいなくそう思うにきまってるんだから――、マックスさえいなければ、あいつの伯父の財産はすっかり自分のものになるって信じているのよ。まるで」とさらに言葉を継いで、「兄弟なんて、甥ほど近い親戚じゃないっていわんばかり！　マックスはルージェ医師の実の息子よ。老人は死ぬ前にわたしにそういったんだよ！……」

「ああ！　あの野郎、町を出てゆきざま、犯行におよぼうと思ったにちがいない。すべて計算ずくさ、出発は今日なんだから」、「悠々騎士団」の一人がいった。

「マックスはイスーダンに敵など一人もいないぞ」、もう一人がいった。

「それにマックスは画家の顔を見たといっているわ」、ラブイユーズがいった。

「どこにいるんだ、あのパリ野郎？……見つけだそうぜ！……」、一同は叫んだ。

「見つけだすといったって、あいつ、夜明けにオションさんの家から出ていったままだよ」

「悠々騎士団」の一人がすぐさまムイユロン氏の家に走った。人だかりはますます膨れあがり、人々のあげる声は次第に脅迫的な調子をおびた。興奮した人の群れがグランド＝ナレットじゅうに広がっていた。サン＝ジャン教会の前にたむろする者たちもいた。プティット＝ナレットのはずれにあたるヴィラット門を、群衆が埋めていた。サン＝ジャン広場の上手も下手ももはや通行不可能だった。事情を知らなければ、何かの行列の先っぽのように見えたかもしれない。そんなわけで、ルストー＝プランジャン氏、王室検事ムイユロン氏、警察署長、憲兵隊長および憲兵二名を引きつれた班長といった面々がサン＝ジャン広場までおもむくのには、いささか苦労が必要だった。二列の人垣のあいだを通りぬけて彼らはようやくそこに着いたのだが、人々のあげる怒号や叫び声ゆえに、彼らが件のパリ人に対してあらかじめ悪い印象を抱いたとしてもふしぎではないし、また事実そうであったにちがいないのである。彼の受けた告発はあまりにも不当なものだったが、状況はいかにも彼に不利だった。

マックスと司法官たちの話し合いのあと、ムイユロン氏は警察署長と憲兵班長および憲兵一名を派遣して、お役所言葉で犯行の舞台と呼ぶものの検分をおこなわせた。それからムイユロン氏とルストー＝プランジャン氏は、憲兵隊長をともない、ルージェおやじの家からオション家へとおもむいた。そこは庭の端を二人の憲兵が、そして戸口を別の二人が警備していた。人の群はますます数を増した。町じゅうの人が興奮して大通り《グラン＝リュ》に集まっていた。

おそれおののいたグリットは、すでに主人の部屋に駆けこんでこういっていた。「だんな様、お宅が荒されちまいます！……町じゅうが革命のような騒ぎで、マクサンス・ジレ様が刺されて、息を引き取ろうとしているのです！……それで、犯人はジョゼフ様だっていうんでございます！」

オション氏は急いで服を着て下に降りたが、猛り狂う民衆を見て即座に踵を返し、戸の錠をしめた。グリットに事情を訊ねると、客人は一晩じゅうたいへんな興奮状態で歩きまわり、夜明けごろ外出して、まだ帰っていないことがわかった。彼は恐怖にかられ、オション夫人の部屋に行って、物音で目を覚ましたばかりの夫人にこのおそろしいニュースを知らせた。そしてそれが真実にせよ偽りにせよ、イスーダンじゅうの人間がそのためにサン=ジャン広場に結集しているのはそれゆえであることを告げた。

「あの子が犯人のはずはないわ！」、オション夫人がいった。

「だがあれの無実が認められるのを待つあいだに、連中がここに入りこんで、家を荒らすかもしれん」、青くなってオション氏がいった（彼は地下室に金塊を隠していたのだ）。

「で、アガトはどうしてます？」

「マルモットのようにぐっすり寝とるよ！」

「ああ、そりゃよかった」とオション夫人、「いっそこの事件が解決するまで、ずっと眠っていればいいと思うわ。こんな目に会わされたんじゃ、かわいそうにあの子、死んでしまうともかぎらない！」

しかしアガトは目を覚まし、着替えもそこそこに下に降りてきた。というのもグリットに訊ねても口ごもるばかりなので、彼女は頭も心もひどく混乱してしまったのである。彼女は、オション夫人が青い顔で目に涙をいっぱいためて、夫と一緒に客間の窓辺にいるのを見いだした。

「アガトや、元気を出すんだよ。わたしたちの苦しみもみんな、神様の思し召しなのだから」、老婦人はいった。「ジョゼフが告発を受けているのよ！……」

「どんなことで？」

「あの子がしたはずのない悪いおこないのためさ」、オション夫人は答えた。

この言葉を聞き、さらに憲兵隊長、ムイユロン氏、ルストー＝プランジャン氏が入ってくるのを見て、アガトは気を失った。

「おまえさんたち」とオション氏が妻とグリットにいった。「マダム・ブリドーを連れていってくれないか。こういう状況では、女は足手まといになるだけだ。二人ともマダム・ブリドーと一緒に部屋にさがっていなさい。どうぞお坐りください」と老人は言葉を継いで、「何かとり違いがあってここにいらしたようだが、一刻も早く誤解を解いていただきたいものですな」

「たとえとり違いだとしても」とムイユロン氏、「集まった連中はひどく高ぶって、頭に血がのぼっているので、被疑者の身の安全が心配なのです……それで、裁判所に身柄を拘束して、連中の気を鎮めたいわけです」

「マクサンス・ジレ氏がこれほどの同情を買うとは、まったく思いのほかで……」、ルストー＝プランジャンがいった。

「たったいま部下の一人から受けた報告によりますと、現在、フォーブール・ド・ローマから千二百人ほどの人間が集まってきています」と憲兵隊長が注進におよんだ。「そして犯人を殺ってしまえと叫んでおります」

「お客人はいったいどこに？」、ムイユロン氏がオション氏にいった。

「おおかた、郊外に散歩でもしにいったのだろう……」

「グリットを呼び戻していただきたい」、予審判事が重々しくいった。「ブリドー氏が家を離れていなければよいと願っていたのですが。犯罪があったのはここから目と鼻の先の場所で、夜明けごろだったというのは、ご承知のはずですな？」

オション氏がグリットを呼びに行くあいだ、三人の官吏はたがいに意味ありげな目配せをかわした。

「あの画家の顔つきは、どうしても好きになれませんでしたよ」、隊長がムイユロン氏にいった。

「話によると」、グリットが入ってくるのを見て、判事が訊ねた。「おまえさんは今朝、ジョゼフ・ブリドー氏が外出するのを見たそうだね？」

「はい、その通りでございます」、木の葉のように震えながら、彼女は答えた。

「何時ごろ？」

「起きてすぐでございます。といいますのも、あのお方は一晩じゅう部屋のなかを歩きまわっておいでで、わたしが降りていったときには、もう服も着ていらして」

「夜は明けていたかね？」

「すこし白みかけていました」

「興奮したようすだったかね？」

「ええ、そりゃあおかしなごようすで」

「部下の誰かにわたしの書記を呼びに行かせてくれたまえ」、ルストー＝プランジャンが隊長にいった。

「そのとき一緒に、令状を……」

「おいおい！　どうか早まらんでくれ」、オション氏がいった。「あの若者が興奮していた理由は、犯罪の計画を練っていたという以外にも考えられますぞ。彼はきょうパリに発つはずなのだが、それというのも、ある事件でジレとフロール・ブラジエにその誠実さを疑われたことがそもそもの原因なのじゃ」

「ええ、例のあの絵の一件だ」、ムイユロン氏はいった。「きのうまさにそれが非常に激しい口論の種になった。そしてよくいわれるように、芸術家というのは、すぐに頭に血がのぼるものじゃないですか」

「イスーダンじゅうを探しても、マクサンスを殺して得をする人間など、どこにいるだろうか？」とルストー、「いるはずがない。嫉妬に狂った夫だろうがなんだろうが、いはせん。というのも、あの青年は一度たりとも誰かを傷つけたことなどないのだ」

「だが、朝の四時半に、イスーダンの通りでジレ氏はいったい何をやっていたのだね？」

「待ってください、オションさん、そういうことはわれわれに任せてもらいましょう」、ムイユロンが答えて、「あなたにしたって、すべてをご存じというわけではない。マックスは画家の顔を見たといっていますしね……」

ちょうどこのとき町の一方の端から叫び声があがり、グランド＝ナレットを通って近づいてくるにつれて、それは雷のとどろきのように次第に大きくなってきた。

「やつだ！……やつがいた！……捕まえたぞ！……」

こうした言葉が、民衆の発するおそるべきどよめきの低い響きから、はっきりきわだって聞こえていた。実際ジョゼフ・ブリドーはのんびりランドロールの水車を通って、朝食の時間に間に合うように帰ってくる途中、ミゼール広場まで来て、すべてのグループに一度にすがたを見られたのである。彼にとって幸いなことに、二人の憲兵がおおあわてで駆けつけて、フォーブール・ド・ローマの連中から彼を引き剥がしたが、この連中はすでにジョゼフの腕を容赦なくつかんで、口々に「殺っちまえ」と叫んでいたのだった。

「場所をあけろ！」、二人の憲兵がどなり、さらに仲間の二人を呼んで、一人をブリドーの前に、もう一人を後ろにおいた。

「ほら、ごらんのとおり」、画家を捕まえている一人が彼にいった。「いまやあなたの身だけでなく、こっちの身だってあやうい。あなたが有罪か無罪か知らないけれど、ジレ少佐殺害が引き起こした暴動騒ぎに対して、ともかくあなたを守らなくてはならない。それにこいつらはあなたを告発するだけでは満足できない、やったのはあなただと信じて疑っていないのでね。ジレ氏はこの連中にたいそうな人気だったが、見てごらんなさい、連中、いかにも落とし前はきっちりつけさせてやるっていう顔つきでしょう？　ああ！　連中が一八三〇年（一八二二年に起こったことが物語られているのだから、これは明らかなアナクロニズムである。）に収税吏たちに乱暴狼藉を働いて、ぎゅうぎゅういわせたこととといったら！　たいした見物でしたよ」

ジョゼフ・ブリドーは瀕死の人間のように真っ青になり、ありったけの力を集めて歩きだそうとした。

「なんといったって」、彼はいった。「ぼくは無実なんだ。さあいきましょう！……」

そして芸術家らしく、十字架をその背に負ったのである！　彼は罵声、ののしり、死の脅しを受けながら、ミゼール広場からサン＝ジャン広場までおそろしい行程をすすんでいった。憲兵たちは怒り狂った群集に向かってサーベルを抜かざるをえなかった。群集は彼らに石を投げた。憲兵たちはあやうく怪我をするところだったし、いろいろなものが投げつけられて、ジョゼフの足や肩や帽子にまで届いた。

「やれやれ着いたぞ！」、オション家の客間に入りざま、一人の憲兵がいった。「並大抵の苦労ではあり

「ぼくは無実なんだ。さあいきましょう！……」

ませんでしたよ、隊長殿」

「さて今度は、この人群れを追い払わなくてはならないが、方法は一つしかないと思う」、隊長が司法官たちにいった。「みなさんでブリドー氏を取り囲んだまま裁判所まで連れてゆくのです。わたしと部下の憲兵全員でみなさんのまわりを固めましょう。六千もの猛り狂った人間を前にしては、なんの保証もできかねますが……」

「あんたのいうことはもっともじゃ」、オション氏はいったが、彼はあいかわらず隠した金塊のことを思って震えがとまらなかったのだった。

「イスーダンではそれが無実の人間の身を守る最良の方法だというのなら」、ジョゼフが答えて、「すばらしいというしかありません。さっきなど、あやうく石で打ち殺されるところでしたしね……」

「自分がやっかいになっている家が襲撃されて、略奪にあうのを見たいとでもいうのかね？」と憲兵隊長、「正しい裁きの方法も知らぬ、ひと握りのいらだった者たちにあおられた人の波だ。われわれのサーベルだけでたちうちできるものではあるまい……」

「そういうことならみなさん、出かけるしかありませんね。話はそのあとだ」、すっかり冷静さを取り戻したジョゼフがいった。

「諸君、場所をあけてくれ！」、隊長がいった。「例の男は捕らえた。いまから裁判所に連行する！」

「諸君、司法を尊重してくれ！」とムイユロン氏。

「待てまて、ちゃんとギロチンにかけたほうがいいと思わないか？」、憲兵の一人が、威嚇してきたグループに向かっていった。

「そうだ、そうだ！」、一人の怒り狂った男がいった。「こいつをギロチンにかけろ」

「ギロチンにかけろ」、何人かの女が繰り返した。

グランド＝ナレットの突きあたりで、人々はたがいにこういい合っていた。「あいつをしょっぴいてギロチンにかけるってよ、短刀が見つかったんだ！」「ほんとうか！　なんて悪党だ！」「パリのやつらなんてこんなものさ」「いかにも犯罪者って面構えだったよ！」

ジョゼフはすっかり頭に血がのぼっていたが、みごとなまでに冷静さを保ち、落ちつきはらって、サン＝ジャン広場から裁判所までの道のりを進んでいった。とはいえ、ルストー＝プランジャンの事務室に着いたときは、ほっと胸をなでおろしたのだった。

「あらためていう必要もないと思いますが、ぼくは無実です」、彼はムイユロン氏、ルストー＝プランジャン氏および書記に向かっていった。「ただひたすらぼくの濡れ衣をはらす手助けをお願いするばかりです。事件のことなど、何一つ知らないのですから……」

判事が、ジョゼフにのしかかるあらゆる疑惑を逐一述べあげ、最後にマックスの供述のことをいうと、彼はすっかり打ちのめされてしまった。

「でも」と彼はいった。「ぼくが家を出たのは五時すぎでしたよ。大通り《グラン＝リュ》を通り、五時半ごろには、サン＝シール小教区の教会の正面を眺めていました。朝のお告げの鐘を鳴らしたばかりの鐘つき男と話をして、建築についていろいろ質問しました。ぼくにはそれが風変わりで完全にできあがっていないように思えたのでね。それから野菜市場を抜けてゆきましたが、市場にはすでに女たちが出ていた。そこからミゼール広場を通り、さらにポン＝ト＝ザーヌからランドロールの水車のところまで行き、そこで五、六分、のんびり鴨たちを眺めていました。粉屋の小僧たちがぼくに気づいたはずです。女たちが洗濯場に行くのを見ました。まだそこにいるはずです。彼女らはぼくを見て、とても見られた顔じゃないねといって笑いだした。そこで、しかめっ面にも珠玉が隠されているんだといい返してやりました。そこから広い並木道を通ってテイヴォリまで行き、庭師と話をしました……これらの事実の裏をとって、逮捕などということはやめてください。誓っていいますが、みなさん方がぼくの無実を確信するまで、この事務室からけっして離れませんから」

この説明は筋が通っていたし、いささかの躊躇もなく、また問題の所在をはっきりわきまえた人間の自在さをもって口にされたので、司法官たちにある力をおよぼさないではいなかった。

「となれば、これらの者たちを見つけだして、召喚せねばならんな」、ムイユロン氏がいった。「だが、これは一日で片がつく問題ではない。あなた自身のためにも、どうか心を決めてこのまま裁判所に身柄を拘束させていただきたい」

「母を安心させてやるために、手紙を書くことを許してくださるのならね。きっと心配しているでしょうから……もちろん、手紙は読んでけっこうです」

この頼みはいかにももっともなことだったのでなんなく受け入れられ、ジョゼフは次のような短信をしたためた。

「お母さん、心配はご無用です。何か誤解があって、被害をこうむっていますが、これが誤解だということは簡単にわかるはずだし、そのためにどうしたらいいか指示もしました。明日か、もしかしたら今夜にでも自由になれると思う。気をたしかに持ってください。それからオション夫妻には、こんなご迷惑をおかけしてしまって、お詫びのしようもありませんとお伝えください。ただこのことにかんして、ぼくにはなんら責任はありません。というのもこれは、ぼくにはいまだに理解できませんが、何かの偶然のなせるわざとしか思えないのです」

手紙が届いたとき、ブリドー夫人は神経の発作でいまにも息絶えてしまいそうに見えた。ゴデ氏が苦労してすこしずつ飲ませようとする薬も功を奏さなかった。そんなところにこの手紙はまるで鎮静剤のように効いたのである。何度か身体を震わせたあと、アガトはそうした発作に続く衰弱状態におちいった。ゴデ氏が患者を診るためにふたたび訪れると、彼女はパリを去ったことをしきりに悔やんでいる最中だった。「神はわたしをお罰しになったのです」、彼女は目に涙をためていった。「代母様、何もかも神様にお任せすべきだった、兄の相続財産についても、神様のお慈悲にすがって問題の解決を待つべきだったのではなかったかしら！……」

「奥さん、もしお宅の息子さんが無実なら、マクサンスはすさまじい極悪人じゃ」、オション氏が耳元でささやいた、「とてもわれわれの手におえる相手ではない。こうなったら、パリに戻ることですな」

「それで」、オション夫人がゴデ氏にいった。「ジレさんの具合はどうなんです？」

「なに、重症ではあるが、命に別状はない。ひと月も養生すれば、よくなるでしょう。わたしが出てくるときは、お宅の息子さんの釈放を頼むべく、ムイユロン氏に手紙を書いている最中でした」、彼は病人に向かっていった、「マックスはそりゃあ正直な男です。あなたがどんな容態かいうと、自分を襲った人間が身につけていた衣服、履物のことなどを、思い出しましてね。それで犯人がお宅の息子さんでないことがはっきりした。犯人は粗い布地の履物をはいていたのに、息子さんはたしかにブーツをはいて外出したのですから……」

「ああ！　あの男がわたしに与えた苦痛を、神がお許しになりますように……」

その夜、一人の男がジレに、活字体で書かれた手紙を持ってきたが、そこには次のような内容が記されていた。

「ジレ大尉は無実の人間を司直の手にゆだねたままにしておいてはならぬ。ジレ氏が、犯人が誰か明らかにせぬままジョゼフ・ブリドー氏を解放するなら、ことをおこなった当の者は、もう二度と犯行を繰り返さぬことをお約束する」


マックスはこの手紙を読み、それを燃やしたのち、ムイユロン氏に手紙を書いてゴデ氏の意見を記し、さらにジョゼフの釈放を懇願し、会いに来て事件の説明を聞いてほしい旨をしたためた。この手紙がムイユロン氏の手元に届いたとき、ルストー＝プランジャン氏はすでに、鐘つき男、野菜売りの女、洗濯女たち、ランドロール水車の粉屋の小僧たち、フラペルの庭師の証言により、ジョゼフの説明が事実に相違ないことを認めていた。マックスの手紙は被疑者の無実のさらなる確証となったのであり、ムイユロン氏はみずからジョゼフをオション氏宅まで送っていった。ジョゼフが着くと、母はなんとも熱烈な愛情をあらわにして彼を出迎えたので、真価を認められていないこのあわれな子は、困難な問題ゆえに愛のしるしが彼にもたらされたことで、ラ・フォンテーヌの寓話で、妻が愛情をあらわすきっかけを作った泥棒に夫がそうしたように、偶然に感謝を捧げたのだった。

「もちろん」、いかにも有能らしいようすを取りつくろいながらムイユロン氏がいった、「いらだった民衆を見るあなたの目で、あなたの無実はすぐに見てとれたのですがね、確信してはいても、イスーダンの事情に通じておれば、あなたの身を守る最良の方法は、われわれがそうしたように、あなたをお連れする以外にありえなかったのです。ああ！　あなたはじつに昂然たる態度をお示しになった」

「ぼくはただ別のことを考えていたのです」、芸術家は単にそう答えただけだった。「ぼくの知っているある士官が話してくれたのですが、彼はダルマチアでほとんど同じような状況で捕えられたというのです、つまりある朝散歩から戻るときに、興奮した民衆によってね……このあまりにもよく似た話のことで頭がいっぱいだったし、ぼくはあの人々の顔を眺めながら、一七九三年の暴動をどう描いたらいいか、そのヒントを見つけたような気になっていた……というかつまり、こう思ったのです。『愚か者め、アトリエで絵に専念していればよいものを、のこのこ相続財産などを求めにやってきて、自業自得というものだ……』」

「もしご忠告をお許しいただけるなら」、王室判事はいった。「今晩十一時に、宿駅の駅長の提供する馬車にお乗りになって、ブールジュ発の乗合馬車でパリにお戻りになるのがよろしいかと存じます」

「わしもそれに賛成だ」、早く客人が出ていってくれぬものかと待ちわびていたオション氏がいった。

「わたしとて、一刻も早くイスーダンを去りたい気持ちはやまやまなのですけれど、でもそうすると、たったひとりのお友達とお別れしなければなりません」、オション夫人の手をとって接吻しながらアガトは答えた。「このつぎお会いできるのはいつになるかしら？……」

「ああ！　アガトや、このつぎ会うのはもう天国に行ったときだろうねえ！……わたしたち」と彼女は口を耳元に寄せて、「この世で充分苦しい目にあったから、きっと神様もあわれに思ってくださるよ」

その直後、ムイユロン氏がマックスと話を終えるとすぐ、グリットがルージェ氏の来訪を告げて、オションン夫妻、アガト、ジョゼフ、アドルフィーヌをおおいに驚かせた。ジャン＝ジャックは妹に別れの挨拶をしにきて、ブールジュまで彼の幌つき四輪馬車《カレーシュ》を使ってくれるように申しでたのだった。

「兄さんの絵のおかげで、わたしたち、ほんとうにさんざんな目に遭いましたわ！」、アガトは彼にいった。

「妹や、絵はとっておいてくれていいんだ」、いまだに絵の値打ちが信じられない老人は答えた。

「ルージェさん」とオション氏、「われわれの最良の友、もっとも信頼のおける擁護者は、やっぱり血のつながった人間だ。とりわけそれがあんたの妹さんのアガトや甥のジョゼフのような人間なら、なおさらだ！」

「そうかもしれん」、老人は呆けたように答えた。

「キリスト教徒らしく生涯をまっとうすることを考えなくてはね」とオション夫人。

「ああ！　ジャン＝ジャック」とアガト、「なんという一日だったことかしら！」

「わしの馬車を使ってくれるかね？」、ルージェが訊ねた。

「いいえ、兄さん」とブリドー夫人、「たいへんかたじけなく存じますけれど。どうかお身体にお気をつけて！」

ルージェは妹と甥の抱擁に身をまかせ、それから情のこもらぬ別れの言葉を口にしたあと、出ていった。祖父が一言いうと、バリュックはすぐさま駅馬車発着所に急いだ。夜の十一時、二人のパリ人は一頭立てで御者に御せられた柳の幌つき二輪馬車《キャブリオレ》の座席に身を落ちつけ、イスーダンをあとにした。アドルフィーヌとオション夫人は目に涙を浮かべていた。彼女たちだけがアガトとジョゼフとの別れを惜しんでいたのだ。

「連中、出ていったぜ」、ラブイユーズとマックスの部屋に入りざま、フランソワ・オションがいった。

「じゃあ、これで一丁あがりだな」、熱で憔悴しながらも、マックスがいった。

「しかしムイユロンのおやじになんていったんだい？」、フランソワが彼に訊ねた。

「おれもすねに傷もつ身で、この男が通りの片隅で待ち伏せしたとしてもふしぎではないし、こいつの性格からすれば、もし犯人探しを続けると、捕まる前におれを犬ころみたいに殺しかねない。そういってやった。そんなわけでムイユロンとプランジャンに、おれが死ぬのを見たくなかったら、これ見よがしに派手な捜査をどんどん進めるいっぽうで、おれを殺そうとしているやつには手を出さないでほしいとお願いしたわけさ」

「マックス、お願いだから」、フロールがいった。「しばらくのあいだは、夜おとなしくしていてくださいな」

「いずれにせよパリの連中は追っ払ってやったぜ」、マックスは叫んだ。「おれを襲ったやつも、これほどおれたちの役に立つなんて、ほとんど思いもしなかっただろう」

翌日、オション夫妻と意見を同じくする何人かの並はずれて冷静で慎重な人々は別として、パリ人の出発は、嘆かわしい誤解によるものだったにもかかわらず、「地方」のパリに対する勝利として、町じゅうの称賛の声によって祝われた。マックスの友人には、ブリドー親子に対して相当に辛辣な意見を述べた者も何人かあった。

「なんと、あのパリの連中ときたら、おれたちのことを気の利かぬうすのろと思っていて、帽子を差しだせば、相続財産が雨霰と降ってくるみたいに考えていたんだ！……」

「羊毛を手に入れに来たが、頭を刈られて退散したってわけだよ。というのも、伯父貴はあの甥が気に入らなかったのさ」

「しかもパリの代訴人が後ろ盾についていたっていうんだから……」

「ほう！　連中、なんか案を練っていたのか？」

「もちろんだ。ルージェおやじを手玉にとろうとしたんだ。だがパリの連中は力不足だった。件の代訴人もベリー人の底力を思い知っただろうよ……」

「なんともひどい話じゃないか……」

「パリの連中なんてこんなものだ！……」

「ラブイユーズは攻めたてられたが、しっかり身を守った」

「いや、じつにみごとにやってのけた」

町じゅうの人々にとってブリドー親子はパリの人間であり、よそ者であった。彼らにとっては、ブリドー親子よりマックスとフロールのほうがよほど大切だったのである。

十一　イスーダンのフィリップ

このような戦いのあと、マザリーヌ通りの小さな住まいに戻って、アガトとジョゼフがどれほどほっと

イスーダンのフィリップ・ブリドー

したか想像にかたくない。画家は旅のあいだに、逮捕劇のごたごたと二十時間におよぶ拘禁によってかき乱されていた陽気さを取り戻した。しかし彼は母の気を紛らすことはできなかった。貴族院法廷がまもなくナポレオン軍の陰謀の裁判を始めようとしており、アガトはなおさら立ち直るのが容易ではなかったのである。フィリップの行状は、デロッシュの助力を得て弁護人がたくみに弁護をおこなったにもかかわらず、その性格についてかんばしくない疑いを引き起こしていた。それゆえジョゼフは、イスーダンで起こったすべてのことを逐一デロッシュに報告し終えるやいなや、二十日続いたこの裁判の話を聞きたくない一心で、ミスティグリを連れてセリジー伯爵の城に急いだのであった。

同時代史の既定事実となっているいくつかの事柄についてここであらためて述べる必要はあるまい。決められたとおりある役割を演じただけだったのか、あるいはみずから秘密を暴露した人間の一人であったのか、ともあれフィリップには五年間公安警察の監視下におくという判決が下され、釈放されたその日すぐにブルゴーニュ地方のオータンに向かって出発することになった。王国警視総監はこの町を彼の五年間の滞在地として定めたのである。この刑は、ある一つの町を監獄の代わりに指定する仮釈放の囚人の拘束に等しいものであった。デロッシュは、予審の審理のために貴族院が指名した貴族院議員の一人セリジー伯爵が、プレールの彼の城の装飾画をジョゼフに依頼していることを知り、この国務大臣の謁見を求めた。するとたまたま知りあう機会を得たジョゼフに対して、彼がたいそう好意的であることがわかった(『人生への門出』参照)。デロッシュは二人の兄弟の財政状態の説明におよんで、彼らの父親が国家にたいへん貢献したにもかかわらず、王政復古がそのことを等閑視している点を強調した。

「こうした不正こそが、閣下」、代訴人はいった。「焦燥と不満の絶えざる原因をなしているのです!

閣下は父親をご存じです。せめて子供たちだけでも、財産を築きうる地位においてやっていただけませんか？」

そして彼はイスーダンにおける一家をめぐるさまざまな問題について手短かに説明し、国務院副議長の絶大な権力をもって警視総監に働きかけ、フィリップの居留地をオータンからイスーダンに変更させるように頼みこんだ。さらにフィリップのおそるべき困窮ぶりを語り、戦争省が元中佐に当然支払ってしかるべき月六十フランの援助金を要請した。

「すべてご依頼のとおりことが運ぶように取りはからいましょう。ことごとくが正当な要求であるように思いますので」、国務大臣がいった。

三日後、デロッシュは必要な許可証の数々をたずさえ、貴族院法廷の監獄にフィリップを請け出しにゆき、ベテイジー通り（デロッシュの事務所の場所は、他の場所では、ビュシー通りとされている。）の事務所に連れ帰った。そこで若き代訴人は兇悪な兵隊あがりに向かって、問答無用の説教をまくしたてたのだったが、それは代訴人たちが、その真の価値をもって物事を判断し、歯に衣着せぬ言葉で行動の評価を定め、依頼人のさまざまな感情を分析してそれを簡素な表現でずばりいってのける、そうした説教の一つであった。わざわざそうしてやってもいいという気になるほど依頼人に興味をいだいた場合にかぎって、彼らはそのような説教もいとわないのである。デロッシュは皇帝の副官に、常軌を逸した浪費、母の不幸、老デコワン夫人の死について非難を浴びせてぎゅうの音もいわさず、そのあとさらにイスーダンがどのような状態にあるか述べて彼ならではの見地から説明を加え、マクサンス・ジレとラブイユーズの計画および性格を徹底的に解明してみせた。こういうことにかんしては、政治犯フィリップははしっこく頭が働いたから、デロッシュの叱責にも、前の部分とはうって変わった真剣さで耳を傾けた。

「いずれにせよ」、代訴人はいった、「きみのすばらしい家族に対して自分が犯した罪のうち、償えるものはできるだけ償うようにすればいい。というのも、きみが死のきっかけを作ったあのあわれなご婦人に命を返してやることはできないのでね。だがきみにしかできないことがある、それは……」

「といったって、どうやったらいいんです？」、フィリップが訊ねた。

「オータンの代わりにイスーダンを居留地にする許可はとってある」

病い、苦痛、窮乏ゆえにおそろしいほどやせこけてほとんど不吉にさえ見え、面やつれしたフィリップの顔が、あっという間に喜びの光で輝いた。

「いいかね、きみにしかできないことというのは、ルージェ伯父の遺産を取り戻すことだ。もっとも、たぶん遺産の半ばはもうジレという名の狼の口に呑みこまれてしまっているかもしれない」とデロッシュが言葉を継いで、「きみはいまやすべての細部に渡って事情に通じているわけだ、だから、あとはそれにしたがって行動あるのみだ。わたしから計画を授けることはできない。この点にかんしてとくに妙案を持っているわけではないし、現地に行けばどうせすべてご破算になるのでね。手強い相手ですよ、抜け目がなく、たいした策略家だ。きみのおじさんがジョゼフにあげた絵をしたたかな手口で取り戻そうとし、また大胆不敵にもきみのかわいそうな弟さんに罪を着せようとした。そうしたことから、なんだってやってのける敵だということがわかる。だから、くれぐれも慎重に。体質までは変えられまいから、計算ずくでけっこう、ともかく節度をもってふるまってほしい。絵はジョゼフには何もいわずオション氏に送り返した。芸術家としての誇りから、きっと黙って許してはくれまいと思ったのでね。オション氏には、きみ以外に絵は渡さないでくれといってある。あのマクサンス・ジレというのは、まったく物に動じないやつだ……」

「それはかえって好都合というものさ」とフィリップ、「その物に動じないところを逆手にとって、ことを運ぼうと思っているんでね。意気地がなけりゃ、イスーダンからすごすご逃げ帰るしかないが」

「そんなこといわずに、お母さんの身になってごらんなさい。きみのことをあんなにやさしく気遣ってくださるじゃないか。それから弟さん。この弟さんから、ずいぶんと搾りとったもんだ……」

「ああ、それじゃあ、あいつ、あのいろんなしくじりのことをしゃべったのか？……」、フィリップが叫んだ。

「まあまあ、わたしは家族の友人じゃないか。それにきみに対して、彼ら二人よりも力をふるえる立場だと思うがな？」

「何を知っているっていうんだ？」

「きみは仲間を裏切っただろう……」

「おれが！」、フィリップは叫んだ。「皇帝陛下の副官たるこのおれが！　馬鹿も休み休みいえ！……おれたちは、貴族院、裁判所、政府、そのほかもろもろすべてこけにしてやったんだ。役人どもはすっかり煙に巻かれていたぜ！……」

「もしそうなら、それに越したことはない」、代訴人は答えた。「だがね、ブルボン家の転覆などできない相談だ、ヨーロッパじゅうが彼らの味方なんだから。そしてきみは戦争大臣と仲直りすることを考えなくては……いや、金持ちになったら自然そうなるだろうが。きみたちが、つまりきみと弟さんが金持ちになるためには、まずおじさんの気持ちをつかまなければならない。なにしろこの一件はほんとうに、巧妙な手腕、口の堅さ、忍耐を要する。首尾よく進めようと思ったら、五年間やることには事欠かないよ……」

「いやちがうな」とフィリップ、「やるんだったら手っとり早くやらなきゃ。あのジレってやつは伯父の財産を別物に移し替えて、名義を例の女にしてしまうかもしれない。そうなったら万事休すだ」

「あと、オション氏は信頼に足る助言をしてくれるし、正しくものを見ている。彼に助言をあおいだらいい。旅行許可証はあるし、七時半発のオルレアン行きの馬車に席もとった、荷造りもよしと。食事にでも行きますか？」

「いま身につけているのが全財産ってわけなんで」、フィリップが、そのくたびれきった青いフロックコートを開いていった。「じつは三つほど足りないものがあるんだが、フィノの叔父でおれの親友のジルドーに送るようにことづけてもらえませんかね。サーベルと剣とピストル数丁なんですがね！……」

「足りないものはほかにいくらでもあるだろうに」、代訴人はぞっとして、依頼人をまじまじと見つめながらいった、「三カ月分の手当が出るから、それできちんとした格好をととのえるんだね」

「おや、なんだ、ゴドシャルじゃないか！」、フィリップはデロッシュの一等書記がマリエットの兄であることに気づいて叫んだ。

「ええ、二カ月前からデロッシュさんのところで働いているんです」

「もし問題がなければ」とデロッシュが大きな声を出して、「一本立ちできるようになるまで、ここにいてもらうつもりですよ」

「で、マリエットは？」、思い出に気持ちが高ぶるまま、フィリップがいった。

「新しいオペラ座が開くのを待っているところです」

「おれの禁足令を解かせるぐらい」とフィリップ、「あいつには朝飯前のことなのになあ……ま、あいつの気持ち次第だが！」

一等書記の食費はデロッシュの掛かりだったので、フィリップがおごられた食事はごくつましいものだったが、その食事のあと、二人の法律実務家は政治犯を馬車に乗せ、しっかりやれと励ましたのだった。

十一月二日、万霊節の日、フィリップ・ブリドーはイスーダンの警察署長のもとに出頭し、旅行許可証に到着日を記入してその査証を受けた。それから署長の勧めにしたがい、アヴニエ通りに居を定めた。この前の陰謀事件に巻きこまれた士官の一人が流刑になってやってくるというニュースは、まもなくイスーダンじゅうに広まり、しかもその士官が、なんとも不当に罪を着せられたあの画家の兄だということがわかると、いっそうの評判を呼んだ。このころマクサンス・ジレは傷も完全に癒え、ルージェおやじの資産を抵当に入れて現金を手にし、その金で国債を買って登録台帳への記載をおこなうという、綱渡り的な商業操作をやり終えていた。この老人が土地を担保に十四万フランもの金を借り入れたことは、一大センセーションを巻き起こした。田舎ではあらゆることが筒抜けになるのである。このひどい災厄にすっかり気が動転したオション氏は、ブリドー親子の利益をおもんばかって、ルージェの公証人の老エロン氏にこの財産変換の目的について問いただした。

「ルージェおやじの遺産相続者は、もしルージェおやじが意見を変えたら、わたしにたいへんな恩義をこうむることになりますぞ！」、エロン氏は叫んだ。「わたしがいなければ、おやじさん、五万フランの国債をマクサンス・ジレの名義にしかねなかったのだから……マドモワゼル・ブラジエにこういってやったのです。遺言状だけで満足しておきなさい、さもないと横領で訴えられても知りませんよ。あちこちでいろいろ名義変更をすれば、それがいくらだってきみたちの弄した策動の証拠になるんだからってね。それで、時間稼ぎのために、マクサンスと彼の愛人に、そんなふうに財産の名義を書き換えるのは、おやじさんのいつものやり方からすればあまりにも短兵急だから、しばらく時にまかせるのがいいと忠告したのです」

「どうかブリドー親子を弁護し、守ってやってください。彼らには何一つ残されていないのだから」、オション氏はエロン氏にいった。彼は、家が荒らされるかもしれないという恐怖で不安をかき立てられて以来、ジレを許していなかったのである。

マクサンス・ジレとフロール・ブラジエは非難をこうむる心配などすこしもなかったし、ルージェおやじの二人目の甥の到着を知っても、冗談口をたたくだけだった。フィリップが彼らになんらかの懸念を抱かせるようなことがあったら、すぐさまルージェおやじに委任状に署名させ、登録台帳への記載の名義をマクサンスなりフロールなりに書き換えてしまえばいいのである。もし遺言状が取り消されても、不動産を抵当に入れて十四万フランつくったいまとなれば、五万フランの年金だけでも、それなりの慰めにはなるわけであった。

到着の翌日、フィリップは十時ごろ伯父を訪問しにやって来たが、例の汚らしい身なりであらわれることに彼はこだわった。それゆえ、このミディ施療院からの逃亡者にしてリュクサンブール宮の囚人が客間に姿をあらわすと、フロール・ブラジエはその見るもおそろしいようすに、いわば心中に震えがくるのをおぼえた。ジレもまたひそかに、自然が隠された親密さもしくは迫り来る危険をわれわれに告げ知らせるときそうであるように、知性と感性が揺り動かされるのを感じとったのだった。フィリップがどことなく不吉な感じを漂わせていたのは最近の不幸なできごとのせいだったが、その服装によって表情の暗さはいっそうきわだって見えた。くたびれきった青いフロックコートは軍人らしく首までボタンが留められていたが、それも惨めたらしい理由によるもので、むしろ隠そうとしているものをあまりにむき出しにしていた。ズボンの下の部分は廃兵の服のようにすり切れ、極度の貧窮があらわになっていた。ブーツの靴底はぽっかり口を開けてそこから泥まじりの水が吹きだし、点々と濡れた足跡が残っていた。中佐が手にもつ灰色の帽子からは、おそろしく脂じみた裏地がのぞいていた。ニスのはがれ落ちた籐製のステッキは、パリのカフェの片隅という片隅に立てかけられ、いくつもの泥水のなかにそのゆがんだ先端を浸していたにちがいなかった。型紙がのぞくビロードのカラーの上には、『ある賭博者の生涯』の最終幕で名優フレデリック・ルメートルが見せたのとそっくりの顔が乗り、いまなお精悍さを失わずにいる男の疲弊が、ところどころ緑がかった赤褐色の顔色にあらわれていた。こうした顔色は、賭博場で多くの夜を過ごした放蕩者の顔に見られるものだ。目は木炭で書いたような輪で隈取られ、瞼は赤いというよりはむしろ赤みがかっている。さらに額は、それがあらわに示すありとあらゆる荒廃によって、人を脅かすかのようだ。フィリップは受けた治療からまだほとんど立ち直っておらず、頰は落ちくぼみ、肌はざらついていた。頭髪はすっかり抜け落ち、わずかに後頭部に残った数房の毛も、耳のあたりで消え失せていた。かつてあれほど輝いていた目の純粋な青色は、鋼鉄の冷たい色合いを帯びていた。

「おじさん、こんにちは」、彼はしゃがれ声でいった。「甥のフィリップ・ブリドーです。ブルボンの連中が古参中の古参の中佐、モントゥローの戦いで皇帝陛下の命令を伝えた男をどう扱っているか、見ての通り。お嬢さんの目の前で、もしフロックコートの前がはだけたら、恥じ入るしかないですよ。結局のところ、賭けっていうのはこういうもんですがね。おれたちは再度勝負を挑もうとし、そして負けた！　警察の命令でおじさんの町に住むことになりました、月に六十フランの特別手当を頂戴してね。だから町民の連中は、おれが来たことで物価が上がるんじゃないかなんて心配にはおよばない。お見受けしたところ、立派な、美しいお仲間に恵まれてるようで」

「ああ！　あんた、わしの甥かな」、ジャン＝ジャックはいった……

「ねえ、中佐さんを朝食にお招きしたら？」とフロール。

「ご招待はありがたいが」とフィリップが答えて、「朝食はもうすませたんでね。だいたい、おじさんにパン一切れ、一サンチームでも恵んでもらうぐらいなら、自分で自分の手を切り落としたほうがましってもんだ、この町で弟と母の身にああいうできごとが起こったあとじゃね……ただイスーダンにいながら、たまに挨拶の一つもしなけりゃ礼儀にもとると思ったまでですよ。ともかく」と彼は伯父に自分の手をさしだし、ルージェがそこに自分の手を重ねると、それを揺り動かした、「なんでも好きほうだいやってくださいよ。どんなことでも、難癖つけようなんてけっして思いませんから、ブリドー家の名誉さえ保たれていればね……」

ジレは思うさま中佐を眺めることができた。というのもフィリップは露骨なまでのわざとらしさで、彼から目をそらせていたからである。血管のなかでは血が煮えたぎっていたにもかかわらず、マックスにとっては、大政治家特有のときとして卑怯に見えもするあの慎重さをもってふるまうことが得策であり、若者のように激情にかられることは避けねばならなかった。それゆえ彼は落ちつきはらい、冷ややかな態度を保っていた。

「それはよくありませんわ」、フロールがいった。「四万フランも年金があるおじさんの目の前で、月六十フランで暮らすなんて。この人はすでに、ここにいるジレ少佐さん——血のつながった親類なんですけど——にとても親切になさったのよ……」

「そうだよ、フィリップ」、老人がいった。「そのうち相談しようや……」

フロールの紹介を受けて、フィリップはジレとほとんどおずおずと会釈を交わした。

「おじさん、絵をお返ししなくてはいけないんだが。オションさんのところにあるんですよ。いつでもいいけど、見にきてくれませんかね」

この最後の言葉を素っ気ない調子でいうと、フィリップ・ブリドー中佐は退出した。これらの会話がフロールの魂に、そして同じようにジレのなかに残した波紋は、このおそろしげな兵隊あがりを初めて見たときの衝撃にも増して大きなものだった。フィリップが遺産を奪いとられた相続者の怒りもあらわに、乱暴に戸を引きあけるとすぐ、フロールとジレはカーテンの影に身を隠して、彼が伯父の家からオション家に向かうのを見た。

「とんだはぐれ者ね！」、フロールがジレに問いかけるような目を向けていった。

「ああ、残念なことに、皇帝陛下の軍隊にもこういう手合いはいくらかはいた。船牢で七人ほどぶちのめしてやったんだが」、ジレが答えた。

「お願いだから、マックス、あの男に喧嘩をふっかけたりしないでよ」、ブラジエ嬢がいった。

「まあ、あれは」マックスが答えて、「骨をほしがる疥癬《かいせん》病みの犬ってとこだな」そしてルージェおやじに向かってさらに、「もしわたしに任せてくれるなら、多少の施しをくれてやって厄介払いできるようにしますよ。きっとうるさくつきまとってくるでしょうからね、パパ・ルージェ」

「たばこを嗅ぐせいか、ひどく臭かったね」、老人がいった。

「あなたの財産を嗅ぎまわっていたのよ」とフロールが有無をいわさぬ口調で、「わたしにいわせれば、あいつには会わないようにしないといけないわ」

「そう願いたいものだな」、ルージェが答えた。

「旦那様」、グリットが、オション家の全員が朝食のあと集まっていた部屋に入ってきていった。「お話に出ていたブリドー様がお見えになりました」

フィリップは、全員が興味津々でだまりこんでいるなか、きちんとしたようすで姿をあらわした。オション夫人は、アガトのあらゆる悲しみのもととなり、善意の人デコワン夫人の命を奪った張本人を目の当りにして、頭のてっぺんからつま先までぶるぶる震えあがった。アドルフィーヌもまたある種の恐怖を感じないではいなかった。バリュックとフランソワは驚きのあまり目を交わした。老オションは冷静を保ち、ブリドー夫人の息子に席を勧めた。

「じつをいうと、お宅に」、フィリップはいった。「お世話していただけないかと思って参りました。といいますのも、この土地で、国から支給される月六十フランで五年間暮らしてゆかねばならず、可能な手段に訴える必要があったのです」

「それはお困りじゃろう」、八十すぎの老人が答えた。

フィリップは完璧に礼儀正しくふるまい、あれやこれや当たり障りのないことをしゃべった。老婦人の甥のジャーナリスト、ルストーを逸材だといって紹介し、ルストー家の名は世にとどろくだろうと告げると、オション夫人はそれを聞いて彼に好意をもった。さらにフィリップはいままで犯した罪を、ほとんど躊躇なく認めた。オションン夫人が声を落とし、親しみのこもった非難をさし向けると、牢屋で充分反省しましたといい、これからはまったく違った人間になりますと彼女に約束するのだった。

フィリップが言葉をかけ、オション氏は彼と一緒に外に出た。しまり屋の老人と元兵士が、バロン大通りの誰にも話を聞かれることのない場所まで来ると、中佐が老人にいった。「できればお願いしたいのですが、いろいろな問題について話すのも、関係する人間について話すのも、郊外を散歩するときか、人に聞かれずに話ができる場所だけにしませんか。デロッシュ先生が、小さな町で噂話がどんな影響力をふるうか、よく説明してくれました。だから、あなたがわたしに助言して助太刀しているのではないかと勘ぐられるのはまずいと思う。先生はあなたに助言を求めろといったし、もちろんわたしとしても、できるだけ多く助言をお願いしたいわけですがね。敵さんは頭が切れる。首尾よく厄介払いできるまでは、どんなときでも警戒を怠ってはならない。それで、まずお詫びしておきますが、これからはもうお宅へはあまりうかがいませんから。われわれが多少気まずい間柄だということになれば、わたしの行動があなたの影響下にあると思われずにすむでしょう。あなたの意見を聞く必要があるときは、九時半ごろ、あなたが朝食を終えて出てくるころに、広場を通るようにします。剣を持つみたいにステッキを抱えていたら、散歩の途中、どこかあなたの指定する場所で、たまたま出会うようにする必要があるという意味です」

「あんたのいうことはもっともじゃな。いかにも慎重で、ことの成就を真剣に考える人間の言葉らしい」、老人はいった。

「かならずことは成就させてみせますよ。まず教えてほしいのですが、以前ナポレオン軍にいて帰還した軍人で、マクサンス・ジレの仲間に入っておらず、わたしが近づきになれる人間はいますかね？」

「まず近衛砲兵大尉のミニョネ氏だな。理工科学校出で、歳は四十ほど、つましく暮らしておる。信義に篤い男で、はっきりマックスに反対の態度をとっている、その行動が真の軍人にはふさわしくないといってな」

「けっこう！」と中佐。

「こういうタイプの軍人はあまり多くはおらん」とふたたびオション氏、「ほかには、かつて騎兵大尉だった男がいるぐらいじゃ」

「わたしもその部隊にいた」とフィリップ、「その男は近衛隊に？」

「ああ」とオション氏は言葉を継いで、「カルパンティエは一八一〇年には龍騎隊で曹長だった。そこから少尉として戦列歩兵部隊に加わり、そのまま大尉になった」

「たぶんジルドーなら知っているかもしれんな」、フィリップは考えた。

「このカルパンティエ氏は、マクサンスがけった町役場の職についた。彼はミニョネ少佐の親友じゃ」

「この町で食いぶちを稼ぐにはどうしたらいいですかね？……」

「ここにシェール県の相互保険会社の支部をつくるらしいから、そこで働き口が見つかるじゃろう。もっとも、せいぜい月五十フランほどにしかならんが……」

「それだけあれば充分ですよ」

一週間後、フィリップは月ごとの分割払いで、エルブフ（ラシャの生産で有名な、ルーアン近郊の町）特産の良質の青いラシャでつくった新品のフロックコート、ズボン、チョッキを買い、さらにブーツ、スエードの手袋、帽子もそろえた。パリから、ジルドーを通して、下着、武器、カルパンティエへの紹介状も受けとった。カルパンティエは元龍騎隊大尉ジルドーのもとで、軍務に服したことがあったのである。この手紙のおかげでフィリップはカルパンティエの忠誠を勝ちえ、彼はフィリップを、美点に恵まれた、たいへん優れた人物として、ミニョネ少佐に紹介した。フィリップは、裁判にかけられた例の陰謀事件について二、三のうち明け話をし、尊敬すべき二人の士官の賛嘆をたくみにわがものにした。この事件は、人も知るように、旧帝国軍がブルボン家に敵対せんとした最後の試みであるといってよい。というのも、ラ・ロシェルの四軍曹の裁判は、カルボナリ党というまったくちがった種類の考え方に属する問題であったのだから。

一八二二年以来、一八二〇年八月十九日の陰謀の去就、そしてベルトンの事件やキャロンの事件で目を開かされた軍人たちは、事件の勃発を待つにとどめるようになった。一八二二年の陰謀は八月十九日の陰謀を踏襲し、そのあとを引き継ぐものだったが、いろいろな条件がよりととのっていた。もう一つのもの同様、これも王国政府にはまったく知られずにいた。しかし陰謀がまたも発覚してしまうと、加担者たちは自分たちの気宇壮大な企てを、兵営内の密議程度のしみったれた規模にまで縮小して示そうと考えた。複数の騎兵、歩兵、砲兵の連隊が加わったこの陰謀は、フランス北部をその中心としていた。国境の重要拠点を一挙に奪取する計画だった。成功の暁には、さっそく一八一五年の条約を破棄し、兵隊間で結ばれた軍事条約によってベルギーを神聖同盟から離脱させ、連盟を形成する運びになっていた。このめまぐるしく動く嵐のなかで、一挙に二つの王座が崩されようとしていたわけである。貴族院法廷で明るみに出されたのは、強力な頭脳によって構想され、幾人かの要人もかかわっていたこの途方もない計画ではなく、そのほんの一部分にすぎなかった。フィリップ・ブリドーは大物指導者たちをかばうことに同意したが、彼らは陰謀が暴露されようとすると、なんらかの裏切り行為によってか、あるいは偶然の所産によってか、しらを切り、議会にもつみずからの議席にあぐらをかいて、政府そのもののなかで成功する見込みがあるときのみ、陰謀の成就に手を貸すことを約束したのだった。この計画は、一八三〇年以来、自由派の告白によってその奥の奥まで知られるようになり、下級の加担者の知るよしもなかった膨大な広がりのすべてが明らかになった。それについてここで詳述することは、歴史の領域を侵犯することにもなり、またあまりに長たらしい余談に身を投ずることにもなろう。このおおざっぱな説明だけで、フィリップが受け入れた二重の役割を理解するには充分だろう。皇帝の元副官は、パリで計画されていた策動を指揮することになっていたが、ただ単にそれは真の陰謀を隠さんがためのもので、陰謀が北部で勃発したとき、中央に政府の注意を引きつけておくことをもっぱらその目的としていた。フィリップは当時、さして重要でない秘密だけを漏らすことで、二つの陰謀のあいだのつながりを断つという任務を負っていた。そんなわけで、彼の服装や健康状態が示すおそるべき貧窮は、権力に対してこの企ての信用を著しくそこね、規模を過小評価させるために絶大な力を発揮したのだった。こうした役まわりはこの節操のない賭博者の不安定な立場にまさにうってつけだった。狡猾なフィリップは、二つの党派をまたぐ位置に自分がいることを知り、王国政府に対して猫をかぶるいっぽうで、彼自身の党の重要人物たちの評価もしっかり確保していた。しかし後々は二つの方向のうち、よりうまみの多い方に身を投じようとかたく心に決めていたのである。

真の陰謀がとてつもない射程をもち、判事のうちの何人かもそれに参加していたことがこうして明らかにされると、カルパンティエとミニョネの目には、フィリップはこのうえなく高い栄誉をになう人間と映るようになった。彼の忠誠ぶりは、国民公会のうるわしき日々の政治家にもふさわしく思われた。それゆえ狡猾なボナパルティストは数日のうちに二人の士官の親しい友人となって、町民が二人に払う敬意が彼にもおよぶようになった。ほどなく彼はミニョネ、カルパンティエ両氏の推薦で、老オションから教えられたシェール県の相互保険会社に職を得た。収税吏のところでするように帳簿をつけたり、すでに文面を印刷してある手紙に名前と数字を記入してそれを発送したり、保険証書を作成したりするのが彼の仕事で、日に三時間以上働くことはなかった。ミニョネとカルパンティエはこのイスーダンの客人を彼らの「サークル」に招き入れた。そこでの彼の態度、物腰はミニョネとカルパンティエがこの陰謀の首謀者に与えた高い評価に見合うものであったし、彼は人々の敬意を集めるようになったが、こうした敬意を人はしばしば見せかけだけの外観に払ってしまうのである。フィリップの行動は深い目論みにもとづいていて、牢屋にいるあいだに彼は、乱れた生活のもたらす不都合についてじっくりと考えたのであった。それゆえ彼はなにもデロッシュの小言がなくても、まじめで慎ましく、きちんとした生活を送って、ブルジョワ連中の尊敬を勝ちえねばならぬ必要は理解できたのである。フィリップは、ミニョネのようにふるまえばマックスを皮肉ってやれると思うとおおいに嬉しくなり、みずからの性格についての判断を見誤らせて、マクサンスの警戒心を麻痺させようとした。敵の退路を断つ工夫は怠りなく、伯父の遺産を羨望しつづけながら、寛大で無欲な姿を示すことによって世間知らずだと思われるように腐心したのだ。いっぽうほんとうに心底無欲で寛大で広量な彼の母と弟は、無知な単純さを丸出しにして行動したために、計算ずくだという非難を浴びせられた。

フィリップの強欲は、オション氏が彼の伯父の財産をくわしく教えると、一挙に火がついた。この八十すぎの老人とひそかに交わした最初の会話で、フィリップがマックスの警戒心を呼び覚ましてはならないという点で二人は意見が一致した。なにしろフロールとマックスが彼らの餌食をただブールジュに連れてゆくだけで、万事が休してしまうのである。週に一度大佐はミニョネ大尉宅で夕食をとり、別の日にはカルパンティエ家に行き、木曜にはオション家に行った。滞在が三週間をすぎるころになると、二、三の家から招待を受けるようになり、ほとんど朝食だけ自前で払えばいいようになった。弟と母の滞在にかんして何か知ることができる場合は別として、どこに行っても、自分から伯父やラブイユーズやジレの話をすることはなかった。この三人の士官だけがレジオン＝ドヌール勲章を拝受し、なかでもフィリップは四等勲章の佩用《はいよう》者であるという点で優位に立っていたが、これは地方においては、誰の目にもきわだった優越性を彼に賦与することであった。三人は夕食前、決まった時間に連れだって散歩をした、俗な表現でいえば、つるんで歩いたのである。こうした態度、慎み、穏やかさはイスーダンにおいてはきわめてよい効果をもたらした。マックスの信奉者はみなフィリップを単なるサーベル使いと見なした。ありふれた勇気はあっても、指揮をとるのに必要な能力が欠けている上級士官について、軍人はこのようにいいあらわすのである。「なかなか見上げた人物じゃないか」、父のゴデがマックスにいった――「とんでもない！」、ジレ少佐が答えて、「貴族院法廷での行動が示すとおり、やつは間抜けなお人好しか、そうでなきゃたれこみ屋ですよ。で、あなたのいうとおり世間知らずなものだから、大博打を打った連中のいいカモにされたってわけだ」

職を得てのち、フィリップは町の陰口を耳にするにつけ、ある種のことはできるかぎり町に知られないようにしたいと思い、それでフォーブール・サン＝パテルヌのはずれにある、広大な庭つきの一軒家を借りることにした。そこで彼は、近衛隊に移る前に戦列歩兵部隊で剣術の師範をしていたカルパンティエを相手に、人目を避けて思う存分剣術の稽古をすることができたのである。こうしてひそかにかつての腕の冴えを取り戻したあとで、フィリップはカルパンティエから、それさえあれば最大級の力をもつ敵でさえ怖るるにたりなくなる、いくつかの秘訣を教わった。そうしておいて今度は、ミニョネやカルパンティエとともにピストルの練習をはじめた。気晴らしと称していたが、実際はいざ決闘になったらこの武器を当てにしていると、マクサンスに思わせるためであった。フィリップはマクサンスと出会うと、敬礼されるのを待ってから、まるで兵士の敬礼を受けた大佐のようなぞんざいさで、帽子のへりをちょっと持ちあげるだけでそれに答えた。マクサンス・ジレはいかなるいらだちも不満の意もあらわさなかった。〈ラ・コニェット〉での夜食はあいかわらず続いていたが、彼が一言でもこの話題を口にすることはなかった。いたずらのほうは、ファリオの襲撃事件以来、一時中断されていた。しばらくすると、ブリドー中佐がジレ少佐を見下していることは既成事実となり、「悠々騎士団」の団員でも、バリュックやフランソワ、その他数名ほどマクサンスとかたく結ばれていない何人かは、たがいにそのことを話題にするようになった。乱暴で気性の激しいマックスがこれほど控えめにふるまうのを見て、誰もが驚いた。この微妙な点についてジレに問いただす勇気のあるものはイスーダンには一人もおらず、ポテルやルナールもまた例外ではなかった。ポテルは帝国近衛隊の二人の勇者がおおっぴらにいがみ合っていることをかなり気に病んでおり、マックスのことだから、何か罠を仕掛けてそこに中佐をからめ取ろうとしているのかもしれないと触れまわっていた。ポテルによれば、マックスが弟と母を追っ払うためにしたことを考えれば、何か新しいことが起こってもなんら不思議ではないというのだった。というのも、ファリオの一件はもはや秘密でもなんでもなかったのである。オション氏はことあるごとに町の長老たちにジレのおそるべき手管について述べたてていたし、巷の噂が得意中の得意のムイユロン氏も、ジレを襲った犯人の名前をこっそり明かしてしまったのだ。もっともそれはファリオのマックスに対する敵意の原因を探ろうとしてのことで、今後起こるかもしれぬ事件について裁判所の注意を呼び覚ますことがそのねらいであった。町の人々はそれゆえ、マックスに対する中佐の立場についてあれこれいい、この敵対関係から何が飛びだしてくるか想像をたくましくしながら、あらかじめ両者を仇敵《かたき》同士と見なしたのである。フィリップは弟の逮捕のくわしい経緯について、そしてジレとラブイユーズの過去について、細かい配慮を重ねながら調べ、しまいに隣人のファリオとかなり親密な間柄になった。このスペイン人をじっくり観察したのち、フィリップはこういう気骨のある人間は信頼するにたると見込んだ。二人ともおたがいがマックス憎しの気持ちでぴったり一致していることがわかり、ファリオはフィリップのために一役買おうと、「悠々騎士団」について知っていることを洗いざらいしゃべったのだった。フィリップはファリオに対して、ジレがいま伯父の上に行使している支配力をわがものにできたら、その損失を補填してやることを約束し、こうして彼をその従順な手先とした。マクサンスはそれゆえおそるべき敵に相対することになった。この地方ならではの言い方でいえば、語るに足る相手を見いだしたのだ。イスーダンの町は陰口で盛りあがり、これらの人物たちのあいだに戦いの火蓋が切って落とされるのをいまや遅しと待ちかまえていた。彼らがたがいに軽蔑しあっていたことも、忘れずにいいそえておこう。

第三部　遺産は誰の手に？

一　遺産相続者諸氏によって深く考察されるべき章

十一月終わりのある昼ごろ、フラペルに通ずる大きな並木道で、フィリップはオション氏に会っていった。「あなたの孫、バリュックとフランソワの二人がマクサンス・ジレの親しい仲間だってことがわかりましたよ。連中は夜、町でおこなわれるいたずらのすべてに加わっている。それで弟と母がお宅にいたとき、彼らを通して、話されたことがすべてマクサンスに筒抜けになっていたのです」

「聞くだにおぞましい話だが、どこかに証拠でもあるのか？」

「夜、彼らが居酒屋から出てきてしゃべるのを聞いたのです。あなたの二人の孫はそれぞれ千エキュずつマクサンスに借金がある。あのやくざ者はあわれな二人に向かってわれわれの意図がなんなのか、探りだすようにいった。坊さんを使って伯父を追いつめるやり方を考えついたのがあなたであることを強調し、わたしを指導できるのはあなたしかいないともいった。さいわい、やつはわたしをただのサーベル使いと思っているのでね」

「信じられん、わしの孫ともあろうものが……」

「二人を見張っていてご覧なさい」とふたたびフィリップ、「サン＝ジャン広場に朝の二時か三時ごろ、シャンペンのコルク栓みたいに酔っぱらって、マクサンスと一緒に帰ってくるのがわかりますよ……」

「それで連中、家ではあんなに酒を慎んでおったのか」とオション氏。

「彼らの夜の行状について情報をくれたのは、ファリオです」とふたたびフィリップ、「彼がいなければ、こんなことは思いもよらなかった。マックスがあなたの孫たちにもらした話を、スペイン人が小耳にはさんだところからすると、伯父はどうやらおそろしい力で抑えつけられているらしい。わたしはマックスとラブイユーズが登録台帳に記載された五万フランの国債を猫ばばして、どこかに逃げて結婚するという計画を練っているんじゃないかとにらんでいる、鳩の羽をすっかりむしり取ったあとでね。伯父の家で何が起こっているか、すぐに知る必要があります。でも、どうやったらよいかわからない」

「わしも考えてみよう」、老人がいった。

フィリップとオション氏は、何人か人がくるのを見て別れた。

ジャン＝ジャック・ルージェは甥のフィリップが初めて訪れてきて以来、生涯でこれほど苦しい思いをしたことはなかった。フロールは恐怖にかられ、ある危険がマクサンスを脅かしているのをそれとなく察知していた。主人にはほとほと嫌気がさしていたし、いくら邪険にしてもこれほど長いことへこたれずにいるのを見て、ずっと長生きされても始末に困ると思い、登録台帳に記載された五万フランの国債の名義をわがものにしてこの土地を離れ、パリに行ってマクサンスと結婚するという、単純きわまりない計画を考えだしたのだった。老いた独身男は、おまえこそが唯一の遺産相続人なのだからといい、国債の名義をフロールに変えることを拒んでいたが、それは正当な相続者たちの利益を思ってのことではなく、また彼自身がけちだったからでもなく、ただ愛欲に導かれてのことにすぎなかった。この不幸な男はフロールがどれほどマクサンスを愛しているか知っており、結婚できるだけの金がたまれば、自分はすぐに厄介払いされるのが落ちだと踏んでいたのだ。フロールはできるかぎりやさしくしてご機嫌をとってみたがいっこうに埒があかず、一転して情け容赦のないきびしい態度に変わった。もはや主人に一言も話しかけず、ヴェディおばさんにいっさい世話を任せきりにしたのである。ある朝などヴェディは、この老人が一晩じゅう泣きどおしで、目を真っ赤に腫らしているのを見た。一週間前からルージェおやじは一人で朝食をとっていたが、その姿たるや、とても見られたざまではなかった！　そんなわけで、オション氏との会話の翌日、伯父のところに二度目の訪問を思いたったフィリップは、そのひどい変わりように気づかずにはいなかったのだ。フロールは老人のそばにつききりで、彼に情愛のこもったまなざしを投げ、やさしく話しかけて、みごとなまでの芝居ぶりだったので、フィリップは、目の前で見せつけられるこれほどの気配りに、いまやいかに危険な状況であるか見てとった。フィリップとのいかなる衝突も避けるというのがジレの方針だったから、彼はいっこうに姿をあらわしてこない。大佐はルージェおやじとフロールを鋭い目で観察したのち、ここは一つ大勝負に出るときだと判断した。

「じゃあおじさん、失礼します」、彼はいい、退出するそぶりを見せて立ちあがった。

「まだいいじゃないか」、フロールの偽りのやさしさが嬉しい老人はあわてて叫んだ。「一緒に夕食でもどうだね、フィリップ？」

「いいでしょう、ただしもし一時間ほど散歩につき合っていただけるならね」

「旦那様はお身体がすぐれません」、ブラジエ嬢がいった。「ついさっきも、馬車での外出さえお気が進まなかったくらいで」、彼女は老人のほうを向いてつけ加えると、狂人を黙らせるほどのきつい目つきでにらみつけた。

フィリップはフロールの腕をつかみ、無理やり彼のほうに顔を向けさせ、彼女がたったいまその犠牲者をにらんだのと同じくらいきつく彼女をにらみつけた。

「ちょっとおうかがいしますがね」、彼は訊ねた。「ひょっとして、伯父は一人だけじゃわたしと自由に散歩もできないってわけですか？」

「いいえ、もちろんそんなことありませんわ」、フロールはほかにどういっていいかわからず、しかたなく答えた。

「じゃあおじさん、行きましょう。すいませんが、杖と帽子をお願いしますよ……」

「でもいつもは、わたしと一緒じゃなければ、外出はなさらないんです。そうですわね、旦那様？」

「そうなんだよ、フィリップ、これがそばにおらんと困るのでな」

「馬車で行ったほうがよろしいんじゃありませんこと？」、フロールがいった。

「そう、馬車で行こうや」、老人は、二人の暴君をなんとか和解させようとして叫んだ。

「おじさん、一緒に歩いてゆくね？　さもなければ、もう二度とここには来ませんよ。では、イスーダンの町の噂はやっぱりほんとうなんだな。つまりおじさんはフロール・ブラジエ嬢に牛耳られているわけだ。伯父があんたに惚れていようといまいと、知ったこっちゃないし」、彼はフロールを鉛のような目でにらんでいった。「あんたのほうではけんもほろろなのも、当然といえば当然の話さ。だがあんたのために伯父が不幸せになっているとしたら？……そいつは話は別だ！　遺産がほしいからといったって、濡れ手で粟ってわけにはゆかない。さあおじさん、どうするんですか？」

フィリップはそのとき、このあわれな男のぼけ面に痛ましいためらいの表情が浮かび、その目がたえずフロールから甥へと行ったり来たりするのを見た。

「ああそうですか」、中佐はふたたび言葉を継いで、「じゃあお別れですね、おじさん。お嬢さんには、慎んでお祝いを申しあげますよ」

戸口のところまで来ると、彼はさっと振り向き、またしてもフロールが伯父を身ぶりで脅しているのを目撃した。

「おじさん」と彼はいった、「もし散歩につき合う気があるのなら、戸口で待っています。オションさんのところに十分ほどおじゃましますので……もしおじさんが一緒に来ないのなら、この家にいるほかの連中に、どこへなりと行ってもらうようにするしかないですね……」

そしてフィリップはサン゠ジャン広場を横切ってオション家に行った。

フィリップがオション氏に教えた秘密がこの家にいかなる騒ぎを引き起こしたか、誰しもおおかた予想がつくにちがいない。午前九時に老エロン氏が書類を携えてあらわれると、老オションはいつもの習慣に反し、客間に火をたいていた。こんな場ちがいな時間にすっかり服装をととのえ、オション夫人は、暖炉わきのいつもの肘掛け椅子に腰かけていた。二人の孫は、昨夜来彼らの頭上で大嵐が吹き荒れようとしていることをアドルフィーヌから知らされ、外出を禁じられておとなしく家にいた。グリットに呼ばれてくると、祖父母がお膳立てした一種物々しい雰囲気に身もすくむ思いがしたが、彼らの冷ややかさと怒りは二十四時間前から二人の上で雷鳴のようにとどろいているのだった。

「わざわざお立ちになるにはおよびませんから」、八十の老人はエロン氏にいった。「なにせこいつらは、許すに値せぬ惨めな者どもですので」

「待ってください、おじいさん！」、フランソワがいった。

「黙れ」とふたたび重々しく老人はいった。「おまえたちが夜何をしているかも、マクサンス・ジレ氏とどんな関係かも、みなわかっている。だが今後二度と、深夜一時、あの男に会いに〈ラ・コニェット〉に行かせなどしない。というのも、おまえたちが今度この家を出るのは、それぞれの目的地に向かって出発するときだからだ。ああ！ ファリオを破産させたのはおまえたちか？ 重罪裁判所にも行きかねない悪事を重ねるとは……黙れ」と彼はバリュックが口を開きかけたのを見て、「マクサンス氏は六年来おまえたちに遊ぶ金を工面してやり、それでおまえたちは二人ともあの男に借金がある。わしの後見の精算をするから、二人ともよく聞け。話はそのあとだ。おまえたちはわが家の秘密を漏らし、ここでいわれたり、されたりしたことをあのマクサンス・ジレ氏という男に告げ口した……だがこの証書を見れば、このわしや、家族や、家族の掟を小馬鹿にしつづけることができるものかどうか、わかるだろう。おまえたちは千エキュのためにスパイになった。一万エキュのためなら、人殺しでもやりかねまい？……だいたいおまえたちは、マダム・ブリドーの命を奪ったも同然ではないか？　なにせジレという男は、自分を短刀で突き刺したのがファリオだとわかっていながら、その罪をわしの客人ジョゼフ・ブリドーになすりつけたのだからな。あの極道者がそんな罪を犯したのも、アガトさんがここに滞在をつづけるつもりであることを、おまえたちの口から知ったからだ。よりにもよって、わが孫のおまえたちが、あんな男のスパイをするとは！　盗っ人はだしの悪事を働くとは！　知っているかどうかわからんが、おまえたちのご立派な親分は、一八〇六年にすでに、ことのはじめに一人のあわれな女の命を奪っているのだぞ。家族のなかに人殺しも泥棒もごめんこうむる。荷物をまとめて、どこでなりとよそで首を吊られてしまえ！」

二人の若者は石膏像のように蒼白になり、身じろぎ一つしなかった。

「さあ、エロンさん」、吝嗇家は公証人にいった。

老公証人は後見の精算書を読み、そこからボルニッシュ家の二人の子供、つまりバリュックとアドルフィーヌの財産は、正味七万フランであることが確定した。これは彼らの母親に与えられた嫁資、つまり彼女名義の財産の額である。だがオションン氏は娘にかなりの大金を借り入れさせており、貸し主たちの名において、ボルニッシュ家の孫たちの財産の一部分を、みずから自由にすることができた。バリュックの取り分は残りの半分、つまり二万フランということになった。

「これでおまえはちょっとした財産家だ」、老人はいった。「自分の金を持って、一人で歩んでゆけ！　わしとマダム・オションの財産は、思うとおり、望みの相手に、つまりかわいいアドルフィーヌに遺贈するつもりじゃ。この点ではわしらは完全に意見が一致している。もし望めば、この子を貴族院議員の息子に嫁がせたっていい。わしらの財産はみなこの子のものになるのだからな！……」

「それも、たいへんな財産ですぞ！」とエロン氏。

「マクサンス・ジレさんが埋め合わせをしてくれるでしょ」とオションス人。

「こんな出来損ないのために、こつこつ金を貯めていたなんて！……」、オション氏は叫んだ。

「許してください！」、バリュックが口ごもりながらいった。

「許、し、て、く、だ、さ、い、、もう二度としませんから」、老人は子供のような声を出して、からかうように繰り返した。「もし許してやったら、さっそくおまえは身に起こったことをマクサンス氏にご注進におよび、やつは用心を固めてしまうだろう……なんといおうと、だめなものはだめだ。おまえのおこないを知る手だてはあるからな。おまえがやったように、やらせてもらう。一日とか、ひと月とか、そんな程度おとなしくしていたからといって、結論はだせん。数年はかかるぞ！……わしは足腰はしっかりしている、目もよく見える、健康そのものだ。おまえがどういう道に進んでゆくか知るために、充分長生きするつもりでいる。それでまず、資本家の旦那、おまえさんはパリに行って、モンジュノー氏のところで銀行の勉強をするんだ。わき目もふらず奮闘努力しなかったら、ただではおかんぞ。しっかり見張っているからな。おまえの資産はモンジュノー親子の預かりにしてある。これが彼ら宛に振りだした額面分の手形だ。わしが面倒をみるのもこれで終わりということにしたい。おまえの後見の精算書に署名しなさい、これが最後の領収書なのだから」、エロン氏の手から書類を受けとって、バリュックに手渡しながら、彼はいった。

「フランソワ・オション、おまえは金をもらえるどころか、まだわしに借りがある」、老人はもう一人の孫に目をやりながらいった。「エロンさん、この子の精算書を読んでやってくださらんか。じつに明々白々……一点の疑問の余地もない」

深い沈黙のなか、精算書が読まれた。

「年に六百フラン出してやるから、おまえはポワティエに法律の勉強をしに行け」、公証人が読み終えるやいなや、祖父はいった。「おまえには、何不自由ない生活を準備してあったのだ。いまや食いぶちをかせぐために、おまえは弁護士にならねばならん。ああ、このろくでなしども！　六年間よくもわしをだましてくれたな。だが覚えておけ、おまえたちに仕返しするには、一時間もあれば充分だ。赤子の手をひねるようなものさ」

老エロン氏が署名された証書類を抱えて出てゆこうとしたとき、グリットがフィリップ・ブリドー中佐の来訪を告げた。オション夫人は二人の孫を連れて自分の部屋に引っこんだが、それは老オションにいわせれば彼らに懺悔させるためで、このできごとが彼らにどういう効果を与えたか知ろうというのであった。フィリップと老人は窓のそばに行き、声をひそめて話しあった。

「あんたの一件がどんな案配になっておるか、じっくり考えてみた」、オション氏がルージェ家を指さしながらいった。「たったいまエロンさんと話をしてな。五万フランの国債の名義は、名義人本人か、代理人でなければ売ることができない。ところであんたがここにきて以来、あんたの伯父がどこかの公証人事務所で委任状に署名した形跡はない。イスーダンから出てもいないのだから、よそで署名したはずもない。この町で委任状をつくれば、すぐにでも知るすべはある。町の外で委任状をつくっても同じことだ、というのも登記が必要なのでな。で、あの尊敬すべきエロン氏が、みずから知らせを受けとるように手はずをととのえてくださった。もしあの男がイスーダンを出たら、誰かにあとを追わせて、どこに行ったか突きとめるのだ。そうしたら、やつが何をしたか知る方法が見つかるだろう」

「委任状はつくられていない」、フィリップがいった。「連中はつくりたがっているが、なんとかつくられないようにしたいと思っています。で、それは、つーくーらーれーなーい、でしょう」兵隊あがりは、伯父が戸口にいるのを目にとめて叫び、オション氏に彼を指さして、先ほどの訪問の、些細であると同時に重大なできごとについて、手短かに説明した。「マクサンスはわたしを怖れているが、わたしを避けとおすことはできない。ミニョネから聞いたのですが、イスーダンでは毎年旧帝国軍のすべての士官が皇帝陛下の戴冠記念日をお祝いするそうですね。では二日後、マクサンスとわたしはどうしたって相まみえるわけだ」

「もし委任状が十二月一日の朝手に入れば、やつは駅馬車でパリに飛んでゆくだろう、記念日のことなどおかまいなしでな……」

「ということは、伯父をやつらから引き離しておかなくてはならない。でもわたしがひとにらみすれば、馬鹿はいいなりになりますよ」、こういってフィリップはおそろしいまなざしを送り、オション氏を震えあがらせた。

「あの男があんたと散歩をするのを連中が黙認したということは、マクサンスのやつ、きっと勝負に勝つ手を見つけたにちがいない」、けち老人が指摘した。

「なに、ファリオが見張っていますから」、フィリップが答えて、「それに見張りはやつだけじゃない。ヴァタンの近くでスペイン人が、昔部下だった兵士の一人を見つけましてね、そいつには便宜を図ってやったことがある。このバンジャマン・ブールデってやつは、人知れずスペイン人のいうがままに動いていて、彼から馬も一頭、用立ててもらっています」

「もしわしの孫たちを堕落させたあの怪物をやっかい払いしてくれたら、あんたはまちがいなく善行をほどこすことになろう」

「わたしのおかげで、いまじゃイスーダンじゅうが、マクサンス氏が六年前から夜何をやってきたか知っている」、フィリップが答えて、「それで、あなたの言い方でいえば、人の口ってものが自然にやつの始末をつけてくれるでしょう。道徳的な意味では、やつはもうおしまいだ！……」

フィリップが伯父の家を出るとすぐ、フロールはマクサンスの部屋に駆けこんで、たったいま終わった大胆不敵な甥の訪問を、些事にいたるまで逐一彼に話してきかせた。

「どうしたらいい？」、彼女はいった。

「いよいよとなりゃ、あの屍《しかばね》野郎と決闘するしかないが」とマックスは答えて、「その前に、のるかそるか大博打を打ってやるぜ。あのうす馬鹿を甥と一緒に行かせてやろう！」

「でもあのごろつき、まわりくどい言い方なんかしないよ」、フロールが叫んだ。「黒いものは黒いってずばりいっちまうよ」

「いいか、よく聞け」、マクサンスが金切り声でいった。「もちろん、戸口で話は聞いて、おれたちのおかれた立場について考えてある。そういうことで抜かるようなおれだと思うか？　コニェおやじに馬と簡易馬車を用意させろ。ことは一刻を争うぞ！　五分のうちに用意万端ととのえるんだ。身のまわりのものはすべて持って、ヴェディを連れてヴァタンに急げ。腰を落ちつけて、長逗留するつもりのようにふるまえ。書き物机のなかにおやじがしまっている二万フランを持ってゆくんだ。おれがあの抜け作をヴァタンに連れていったら、委任状に署名しないかぎり、ここに戻るつもりはないといえ。おまえたちがイスーダンに戻ったら、そのあいだにおれはパリに飛ぶ。散歩から戻っておまえがいないことに気づいたら、ジャン＝

ジャックの野郎、頭がおかしくなるぜ。すぐにでもおまえを追いかけようとするにちがいない……そうしたらおれがじっくり話をしかけるってわけさ……」

こんな陰謀がたくらまれているあいだ、フィリップは伯父の腕をとってバロン大通りまで出かけ、連れだって歩いていた。

「マクサンスとフィリップ、いずれ劣らぬ手だれ同士のつばぜり合いだが」、老オションは伯父を連れてゆく中佐を目で追いながら、つぶやいた。「この勝負の去就をぜひ知りたいものだ。なんせ、賭金は九万フランの年収なのだから」

「おじさん」、パリでどんな仲間とつき合っていたか如実にうかがわせる言葉遣いで、フィリップがルージェおじさんにいった。「おじさん、あの女に惚れてるんだね。すごくわかるよ、実際ふるいつきたくなるようないい女だもの！　あの女がおじさんをちやほやする代わりに、召使い同然にあしらったというのも、あんまりあたりまえすぎる。おじさんには、地下六ピエのところに収まってほしい、で、やっと結婚しようって腹ですね、マクサンスに首ったけなんだ……」

「ああ、そんなことぐらい承知しているとも、フィリップ、でもどうしようもない」

「じつはね、おじさんの妹にあたるわが母の五臓六腑にかけて」とフィリップはふたたび言葉を継いで、「あのラブイユーズを、愛用の手袋がこの手になじむみたいにあなた好みの女にすると、誓ったんですよ。帝国近衛兵の名にもとるあのちんぴら野郎がおじさんの家に来て居座る前にそうだったような、もとの姿に戻してやろうってね……」

「ああ！　ほんとうにそうしてくれるんだったら？」、老人はいった。

「造作もないことだ」、フィリップは伯父の言葉をさえぎって答えた。「犬ころみたいにマクサンスを始末すりゃあいい……でも……一つだけ条件がある」、兵隊あがりはいった。

「なんだい？」、老ルージェはうつけたようすで甥を見ながら訊ねた。

「十二月三日までは委任状に署名しないでほしい、それまでなんとか引き延ばしてくれませんか。あの二人の悪党は、パリに行って結婚し、おじさんの財産で派手に遊びまわる、ただそればっかりのために、五万フランの国債を売りさばく許可がほしいのです……」

「おおかたそんなところだろうと思っていたが」、ルージェが答えた。

「だから、なんとしても、来週まで委任状の署名は引き延ばすんです」

「ああ、だがフロールに話しかけられると、魂を揺すぶられて、何もわからんようになってしまう。フロールにじっと見つめられると、あの青い目が天国みたいに思えてな、そうなるともういかん。とりわけ二、三日前からひどくすげなくされているとなれば、なおさらだ」

「ではこうしましょう、色じかけで迫られても、委任状への署名を約束するだけにとどめる、そして署名する前日、わたしに知らせてほしい。それで充分だと思う。マクサンスを代理人にはしない。でなければ、わたしがやつに殺されるまでだ。もしわたしのほうがやつを殺したら、やつの代わりにわたしをおじさんの家においてください。そうしたら、あのきれいな娘を合図一つでいいなりになるようにしてみせますよ。

ええ、誓ってもいい、ぜったいフロールはおじさんを愛するようになりますとも！　万一もし満足がゆかなければ、鞭でぶったたいてやる」

「え！　そんなことはけっして許さん。フロールに危害が加えられたら、わたしの心も無傷ではいられない」

「でも女と馬を支配するには、これ以外ありませんよ。男はこうやって怖れられ、愛され、尊敬されるんだ。さて、内緒話はこれくらいにしときましょう。——やあ、こんにちは」、彼はミニョネとカルパンティエにいった。「ごらんのとおり、伯父を散歩に連れだしましてね。いろいろ薫陶をたれてやっているところですよ。なんせわれわれは、子供が祖父母の教育をしなければならない、そんな世紀に生きているのですから」

めいめいが挨拶をかわした。

「この姿を見れば、不幸な愛欲がどんな効果をおよぼすか、一目瞭然でしょう」とふたたび中佐、「伯父を身ぐるみ剥がして、裸同然で捨てようとしているやつがいる、といえば、誰のことだかおわかりですね。伯父はたくらみがあることを知らないわけではないのだが、その裏をかくためにたった数日間あの女と別れている力すらない」

フイリップは伯父のおかれた状況を単刀直入に説明した。

「おわかりかと思うが」、話を終えて彼はいった。「伯父を救いだす方法はただ一つです。ブリドー中佐がジレ少佐を殺すか、さもなければジレ少佐がブリドー中佐を殺すか、どちらかしかない。あさって、皇帝陛下の戴冠記念日をお祝いするわけだが、その祝宴のときに、席の配置を工夫してわたしがジレ少佐の正面になるようにしていただけますか。そして願わくば、決闘のさい、わたしの介添え人をつとめていただけるとありがたい」

「あなたを会長に任じ、われわれがそばに坐りましょう。マックスは副会長ということで、あなたの真向かいに坐らせます」、ミニョネがいった。

「あいつにはあいつでポテル少佐とルナール大佐がいる」、カルパンティエがいった。「夜のご乱行について町でいろいろ取りざたされているにもかかわらず、すでにやつの介添えをつとめたことでもあるし、あの気のいい二人はいまさら寝返ることはないでしょう……」

「おじさん、ごらんのとおり、細工は粒々です」、フィリップがいった。「だから十二月三日より前には何も署名してはいけませんよ。というのも、その翌日にはなんの束縛もなくしあわせになって、フロールに愛され、しかも邪魔っけな愛人なんかもう影もかたちもないのですから」

「おまえはあの男を知らないんだ」、老人はおそれおののいていった。「マクサンスは決闘で九人殺しているんだよ」

「ええ、でも十万フランの年収がかかっていたわけじゃないでしょう」、フィリップが答えた。

「やましい気持ちが手元を狂わせるってね」、ミニョネがもったいぶっていった。

「いまから数日後」とふたたびフィリップ、「葬儀の片がつけば、おじさんとラブイユーズは新婚ほやほやの夫婦みたいに仲むつまじく暮らしはじめるでしょう。最初、女はミミズのように身をよじり、わめきちらし、涙にかきくれるかもしれない。なに……泣きたいだけ泣かせときゃいい！」

二人の軍人はフィリップの議論を援護し、ルージェ親父とほぼ二時間にわたって散歩を続けながら、さかんにその気持ちを鼓舞しようとした。ようやくフィリップは伯父を連れ帰り、別れぎわにこういった。

「何か決めるときは、かならず話を通してくださいよ。わたしは女には詳しいんでね。ある女にさんざんな目に会わされて、こいつはひどく高くついた、フロールがおじさんにどれだけ高くつくといっても、ぜったいあそこまではゆかないでしょう！……で、そいつが、それ以後女ってのはどんなふうにつき合ったらいいか、教えてくれたってわけですよ。女は意地悪な子供です、男より劣った獣です、だから女にはおそろしいと思わせることが肝心だ。この畜生に支配されてしまったら、それこそわれわれにとって一巻の終わりってことです！」

ルージェが帰宅したとき、時刻はほぼ午後二時になっていた。クースキがきて、泣きながら門を開けた、というか少なくとも、マクサンスの命令によって、泣いているふうをよそおっていた。

「どうかしたのか？」、ジャン＝ジャックが訊ねた。

「ああ、旦那様！　奥様がヴェディを連れて出ていってしまわれたんで！」

「で……出ていった？……」、締めつけられたような声を出して、老人がいった。

ショックはあまりに強烈で、ルージェは階段の途中にへたりこんでしまった。しばらくするとまた立ち上がり、客間を見まわし、台所をのぞき、寝室に上がって、部屋という部屋を見てまわり、客間に戻り、肘掛け椅子に身を投げて、わっと泣きだした。

「どこへ行った？」、泣きじゃくりながら彼はいった。「どこなんだ？　マックスはおらんのか？」

「いらっしゃいません」、クースキが答えた。「少佐は何もいわずにお出かけになりました」

ジレは手だれの策略家らしく、町をぶらついていることが必要だと判断したのである。老人を一人絶望のなかにうち捨てて、寄る辺なさを強く感じさせ、素直に忠告に従うようにしたのだ。そのうえ、フィリップが伯父に救いの手をさしのべるのを妨げるために、クースキには誰が来ても門を開けてはならぬといい含めてあった。フロールがいなくなって、老人は混乱のあまり完全にわれを忘れており、状況はおそろしくせっぱつまりつつあった。町を歩くあいだ、多くの人間がマクサンス・ジレを避けて通ったが、彼らは前日ならば、大急ぎで近寄ってきて握手を求めたはずだった。町全体が彼に対する反感をあらわにしていた。「悠々騎士団」の所業で、話は持ちきりだった。ジョゼフ・ブリドーの逮捕の話は、いまや真相が明かされて、マックスの名誉を汚し、その生き方やおこないが一日のうちにしかるべき報いを受けていたのだった。ジレはポテル少佐と出会ったが、彼はジレを探しまわり、ひどく逆上していた。

「どうしたんだ、ポテル？」

「どうもこうもない、帝国近衛隊が町じゅうでこけにされている！……素人連中がよってたかっておまえさんを悪しざまにいっている、おかげでおれまで気が揉めてたまらん」

「連中、何が不満なのだ？」、マックスが答えた。

「おまえさんが夜していたことだよ」

「ほんのちょっと、羽目をはずして楽しむこともまかりならぬってか？……」

「それはまあどうでもいいんだが」、ポテルがいった。

ポテルは戦場の町や村の長に、次のようにいいかえすこともいとわぬ士官のタイプに属していた。「なに、あんたがたの村が丸焼けだと？　村ひとつぐらい、弁償してやるよ！」それゆえ「悠々」のいたずらにもほとんど動じていなかったのだ。

「じゃあ、なんなんだ？」とジレ。

「近衛と近衛が対立するってことだ！　それでおれは胸が張り裂けそうなんだ。あんたに対してブルジョワ連中の反感を一気につのらせたのは、ブリドーの野郎だ。近衛と近衛が対立する？……だめだめ、そいつはいけねえ！　マックス、あんたは後戻りできないし、ブリドーとの決闘は避けられまい。いや、おれだって、あの下司野郎に喧嘩をふっかけて、やっつけてやりたかったぜ。そうしたら、ブルジョワ連中も近衛と近衛の対立を見ることはなかっただろうからな。戦場なら、近衛兵同士がもめたって、おれは何もいいやせん。二人がただ闘えばいいんで、茶々を入れる素人連中なんかいないわけさ。あのろくでなし野郎、近衛隊になんかいなかったんだ。近衛の人間が、ブルジョワの前で、別の近衛の人間に対して、あんなふるまいをするはずがない！　ちくしょう、近衛隊が馬鹿にされた、しかもこのイスーダンで！　あんなに尊敬されていたのに！……」

「まあまあポテル、何も心配にはおよばん」、マクサンスが答えて、「とはいえ、記念日の祝宴には、おれは行かないつもりだが……」

「え、あさってラクロワのところに行かないのか？……」、ポテルが友の言葉をさえぎって叫んだ。「だがそれじゃあブリドーから逃げるみたいじゃないか。卑怯者と思われてもいいのか？　だめだ、だめだ。近衛精鋭歩兵が近衛龍騎兵を前に尻込みするなんて、ぜったいにだめだ。なんとか都合をつけて、来てくれよ！……」

「もう一人闇に葬らなくちゃならんというわけか」とマックス、「わかったよ、たぶん行けると思う。おれのほうの用事も片づけてな」「それというのも」彼は心のなかでつぶやいた。「委任状がおれの名前になってはいかにもまずい。エロン老人がいったように、それではあまりにも盗人たけだけしい」

さしもの強者《つわもの》も、フィリップ・ブリドーの張りめぐらせた網に引っかかって身動きがとれず、いたずらに歯がみするばかりだった。彼はことごとく出会う人の目を避け、ヴィラット大通りをまわって戻りながら、一人つぶやいた。「決闘の前に国債はいただいておこう。万一おれが死んでも、記載された権利は少なくともあのフィリップのものにだけはならん、名義をフロールにしておけばな。おれの指示どおり、あの子はまっすぐパリに行くだろう、そして望めば、処遇に不満をいだく帝国元帥の息子との結婚だって夢じゃない。バリュックの名前で委任状をつくらせよう。やつなら、おれの命令なしに、名義の書き換えをすることはないだろう」これは正当に評価しなければならないが、マックスは、血が煮えたぎり、沸々とアイデアがわき出ているときほど、表面上落ちついて見えることはなかった。したがって、偉大な将軍を作りあげるさまざまな美質が、一人の軍人のなかにかくも高い次元で統合されていることは、ついぞ見られることではなかったのだ。捕虜になってその経歴が途中で中断されることがなかったら、皇帝はまちがいなくこの青年のなかに、いくつもの巨大な企ての推進に必要な人間の一人を見いだしていただろう。マックスは、滑稽であると同時に悲劇的でもある前述したすべての場面の犠牲者たる男が、あいかわらずめそめそ泣きつづける居間に戻り、その悲嘆の原因を訊ねた。彼は驚いてみせ、何も聞いていないといい、たくみにびっくりしたふりをよそおってフロールの出奔のことを聞き、この不可解な旅立ちの目的を知るなんらかの手がかりを得ようとばかり、クースキを問いただした。

「奥様はあっしにこういわれたんで」、クースキはいった。「旦那様にいっておくれ、事務机のなかから、そこにあった金貨二万フランをちょうだいしました。二十二年間分の給金だと思えば、旦那様もむげにいやとはおっしゃらないだろう、そう考えたのですってね」

「給金だって？……」とルージェ。

「へえ」とふたたびクースキ、『ああ！　わたし、もう二度と戻ってこないわ』、去りぎわにヴェディにそうおっしゃって（というのも、かわいそうにヴェディは旦那様のことをひどく気にかけて、奥様にご忠告申しあげたんです）。『いいえ、だめといったらだめ』と奥様はおっしゃって、『旦那様はわたしのことなんかちっともおかまいじゃないの。甥がわたしのことを最低の下司女みたいに扱うのを、見て見ぬふりをなさって！』で、ひどくお泣きになったんで！……そりゃもうたいへんでしたよ」

「くそっ、わしはフィリップなどどうでもいいわい！」、マクサンスがじっと見つめる前で、老人は叫んだ。「フロールはどこだ？　どうやったらあれの居所を突きとめられるのだ？」

「あなたはフィリップのいいなりでしょう。やつが助けてくれるんじゃないですか」、冷ややかにマクサンスが答えた。

「あの子のことで」、老人はいった。「フィリップにいったい何ができる？……フロールを見つけだすことができるのは、おまえさんしかおらんよ、なあマックスや。おまえさんならあの子もついてくるだろう、あの子を連れ帰っておくれ」

「ブリドーさんとは対立したくないんでね」、マックスがいった。

「なんだ！」、ルージェは叫んだ。「そんなことで悩んでるんだったらいうが、やつはあんたを殺してやると息巻いておったよ」

「ああそうですか！」、ジレは笑いながら叫んだ。「どうなるか、いまにわかるでしょう……」

「なあ、頼むよ」、老人はいった。「フロールを見つけだして、なんでも好きなようにするからといってくれ！……」

「彼女が町のどこかを通るのを、見た者がいるはずだ」、マクサンスがクースキにいった。「夕食の支度をしてくれ、ありったけのものを出すんだ。で、あちこちで情報を集めて、デザートのときマドモワゼル・ブラジエがどの道を行ったのか、報告してほしい」

この命令はいっとき、姉《ねえ》やがいなくなった子供のようにしゃくりあげていたあわれな男の気持ちを鎮めた。ルージェはマクサンスをすべての不幸の元凶として憎んでいたが、このときばかりは彼が天使のように見えたのだった。ルージェのフロールに対する愛欲は、驚くほど子供じみていた。ポーランド人はあたりをぶらぶら歩きまわっただけで、六時に戻り、ラブイユーズはヴァタンへの道を辿っていった旨報告した。

「奥様はお国に戻られたのです。一目瞭然でさあ」、クースキはいった。

「今夜にでもヴァタンに行きますか？」、マクサンスが老人にいった。「道は悪いが、クースキなら安心してまかせられる。仲直りするなら、明日の朝より今夜八時のほうがいい」

「行こう」、ルージェが叫んだ。

「できるだけ音を立てないように馬の準備をしろ、ルージェさんの名誉のために、こんな愚行は町の連中に何一つ知られないようにするんだ。おれの馬に鞍をつけてくれ。おれが先に行くから」、マックスがクースキに耳打ちした。

オション氏はすでに、フイリップ・ブリドーにブラジエ嬢の出奔を知らせていた。彼はミニョネ氏の家で食事の席から立ち上がると、すぐさまサン＝ジャン広場に駆けつけた。彼はこのたくみな戦略の目的が何かを完全に見抜いていた。フィリップが伯父の家に入るべく案内を請うと、クースキが二階の窓から、ルージェ様は誰にもお会いになりませんと答えた。

「ファリオ」、フイリップはグランド＝ナレットをぶらぶら歩いていたスペイン人にいった。「バンジャマンに馬に乗るようにいってきてくれ。伯父とマクサンスが何をするつもりなのか、大至急知る必要がある」

「やつら、ベルランゴ馬車に馬をつないでいます」、ルージェの家のようすをうかがっていたファリオがいった。

「もしやつらがヴァタンに行くのなら」、フィリップが答えて、「おれにも馬を一頭用意してくれ、それから、バンジャマンと一緒にミニョネさんのところに戻るんだ」

「どうするつもりかね？」、オション氏が家から出て、フィリップとファリオが広場にいるのを見ていった。

「オションさん、将軍の才能というのは、ただ単に敵の動きを観察するというだけでなく、その動きをとおして敵の意図を見抜き、敵の思いがけない展開によって自分の計画を乱されたら乱されたなりに、計画に変更を加えるというところに存するのです。いいですか、伯父とマクサンスが一緒にベルランゴ馬車で出かけたのなら、彼らはヴァタンに行く。マクサンスが伯父に、フロールと仲直りさせてやるといい含めたんだ。彼女はいわば『柳ニ向カッテ逃ゲタ《フギト・アド・サリーケス》』ってとこですか。ウェルギリウスのなかでガラテ（ウェルギリウス『田園詩』の登場人物）が『柳ニ向カッテ逃ゲタ』のは、あらかじめ見つかることを期待してですから、つまりこれはウェルギリウス将軍直伝の作戦ってわけで。もしそんなふうに事態が進行しているのだとしたら、どうしたらいいか、すぐに知恵は浮かばない。ただ一晩たっぷり考える暇はある、なぜって、伯父だって夜の十時に委任状に署名したりはしない、公証人ももう寝てますから。二頭目の馬がいきりたって地面を前足で蹴る音がしていますね。おおかたマックスが、伯父に先駆けてフロールに指示を出そうとしているんでしょう。実際それは必要なことだし、またいかにもありそうなことだ。でも、もしほんとうにそうなら、あの野郎はおしまいだ！　われら古参兵が、遺産相続という賭けでどうやって巻き返しをはかるか、あとは仕上げをご覧《ろう》じろです……で、この勝負の最後の一撃を喰らわすには助手がいるから、わたしはミニョネの家に戻って、友人のカルパンティエと打ちあわせをしてきます」

オション氏の手を握りしめてから、フィリップはプティット＝ナレットを下って、ミニョネ少佐の家に行った。十分後オション氏は、マクサンスが猛烈な早さで馬を走らせてゆくのを見て老人らしい好奇心をいたく刺激され、そのまま居間の窓のそばに立って、例の「半＝財産」のおんぼろ馬車の音がするのを待ったが、その音はほどなく聞こえてきた。ジャン＝ジャックはとるものもとりあえず、二十分のあいだをおいてマクサンスのあとを追ったのである。クースキは、これが真の主人の命令によることはいうまでもないが、少なくとも町なかでは並足で馬車を走らせていた。

「やつらがパリに向かうとしたら、手の打ちようがないな」、オション氏は一人つぶやいた。

このとき、フォーブール・ド・ローマの一人の男の子がオション宅に来た。バリュック宛の一通の手紙をたずさえている。オション老人の二人の孫は朝からしょげかえり、みずから祖父の家で小さくなっていた。将来のことを考えると、祖父母のご機嫌をとることがどれほど必要か、彼らは認めないわけにはゆかなかった。バリュックにとって、祖父のオションがボルニッシュ家の祖父母に対してもつ影響力の大きさは、とうてい無視できるものではなかった。もし彼の素行の悪さゆえに、今朝そう脅されたように、祖父母がすべての希望をアドルフィーヌの立派な結婚に託すということになれば、オション氏はまちがいなくボルニッシュ家の資産をすべてアドルフィーヌのものにして、その便宜をはかるだろう。バリュックはフランソワより金持ちで、失うべきものも多かった。それゆえ彼は、マックスに借りた金を支払うという以外にはなんの条件も付けず、全面的に服従するつもりになっていたのだ。フランソワのほうは将来を祖父の手に握られ、財産をもらうあては祖父以外になかったが、それというのも、後見の精算書によれば、彼は祖父に返さなければならぬ借金を負っているからである。こうして二人の若者によっておごそかに約束がなされたが、彼らの後悔の念は、自分の利益があやうくなったためにいっそう強いものとなり、いっぽうオション夫人は、マクサンスへの借金については心配におよばないことを彼らに保証してくれたのだった。「あなたたちは過ちを犯したのだから」、彼女はいった。「おこないを正して償いをすることだね。そうしたらオションさんの気持ちも和らぐでしょう」

それゆえフランソワは、バリュックの肩越しに手紙を読み終えるやいなや、耳元でささやいたのだった、

「おじいさんに相談してみようよ」

「ほら、これ」、手紙を老人に見せてバリュックはいった。

「おまえ、読んでくれ。めがねをもっておらんのでな」

「わが親愛なる友よ、

ひどく深刻な状況におかれているいま、きみがすすんで手を貸してくれることを切に願っている。ルージェ氏の法定代理人になってほしいのだ。それで明日朝九時にヴァタンまで来てくれ。パリに行ってもらう予定だ。だが安心しろ、旅費は出す、それにすぐにおれも追いかけてゆく。というのも、十二月三日にはイスーダンを去らざるをえなくなることが、ほぼ確実だからだ。じゃあな、きみの友情を信頼している、

きみもおれの友情を信頼してくれ。

マクサンス」

「ああ、してやったり！」とオション氏、「あの馬鹿者の遺産は、悪魔どもの鉤爪から救われたぞ！」

「あなたがそうおっしゃるのだから、そうなのでしょう」とオション夫人、「わたしは神に感謝します。きっとわたしの祈りを聞き届けてくださったのだわ。悪人の勝利はどんなときでも長続きはしないものです」

「おまえはヴァタンに行って、ルージェ氏の委任状の件を承諾するのだ」、老人はバリュックにいった。「五万フランの国債をブラジエ嬢の名義に書き換えるわけだ。いいつけどおりパリに向かって出発すればいい。だがオルレアンにとどまり、そこでわしからの命令を待て。どこに泊まるか、誰にもいってはならんぞ。フォーブール・バニエのはずれに宿をとれ、たとえ荷車引きの宿でもかまわん……」

「あ、あれは！」、グランド＝ナレットに馬車の音が聞こえ、急いで窓に駆けよったフランソワがいった。「こいつは驚いた。ルージェおやじとフィリップ・ブリドーさんが幌つき四輪馬車《カレーシュ》で一緒に戻ってきた。バンジャマンとカルパンティエが馬であとについてくる！……」

「わしがようすを見てこよう」、好奇心で矢も楯もたまらなくなって、オション氏が叫んだ。

オション氏が来てみると、老ルージェが部屋で、甥の口述にしたがって、次のような手紙をしたためているところだった。

「マドモワゼル、

この手紙を受けとってすぐそちらを発ち、わたしの家に戻ってこなかったら、これほど目をかけてやったにもかかわらずあなたのおこないは恩知らずもはなはだしく、それゆえ、あなたのためを思ってつくった遺言状は無効にし、財産は甥のフィリップに譲ることにする。それから、ジレ氏がヴァタンであなたと合流した場合、彼はもはや二度とわが家の敷居をまたげる筋合いでないことも、おわかりと思う。カルパンティエ大尉殿にこの手紙を届けていただくようお願いする。彼の助言に耳を傾けてくれることを期待している。というのも、彼の言葉はそのままわたし自身の言葉なのだから、

心より愛をこめて

J―J・ルージェ」

「カルパンティエ大尉とわたしはたまたま伯父に行きあいましてね、伯父ときたら、ばかばかしいことにヴァタンに行ってブラジエ嬢とジレ少佐に会おうとしていたのです」辛らつな皮肉をこめてフィリップがオション氏にいった。「伯父にいって聞かせたのですよ、このままじゃ頭から罠のなかに突っこんでゆくだけだってね。要求どおり委任状に署名したら、すぐさまあの女に捨てられるしかないでしょう、五万フランの年金国債を自分の名義に書き換えることがあの女のもくろみなのだから？　この手紙を書けば、今夜にでもここにあの逃げ去った美女が戻ってくるのを、出迎えることができるでしょう？……思うにジレ氏はこの家で場違いもいいところだが、もし彼と入れ替わりに、その位置をわたしが占めることを伯父が許してくれるなら、約束してもいい、マドモワゼル・ブラジエをこれ以後葦《あし》のように従順な女にしてみせる。

どうです、わたしはまちがってないでしょう？……それなのに伯父はまだぶつぶついうんですよ」

「お隣さんや」とオション氏、「あんたは家のごたごたを丸くおさめる最良の方法を手に入れたのじゃ。悪いことはいわん、遺言状を破棄しなさい。そうすればフロールはまた最初のころに戻って、あんたに仕えるようになります」

「いいや。あれはわしが与えた苦痛を許しはしまい」、老人は涙ながらにいった。「あれはもうわしを愛してはくれないよ」

「愛してくれますって、それもみっちりとね。わたしに任せておきなさい」、フィリップがいった。

「これだけいわれてもわからんのかい？」、オション氏がルージェにいった。「あんたは身ぐるみ剥がされ、捨てられようとしているのですぞ……」

「ああ！　はっきりした証拠がありさえしたら！……」、愚か者は叫んだ。

「そら、ここにマクサンスがボルニッシュの孫に書いた手紙がある」と老オション、「読んでごらん！」

「なんておそろしい！」、ルージェが泣きながら手紙を読むのを聞いて、カルパンティエは叫んだ。

「おじさん、これではっきりしましたか？」、フィリップが訊ねた。「欲得ずくでいい、あの女をしっかり捕まえておきなさい。そうすれば向こうからすり寄ってきますよ……たやすいことだ、おしどり夫婦の一丁あがりです」

「あれはマクサンスにべた惚れだ。わしのところには残らんよ」、老人はおそろしく不安なようすでいった。

「でもねおじさん、マクサンスかわたしかどっちかが、あさって以降、イスーダンから足跡一つ残さず姿を消すことになるんですよ……」

「そういうことなら、カルパンティエさん」とふたたびルージェ、「あれが帰ってくると約束してくださるんでしたら、よろしい、あんたは誠実な人じゃから、わたしの代わりにいうべきと思うことはなんでも、あれにいってくださらんか……」

「カルパンティエ大尉からやつの耳に、わたしが若さと美貌にあふれた女をパリから連れてくると、吹きこんでもらいます」、フィリップ・ブリドーがいった。「そうすればあの女、すっ飛んで帰ってきますよ」

大尉はみずから古ぼけた幌つき四輪馬車《カレーシュ》を御しながら出発した。バンジャマンが馬で同行したが、それというのもクースキの姿がどこにも見えなかったからである。裁判にかけておまえの地位を奪ってやると、二人の士官に脅されたにもかかわらず、ポーランド人はつい先程、マクサンスとフロールに敵の奇襲攻撃を知らせるべく、貸し馬でヴァタンに逃げだしたところだった。カルパンティエは使命を果たしたあと、ラブイユーズと一緒に帰ることを嫌がって、バンジャマンの馬に乗ることになっていた。

クースキの逃亡を聞いて、フィリップはバンジャマンにいった。「おまえ、今夜からこの家でポーランド人に代わって働け。それで、フロールに知られないようになんとか幌つき四輪馬車《カレーシュ》の後ろにへばりついて、彼女と同時にここに着くようにしてほしいんだ。――だんだん先が見えてきましたよ、パパ・オション！」

ブリドー中佐がいった。「あさっての祝宴はにぎやかになるでしょう」

「この家に落ちつこうという算段だね」、けち老人はいった。

「たったいまファリオに身のまわりのものをすべてここに送るようにいったところです。マクサンスの部屋と同じ階の部屋に寝るつもりです。伯父もいいといっていますし」

「こんなことしちまって、いったいどうなるんだろう？」、ひどくおびえながら、ルージェがいった。

「いまから四時間もすれば、マドモワゼル・ブラジエが過越《すぎこし》の子羊みたいにやさしくなって、ここに戻ってくるさ」、オションが答えた。

「どうかそうなりますように！」と涙をぬぐいながら、ルージェ。

「いま七時だから」とフィリップ、「あなたの心の女王は十一時半にはここに戻っていますよ。ジレの姿を見ることはないでしょう、とすれば、教皇みたいに幸せいっぱいじゃないですか？　もしわたしに勝たせてやりたいとお思いなら」、フィリップはオションの耳元でさらにささやいた。「あの牝猿が着くまでわれわれと一緒にいていただけませんか、伯父の決心が鈍らないように手を貸してほしいんです。それから二人して、マドモワゼル・ラブイユーズに何がほんとうの得か、いって聞かせようじゃありませんか」

オション氏はフィリップの頼みをもっともなことだと考え、つき合うことにしたのだが、それからが二人とも大仕事だった。というのもルージェおやじが子供じみた泣き言を次から次へと並べたてたからで、その泣き言は、フィリップが次のような理屈を口をすっぱくして幾度も説いて聞かせて、ようやくおさまったのだった。

「おじさん、フロールが戻ってきて、おじさんに愛情をこめて接したら、わたしのいうことが正しかったことがわかります。かゆいところに手が届くように世話してもらえるだろうし、年金も手放さなくてすむ、以後わたしの忠告に従って行動すれば、天国みたいな生活が送れるのですよ」

十一時半、グランド＝ナレットにベルランゴ馬車の音が響いたが、はたして馬車に人が乗っているかどうかが、肝心かなめの問題だった。ルージェはこのときおそろしいほど不安な表情を顔に浮かべていたが、馬車が家に入ろうとして曲がりざま、二人の女の姿が目にとまると、あまりの喜びにぐったりしおれたようになった。

「クースキ」、フロールが降りてくるのに手を貸しながらフィリップがいった。「ルージェさんの世話はもうしなくていい。今夜からこの家で寝泊まりはならん、荷物をまとめて出てゆくんだ。ここにいるバンジャマンがおまえの代わりだ」

「あんたがご主人ってわけ」、フロールが皮肉な口調でいった。

「もしお許しがいただけるならね」、万力で締めあげるようにフロールの手をぎゅっと握りながらフィリップが答えた。「ちょっと顔を貸してくれ！　おたがい、（川ならぬ）心を、揉みあわなくちゃ《ラブィェ》ならないから」

フィリップはそこから数歩のところのサン＝ジャン広場まで、呆気にとられる女を引っぱっていった。

「べっぴんさんよ、あさって、ジレのやろうをこの腕で闇に葬ってやるぜ」、兵隊あがりが右手を突きだしていった。「でなけりゃ、こっちのほうがお役御免になるまでだ。おれが死んだら、あんたはあわれなうすのろ伯父の家の女主人だ。幸運を祈ってやるよ。もしおれが二本の足でしっかり地面に立ったままだったら、そのときはつべこべいわず伯父に最高のサービスをするんだ。さもなけりゃ、パリには『ラブイユーズ』の代わりなどいくらでもいるし、失礼ながら、あんた以上の美人がそろってる。彼女ら、まだ十七だからな。伯父をすばらしく幸せにするだろうし、おれのためを思って動いてくれる。さっそく今夜からサービスしろ、もし明日の朝伯父が小鳥みたいにはしゃいでいなかったら、そのときはこっちにも考えがある、覚悟しておけ。裁判所にうるさいことをいわれずに男を始末する方法はたった一つしかない。そいつと決闘することだ。だが女を片づける方法なら、三つは知っている。そういうことだ、わかったな？」

「マックスを殺すですって？……」、月明かりのもとでフィリップを見ながら彼女がいった。

「さあ、話は終わりだ。伯父が来た……」

実際ルージェおやじが、オション氏が何をいっても意に介せず、通りに出て、強欲な男が自分の宝物を手にとるように、フロールの手をとったのだった。彼は家に戻り、フロールを自分の部屋にひったて、そこに閉じこもった。

「今日は聖ランベールの日だ、ことわざにいうように、持ち場を離れるものは、仕事を失うのだ」、バンジャマンがポーランド人にいった。

「ご主人様がおまえたちみんなを黙らせてくれるだろうよ」、クースキは答えて、そのままホテル〈ポスト〉に落ちついたマックスと合流した。

二 死にいたる決闘

翌日、九時から十一時まで、女たちは家の戸口でたがいに話に花を咲かせていた。町じゅうに、前日ルージェおやじの家庭で異様な大変革がなし遂げられたという噂がとびかった。各所の会話を一言でまとめれば、次のようになる。

「あした、戴冠式の祝宴で、マックスとブリドー中佐のあいだに何が起こるだろう?」

フィリップはヴェディおばさんにいい渡した。「六百フランの終身年金か、追っ払われるか、二つに一つだ!」おかげで彼女は当面、フィリップとフロールという拮抗するおそるべき勢力のあいだで、中立を保ことになったのだった。

マックスの命が危ないことを知って、フロールは老ルージェに対して、同棲しはじめのころよりもさらに愛想よくつとめた。悲しいかな！　愛において利害のからまる嘘は真実にまさるのであり、それゆえ多くの男たちは手だれの嘘つき女にだまされて、高い代償を払わされるのだ。ラブイユーズは朝食のとき初めて姿をあらわし、ルージェに腕を貸しながら一緒に降りてきた。いつもマックスが坐る席に、暗い青色の目の、冷たい不吉な顔つきをしたおそろしい兵隊あがりがいるのを見て、彼女の目に涙が浮かんだ。

「どうかしたんですか、お嬢さん？」、伯父におはようの挨拶をしてから、彼はいった。

「これはな、フィリップ、おまえさんがマックス少佐と決闘することを思って、居ても立ってもおられんのだ」

「ジレを殺そうなんて、これっぽっちも思っちゃいません」、フィリップは答えて、「彼はイスーダンを出て、何か売り物をもってアメリカに行けばいい。わたしとしても、最良の品物を買うべく金を用立ててやることを、心からおじさんにおすすめしますし、元気で行ってこいと励ましてやりますよ！　彼は一身代築くでしょう、そうしたら、イスーダンで夜暴れまわったり、この家で勝手放題やるよりよっぽどすばらしい」

「なるほど、そいつはいい話じゃないか！」、ルージェはフロールを見ながらいった。

「ア……メ……リ……カ……ですって！」、彼女は泣きじゃくりながら答えた。

「フランスにいて樅の棺桶で朽ちはてるより、ニューヨークに逃げだしたほうが、よっぽどいい……もっともあんたはいうだろうね、あの人は腕が立つから、殺されるのはそっちのほうかもしれないって！」、中佐がいった。

「あの人に話をするのを、許してくださるかしら?」、従順でへりくだった調子で、フロールが哀願するようにいった。

「もちろん。身のまわりのものをとりに来ることはいっこうにかまわない。だがそのあいだ、わたしは伯父と一緒にいる。伯父からはもうひとときも離れないつもりだ」、フィリップが答えた。

「ヴェディ」、フロールが叫んだ。「ホテル〈ポスト〉に急いでお行き。で、わたしからだって、少佐に……」

「身のまわりのものをとりに来てくださいって」、フィリップがフロールの言葉をさえぎっていった。

「そう、それでいいわ、ヴェディ。それがわたしに会う一番もっともらしい口実ですもの。あの人に会って話ができればいいのよ……」

この娘の心のなかでは恐怖が憎悪を強く抑えつけていたし、それまで媚びへつらわれてきたところに、強引で無慈悲なたちの人間に出会ってショックを受け、あまりに強烈な衝撃ゆえに、彼女はフィリップの前で身を低くすることが習慣になった。ちょうどあわれなルージェが彼女の前でそうしていたのと同じである。彼女はヴェディおばさんの帰りをいまかいまかと待ちわびていたが、ヴェディおばさんが持ち帰ったのは、マックスの断固たる拒絶の返事だった。ブラジエ嬢に、彼の持ち物をホテル〈ポスト〉まで送ってほしいとのことづけである。

「わたしが自分で持っていきたいんですけれど?」、彼女はジャン=ジャック・ルージェにいった。

「ああいいよ、だが帰ってきておくれだろうね?」、老人はいった。

「もしお嬢さんが正午までに戻らなかった場合、一時になったら、国債売却のための委任状をわたしにください」、フィリップがフロールを見ながらいった。「世間体があるから、ヴェディおばさんと一緒に行くんだね。今後はおじさんの名誉を汚さないように気をつけなくてはいけない」

フロールはマクサンスを言い含めることはできなかった。少佐は、町じゅうの人の目から見て下劣きわまりないその立場を明るみに出されてやけになっていたし、フィリップを前にして逃亡することは彼のプライドが許さなかった。ラブイユーズはこの考えを打ち負かそうとして、一緒にアメリカに逃げようとさかんに恋人に勧めた。しかしジレはルージェ親父の財産がなければフロールには食指が動かず、かといって女にそんな心の奥底を見せるのもいやだったので、フィリップを殺してやるといって、どうしても聞かなかった。

「おれたちはとんでもない大ポカをやった」、彼はいった。「三人でパリに行って、そこで冬を過ごせばよかったんだ。だが、あの屍《しかばね》野郎を見ただけですぐに、事態がこんなふうに動くなんてとても考えられなかった。次々にいろいろなできごとが起こるんで、目がまわるようだ。中佐を単細胞のサーベル使いだと思いこんでしまった。それが大きなまちがいさ。最初にうまく立ちまわれなかった以上、中佐を前にしり込みしたら、おれは卑怯者になってしまう。やつのおかげで町でのおれの評判はがた落ちだ。やつを殺さなければ、汚名挽回はできない……」

「四万フラン持ってアメリカに行っちゃえば？　あの野蛮人は追っ払って、あんたのところにいくよ、そっちのほうがよっぽど賢いやり方だと思う……」

「そんなことをしたら、人になんて思われるか？」、知らずしらず陰口を怖れる気持ちに突き動かされて、彼は叫んだ、「冗談じゃないぜ。それにおれはもう九人始末している。あの男はあまり腕が立ちそうに見えない。幼年学校を出てすぐに軍隊に入り、一八一五年まではいつも戦場にいて、それからアメリカに渡った。つまり、あのごろつき野郎、剣術の道場には一度も足を踏み入れたことがないんだ。ところがこのおれは、サーベルの腕前にかけちゃあ、比べものなしだ。それでもサーベルはやつの得意な武器だ、やつの望みどおり、武器はサーベルでけっこうといってやれば、おれはいかにも度量があるみたいに見える。というのも、おれはできるだけ侮辱されたふりをよそおって、ぐさっと一突きお見舞いしてやるのさ。ぜったいそのほうがいい。安心しろ、あさってになればもうおれたちの天下だ」

マックスにおいて愚かしい名誉へのこだわりはあまりに強く、彼はきちんと作戦を練ることを考えなかったのである。フロールは一時に家に戻り、部屋に閉じこもって思うさま泣いた。この日一日じゅう、陰口がイスーダンじゅうを駆けめぐり、人々はフィリップとマクサンスの決闘がもう避けられないものと見てとった。

「ああ！　オションさん」、ミニョネはカルパンティエとバロン大通りをぶらつきながら、老人に行きあっていった。「どうにも不安でたまらんのです。ジレはどんな武器でも達者なのでね」

「心配にはおよばん」、田舎の老策略家は答えた。「フィリップはもくろみどおりことを運んでおる……それにしても、あの厚かましい男が、これほどすばやくやってのけるとは、思いもよらなかった。あの二人の若者は、まるで二つの嵐のように、おたがい同士接近してきたのだ……」

「実際」とカルパンティエ、「フィリップは底知れぬ男です。貴族院法廷でのあの人の行動はまさに駆け引きの傑作だ」

「ところでルナール大尉」、一人の町民がいった。「オオカミ同士とも食いをすることはないといいますがね、マックスはブリドー中佐と激しく対立しているそうじゃないですか。古参親衛隊同士とあっては、一大事ですな」

「笑いたければ、笑うがいい。おおかたあの青年が夜ちょっと羽目をはずして楽しんだんで、それを恨みに思っているんだろう」、ポテル少佐がいった。「しかしジレのような男は、イスーダンみたいな片田舎で、何もしないでいることなどできんのだ！」

「結局のところ」、四人目の男がいった。「マックスも中佐もそれぞれやるべきことをやったまでだ。中佐にしても、弟のジョゼフの仇を討たなければならなかったしね。あのあわれな若者に対するマックスの卑劣なおこないを思いだしてもごらんなさい」

「なあに、たかが画家じゃないか！」、ルナールがいった。

「でもルージェ親父の遺産がからんでいますからね。ジレ氏は、中佐が伯父貴の家に落ちついたとき、五万フランの年金国債をわがものにしようとしていたというじゃないですか」

「ジレが他人の国債をくすねとるだと？……おい、ここでもよそでも、そんなことを軽々しくいわんでほしいね、ガニヴェさん」、ポテルが叫んだ。「あんたの舌をひっこ抜いて、喉に詰めこんでやる、ソースも何もなしでな！」

町民たちの家ではどこでも、折り目正しいブリドー中佐の勝利が祈願された。

翌日、四時ごろ、イスーダンあるいはその近郊にすむ旧帝国軍の士官たちは、フィリップ・ブリドーを待ちながら、マルシェ広場にある、ラクロワという名の料理人が経営する店の前をぶらついていた。戴冠式の記念の祝宴は、軍隊式に五時きっかりにはじまる予定だった。どのグループでも、マクサンスの事件

翌日、旧帝国軍の士官たちは、マルシェ広場のあたりをぶらついていた。

と、彼がルージェおやじの家から追い出されたことが話題になった。兵卒たちは広場の酒屋で集まりを持つことになっていた。士官のなかではポテルとルナールだけが、彼らの友を擁護しようとした。

「相続者同士のあいだで起こっていることに、われわれが口をはさむ道理もあるまい？」、ルナールがいった。

「マックスは女に弱いからな」、辛辣なポテルが指摘した。

「サーベルが抜かれるのも、時間の問題ってとこか」、上バルタンで沼地を開墾しているある元少尉がいった。「マクサンス・ジレ氏は、ルージェのおやじさんのところに来て居坐るという馬鹿をやったのだから、理由も質《ただ》さぬまま、召使みたいにただ追いたてられるだけだったら、卑怯者というしかない」

「そのとおり」、ミニョネが冷ややかにいった。「馬鹿をやってうまく行かなかったら、それは犯罪ということになるのだ」

マックスがナポレオンの元兵士たちのところにやってきたが、彼はかなり露骨に意味ありげな沈黙によって出迎えられた。ポテルとルナールはそれぞれ友の腕をとり、数歩離れたところにいって話をした。このとき遠くから正装したフィリップがやってくるのが見えた。彼は平然としたようすでステッキをさげていたが、それは、マックスが最後に残った二人の友の説く話に一心に耳を傾けざるをえないのと、いちじるしい対照をなしていた。フィリップは、ミニョネ、カルパンティエ、そのほか数人の握手を受けた。フィリップの頭のなかには、フロールに懇願され、とりわけやさしい気遣いを示されたために、多少なりとも引っこみ思案な気持ち、あるいはもしお望みなら分別心といったものが芽生えてきていた。だがこの出迎えはたったいまマクサンスが受けたものとあまりにも異なっていたし、フィリップはまた自分一人だけになったこともあり、そういう気持ちは完全に消え去ってしまったのだった。

「われわれは一戦交えるしかない」、彼はルナール大尉にいった。「どちらかが倒れるまでな！　だからもう何もいうな、おれのやり方を最後まで貫かせてくれ」

この最後通牒が熱っぽい口調で口にされたあと、三人のボナパルティストは戻って士官たちのグループと一緒になった。マックスのほうからフィリップ・ブリドーに敬礼し、彼が返礼すると、二人はこのうえなく冷ややかな視線をかわしあった。

「さあ諸君、テーブルにつこう」、ポテルがいった。

「いまは『勇者』の天国におられる、『丸刈りの小男』（ナポレオン一世）の不滅の栄光をたたえて、杯を挙げよう」、ルナールが叫んだ。

テーブルにつけば気詰まりな雰囲気も多少は和らぐだろうことは感じられたから、誰もが選抜歩兵大尉の含むところを汲みとった。一同は先を争って、市場に面して窓が開いたラクロワのレストランの、天井の低い細長い部屋に入っていった。会食者はそれぞれすばやく席につき、フィリップの頼みどおり、二人の仇敵はたがいに向かいあう位置に坐った。何人かの町の若者、とりわけかつての悠々騎士団員は、この祝宴で何が起こるか不安を覚えつつあたりを歩きまわり、フィリップがまんまとマクサンス・ジレをおとしいれた危機的状況についてひそひそ話しあった。彼らはこの衝突を嘆かわしく思ったが、そのいっぽうで決闘を避けられないことと見ていた。デザートまではすべて順調だった。とはいえ二人の闘士は、晩餐のうわべの陽気さにもかかわらず、不安にも似た一種の注意深さを失うことはなかった。それぞれ計画を練っているはずの争いが起こるのを待ちながら、フィリップは一見驚くべき冷静さを保ち、マックスは騒々しい快活さを示していた。だが目利きが見れば、二人ともうわべだけそう見せかけているにすぎないことは、一目瞭然だった。

デザートが出されると、フィリップがいった。「杯を満たしてくれたまえ、わが友人諸君。最初の乾杯の音頭は、どうか小生にとらせていただきたい」

「あの野郎、わが友人諸君といったぜ。おまえ、酒を注ぐな」、ルナールがマックスの耳元でささやいた。

しかしマックスは酒を注いだ。

「ナポレオン軍万歳！」、フィリップが心からの情熱をこめて叫んだ。

「ナポレオン軍万歳！」、全員が声をそろえ、たった一人の歓声のように繰り返した。

このとき部屋の入り口に十一人の兵卒が姿をあらわし、そのなかにはバンジャマンとクースキもいたが、彼らも「ナポレオン軍万歳！」と繰り返した。

「おう、入れ、入れ！　あのお方の健康を祝して、飲もう！」、ポテル少佐がいった。

古参兵たちが入ってきて、全員が士官の背後に立った。

「それみろ、あのお方がまだ亡くなっていらっしゃらないことが、これでわかっただろう?」、クースキがある元軍曹にいったが、この軍曹は皇帝がいよいよ最期のときを迎えたことを、彼に向かって嘆いてみせたにちがいない（ナポレオンは一八二一年、この場面の一年前に亡くなっている）。

「二度目の乾杯の音頭取りは、わたしに任せてほしい」、ミニョネ少佐がいった。

一同は平静をよそおって、いくつかのデザートの皿をつつきまわした。ミニョネが立ちあがった。

「あのお方のご子息の復権に尽力された方々に！」、彼はいった。

マクサンス・ジレを除く全員が杯を挙げ、フィリップ・ブリドーに敬意を表した。

「今度はわたしだ」、マックスがいい、立ちあがった。

「マックスだ！　マックスだ！」という声が外でした。部屋も広場もしんと静まりかえった。ジレの性格からすれば、なんらかの挑発があってもおかしくはないと思われたからである。

「われわれが一人残らず、来年同じ日に、ふたたび会うことができますように！」、そして彼は皮肉をこめてフィリップにお辞儀をした。

「いよいよ戦闘開始だな」、クースキが隣の男にいった。

「パリの警察はあんたにこういう祝宴を開くことを許さなかったんだろうね」、ポテル少佐がフィリップにいった。

「おい、いったいなんだってブリドー中佐に警察の話なんかしようとするんだ？」、マクサンス・ジレが居丈高にいった。

「彼はべつに悪気があっていったわけじゃない、ポテル少佐はね！……」、フィリップが苦々しい笑みを浮かべながらいった。あたりはいよいよ深く静まりかえり、もし蠅がいたら、それが飛ぶ音すら聞こえただろう。「警察はたしかにわたしを怖れるあまり」とフィリップはふたたび言葉を継いで、「イスーダンに送ったわけだが、この土地で古い仲間たちに再会することができて、たいへん嬉しく思う。しかし、いわせてもらえば、ここにはたいして面白いものはないな。女遊びがまんざら嫌いでない男としては、かなり不自由を感じている。まああのパリの女たちとの再会を楽しみに、せいぜい倹約につとめることにしよう。わたしには、羽根布団に寝ながら、棚からぼた餅式に年金が手にはいるのを待つような芸当はできかねるからな。オペラ座のマリエットという女のために、途方もない金をつぎ込んだこともあるんだ」

「そういうことをいうのは、わたしへの当てつけですか、中佐さん？」、マックスが訊ね、フィリップに電流のような視線を投げた。

「そう思いたければ、どうぞご自由に、ジレ少佐」、フィリップが答えた。

「中佐、ここにいる二人の友人、ルナールとポテルに明日の打ち合わせを……」

「ミニョネとカルパンティエと一緒にしてもらうことにする」、フィリップがジレの言葉をさえぎって、隣の二人を指しながら答えた。

「ということで、では」とマックス、「乾杯を続けようじゃないか」

仇敵同士たがいに普通の会話の調子を変えることはまったくなく、ただその会話を聞いていた一同をとりまく沈黙だけが、重々しい雰囲気を作りだしていた。

「おい諸君、心してほしいのだが」、フィリップが平の兵卒たちに視線を投げていった。「この一件はブルジョワ連中には一切かかわりがない！……いま起こったことについて一言たりとも他言は無用だぞ。これは古参親衛隊のなかだけでとどめておかねばならん」

「やつらは命令を守るよ、中佐」、ルナールがいった。「おれが請け合う」

「ナポレオンのご子息万歳！　フランスに君臨されんことを！」、ポテルが叫んだ。

「くたばれ、イギリス人！」、カルパンティエが叫んだ。

この乾杯の文句は受けにうけた。

「恥を知れ、ハドソン・ロウ（セント・ヘレナ島でナポレオンを監視した英士官）！」、ルナール大尉がいった。

デザートはつつがなく終わり、酒もふんだんにふるまわれた。二人の敵同士と四人の介添え人は、この決闘は莫大な財産がからみ、他に抜きんでた勇気をもつ二人の人間が関与している以上、ありきたりな争いとはっきり一線が画されているということを、名誉に関わる要点とみなした。たとえ二人のジェントルマンでも、マックスとフィリップほどみごとにふるまうことはできなかっただろう。それゆえ、広場に集まった若者やブルジョワたちは期待を裏切られることになった。会食者の誰もが、真の軍人らしく、デザートでの出来事についてかたく口を閉ざしたのだ。十時に、対立する双方とも、武器をサーベルにすることで合意がなされたことを知った。集合場所として選ばれたのはカプチン会教会の後陣、時刻は朝八時。元軍医という資格で祝宴に参加していたゴデが立会いを求められた。介添え人たちは、何が起ころうと戦いを十分以上続けないことを決めた。十一時、フィリップがまさに床につこうとしているとき、オション氏が妻をともなって彼のところを訪れ、中佐をおおいに驚かした。

「事情はわかっているのよ」、老婦人は目にいっぱい涙をためていった。「それで、明日、必ずお祈りをして出かけるように、あなたにお願いしに来たのです……魂を神の御心にゆだねなさい」

「はい、わかりました」、妻の後ろに立った老オションの合図で、フィリップが答えた。

「まだほかにもあるんだよ！」、アガトの代母はいった。「わたしはあなたのかわいそうなお母さんの身になって、それで、自分が持っているもっとも貴重なものを手放すことにしました。ほらごらん！……」彼女が差しだしたのは一本の歯だった。それは金で縁取りし、二本の緑のリボンが縫いつけてある黒いビロードの布の上に止められてあった。彼女はそれをフィリップに見せてから、また袋のなかにしまいこんだ。「これはベリー地方の守護聖人、聖ソランジュ様の聖遺物です。わたしはこれを、革命のとき破壊から救ったのです。明日朝、これを胸につけておきなさい」

「これがあればサーベルの突きから身を守ることができるのでしょうか？」、フィリップが訊ねた。

「ええ、そうです」と老婦人。

「わたしとしては、鎧を着ることができない以上、こういうかさばるものも身につけるわけにはいかないんです」、アガトの息子は叫んだ。

「なんていったのかしら？」、オション夫人は夫に訊ねた。

「これをつけたら規則違反になる、そういったのじゃ」、老オションは答えた。

「では、この話はもうやめましょう」と老婦人、「あなたのためにお祈りすることにします」

「でも奥様、お祈りにたしかな剣の一突きが加われば、効果はてきめんなのですよ」、中佐はこういって、オション氏の心臓を突き刺すしぐさをした。

老婦人はフィリップの額に接吻したいといいはった。そして下に降りてから、十エキュ、つまり有り金のすべてをバンジヤマンに与え、聖遺物を主人のズボンの小ポケットに縫いこむように頼んだのだった。バンジヤマンはいわれたとおりにしたが、何もそれは彼がこの歯の効力を信じたからではなく――というのも、彼にいわせれば、彼の主人はジレに対してこれよりもよっぽど効き目がある歯をもっているというのである――、これほどたんまり金をもらって、頼みを聞かないわけにゆかなかったからだった。オション夫人は聖ソランジュに揺るぎない信頼を置きつつ、家に戻っていった。

翌日十二月三日八時、どんより曇ったなかを、マックスは二人の介添え人とポーランド人にともなわれて、当時旧カプチン会教会の後陣のまわりにあった小さな野原にやってきた。フィリップとその介添え人、およびバンジャマンはもうそこにいた。ポテルとミニョネが二十四ピエの距離を測った。二人の兵卒がこの距離の両端に、鍬で二本の線を引いた。相対する双方とも、卑怯者のそしりを受けたくなければ、それぞれの線より後ろに下がることはできず、この線の上に立って、介添え人が「始め！」といってから、思うさま前に進んでゆくのである。

「上着を脱ぐか？」、フィリップがそっけなくジレにいった。

「いいだろう、中佐」、マクサンスが決闘慣れした人間の余裕を見せていった。

二人の敵同士はズボンをはいているだけで、ばら色の身体がシャツの綿の布地を通してかいま見えた。二人がもっていたのは制式のサーベルで、重さも同じ約三リーヴル（一リーヴルは三八〇～五五〇グラム）、長さも同じ約三ピエのものが選ばれていた。二人は剣先を地面につけ、合図を待ちながら仁王立ちした。どちらも冷静そのもので、ひどく寒かったにもかかわらず、筋肉はまるで青銅でできているようにぴくりとも動かなかった。ゴデ、四人の介添え人そして二人の兵卒は、激しい興奮を覚えずにはいられなかった。

「ものすごい野郎たちだ！」

こんな叫びがポテル少佐の口から漏れた。

「始め！」という合図が出されたとき、マクサンスは、ファリオの不吉な顔が、「悠々団」の騎士たちが彼の倉庫に鳩を入れるために教会の屋根にあけた穴からこちらをのぞいているのを目にした。その両の目からは炎と憎悪と復讐がまるで二本の奔流のようにほとばしり、マックスは頭がくらくらした。中佐はまっすぐに敵をねらい、構えをつくって優位に立とうとした。人殺し術の専門家たちは、敵対する二人のうちより腕の立つ方が「高見に立つ」ことができる――剣先をあげた構えの印象を一つのイメージによっていいあらわすとすれば、こういう表現になるだろう——ことを知っている。この姿勢はいわば敵の出方を見ることを可能にし、第一級の戦い手であることを示すものだったから、マックスの心には自分のほうが劣っているという感情が広がり、競技者あるいは賭博者が師範もしくはつきのある人間を前にして動揺し、いつもほど力を発揮できないようなとき彼らを意気消沈させるあの力の混乱が、彼にも生じたのだった。

「ちくしょう、この野郎」、マックスは心のなかでいった。「たいした腕前じゃねえか。おれの負けだ！」

マックスは棒使いの曲芸のようにたくみな腕前で四方八方にサーベルを振りまわした。フィリップの目をくらませ、彼のサーベルと打ちあってそれを手からたたき落とそうとしたのだ。だが最初の一撃で中佐が鉄のような手首をもち、しかもそれが鋼のばねのようにしなやかであることが見てとれた。マクサンスは別のやり方を考えねばならず、ああ不幸な者よ！　頭がそのことでいっぱいになってしまったのだ。いっぽうフィリップの目は二人のサーベルのきらめきよりももっと激しい光を敵に投げかけていたし、胸当てをつけて道場にいる師範のように落ちつきはらって、あらゆる攻撃をかわしていたのだった。

この二人の闘士ぐらい強い男同士なら、サヴァット（フランス式キックボクシング）と呼ばれる戦いに身を投ずる下層民の男に起こるのとほぼ同じ現象が見られる。勝利は、まちがった動き、予測の誤りによってもたらされるが、こうした予測は稲妻のようにすばやく、直感的におこなわれるのである。見る者にとっては短く思えるだけ、敵対する二人にとっては長く感じられる一瞬、戦いはもっぱら、魂と身体の力のすべてを注ぎこんで相手の動きを観察することに集約される。このような観察は、見たところただゆっくりと、きわめて用心深く身を持しているだけなので、相対する二人のどちらも戦意を喪失しているのではないかと思えるような見かけのもとでこっそりおこなわれる。こうした瞬間のあとには、すばやい、決定的な戦いが続くもので、これは目利きにとってはおそるべき意味を持っている。マックスが受けそこね、中佐がその手からサーベルをはねとばした。

「拾え！」、戦いを中断して彼はいった。「おれは丸腰の人間を殺すような男じゃない」

それは残虐の極致の崇高さだった。この度量の大きさにはあからさまに優位が示されていたから、見る者はそれをこのうえなく抜け目ない計算ととった。実際、ふたたび身構えたとき、マックスはもう冷静さを失っており、またしても敵が剣先をあげた構えをして、自分の身を守りつつ彼を威嚇しにかかるのを、避けるべくもなかったのだ。彼はそのとき、大胆に打ってでることで、屈辱的な敗北の埋め合わせをしようとした。防御のことなどもはや念頭になく、両手でサーベルを握って怒濤のように中佐めがけて突っこんでゆき、自分も命を奪われる代わりに、相手にも致命傷を与えようとしたのである。フイリップは額から顔の一部にかけて切られて傷をおったが、自分も激しくサーベルを振りまわし、マックスが棍棒で殴るように浴びせた一撃に対抗して、逆にその頭を斜めに切りはらった。戦いは開始から九分後、この二人の強烈な攻撃をもって終わった。ファリオが降りてきて、仇敵が死の痙攣のうちにあるのをさも満足げに眺めた。実際マックスほど強靭な男の場合、いまわの際にも筋肉はおそろしいほど動くのをやめないのである。フイリップは伯父の家に運びこまれた。

こうして一人の男が死んだ。彼はもし自分に適した環境に居つづけたならば、かならずや大きなことをなし遂げたにちがいない、そんな男の一人であり、自然から数々の恩恵をこうむった甘やかされた子供であった。自然は彼に勇気、沈着さ、チェーザレ・ボルジア流の権謀術数のセンスを与えた。しかし彼は教育の感化を受けて思考や行動の高貴さを学ぶことはなかった。そしてそうしたものがなければ、いかなる

フォリオが降りてきて、仇敵が死の痙攣のうちにあるのをさも満足げに眺めた。

経歴にあろうと可能になることなど何一つないのだ。マックスの死は、彼よりも人間の劣った敵が狡猾なやり口を使ってその評判を落とすことに成功したために、悼まれることはなかった。彼の最期は「悠々団」の武勲に終止符をうち、イスーダンの町はおおいに満足した。そんなわけでフィリップはこの決闘を理由に取り調べを受けることはなかったし、そもそもこの決闘は天罰の結果のように思われたのだ。そしてその一部始終は、この地方一帯で、異口同音に二人の敵同士を褒めたたえる言葉とともに物語られたのだった。

「二人とも死んでしまえばよかったんだ」、ムイユロン氏がいった。「政府にとってはまさに一石二鳥だったろうに」

三　ルージェ夫人

マックスの死によって激しい発作を起こしていなかったら、フロール・ブラジエの立場はきわめてやっかいなものになっていただろう。錯乱状態におちいったうえ、この三日間の情勢の急変によって重い炎症を併発していたのだ。もし健康なままだったら、たぶんこんな家などおさらばしていたかもしれない、まさに頭の真上、マックスの部屋に、マックスのシーツにくるまれて、マックスの命を奪った男が横になっているのだから。彼女は三カ月のあいだ生死の境をさまよい、ゴデ氏の治療を受けたが、彼はまたフィリップの治療にも当たっていた。

フィリップはペンが握れるようになるやいなや、次のような手紙をしたためた。

「代訴人デロッシュ殿、

二匹の獣のうち、毒の強いほうはもう始末しました。もっともそのために、サーベルで頭に傷を入れられてしまいましたが、でもあのろくでなしの手がだいぶ弱っていたんで助かった。もう一匹マムシが残っていて、これとはうまく折り合いをつけるつもり、伯父がこの女にまるで自分の内臓みたいに執着しているのでね。ラブイユーズというんですが、ものすごい美人で、姿をくらましやしないかやきもきした、伯父があとについて行きかねなかったもので。しかしのっぴきならぬ重大な局面で受けた強いショックのために、床についてしまいました。もし神がわたしを守ってくださるつもりなら、この女がみずからの過ちを悔いているあいだに、その魂を身元に召されるだろう。とりあえずいまは、オション氏のおかげで（老人はぴんぴんしています！）、ゴデという名の医者に来てもらっています。目端のきく男で、伯父の遺産は、あんなあばずれよりも甥の手にあってしかるべきだということを理解している。それにオション氏はフィッシェとかいうおやじに影響力をもっているが、この男の娘はたいした金持ちで、ゴデが息子の嫁にぜひといっているのです。そんなわけで、頭の治療費として千フラン札をちらつかせてみたけれど、親身になって治療しようという彼の気持ちに、それはほとんど力をおよぼしていない。そのうえこのゴデは第三戦列歩兵連隊の元軍医で、友人の二人の気っぷのいい士官、ミニョネとカルパンティエに説き伏せられて、病人相手ににわかか信心ぶりを発揮している。

『おわかりかな、なんといおうと、神様というものはいらっしゃるのだ』、彼女の脈をとりながら、ゴデはいいます、『おまえさんはたいへんな不幸の原因となったのだから、その償いをせんといかんよ。神の指がここにも働いておるのだ（まったく何から何まで神の指のせいにしてしまうことといったら、信じがたいくらいですよ！）。宗教はやっぱり宗教、素直な心になって、あきらめることが肝心だ。そうすればまず心が落ちつく、わしの薬と同じぐらい、効き目があるぞ。何よりここにとどまり、主人の世話をすることだ。そして忘れなさい、許しなさい、それがキリスト教の掟です』

ゴデはラブイユーズを三カ月はベッドから離れられないようにしておくと約束しました。この娘はわれわれが一つ屋根の下に住んでいるということに、それと知らぬまま、たぶん慣れてくるでしょう。料理女を手なずけました。この醜い老婆は女主人に、マックスが生きていたら、ひどくつらい生活を送ることになったかもしれないといった。そして故人がこういうのを聞いたともいった。老いぼれが死んで、フロールと結婚するはめになっても、たかが女一人のために野心を妨げられてはたまったもんじゃないってね。さらにこの料理女は女主人に、ひょっとしたらマックスは彼女を厄介払いしたかもしれないとまで、ほのめかしたのです。そんなわけで、万事快調です。伯父はオション氏の助言にしたがって、遺言状を破きました」

「ジルドー様（フロランティーヌ様気付）、マレー地区、ヴァンドーム通り、

わが悪友よ、

例の、オペラ座のあたりをうろちょろしている踊り子のセザリーヌがあいていないかどうか調べて、こっ

ちから連絡がいったらすぐイスーダンに来られるように準備させといてくれ。あの蓮っ葉女が次の郵便馬車に飛び乗って、すぐにでもやってこられるようにな。まともな格好をして、業界臭さを感じさせるものはすべてなくさなきゃだめだぞ。というのも、こっちではあいつは、戦場で名誉の戦死をとげたあるまじめな軍人の娘ということで通してもらわなくちゃいけない。そんなわけで、品行方正であること、いかにもうぶな女学生っぽい服をたくさんそろえること、貞操の鏡みたいな顔をすること、以上申しつける。もしセザリーヌの手を借りることになって、彼女がうまくやったら、伯父が死んだとき彼女の懐に五万フラン転がりこむことになる。もしセザリーヌがふさがっていたら、フロランティーヌにこのことを説明して、それでおまえたち二人で、ちゃんと一芝居打てそうな踊り子を誰か見つけるんだ。遺産を横取りしようとしたやつと決闘して、おれも頭をちっとばっかり削られたが、野郎は目ん玉ひんむいてくたばった。いつかこの手柄話はしてやる。ああ！　またおれたちの天下がやってくる、ひとつ派手にやらかそうぜ。でなきゃ、ブルボンの連中の言い方でいえば『例の男』（ナポレオンのこと）もかたなしだものな。金《なま》を五百ほど送ってくれると、たいへん助かる。あばよ悪友。この手紙で葉巻でもつけな。問題の士官の娘はシャトールーから来て、援助を求めているという段取りだからな。しかしこんな危険な手段に訴えることなくすませたいもんだ。マリエットや友人連中によろしくいっておいてくれ」

アガトはオション夫人の手紙で事情を知ってさっそくイスーダンに駆けつけ、兄は彼女を出迎えて、かつてのフィリップの部屋に泊めた。あわれな母は不肖の息子への母親らしい愛情をふたたび取り戻し、町民たちが中佐を褒めそやすのを聞きながら、幸福な数日間を過ごした。

「ねえアガト、結局は」、彼女の到着の日、オション夫人がいった。「若気の過ちも、いつかは終わるときがくるということだね。皇帝の時代の軍人たちの軽はずみは、父の目の行き届いた良家の息子のそれと一緒にはできませんよ。ああ！　あの性悪なマックスがこの町で夜どんなひどいことをやっていたか、あなたには想像もつきますまい！……息子さんのおかげで、イスーダンはようやく一息ついて、枕を高くして眠れるようになったんだよ。フイリップは分別がつくのがちょっとばかり遅かったけれど、でもいまでは一人前の大人だ。自分でいっていたように、リュクサンブールで三カ月牢屋に入っていたおかげで、考えに落ちつきが出たのさ。それにフィリップのこの町での行状にはオションさんもとても満足しているし、みんなから敬意を払われている。もし息子さんがもうしばらくパリの誘惑から遠ざかったままでいられるなら、あなたをさぞかし満足させてくれるだろうにねえ」

この慰めに満ちた言葉を聞いて、アガトは代母を前に、嬉し涙で目をうるませたのだった。

フイリップは母の前では猫をかぶっていた、彼女を利用する必要があったのだ。この抜け目ない策略家は、ブラジエ嬢に蛇蝎《だかつ》のごとく忌み嫌われたときにだけ、セザリーヌの力を借りることにしたいと思っていた。フロールはマクサンスによって仕込まれたすばらしい道具であり、伯父が慣れ親しんだ習慣であることは認めざるをえなかったから、たとえ伯父を結婚する気にさせる才がパリの女にあったとしても、やはり彼女を利用するほうが好ましいと考えた。フーシェはルイ十八世に、新たに「憲章」なんぞ制定するよりはいっそナポレオンのシーツにくるまって寝たらどうですかといった。それと同じように、フイリップはジレのシーツで寝ることを望んだのだが、ただ同時に、このベリー地方でみずから築いたばかりの評判に傷をつけるのも望むところではなかった。ところで、ラブイユーズに対して彼がマックスの流儀をまねたりしたら、この娘にとって不快このうえなかっただろうし、彼自身にとってもそれは同じだっただろう。縁者びいきは世間一般の通例だったから、彼はみずからの名誉を汚すことなく、伯父をないがしろにしつつなんなくその家で暮らすことができた。しかしフロールを籠絡するためには、まずその汚名をぬぐわなければならないのだ。こうした難問をいくつも抱えていたにもかかわらず、彼は遺産を手中に収めたい一心で、ラブイユーズをみずからの伯母にしてしまうというすばらしい計画を考えだした。そこで、こうしたもくろみを胸に秘めつつ、母に向かって、この娘に会いに行って多少なりとも好意を見せ、義理の姉のように扱ってはくれないかといったのだった。

「母さん、ざっくばらんにいいますけれど」、彼はいかにもまじめなふうをよそおい、いとしいアガトの相手をするためにやってきたオション夫妻のほうを見ながらいった。「伯父の暮らしぶりはあまり適切であるとは思えませんし、マドモワゼル・ブラジエが町の人々から敬意を払ってもらうためには、伯父が規律にそった暮らしをすればそれで充分でしょう。老いぼれ男の女中兼愛人であるよりは、いっそルージェ夫人になってしまったほうが彼女のためなのではないでしょうか？　夫婦財産契約によってたしかな権利を手にするほうが、相続権を奪ってやるといってある家族を脅すよりも、ずっと簡単なのではないでしょうか？　もし母さんや、オションさんや、誰か親切な司祭さんがこのことについて話しあってくれたら、心ある人々の胸を痛ませているスキャンダルを終わらせることができるでしょう。それにマドモワゼル・ブラジエにしても、母さんに義姉《あね》として受け入れてもらい、わたしに伯母として受け入れてもらえれば、こんな嬉しいことはないでしょう」

翌日フロール嬢のベッドのそばにはアガトとオション夫人がいて、二人は病人とルージェにフィリップの感嘆すべき心ばえを伝えた。イスーダンじゅうで中佐は、とりわけフロールに対するふるまいゆえに、傑出した人物、立派な人間といわれた。一カ月にわたってラブイユーズは、主治医のゴデ父――医師というものは、病人の精神に強い力をもつものだ――、宗教的精神に鼓舞された尊敬すべきオションン夫人、やさしく慈愛に満ちたアガトに、ルージェとの結婚がもつありとあらゆる利点を説いて聞かされた。ラブイユーズは、ルージェ夫人になって、品格のある、きちんとした堅気の婦人の仲間入りするという考えに魅了され、早く健康を回復して式を挙げたいと熱心に望むようになった。そして古い家柄のルージェ家におさまれば、フィリップを追いだすことなどとうていできっこないと彼女に理解させるのは、むずかしいことではなかった。

「それに」、ある日父のゴデがいった。「こんなたいへんな財産が手にはいるのもみんな彼のおかげではないか？　マックスなら、ルージェおやじとの結婚など許したはずがない。そのうえ」と彼はさらに耳元でささやいて、「もし子供ができれば、マックスの仇を討つことにもなるんじゃないかい？　ブリドー親子は相続の権利を失うのだからな」

運命の事件から二カ月後、一八二三年二月、病人は彼女をとりまくすべての人に勧められ、ルージェに懇願されてフィリップを迎え入れた。彼女はその傷跡を見て涙を流したが、彼女に対するフィリップの態度も和らいで、ほとんどやさしささえこもっていたので、気持ちも鎮まった。フィリップの望みにしたがって、彼は未来の伯母と二人きりになった。

「悪く思わんでほしいが」、元兵士がいった。「はなからあなたと伯父との結婚を勧めたのは、このわたしだ。で、もし同意してくれるなら、元気になり次第、式を挙げることになるだろう……」

「そういわれたわ」、彼女が答えた。

「偶然の事情によって、あなたに苦痛を与えてしまったとすれば、できるかぎりあなたの利益になるように力を尽くすのは、理の当然だ。財産、人々の敬意、家族は、あなたが失ったもの以上の価値を持っている。伯父が死んでいたら、あなたはそう長くはあの男の妻でいられなかっただろう。というのも、彼の友人たちの話によると、あの男はあなたに幸せな生活を送らせてやろうという気はあまりなかったようなのでね。なあ、これから仲良くやろうじゃないか。みんなで幸せに生きよう。わたしの伯母になってくれ、ただそれだけでいいんだ。伯父が遺言状を書くとき、わたしのことを忘れないように気をつけてほしい。わたしのほうは、夫婦財産契約であなたの扱いをできるだけよくさせるから、まあ見てごらん……ひとつ落ちついて、いまいったことを考えてみてくれ。この話はあらためてまたしよう。わかっているだろうが、一番まともな人々、というか町じゅうの人が法にもとった立場を捨てるようにあなたに勧めているのだし、わたしを迎え入れたからといって、恨みに思うものはひとりもいないのだ。人生において利害が感情に優先することぐらい、みんなわかっている。結婚式の日、あなたはいままでにないほど美しいだろう。体調がすぐれず顔色が青いせいで、気品が出てきた。もしかりに伯父があなたを狂ったように愛していなかったら、誓ってもいいが」、彼は立ちあがり、フロールの手に接吻しながらいった。「あなたをブリドー中佐の妻として迎えたいと思っただろう」

フィリップが部屋を去ると、フロールの魂のなかにこの最後の言葉が残されて復讐の漠たる観念を呼び覚まし、それが彼女に微笑みかけてくるように思われた。彼女はこのおそるべき人物を自分の足元に見下して、ほとんど幸せな気分になったのである。フィリップは、リチャード三世が、みずから手を下して未亡人にしたばかりのアン女王とともに演じた場面を、スケールを小さくして演じているわけであった（シェークスピア『リチャード三世』第一幕第二場参照）。この場面があらわしているのは、感情の下に隠された計算は心の奥深くまで浸透し、もっともうそ偽りのない喪の悲しみをも雨散霧消させてしまうということである。天才の作品において「芸術」の絶頂としてしかありえぬものを、「自然」が私生活においてやすやすと実現してしまうやり方とは、このようなものだ。「自然」ならではの固有の手段、それは利益であり、利益とは金の精髄にほかならない。

一八二三年四月初め、ジャン＝ジャック・ルージェの客間は、こうしたわけで、もはや誰一人奇異に感ずる者もいないまま、フロール・ブラジエ嬢と老独身者の夫婦財産契約の署名を記念する豪華な晩餐という、格好の見せ物を提供したのだった。招かれた会食者は以下の通りである。エロン氏、四人の立会人、つまりミニョネ、カルパンティエ、オション、ゴデ父の各氏、町長と司祭、さらにはブリドー夫人、オション夫人とその友ボルニッシュ夫人。この最後の二人はイスーダンでもっとも権威のある老婦人たちだったから、未来の花嫁は、フィリップがこの二人の婦人から引きだした歩み寄りの姿勢にことのほか感激した。二人は、悔い改めた娘に庇護のしるしを与えることが必要であるがゆえに、この晩餐に参加したのだった。フロールは輝くように美しかった。司祭は二週間前から無知なラブイユーズの教育を続け、翌日最初の聖体拝領を受けさせることになっていた。この結婚は次のような宗教記事の題材になり、ブールジュの〈ジュルナル・ド・シェール〉紙とシャトールーの〈ジュルナル・ド・ランドル〉紙に掲載された。

「イスーダン発

宗教運動はベリー地方において進歩を遂げつつある。昨日、このあたり有数の地主の一人が、わが地方において宗教が力をもっていなかった時代から続いていた、その恥知らずな身の持し方に終止符をうつべく式を挙げ、当町のあらゆる教会の友、名士の諸氏が参列した。この成果は、わが町の聖職者諸氏の見識あふれる熱意のたまものであり、願わくば多くの追随者が生まれて、悲惨このうえない革命体制の時代に広まった、式を挙げぬまま結婚するという悪弊が消えてなくなってほしいものである。

われわれが言及しているこの事実について、次のようなことを特筆すべきであろう。それは、こうした事態が旧帝国軍に属する某中佐のたっての願いによって引き起こされたということであって、彼は貴族院法廷の判決によってわが町に送られてきたのだが、じつはこの結婚によって伯父からの相続の権利を失うことになるのである。こうした無私無欲は今日ではまれなものであり、広く知られるに値する」

契約によってルージェはフロールに対して、十万フランの嫁資、つまり妻の名義の財産を認め、その死後も三万フランの終身寡婦財産を保証した。豪華絢爛たる披露宴のあと、アガトはこのうえなく幸福な母としてパリに戻り、ジョゼフとデロッシュに、彼女が「いい知らせ」と呼ぶことについて話をした。

「息子さんの深慮遠謀は底が知れないから、この相続財産に手をつけないとは考えられない」、ブリドー夫人の話が終わるやいなや、代訴人は彼女に答えていった。「ということはつまり、あなたとこのジョゼフは、お気の毒ですが、兄上の財産を一銭たりとも手にすることはできないってことですな」

「ジョゼフもそうだけれど、あいかわらずあなたはあのかわいそうな若者に対して公平を欠いているのですね」、母はいった。「フィリップの貴族院法廷での行動は、大政治家はだしのものです。多くの人の命を救ったのですよ!……フィリップがいけなかったのは、自分の優れた能力を何にも使わずにいたせいなんです。でもあの子は、出世を望む人間にとって誤った行動がどれほど有害かわかってくれました。そしてあの子には野心がある、そうわたしは確信しています。そんなふうに彼の未来を見ているのは、わたしだけではありません。オションさんだって、フィリップの前途は洋々たるものだとかたく信じているのです」

「そうですね、一財産築こうと思って、そのおそろしくよこしまな知性を働かせる気になれば、きっとうまく行くでしょうね。なんせ、どんなひどいことだってやりかねない人なんだから。それにこの手の連中は動きがすばやいのです」、デロッシュがいった。

「ちゃんとした手段を使って成功する、それができないなんてどうしていえるんです?」、ブリドー夫人が訊ねた。

「そのうちわかりますよ!」、デロッシュがいった。「幸せだろうが、不幸せだろうが、フィリップはいつでもマザリーヌ通りにいたときのままだ。デコワン夫人の命を奪い、家のなかで盗みを働いたときのままだ。でもご安心なさい。彼は誰の目にも外づらはまっ正直な人間に見えるでしょうから!」

結婚式の翌日、朝食のあとで、伯父が席を立って着替えに行くと――この新婚夫妻は、フロールのほうは化粧着で、老人は部屋着のまま降りてきたのである――、フィリップはルージェ夫人の腕をつかんだ。

「おばさん、ちょっと」、フィリップは彼女を窓の脇に連れていっていった。「あなたはいまや家族の一員だ。おれのおかげであらゆる公証人がそれを認めている。ただしいっておくが、くさい芝居はごめんだぜ! ざっくばらんにいこうじゃないか。あなたがおれに対してあの手この手でくるだろうぐらいはとっくにお見通しだ。おれが口うるさい婆さんよりももっとちゃんと監視してやるよ。そういうわけで、外出するときは必ずおれと腕を組むこと、そしておれのそばを離れるんじゃない。家のなかで起こることについてはもちろんしっかり睨みをきかせるつもりだ、クモが自分の巣の中心にどっしり構えているみたいにな。ここに手紙が一通あるが、これを読めば、ベッドに寝たままで手も足も出せない状態だったあいだに、着の身着のままであなたを追いだすこともできたってことがわかるだろう。読んでごらん」

そして彼は次のような手紙を、あっけにとられたフロールに差しだした。

「元気か？　フロランティーヌがようやくこのあいだ、マリエット、チュリアとともにパ・ド・トロワを踊って、新しいオペラ座の舞台でデビュをはたした。彼女は片時もおまえのことを忘れていないし、フロリーヌもそれは同じで、彼女はルストーと完全に切れて、ナタンと一緒になった。この二人がおまえのために、これ以上はないというほどすばらしい掘り出し物を見つけたんだ。十七才の小娘だが、イギリスふうの美少女で、聞き分けのいいお茶目なレディという感じ、デロッシュみたいにずる賢く、ゴドシャルみたいに忠実だ。で、マリエットがおまえの幸運を祈りつつ、この子をみっちり仕込んだ。内に悪魔を秘めたこの小さな天使にかなう女はどこにもいない。どんな役でもへいちゃらだし、伯父貴をたらし込んで、さぞやめろめろにさせるだろう。あの気の毒なコラリーばりの清らかな雰囲気はあるわ、必要とあらば涙も流せるわ、ちょっと甘い声を出せば岩のように冷酷無情な人間からでさえやすやすと千フラン札をもぎ取れるわで、おまけにこの蓮っ葉娘、シャンペンはおれたちに輪をかけていける口だ。こいつは役に立つぜ。マリエットに義理があって、借りを返したいといっている。マドモワゼル・エステルというんだが、この女、二人のイギリス人、一人のロシア人、一人のローマの大公の身上をつぶしたあと、いまは素寒貧で息も絶えだえってとこだ。一万フランもやれば、大喜びだぜ。このあいだ、笑いながらいっていた。『そういえばわたし、一般人《ブルジョワ》から財産を巻きあげたことは一度もなかった。いい勉強になるわ！』彼女のことは、フィノ、ビジウ、デ・リュポー、つまりわれわれの仲間はみなよく知っている。ああ！　もしフランスに富豪と呼ぶに値するものがまだ残っていたら、彼女は現代におけるもっとも偉大な高級娼婦になっていただろう。この書き方はちょっとナタン、ビジウ、フィノばりだが、じつはこの連中、フロリーヌのために老ダドリー卿が用意万端ととのえたばかりの見るだに豪華このうえないアパルトマンで、くだんのエステルと馬鹿騒ぎのまっ最中。ダドリー卿はド・マルセーの実の父親だが、機転のきくフロリーヌが、新しい役の衣装のおかげで、ものにしちまったのさ。チュリアはあいかわらずレトレ公爵とくっついているし、マリエットはあいかわらずモーフリニューズ公爵と一緒だ。だからこの二人で働きかけて、国王の誕生日にはおまえの監視がとけるようにしてもらおう。次の聖ルイの日までに伯父貴を葬り去って、遺産を土産に帰ってこい、そしてエステルや旧友連中もいくらかお裾分けを頂戴して、それで楽しくやろうじゃないか。おまえのことに思いを馳せつつ、全員で名を記す、

ナタン、フロリーヌ、ビジウ、フィノ、マリエット、
フロランティーヌ、ジルドー、チュリア」

手紙はルージェ夫人の手のなかでぶるぶる震え、彼女の魂と身体の恐怖をあらわに示していた。甥は両目におそろしい表情を浮かべて伯母を睨みつけ、彼女は目を合わせることができなかった。

「あなたを信頼はしているよ」、彼はいった。「わかってるな。だが、おれは見返りがほしい。あなたを伯母にしたのは、いつかあなたと結婚することができるようにと考えてのことだ。伯父に対してあなたはエステルなみの効き目がある。いまから一年後にはパリにいることになるだろう、美しい女が暮らせるのはあそこ以外にないんだ。ここよりは多少楽しくやれる、なんせパリというのは、年じゅうカーニバル状態だからな。おれは軍隊に戻り、将軍になる、そうすればあなたは立派な貴婦人だ。あなたの未来はこんなものだ、せいぜい努力するんだな……だがおれはわれわれの結びつきの保証がほしい。いまからひと月以内に、伯父に財産管理のいっさいをまかせるおれ宛の委任状に署名させるんだ、あなたも伯父もこれで財産にまつわる気苦労から解放されるとかなんとか、うまくいいくるめてな。さらにひと月たったら、伯父の登記の名義変更をするために、特別委任状がほしい。登記がおれの名義になったら、後日結婚するにさいして、おれたちの利害は共通になる。すべて簡単明瞭そのものだ。おれたちのあいだで曖昧な話はなしだ。一年の喪が明ければ、伯母と結婚することにはなんら問題はない、しかし名誉を汚された女とは結婚できなかったのだ」

彼は返事を待たずその場を去った。十五分後ヴェディおばさんは片づけのために部屋に入ってきて、女主人が顔色青ざめ、季節柄にもなく汗をかいているのに気がついた。フロールは断崖の底に突き落とされた女のような感覚を味わっていた。未来には暗闇があるだけで、その暗闇には、何か化け物じみたものの影がずっと遠くのほうにぼんやりと浮かびあがっているのが見え、思わずぞっとしたのである。彼女は地下道の湿った冷気を感じた。本能的にこの男に恐怖を抱いたが、にもかかわらず、ある一つの声が、そんな男を主人にもつのも自業自得だと叫ぶのが聞こえた。自分の運命には逆らいようがなかった。フロール・

ブラジエとしてなら、ルージェおやじの家のなかに独立したアパルトマンをもっていればそれで体面は保たれた。だがルージェ夫人であるかぎり夫に属さねばならず、こうして女中兼愛人が保持していた貴重な自由裁量の余地は奪われてしまったのだ。おそろしい状況に追いこまれるなかで、彼女は子供ができることに一縷の望みを抱いたが、この五年ほどで、彼女はジャン＝ジャックを老人のなかでもっとも役に立たない老いぼれにしてしまっていた。この結婚はこのあわれな男に、ルイ十二世の二度目の結婚のような効果をもたらしたのだ。それに、仕事もやめて、何もすることがないフィリップのような男が目を光らせている以上、復讐などとうていできるはずがなかった。バンジャマンは何も知らずに、仕事熱心なスパイの役を演じていた。ヴェディおばさんはフィリップの前では縮みあがっていた。フロールはまさに孤立無援だったのだ！　そうして彼女は死ぬことを怖れていた。どのようにしてかはわからぬが、必要とあらばフィリップは彼女の命を奪うだろう。妊娠の疑いが生じれば、彼女にとってそれが死の宣告にほかならぬことは、察しがついた。その声の調子、賭博者特有のまなざしのくぐもった輝き、このうえなく礼儀正しい粗暴さで彼女を扱う元兵士のほんのちょっとした動作、そうしたものが彼女を震えあがらせた。イスーダンじゅうの人間にとって一人の英雄だった、残忍きわまりないこの中佐が求めた委任状にかんしていえば、必要が生じると、なんなく彼はそれを手に入れた。というのもフロールは完全にこの男の支配下におかれていたからであって、それはナポレオンがフランスを支配下においたのと同じであった。ろうそくの白熱した蠟に脚をとられた蛾のように、ルージェは急速にその最後の力を使いつくしたのだった。

この最期のありさまを目にしながら、甥は気持ちを動かすこともなく、冷ややかにかまえていた。ちょうど一八一四年に、帝政フランスが死の痙攣を起こしているときに、外交官たちがそうだったのと同じである。
フィリップはナポレオン二世のことなどほとんど信じていなかったから、戦争大臣に次のような手紙を書き、手紙はマリエットの手配によって、モーフリニューズ公爵を通じて手渡された。

「大臣閣下、

ナポレオンはもはやこの世になく、宣誓をおこなってから、皇帝に忠実たらんと望んでまいりましたが、いまや思う存分国王陛下にお仕え申しあげることのできる身となりました。もし閣下が小官のふるまいを国王陛下にご弁明くだされば、陛下はそれが王国の掟とはいわずとも、名誉の掟にはかなっているとお考えくださるでしょう。王様は、副官のラップ将軍がかつての主人を悼んで涙するのを当然のこととお認めになられたのですから、小官に対してもかならずや寛大に処置してくださるものと信じます。ナポレオンは小生にとって恩人であったのです。

それゆえ閣下に心よりお願い申しあげます、旧位階のままで勤務に服することについての小官の要望をご考慮くださいまして、小官が全面的に命に服するつもりでおりますことを、どうか陛下に力説されますように。陛下が小官のなかにもっとも忠実な臣下を見いだされるであろうことを、繰り返し申しあげる所存です。

衷心より敬意をこめてご挨拶申しあげます。お受けくだされば、たいへん光栄に存じます。

閣下のもっとも従順にして、もっとも謙虚なる従僕、
フィリップ・ブリドー、
イスーダンにて公安警察監視下の、
旧近衛龍騎隊大隊長、
レジオン・ドヌール四等勲章佩用者」

この手紙には、家庭の事情によるパリ滞在の許可の申請書がつけ加えられ、さらにそれには、イスーダンの町長、郡長、警察署長が、伯父の結婚にさいして掲載された新聞記事を引きあいに出しながらこぞってフィリップを褒めそやした手紙が、ムイスロン氏によって添えられていた。

二週間後、ちょうど官展の開催のころ、フィリップは申請した滞在許可とともに一通の手紙を受けとった。それは、王の命により、特別の恩赦として、彼が陸軍中佐の資格で軍務に服することになった旨を戦争大臣が告知する手紙であった。

四　聖女の悔悛

フィリップは伯母と老ルージェと一緒にパリにのぼり、着いてから三日後、ルージェを連れて財務局に

おもむいて、登記の譲渡をおこなうために署名をした。こうして所有権は彼の手に渡った。瀕死の男はラブイユーズともども、甥の手によって、疲れ知らずの女優、ジャーナリスト、芸術家、いかがわしい女たちとの危険きわまりないつき合いの度を超した喜びのなかに投げこまれた。フィリップはそこですでに青春を浪費していたし、老ルージェはそこに何人もの「ラブイユーズ」を見いだして、命をすり減らしたのだった。ジルドーが、のちにある元帥の身に起こって一躍有名になったという例の心地よい死に方を、ルージェおやじに恵んでやることを引き受けた。オペラ座に出入りする下っ端ダンサーのなかでも一、二をあらそう美貌の持ち主だったロロットが、老人の心やさしい殺人者になった。ルージェはフロランティーヌが催した絢爛たる夜食会のあとで死んだ。それゆえこの老ベリー人の命を奪ったのが、夜食会だったのかそれともロロット嬢だったのか、判断するのは容易ではない。ロロットはこの死の責任を一切れのフォワグラのパテに帰し、このストラスブールの名品には返答のしようもないから、老人が消化不良のために死んだというのが揺るがぬ事実とされたのである。ルージェ夫人は、この乱れに乱れた世界に、まるで水を得た魚のように馴染んだ。だがフィリップはマリエットを彼女に付き添いとしてつけて、未亡人が馬鹿をやらないようにした。それでも彼女の服喪はいくつかの艶聞で彩られた。

一八二三年十月、フィリップは伯父の遺産を精算するために、伯母からの委任状を携えてイスーダンに戻った。この仕事は手早く済まされた、というのも彼は一八二四年三月にはもう、百六十万フランを懐にしてパリにいたからである。この金額は、亡くなった伯父の財産を現金化した正味の手取り額で、老オションの家にずっとおいたままだった貴重な絵の数々は含まれていない。フィリップは彼の資産をモンジュノー親子の銀行に預けたが、この銀行には若きバリュック・ボルニッシュがいたし、銀行の債務支払い能力と信用にかんしては、老オションから申し分のない情報を得ていた。資産を引きだすさい三カ月前に予告することを条件に、銀行は百六十万フランを年六パーセントの利率で引き受けた。

ある日突然フィリップは、母親に結婚式への参列を頼んできた。立会人はジルドー、フィノ、ナタン、ビジウの面々。故ルージェ夫人の持参金は百万フランにのぼり、財産契約によって、子供をもうけないまま死んだ場合、財産は夫に贈与されることになった。通知も出されず、祝宴も華麗な儀式もなかったが、それというのもフィリップには目算があったからである。彼は妻をサン=ジョルジュ通りの、ロロットがすべての家具付きで売ったアパルトマンに住まわせ、ブリドー若夫人はアパルトマンをしごく快適だと思ったのだが、夫はそこにほとんど足を踏み入れなかった。フィリップは誰にも知られぬまま、クリシー通りに、この界隈にその後値打ちが出ることになるだろうなどとは誰一人思わぬ時期に、二十五万フランの壮麗な館を購入し、その価格のうち五万エキュは収入から支払い、残りは二年払いとした。彼は内装と家具に莫大な金を使った、二年にわたって収入を注ぎこんだのだ。およそ三十万フランと見積もられるすばらしい絵の数々が、修復されて、館に絢爛たる輝きを投げかけた。

シャルル十世の即位によって、ショーリュー公爵家は以前にもまして厚遇を受けるようになったが、その長男のレトレ男爵はチュリアの家でフィリップとしばしば顔を合わせていた。シャルル十世のもとで、ブルボンの本家はもはや永久に王位を失うことはないと信じ、グーヴィオン=サン=シール元帥が以前進言したとおりに、帝国時代の軍人を味方につけようとした。フィリップは一八二〇年と一八二二年の陰謀について何か貴重な秘密を暴露したにちがいなく、モーフリニューズ公爵の連隊つきの中佐を拝命した。この魅力に富んだ大貴族は、自分がマリエットを奪いとった男に目をかけてやる義理があると考えていたのだ。バレー団もこの任命に無関係ではなかった。そのうえシャルル十世の秘密顧問団では、賢明にも、王太子殿下にほんの少しだけ自由主義の色合いを帯びさせようという決断がくだされていた。成り上がり者フィリップはモーフリニューズ公爵のとりまき同然となり、それゆえ王太子アングーレム公はもちろん、王太子妃にも拝顔の栄をえたが、その忠節ぶりによって知られた荒っぽい性格の人間や軍人たちを、王太子妃は嫌ってはいなかったのだった。フィリップは王太子の役割についてきわめて的確に判断をくだし、この似非自由主義が最初にひけらかされた機会を利用して、宮廷の覚えめでたいある元帥の副官の地位をものにした。一八二七年一月、フィリップは近衛隊に移って当時モーフリニューズ公爵が指揮をとっていた連隊の中佐となり、特別の計らいをもって貴族に叙せられることを望む旨を願いでた。王政復古期には、貴族に叙せられることは、近衛隊で軍務に服している平民にとってほとんど当然の権利になったのだ。ブリドー中佐はブランブールの地所を購入したばかりで、この地所を伯爵の称号をもつ貴族世襲財産に昇格させる許可を求めた。フィリップは最高の上流社会でのコネを使ってこの恩恵を受けるにいたったのだが、彼はそうした場所に馬車や従僕をこれ見よがしに引きつれ、さらにみずからは大貴族のように着飾ってあらわれた。フィリップは近衛隊でもっとも美しい騎兵連隊に勤務する中佐であり、ブランブール伯爵の名で貴族年鑑に名前が掲載されるとさっそく、砲兵中将スーランジュ伯爵家を毎日のように訪れて、末娘のアメリー・ド・スーランジュ嬢を口説き落とそうとした。フィリップの貪欲さはとどまるところを知らず、影響力をもつあらゆる人物の愛人の助けを借りて、王太子殿下の副官になるという栄誉を獲得するべく奔走した。彼は王太子妃に向かってぬけぬけとこういってのけたのだった。「いくつもの戦場で傷を受け、大戦争を身をもって知る古参士官が、いざというとき王太子殿下のお役に立たぬことはありますまい」フィリップはありとあらゆる口調でおべんちゃらを口にすることができ、イスーダンでまんまとミニョネの好意を得たことが示すように、まさにこの上流社会で求められる人間そのものといってよかった。それに彼の生活ぶりはまことに派手はでしいもので、豪華絢爛たる祝宴や晩餐をさかんに催したが、その地位からして彼の将来を台なしにしかねない昔の友人たちには、館に来ることをけっして許さなかった。放蕩仲間に対しては情け容赦なかったのだ。ジルドーがフロランティーヌに捨てられてふたたび軍務につくことを望んだときも、彼のために口をきいてやることをビジウににべもなく断った。

「あれはおこないの悪い男だからな！」、フィリップはいった。

「おい！　おれのことをそんなふうにいったのか」、ジルドーは叫んだ。「あいつの伯父を始末してやったのはこのおれだぜ！」

「思い知らせてやるしかないな」、ビジウがいった。

フィリップは、アメリー・ド・スーランジュ嬢と結婚して将軍になり、近衛連隊の指揮をとるという野望を抱いていた。フィリップがあまりに多くを求めるので、彼を黙らせるために、レジオン・ドヌール三等勲章および聖ルイ勲章が授与された。ある夜、アガトとジョゼフは雨のなかを歩いて帰宅する途中、黄色い絹の布を掛け、上に伯爵の王冠をいただく紋章をつけた、美しいクーペ馬車の片隅に背筋を伸ばして坐るフィリップが通りすぎるのを見た。彼は綬で飾りたてた軍服をまとってエリゼ＝ブルボン宮の祝宴に向かうところで、母と弟に泥水をはねかけながら、いかにも保護者ぶったようすで挨拶を送った。

「くそ！　あのろくでなし、ああ行ってしまう」、ジョゼフが母にいった。「それにしたって、ぼくたちの顔に泥をひっかける以外に、何か別のものをくれたっていいだろうに」

「あの子はとても立派な、高い地位にいるのだから、わたしたちのことを忘れたといって恨んではいけないよ」、ブリドー夫人はいった。「あんまり急に上にのぼって、果たさなければならない務めも多いし、払わなければならない犠牲も多いのよ、きっとわたしたちのことを思っていても、なかなか会いに来られないんです」

「なあきみ」、ある夜、モーフリニューズ公爵がブランブール新伯爵にいった。「もちろんきみの頼みは好意的に受けとられていると思うが、しかしアメリー・ド・スーランジュと結婚するためには自由な身でなければならないだろう。細君はどうするつもりだね？……」

「細君ですか？……」、フィリップがいったが、このときの身ぶり、まなざし、声の調子はのちにフレデリック・ルメートルの知るところとなって、そのもっともおそろしい役の一つで使われたのである。「残念ながらわたしは確信しているが、悲しいことに彼女はもう長くは生きますまい！　もう一週間ともたないでしょう。ああ、公爵、身分違いの結婚がどういうものか、あなたはご存じない。なにせ、昔料理女をしていて、料理女の趣味を持ちつづけている女、わたしの名誉を汚す女なのです、わたしは同情されてしかるべきです。しかし畏《おそ》れ多くも王太子妃にわたしの立場をご説明申しあげる機会をいただきました。かつて、伯父が遺言状によってこの女に残した百万フランを取り戻さねばならなかったときがあったのですよ。幸いなことに妻はリキュールに溺れてしまいましてね。妻が死ねば、わたしはモンジュノー銀行に預けてある百万フランを自由にできるようになります。そのうえ年率五パーセントで預けてある三万フランもあるし、わたしの貴族世襲財産は年四万リーヴルの収入になる。もしあらゆる点から予想されるように、スーランジュ氏が元帥の位に昇れば、わたしはブランブール伯爵の称号をもっているのだから、将軍にもなれるし、貴族院議員にもなれるはずだ。そうしたら王太子殿下の副官の職は辞することになるでしょうね」

一八二三年の官展のあと、当時のもっとも卓越した人間の一人である王の主席画家が、ジョゼフの母のために中央市場の近くに、ある宝くじ売り場を世話してくれた。そののちアガトは、じつに幸運なことだが、不足金を払いたす必要もなく、セーヌ通りの、ジョゼフがアトリエを借りたのと同じ建物のなかにある宝くじ売り場の名義人となることができた。今度は彼女が管理人を雇い、もう息子の世話にならずにすむようになったのである。ところで一八二八年になっても彼女は、ジョゼフの栄光のおかげですばらしい宝くじ売り場を世話してもらい、その支配人に収まっていながら、この栄光がいまだに信用できなかった。真の栄光というものがことごとくそうであるように、これもまたはなはだしく異議を唱えられていたのである。偉大な画家はあいかわらずみずからの情熱と格闘を続け、おそろしく物入りが多かった。社交界でのつきあいや、若き「流派」におけるそのきわだった地位ゆえに強いられる贅沢を支えるためには、彼の稼ぎは充分とはいえなかった。「セナークル」の仲間やデ・トゥーシュ嬢の強力な援護はあったが、「ブルジョワ」の受けはよくなかった。今日、金はこの「ブルジョワ」という存在から出てくるわけだが、この存在は毀誉褒貶かまびすしい才能に金を出すことはけっしてなかったし、ジョゼフの目には、古典派、アカデミー、そしてこれら二つの権力に従属する批評家たちが、自分に敵対するものとして映っていた。さらにブランブール伯爵は、ジョゼフのことが話題になると、驚いたふりをしてみせるのだった。この熱意にあふれた芸術家はグロやジェラールに支持され、彼らは一八二七年の官展にさいしては、ジョゼフがレジオン・ドヌール勲章をもらえるように働きかけたのだが、それにもかかわらず、彼にはほとんど注文が来なかった。内務省や王室ですら彼の大画面の絵はなかなか買いあげるのがむずかしかったし、画商や金持ちの外国人ならなおのことそうした絵に関心を示すことはまれだったのだ。それに人も知るように、ジョゼフは多少気まぐれに身をまかせすぎる嫌いがあって、そのため作品にむらが生じ、彼の敵たちはさっそくこれに飛びついて、彼の才能を否定しようとしたのである。

「大きな絵は息も絶えだえだな」、友人のピエール・グラスーは彼にいったものだった。グラスー自身は「ブルジョワジー」の趣味に合う凡作を描いていたが、「ブルジョワジー」のアパルトマンに大画面の絵は置けはしないのだ。

「きみには、カテドラルを丸々一つまかせるしかないな」、シネールは彼に繰り返しいった。「壮大な作品を仕上げて、批評の口を封じてしまうんだね」

これらの言葉は人のいいアガトにはおそろしいものに思われ、最初にジョゼフとフィリップに対して下した判断が、ますます揺るぎないものになったのだった。ずっと田舎者のままでいるこの女性の考えが正しいことを、事実が裏づけているようにも見えた。お気に入りの子フィリップは、とうとう一家の大人物となったのではないだろうか？　彼女にとって、この若者が初めのころ犯した失敗は、天才ゆえの過ちにほかならない。いっぽう彼女はジョゼフの作品には心を動かされることがなかったが、それというのも、描きはじめの時期にあまりにも見すぎてしまうので、完成品に驚嘆することができないのである。彼女には一八二八年になっても、ジョゼフが一八一六年よりも進歩したとはとうてい思えなかった。あわれなジョゼフは金を借り、借金の重みに押しひしがれていた、苦労しがいのない職業を選んでしまったために、一銭ももうかっていないというわけである。結局アガトには、なぜジョゼフにレジオン・ドヌール勲章が与えられたのか、さっぱり理解できなかった。伯爵となったフィリップ、充分に強い意志をもってもはや賭博場へ足を踏み入れることもないフィリップ、ベリー公妃の催す祝宴の招待客、閲兵式や行列行進のさい壮麗な礼服をまとい、二本の赤い綬を胸にかけて行進するこの輝かしい中佐は、アガトの母親らしい夢を実現していたのだ。ある公の儀式の日、フィリップはエコール河岸でかつて見せたことのあるおぞましい貧窮の光景をまったく消し去ってしまった。同じ場所で母の見守る前で、ポーランド軍帽《シャプスカ》に羽根飾りをつけ、金と毛皮のきらびやかな軽騎兵の外套《ドルマン》をまとって、王太子を先導していったのだ！　アガトは画家に対しては、いわば献身的な愛徳修道会修道女のようになり、母親らしい感情は、もっぱら王太子殿下の勇猛果敢な副官に対してのみ抱いたのだった！　フィリップを誇りに思い、まもなく彼のおかげで安楽な暮らしができるだろうと考えた。生活費を得ている宝くじ売り場がジョゼフのおかげで手に入ったことなどすっかり忘れていた。ある日アガトは、彼女のあわれな芸術家が、画材商の請求書の総計を見てひどく辛そうにしているのを目にして、「芸術」を呪いながらも、彼を借金から解放してやりたいと思った。この気の毒な女性は宝くじ売り場からの稼ぎだけで家のやりくりをし、一銭たりともジョゼフに援助してもらうことのないようにしていた。それゆえ彼女自身には蓄えなどあろうはずもなかったが、フィリップの思いやりと財布をあてにしていたのである。彼女は三年前から、息子の訪問を心待ちにする気持ちを日一日とつのらせていた。息子が巨額の金を持って帰ってくることを思い描き、その金をジョゼフにやる喜びを前もって楽しんでいたのだ。ただ、ジョゼフのフィリップに対する意見は、デロッシュのそれ同様、あいかわらず変わっていなかった。

それゆえ彼女はジョゼフに黙って、フィリップに次のような手紙を書いた。

「ブランブール伯爵様、

「フィリップ、おまえは五年のあいだほんのちょっとの挨拶さえ、母親にしてくれないではないですか！　褒められたことではありません。すばらしい弟がいるという理由によってだけでも、少しは昔のことを思いださなければいけないよ。いまジョゼフはお金に困っているけれども、おまえは豪勢な暮らしにどっぷり浸かっている。おまえが祝宴から祝宴へと渡り歩くあいだ、ジョゼフは働いているのですよ。おまえは自分だけでわたしの兄の財産を独り占めしている。それにボルニッシュの孫の話だと、二十万フランの年収があるというじゃないか。ねえ、ジョゼフに会いにいらっしゃいな！　会いに来たら、例の頭蓋骨に千フラン札を二十枚ほど入れておいておくれ。そのくらいの金額は当然わたしたちに払わなければいけないはずだよ、フィリップ。それでもおまえの弟はおまえに恩義を感じるだろうし、母もうれしく思います、

アガト・ブリドー（旧姓ルージェ）より」

二日後、アトリエでアガトがジョゼフと朝食をとり終えたころ、召使いが次のようなおそろしい手紙を持ってきた。

「母上様、アメリー・ド・スーランジュ嬢と結婚するにあたっては、クルミの殻を持参するというわけにもいきません、何しろブランブール伯爵という名前の下には、こんな名前が隠れているんですから、

フィリップ・ブリドー、
あなたの息子より」

アガトはアトリエの長椅子の上にほとんど気を失って倒れかかり、手紙を手から離した。紙が落ちたときの軽い物音と、アガトのくぐもった、しかしおそろしい叫び声を耳にして、ジョゼフは思わず飛びあがった。ジョゼフはちょうどそのとき激しい勢いで一枚の下絵を描いていて、母のことをすっかり忘れ去っていたのだ。彼は絵の外に首を傾けて、何が起こったのか見ようとした。横たわった母の姿が目に入ると、画家はパレットと絵筆を投げ捨てて駆け寄り、身体を抱きあげたが、それはほとんど屍体同然だったのだ！　彼はアガトを抱きかかえ、彼の部屋のベッドに運んで、召使いに友人のビアンションを呼びにやらせた。ジョゼフが母から事情を聞くことができるようになるとすぐに、彼女はフィリップに手紙を書いて彼から返事が来たことを告白した。画家はこの返事の手紙を拾いに行ったが、そのむき出しの粗暴さがたったいま、偏愛によって作られた壮大な幻の建造物をうち倒し、あわれな母のやさしい心を粉々に砕いたわけであった。ジョゼフは母の枕元に戻ったが、気を遣って何もいわなかった。このあわれな女性の、病というよりは最期は三週間続き、そのあいだ彼は兄のことをまったく口にしなかった。実際ビアンションは一日も欠かさずやって来て真の友人にふさわしい献身ぶりで病人の治療に当たっていたが、最初の日からすでにジョゼフにこう説明していたのだった。

「あのお歳だし、これからどんな状態になるか考えると、やってあげられるのは、せいぜいできるだけ辛くない死を迎えられるようにすることぐらいだな」

そもそもアガト自身神の身元に召されるときがきたことをはっきり感じていたので、翌日にはもう、二十二年来彼女の聴罪司祭を務めるロロー老神父の手で宗教上の手続きを済ませることを強く求めた。神父と二人きりになるやいなや、彼女はその心の内に悲しみのすべてを注ぎこみ、さらにかつて代母にいいもし、またいつも繰り返していることを、また口にしたのだった。

「何が神様のお気に召さなかったのでしょうか？　魂のすべてをかけて、お愛し申しあげたと思うのですが？　わたしの過ちはなんなのでしょうか？　そしてもし自分の知らない過ちを犯したのなら、その償いをする時間はあるのでしょうか？」

「さあ、どうですか」、老人は静かな声でいった。「悲しいかな！　あなたの人生はしごく清らかに見えるし、あなたの魂は汚れのないように見えます。しかし悩み苦しむあわれな者よ、神の目はその従僕たちの目よりも物事をよく見通すのです！　わたし自身、ほんとうのことがわかるのが遅すぎました。このわたしでさえ、あなたに欺かれていましたのでね」

それまで平和に満ちた甘い言葉しか発せられなかった唇からこのような言葉が洩れでるのを聞いて、アガトは、恐怖と不安で目をいっぱいに見開き、ベッドに身を起こした。

「どうぞなんでもおっしゃってください、お願いです！」、アガトは叫んだ。

「力をお落としになりませんように！」と老神父はふたたび言葉を継いで、「あなたが罰を受けているそのやり方からして、きっと許しを得られるだろうことは予想できます。神はこの世で、選ばれた者たちにのみ厳格なのです。その悪事が好都合な偶然に恵まれる者たちこそ災いあれ、彼らは『人間』のなかで捏ねなおされ、ちょっとしたまちがいによって今度は自分たちがきびしく罰せられるでしょう。そうなってからようやく、熟した天の果実を収穫するにいたるのです。あなたの人生は、長く続いた一つの過ちにほかならなかった。あなたは自分が掘った穴のなかに落ちこんでいるが、それというのもわれわれが過ちを犯すのは、もっぱらわれわれ自身が自分のなかで弱めてしまった側面によるものだからです。あなたは自分の心を一人の怪物に与えてしまい、そのなかに自分の栄光を見た。そしてあなたに真の栄光をもたらしてくれる子供のほうは認めてやらなかったのです！　あなたの暮らしはジョゼフのおかげでたっている、そしてもう一人の息子は奪い取ってばかりいる。あまりにはなはだしい不公平ゆえに、これほど際立った対照もあなたの目には入らなかった。貧しい息子はあなたを愛しているが、同じようなやさしい気持ちで報われることはない、日々の糧をあなたにもたらしているのはこの息子だというのに。いっぽう金持ちのほうはあなたのことを考えたことなど一度としてなく、あなたを馬鹿にし、あなたの死を願っているのです」

「ああ、そうだったんですね！……」とアガト。

「ええ」とふたたび神父、「あなたはそのつましい境遇ゆえに、彼のおごり高ぶった野望の邪魔になるのです……母よ、これがあなたの罪です！　女よ、あなたの悩み、苦しみは、主の平安があなたのものであることを告げています。あなたの息子のジョゼフは気高い人間だから、あなたの母親としてのえこひいきがいかに理不尽であろうと、彼のやさしい気持ちは少しも減ずることはなかった。ジョゼフを愛しておやりなさい！　最期の日々、心のすべてを彼に与えなさい。そして彼のために祈りなさい。わたしはこれからあなたのために祈りに行きましょう」

かくも力強い手によって見開かれた母の目は、来し方を振り返り、これまでの人生の流れを眺め渡した。

一条の光によって真実が照らしだされ、彼女は自分がそうと知らずに犯した過ちを目にして、涙にくれた。老神父はただ無知によってのみ罪を犯した女のこの悔悛の光景にひどく心を動かされ、その憐憫を覚られまいとして部屋を出た。ジョゼフが母の部屋に入ったのは、聴罪司祭が去ってからおよそ二時間後のことだった。せっぱ詰まった借金の支払いに必要な金を工面しに友人の一人を訪ねにゆき、アガトが眠っていると思って、足音を忍ばせて入ってきたのだ。それゆえ彼は病人に見られることなしに、自分の肘掛け椅子に腰を下ろしていた。

「あの子はわたしを許してくれるだろうか?」、こんな言葉をはさんで嗚咽が聞こえ、ジョゼフは背筋に冷たいものを覚えて立ちあがった。てっきり母が、死に先立つ錯乱にとらわれたと思いこんだのだ。

「母さん、どうしたの?」、病人の赤く泣きはらした目と憔悴した顔を痛ましい気持ちで見ながら、彼はいった。

「ああ! ジョゼフ! おまえ、わたしを許してくれるかい?」、彼女は叫んだ。

「え! なんですって?」、芸術家はいった。

「わたしは、おまえにふさわしいほどに、おまえを愛してこなかったから……」

「馬鹿なこといわないでよ!」、彼は叫んだ。「母さんがぼくを愛してこなかっただって?……七年前からぼくらは一緒に暮らしているじゃないか。七年前から母さんはぼくのために家事をしてくれているじゃないか。ぼくは毎日母さんに会っているじゃないか。母さんの声を聞いているじゃないか。母さんは、ぼくの惨めな生活のやさしい寛大な伴侶じゃないか。絵のことがわからない? でも、それにはずいぶん時間も手間もかかるんだよ! きのうだってグラスーにいったんだ。『戦いのさなかで、せめてもの慰めは、いい母をもったということだ。母は、芸術家の妻のかくあれかしという姿そのものだ。すべてに注意怠りなく、何か欠けているものがありはしないかと気を配り、ぼくを困らせることなどまったくない……』

「いいえ、ちがうんだよ、ジョゼフ。おまえはわたしを愛してくれた！　でもわたしはおまえのやさしい気持ちに充分に報いてやらなかったんだ。ああ、もっと生きられたらねえ！　手を握っておくれ……」

アガトは息子の手をとり、接吻して胸に当てた。そして長いこと彼を見つめ、それまでフィリップにしか見せたことがなかった、やさしさに輝く澄んだ青い目を彼に向けたのだった。画家は表情というものに通じていたから、この変化にひどく驚き、母が彼に心を開いてくれたことを感じて母を腕に抱き、しばらく強く抱きしめたまま、気の触れた人間のようにいった。「ああ、母さん！　母さん！」

「ああ、わたしは許してもらえたような気がするよ！」、彼女はいった。「息子から受けた許しを、神様もお認めくださるでしょう！」

「安静にしてなくちゃ、あんまり自分を責めずに。ほんとうに、これまでの分すべて、いま愛してもらった気がする」、母の身体を枕の上に置きなおしながら、ジョゼフが叫んだ。

この聖なる女性のなかで、生と死の戦いが続けられた二週間、彼女はジョゼフに対してあふれるような愛に輝くまなざしや、魂の動きや、身ぶりを見せ、その愛の発露の一つ一つに生のすべてが込められているかに見えた……母は息子のことだけを考え、自分のことはまったくかまわなかった。そして息子への愛ゆえに、もはや苦痛を感じなくなっていた。彼女は子供が口にするような素直な言葉をしゃべった。ダルテス、ミシェル・クレティアン、フュルガンス・リダル、ピエール・グラスー、ビアンションが来てジョゼフの相手をし、しばしば病人のいる部屋で小声で議論をした。

「ああ！　色彩ってなんなのかしら？　なんとしても知りたいものだわ！」、ある夜、絵画についての議論を聞きながら、彼女は叫んだ。

ジョゼフのほうも、母に対する献身ぶりにはまったく非の打ちどころがなかった。部屋を離れることなく、心で包みこむようにアガトに親切のかぎりを尽くし、やさしさに対しては同じやさしさで答えた。それはこの偉大な画家の友人たちにとって、けっして忘れることのできない最高に美しい光景の一つだった。その誰もが真の才能と偉大な性格を合わせもつこれらの友人たちは、ジョゼフと彼の母にとって、まさに願ってもない心の支えであった。彼とともに祈り、泣いてくれる天使だった、といっても、実際に祈りを口にするのでも、涙を流すのでもない、彼と一つになって考え、行動したのである。絵画の天分を持つのと同じように感情においても芸術家であったジョゼフは、いくたびか母のまなざしをとらえるだけで、心に秘めた願望を察知することができ、ある日ダルテスにいった。「母はあのやくざなフィリップをあまりにも愛しているから、死ぬ前にもう一度会いたいって思っているよ……」

ジョゼフは、フィリップがときおり足を向けるボエームの世界に身を投じていたビジウに向かって、あの恥知らずな成り上がり者に、どうかかわいそうだと思って、なんでもいいから一芝居打ってやさしいところを見せ、幻想で飾られた屍衣であわれな母の心をくるんでやってほしい、そういってみてくれないかと頼みこんだ。観察家で、人間嫌いの嘲笑家ビジウにとって、このような任務を遂行することはまさに願ったりかなったりのことだった。

「なあ、あそこに行っていったいおれが何をすりゃいいっていうんだ？」、フィリップは叫んだ。「あの人のいいご婦人が唯一おれの役に立つのは、できるだけ早くくたばるってことだよ。おれとマドモワゼル・

スーランジュとの結婚話に、陰気な顔をぶら下げて出てこられちゃ、いい迷惑だぜ。家族が少なけりゃすくないほど、おれの立場はよくなる。わかってくれると思うが、おれはペール・ラシェーズの墓碑の下に、ブリドーという名を葬ってしまいたいんだ！……弟の野郎が、おれのほんとうの名前をおおっぴらにしちまうんで、まったく大弱りだぜ！　おまえは知恵が働くから、おれの立場はわかるよな？　おまえなんか議員になったら、よく口がまわるし、演説がうまいんで有名なあのショーヴランみたいに怖れられるだろう。そうしたら、ビジウ伯爵も夢じゃない、美術学校の校長か何かに収まるって寸法さ。そこまでのし上がって、もしかりにデコワンのお祖母さんがまだ生きていたとしたら、サン＝レオンとかなんとかいい加減な名前のついたどこかの怪しげな婆さんみたいな、そんないい気な女にそばにいられて、喜んでられるか？　そんな女に腕を貸してチュイルリー宮殿を歩けるか？　もぐり込もうとしている貴族の家にそんな女を紹介できるか？　鉛の服を着せて、地下六ピエのところにお引き取り願うのが普通だろう？どうだい、一緒に朝飯でも食って、別の話をしようじゃないか。たしかにおれは成り上がり者だ、そんなことは百も承知している。だからこそ自分のおむつなんか見せたくないんだよ！……おれの息子は、おれより幸せになるだろう。大貴族になるだろう。どら息子の野郎、おれが死ねばいいと思うだろう。そんなことぐらい、覚悟している。そうじゃなきゃ、おれの息子じゃないもんな」

呼び鈴を鳴らすと下僕があらわれ、フィリップがいった。「友人がわたしと一緒に飯を食う。何かうまい朝食を準備してくれ」

「それにしても、社交界の連中に、きみが母上の部屋にいるところを見られるわけでもあるまい？」とビジウが言葉を継いで、「二、三時間のあいだ、気の毒な女性を愛するふりをするぐらい、どうってことないだろう？……」

「ははあ！」とフィリップが片目をつぶって、「おまえ、やつらに頼まれて来たな。そりゃあおれのような海千山千の男には、お追従などお手のものだ。どうせ母は、息を引き取るどさくさに紛れて、ジョゼフのためにおれから金をくすねとろうっていう魂胆だろう！……まっぴらごめんだね」

ビジウがこの場面をジョゼフに話してきかせると、あわれな画家は魂のなかまでぞっと寒気を感じた。

「フィリップはわたしが病気だということを知っているのかしら？」、ビジウが頼まれた任務の報告をしたまさにその日の夜、アガトが悲しげな声でいった。

ジョゼフは嗚咽をこらえきれずに外に出た。ロロー神父が悔悛者の枕元にいたが、彼はアガトの手をとってしっかりと握り、それから答えた。「悲しいかな、わが子よ！　あなたには息子は最初から一人だけしかいなかったのです！……」

この言葉を聞き、それを理解し、アガトは発作を起こして、それから彼女の最期が始まった。彼女は二十四時間後に死んだ。

死に先立つ錯乱のなかで、「フィリップはいったい誰に似たんだろう？……」という言葉が彼女の口から洩れた。

ジョゼフは一人切りで母の葬儀を執りおこなった。フィリップは、母が息を引き取ろうとするときにジョゼフが書いた手紙を受け取り、パリにいたたまれず、軍務でオルレアンに行っていた。手紙にはこう書かれていた。

「人でなし！　母さんはお気の毒に、おまえの手紙を読んで、そのショックで亡くなった。せめて喪に服せ。だが、仮病を使ってくれ。母さんの棺の前で、母さんの命を奪った男がそばにいるのは、耐えられないから。

ジョゼフ・B」

五　結　末

画家はもはや絵を描く気にもならなかった、深い苦しみをまぎらすには、たぶん仕事によってもたらされる一種の機械的な気晴らしが必要だったのかもしれないが。彼をけっして一人にしないように示し合わせた友人たちが、そのまわりをとり囲んでいた。それでビジウも、嘲笑家が誰かを好きになれるかぎりでジョゼフのことが好きだったから、葬儀から二週間後、アトリエに集まる友人たちのなかに加わっていたのだが、と、そのとき突然召使いが入ってきて、ジョゼフに次の手紙を渡した。彼女がいうには、この手紙を持ってきた老婆が門番のところで返事を待っているという。

「拝啓

あなたを弟と呼ぶ勇気はとてもありませんけれど、わたしがいま持っている名前をささやかな口実にさせていただいて、どうしてもお話ししたいことがあります……」

ジョゼフはページをめくって、最後の表ページの下にされた署名を見た。フロール・ド・ブランブール伯爵夫人という名前に彼は身を震わせたが、それというのも、兄がまた何かおそろしいことをたくらんでいるような予感がしたからだった。

「あのならず者は」、彼はいった。「たとえ相手が悪魔自身だろうと、同じように悪のかぎりを尽くすだろう！　それが世間では信義に篤い人で通っているんだから！　首のまわりに貝殻みたいな飾り紐をたくさんぶら下げて！　刑車にくくりつけられて当然なのに、宮廷をわがもの顔でのし歩いて！　八つ裂きどころか、狡猾にも公爵なんて呼ばれて！」

「しかも、そういうやからはごまんといる！」とビジウ。

「で、この川揉み女《ラブィユーズ》だ。こいつのほうがざりがにみたいに川揉《ラブィエ》みされればいいんだ」とふたたびジョゼフ、「こんな女、最低以下だ。この女のおかげで危うく若鶏みたいに首をちょんぎられるところだった、一言こういってくれればすんだんだ、あの人は無実ですって……」

ジョゼフが手紙を捨てようとしたまさにそのとき、ビジウがそれをさっと取りあげ、声に出して読み始めた。

「ブリドー・ド・ブランブール伯爵夫人ともあろうものが、たとえどれほどの過ちを犯したにせよ、施療院などで死んでいいものでしょうか？　もしそれがわたしの運命なら、もしそれが伯爵様とあなたのご意思ならば、その通りになってもしかたないと思います。でももしそうなら、あなたはビアンションン先生のお友達なのですから、施療院にはいるためのお力添えを、先生に頼んでいただけないでしょうか？　この手紙をあなたのところに持ってまいりました人間は、クリシー通りのブランブールの館に十一日間続けて通いましたが、夫の助力を得ることはとうとうできませんでした。わたしのいまの状態では、代訴人を呼んでもらって、平和に死ぬために必要なものを法律の力で得ようと試みることもできません。それに、自分が何によっても救われはしないことはよくわかっています。それゆえ、もしもご自分の手で不幸な義姉《あね》の面倒をみるのがおいやならば、自力で人生にけりをつける所存でございますので、必要なお金をどうか送ってくださいませ。というのもあなたのお兄さまはわたしが死ぬことを望んでいる、前からずっと望んでいたのですから。女を殺す方法は三つあると聞かされていましたけれど、あの人が使った方法を見抜けるだけの知恵はわたしにはなかった。

ありがたいことに、わたしに救いの手を差しのべてくださるお気持ちがおありで、ご自分の目でわたしがどれほど悲惨な状態にいるか確かめようとお思いなら、わたしはウーセー通り、シャントレーヌ通りとの角の六階に住んでおります。もし明日、滞納している家賃を払わなければ、立ち退かなければなりません！　でもどこに行ったらよいのでしょうか？……もしお許しくださるなら、こう名乗りたく思います、

あなたの義姉《あね》、

フロール・ド・ブランブール伯爵夫人」

「次から次へと、おぞましいことばかりだ！」とジョゼフ、「いったいこの大本はなんなのだ？」

「まずその女とやらを来させてみようよ。こいつはたいした物語が始まりそうだぞ」、ビジウがいった。しばらくして一人の女が姿をあらわしたが、ビジウはその女を次のような言葉で表現したのだった。すなわち、歩くぼろ切れ！　実際、季節柄泥に縁取られた肌着と古着が幾枚も重ねられて山積みになっており、そのすべてが、足先がぶ厚くむくんだ太い足の上に乗っていた。そしてその足は、継ぎの当たった靴下と、裂け目から水が吹きだしている靴にかろうじて覆われていた。このぼろ切れの積みあがった上に、諷刺画家シャルレ描くところの掃除女を思わせる顔が突きだし、折り目がすり切れたぼろぼろのぞっとするようなスカーフを、昆虫の殻のように首に巻きつけていたのであった。

「あなたのお名前は？」、ジョゼフが訊ねたが、そのあいだビジウは、共和暦二年のこうもり傘に寄りかかったこの女のスケッチに余念がなかった。

「マダム・グリュジェと申します、なんなりとご用をお申しつけになって。こう見えても、年金だっていただいていたこともあるんですよ、旦那」、彼女はビジウにいったが、彼が人の悪そうな薄笑いを浮かべたのが、気にさわったのである。「娘があるお方に惚れこんじまって、そんな災難さえなけりゃ、わたしもいまのような体たらくにはなってなかったんですがねえ。水んなかに身を投げちまったんですよ、失礼ながら申しあげますけどね、かわいそうなイダが！　わたしゃ、宝くじの四つ組の数字をずっと買いつづけましてね、馬鹿なこってすが。それで七十七にもなって、一日十スーで病人を預かってるわけなんでして、食事は込みですけど……」

「でも、服は込みじゃない！」とビジウ、「ぼくの祖母は服装はきちっとしていたぜ！　三つ組の数字

歩くぼろ切れ！　実際、肌着と古着が幾枚も重ねられて山積みになっていた。

「あなたのお名前は？」、ジョセフが訊ねたが、そのあいだビジウは、こうもり傘に寄りかかったこの女のスケッチに余念がなかった。

にこだわって、買いつづけていたけどね」

「だってわたしゃ、十スーで部屋代も払わなくちゃならねえんです……」

「預かっている女性は、どんなようすです？」

「ようすも何も、旦那、スッカラカンなんですよ。てのは、お金の話ですけどね！　なんせあの人は、医者も震えあがるような病気にかかっているんで……六十日分代金がたまってね、だもんで、ずっと預かってるんですよ。あの人の旦那は伯爵だそうで、あの人は伯爵夫人ってわけで。あの人が死んだら、その伯爵さんがきれいさっぱり払ってくれるはずですよ。とりあえずね、有り金はたいて、立て替えてやったんですよ……で、もうスッカラカンで。身のまわりのものは全部、なんです、あの、公設質屋に持ってきましたよ！……あの人の借金は、しめて四十七フランと十二スーで、それに預かりの代金が三十フラン。それにあの人、石炭粉を呑んで自殺しようとしてね。そんなことしちゃいけない、といってるんです……門番の女にもよく見張ってるようにいっときましたよ、窓から身投げだってしかねないんですから」

「それで、彼女、どこが悪いんだ？」とジョゼフ。

「それがね、旦那、修道女を診ている医者が来たんですけどね、病気についちゃあ」、グリュジェ夫人はわざとらしく恥ずかしげなそぶりを見せて、「医者がいうには、こりゃあ救済院《オスピス》送りだって……なんでももう助からないそうで」

「行ってみよう」ビジウがいった。

「ほら」とジョゼフ、「十フランある」

画家は例の頭蓋骨のなかに手を突っこんで有り金すべてをつかみだし、そのあとマザリーヌ通りに出て辻馬車をつかまえ、ビアンションの家に向かった。さいわい彼はたまたま家にいた。その間ビジウのほうはビュシー通りに走り、友人デロッシュを迎えに行った。一時間後、四人の友はウーセー通りに集まった。

「あのフィリップ・ブリドーっていう野郎は、馬に乗ったメフィストフェレスってとこだが」、階段を登りながらビジウが三人の友にいった、「なんともたくみにことを運んで、細君を厄介払いしたもんだな。きみたちも知っているだろう、われらが友人のルストーは、フィリップから毎月千フラン札を一枚ずつもらって大満足で、ブリドー夫人を、フロリーヌ、マリエット、チュリア、ヴァル=ノーブルといった連中の仲間に引き入れていた。フィリップはラブイユーズがおしゃれや金のかかる楽しみごとに慣れてくるのを見て、それから金を出さなくなり、自分で稼ぐにまかせた……どうやってかはご推察のとおりだ。フィリップはこうして十八カ月後には細君をどん底まで転落させた、三カ月ごとに少しずつ、段階を踏んでね。そのうえ、若くて美形の下士官を使って、リキュールの味を覚えさせたんだ。彼が上に登って行けばいくほど、細君は落ちぶれて、いまじゃ泥まみれだ。この娘は野良の生まれで、たいがいのことじゃくたばらない。フィリップがいったいどんな手をうってこの女をお払い箱にしたのか、よくわからん。ぼくとしてはこのどたばた劇をじっくり研究してみたい気がする、というのは、仲間のために仕返しをしなくてはならないんでね。諸君、悲しいかな！」、ビジウは、ふざけているのかまじめにしゃべっているのか、三人の仲間が判断に困るような調子でいった。「ある人間を厄介払いしようと思ったら、悪癖に染まらせさえすればいい。かのユゴー先生いわく、『彼女は舞踏会をあまりに愛し、そしてそのために死んだ！……』というわけさ！　ぼくの祖母は宝くじを愛し、宝くじによってフィリップに殺された！　ルージェおやじは女といちゃつくのが好きで、ロロットに殺された！　お気の毒なマダム・ブリドーはフィリップを愛し、彼のために命を落とした！……悪癖！　悪癖！　諸君！……悪癖とは何か知ってるか？　それは『死』という女のポン引きだ！」

「きみは冷やかしすぎで死ぬよ！」、デロッシュがにやにや笑いながらビジウにいった。

若者たちは、五階から上は、ほとんど梯子といってもいいようなあれらの急な階段の一つを登っていったが、パリの建物の屋根裏部屋のうちいくつかは、そうした階段をよじ登らなければ行きつけないのだ。ジョゼフはあれほど美しかったフロールを目にしていることでもあり、ぞっとするような変貌は覚悟のうえだったが、これほど醜悪な光景が画家の目の前にあらわれようとは、想像もできなかった。屋根裏部屋の急傾斜の壁には壁紙も貼られておらず、その下には帯布を張りわたしたベッドが一つあって、マットレスはたぶん毛くずを詰めただけという代物だった。三人の若者はベッドの上の女を見たが、その顔は溺れてから二日経った溺死者のように緑色になり、死の二時間前の全身衰弱患者のようにやせ細っていた。悪臭ふんぷんたるこの屍は、毛の抜けおちた頭に、みすぼらしいルーアン織りの格子模様の布きれを巻いていた。落ちくぼんだ目のまわりは赤くなり、瞼は卵の皮膜のようだった。かつてあれほど悩ましかった身体は、もはやぞっとするほど醜い骨組みを残すのみだった。訪問客たちを見て、フロールはモスリンの切れ端を胸の上に引き寄せたが、その切れ端はどこかの窓の小さなカーテンであったにちがいなく、縁にカーテンを渡す鉄の横棒の錆がついていた。若者たちの目に映った家具は、二脚の椅子、ジャガイモに突き立てたロウソクが上に置かれたみすぼらしい整理ダンス、床に散らばる何枚かの皿、火のない暖炉の片隅にある土製の竈がすべてだった。ビジウは便箋の残りがあるのに気がついたが、その便箋は例の手紙を書くために乾物屋《エピシエ》で買い、二人の女が協力して文案を練ったにちがいなかった。「汚らわしい」といっただけでは、最上級の存在しない形容詞の原級を使ったというだけにすぎず、この悲惨な姿によって引き起こされる効果をいいあらわすためには、その存在しない最上級を使う以外にあるまい。瀕死の女がジョゼフの姿を目にとめると、二筋の大粒の涙が頬を伝って流れた。

「まだ涙を流せるんだ！」とビジウ、「これはちょっと面白い見物だぞ。ドミノ遊びのセットから流れる涙！　モーゼの奇蹟（モーゼが杖で岩を打つと、そこから水がわき出たという奇蹟）がこれで説明できる」

「彼女、ひどくひからびているかい？……」とジョゼフ。

「ええ、後悔の火に焼かれてね」とフロール、「ねえ、わたしは神父様に来てもらうこともできない、なんにもないんです、十字架すらないので神様の姿を見ることもできない！……ああ！　ジョゼフさん」彼女は彫りを入れた二本の木片のように見える腕を伸ばしながら叫んだ。「たしかに悪いのはわたしよ、でもこんなにひどく神に罰せられた人間はほかにはいない！……わたしにおそろしいことを勧めたマックスを、フィリップは殺した、で、あいつ、今度はわたしを殺そうとしている。神はあいつを使って天罰を下そうとしているのよ！……おこないを正すがいいわ、わたしたちにはみな、それぞれのフィリップがいるのですから」

「彼女と二人だけにしてくれないか」、ビアンションがいった。「治療可能な病気かどうか知りたいんでね」

「もし彼女が治ったら、フィリップ・ブリドーのやつ、憤死しかねない」とデロッシュ、「やつの細君がどんな状態にいるか、証明を出させよう。べつに姦通罪で告訴されたわけじゃなし、彼女は妻としての権利はまったく失っていない。裁判沙汰になれば、やつもスキャンダルはまぬがれない。まず伯爵夫人をデュボワ医師の病院に運ばせよう、場所はフォーブール＝サン＝ドゥニ通りだ。手厚い治療をしてもらえるだろう。それから伯爵に、法律で定められた夫婦の住所に戻るように命令を出すことにする」

「いいぞ、デロッシュ！」、ビジウが叫んだ。「こんなに害をおよぼす善をでっちあげるなんて、堪《こた》えられないね！」

十分後ビアンションが降りてきて、二人の友人にいった。「デプランのところに急いでいってみる。彼なら、手術でこの女を救えるかもしれない。きっと念入りに治療をしてくれるはずだ、というのも、リキュールの濫用によって、もう根絶したと思われていたすごい病気が彼女のなかで進行していたんだ」

「まったく医者につける薬はないな！　病気は一つだけかい？」、ビジウが訊ねた。

だがビアンションはすでに中庭に出ていた、それほど大急ぎでこの大ニュースをデプランに知らせに行こうとしていたのだ。二時間後、不幸なジョゼフの義姉は、デュボワ医師によって創設され、のちにパリ市によって買いあげられた、立派な病院に運ばれた。三週間後、〈病院時報《ガゼット・デ・ゾピトー》〉紙に、F・Bというイニシャルで示されたある女の病人に、現代の外科医学上もっとも大胆な試みの一つがなされたという報告が掲載された。患者は死亡したが、原因は手術の後遺症というよりは、貧窮ゆえに患者がおちいっていた衰弱状態にあったのである。まもなく中佐ブランブール伯爵は正式の喪服に身を包んでスーランジュ伯爵のもとを訪れ、つい先頃妻を失ったばかりで、辛くてたまらない旨を告げた。社交界では、スーランジュ伯爵が、近衛連隊大佐さらには少将にまもなく任命されるはずの、きわめて有能な成り上がり者に娘を嫁がせようとしているという話が、ひそひそささやかれた。ド・マルセーがこのニュースをラスティニャックに伝え、彼はある夜〈ロシェ・ド・カンカル〉で夜食をとりながらこの話にふれたのだが、そこにはたまたまビジウも同席していた。

「そうは問屋がおろすもんか！」、機知に富んだ画家は心のなかでつぶやいた。

たしかにフィリップが知らぬふりをした友人のなかには、ジルドーのように復讐できずにいる者も何人かいた。だが彼はこともあろうに、その才気ゆえにどこにでも受け入れられ、侮辱を受けたらそれをほとんど許すことはないビジウの気持ちを害してしまうというへまをしでかしたのであった。〈ロシェ・ド・カンカル〉の真ん中で、夜食をとるしかつめらしい人々を前に、ブランブールの館にうかがいたいのだがと訊ねたビジウに向かって、彼はこういったのだ。「大臣になったら、来るんだね！……」

「きみの家に行くには、プロテスタントにでもならなきゃいけないのか？」、ビジウは冗談めかして答えたが、心のなかではこういっていた。「もしおまえが巨人ゴリアテなら、ぼくにはダヴィデのように弾投げ器もあるし、投げる石にも不足していないぞ」

翌日、食わせ者のビジウは友人のある俳優宅で服を着替え、衣装の力で、緑色の眼鏡をかけた司祭に化け変わった。いまはもう還俗しているという見立てでだ。それから高級貸し馬車を借り、スーランジュの館まで行かせた。フィリップによってお調子者扱いされたビジウは、逆に彼を痛い目に会わせてやろうとしたのである。あるゆゆしき問題についてぜひお話ししたいとしつこくいってスーランジュ氏に迎え入れられると、ビジウは「重要な秘密を握ったある尊敬すべき大人物」というふうにふるまった。彼は作り声で次々と、ビアンションからおそろしい秘密を打ち明けられた、死んだ伯爵夫人の病気の話、アガトの死の話、ブランブール伯爵が鼻高々に吹聴したルージェ老人の死の話、デコワンおばさんの死の話、新聞の金庫から金を失敬した話、失意の日々におけるフィリップの行状の話をした。

「伯爵閣下、充分に情報を集めてからでなければ、あなたの娘をやってはいけませんよ。あの男の昔の仲間、ビジウとかジルドー大尉とかに話を聞いてごらんなさい」

三カ月後、中佐ブランブール伯爵はデュ・ティエ、ニュシンゲン、ラスティニャック、マクシム・ド・トラーユ、ド・マルセーを自宅に招いて夜食会を催した。客を迎えた主人は、スーランジュ家との絶縁について彼らが口にする、なかばだけ慰めを含んだ言葉を、まったく意に介さず受け入れていた。

「もっとましなのが見つかるよ」、マクシムが彼にいった。

「マドモワゼル・ド・グランリューと結婚するためには、どれくらいの財産が要るだろう？」、フィリップがド・マルセーに訊ねた。

「きみがかい？……六人のうち一番不細工な娘でも、一千万はくだらんだろうね」、ド・マルセーが横柄な口調で答えた。

「ふん！」とラスティニャック、「二十万フランの年収がありゃ、マドモワゼル・ド・ランジェが手にはいる、侯爵の娘だ。醜いし歳も三十だ、おまけに持参金は一銭もなし。きみにぴったりじゃないか」

「いまから二年で、一千万手に入れてみせるよ」、フィリップ・ブリドーが答えた。

「今日は一八二九年一月十六日だな！」、デュ・ティエが笑いながら叫んだ。「わたしはこの十年来働きづめだが、まだそんな金は持っていないぞ！……」

「おたがいに助言し合おうじゃないですか。そうしたら、わたしが財政というものをいかに理解しているかわかってもらえると思う」、ブリドーが答えた。

「全部合わせて、いくらぐらいあるんです？」、ニュシンゲンが訊ねた。

「土地と館は貴族世襲財産のうちで、危険にさらすわけにはゆかないし、その気もない。だからそれは別にして、国債を売り払えば、三百万にはなる……」

ニュッシンゲンとデュ・ティエは顔を見合わせた。そして抜け目ない目くばせのあと、デュ・ティエがフィリップにいった、「伯爵、もしよろしければ、一緒にやりませんか」

ド・マルセーはデュ・ティエがニュシンゲンに投げた視線に気づいたが、それはこういっていた。「三百万は、いただきだな」

実際この二人の大物銀行家たちは政治の動きのただなかに身を置いていたので、証券取引所で、少し時間の余裕さえ見れば、確実にフィリップに不利になるような操作をおこなうことができた。あらゆる見込みからして一見彼に有利になるように見せかけて、そのじつ自分たちのほうに有利にし向けるのである。そしてそれは実際に起こった。一八三〇年七月、デュ・ティエとニュシンゲンはブランブール伯爵にすでに百五十万フラン儲けさせてやっており、伯爵は彼らの忠実さを疑わず、有能な助言者と考えて、もはやまったく警戒していなかった。王政復古の引き立てにあずかった成り上がり者であり、素人連中に対する深い軽蔑に目を眩まされたフィリップは、七月二十五日の勅令が功を奏するものと信じこみ、値上がりを当てこんで買いに出た。ところがニュシンゲンとデュ・ティエは革命はまちがいなく起こると踏み、値下がりを見越して、彼とは逆に売りに出たのである。この二人の抜け目ない相棒たちは中佐ブランブール伯爵の意見に諸手をあげて賛同し、彼らもまたまったく同じ確信を抱いているふりをした。二人は彼に、いまもっている数百万フランを二倍に増やせるという希望を吹きこみ、彼にその金を稼がせるような措置をとった。フィリップは革命のさい、勝てば四百万フランが転がりこむと信じきっている男のがむしゃらさで戦った。その献身ぶりはひときわ人目を惹いたので、モーフリニューズ公爵とともにシャルル十世のいるサン＝クルーに戻って、作戦会議に加わるようにとの命令を受けた。このような特別の計らいを受けたことによって、フィリップはあやうく命拾いした。というのも、彼は七月二十八日に攻撃をしかけて目抜き通りを掃討しようとしていたからで、そうすれば友人ジルドーが放った弾丸をまちがいなく食らっていただろう。ジルドーは襲撃者の一軍の指揮をとっていたのだ。

一カ月後、ブリドー中佐の莫大な財産のうち、館、土地、絵、家具だけがかろうじて残された。そのうえ彼は、みずからの言葉によれば、愚かにもブルボン本家の復活を信じ、一八三四年まで忠誠を尽くしたのである。ジルドーが大佐に昇進したのを見て、無理もないことといえるだろうが、嫉妬心からふたたび軍隊に戻り、運の悪いことに一八三五年、アルジェリアである連隊の指揮を任された。彼は将軍の地位を得ようとして、この土地で三年間、このうえなく危険な部署に踏みとどまった、しかし悪意ある影響力――ジルドー将軍のそれ――がおよぼされたために、彼はずっとそこに残されたままだった。フィリップは血も涙もなくなり、軍務の厳しさを極端にまで押し進めて、ナポレオンの義弟ミュラなみの勇猛さを発揮したにもかかわらず、ひどく嫌われた。運命の一八三九年初め、優勢な敵軍を前に退却が続くなか、彼はアラブ軍に対して逆襲に出、敵陣に突っこんでいった。彼に従ったのはわずかに一個中隊のみで、彼らはアラブ軍の主力部隊の手に落ちた。戦いは血で血を洗うおそろしい肉弾戦で、フランス人騎兵のうち生きて帰れた者はほんのわずかしかいなかった。遠くにいた者たちは、自分たちの上官である中佐が取り囲まれているのを目にしたが、彼を救い出そうとしてむざむざ命を落とすことを適切と判断しなかった。「おまえたちの中佐だぞ！　助けてくれ！　帝国陸軍の中佐だぞ！」、彼らはこんな言葉を耳にし、そのあとおそろしいうめき声も聞こえたが、彼らは連隊に戻ってしまった。フィリップの死にざまはすさまじいもので、S字剣《ヤタガン》で身体中切り刻まれて倒れたあと、頭をはねられたのだった。

ちょうどそのころジョゼフは、セリジー伯爵の口利きで、百万長者の元農場主の娘と結婚し、彼がブランブールの館と土地を継ぐことになった。この館と土地を、兄は自分の思うように処分することはできなかったにもかかわらず、弟に相続させまいとして躍起になっていたのだった。画家をもっとも喜ばせたのは、そのすばらしい絵のコレクションだった。彼の義理の父親はいわば農民版オションとでもいうべき人物なので、毎日金はたまるいっぽうで、ジョゼフにはすでに六万フランの年収がある。あいかわらずすばらしい絵を描き、芸術家たちに多大な貢献をしているけれども、彼はまだアカデミーの会員ではない。貴族世襲財産の資格の繰り上げ条項により、彼はブランブール伯爵となったが、アトリエに彼の友人たちが集まっているときなど、そのことに触れると、彼はしばしばぷっと吹き出すのである。

「立派な伯爵には立派な衣装」、そんなとき友人のミスティグリことレオン・ド・ローラはこういう。風景画家として名声を獲得したいまでも彼はことわざをもじるという古い習慣をやめずにいて、ジョゼフが運命の好意を受けとめるさいの謙虚さについては、こう茶化して答えるのだ。「ふん！　食えば食うほど腹は減るってね！」

パリ、一八四二年十一月

参考資料

『ラブイユーズ』にでてくる馬車

四輪馬車

カレーシュ

ベルリーヌ

二輪馬車

キャブリオレ

＊ベルランゴはベルリーヌを二つに切った小型の馬車。キャブリオレは、二輪無蓋の辻馬車（タクシー馬車）の総称として使われることもある。

長さの単位

ピエ：英語のフィートにほぼ相当する古い長さの単位で、1ピエは約 32.4 センチ。
プース：英語のインチにほぼ相当する古い長さの単位で、1プースは約 2.7 センチ。

19世紀の換算レート

1フラン＝現在のレートに換算すると約千円
1スー（＝二十分の一フラン）＝〃五十円
1サンチーム（＝百分の一フラン）＝〃十円
1エキュ＝３フラン＝〃三千円
1ルイ＝ 20 フラン＝〃二万円
1リーヴル＝１フラン（リーヴルは年金や公債によく用いる）
ナポレオン金貨＝１ルイ

解説

欲望・金銭・芸術

吉村和明

『ラブイユーズ』は中期バルザックの代表作の一つで、もちろん東京創元社版「全集」にも収録されている（小西茂也訳）。しかしながらこれを「人間喜劇」中でもっともポピュラーな作品の一つに数えることはできない。おそらく当セレクションでの刊行を機会に、初めて手にとられた読者も多いのではないかと思う。

パリとイスーダンにまたがって展開する『ラブイユーズ』の物語は、理解に支障をきたすほど複雑な入り組み方をしているわけではない。デコワン家とルージェ家双方の人間関係が、時間の経過とともにやや錯綜してゆくように思われるかもしれないが、要点は、ルージェ医師が姑息な手段を使ってわがものにしたルージェ夫人の遺産が、話の発端になっているということにつきる。彼女はデコワン家の唯一の相続人だったので、デコワン家の財産はことごとくルージェ医師の懐に転がりこみ、このとき以来、「イスーダンの計算高い連中」によれば、ルージェの年収はすでにほぼ三万フランと値踏みされるまでになった。これがすべての始まりである。

ところで、小説ではまったく別のコンテクストで出てくるのでなかなか一つに結びつかないが、妻の死後「乱れた生活」を続けていたルージェ医師が初めて「ラブイユーズ」と出会うのは、この同じ一七九九年の秋のことである。「少女はほとんど裸同然で、暗褐色と白の縞模様の粗悪なウール地の、穴だらけでぼろぼろのみすぼらしい短いスカートを身につけていた」こんな叙述に始まるバルザックの描写は、描写の得意なこの作者にしても出色のものだが、それも当然といえば当然の話で、この出会いは、いわば扇の要のように小説全体の構成を支える重要な契機をかたちづくっている。実際、うっとりするような美しさに惹かれて医師が家に引きとることになる、当時はまだ「赤ん坊みたいに罪がな」かったこのフロール・ブラジエこそ、のちに、ルージェ医師が不肖の息子ジャン＝ジャックのために残した莫大な財産をめぐる争いの渦中で、その鍵をにぎる最重要人物となるのである。それゆえ、小説のなかば近くになってようやく登場するにもかかわらず、彼女のあだ名「ラブイユーズ」がそのまま小説のタイトルになることになんのふしぎもない（もっともこのタイトルが選ばれるのは、後述するように、最後の最後になってではあった）。

「ラブイユーズ（川揉《も》み女）」は「ラブイエ（川を揉む）」という動詞の派生語だが、「ラブイユーズ」にせよ、「ラブイエ」にせよ、たいへんめずらしい単語といってよく（語義については、本文中のバルザック自身の説明を参照されたい）、どの辞書を見てもこの小説の用例しか引かれていない。それだけにますます小説のタイトルとしての表現的な価値は高いともいえるし、悪女フロール・ブラジエの魅力の大きな部分は、この命名に由来しているといっても過言ではないだろう。

このフロールはルージェ医師の死後、ジャン＝ジャックと奇妙な同棲生活を始めてから、とりわけその邪悪な側面を開花させる。「ラブイユーズがジャン＝ジャックに、個人生活の底知れぬ謎に埋もれたあれらの場面のいくつかを演じさせたことはまちがいない」バルザックはそれについてただこう記すのみだが、このあと十七世紀イギリスの劇作家オトウェイの悲劇『救われたヴェネツィア』に言及して、その「場面」がどのようなたぐいのものか暗示している。『救われたヴェネツィア』に出てくるのは、具体的には次のような場面である（第三幕第一場）。元老院議員アントニオ（六十一歳）が四つん這いになり、牛のまねをしてモウと鳴き、高級娼婦アキリナのあとを追いかけて、顔に唾を吐きかけてくれと懇願する。それから今度は犬になってテーブルの下に入りこむと、アキリナが彼を蹴りつける。「ああ！　お願いだ。蹴ってくれ、テーブルの下から蹴るんだ、もっと強く、もっと、もっと、ワン、ワン、ワン！　足を嚙んでやるぞ。ワン、ワン、ワン！　ああ、なんていい蹴りなんだ！」するとアキリナも興奮して、鞭をもって彼を

追いかけまわしはじめる……（「クラシック・ガルニエ」版『ラブイユーズ』に附されたピエール・シトロンの「序論」による）
エミール・ゾラ『ナナ』で、ミュッファ伯爵がナナを相手に演ずる狂態を想起させずにはいないこの場面について、バルザックはレトリックでいう「撞着語法」を用いてそのきわめつきの強烈さを強調している。「この場面はまさにおぞましきものの壮大さを表現しているのだ！」（傍点は引用者）そうだとすれば、ラブイユーズ＝フロールの美しい肉体とは、まさに「おぞましきものの壮大さ」に捧げられた供物以外のなにものでもない。
それにしても、あの初々しい川揉みの場面から、「個人生活の底知れぬ謎に埋もれたあれらの場面のいくつか」を経て、約三十年後、フロール・ブラジエの変わりようは目を覆うばかりである。「その顔は溺れてから二日経った溺死者のように緑色になり、死の二時間前の全身衰弱患者のようにやせ細っていた。悪臭ふんぷんたるこの屍は、毛の抜けおちた頭に、みすぼらしいルーアン織りの格子模様の布きれを巻いていた。落ちくぼんだ目のまわりは赤くなり、瞼は卵の皮膜のようだった。かつてあれほど悩ましかった身体は、もはやぞっとするほど醜い骨組みを残すのみだった」これが「川の妖精《ナイアス》」のように美しかった十二歳の少女が示すなれの果ての姿であり、この激しい落差はまた、『ラブイユーズ』という小説が含みこむ欲望の闇の深さを残酷なまでに描きだしているだろう。
一八二二年、アガトとジョゼフがイスーダンに来ようとするころ、マックスがラブイユーズに説いて聞かせるところによれば、不動産を除いたジャン＝ジャックの財産は、すべてを現金化すれば七十四万フランに相当するまでにふくれあがっていた。この七十四万フランが、文字通り『ラブイユーズ』の賭金《アンジュー》となるわけで、まず心ならずもアガトとジョゼフが、そして彼らの惨憺たる敗北のあとフィリップが、遺産乗っ取りをもくろむマックスとフロールに対決するのも、この「賭金」をめぐってであることに変わりはない。

ルージェの遺産をめぐるこの「賭け」は、とりあえずフィリップ・ブリドーの「一人勝ち」に終わる。だがいうまでもなく彼はこの「賭け」の最終的かつ決定的な勝利者ではない。小説の終わり近く、バルザックはいささか唐突に時代の支配者「オート・バンク」の大立て者たち（ニュシンゲンとデュ・ティエ）を登場させている。そして七月革命を利用した相場の操作で、フィリップの「三百万」はあっさり彼らの手に渡ってしまうのだ（彼は結局、最後まで「まずい賭け手」だった）。「金銭」という側面に注目すれば、『ラブイユーズ』は紛れもなく七月革命以後を象徴する小説である。

ところで、そのフィリップ・ブリドーだが、彼は「人間喜劇」の数多い登場人物のなかでもひときわ強烈な個性を誇示するひとりといってよく、そのエゴイズムの血も涙もない貫徹ぶりはまったくすさまじいの一言に尽きる。実際、その果てなき貪欲ゆえに、デコワンおばさんは命を奪われ、ライバル＝分身、マックスは決闘で倒れ、叔父のジャン＝ジャックとラブイユーズは破滅に追いやられる。さらに最後まで幻を捨てきれず「おそるべきお気に入りのわが子」に執着した母アガトも、残酷きわまりない一通の手紙を送りつけられて、息の根を止められてしまうのだ。この小説を通して、彼はまさしく「喪、悲嘆、貧窮そして死」を周囲にばらまき続けるのであり、冷徹で情けを知らぬ、救いようのない悪人としての生きざまを最後までさらし続ける。

なるほどこんな極悪人のフィリップも、小説の最後でそれ相応の報いを受けて非業の死を遂げるのだから、いちおう収まりはつけられている。だがバルザックのいう「神の指」の介入は、少なくとも遅きに失している。フィリップはいわば純粋な悪人としてやりたい放題やって死んだ——読後、そんな印象が拭いがたく残る。

とはいえフィリップは「うまくゆけば立派な将軍になれたかもしれない」ともいわれていて、ナポレオン軍の軍人としてはそれなりの実績を上げたのだった。フィリップの失墜は、ナポレオンの敗北とともに始まる。彼が「立派な将軍」になれなかった原因の一端はたしかに社会そのものにあり、その意味で彼は、社会のなかに居場所を失った旧ナポレオン軍兵士の苦悩をある倒錯したかたちで代表しているともいえる。「なあフィリップ、いまじゃ世の中、口ばかり達者な素人連中の思いどおりだ。おれたちも従うしかない。ペンがあればなんだってできる。インクが火薬にとって代わり、弾丸の代わりに言葉が巾を利かせるようになったんだ」ジルドーのこの言葉は、ある世代の苦々しい諦めを端的に表明するものである。

フィリップ・ブリドーに見られるこのような個人の運命と社会の変容の重ね合わせは、バルザック的語りの常数的要素だが、『ラブイユーズ』のばあい、それは、フィリップとジョゼフ、フィリップとマックスという「差異と反復」、あるいはパリとイスーダンというトポグラフィックな対立といったコントラストの効果によって、とりわけくっきりとした明暗を浮きたたせている。

そもそも小説の冒頭で、アガトの叔父デコワンの選んだ職業がことさら「乾物屋＝エピスリー」に設定されていることは見逃せない。「エピスリー」は七月革命以降、「俗物」の代名詞としてジャーナリズムの世界に流通することになるが、詩人アンドレ・ド・シェニエとともに断頭台に登ったデコワンは、バルザックによれば、史上初めて「商売＝エピスリー」と「詩」の「生身の抱擁」を実現することになる。それは、それから約三十年ののち始まった時代において、作家が否応なしに生きることを強いられた「生身の抱擁」のいわば先取り的な具現に他ならなかった。

この「ある世代の苦々しい諦め」は、イスーダンにおいては「悠々騎士団」（Les Chevaliers de la Désœuvrance、《désœuvrance》は辞書に記載がないが、「何もせず無為にすごすこと」の意）に代表されている。バルザックによれば、「王政復古時代、一八一六年、戦争が終わって、町の若者のうち何人かは、いかなる職につく当てもないまま、結婚もしくは両親からの相続を待つあいだ、なすべきことをまったく失ってしまった」という。こうした若者たちがやり場のないエネルギーをふり向けて夜ごとおこなったいたずらは、その反社会的な反逆性や結社的な性格において、旧ナポレオン軍兵士のなかば自暴自棄の陰謀に通ずるものをもっている。したがってそこに、まさに旧ナポレオン軍の失墜した英雄の一人マクサンス・ジレが登場してくるのは、けっして偶然ではないだろう。

「ろうそくのうちの一本は彼のそばに置かれて、それが彼の軍人らしい顔に光を投げかけて額を照らしだし、顔の色の白さ、火のように燃える目、多少縮れ気味の輝くような漆黒の髪を、くっきり浮きたたせていた。その髪の毛は額とこめかみのうえで自然に勢いよく反りかえり、それでわれわれの先祖たちが五本の切っ先と呼ぶ黒い五つの舌のようなかたちを鮮やかに作りだしていた」このように始まるマックスの描写もなかなかに鮮烈で（ちなみに「五本の切っ先」という表現はバルザックのお気に入りだが、マックスと同じこの髪のかたちが見いだされるのは、なんとセザール・ビロトーとペール・ゴリオなのである！）、明らかにフィリップの似姿ではあるとはいえ、より優れた人間的価値を賦与され、ヒーローとしての魅力も欠けてはいない。決闘でフィリップに倒されたマックスについて次のように記すバルザックの筆致は、まるで充分に観客を楽しませてから舞台を退いた華のある悪役への、哀悼の意を込めた賛辞のようだ。「こうして一人の男が死んだ。彼はもし自分に適した環境に居つづけたならば、かならずや大きなことをなし遂げたにちがいない、そんな男の一人であり、自然から数々の恩恵をこうむった甘やかされた子供であった。自然は彼に勇気、沈着さ、チェーザレ・ボルジア流の権謀術数のセンスを与えたのだ」

フィリップが「悪の権化」だとすると、「芸術」を代表するのは、いうまでもなく弟ジョゼフである。「すべてにおいて理想美を愛している」彼は、志を同じくする若者たちのグループ「セナークル」に属し、「老婆に連れられてヴェネツィアの元老院議員のもとにやってきたうら若い高級娼婦を描いたすばらしいタブロー」を一八二三年の官展に出品して以来、若き流派の領袖としてその姿をあらわす。しかし同時に守旧派の激しい攻撃にさらされ、「セナークル」の友人を初めとする仲間たちの強力な援護にもかかわらず、いまだ「ブルジョワ」には受けいれられていない。だが彼はやがて、「現在のフランス画壇を代表する大画家の一人」として頭角をあらわすだろう。彼はある意味でバルザックの理想の芸術家像を体現しているといってまちがいなく、じじつジョゼフの生年は一七九九年、つまりバルザック自身と同じ年に設定されているのである（もっとも、そうした点でいうなら、フィリップにも、バルザックのある一面――その「魂のもっとも暗い領域」（ピエール・シトロン）――が投影されているだろう）。

このジョゼフのモデルとしては、ドラクロワやアリ・シェフェールといった実在の画家の名が挙げられ、一八二三年の官展への出品作についても、グザビエ・シガロンの『若き高級娼婦』（一八二一年）との主題上の類縁が指摘されている。だがこうしたことが結局推論の域を出ないことはいうまでもない。むしろ、バルザックがいっぽうでみずからの内なる理想をジョゼフという登場人物のなかに投影しながら、「芸術」が否応なしに抱えもたざるをえない弱さにも、忘れずに鋭い視線を注いでいることのほうが、大きな意味をもつ。

もちろん母アガトの「えこひいき」にもかかわらず（二人の子供に対するアガトの公平を欠いた扱いには、オノレおよび異父弟アンリと母シャルロット＝ロールの現実の母子関係が、多少なりとも反映しているといわれる）、ジョゼフは一貫して心やさしい子であり、またデコワンおばさんに対しても、彼女の（宝くじへの）「情熱」をもっとも寛大に受けとめ、「芸術家が精神の狂おしい情熱に慰めを与えるときに用いるあれらのやさしい言葉」を惜しまない。だがその誠意もひたむきさも、結局のところマックスとフロールの陰険な術策の前ではなんの有効性ももちえない。それどころかフロールを一目見るや、「いわゆる、描くにおあつらえ向きってやつ！」と叫んで、たちまちその美貌の虜になり、ジャン＝ジャックの所蔵するすばらしい絵画のコレクションを餌にちらつかせられて、マックス＝マキアヴェリの手管にまんまと丸めこまれると、この元士官について、「これ以上いいやつはこの地上にいない」などと思いこむ始末なのである。

フィリップ・ブリドーの死後、ジョゼフはその財産を相続し、ブランブール伯爵の名も継承する。その意味で、ジョゼフこそ「賭け」の究極の勝利者であるようにも見える。しかし、それはかならずしも「芸術」の最終的な勝利を意味しない。アンドレ・ド・シェニエが断頭台の上で強いられた「生身の抱擁」を、彼もまた強いられているにすぎないのであって、爵位を得、「百万長者の元農場主の娘」と結婚し、六万フランの年収を享受する彼の輝かしい生は、不条理で悲劇的なシェニエの死の裏返しの姿にほかならない。

『ラブイユーズ』は、「人間喜劇」において、「地方生活情景」のなかの「独身者たち」という下位区分に、『ピエレット』、『トゥールの司祭』とともに分類されている。とりわけ『ピエレット』とは早い時期から対の作品として構想されており、それぞれの「独身者」（『ピエレット』のログロン、『ラブイユーズ』

のジャン＝ジャック・ルージエ）の名前、性格、たどるべき運命など、多くの共通点・類似点をもっている。また他の「人間喜劇」の作品とのかかわりでいえば、「セナークル」の一員としてジョゼフが登場するうえ、『ラブイユーズ』では触れるだけにとどめられているジャーナリズムの裏側が徹底的にあばき出される『幻滅』と、密接な関係をもつ。

『ラブイユーズ』はまず第一部が「兄と弟」というタイトルで、一八四一年二月二十四日から三月四日まで、「フユトン」として〈プレス〉紙に連載された。その後、一年半以上の長い中断ののち、第二部（単行本では、第二部および第三部）が「田舎で男が独り身でいること」として、一八四二年十月二十七日から十一月十九日まで、ふたたび〈プレス〉に連載される。そしてその年の十二月、『兄と弟』というタイトルのもとにスーヴラン書店から単行本が刊行され、さらに翌年、タイトルが『田舎で男が独り身でいること』に変わって、フュルヌ書店から「人間喜劇」の一冊として刊行された。『ラブイユーズ』というタイトルは、バルザックが手元のフュルヌ版に手を入れた「フュルヌ訂正版」になってようやくつけられたものである。

〈プレス〉への連載が中断されたのは、新聞の編集長とのいさかいという理由もあるが、「兄と弟」執筆の過程で、小説が当初の予定をはるかに超えたふくらみをもつようになり、その結果第二部の話の展開を全面的に見直さざるをえなくなったためでもある。そしてこの中断の時期、バルザックは超人的なペースで作品を量産した。『ユルシュール・ミルエ』、『二人の若妻の手記』、『アルベール・サヴァリュス』、『人生への門出』――「フユトン」として連載され、完結をみたおもなものだけ数えあげても、これだけある。そのうえ一八四二年四月には、満を持して、いよいよ「人間喜劇」の刊行も始まっている。

『ラブイユーズ』はしたがって、文字通り怒濤のようなこの創作の流れに棹さしている作品であり、バルザックがほとばしるようなエネルギーをつぎ込んで書きあげた小説であるといえよう。にもかかわらず、『ラブイユーズ』がその価値に見合うだけの読者をおそらく獲得してこなかったのはなぜなのか？

ヌーヴェル・ヴァーグの映画監督エリック・ロメールは、「バルザックの系譜」と題されたたいへんみごとな『ラブイユーズ』への序文を書いているが、そこで彼はこの小説の文体についてこう述べている。「小説の始まりからすでにその文体は、バルザックの四十年代を特徴づける、ドライな、散文的な、そしてもし軽蔑的なニュアンスなしにそういえるとしたら、卑近な文体である」だとすれば、日々の言葉遣いをそのまま小説の言葉に転位したような、とロメールが解説する、その「卑近な文体」こそが、むしろ読者を遠ざけるように作用してしまったのか？　あるいは「金銭の力にのみその基礎をおく社会」への（そしてまた公平を欠いた母の愛への）幻滅が色濃くにじむ、この小説のなんとも救いのない暗いペシミズム――それはまさしく、ロメールのいう「ドライな、散文的な、［……］卑近な文体」に見合うものだ――が、気軽な読書を妨げてしまったのか？　いずれにせよ、訳者としては、一人でも多くの読者に『ラブイユーズ』のとびきり辛口のおもしろさを味わっていただきたいと願うばかりだ。

テオフィル・ゴーティエは『バルザックの肖像』のなかで、「彼の天才の絶対的な現代性《モデルニテ》」を強調し、同時にまさにその「現代性《モデルニテ》」から、バルザックが作品を完成させる上での困難が生じていることに注意をうながしている。ゴーティエによれば、十七世紀の古典主義によって純化されたフランス語は、一般的な観念や、曖昧な環境にある型どおりの人物像しか言いあらわせなくなった。そこでバルザックは、「あれらの多種多様なディテール、性格、タイプ、建築、家具調度を表現するために、ある特殊な用語法を練りあげることを余儀なくされた」というのである。この用語法は、ありとあらゆる技術用語、科学やアトリエや舞台裏や階段教室の特殊用語からなっている。何かを言いあらわす言葉なら、どんなものでも彼は喜んで使い、文章はそんな言葉を迎え入れるために挿入節や括弧を開き、いくらでも長くなってゆく。そのために、浅薄な批評家は、バルザックは書く術を知らないなどという。しかし、とゴーティエは結論づける、「たとえ彼自身そう信じていなくても、バルザックはある文体、それもきわめて美しい文体をもっている。それは、彼のアイデアに見合った、これ以外にはない、必然的で、数学的な文体なのだ!」

たいへん当をえたバルザック論にちがいないが、しかしここで彼が強調しているバルザックの困難は、言い訳めいた繰り言を許していただければ、そのまま翻訳者の困難にもつながっている。rente(文脈によって、「国債」、「年金国債」、「年金」、「年収」などと訳し分けた)、loterie(「宝くじ」)関連の言葉、あるいは軍隊関連の用語など、問題は多々ある。本文中で指示したように、フィリップ・ブリドーの階級は、ときによって「中佐 lieutenant-colonel」だったり、「大佐 colonel」だったりとまちまちで、作者自身その違いにあまり拘泥していないようにすら感じられる。もともと lieutenant-colonel の lieutenant は「代理」という意味であり、たぶん「大佐」/「中佐」より、違いが小さいのかもしれない。そもそも直接呼びかけるときは、どちらも colonel というのである。そんなわけで、なお迷いは吹っ切れないが、原文で colonel となっているところも、すべて「中佐」に統一させていただいた(「フィリップ大尉」となっているところも一カ所ある。ここは文脈上混同の恐れはないので、そのままにしてある)。

こうしたことも含めて、訳文の不備について、ご教示、ご批判をいただければ幸いに思う。

対談

いま読んでも「新しい」バルザック

町田康
鹿島茂

『ラブイユーズ』のスピード感

●読みはじめたら止められなくなって……

鹿島　今回の小説のタイトルにもなっている「ラブイユーズ」というのは、この話のヒロインのあだ名のことです。本文中にもラブイユーズという職業の説明は出てきますが、枝で川を叩いてザリガニをおびき寄せて網に引っかける、その川を叩く係をやっていた小娘のことで、この小娘が好色な爺さんに拾われて、その後、大変な悪女に育っていくという話がまずあります。

「無頼一代記」という副題の方は、私たちが勝手につけたもので、ブリドー兄弟のうちの兄の、フィリップ・ブリドーという、甘やかされて育った悪党の一代記ということですが、こういったいくつかの話が絡んで、この小説の複線的ストーリーを構成しています。

今日、町田さんにきていただいたのは（ぼく自身町田さんのファンなのですが）、『くっすん大黒』でデビューされて以来、一部に新無頼派という言葉もあるように、どうしようもない男を描いた小説をいくつか書いていらっしゃる町田さんが、『ラブイユーズ』をいきなり読んだらどんな感想をお持ちになるのか、それを知りたいと思ったからです。新しい文学の世代を代表する町田さんに、一見古いと思われているバルザックがどういう感じに映るのか、そこらへんをぜひお伺いしたいと思いまして。

町田　じつはバルザックは全然読んだことがなくて、最初の印象としては、けっこうめんどくさいんだろうなと思っていたんです。分量もそんなたいしたもんじゃないだろうと。そう思っていたら、非常にぶ厚いゲラが送られてきて、一体これはどうしようと一週間ぐらい放置してたんです。それでめんどくさいから、一緒に送られてきたあらすじだけを読んで終わらせてしまおうと思ったんですが、読んでもわからなくて……。それで読みだしたんですが、そうしたら一瞬で……。

鹿島　この小説は人間関係が入り組んでいますからね。しかもストーリーも複雑に絡みあっているから、確かにあらすじの方がわかりにくいかもしれません。

町田　でも結局は、遺産相続の話ですから、ある意味で下世話なことに興味をもつ読者として読んでいったんですが、本当にテレビドラマのように、非常に俗な話がすごい速さで展開していくので、読んでいると止められなくなって……。こんなに止められなくてわくわくするのって、なんか気持ち悪いなあと自分でも思いながらも、このスピード感に知らない間に持っていかれているような感じがしました。

鹿島　スピード感でいうと、バルザックの小説のなかではかなり上の方に入ります。新聞連載として書かれたものですけれども、それにしても語り口があざやかです。読者も次から次へと運ばれていくので、連載当時もそうとう人気があったようです。

ただその後についていえば、あまり読まれてこなかったんです。邦訳も単行本で、だいぶ昔に出たくらいで、文庫には一度も入ったことがないと思います。ですからバルザックが好きだという人のなかにも、『ラブイユーズ』のおもしろさを知っている人はなかなかいない。でもこれがじつにおもしろいんですよ。仏文学を読んでいる人でも、読んだことがないという人が多い、隠れた名作なんです。

町田　本当はほかにやらなきゃいけないこともあったんですけれど、ずっとこればっかり読んでしまって、一日で読み終わりました。時間がなかったのに、おもしろくて止められないから、しょうがないんで風呂でも読んで……。でも風呂で読むとゲラがバラバラになっちゃうから、一回出て、置いて、また読める分だけの分量を持ってまた入って、と(笑)。全体の分量からするとけっこうあるはずなんですが、とにかく読んでいる間はそんな気はしませんでした。

鹿島 そうでしょう。話の展開ばかりか文体にもスピード感があってね。推理小説ぐらいの速さで読める小説ですね。バルザックのなかではこれと『従妹ベット』がスピード感のある小説の双璧です。

町田 たぶん書き方としても、はじめはだいたいのことしか考えていなくて、それで書くときに助走をつけながらやっていって、後からだんだんと話が見えてきたんでしょうね。そういう感じがしました。

鹿島 訳文もうまいですね。

町田 読みやすかったですね。それと文章に硬骨なところもあり、上品な文章だと思いました。それとこの小説は、小説をふだんあまり読まない人の方がかえっておもしろく思うかもしれないですね。知識や教養なんかに関係なく、読んでおもしろい。翻訳がいいからかもしれないけれど。いまの若い人でもこれなら入っていけるのではないでしょうか。

鹿島 そう思いますね。これは今回のセレクションのなかでも自信作のひとつです。絶対にお勧めできますよ。

●クサッとも思うけど、やっぱりおもしろい

町田 それと全体的な印象としては、ぼくなんかがいわゆる小説と思っているような小説とはだいぶ違う感じがしました。

鹿島　高村薫さんも、全く同じようなことをおっしゃっていたんですが、どんな点でそう思われましたか。

町田　まず、例えばいまこういう書き方をすると、あらすじしか書いていないじゃないかと言われるような気がします。

それとぼくは映画の俳優の経験もあるんですが、映画を撮影するときの気の遣い方というものがあって、例えば、絵画的な表現をしようと思っても、もちろん絵画的な表現をした方がカッコイイし、絵としてきれいなんですけれど、それじゃわからないなと思ったときに、ちょっと位置を変えたりして、要するに見てる人にわかりやすいように、ある程度、細工をするというか、そういう気の遣い方をするんです。そういう映画を撮ってるときの気の使い方で小説が展開されているような気がしたんです。いま一般に思われている小説での気の遣い方とちょっと違います。

鹿島　確かにそうかもしれませんね。小説とか映画とか、そういうジャンルが分離する以前の本当にごった煮みたいな感じで、しかも描かれているものには聖もあるし俗もあって、そこがバルザックの小説の魅力なんです。

町田　もともとはいたずらだったんですが、仲間に対してたぶんわからないだろうと思って本物と模写の絵を入れ換えたのを兄貴が幸運にもまちがえるところがありますね。そういう話の運び方は、ウワッ、そうか、と思うけれど、クサッとも思うけれど、やっぱりおもしろいですね。

それとフィリップ・ブリドーが、施療院かなにか、どん底みたいなところに連れていかれて、あれでもうだめだろう、出てこないだろうと思うのに、復活してきますね。橋の上でだめになって、病院に入れられて、ふつうここで死ぬんだなと思うんですが。

鹿島　けっこうしぶといんです。バルザックの小説でうまく描けた悪党というのは、ターミネーターみたいなやつなんです。おお、死んじゃったかと思うと、またむくむくと生き返ったりして、今度こそアウトだろうと思うと、それでも切り抜けたりする。

町田　ただ、どこで学んだのか、このフィリップ・ブリドーは、後半、急に頭がよくなりますね。

鹿島　拘置所から出てきて、前半と後半では頭のよさがだいぶ違ってる（笑）。

町田　いまこういうことをやると、きっとメタメタに言われますよ。全然違うじゃないかって。

鹿島　最初に書いた部分に後から付け足したり、けっこうバルザックはそういうことをやってるから、前半と後半でだいぶ違ったりすることがよくあるんです。

町田　でも納得して読んじゃいますね。その方がおもしろいし。つまらない方に変わっちゃうなら読めなくなるんですけれど、自分がおもしろいと思う方に展開していくなら、許容して読んでしまう。厳密なことをいいだすと、とんでもなくおかしなことはいっぱいあるんですけれどね。でもおもしろいと、そういうところは見えないんです。

鹿島　そうですね。このいいかげんさが逆にいい。

あとバルザックがよく使う技法なんだけれども、スペイン人の男が虫けらみたいに思われて、さんざんばかにされていたのが、反撃に打ってでて、主人公をひっくり返してしまうというところがありますね。これも、哀れにそのまま終わってしまうのかと思えば、最後の方になると……。

町田　ぎらぎら物陰から見てるという……。本当に映画的ですね。だから映画でもおもしろいかなと思ったんです。

鹿島　バルザックの小説は一般に映画になりにくいんですが、これはすごく映画的な技法をそのまま、という感じですね。

町田　忠実にやったらすごく長くなっちゃうだろうけれども、でも映画が見てみたいですね。例えば、ブニュエルとかが撮ったら、どんどんめちゃくちゃになるんじゃないでしょうか。

鹿島　そうですね。ブニュエルあたりならよさそうですね。

町田　それと、田舎を仕切ってる悪いやつ、マクサンス・ジレなんかには、自分の出生についての記憶はあるのかなあと思ったんですが、というのも、普通の小説の読み方だと、この人はなんでこういうことをするのかな、というところに興味をもつわけです。だからあそこまで極悪なら、極悪になる理由がどこかにないと……。

ぼくは人間が極悪化する理由というのは、じつはあまり解明されていないと思っていたんです。例えば、極悪な犯罪者に対して、この人が犯罪を犯したのは子供のころにこういう心の傷があって……、というのがよくあるでしょう。そんな絵に描いたようなバカなことはないと思っていたんです。それはただおもしろくするためにやってるんだと。でも最近、いろいろと現実の現象を見ていると、わりと簡単なルールというか、三つか四つぐらいの理由で人間は極悪人になったりするんだな、というようなことを思うようになって、とにかくそういう意味では、バルザックはいさぎよくていいですね。何にも書いてなくて。水戸黄門の悪人みたいで。普通、そこを書かないと怒られるでしょう、なんでそんな悪人なんだって。

●ひとつの人格のような町、イスーダン

町田　ただ土地の説明は、知識がないので少し退屈しました。

鹿島　退屈しますね。けれども、これはまだいい方です。ふつうならバルザックは土地の説明だけで終わらせない。まず土地の説明があって、次は家の説明があって、次に服の説明があってと。『ペール・ゴリオ』はこの典型です。そこへいくと、この小説ではバルザックもひかえてるなという感じがしました。

町田　ただこれでおもしろいと思ったのは、一つの田舎町全体が何か人格のような感じをもっていて、いろいろとやりますね。一つの町が本当にうわさ好きで、しかもかなり辛辣な人間観察のようなことをやる。

町田　時代は全然違いますけれど、『阿Q正伝』や『突囲表演』の町がめちゃくちゃになるとか、町の混乱感というのと似た感じを受けました。

それと町の人格ということでいえば、小社会でみんな風評を気にしてるところがあるでしょう。だからジレでも評判をすごく気にする。

鹿島　そう。あんな悪党でも、最後は名誉で決闘せざるをえなくなる。

町田　あの荷車を壊すいたずらもなんで町が許したかというと、あの人が嫌われていたからでしょう。よそ者で、儲けてばっかりいたという。

●独特な都市、パリ

町田　それともう一つの舞台のパリについてですが、あのパリの歓楽の感じは、なんとなくわかるような気がします。

鹿島　ああ、パレ・ロワイヤルですね。パレ・ロワイヤルというのは麻薬と売春とショッピングの殿堂だったところです。

町田　イメージでいうと、貴族というのは、あまりそんな下賤なところには行かないものかと思ったら、わりとみんな、そんなところで遊んでいて、おもしろなと思いました。

それとパリには、住むと人が変わるようなところがあるんじゃないですか。というのも、ちょっと時代は違うんですが、過日、「ゴッホ展」というのを見てきたんですけれども、パリに住んでいた時代の絵はちょっと違う感じがしました。

鹿島　ゴッホでも違うでしょう。

町田　色とか……、独特の何か感じるものがある。

鹿島　そうですね。リルケは、「本当の大都市の孤独というのは、パリに行かないとわからない」といっています。そしてその孤独感というのは、普通の町だと、孤独が胸のなかに降りてきても、あるところまで来ると底があってそこで止まるんだけれど、パリにいると、その底を突き抜けてドーンと下まで行ってしまって、際限なく孤独がある、ということをいっています。独特なところですよ、パリは。

●俗なものも含んだ文学

町田　ところでバルザックはあまり読まれてこなかったということのようですが、何か理由があったんですか。比較的ドライな感じが日本の感じになじまなかったとか……。

鹿島　外国から小説を輸入する際のメルクマールというのが当時の日本にあって、それは、小説は恋愛を描かなきゃいけない、というものでした。すると西鶴みたいなのは、いかんと。『南総里見八犬伝』も近代小説ではない。近代小説には、恋愛というものが中核になきゃいけないというので、そういう基準で外国の小説をより分けていたということがありますね。

町田 なるほど。そういう考えはいまでもありますね。恋愛に限らずですけれど、というのは、なんで恋愛かといったら、恋愛というのはわりと個人的なことだからで、小説というのは、個人のなかにあるものを人間関係のなかで描かなきゃいけないといったところは確かにありますね。

鹿島 そうなんです。本来、文学というのは、通俗あり、純愛ありで、ありとあらゆるものがつめこまれたものだったんですが、恋愛とその恋愛に悩む個人の内面というものから「純文学」が作られてしまった。それで、それ以外のものは、全部通俗小説にお任せという感じになったんです。そういう事情があって、ありとあらゆる夾雑物を含むバルザックみたいな小説は、なかなか日本では理解されなかったんでしょう。

町田 そうですね。こういう社会的な関係をドライに描いたものとか、非常に残酷なことを物笑いの種にするとか、そういうのはあまりないですね。西鶴とか近松まで遡れば、そういうものもあるんでしょうが。

鹿島 もともとはそういうものが純文学であったわけです。近代文学が失ったのはそのあたりでしょうね。

町田 ぼくは、この小説を広沢虎造の「清水次郎長伝」みたいに、ちゃんとした人がやれば浪花節語りみたいなもので、充分後世に残る芸ができるんじゃないかなと思うのですが。

鹿島 戦前はけっこうそういうことをやっていたんですよ。例えば、ちょっと脱線しますが、大正中期に出た、ゾラの『金銭』という小説の「翻訳」があったんで買ってみたら、作ゾラと書いてあるのに、出てくるのは全員日本人でした（笑）。

町田　『レ・ミゼラブル』みたいに、日本人が芝居をやってるような感じですね。

鹿島　アイデアだけをいただいていたりすることがあるんです。

町田　『半七捕物帳』なんかもそうですね。

鹿島　『半七捕物帳』の岡本綺堂にしろ、野村胡堂にしろ、あの人たちはインテリだったから、海外小説を一生懸命読んで、翻案をしているんでしょう。

町田　この小説は、浪花節でやったらおもしろいんじゃないかな。

鹿島　浪花節でやったら、これは泣かせますよ。

町田　最後は、ぴたっと親孝行で、善が栄え、悪が滅びる。

鹿島　勧善懲悪ね。

町田　完全にパターンをおさえていますからね、ツボを。実は、過日浪花節を書いたのですが、親孝行が書けなくて失敗しました。演者の国本武春に浪花節というのは親孝行が入ってなきゃだめだと言われて。

●「頭蓋骨の中から金を取り……という、その一節は、実にリアルでした」

町田　この話に出てくるお金の単位は、いまの円でいうとどのくらいになるんでしょうか。

鹿島　いろんな説があるんだけれども、わかりやすく言えば、一フランが千円という感じですね。これでだいたいわかると思います。要するに役人とか学生が一年間パリで暮らすには、最低限の生活で、年間千二百フラン、百二十万円、ひと月十万円。

町田　じゃあ、年間四百フランの軍人恩給というのは、それだと全然足りないですね。
鹿島　そうでしょう。日本の軍人恩給でもそんなものでしょう。とてもそれだけでは食べていけない。
町田　ぼくはもうちょっと高いものと思っていました。
鹿島　ただ、当時は食い物と家賃は安かったんです。
町田　一万フランということは、一千万円。最後に築いた遺産っていくらでしたっけ。
鹿島　すごい金額ですよ（笑）。
町田　最初、利殖で作った金が七十二万フラン、とあったんで、ということは、七億二千万円。
鹿島　博打も、十五万フランまで勝ったっていうから、一億五千万円くらいですね。
町田　でも、そんなに稼いでも、それで堅実に国債買ってとか、そういうふうにはたぶんいかない。いやいくのかな、最後は確かに利殖もやっていますね。
鹿島　当時は銀行に貯蓄という形で預けるということはほとんどやらないから、お金を貯め込むには国債を買うわけです。国債がだいたい何パーセントかな。
町田　けっこう率はいいですね。
鹿島　そう、五パーセントぐらいですね。
町田　でも最後に銀行家にだまされるんですね。いままできっきつでやってきたのが急に伯爵になって、ちょっと腋があまくなりましたね。それまで人を全然信用していなかったのに、なんで最後はしちゃうんだろうと思いました。
鹿島　このニュシンゲンという銀行家は『金融小説名篇集』の「ニュシンゲン銀行」という中篇の主人

公で、もう一人のデュ・ティエという相棒も、『セザール・ビロトー』という小説に出てくる悪役です。このコンビはいたるところにちょいちょい出てくるんだけれども、こいつが出てくると、バルザックを読んでいる人は、ああ、またあの悪党かって（笑）。

町田　全然、関連はないんですけれど、印象的だったのは、ぼくもやっぱり現実のことを、セコイ現実ですけれど、何億というお金のことは書いたことはないですけれども、お金をしまう場所というのを小説の中で何度か書いたことがあって、頭蓋骨の中にお金を入れておくというのは、なんかすごく入れたくなる気持ちがわかる。頭蓋骨の中から金を取り……という、その一節は、実にリアルでした。

バルザックの描く人物の実在感

●徹底的な悪漢小説

鹿島　母親が大好きな長男フィリップを甘やかし、こいつがとんでもないやつになるんですが、この関係はじつはバルザックの家庭をかなり反映しているんです。ただ、兄弟の順序が逆になっている。バルザックは、長男だったけれども、母親にうとまれ、次男のアンリは、おふくろさんが猫かわいがりしたために、まさにフィリップと同じような運命をたどった。本当にどうしようもないやつで、外国に行かされて、そこで一文なしになって戻ってきたり、ということを繰り返している。この弟をかなりモデルにしていますね。

町田　この母の愛というのも一見崇高なものに描かれているように見えて、でも普通に読むと、これは気狂いだよなって思いますね。ちょっと盲目的というか。

鹿島　バルザックの母親自身、まさにそうだったんです。バルザックがいくら名誉を得ても、そんなものは彼女にとって何の価値もなくて、ひたすらだめな次男の方をかわいがった。当時は遺産相続が大きな問題としてあったから、どんな家庭にも必ずあったドラマなんでしょう。バルザックにとって母親に愛されない子供というのは、一つのテーマになっています。

町田　いまの日本でもこの話は現実に多いですよね。兄弟のうちの溺愛された方がグレちゃって、親の年金まで使って、ずっとぶらぶらして、虐げられていたやつの方が親の面倒をみるという話は、ぼくもけっこう聞きます。

鹿島　ただ、ジョゼフ・ブリドーの方にバルザックも肩入れしているという感じはするけれど、読んでみると、描写としては圧倒的にこのどうしようもない兄貴の方がうまく描かれています。とんでもない悪党が、最初から最後までひた走りに走って、そのまま駆け抜けてしまうという小説は、そうはないんですが、これはすばらしいピカレスク・ロマンに仕上がっている。

町田　悪漢小説と。

鹿島　普通のピカレスク・ロマンの主人公なら、どこかに同情できる余地があるものだけれども、フィリップは本当にどうしようもないやつで、このどうしようもなさかげんというのが、じつにすごいなと。とくに博打のところなんか、どうお感じになりましたか。

町田　いわゆる博打をやる人の典型で、儲けたところで止めとけばいいのにっていうパターンですね。

鹿島　町田さんは賭け事はやられるんですか。

町田　全然やらないです。興味もないんですけれど、ただ、逆にやらない方がわかるところがありますね。

鹿島　この博打という要素は、バルザックの小説の中でいたるところに出てくるんです。例えば『ペール・ゴリオ』の中で、主人公が自分の愛人に頼まれて賭場に出かけて、その時だけは成功するんだけれど、あとで自分でやりだすとすってんてんになる。『幻滅』という小説の中でも、博打打ちの心理がよく描かれています。フィリップ・ブリドーにいたっては、家族からなけなしの金を情け容赦なくむしり取っていってしまう。それを博打につぎ込んで、いささかもすまないと思わないところなんかは、一種の爽快感すらありますね。

●「おまえ、動物か？」みたいな欲望の生々しさ

町田　例えば、江戸の放蕩する若旦那や浄瑠璃などにある、あるいは江戸じゃなくても西鶴とか。そういうのって一抹の虚無感というか、目つきに漂う、終末感といったことがなんとなく想像できるんですが、でもよく考えてみると、この話ですと、自分の欲望に生にわしづかみにされているみたいで、自分の欲望に対して距離を全然保てない、そういう動物的な感じもしますね。

それで、ここ十年、二十年ぐらいのことで考えても、人間の生々しさというのがどんどんなくなってきているというか、人としゃべってても、生な人間の感じがしなくなってきている。ほしいとそれほど強く思わなくても、いろんなものが簡単に手に入るようになってきたわけですから。でも、あまり社会との接点がないために、二十年とか三十年ぐらい止まっているような人も時々いるんですね。

鹿島　欲望が生で露出しているような人ですね。

町田　こういう人をいま見るとすごく生々しい。時々、この人なんでこんなことするんだろうみたいな、

単純粗野な犯罪をする人がいるでしょう。いまの屈折した犯罪とは違って、ただ単に金がほしかったから殺して逃げたみたいな……。おまえ、動物か？みたいな感じ。でも以前は、ある程度みんなそうだったのかもしれないですね。なんか生々しいな、こいつ極悪だなというぼくらの思い方自体が、昔の思い方とちょっと違うのかなという気もします。

鹿島 なるほど。この小説の背景になっているナポレオン戦争の後の時代には、元ナポレオン軍の兵士で、やることといったら王政復古の世を呪って、酒場でとぐろを巻いて、酒を食らって、博打をやるしかないという、こういうタイプの人間が多かったようで、当時の小説の方々に出てきます。

町田 この小説の中にもいっぱい出てきますね。

鹿島 『レ・ミゼラブル』や『マダム・ボヴァリー』の中でも、これとまったく同じ類いの人間が描かれています。戦争に行っていい思いをしたがために社会に適応できない。腕力にすぐれていて、戦争の時代にはそれが長所だったのに、帰ってきた後は、逆にそれが社会に適応できない原因になってしまう。そういう人間がいっぱいいたわけです。終戦直後には日本でも、特攻帰りなどこういう欲望むきだしのパワーをもった男たちがいたでしょう。

町田 例えば新撰組とか、私設軍隊みたいな、百姓なんだけれども、一応、武士になれるようになって、無用のパワーを発揮して、ひんしゅくを買って、みたいな感じ。

鹿島 同じような革命の時代ですから、同じように無頼の群のパワーというか、パッションがあったんでしょう。ただ最後に、フィリップ・ブリドーが出世して、貴族になって、このまま勝ち逃げしてしまうのかなと思わせるんだけれども、さすがに当時の小説だとそこまではできない。

町田　最初の献辞も、こういう背徳的なものを書くのはよろしくないという風潮がやはりあっただろうから、その予防として書いているんですか。

鹿島　そうですね。シェイクスピアの戯曲のように、悪いやつがさんざん出てくるのに、終了五秒前になって悪党は全員死んでしまいましたという感じですね（笑）。そこのところで、非難をかわすというような、そういう工夫がされている。でも現代だったらこのまま勝ち逃げでしょう。

それと、弟のジョゼフ・ブリドーみたいに一生懸命努力して、いい仕事をやる人間も出てくるけれども、そういうやつはやはり小説の中では引き立て役なんですね。そいつが主人公になればおもしろくなくなってしまう。ただ最後に善人は栄え、悪は滅びる、という紋切り型にちゃんと落ちついてくれるのは、それはそれで安心感もありますが。

町田　なんだかんだいっても、やっぱり悪が栄えると気持ち悪いですからね。でももっと極端にもやりたくなりますよね。悪徳の栄えとか、美徳の不幸とかみたいな。

●感動というよりおもしろいという感じ

町田　この小説がなんでおもしろかったかというと、なんか最近こういう人が増えている気もするんですね。なんだか意味不明の極悪な行為とか、自分と他人の区別がまるっきりついていない人とか、愛に狂った母親とかですね。

鹿島　かなり壊れてる人ね。

町田　だから小説というジャンルの中でとくに顕著なのかもしれませんが、先ほども話題になりましたが、個人からの発信っていうのがあるでしょう。個人の思いとか内面の吐露みたいな。自分はこんなにいろいろな体験をして、こんなにつらかったりうれしかったりしたことがあったんだ、そういう自分の体験にはけっこう深みがあったり、広さがあったりするものだと思ってずっとやってきたわけですが、ある程度そういうこともすでにやりつくされていて、逆にいまは、そういう個人みたいなものがだんだん退化しているというか、ここ十年で、日本の場合、二百年分ぐらい戻っているんじゃないかなという気がします。そういうこともあって、この小説がリアルに感じるのかなとも。

鹿島 かつて、ダーウィンの進化論に対してキュヴィエという人が、退化論というのを打ち出したそうなんです。時代によって生物の形が変わっていくのは、進化ではなく退化だと主張した。そっちの方が当たっているんじゃないかな。

町田 思えば、二十年前、ディーボなんてバンドもありましたしね。そういうぶっこわれた人とか、凶悪な人の目つきとか、ふるまいの感じが自分にとってすごくリアルだからおもしろいんでしょうね。

鹿島 人間が小粒になっているとはいうけれど、いまの社会は遠心力が働く社会だから、内部ではみんな凡庸というか、おもしろみのない人間ばっかりでも、周辺の方にいくと遠心力が働いているから、キレてしまって、われわれの常識では計り知れないような行動をする人間もけっこういますね。

町田 そうですね。いると思います。時々、地方のニュース映像とか見ていると、こんな人まだいるのか、みたいな人がけっこういますからね。

でもピカレスク・ロマンといって人間の闇みたいなことを書いて、これは非常に特殊なことやで、っていってるのかと思ったら、そうじゃなくて、これ特殊なケースやないで、ってそういう気がするんです(笑)。

鹿島 まったくそうですね（笑）。人間が小粒になって、昔みたいな大物はいなくなってはいるけれども、壊れた人のその壊れ方の加速というのがありますね。

町田 この話でも、みんなすごくシビアにお金のことを考えていて、読んでいて思ったのは、日本的な人情とか親孝行というのとまた違った感じで、守銭奴も死ぬ時に遺言状を書いて相続をさせる。そんな守銭奴だったら、墓まで持って行ってしまえばいいのに、そういう感じでもない。すごく合理的なんですけれど、ただ動機の部分は単純でしょう、みんな。だからスピードもつく。

鹿島 動物的というか。

町田 わかりやすい。いまの人だと動機って有名になりたいとか、あいまいでしょう。お金の流れ方も、そんなに単純ではないような気がして。どこをおさえればいいのかわかってる人もいるでしょうけれど、普通の市井の人にとっては、この小説が描かれている時代ほどには、それがわからないと思います。

鹿島 ある映画監督がＡＶのオーディションに来る女の子を観察したそうなんですが、応募理由は何かと尋ねると、お金かな、というのが多いそうなんです。でも、そういうふうに一応お金ということを口実にしてはいても、自分でもはっきりその理由がわかっていないらしいんです。逆に、理由をいえるような子はＡＶには来ない。だからいまは単純な金ほしさだとか、快楽とかいわれている一方で、欲望の理由というか、その元になるものがはっきりしなくなってきたということがありますね。

町田 だからいま小説とかで、それまで積み重なってきたもの、自分の気持ちとか、恋愛の体験とか、つらかったこととかを書いても、あんまり生々しくないというか、そこのところがモヤモヤとしていて、逆にこういうわかりやすい欲望がとり上げられて、すごく通俗的な二時間ドラマとか、Ｖシネマとか、ああいうものになってしまうんですね、簡単に。でもこれは描き方の問題であって、これまで小説が捨ててきてしまったような、そういう要素をとり上げて、いま創作するにしても、ちゃんとやればすごく可能性はあるでしょう。で、それがうまく描けているこの小説は、読むと、感動というよりもおもしろいという感じがしますね。

鹿島 そうでしょうね。感動ということでいえば、いまは、昔でもありえないくらいの通俗的なレヴェルで、感動の共有みたいなことが行われていますね。けれどもそうじゃなくて、単純におもしろくて、どんどん人を引きつけていくようなものを、推理小説ではない形でやってほしいわけです。でも、そういうものはなかなかないですね。となると、バルザックしかないな、となってしまう。

町田 推理小説のことは、よくわかりませんが、例えばこの小説を読みすすめていく動機というのは、単に遺産がだれの手に渡るのか、ということだけじゃないんですね。登場してくる極悪人自体に対して、こいつはどういうやつだ、なんだこいつという謎、人間に謎があるという感じです。しかもそれでいて、謎とはいっても、別に言ってもしょうがないような悩みを吐露されて困るというわけでもないですしね。

●どんどん吸い込まれていくような快楽

鹿島 ところでヒロインのラブイユーズの描き方はどうでしたか。

町田 リアルでした。哀れだなと感じました。とにかくかわいそうだなと思ったんですが、素人の意見ですね、かわいそうだなんて。

鹿島 ラブイユーズもかなり悪い女ですが、最後はフィリップ・ブリドーに苦もなくやっつけられてしまいますね。

町田　結局、ずっと一人の男に頼りきってきたわけでしょう、それも惚れて。惚れて頼りきっていたのが負けちゃったら、自分ももろとも負けなきゃしょうがない。逆に、いまの小説だったらもっと女の方がしたたかで、たぶんフィリップ・ブリドーにすぐ乗り換えて、ますます悪は栄えるというふうに展開するのかもしれないけれど、いっしょに持っていかれちゃうというのは、なんかかわいそうですね。

鹿島　バルザックはこのほかにも悪女を何種類か描いていて、『従妹ベット』の中でもヴァレリー・マルネフというとんでもない悪女が描かれていますが、こいつはもっとしたたかです。

この小説の場合、構造的には、ゾラの『テレーズ・ラカン』という小説、映画だと「嘆きのテレーズ」というタイトルになっていますが、そのシチュエーションとよく似ています。小さいときにもらって育てた子供が伜と仲良くなって、伜がその女の子に頼りきって、いいなりになってしまう。その後、その女に本当に好きな男ができてしまうというシチュエーションです。

町田　いや、そこが読んでいて新しい感じがするんですよ。つまり、さっきの理由のない極悪とか、理由の描かれない極悪とか、女性が本当に男にやられちゃうというか、影響されたり、環境によって変わるんだけれども、最初はなんでもない。それがお金持ちになって生活するうちに、すごく高飛車な女になり、家を支配下においちゃうところが、逆にいろいろつくった感じよりも新鮮な感じがしたんです。

鹿島　あと、ぼくがうまく描けているなと思ったのは、ばか息子のジャン＝ジャック・ルージェです。

町田　あれはいいですね。

鹿島　いいでしょう。女が逃げるといったとたんに泣いてしまって……。

町田　あの人もなんかどんどんばかになっていきますね。最初に出てきたときはそれほどでもなかったのに、最後の方は、もうどうしようもなくなっていく。

鹿島　この小説は加速度がついていくんですね。

町田　読んでる方の話の中への入り込み方のスピードとちょうどシンクロしてるから、いいんですね。

鹿島　一つのベクトルに向かってどんどん進んでいく。こういう力強さで運んでいってくれる小説というのは、いまの小説にはないから、いま読むと非常に新鮮ですね。

町田　本当はそれこそが小説を読むおもしろさだと思うんです。共感できるなと思ったのは、ぼくはそんなに破滅的な体験はしたことはないんですけれど、なんか悪いことをするときというのは、こんな悪いことやっちゃいけないな、やっちゃいけないなと思いながらも、どんどん吸い込まれていっちゃうというか、悪いことをやって、ああ、やっちゃやってるよ、と思いながらしびれるような快感を頭のなかで感じるというような、その吸い込まれ方というのがあるんですね、悪さとかこっけいさとか、愚劣さにも。悲惨さもそうだし。ジャン＝ジャック・ルージェの恥態・狂態にも、読んでいるとそういう爽快感があるんですね。

鹿島　なるほど。

町田　自分と重ね合わせても重ね合わさなくても、止めどなくなっていく快感というか、現実にはできないことをやっているという快感ですね。だから、おれは変な目をして読んでるのかなという気がしました（笑）。

鹿島　例えばさっきいった、ゾラの『テレーズ・ラカン』という小説には、こういう加速感覚はない。

書いていくうちにどんどんバルザック本人もこう描こうと……。

町田　そうだと思います。興奮して……。このルージェは考え方がどんどん変わるでしょう。フィリップと会っているときはそっち側の意見に流されていって、ラブイユーズに言われると、そうそうって。優柔不断というか、何一つ自分で決定できない。例えばダメな企業の経営者とかによくいるかもしれないし、よくわかりますね。

●類型的な人物も「端倪すべからず」

鹿島　バルザックにもある意味で類型的な人間が出てくるんだけれども、類型的だと思っていると、底が知れない。ちょうど「端倪すべからざる」という言葉があるけれども、なかなか簡単にはわからなくて、最後のページまで読んで、ようやく、そうかと。だけど、それでもまだわからないという……。

町田　知り合いに親戚というのがものすごく苦手だという人がいて、田舎の人なんですが、なにかというと親戚が集まるらしいんだけれども、なんか異常で、どう見てもおかしいやつばっかりだというんですね。でも、その人たちはみんな普通の人のようなんです。普通に社会生活をしている人なんですけれども、親戚という局面で見るとみんなおかしいと。だから、みんな凡庸な人というか、類型的なんだけれど、よく考えると類型的なものほどやはり「端倪すべからず」だと。

鹿島　それこそまさにバルザックの世界なんですよ。凡庸で類型的なやつほどね。そういうやつが類型的でなく描かれたときのすごさというのがありますね。

町田　普通の人を描くという方法もたぶんあるでしょうけれど、これとはちょっと違いますね、みんな一応役をちゃんと与えられているし……。

鹿島　いまの小説は、ごくつまらない、そこらへんにいるようなやつを描く方が、突飛な人間を描くよりも王道だというように変わってきていますが、描き方自体が凡庸だからちっともおもしろくなくて、そもそもこういうのを読むこと自体に何の意味があるんだろうって思ってしまう。そこへいくと、バルザックが描いているのは、どこかの類型には入りそうな人間ではあるけれども、パッションの大きさというか、矮小な人間の、その矮小さの度合いの大きさといったらいいのか、それがとてつもない。

町田　やはり演劇的な要素というのがそうとうありますね。いまは分かれちゃって、全然別物ですけれど、混ざっている感じがしますね。ただぼくも俳優をやるときに、脚本が平板で、それで役を与えられても類型的すぎてできない役があるんです。演出が要求していることは理解できるんですが、自分がやっておもしろくない。例えば現代劇で、いかにも悪人みたいな服装をして、いかにも悪人みたいな感じで、いかにも悪人といったせりふをしゃべる。でも現実にはそんな人はいないから、やるとしたらウソを本当らしくやるわけで、なんかウソのためのウソみたいなところがあって、自分としてはやってもおもしろくないんです、平板で。でもこの小説には奥行きがあるんです、その背景というか。お祖父さんの遺伝のことまであるし、だれも気がつかないけれど（笑）。脇役にいたるまでそれがあるから、たぶんおもしろいんでしょうね。

●現実に存在してそうな人物たち

鹿島　そういう意味で、ほかにおもしろかった人物はいらっしゃいましたか。

町田　ぼくが一番よかったのは、オションさん。オションさんのお祖父さんの方。オション氏は、最初こいつも曲者だな、ヤバイなと思ったんですが、途中からだんだんいい人になってくる。一応筋の通った、秩序側というか、保守的な人、あるべきところにものはいくべきだという考えの人ですが、とにかく最初のパンを持ってくるところは実によかったです。

鹿島　バルザックの小説によく出てくる典型的なケチンボですね。

町田　ええ、いいですよ、あれは。そういうのって本質的な部分でたぶん変わらないんでしょうね。落語なんかでも、「化け物遣い」というのがあるんですが、まったく同様のケチな人が出てきます。それで、これを最後まで読んで思ったのは、たぶんもっと若いときに読んだとしたら、こんなやついないよって思うだろうと。ある程度、小説としておもしろく描くために誇張したり、デフォルメしたりしているだけだろうと。でもいま読むと、わりとこういうやつ、本当にいるんだよなって実感が持てますね。兄のブリドーの方も、極悪ということでいうと、すごく特殊な極悪、際立った極悪のように普通は思わないといけないのかもしれないんですけれど、いま読むと、普通の極悪で、でもそれが凡庸でおもしろくないというわけではなくて、すごくおもしろい。なぜかといえば、すごくありありと実在感を感じるからですね。

鹿島　こういう人間なら実際に出会いそうだと。

町田　だからやはり、人間の欲望の元素とか、原型みたいなものが、たぶんいくつかあって、それはものすごく単純なものなんですけれど、それがとてもうまく接合されて一人の人間、それぞれの登場人物になっているので、それでたぶん止められなくなるんだろうと思います。

鹿島　なるほどね。だからバルザックを読んでいると、現実で、新しいタイプの人間に出会うと、あいつはフィリップ・ブリドーみたいだとかいうことになるのだけれども、でもじつは小説の方がはるかに実在感があって、むしろ現実の人間の方が、その実在感のあるバルザックの人物の、かなり程度の落ちたコピーみたいな印象を受けてしまいますね。

町田　それと、人をある程度うまく描けるというのは、たぶん現実に見たもの、自分の家庭の問題とか、実際の人間とかの場合であって、逆にその意味でいうとなるほどなと思ったのは、兄に比べてジョゼフ・ブリドーが、最後までいい人なのは、やはりちょっと自分が入っちゃったんでしょうね。

●「小説に対する視野が広がった」

町田　最近いろいろ読んでいるんですけれど、今回この小説を読んで、小説に対する視野がちょっと広がったような気がしました。

鹿島　バルザックを読んで、新しい文学を作るということですね。

町田　ただこれはいまやったらたぶん怒られますよ（笑）。

鹿島　でもこれを読んだらクセになって、バルザックのほかの小説も読みたくなりませんか。

町田　そうですね。俄然なんか読みたくなっちゃう。

鹿島　しかもこれは一作だけでも十分楽しめるし、ここで端役だったやつがほかの小説だと主人公になったりして、その全体的な広がりが楽しめる。だから一つ読んでおもしろかったら、次をぜひ読んでください。そうしたらもっともっとおもしろくなって、それだけで読んだらつまらない小説でさえおもしろくなると、ぼくは勧めてるんだけれども。

例えば、フィノっていうのが出てくるでしょう。新聞社の社長ですが、ここではけっこう鋭く描かれているんだけれども、ほかの小説だと、あれ、同じフィノのはずなのに違うんじゃないか、という全然違ったイメージで出てきたりするんです。でもこれがまたおもしろいんですよ。

町田 なんか「バルザック一座」みたいな感じですね。

鹿島 そうそう、「バルザック一座」。

町田 今回はちょっと地味な役なんだけど、とか……（笑）。

鹿島 ぼくが最初にフィリップ・ブリドーに会ったのは『幻滅』なんですが、そこではフィリップ・ブリドーは悪党グループの中の端役として出てきた。ジョゼフの方は「セナークル」という善人グループの中で一、二度出てきて、名前がちょっと印象に残るくらい。それがこういう具合に主役を張るというか、昔の東映のやくざ映画だと、それまで端役だった菅原文太が一本立ちして主役を張る、というような感じですね。

町田 座長クラスで（笑）。

鹿島 そうそう（笑）。

（一九九九年十二月十日　於・新宿プチモンド）

訳者紹介

吉村 和明（よしむら・かずあき）

1954年生まれ。東京大学大学院博士課程満期退学。現在，上智大学文学部教授。専門はボードレールを中心としたフランス19世紀文学。訳書にサミュエル・フラー『映画は戦場だ！』（筑摩書房，共訳），『ドーミエ版画集成』第二巻（みすず書房），ヴァルター・ベンヤミン『パサージュ論』第Ⅱ巻，第Ⅴ巻（岩波書店，共訳），ベルナール・エイゼンシッツ『ニコラス・レイ、ある反逆者の肖像』（キネマ旬報社），『ロラン・バルト著作集5　批評をめぐる試み』（みすず書房）などがある。

バルザック「人間喜劇」セレクション　第6巻

ラブイユーズ——無《ぶ》頼《らい》一《いち》代《だい》記《き》

2000年1月30日　初版第1刷発行©
2014年12月30日　初版第3刷発行

訳　者　吉　村　和　明

発行者　藤　原　良　雄

発行所　株式会社　藤　原　書　店

〒162-0041　東京都新宿区早稲田鶴巻町523

TEL　03（5272）0301
FAX　03（5272）0450
振替　00160-4-17013

印刷・製本　中央精版印刷

落丁本・乱丁本はお取り替えします
定価はカバーに表示してあります

Printed in Japan
ISBN978-4-89434-160-9

❺ ボヌール・デ・ダム百貨店 ――デパートの誕生

Au Bonheur des Dames, 1883 吉田典子 訳＝解説

ゾラの時代に躍進を始める華やかなデパートは、婦人客を食いものにし、小商店を押しつぶす怪物的な機械装置でもあった。大量の魅力的な商品と近代商法によってパリ中の女性を誘惑、驚異的に売上げを伸ばす「ご婦人方の幸福」百貨店を描き出した大作。

656 頁 **4800 円** ◇978-4-89434-375-7（第 6 回配本／ 2004 年 2 月刊）

❻ 獣人 ――愛と殺人の鉄道物語 *La Bête Humaine, 1890*

寺田光德 訳＝解説

「叢書」中屈指の人気を誇る、探偵小説的興趣をもった作品。第二帝政期に文明と進歩の象徴として時代の先頭を疾駆していた「鉄道」を駆使して同時代の社会とそこに生きる人々の感性を活写し、小説に新境地を切り開いた、ゾラの斬新さが理解できる。

528 頁 **3800 円** ◇978-4-89434-410-5（第 8 回配本／ 2004 年 11 月刊）

❼ 金《かね》 *L'Argent, 1891*

野村正人訳＝解説

誇大妄想狂的な欲望に憑かれ、最後には自分を蕩尽せずにすまない人間とその時代を見事に描ききる、80 年代日本のバブル時代を彷彿とさせる作品。主人公の栄光と悲惨はそのまま、華やかさの裏に崩壊の影が忍び寄っていた第二帝政の運命である。

576 頁 **4200 円** ◇978-4-89434-361-0（第 5 回配本／ 2003 年 11 月刊）

❽ 文学論集 1865-1896 *Critique Littéraire*

佐藤正年 編訳＝解説

「実験小説論」だけを根拠にゾラの文学理論を裁断してきた紋切り型の文学史を一新、ゾラの幅広く奥深い文学観を呈示！ 「個性的な表現」「文学における金銭」「淫らな文学」「文学における道徳性について」「小説家の権利」「バルザック」「スタンダール」他。

440 頁 **3600 円** ◇978-4-89434-564-5（第 9 回配本／ 2007 年 3 月刊）

❾ 美術論集

三浦篤 編＝解説 三浦篤・藤原貞朗 訳

セザンヌの親友であり、マネや印象派をいち早く評価した先鋭の美術批評家でもあったフランスの文豪ゾラ。鋭敏な観察眼、挑発的な文体で当時の美術評論界に衝撃を与えた美術論を本格的に紹介する、本邦初のゾラ美術論集。「造形芸術家解説」152 名収録。

520 頁 **4600 円** ◇978-4-89434-750-2（第 10 回配本／ 2010 年 7 月刊）

❿ 時代を読む 1870-1900 *Chroniques et Polémiques*

小倉孝誠・菅野賢治 編訳＝解説

権力に抗しても真実を追求する真の"知識人"作家ゾラの、現代の諸問題を見透すような作品を精選。「私は告発する」のようなドレフュス事件関連の文章の他、新聞、女性、教育、宗教、文学と共和国、離婚、動物愛護など、多様なテーマをとりあげる。

392 頁 **3200 円** ◇978-4-89434-311-5（第 1 回配本／ 2002 年 11 月刊）

⓫ 書簡集 1858-1902

小倉孝誠 編＝解説 小倉孝誠・有富智世 高井奈緒・寺田寅彦 訳

19 世紀後半の作家、画家、音楽家、ジャーナリスト、政治家たちと幅広い交流をもっていたゾラの手紙から時代の全体像を浮彫りにする、第一級史料の本邦初訳。セザンヌ、ユゴー、フロベール、ドーデ、ゴンクール、ツルゲーネフ、ドレフュス他宛の書簡を精選。

456 頁 **5600 円** ◇978-4-89434-852-3（第 11 回配本／ 2012 年 4 月刊）

別巻 ゾラ・ハンドブック

宮下志朗・小倉孝誠 編

これ一巻でゾラのすべてが分かる！ ①全小説のあらすじ。②ゾラ事典。19 世紀後半フランスの時代と社会に強くコミットしたゾラと関連の深い事件、社会現象、思想、科学などの解説。内外のゾラ研究の歴史と現状。③詳細なゾラ年譜。ゾラ文献目録。

（次回配本）

7　金融小説名篇集　吉田典子・宮下志朗 訳＝解説
〈対談〉青木雄二×鹿島茂

ゴプセック——高利貸し観察記　*Gobseck*
ニュシンゲン銀行——偽装倒産物語　*La Maison Nucingen*
名うてのゴディサール——だまされたセールスマン　*L'Illustre Gaudissart*
骨董室——手形偽造物語　*Le Cabinet des antiques*

528 頁　**3200 円**（1999 年 11 月刊）◇978-4-89434-155-5

高利貸しのゴプセック、銀行家ニュシンゲン、凄腕のセールスマン、ゴディサール。いずれ劣らぬ個性をもった「人間喜劇」の名脇役が主役となる三篇と、青年貴族が手形偽造で捕まるまでに破滅する「骨董室」を収めた作品集。「いまの時代は、日本の経済がバルザック的になってきたといえますね。」（青木雄二氏評）

8・9　娼婦の栄光と悲惨——悪党ヴォートラン最後の変身（2分冊）
Splendeurs et misères des courtisanes　飯島耕一 訳＝解説
〈対談〉池内紀×山田登世子

⑧448 頁 ⑨448 頁　各 **3200 円**（2000 年 12 月刊）⑧◇978-4-89434-208-8 ⑨◇978-4-89434-209-5

『幻滅』で出会った闇の人物ヴォートランと美貌の詩人リュシアン。彼らに襲いかかる最後の運命は？「社会の管理化が進むなか、消えていくものと生き残る者とがふるいにかけられ、ヒーローのありえた時代が終わりつつあることが、ここにはっきり描かれている。」（池内紀氏評）

10　あら皮——欲望の哲学　小倉孝誠 訳＝解説
La Peau de chagrin　〈対談〉植島啓司×山田登世子

448 頁　**3200 円**（2000 年 3 月刊）◇978-4-89434-170-8

絶望し、自殺まで考えた青年が手にした「あら皮」。それは、寿命と引き換えに願いを叶える魔法の皮であった。その後の青年はいかに？「外側から見ると欲望まるだしの人間が、内側から見ると全然違っている。それがバルザックの秘密だと思う。」（植島啓司氏評）

11・12　従妹《いとこ》ベット——好色一代記（2分冊）山田登世子 訳＝解説
La Cousine Bette　〈対談〉松浦寿輝×山田登世子

⑪352 頁 ⑫352 頁　各 **3200 円**（2001 年 7 月刊）⑪◇978-4-89434-241-5 ⑫◇978-4-89434-242-2

美しい妻に愛されながらも、義理の従妹ベットと素人娼婦ヴァレリーに操られ、快楽を追い求め徹底的に堕ちていく放蕩貴族ユロの物語。「滑稽なまでの激しい情念が崇高なものに転じるさまが描かれている。」（松浦寿輝氏評）

13　従兄《いとこ》ポンス——収集家の悲劇　柏木隆雄 訳＝解説
Le Cousin Pons　〈対談〉福田和也×鹿島茂

504 頁　**3200 円**（1999 年 9 月刊）◇978-4-89434-146-3

骨董収集に没頭する、成功に無欲な老音楽家ポンスと友人シュムッケ。心優しい二人の友情と、ポンスの収集品を狙う貪欲な輩の蠢く資本主義社会の諸相を描いた、バルザック最晩年の作品。「小説の異常な情報量。今だったら、それだけで長篇を書けるような話が十もある。」（福田和也氏評）

別巻1　バルザック「人間喜劇」ハンドブック　大矢タカヤス 編
奥田恭士・片桐祐・佐野栄一・菅原珠子・山﨑朱美子＝共同執筆

264 頁　**3000 円**（2000 年 5 月刊）◇978-4-89434-180-7

「登場人物辞典」、「家系図」、「作品内年表」、「服飾解説」からなる、バルザック愛読者待望の本邦初オリジナルハンドブック。

別巻2　バルザック「人間喜劇」全作品あらすじ
大矢タカヤス 編　奥田恭士・片桐祐・佐野栄一＝共同執筆

432 頁　**3800 円**（1999 年 5 月刊）◇978-4-89434-135-7

思想的にも方法的にも相矛盾するほどの多彩な傾向をもった百篇近くの作品群からなる、広大な「人間喜劇」の世界を鳥瞰する画期的試み。コンパクトでありながら、あたかも作品を読み進んでいるかのような臨場感を味わえる。当時のイラストをふんだんに収め、詳しい「バルザック年譜」も附す。

文豪、幻の名著

風俗研究

バルザック
山田登世子訳＝解説

文豪バルザックが、十九世紀パリの風俗を、皮肉と諷刺で鮮やかに描いた幻の名著。近代の富と毒を、バルザックの炯眼が鋭く捉える、都市風俗考現学の原点。「優雅な生活論」「歩き方の理論」「近代興奮剤考」ほか。

図版多数〔解説〕「近代の毒と富」

A5上製　二三二頁　**二八〇〇円**
（一九九二年三月刊）
◇978-4-938661-46-5

PATHOLOGIE DE LA VIE SOCIAL　BALZAC

写真誕生前の日常百景

タブロー・ド・パリ

画・マルレ／文・ソヴィニー
鹿島茂訳＝解題

パリの国立図書館に百五十年間眠っていた石版画を、十九世紀史の泰斗が発掘出版。人物・風景・建物ともに微細に描きだした、第一級資料。

厚手中性紙・布表紙・箔押・函入
B4上製　一八四頁　**一一六五〇円**
（一九九三年二月刊）
◇978-4-938661-65-6

TABLEAUX DE PARIS　Jean-Henri MARLET

全く新しいバルザック像

バルザックがおもしろい

鹿島茂・山田登世子

百篇にのぼるバルザックの「人間喜劇」から、高度に都市化し、資本主義化した今の日本でこそ理解できる十篇をセレクトした二人が、今日の日本が直面している問題を、既に一六〇年も前に語り尽していたバルザックの知られざる魅力をめぐって熱論。

四六並製　二四〇頁　**一五〇〇円**
（一九九九年四月刊）
◇978-4-89434-128-9

十九世紀小説が二十一世紀に甦る

バルザックを読む

Ⅰ対談篇　Ⅱ評論篇

鹿島茂・山田登世子編

青木雄二、池内紀、植島啓司、髙村薫、中沢新一、中野翠、福田和也、町田康、松浦寿輝、山口昌男といった気鋭の書き手が、バルザックから受けた〝衝撃〟とその現代性を語る対談篇。

五十名の多彩な執筆陣が、多様で壮大なスケールをもつ「人間喜劇」の宇宙全体を余すところなく論じる評論篇。

各四六並製
Ⅰ三三六頁　**二四〇〇円**
Ⅱ二六四頁　**二〇〇〇円**
（二〇〇二年五月刊）
Ⅰ◇978-4-89434-286-6
Ⅱ◇978-4-89434-287-3